中译经典文库·世界文学名著

❧ 全译本 ❧

汤姆叔叔的小屋

[美] 斯托夫人 ◎ 著　彭长江 ◎ 译

中国出版集团

中译出版社

图书在版编目（CIP）数据

汤姆叔叔的小屋 /（美）斯托夫人著；彭长江译
. -- 修订本 . -- 北京：中译出版社，2017.4
（中译经典文库世界文学名著全译本）
ISBN 978-7-5001-5211-8

Ⅰ.①汤… Ⅱ.①斯… ②彭… Ⅲ.①长篇小说—美
国—近代 Ⅳ.① I712.44

中国版本图书馆 CIP 数据核字 (2017) 第 082718 号

出版发行 / 中译出版社
地　　址 / 北京市西城区车公庄大街甲 4 号物华大厦六层
电　　话 /（010）68359827　68359303　68359101　68357328（编辑部）
邮　　编 / 100044
传　　真 /（010）68357870
电子邮箱 / book@ctph.com.cn
网　　址 / http://www.ctph.com.cn

总 策 划 / 张高里　李佳奇
策划编辑 / 于建军　汪　洋
责任编辑 / 温晓芳
封面设计 / 奇文堂

排　　版 / 北京晴晨时代文化发展有限公司
印　　刷 / 北京飞达印刷有限责任公司
经　　销 / 新华书店

规　　格 / 880 毫米 ×1230 毫米　1/32
印　　张 / 14.5
字　　数 / 406 千字
版　　次 / 2017 年 5 月第一版
印　　次 / 2017 年 5 月第一次

ISBN 978-7-5001-5211-8　　　定价：32.80 元

出版前言

一部文学史是人类从童真走向成熟的发展史，是一个个文学大师用如椽巨笔记载的人类的心灵史，也是承载人类良知与情感反思的思想史。阅读这些传世的文学名著就是在阅读最鲜活生动的历史，就是在与大师们做跨越时空的思想交流与情感交流，它会使一代代的读者获得心灵的滋养与巨大的审美满足。

中译出版社有限公司以中外语言学习和中外文化交流为自己的出版宗旨，三十多年来，翻译出版了大量外国文学名著、社会科学著作和人物传记等，与国内翻译名家有着深厚的渊源。近年来，在市场化大潮的裹挟下，翻译质量急剧下降，出版物质量也令人忧虑。出版一套质量上乘、造福读者的高品位文学名著便成为中译出版社有限公司义不容辞的历史责任与光荣使命。我们的这一想法得到了国内翻译界的一致赞同与积极响应。这便是"中译经典文库·世界文学名著"丛书出版的缘起。在广泛讨论的基础上，我们成立了以中国翻译协会副会长、著名翻译家尹承东先生为主编，著名翻译家王逢振、尹承东、李玉民、杨武能、张建华、张经浩、陈众议、罗新璋、施康强、郭建中为编委的"中译经典文库·世界文学名著"编委会，他们本着对读者负责、对历史负责的态度，认真遴选篇目，选择国内最权威的译本，向读者奉献上一道精神盛宴。

"中译经典文库·世界文学名著"将是一个开放的系统，我们将一如既往地将世界上最优秀的文学名著、国内最权威的译本纳入这一系列，不断地将优秀的精神食粮奉献给广大读者。

"满纸荒唐言，一把辛酸泪，都云作者痴，谁解其中味"，这是曹雪芹在《红楼梦》第一回中的喟叹。中外大师们不必疑虑，捧读他们著作的读者，便是他们的千古知音，他们的作品将伴随人类文明的足迹，直至永恒。

译 本 序

本书作者斯陀夫人全名哈丽特·比彻·斯陀。1811年6月11日生于康涅狄格州的利奇菲尔德。父亲莱曼·比彻是一位著名的基督教公理会加尔文宗的牧师。后来她父亲在俄亥俄州辛辛那提市担任兰恩神学院院长，举家迁往辛辛那提。1836年她与加尔文·斯陀结婚，接连生了七个儿女，后来她的丈夫要到缅因州鲍杜因学院任教，便于1850年随同迁往缅因州。就在这时她写了《汤姆叔叔的小屋》(1851～1852)一书。此后她继续从事写作，几乎每年写一本小说，包括《德雷德：大荒洋的故事》(1856)、《牧师的求婚》(1859)、《老镇上的人们》(1859)，以及为拜伦夫人辩护的专著《拜伦夫人一生的真相》(1869)。但是，由于丈夫体弱多病，生活经常陷于贫困焦虑的境地。成名后又屡遭攻击。斯陀夫人晚年过着文人生活。退隐于佛罗里达州，生活憩静安谧，以《葵叶》(1873)一书记载了绚烂归于平淡的心境。1896年，她逝世于康涅狄格州哈特福德市，享年85岁。

斯陀夫人自幼受到基督教精神的熏陶，正义感极强，一向关注宗教、道德、社会问题，敢于就有争议的问题公开表明自己的观点。这些问题包括奴隶制、禁酒、妇女选举权问题等。斯陀夫人的著作，都是她对社会现实问题进行严肃思考的产物。她创作小说，是为了以之为工具，揭露社会丑恶现象，参与对社会的改造，也就是说，都是"载道"之作。

她在辛辛那提住了18年，该市与南方的蓄奴社会仅一水之隔(俄亥俄河)。在这里，哈丽特首次接触到蓄奴和废奴主义，经常接触从南方逃亡过来的黑奴，听过许多黑奴悲惨遭遇的故事，并且多次亲自到过南方，目睹了黑奴作为商品任人买卖的悲惨景象，内心对这个万恶的制度深恶痛绝。她不但冒着触犯法律的危险，参与了援助由南方逃亡而来的奴隶的活动，而且决心要为废除奴隶制而奋斗。1850年，她开始创作《汤姆叔叔的小屋》一书，于1851年至1852年间连载出版。此书出版之前，美国南北因奴隶制而引起的矛盾，由于 1850 年国会通过"妥协法案"而暂时得到缓和。这本书一出版，便像一颗重磅炸弹，震撼了整个美国社会，重新引起了北方人民对奴隶制的极度义愤，从而使南北矛盾日趋尖锐，至于不可收拾的地步，直至 1864 年内战爆发。斯陀夫人不仅在书中为黑奴仗义执言，还于内战爆发前夕的 1863 年亲自到白宫为黑奴请命，敦促林肯总统为逃亡到首都的成千上万的黑奴给以切实的帮助。林肯总统称她为"创作引起南北战争的小说的小妇人"，用我们今天的话来说，于此可见其"社会效益"之巨大。

斯陀夫人的其他著作也无不是"载道"之作。《汤姆叔叔的小屋》一书激起了具有良知的白人对奴隶制的义愤，当然也激起了奴隶主阶级中的顽固分子对该书的痛恨，他们声称书中事实全系伪造。为此，她又发表《〈汤姆叔叔的小屋〉题解》，列举大量无可辩驳的文字证据，使奴隶制的罪恶铁案如山。她见挚友拜伦夫人受到无端诽谤，为了维护拜伦夫人的名誉而写了《拜伦夫人一生的真相》，书中透露了拜伦与其妹的暧昧关系，触怒了英国许多绅士淑女，对她群起而攻之，诬她为"丑闻贩子"，她也处之泰然。为了保卫妇女的职业权利，她不惜笔墨，连写了两部小说。为了针砭世俗的虚伪卑下，她写了数篇社会讽刺文学作品。最后，她体会到加尔文教派的偏颇僵化，除了在《牧师的求婚》中加以辛辣的讽刺以外，还永远脱离了其父兄所毕生宣讲而自己前半生也深信不疑的这种教义。

但是在她的许多作品中，只有《汤姆叔叔的小屋》成为了不朽的世界名著，其他作品都在这部伟大作品的光芒中黯然失色了。该书首先以连载形式发表在一份废奴主义者的报纸上。后来，波士顿一家出版商出了单行本，第一周内便销了 1 万册，一年内达到 30 万册；这在当时是空前的。同年，美国作家乔治·艾肯把它改编为话剧，在美国各地公演，盛况空前，经年不衰。后来，还出现过一些改编剧本。著名英国评论家兼小说家托玛斯·巴宾顿·麦考利、著名法国女作家乔治·桑、著名德国作家兼诗人亨利希·海涅都为本书写了热情洋溢的书评。著名俄国作家托尔斯泰对本书也赞扬备至，可见其国际声誉之高。本书已译成了 37 种文字，并被改编为各种语言的剧本，在世界各地演出，对世界各地（尤其是亚洲和非洲）被压迫民族的觉醒产生过很大的影响，比如说，在我国就是如此。本书问世50年后的1901年间，由我国翻译界先驱林纾和魏易译为中文，名《黑奴吁天录》。译本出版后，在读者中引起了强烈的反响。读者不仅对美国黑奴的悲惨命运深表同情，而且对自己民族的命运感到切肤之痛，不少人痛哭流涕，呼吁国人从迷梦中醒来，团结一心抵御外侮。经过一个半世纪时间的考验，这本书的巨大成就和影响，愈来愈得到世界舆论的公认。

《汤姆叔叔的小屋》成为不朽的世界名著，不是偶然的。首先是它触及的是当时以及后来很长时期内美国以及全世界的一个最为重大的社会问题——民族生存权、家庭生存权、个人生存权的问题。生存权是一个民族、家庭、个人的最基本的权利。可是奴隶制恰恰剥夺了人们的这些权利，使得一个民族世世代代受人宰割，家庭随时都可能被弄得妻离子散，个人随时都可能被奴隶主杀害。这一问题最能引起人们的共鸣，连动物都有"物伤其类"的本能，作为万物的灵长的人类，当然绝大多数更是具有将心比心的观念。即使是压迫民族中的人，只要不是丧尽天良，也会为苦命的奴隶一洒同情之泪。从具体的背景来说，从18世纪中叶起，在法国孟德斯鸠和卢梭等思想家的启蒙思想影响下，世界各国反对奴隶制的运动风起云涌，到19世纪中叶已形成了高潮。本书的出版，正好呼应了废奴主义者的需要，进一步推动了废奴运动的发展。再说，这部小说虽然鞭挞的是奴隶制，但也能引起殖民地人民半殖民地人民的强烈共鸣，因为亡国奴也是奴隶啊！

其次，本书具有巨大的艺术感染力。本书对奴隶制的鞭挞，主要是通过栩栩如生的人物形象的刻画。本书主人公汤姆对主人忠心耿耿，干活勤奋卖力，但正义感极强，舍己为人，深受黑人敬重。这些品质都是通过重大事件来体现的。为了让自己的同伴免于统统被卖到南方，在有可能逃走的情况下，汤姆毅然独自承担被卖的厄运。到了残暴的奴隶主莱格利手下之后，他忍受着残酷折磨，多方帮助别的奴隶，不肯充当莱格利的打手来残害自己的同胞。两个女奴逃走之后，他宁死不肯出卖她们，最后被毒打致死。其他许多人物也都刻画得栩栩如生，千人千面。同样是黑奴，汤姆品格高尚而忍辱负重，乔治·哈里斯大义凛然而机智勇敢，山姆装腔作势，见风使舵，卡博和桑博甘愿充当奴隶主的残暴打手，迫害自己的同胞。同样是母亲，伊丽莎为拯救儿子而不惜冒一切危险；女奴卡西经过各种悲惨遭遇，心情绝望，为了小儿子不受两个大孩子遭受过的痛苦，亲手将其毒死。同样是做饭做得好的女奴，克罗性情和蔼，讲究整洁；黛娜固执专横，厨房里乱七八糟。同样是奴隶主，谢尔比厚道而糊涂；圣克莱尔善良而潇洒不羁，玩世不恭，思想深刻而行动迟缓；莱格利残暴狠毒，居然以自己的手因毒打奴隶练得坚硬如铁而得意扬扬。同样是女奴隶主，谢尔比太太善良仁厚，玛丽·圣克莱尔习钻狠毒。其他稍为重要一点的人物也无不如此。

再次，本书中被奴隶主阶级及其代言人斥为"宣传"的议论，其实具有震撼人心的力量。作者通过书中人物之口，或者亲自出面，分析奴隶制的罪恶本质和奴隶争取自由的斗争的正义性，呼吁一切具有良知的人们起来帮助苦命的奴隶、解放奴隶。这里只要摘录短短的几段即可见其一斑。"要是叫我讲一讲奴隶制这个问题，我就会打开天窗说亮话：我们拥护奴隶制，我们得到了奴隶，就不想放弃，因为这是我们舒适与利益之所在；归根结底就是这一点，说来说去，这就是那些神圣的货色的全部意义；我觉得这样人人都懂。""绝望的匈牙利逃亡者不顾他们合法政府的任何逮捕令和权威，逃到美国来的时候，报界和内阁为他们热烈喝彩，表示衷心欢迎。绝望的美国逃亡者做同样的事的时候，这是——这是什么呢？""美国为人之母者……我恳求你可怜可怜那些具有你所有的感情，却没有保护、教育自己心爱的儿女的同等权利的母亲们！……凭着你永远忘不了的孩子临终时的目光，凭着那最后的揪心的啼哭声，凭着那凄凉的空空的摇篮、寂静的育儿室，我恳求你可怜可怜那些时刻被美国的奴隶制夺去儿女的母亲们！"具有正义感的读者读来，真是痛快淋漓。

本书不是没有缺点，如宗教味太浓，结构不够匀称，最后显得草草收场。但是，对社会产生巨大影响的"载道"之作，即使有缺点，也是伟大的作品。与社会无关痛痒的作品，即使经过精心雕琢，也只不过是游戏文字或无病呻吟而已，更不用说那些粗制滥造的打打斗斗、争争吵吵、哭哭啼啼、嘻嘻哈哈。

彭长江

1997年1月20日于湖南师范大学

译者彭长江先生认为此书名译为《汤姆大伯的小屋》符合原义，国内绝大多数版本译为《汤姆叔叔的小屋》实属误译。经查《辞海》与《中国大百科全书》均采用后者。为遵业界规范及读者习惯，故此版本书名译为《汤姆叔叔的小屋》，但尊重译者的意见，沿用"汤姆大伯"。

——编者注

原　序

如本书题目所示，本书的场景设在历来为文人雅士所漠视的种族之中。这是个外来种族，其先辈出生于热带的骄阳之下，带来了一种特殊的民族性，并将其遗传给子孙。这种性格与盎格鲁撒克逊人的凶狠霸道截然不同，因此多年来得到的只是误解与蔑视。

但是一个美好的新时代已经露出了曙光。当代文学、诗歌、艺术的一切影响，与基督教"与人为善"的伟大主旋律愈来愈和谐合拍。

诗人、画家和艺术家在发掘和赞美生活中常见的温和的人情味，以艺术作品的趣味为诱导，散发出陶冶性情、克服偏见的影响，对于发扬基督教博爱精神的伟大原则极为有利。

到处都伸出仁爱之手，揭发恶行，申雪冤屈，扶危济困，把低贱、受压迫、被遗忘的人们的悲惨处境公之于世，以引起世人的同情。

在这席卷一切的运动中，人们终于记起了不幸的非洲人。在人类历史远古时期朦胧的曙光中，非洲人就开始了文明与人类进步的竞赛，可是几个世纪以来，他们被五花大绑，鲜血淋漓，躺在信奉基督教的文明人脚下，乞求怜悯而无人理睬。

但是，充当他们的征服者和狠毒的主人的统治民族，终于对他们产生了恻隐之心；这个民族已经明白，作为一个民族，保护弱小比欺压弱小要高尚得多。感谢上帝，奴隶贸易已终于从世界上消亡！

本书中的描绘，旨在唤起人们对生活在我们中间的非洲人的同情；将他们在奴隶制下所遭受的虐待与苦难公之于世。这个制度不可避免地残暴不仁，尽管有些深切同情他们的人全力帮助他们，但所产生的良好效果屡屡受挫，化为乌有。

在这样做的时候，作者诚恳地声明，自己并不想冒犯那些并非由于本身的过错而卷入了法定的主奴关系带来的苦恼尴尬的境地的人们。

作者的亲身经历表明，有些思想最高尚、心地最仁慈的人也陷入了这种处境；谁也不如他们那样清楚：从本书中所能了解到的奴隶制的罪恶，远远不及难以言传的全部情况的一半。

在北方各州，说不定有人会认为本书中的描写是夸大其词；但南方各州可为其真实性作证的大有人在。对于本书中所描绘的事件的真相，究竟有多少是作者亲见亲闻的，到时候将予以公布。

自古以来，人世间许多痛苦与冤屈都成了往事；同样，令人欣慰的是，人们可以希望，总有那么一天，与本书类似的小说的价值，仅仅在于其记录了早已消失的往事罢了。

到非洲海岸上兴起了开化的基督教社会，具有从我们这里学到的法律、语言与文学的时候，在非洲人看来，与人为奴的情景就像以色列人关于埃及的回忆见《圣经·旧约·出埃及记》：以色列人在埃及为奴，后来先知摩西率领他们离开埃及，重获自由。一样，只是感谢拯救他们的上帝的缘由罢了。

尽管政客们勾心斗角，世人被互相冲突的利欲和情感的潮水冲得左摇右晃，但人类自由的伟大事业掌握在上帝手中；关于这位上帝，人们说：

"他决不气馁，决不放弃，直到人间树立了正义。"

"他必搭救向他求救的贫苦人，以及苦命人和孤立无援的人。"

"他搭救灵魂脱离欺诈与暴力，无限珍惜他们的鲜血。"

目　录

第 一 章　给读者介绍一位人道主义者……………………001

第 二 章　母　亲………………………………………………011

第 三 章　丈夫与父亲…………………………………………014

第 四 章　汤姆大伯小屋里的一个晚上………………………019

第 五 章　活财产易主时的心情………………………………030

第 六 章　发　觉………………………………………………039

第 七 章　母亲的奋斗…………………………………………048

第 八 章　伊丽莎的逃亡………………………………………061

第 九 章　看来参议员也不过是人……………………………077

第 十 章　活财产被运走………………………………………093

第十一章　活财产不安本分……………………………………102

第十二章　合法行当事例精选…………………………………116

第十三章　教友村………………………………………………133

第十四章　伊万杰琳……………………………………………142

第十五章　汤姆的新主人及其他………………………………152

第十六章　汤姆的主母及其见解………………………………167

第十七章　自由人自卫…………………………………………186

第十八章　奥菲丽娅小姐的经历和见解（上）………………203

第十九章　奥菲丽娅小姐的经历和见解（下）………………219

第二十章　托普西………………………………………………239

第二十一章　肯塔基 ………………………………… 254

第二十二章　"草必枯干，花必凋谢" ……………… 259

第二十三章　亨利克 ………………………………… 266

第二十四章　预　兆 ………………………………… 275

第二十五章　小福音使者 …………………………… 281

第二十六章　死　亡 ………………………………… 286

第二十七章　"这就是世界末日。" ………………… 299

第二十八章　团　圆 ………………………………… 308

第二十九章　无人庇护的人们 ……………………… 323

第 三 十 章　奴隶货栈 ……………………………… 330

第三十一章　途　中 ………………………………… 340

第三十二章　暗无天日的地方 ……………………… 346

第三十三章　卡　西 ………………………………… 355

第三十四章　混血女子的遭遇 ……………………… 363

第三十五章　纪念物 ………………………………… 373

第三十六章　埃米琳和卡西 ………………………… 380

第三十七章　自　由 ………………………………… 387

第三十八章　胜　利 ………………………………… 394

第三十九章　定　计 ………………………………… 404

第 四 十 章　殉难者 ………………………………… 413

第四十一章　小主人 ………………………………… 420

第四十二章　确有其事的鬼故事 …………………… 426

第四十三章　结　局 ………………………………… 432

第四十四章　解放者 ………………………………… 440

第四十五章　结束语 ………………………………… 444

第一章　给读者介绍一位人道主义者

二月里的一天傍晚，寒气逼人，两位绅士坐在肯塔基州 P 城一间陈设考究的客厅里喝酒。旁边没有佣人，两位绅士把椅子紧挨在一块儿，看来正在极其认真地商谈什么问题。

为了方便起见，作者一直称他们为两位"绅士"。其实，如果苛刻地打量一番，其中一位，严格说来，似乎不能算是绅士一流人物。此君矮墩墩的，形容猥琐，却大模大样，摆着臭架子，一副竭力往上爬的小人的模样。他衣着过分考究，穿着花花绿绿十分俗气的背心，围着一条蓝底围巾，上面印着鲜艳的黄色斑点，再配上一条花哨的领带；这身打扮，跟此人总的派头倒是十分相配。他双手又大又粗糙，戴满了戒指；身上挂着一条沉重的金表链，上面吊着一串硕大的五颜六色的印章；每逢谈到起劲之处，他就挥动表链，把印章摇得叮当作响，得意之情，溢于言表。他谈话的时候，随心所欲地违背默里①氏语法，并且一到方便的地方，便佐之以各种粗言鄙语，笔者本想叙述得栩栩如生，也不敢在此转述出来。

他的同伴谢尔比先生倒是一副绅士模样，屋子里的摆设和家政管理的气派，都说明此人颇为宽裕，甚至相当殷实。如前所述，两人正在认真地交谈。

"这事我想就这样办，"谢尔比先生说。

"这样做生意我办不到，实在办不到，谢尔比先生，"另外这位边说边举起酒杯对着灯光打量。

"唉，黑利，汤姆的确与众不同嘛；他稳重、诚实、能干，把我的整个农场管理得有条不紊，到哪儿都值这个价钱。"

"你是说，就黑奴来说，他算是诚实的了，"黑利说着给自

---

① 默里（1745—1826），美国语法学家。

己斟了一杯白兰地。

"不，我是说实话，汤姆的确是个稳重、精明、虔诚的好家伙。四年前，他在一次野营传教会上信了教，我相信他的确信了教。从那时起，我就把一切——钱、房子和马匹——都托付给他了，允许他自由来去；我发现他处处忠诚老实。"

"谢尔比，有些伙计不相信有虔诚的黑奴。"黑利摆摆手坦率地说，"不过我相信。我上回贩到奥尔良①去的那一批里面有一个，听那家伙做祷告，就像在教堂听布道一样；他性情温和，话也不多。我拿他卖了个好价钱。我买他的时候，卖主急着洗货，开价便宜，所以我在他身上净赚了六百块。不错，我认为，如果货真价实，没有掺假，黑奴信教倒很有好处。"

"嘿，汤姆信教可是货真价实，无人能比。"另外这位答道，"对了，去年秋天，我让他一个人到辛辛那提②去替我办事，顺便给我带五百块钱回来。'汤姆。'我对他说，'我信任你，因为我认为你是个基督徒——我知道你不会骗人。'汤姆果然回来了。我早就知道他会回来的。听人家说，有些可鄙的家伙对他说：'汤姆，你干吗不逃到加拿大去？''唉，主人信任我，我可不能逃走，'——人家是这样告诉我的。说实话，我可真舍不得把汤姆卖掉。你得让他抵消全部债务才成；黑利，你要是还有点良心，一定会这样做的。"

"良心嘛，生意人能够保留多少，我就有多少——你知道，就一丁点儿，可以说刚刚够拿来赌咒用，"这黑奴贩子开玩笑说："不过为了朋友，只要要求不过分，我还是愿意帮忙的。但是，这桩买卖，你知道，叫人有点儿犯难啦——有点儿犯难啦。"黑奴贩子若有所思地叹了口气，又斟上一点白兰地。

"那么，黑利，这生意你说怎么做呢？"两人尴尬地沉默了一阵之后，谢尔比说道。

"这个嘛，除了汤姆之外，能不能再搭上个小子或小妞？"

---

① 即新奥尔良，美国南部沿海大城市，当时是个庞大的黑奴市场。
② 美国东北部俄亥俄州西南的一座城市。

"唉！——实在匀不出来了；说老实话，如果不是万不得已，我压根儿就不愿卖呢。这些黑奴，我是一个也舍不得卖，这可是实话。"

这时门开了，一个四五岁的混血小男孩走进房间。这孩子长相特别秀美，惹人喜爱。他那一头黑发，细如绢丝，光滑而鬈曲，托着那长着酒窝的圆圆的脸蛋；一双大大的黑眼睛，目光柔和而又炯炯有神，从浓密的长睫毛下好奇地向房间里张望。孩子肤色微黑，气宇不俗，穿着做工精细、刚好合身的鲜艳的红黄格子花呢罩衣，使他显得越发秀美。他那滑稽、自信而略带羞涩的神情，说明他向来得到主人的垂青和宠爱。

"喂，吉姆·克劳！"谢尔比先生说；他吹着口哨，抓起一串葡萄干扔给他，"捡起来！"

孩子使劲跑过去捡那奖赏，主人哈哈笑起来。

"到这儿来，吉姆·克劳。"他说。孩子走过来，主人拍了拍那鬈发的脑袋，托着他的下巴。

"来，吉姆·克劳，让这位先生看看你唱歌跳舞的本事。"孩子唱起了一首黑人中流行的奔放而怪诞的歌曲，声音嘹亮清脆，边唱边手舞足蹈，全身扭动，动作滑稽，跟乐曲的节奏配合得天衣无缝。

"妙哇！"黑利喝一声彩，扔给他半边橘子。

"来，吉姆，学一学卡德乔大伯风湿病发作的时候走路的样子。"主人说。

孩子灵活的四肢立刻装出畸形扭曲的样子，驼着背，扶着主人的手杖，在房间里一瘸一拐地走着，稚气的脸上装出愁眉苦脸的表情，左一口右一口地吐痰，一副老年人的模样。

两位绅士乐得哈哈大笑起来。

"来，吉姆，"主人说，"给我们学学罗宾斯长老领读赞美诗的样子。"孩子把脸拉得老长老长，带着鼻音拿腔捏调地念起了赞美诗，脸上一丝笑纹也没有。

"好哇！妙哇！小东西真不赖！"黑利说，"这小家伙真了不得，包你没错。这么说吧，"他突然拍了一下谢尔比的肩膀说，

"搭上这小家伙，我就把这笔账勾销了——一笔勾销。喂，你看，这不是最公道的法子吗？"

就在这时，门被轻轻地推开了，一个混血少妇，二十四五岁的样子，走了进来。

只要瞟一眼孩子，再瞟一眼这少妇，就可以看出她就是孩子的母亲。一样炯炯有神、乌黑的大眼睛，长长的睫毛；一样的绢丝般的鬈曲的黑发。她的肤色是棕色，但脸颊上透出红晕。她发现这陌生的男子盯着她看，肆无忌惮、毫不掩饰地欣赏着她的时候，那红晕更加深了几分。她的衣服再合身也没有了，把她那窈窕的体态衬托得更加动人。她姿容中的其他一些细节——娇嫩的手、漂亮的脚和脚脖子，也没能逃过这黑奴贩子敏捷的目光。他训练有素，漂亮的女性身上的全部特点，他一眼就看得清清楚楚。

"什么事，伊丽莎？"她停下脚步，犹豫不决地瞧着主人的时候，主人问道。

"我在找哈里，老爷，"孩子蹦蹦跳跳地跑到她面前，让她瞧捡起来放在前襟兜里的奖赏。

"好吧，带他走吧，"谢尔比先生说；她抱起孩子，急忙走了。

"天哪，"黑奴贩子转过身来赞叹道，"这才是真正的货色！这娘们拿到奥尔良去卖，你可以发一笔大财，错不了。我曾经多次见过有人出一千多块钱卖黑娘们，而且人品一点儿也不比这个强。"

"我不想在她身上发财，"谢尔比先生淡淡地说；为了转移话题，他又开了一瓶酒，问同伴酒的味道如何。

"顶呱呱，先生，头等货！"黑奴贩子说；然后，他扭过头来，亲昵地拍拍谢尔比先生的肩膀，接着说——

"喂，这娘们你打算怎么卖？——我该出个什么价——你开个价吧。"

"黑利先生，这姑娘不卖，"谢尔比说。"就算拿出跟她的体重一样重的黄金，我太太也不肯把她卖掉。"

"得啦，得啦，女人不会算账，所以老是这样说。只要跟她们说清楚,跟一个人的体重一样重的黄金能买多少表、羽毛和首饰,我看情况就不同了。"

"告诉你，黑利，这事不要提了；我说不卖就不卖，"谢尔比断然说。

"好吧，不过你得把这孩子给我，"黑奴贩子说，"你得承认，对于这孩子，我是出了大价钱了。"

"你要这个孩子究竟要做什么用？"谢尔比说。

"嗯，我有个朋友，打算做这么一门生意——想买俊小子，养大了出售。全得是上等货——卖给肯出高价买俊小子的有钱佬，给他们当听差什么的。有个真正俊俏的小伙子应门侍候，可以给那些豪门大户添点光彩。这种货色可大有赚头呢；这小鬼这么滑稽，这么能歌善舞，正是这种货色。"

"我不想把他卖掉，"谢尔比先生若有所思地说，"说老实话，先生，我是个人道主义者，不忍心把孩子从母亲身边夺走，先生。"

"啊，是吗？——噢，不错——是该讲点这劳什子主义，我完全懂。跟女人打交道，有时候很不愉快。我讨厌她们尖喊尖叫，哭哭啼啼的。这种场面的确很不愉快；不过我做生意的时候，总是能避免，先生。比如说，你把这娘们打发出去一天或一个星期，怎么样？那时事情就悄悄地办好了，——她还没回来，事情就全过去了。你太太可以给她买对耳环、一件新罩衣或是诸如此类的东西，给她补偿一下。"

"恐怕不行。"

"老天作证，包你行！你知道，这些家伙跟白人不同；只要经营得法，她们就会慢慢忘记的。人家说，"黑利摆出推心置腹的神气说，"这种买卖叫人心肠变硬；不过我却从来没有这种感觉。说实话，我从来不像有些家伙做生意那样，把事情做得那么绝。我见过有些人把孩子从女人怀里活活夺过来，摆出来卖，任凭女人整天发疯似地尖哭尖叫；这办法很不合算，会损坏货物有时会使她们完全不适合使用了。有一回，我在奥尔良看见一个真正俊俏的娘们，被这种处理办法给完全毁了。买主只要她，不要她的毛毛。她是那种火气一上来就不要命的角色。告诉你吧，她把孩子紧紧地搂在怀里，哇啦哇啦，真是闹翻了天。我一想到这情景就脊梁骨发凉。他们把孩子抱走,把她关起来,她疯了,尽说胡话,不到一个星期就死了。先生,一千块钱就这么白白浪费了,完全是因为经营不得法,就是因为这个。什么时候都该讲点人道主义,先生,这就是我的经验。"黑奴贩子说完往椅子上一靠,双臂交叉,摆出矢志行善的神气,显然认为自己就是威尔伯福斯①第二。

这位绅士对人道主义的问题似乎谈兴很浓。谢尔比先生若有所思地剥橘子的时候,黑利又提起这个话题,那态度带着恰如其分的踌躇,但仿佛事实的确如此,不得不补充几句。

"自吹自擂叫人听了不受用,不过我这样说,是因为事实就是这样。我相信,大家都认为我贩进来的一批批黑奴,全都是最好的,起码我听人家这样说过;岂止是一批,成百批都是这样,全都状况良好,又肥又漂亮,而且损失比干这一行的谁都要小。这全都归功于自己的经营办法,先生,人道主义,先生,可以说是我的经营办法的精髓。"

谢尔比先生不知说什么好,所以只应了一声,"真的!"

"唉,我的这些见解,还遭到过讥笑,遭到过指责呢。这些见解不受欢迎,不常见,可我坚持,先生,一直坚持到如今,而且凭着这一手赚的钱很可观呢。是啊,先生,可以说,这些见解可是知恩图报的啊,"黑奴贩子说了这句笑话自己笑了起来。

关于人道主义的这番议论,又痛快,又新奇,谢尔比先生听了也不禁跟着笑了起来。亲爱的读者,说不定你也笑了;但是你得知道,如今的人道主义是五花八门,人道主义者会发出什么奇谈怪论,干出什么稀奇古怪的行径,是数也数不清的啊。

听了谢尔比先生的笑声,黑奴贩子说得更起劲了。

"我怎么也没法把这种见解灌进别人脑子里去,真是怪事。比如说,纳奇兹②有个叫汤姆·洛克的,是我过去的合伙人。他是个聪明人,汤姆这伙计,不过对黑奴简直是活阎王,——他这是按原则办事。论为人,他是再好也没有了,但对黑奴狠是他的原则,

---

① 威尔伯福斯(1759—1833),英国政治家和慈善家,1787年起在废除奴隶贸易以及后来在废除英国海外属地的奴隶制中起过显著的作用。

② 纳奇兹,美国密西西比河下游东岸的一座城市。

先生。我常常劝汤姆。'喂，汤姆。'我常说，'你的娘儿们哭哭闹闹的时候，敲她们的脑袋、捶她们又有什么用呢？这样太荒唐了，'我说，'一点好处也没有。我看，她们哭哭没什么要紧。'我说，'这是人之常情，'我说，'如果情绪不用一种法子发泄出来，就会用另一种法子发泄出来。而且，汤姆，'我说，'打只会把娘儿们都糟蹋了；她们会变得面黄肌瘦，没精打采，有些会变得很丑，黄皮肤的娘儿们尤其会这样，要把她们调养好得花他妈好大的工夫。喂，'我说，'你怎么不好言好语哄着她们？包你没错，汤姆，只要掺进一点儿人道主义，比你的打骂好处要大得多呢，而且更合算，'我说，'包你没错。'可是汤姆怎么也不懂这个窍门。他糟蹋了许多娘们，他心眼好，办事非常公道，我也不得不跟他散伙了。"

"你是不是觉得自己的经营方式比汤姆的方式更有效呢？"谢尔比先生说。

"不错，先生，可以这样说。你瞧，凡是卖小把戏这种不愉快的事情，只要做得到，我总是小心行事，把娘儿们支使开——眼不见，心不念嘛，这你是知道的——等到木已成舟，无可奈何的时候，她们自然会习惯的。你知道，她们不是白人。白人从小就受到教养，认为把老婆孩子留在身边是理所当然的事。至于黑奴，你知道，要是调教得法，不会有这种指望；这样事情就顺手些。"

"这样说来，恐怕我的黑奴调教不得法。"谢尔比先生说。

"我看是不得法。你们肯塔基人把黑奴惯坏了。你们用心是好的，但说到底，这不是真正的好心。你知道，黑奴会给人摔来摔去，今天卖给这个，明天卖给那个，后天卖给天晓得哪个，如果让他们有了思想，有了指望，把他们娇惯坏了，那种给摔来摔去的苦日子就越发受不了，这不是什么好心。我敢说，要是到了另一个地方，你贴身的黑奴会垂头丧气，而下地干活的黑奴却会像鬼魂附体一样，欢呼歌唱。你知道，谢尔比先生，人人都认为自己的一套挺不错的，人之常情嘛；我想，以是不是真有好处来衡量，我对黑奴已是够好的了。"

"这可是知足常乐啊，"谢尔比先生微微耸了一下肩说道，厌恶的心情已形于色了。

"那么，"两人默默地盘算了老半天之后。黑利说，"你看怎么办？"

"我得再考虑一下，跟我太太商量商量，"谢尔比先生说。"在这段时间内，黑利，如果你想跟自己所说的那样，把事情悄悄地办了，那么最好别把你在干什么的风声在这一带漏出去。不然会传到我家佣人耳朵里去。跟你先说明白，他们要是知道了，要想弄走我的人，可不会是特别悄悄的事儿了。"

"噢，当然，不漏一点风，一定做到。但我得告诉你，我时间可紧得很，想尽快得个准信，"他一面站起身，穿上大衣，一面说。

"唔，今天晚上来，六七点钟之间吧，我会给你个回音。"谢尔比先生说；黑奴贩子欠身告辞了。

"恨不得把这家伙一脚踢下台阶去，"门关好之后，谢尔比自言自语地说，"那么放肆，那么自信。他是知道我身上有机可乘啊。要是以前有人对我说，该把汤姆卖给南方那些卑鄙的黑奴贩子，我会说：'鄙人又不是狗，怎能做这等事？'现在，看来这事是免不了了。还得加上伊丽莎的孩子！我知道，为这事得跟我妻子费点口舌，连卖汤姆也得费点口舌。欠了债就得落到这步田地，哼！这家伙见有机可乘，打算得寸进尺呢。"

奴隶制度最温和的地方，大概要算肯塔基州了。该州普遍从事平稳、按部就班的农业劳动，不需要更南边各州所要求的那种周期性的忙碌紧张的农忙季节，因此黑人的劳动强度比较合理，不会损害健康。主人满足于稳步获利的方式，没有导致心肠狠毒的诱因。人性是脆弱的，一旦看到有获取暴利的可能，而且损害的是那些孤苦无告的人的利益，没有其他顾虑，就会丧失人性，心肠狠毒起来。

凡是到该州的一些种植园去的人，目睹了主人主母和气宽容奴隶亲热忠诚的情景，往往浮想联翩，想起常作为寓言来传颂的田园诗般的宗族制度。可是笼罩着这景象的是一片浓重的阴影，那就是法律。奴隶本是人，心脏在跳动着，有活生生的感情，但只要法律认为他们不过是主人的财物，不论主人心肠多么好，他一旦破产了，倒霉了，不慎重，或者死了，就可能使他们丧失受到好心的主人的保护与宽容的生活，落到痛苦万分、累死累活的绝望境地。在这种情况下，即使是管理得最出色的奴隶制度，也不可能从中发现美好、令人向往的东西。

谢尔比先生是个普通人，和蔼可亲，对周围的人随和厚道，在他的庄园里，能让黑人过得身心舒适的东西，一样也不缺。但是，他进行了大量的投机生意，做得很马虎，结果亏了大本；他的许多借据，金额很大，落到了黑利手中，这点小小的情况就是上述的面谈的来由。

事有凑巧，伊丽莎走到门口的时候，听到了谈话的部分内容足以从中推断，一名黑奴贩子正在向主人提出要买什么人。

出来的时候，她本想站在门口听下去，可是主母当时正在叫她，就不得不急忙走了。

但她还是觉得好像听见了那黑奴贩子提出要买她的儿子；是不是自己听错了？她的心一紧，不禁怦怦乱跳起来；她不由自主地把孩子搂得紧紧的，弄得小家伙诧异地抬起头来瞧她的脸。

"伊丽莎，姑娘，你今天怎么啦？"女主人说；因为她叫伊丽莎从衣橱里拿件绸衣出来，伊丽莎却打翻了盛洗脸水的水壶，碰倒了做针线活的桌子，最后心不在焉地递给她一件长睡衣。

伊丽莎一惊。"啊，太太！"她抬起头来说；然后哇的一声哭了出来，接着坐到一张椅子上抽泣着。

"怎么啦，伊丽莎，孩子！你怎么啦？"女主人说。

"啊，太太，太太，"伊丽莎说，"有个黑奴贩子在客厅里跟老爷谈话来着！我听见他说的话了。"

"哎呀，傻孩子，有一个又怎么样？"

"啊，太太，你认为老爷会不会把我的哈里卖掉？"可怜的姑娘仰靠在椅子上抽泣，哭得全身抽搐起来。

"把他卖掉！不会的，你这傻姑娘！你知道，老爷从来不跟那些南方来的黑奴贩子打交道，只要佣人守规矩，哪一个他都不打算卖掉。唉，你这傻孩子，你怎么会想到有人要买你的哈里？你以为全世界的人都像你一样疼他吗？小傻瓜？得啦，宽心点，替我把衣服钩好。行了，再把我后面的头发照你前几天学的样子编起来。再也不要到门口去偷听了。"

"好，不过，太太，你决不会同意……同意……"

"哪儿的话，孩子！我当然不会同意。你说这个干什么？我宁肯把自己的孩子卖掉。不过说实话，你越来越为那小家伙过分骄傲了。只要有人进了门，你就以为一定是来买他的。"

伊丽莎听了女主人自信的口气，放下心来了，就麻利灵巧地替女主人梳妆起来，还一边梳一边笑自己瞎操心。

谢尔比太太，无论在智力方面还是在道德方面，都是个超群的女人。人们常常认为，肯塔基州的女人都有个天生的特点，就是心怀博大慷慨，而她还加上崇高的道德观念与宗教原则，而且不遗余力地、干练地身体力行。她的丈夫虽然不说自己有什么宗教信仰，但是很尊重她始终不渝的信仰，说不定还对她的意见怀着敬畏之心。他太太心地慈善，为自己的佣人的舒适、教育和修身养性做出种种努力，尽管他没有亲自参与，但可以肯定地说，他让她有完全的自由。事实上，尽管不能说他不折不扣地相信圣人积德多了可以超度他人的教义，但是不知怎么地，他认为自己的太太极端虔诚仁慈，足够庇佑两人了，就是说，他模模糊糊地希望，自己虽然德行浅薄，但太太的德行绰绰有余，自己也可以托她的福升入天堂。

跟黑奴贩子谈过之后，他心头最沉重的负担就是，可以预见考虑中的安排，迟早非向自己的太太透露不可，——必然会遭到太太的反对和苦苦求情。

谢尔比太太完全不清楚丈夫的尴尬处境，只知道他平常心地善良，听了伊丽莎的疑虑，表示难以置信，这完全是真心诚意的。事实上，她想都没想就把这事搁到了一边；由于忙着筹划晚上接待客人来访，这事给完全抛到脑后去了。

第二章　母　亲

伊丽莎是由女主人从小抚养大的，一向受到宠爱娇纵。

游历过南方的人一定常常注意到，许多四分之一黑人血统和黑白血统各半的混血女子，生来就有一种特有的优雅的神态、柔和的声音和文静的举止。混血女子除了有这些天生的仪态之外，往往还配上如花似玉的美貌，几乎每一个都长得逗人喜爱。作者笔下的这个伊丽莎，并不是凭空虚构的，而是根据记忆描绘出来的。多年前，作者曾在肯塔基州见过她。对于女奴来说，天生丽质往往是一种诱惑，惹出许多灾祸；但在女主人的保护之下，伊丽莎平平安安地长大成人，嫁给了一个黑白血统各半的混血青年，这个小伙子聪明能干，很有才华，是附近的一个庄园上的奴隶，名叫乔治·哈里斯。

这个小伙子被主人出租给一家麻袋厂做工。他心灵手巧，厂里的人都认为他是第一把好手。他发明了一架清麻机①，考虑到发明者的境遇和所受的教育，这项发明所表现出来的机械方面的天赋，简直可以与惠特尼的轧棉机媲美。

他长相英俊，姿态潇洒，在厂里人缘极好。然而，从法律的观点看来，这小伙子不是人，而是一件物品，他的这些超群的品质，全都受到一个平庸、狭隘、残暴的主人的控制。此君听说乔治的发明出了名，骑马来到工厂，想看看他的聪明的奴仆在干什么。雇主热情地接待了他，恭喜他拥有这么一个极有价值的奴隶。

他由乔治侍候着参观了工厂和厂里的机械设备。乔治兴高采烈，侃侃而谈，他体态挺拔，相貌英俊轩昂，使得主人不安起来，觉得自愧不如。自己的奴隶怎么能够到处乱跑，发明机器，在绅士们中昂首挺胸呢？他要马上制止这种事。他要把他带回去，叫

---

①　有这样一种机器，真的是肯塔基州一个年轻的有色人种的人发明的。——原注

他去挥锄挖土，"看他还能够这么到处出风头么。"于是他突然要求把乔治的工资拿给他，宣布自己打算把乔治带回家去，厂主和其他有关的人听了不禁大吃一惊。

"可是，哈里斯先生，"厂主提出异议说，"这不是太突然了么？"

"突然又怎么样？——他不是我的人吗？"

"先生，我们愿意增加租金。"

"我根本不图几个租金，先生。除非我愿意，我完全没有必要出租自己的奴隶。"

"但是，先生，他好像特别适合于干这种活。"

"也许是的；可我叫他干的活，他从来没有适合过哪一样，我敢担保。"

"请想想他发明了这种机器。"一个工人很不知趣地插了一句。

"噢，不错，节省劳力的机器，是不是？发明那东西，他可愿意了，没错；他们干这个可是内行。可他们自己就是节省劳力的机器，全都是的。不行，他得走！"

乔治突然听见宣布了对他的判决，知道这权威无法抗拒，便像钉住了一样，站着一动不动。他双臂交叉，双唇紧闭，可是怒火填膺，像火山爆发一样，一股股火流流遍全身的血管。他呼吸急促，大大的黑眼睛像两团烧红的火炭，闪烁着火光；他本来要发作一场，惹出大祸，幸亏好心的厂主碰了碰他的手臂，低声对他说：

"让步吧，乔治，暂时跟他走。我们还会想法子帮助你的。"

那恶霸看见了他们在说悄悄话，虽然听不清说了些什么，但猜出了那意思；因此暗暗横下一条心，一定要行使对自己作践的对象的权利。

乔治被带回去了，被迫干农场上最下贱的苦活。他竭力压制自己的脾气，没有说出不敬的话来；但冒火的眼睛，闷闷不乐、忧心忡忡的眉头，就是一种天生的语言，是压制不住的，——那是无可置疑的标志，清楚地说明，这个人不可能变成一件东西。

乔治跟妻子相遇、结婚，就发生在他在工厂做工的这段快乐的时期。在这段时期中，他得到雇主的信任与青睐，出入工厂行动自由。这桩婚事得到谢尔比太太的完全赞同。她也跟一般女人一样，以善于做媒而沾沾自喜，高兴地把自己俊俏的宠儿许配给跟她同族、各方面都跟她般配的小伙子；于是小两口在新娘的女主人的大客厅里成亲，女主人亲自在新娘的秀发上插上香橙花，给她披上婚纱。不用说，这婚纱下，从来没有过这般花容月貌。喜筵上，美酒佳肴，宾客满堂。客人们都戴着白手套，交相称赞新娘的美貌，称赞女主人的宠爱与慷慨。

婚后一两年，伊丽莎常常见到丈夫，日子本来过得幸福美满，只可惜接连失去了两个孩子。孩子是她的心头肉，失去孩子，使她悲痛欲绝。女主人像慈母一样，为她着急，不得不婉言相劝，以理智与宗教来节制她那丧子之痛。

但是，小哈里出生之后，她的心情渐渐安定下来。她每一条泣血的情感纽带与搏动的神经，再一次缠到这小生命身上之后，似乎变得正常健康起来。伊丽莎一直过得很幸福，直到丈夫给从好心的雇主身边强行带走，重新置于法定主人的铁蹄之下为止。

乔治给带走一两周之后，厂主以为这时哈里斯的一时之气已经平息，就信守诺言，去拜访哈里斯先生，好说歹说，想说服他让乔治回厂复工。

"你不必费神再说下去了，"他固执地说，"我的事不用别人来管，先生。"

"我岂敢多管闲事，先生，只是认为您也许会从您的利益出发，可以按提出的条件把这个人租给我们。"

"噢，这事我明白得很。我把他从厂里带走的那天，你跟他使眼色，咬耳朵，我全都看见了；你别想要这种花招来蒙我。这是个自由的国家，先生；人是我的，我爱把他怎么样就怎么样，——就是这么回事！"

这样，乔治最后的希望破灭了；摆在面前的只有一条路，就是做一辈子牛马；残暴的主人又挖空心思刺激他、侮辱他，日子就越发难熬了。

一位非常讲人道的陪审员说过，对一个人最残忍的刑罚就是绞死他。不对，还有一种刑罚更加残忍！

第三章　丈夫与父亲

　　谢尔比太太出门做客去了，伊丽莎站在门廊上，没精打采地目送着渐渐远去的马车，突然有一只手搭上她的肩头。她回过头来，立刻笑容满面，眼睛里露出快乐的光彩。

　　"乔治，是你？你吓了我一跳！你来得正好，我真高兴！太太今天下午出门去了；到我的小房间里来吧，一下午的时间全是咱们的。"

　　她边说边把他拉进一间整洁的小房间。房间面临门廊，她常常坐在门廊上缝东缝西，女主人一叫，就听得见。

　　"我多高兴！——你怎么绷着脸？——瞧瞧哈里——他长得多快。"孩子羞答答地站着，眼睛从鬈发下面瞧着自己的爸爸，手紧紧攥着妈妈的裙边。"他长得不漂亮吗？"伊丽莎撩起孩子的鬈发，吻了吻他说。

　　"我巴不得他没有出世！"乔治恨恨地说。"巴不得我自己没有出世！"

　　伊利莎感到意外，给吓着了，坐下来，把头伏在丈夫肩头，失声哭起来了。

　　"别哭，伊丽莎，我让你这么伤心，真是不应该，可怜的姑娘！"他温存地说，"太不应该了。啊，我多么希望你从来没有遇见过我——你也许会幸福些！"

　　"乔治！乔治！你怎么说这种话？出了什么可怕的事，还是将会出什么事？我认为直到最近，我们一直很幸福。"

　　"是很幸福，亲爱的，"乔治说。接着他把儿子抱上膝头，凝视着他的亮闪闪的黑眼睛，用手指梳理着他长长的鬈发。

　　"长得活像你，伊丽莎；你是我见过的最漂亮的女子，也是我希望见到的最完善的女子；但是，啊，我巴不得自己从来没有见过你，你从来没有见过我！"

"啊，乔治，怎么说这种话！"

"我没说错，伊丽莎，活着就是受罪，受罪，受罪！我的日子像黄连一样苦；我的生命快给烧干了。我是个可怜、悲惨、没指望的苦力；只会拖累你，不会有别的结果。我们想有所成就，学点知识，做个像样的人，这又有什么用？活着有什么用？我巴不得一死了之！"

"啊，亲爱的乔治，你这话太晦气了！我知道你丢了厂里的工作，心里很不痛快，又有个狠心的主人；但是求你忍一忍，说不定——"

"忍一忍！"他截住她的话头说，"我忍得还不够吗？在厂里，人人都对我好，他却无缘无故把我带走，我吭过一声没有？我挣的钱，一子儿不少，全都给了他，——而且大家都说我干得不错。"

"这的确可恼，"伊丽莎说，"不过，你知道，他毕竟是你的主人。"

"主人！谁让他当我的主人！他对我有什么权利？这一点我真想不通。他是人，我也是人。我比他还强。做生意我比他强；管理我也比他强；识字我比他识得多，写字我写得比他好，——全是我自学的，没有搭帮过他，——而且是在他的阻挠下学会的。现在他有什么权利来叫我做牛做马？我干活干得好端端的，而且干得比他好，他有什么权利把我带走，强迫我干随便哪匹马都能干的活？他要达到目的；他说他要打下我的威风，叫我服服帖帖，所以故意叫我干最苦、最贱、最脏的活！"

"啊，乔治！乔治！你这样说叫我害怕！你说这种话，我从来没听见过；我怕你会干出可怕的事儿来。你的心情我全理解，不过，啊，要小心，千万要小心——为了我，为了哈里！"

"我一贯小心谨慎，忍气吞声，可是日子越来越难熬了；血肉之躯再也受不了了。一有机会侮辱我，折磨我，他就决不放过。我原以为可以把活干好，不声不响过下去，干完活挤出点时间读书学习；可是他见我干得越多，就越是层层加码。他说，虽然我一声不吭，但看得出我心里有鬼，他要把我心里的鬼逼出来；总有一天，这鬼一冒出来，他就会吃不了兜着走。要不就是我弄错了。"

"啊，亲爱的，咱们怎么办？"伊丽莎伤心地说。

"就在昨天，"乔治说，"我正在往马车上装石头，汤姆少爷站在那儿，挨着马摔鞭子，使马受了惊。我好言好语请他别摔了，——他还是摔下去。我又求他，他却冲着我来，把鞭子往我身上抽。我抓住他的手，他又叫又踢，跑到他爸爸跟前，说我打了他。他爸爸怒气冲冲走过来，说要教训教训我，让我知道谁是主人；他把我绑到一棵树上，砍下几根枝条，叫儿子抽我，直到抽累了为止；——他真的这样做了！我要叫他记起这件事，总有这么一天！"小伙子眉头阴森森的，眼睛里燃烧着仇恨，他年轻的妻子见了直哆嗦。"谁让这小子当我的主人？我真想不通！"他说。

"唉。"伊丽莎伤心地说，"我一向认为自己必须服从主人和主母，不然就不是个基督徒。"

"就你的情况来说，这还有点道理；他们把你当做自己的孩子拉扯大，给你吃的，给你穿的，宠着你，教导你，让你受到了良好的教育；他们对你有权利，道理就在这里。可是我受到的只有拳打脚踢和咒骂，不来管我，就算是万幸；我欠他什么？他养活了我，我已偿还过百倍了。我不会再忍耐下去的。决不！"他恶狠狠地攥紧拳头说。

伊丽莎浑身哆嗦，无话可说了。她从来没见过自己的丈夫有过这么大的怨气。她的柔弱的伦理观念就像芦苇一样，经不住这怒潮的冲击。

"你还记得你给我的那只可怜的小狗卡洛吧，"乔治接着说，"这小东西就是我唯一的慰藉。晚上，它跟我睡在一起，白天，它跟着我到处跑，它瞧着我的时候，那样子就像理解我的心情一样。不料前几天，我正在拿从厨房门口拾来的一点残菜剩饭喂它，少爷走过来，说我拿他的东西喂狗，他可没钱让每个黑奴都养狗，吩咐我在它脖子上吊一块石头扔到塘里去。"

"啊，乔治，你没这么干吧！"

"这么干？——我可不干，可是他干了。可怜的狗快要淹死了，主人和汤姆还不断地用石头打它。可怜的东西！它那么伤心地瞧着我，仿佛不明白我为什么见死不救。我不肯把狗淹死，自己还挨了一顿鞭子。我不在乎。主人有一天会明白，我可不是用鞭子驯服得了的。他要是不放小心点，我总会有报仇的一天。"

"你打算怎么办？啊，乔治，可别干出什么坏事来啊；只要你信仰上帝，只要做好事，他会拯救你的。"

"我不像你，我不是个基督徒，伊丽莎；我满肚子怨气；不相信上帝。上帝为什么容忍这样的世道？"

"啊，乔治，我们必须有信仰。太太说，即使我们事事不顺利，上帝也在尽力帮助我们。"

"坐沙发，乘马车的人，这么说说倒不难。要是让他们处在我的地位，我想他们更会受不了。我但愿能做个好人，可是我的心在燃烧，怎么也咽不下这口气。处在我的地位，你也咽不下这口气，——要是我把一切都告诉你，你现在也咽不下这口气。你还不了解全部情况呢！"

"还有什么情况？"

"嗯，近来主人口口声声说，他让我娶别人种植园上的人，真是个傻瓜；说他恨死了谢尔比先生一家子，因为他们很高傲，不把他放在眼里，说我学你的样，也高傲起来了，他说再也不让我到你这儿来了，说要我娶个妻子，在他庄园上安家。开头，他只是骂骂咧咧，叽咕叽咕；可是昨天他对我说，要我娶密娜为妻跟她住进一间小屋里过日子，不然就要把我卖到下游去。"①

"可是你已经娶了我，由牧师主婚，就像白人结婚一样啊。"

"你难道不知道奴隶是不能结婚的吗？这个国家没有允许奴隶结婚的法律；如果他存心要拆散我们，我没法把你留下做妻子。我巴不得从来没有见过你，巴不得自己根本没有出世，原因就在这里；那样对我们俩都要好些，要是这可怜的孩子没有出世，对他来说，还要好些。这一切也会发生在他身上啊。"

"啊，可主人心肠是那样好！"

---

① 即密西西比河下游，更南边的地区，那里的奴隶处境更惨。

"不错，可是谁说得准呢？——主人说不定会死去——那时孩子就可能被卖给天晓得什么人。他漂亮，伶俐，聪明，这又有什么可高兴的？我告诉你，伊丽莎，孩子的每一个长处，优点，都可能成为刺进你心里的一把利剑；这些长处会使他成为无价之宝，你就保他不住了。"

这一席话，说得伊丽莎心惊肉跳；她眼前出现了黑奴贩子的影子；仿佛有人给了她致命的一击似的，她脸色惨白，喘不过气来了。她神经紧张地瞧瞧外面的门廊；孩子听腻了这严肃的谈话。到门廊上骑着谢尔比先生的拐杖，兴高采烈地走来走去。她本想跟丈夫说说自己的担忧，但是又把话咽了回去。

"不，不——已经够他受的了，苦命人！"她心里想。"不，不能告诉他；而且不是真的，太太从来没骗过我们。"

"好了，伊丽莎，我的姑娘，"做丈夫的伤感地说，"要挺住，再见，我要走了。"

"要走了，乔治！到哪儿去？"

"到加拿大去，"他挺直了身子说，"我到了那儿之后，就把你买走；咱们就剩下这么点希望了。你的主人心肠好，不会不肯把你卖给我。我要买下你和孩子，——上帝保佑，我一定这样做！"

"啊，太可怕了！万一你给抓住了怎么办？"

"我不会给抓住，我宁肯死！要么自由，要么死！"

"你不会自杀吧？"

"没那个必要。他们会杀死我，快得很；他们别想把我活着卖到下游去！"

"啊，乔治，为了我，千万小心哪！别干坏事，别自寻短见，也别伤害别人！你吃的苦头太多了，太多了；但是别干出坏事来，走是必须走，不过要走得小心、谨慎。愿上帝保佑你。"

"那么好吧，伊丽莎，听听我的计划。主人忽然想出个歪主意，派我到这儿来，送封信给离这儿一英里左右的西姆斯先生。我认为，他料到我会到你这儿来，向你诉诉自己的苦。他认为，这会让他所谓的'谢尔比一家子'恼恼火，他就高兴了。我打算回去，装出听天由命的样子，仿佛一切都完了。我已经做了些准备工作，——有些人愿意帮我的忙；一个星期左右之后的某一天，我就会失踪。替我祈祷吧，伊丽莎；你的祈祷，也许好心的上帝会听见的。"

"啊，你自己也祈祷吧，乔治，相信上帝吧，你就不会干出坏事来了。"

"好了，再见。"乔治握着伊丽莎的手，一动不动地注视着她的眼睛说。他们默默地站着；最后是临别的叮咛、呜咽声和凄惨的哭声，一副劳燕分飞、后会难期的情景，最后夫妻分手了。

第四章　汤姆大伯小屋里的一个晚上

汤姆大伯的小屋是座圆木建成的小房子，紧挨着"大屋"，——这位"模范"黑人是这样叫主人的住宅的。小屋前面是一个整齐的花园；精心栽培之下，每到夏天，花园里长满了草莓、悬钩子和其他种类繁多的水果蔬菜，真是一派欣欣向荣的景象。小屋前墙被一株很大的红花秋海棠和一株本地的多花玫瑰遮住了，两株花的枝条纵横交错，完全遮住了后面的粗糙的圆木。这儿还留出了一角，栽着鲜艳的一年生花卉，如金盏花、牵牛花、紫茉莉，到了夏天，一片姹紫嫣红。这是克罗大妈的喜悦与骄傲。

我们进小屋里去吧。大屋里已吃过晚饭；克罗大妈当掌厨的大师傅，饭做好之后，就让厨房里的手下人去收场洗碗，出来回到自己舒适的领地，给老头子做晚餐，所以，你看见坐在火边的无疑是她。她正在心急而又兴致勃勃地守着炖锅里什么吱吱作响的东西，过了不久，郑重其事地揭开烤锅盖，烤锅里立刻飘出香味，无可置疑地说明里面有什么"好吃的玩意儿"。她的脸圆溜溜的，黑中放亮，光滑得令人以为一定搽了一层蛋白，就跟她做的茶饼一样。她头上戴着浆得挺括的头巾，整个圆脸笑眯眯的，一副心满意足的神态，如果要说实话的话，其中还有那么一点沾沾自喜的成分；这也难怪，因为克罗大妈是附近一带大家公认的头把掌厨好手嘛。

她当然是天生的厨师；在骨子里，在灵魂深处，她都是当厨师的料。谷仓里的每一只鸡、每一只火鸡、每一只鸭，只要见她来了，都心情沉重起来，仿佛在考虑自己最后的下场；不用说，她的确时刻在琢磨着扎翅、填料、烘烤之类的事，弄得每一只会思考的活家禽见了她就心里发怵。她做的玉米饼，名目繁多，什么锄头饼啦、玉米糕啦、小松糕啦，还有其他许多名色，真是不胜枚举，对于那些只会和和面、技术不精的厨师来说，她的技巧真是深不可测的奥秘。她常常讲述自己的同行拼命想学到她的高超技巧，结果总是白费心机，口气中带着真诚的自豪感，边讲边笑得浑身肥肉乱颤。

大屋来了客人，要办"豪华"的酒席，就会使她精神抖擞起来。她最欢迎的景象，就是门廊上堆起了一堆旅行箱；因为这时她知道显身手、立新功的机会又来了。

不过，克罗大妈眼前正在往烤锅里瞧；把这小屋里的景象描绘完毕之前，我们暂且不去打扰她，让她去从事这种称心如意的事业。

小屋的一角，摆着一张床，上面整齐地铺着雪白的床罩；床边是一块相当大的地毯，克罗大妈就站在这地毯上。这地毯清楚地说明克罗大妈的地位很高。事实上，这地毯、旁边的床，以及整个角落，都得到特别的重视，尽可能防止打劫成性的小家伙们的入侵和践踏。事实上，这个角落就是她府上的"客厅"。另外一个角落里摆着一张简陋得多的床，显然是真正用来睡的。壁炉上方的墙壁上贴着几张色彩鲜艳的《圣经》插图，一幅华盛顿将军的画像，画像的笔法和着色拙劣极了，要是那位英雄碰巧看见了同样的画，一定会大吃一惊。

角落里的一条粗糙的长凳上，坐着两个头发鬈曲的男孩，乌黑的眼睛亮晶晶的，胖脸蛋放着光，正在忙着指导一个小毛毛学习走路的初步动作。跟通常的情况一样，这初步动作就是站起来，稳住一会儿，然后栽倒在地——接二连三的失败，都得到热烈的欢呼，仿佛是不折不扣的巧妙的绝活。

一张桌子，四肢已略患风湿病，给拖到火前，铺上了桌布，上面摆着图案精美的杯盘，还有其他一些迹象，说明就要开饭了。这桌前坐着汤姆大伯——谢尔比先生的仆人头儿。他是本书的主人公，必须为读者仔细描绘一番。他身材魁伟，背宽胸厚，臂力过人，皮肤漆黑透亮，五官是典型的非洲人的样子，脸上一副严肃、稳重、精明的表情，还透露出忠厚与善良。他整个神态有一种自尊、庄严的气质，但又不乏坦率、谦恭与纯朴。

此刻他的心全放在摆在面前的一块石板上，在上面仔细地、一笔一画地描绘着几个字母。指导他的是乔治少爷，一个机灵、聪明的十三岁男孩，看上去完全意识到了自己作为教师的尊严。

"不是那样写的，汤姆大伯，——不是那样写的，"他见汤姆费劲地把 g 这个字母的尾巴拐错了一边，连忙说，"你瞧，那样就写成了 q。"

"上帝呀，是吗？"汤姆大伯说。小先生龙飞凤舞地写了无数个 q 和 g，给他做示范，他在一旁瞧着，神情恭敬而钦佩；然后他用粗大笨拙的手指抓起铅笔，又耐心地描画起来。

"白人学什么都是那么容易！"克罗大妈正用叉子叉着一块腊肉往烤锅上涂油，这时停下来，得意地瞧着乔治少爷说。"他写得多好，瞧！还读书呢！晚上还到我们这儿来，把功课念给我们听，——多有趣啊！"

"不过，克罗大妈，我饿坏了，"乔治说。"锅里的烤饼不是差不多熟了吗？"

"就要熟了，乔治少爷，"克罗大妈揭开盖，往里面瞧了瞧说，——"黄黄的，真好看——真正黄得爱煞人呢。啊！做这种事，我可是内行。那天太太让萨丽烙饼，说让她学着做。'啊，去你的吧，太太，'我说，'瞧着好端端的粮食给糟蹋了，真叫人心疼呢！饼子烤得尽往一边翘——不成个样子，还比不上我的鞋子，去你的吧！'"

克罗大妈边说着最后一句，表示瞧不起萨丽的外行劲儿，边利索地揭开烤锅盖子，露出一张烤得非常均匀的一磅重的饼，城里的糕点师能烤出这样的饼来，也用不着惭愧了。这张饼显然就是待客的主食，克罗大妈现在开始认真地忙着摆饭菜了。

"听着，摩斯，彼得！别挡路，鬼崽子！走开，波丽，宝贝——妈等一下就给宝宝一点吃的。乔治少爷，把书拿开，跟我家老头子坐下来，我就把香肠端上来，一眨眼工夫就把第一锅烙饼放到你的盘子上。"

"他们要我回大屋去吃晚饭，"乔治说，"可哪儿的饭好吃我太清楚了，克罗大妈。"

"你当然清楚——当然清楚，宝贝，"克罗大妈边说边把热气腾腾的奶油饼往他盘子上堆，"你晓得大妈会把最好吃的东西留给你的。啊，你真内行！去你的吧！"大妈说着，用手指捅了乔治一下，表示这是大大的玩笑，说完又飞快地转过身去照料烤锅去了。

"现在切饼喽，"烤锅边的事差不多忙完了的时候，乔治少爷说，说完就挥起一把大刀要切那饼子。

"天哪，乔治少爷！"克罗大妈一把抓住他的胳膊，正色说道，"用这样一把大刀，就不是切饼，而是压饼喽，会把蓬松松的饼子压得瘪瘪的。瞧，这儿有一把薄薄的旧刀。我特意把它磨得飞快。喏，你瞧，这样轻轻一划，就划开了！吃吧——再没有比这还好吃的东西了。"

"汤姆，林肯说，"乔治嘴巴塞得满满的，说道，"他家的吉妮做饭做得比你还好。"

"林肯那一家子算得了什么，根本不行！"克罗大妈轻蔑地说，"我是说，跟我们这一家的人比。他们一般说来还算过得去；可是要讲做有气派的事，他们就挨不上边喽。拿林肯老爷跟谢尔比老爷比比吧！天哪！说到林肯太太，她走进房间的时候，有我们家太太这样的风度吗？——简直是高贵极了，你懂什么！啊，去你的吧，别提林肯那一家了！"——克罗大妈把头一扬，大有一副见多识广的派头。

"可是，我听你说过的，"乔治说，"吉妮是个挺不错的厨娘。"

"我是说过，"克罗大妈说，"我还可以这样说。家常便饭嘛，吉妮做得还算好；玉米面包做得好，土豆煮得到火候，不过她做的玉米饼子不怎么样，现今不怎么样了，吉妮的玉米饼子，不过还算好，——不过，天哪，说到做高级的东西，她会什么？唔，她会做馅饼，她确实会做；可是那皮怎么样？她能把面发得又酥又脆吗？做得进口就化，堆着像一团烟吗？玛丽小姐快要出嫁的时候，我到过他们家，吉妮让我看她做的喜饼。吉妮跟我是好朋友，你知道。我没吭声。不过去你的吧，乔治少爷！哎呀，要是我做出这样的馅饼，一个礼拜都会合不上眼。哎呀，那些喜饼根本不像样。"

"我想吉妮还以为好得很呢，"乔治说。

"好得很！——真的？她真不害臊，还傻乎乎地拿给我看呢——你瞧，吉妮不懂的，就是这一点。那一家子算什么！怎么能要求她懂！这怪不得她嘛。啊，乔治少爷，你在家庭和教养方面享了多少福，你哪里清楚啊！"说到这儿，克罗大妈感激万分地叹了一口气，翻起眼珠子。

"我想，克罗大妈，吃馅饼吃布丁的福气，我清楚得很，"乔治说。"我每回碰到汤姆，林肯，就要对他吹一通，不信去问问他好了。"

克罗大妈听了少爷这番俏皮话，往椅背上一靠，乐得哈哈大笑起来，笑得眼泪从她那黑中透亮的脸上直往下滚，还开玩笑似地一会儿拍拍乔治少爷，一会儿捅捅他，跟他说，去你的吧，说他真是了不得——说他会送了她的命，总有一天一定会送了她的命；她一面作着这种血淋淋的预言，一面大笑，笑得一次比一次久，最后弄得乔治真的以为自己是个危险的俏皮角色，觉得以后讲俏皮话的时候可得小心点。

"你对汤姆是这样说的，是吗？啊，天哪！小东西会做出什么事来吧！你对汤姆吹了一通？啊，天哪！乔治少爷，你会逗得石头都笑起来。"

"没错，"乔治说，"我对他说，'汤姆，你真得瞧瞧克罗大妈做的馅饼，那才是地道的馅饼哩。'我是这么说的。"

"可惜呀，汤姆见不到，"克罗大妈说。她心地慈善，深深地为汤姆的孤陋寡闻而感到惋惜。"哪天你得请他到这儿来吃饭，乔治少爷，"她加上一句，"这样做会显得你很大方。你知道，乔治少爷，你可不能因为自己有福气就瞧不起别人，因为我们的福气都是上帝赐给我们的：我们要时刻记得这一点，"克罗大妈神情严肃地说。

"好吧，我打算下个礼拜哪天请汤姆到这儿来，"乔治说，"你拿出全副本事，克罗大妈，我们把他弄得目瞪口呆。我们难道不能让他饱餐一顿，叫他半个月都消化不了？"

"能，能——肯定能，"克罗大妈喜滋滋地说，"等着瞧吧！天哪，想想我们的几桌酒席吧！你还记得我们请诺克斯将军吃饭那回我做的那个大馅饼吗？我跟太太，我们两个差一点儿为馅饼皮吵了起来。太太们心里是怎么想的，我弄不清；不过有时候，人家身上担子最重的时候，可以说是'正儿八经'忙着做事，她们闲着没事做，老是在旁边指手画脚！那回，太太一下子要我这样做，一下子要我那样做；最后我有点不客气了，我说，'太太，瞧瞧你那双美丽白嫩的手，细长的手指上戴着金光闪闪的戒指，就像我种的挂着露水的白百合；再瞧瞧我这双又大又黑、手指粗短的手。难道你不认为上帝一定是要我做馅饼皮，要你坐在客厅里吗？'瞧，我就是这样不客气，乔治少爷。"

"妈妈是怎么说的？"乔治说。

"怎么说的？她那双大眼睛差不多笑了起来，她那双漂亮的大眼睛；她说，'好吧，克罗大妈，我想你大概说得对。'说完就到客厅去了。我那样不客气，她本该在我脑壳上敲几下，但是事情就是这样——太太们在厨房里，我就什么也做不好！"

"对了，那顿酒席你办得很好，——我记得人人都是这么说的。"乔治说。

"那还用说；那天我不是站在餐室门后吗？我没看见将军伸出盘子要馅饼，伸了三回吗？——他还说，'你一定有个不寻常的厨师，谢尔比太太。'天哪，我差不多快活得笑破了肚子。"

"饭菜做得好不好，那个将军很识货呢，"克罗大妈挺神气地挺直腰板说，"是个很好的人，那个将军！他出生在弗吉尼亚州头等的大户人家！这是什么，那是什么，他跟我一样清楚，那个将军。你瞧，馅饼各有各的特点，乔治少爷；但并不是个个都清楚是些什么特点，或该有什么特点。可是那个将军，他清楚：我从他的话里听出来的。不错，他清楚是些什么特点。"

在特殊情况下，连男孩都有真的多吃一口也不行了的时刻。这时乔治少爷就到了这么个时刻，所以他有了空闲，注意到对面角落里那一堆头发鬈曲的脑袋和放光的眼睛，正在饥肠辘辘地瞧着他们吃馅饼。

"给，摩斯，彼得，"他撕下大块大块的馅饼，扔给他们；"你们也想吃点，是不是？克罗大妈，给他们也烤一点饼吧。"

乔治和汤姆移到舒服的壁炉角落里去了，克罗大妈又烤了一大堆饼，抱起毛毛，轮流往毛毛口里和自己口里塞，还分给摩斯和彼得一些。他们好像宁愿边吃边在桌子下打滚，互相呵着痒，有时候扯扯毛毛的脚趾头。

"嘿！走开，好不好？"做妈妈的说，孩子闹得太厉害的时候，她就不时朝桌子底下无目标地踢上一脚。"白人来做客的时候，能不能放规矩些？别吵了，行不行？你们还是当心些好，要不等乔治少爷走了，我就要给你们点厉害瞧瞧！"

这可怕的威胁后面藏着的真意是什么，就很难说了；不过，可以肯定地说，由于话说得含含糊糊，对于正在干坏事的小家伙没有产生什么影响。

"哎呀，看哪，"汤姆大伯说，"他们全身发痒，规矩不起来。"

这时两个孩子从桌子底下钻了出来，手上脸上沾满了糖浆，开始起劲地吻小毛毛。

"滚开！"做妈妈的把两个鬈发脑袋推开说。"你们这样亲毛毛，都会粘在一起，分都分不开了。快到井边去洗洗！"她说着给了他们一巴掌，以加强训斥的效力，巴掌响得可怕，但起的作用似乎只不过使他们扭成一团连滚带爬出去的时候，更是笑得厉害，到了外面，干脆尖声怪笑起来。

"你见过这样气死人的小东西吗？"克罗大妈颇为得意地说，一边掏出一块应急的旧毛巾，从开裂的茶壶里倒点水在上面，开始把毛毛手上脸上的糖浆揩掉；把她揩得放亮之后，就把她放到汤姆怀里，自己则忙着收拾桌上的东西。毛毛利用这段时间扯汤姆的鼻子，抓他的脸，把胖乎乎的手插进他鬈曲的头发，这最后一项似乎最叫她心满意足。

"她不也是个调皮的小东西吗？"汤姆一面说，一面把她放得远点，好看清她的全身；然后他站起来，让她骑在自己宽厚的肩膀上，驮着她又蹦又跳，乔治少爷拿着手帕在她面前晃动，摩斯和彼得这时又进来了，跟在她后面学熊吼叫，克罗大妈说他们吵得"她的脑袋都要掉下来了"。她把这说成是给她动"外科手术"，小屋里每天都要进行一次。她这样说，并没有使吵闹稍有所减，人人都叫呀，蹦呀，跳呀，最后弄得精疲力竭才安静下来。

"好了，我希望你们闹够了，"克罗大妈在忙着从大床下面拖出一张盒子似的粗糙的脚轮床，这时说道，"现在，你，摩斯，你，彼得，爬上床去，因为我们要开祷告会了。"

"啊，妈，我们不想上床。我们想坐着开祷告会，——开祷告会很好玩。我们喜欢开祷告会。"

"克罗大妈，把床推进去，让他们待着，"乔治少爷一边毅然决然地说，一边推了一下这粗糙的车子。

克罗大妈这么做了一下样子，乐得把床推进去，边推边说："好吧，说不定对他们也有好处。"

现在屋里的人立刻开了个全体会议，商讨祷告会的桌椅摆布和座位安排。

"拿什么做椅子，我宣布，我不知道，"克罗大妈说。汤姆大伯家里每个礼拜开一次祈祷会，时间不限，一张多余的椅子也没有，这次看来应当能想出点什么办法来。

"上个礼拜，彼得老大伯把那把最旧的椅子的两只脚都唱断了，"摩斯提醒说。

"去你的吧！要不是你拆下来的，那就有鬼了，你鬼名堂多得很，"克罗大妈说。

"嘿，要是把椅子靠墙放着，会站得稳的！"摩斯说。

"那就不能让彼得大伯坐，因为他唱的时候，时刻移来移去。前几天夜里，从屋里这边一直移到了那边，"彼得说。

"老天爷！那就让他坐，"摩斯说，"他就会唱起来：'来吧，圣人和罪人，听我讲，'然后他就会砰的摔到地上。"为了把这预料之中的灾难表演出来，摩斯惟妙惟肖地模仿着老汉的鼻音，然后突然摔倒在地。

"得了吧，放规矩些，好不好？"克罗大妈说，"看你羞也不羞。"

可是，乔治少爷斩钉截铁地说摩斯是个"怪杰"。这样一来母亲的训斥就失去了效力。

"喂，老倌子，"克罗大妈说，"你得把那两只木桶弄进来了。"

"妈妈的木桶就像乔治少爷在《圣经》里念到的那个寡妇的坛子①，——灵验着呢，"摩斯跟彼得说悄悄话。

"上个礼拜肯定有一只压瘪了，"彼得说，"他们唱着唱着都摔倒了；那回不灵了，是不是？"

摩斯跟彼得说悄悄话的时候，两只空桶给滚进小屋里来了，两边用石头塞住不动，再在上面铺上木板。这样摆好之后，又把几只盆和桶倒过来放着，摆上几张摇摇晃晃的椅子，准备工作就算完成了。

"乔治少爷念《圣经》念得真是好听到家了，我知道他会留下来给我们念的，"克罗大妈说，"这样好像有趣得多。"

乔治欣然同意留下，因为只要能让他显得是个要人，这孩子什么都愿意干。

屋子里不久就挤满了各色各样的人，从八十岁的白发苍苍的长者到十四五岁的姑娘小伙都有。接着大家并无恶意地闲聊各种各样的事情，比如说，萨利大妈红色的新头巾是哪儿买的啦，太太那件新罗纱裙做好之后，打算把那点子花的细布裙送给丽西啦，谢尔比老爷正在考虑买一匹栗色小马，给庄园添点气派什么的。有几个来做礼拜的是附近人家的人，他们得到主人允许来参加祈祷会，带来了各种各样精彩的新闻，讲的是主人的大屋里和庄园上谁做了些什么，说了些什么；大家把这些消息自由地传来传去，跟上流社会的闲聊一模一样。

---

① 《圣经·列王记》中说到一个寡妇的坛子中所藏的食物取之不竭。

过了一会儿，唱赞美诗开始了，在场的人全都兴高采烈。唱的都是些奔放激越的歌曲，虽然有些人带着鼻音，但这美中不足之处也没有使他们天赋的好嗓子减色。有些歌曲是附近一带教堂里尽人皆知的常唱的赞美诗，有些是野外祈祷会上剽学来的，具有更加奔放而飘忽不定的风格。

其中有一首赞美诗的合唱部分唱得劲头十足，充满宗教热忱，歌词如下：

> 战死在沙场，
> 战死在沙场，
> 虽死犹荣。

大家特别喜爱的另一首多次重复下面几句歌词：

> 我即将光荣归天界，是否共我行？
> 君不见天使在招手，召唤我启程？
> 君不见到了黄金城，从此得永生？

还有其他赞美诗，不断提到"约旦河畔"、"迦南的原野"和"新耶路撒冷"[1]；黑人的头脑热情而富有想象力，特别喜爱生动如画的赞美诗和词句；他们唱着赞美诗，有的笑，有的哭，有的拍手，有的欣喜地互相握手，仿佛真的到达了约旦河彼岸。

接着是几个人讲道，或讲述亲身经历，讲话声与歌声混成一片。有个白发苍苍的老婆婆，早就不能干活了，但是给当作活的历史记录而受到尊敬，这时扶着拐杖站起来说：

"喂，孩子们！再一次见到大家，听大家唱赞美诗，真是高兴得了不得；因为不知道哪天我就要归天了，但是我已经做好了准备，孩子们；我好像捆好了小包袱，戴上了帽子，等着驿车送

---

[1] 约旦河，在基督教圣地巴勒斯坦；迦南，巴勒斯坦西部地名；耶路撒冷，巴勒斯坦首府。此三处均指天国。

我回家去；晚上，有时候，我好像听见了轱辘辘的车轮声，我时刻都在张望；你们也得准备好；我告诉你们，孩子们，”她拿着拐杖使劲顿了一下地板说，“天国是个了不得的地方！了不得的地方，孩子们，你们一点也不知道，那是个奇妙的地方。”老婆婆坐下来时，已是激动万分，泪流满面；这时全体唱道：

> 啊，迦南，光明的迦南，
> 我将启程前往迦南。

乔治少爷应邀念了《启示录》①最后几章，中间常常给各种赞叹声打断，如“天哪！”“听喽，听喽！”“真想不到！”“真的会有这种事？”

乔治是个聪明孩子，跟他母亲学到了宗教方面的许多知识，见自己得到大家的一致赞赏，便不时地插进自己的解释，神情认真庄严，实在难得；年轻人因此而羡慕他，老年人因此而为他祝福；大家意见一致，说“连牧师也不见得讲得比他好”；“真是叫人惊讶”！

汤姆大伯可说是附近一带宗教方面的长者。他生性极端重视修身养性，胸怀宽阔，德行高洁，远非同辈可比，因此大家非常尊敬他，把他看成牧师一样的人物；他的讲道言辞质朴、恳切诚挚，文化程度更高的人听了也会得到教益。但是他特别擅长的是祈祷。他的祈祷纯朴动人，像孩子似的真诚，真是无与伦比，而且由于引用了《圣经》语言，因而更加生动；《圣经》语言仿佛渗透到了他全身，成了他身心的一部分，他可以不假思索，出口成章；用一位虔诚的老黑人的话来说，“他的祈祷，直上天庭。”他的祈祷总是深深地打动会众的虔诚之心，周围的人响应之声不断，往往把他的声音淹没了。

这场戏在汤姆大伯的小屋里演出的时候，主人的客厅里却在上演一出完全不同的戏。

---

① 《圣经·新约》里的最后一章。

黑奴贩子和谢尔比先生一块儿坐在前面提到过的餐室里，桌上摆着文件和笔墨。

谢尔比先生在忙着数一沓沓的钞票，数完之后，推过去给黑奴贩子，黑奴贩子又照样数一遍。

"没错，"黑奴贩子说，"现在在这些文件上签字吧。"

谢尔比先生赶忙接过卖契，在上面签了字，就像一个人匆匆做完叫人恶心的事情一样，然后把卖契连钱一起推过去。黑利从一只破旧的皮包里掏出一张羊皮纸借据，浏览了一遍之后，递给谢尔比先生。谢尔比先生接了过去，那动作分明透露出压抑着的急切心情。

"好啦，完事啦！"黑奴贩子站起身来说。

"完事了！"谢尔比先生沉吟着说。深深地吸了口气之后，又说了一遍，"完事了！"

"看来你好像不太高兴。"黑奴贩子说。

"黑利，"谢尔比先生说，"我希望你记得，你以人格担保过，不了解买主是什么样的人，你不会把汤姆卖掉的。"

"怎么，你自己就把他卖了，先生，"黑奴贩子说。

"你很清楚，我是迫不得已，"谢尔比先生高傲地说。

"你知道，我也可能迫不得已，"黑奴贩子说。"但是，我会想方设法给汤姆找个好地方；至于怕我虐待他，那完全不必要。我有什么要感谢上帝的话，就是感谢他使我的心一点儿也狠不起来。"

黑奴贩子以前解释过自己的人道主义原则，但谢尔比先生对于那番表白并不怎么放心；可是，事已至此，这是唯一的安慰了，他就没再说什么，让黑奴贩子走了，自己则独自抽起雪茄烟来。

第五章　活财产易主时的心情

谢尔比先生和太太已经进入卧室，准备就寝了。他躺在一张大安乐椅上，浏览着午后邮班送来的信件，她站在镜子前，把伊丽莎给她梳妆时织成的复杂的辫子、做的卷发拆散刷直。刚才她发现伊丽莎脸色苍白，眼神憔悴，就没有要她侍候，命她去睡觉去了。她刷着头发，自然而然地回想起上午跟姑娘的谈话，就回过头来，漫不经心地对丈夫说：

"对了，亚瑟，今天你拖进来吃饭的那个粗野的家伙是谁？"

"名叫黑利，"谢尔比在椅子上很不自在地扭了一下身子，眼睛继续盯着一封信。

"黑利！他是谁？请问他到这儿来干什么？"

"唔，一个买卖人，上回我到纳奇兹的时候，跟他做过一笔生意，"谢尔比先生说。

"做了一笔生意，就居然不讲客气，到我们家吃饭来了？"

"哪里，是我请他来的；我跟他有点账要结，"谢尔比先生说。

"他是黑奴贩子吧？"谢尔比太太说，同时注意到丈夫的神情有点尴尬。

"唉，亲爱的，你怎么想到这上头去了？"谢尔比抬起头来说。

"没什么，只是伊丽莎吃过饭进来过，急得不得了，哭得很伤心，说你在跟一个黑奴贩子说话，说她听见那黑奴贩子提出要买她的孩子——这荒唐的小笨蛋！"

"是吗？"谢尔比先生说着又看起信来，好像专心致志地看了好一会儿，却没注意到自己把信都拿倒了一头。

"这事迟早会闹穿的，"他心里说，"现在闹穿，还是以后闹穿，反正都一样。"

"我告诉伊丽莎，"谢尔比太太继续刷着头发说，"说她费这番心思，真是傻瓜，说你跟那种人从来不打交道。当然，我知道你从来没打算卖掉我们的随便哪个佣人，——更不用说卖这样一个小家伙了。"

"唔，爱米丽，"做丈夫的说，"我一向是这样想的，也是这样说的；但是我的生意亏了本，不卖不行了。我得卖掉几个佣人。"

"卖给那个家伙？不可能！谢尔比先生，你说的话不可能是当真的。"

　　"对不起，我得说是当真的，"谢尔比先生说，"我同意卖掉汤姆了。"

　　"什么？卖掉咱们的汤姆？——那个忠诚老实的好人？——从小就忠心耿耿地服侍你的汤姆！啊，谢尔比先生！你还答应过让他自由呢，这事你和我跟他讲过百十回哩。好了，现在随便什么事我都相信是可能的了，现在可以相信你会把小哈里，可怜的伊丽莎的独子卖掉！"谢尔比太太说，那声调是一半伤心，一半气愤。

　　"得了，既然你都知道了，索性告诉你，的确是这样。我已经同意卖掉汤姆和哈里两个；我只不过是在做大家天天都在做的事，不明白为什么要受到指责，仿佛我是个妖怪似的。"

　　"可是，有这么多佣人，为什么偏偏挑出这两个来卖？"谢尔比太太说，"如果你一定要卖，庄园上还有这么多人，为什么单单要卖掉他们？"

　　"他们的身价最高，这就是为什么。如果你这样说，我可以挑另外一个。那家伙出了高价要买伊丽莎，如果你觉得这样更合适一些的话，"谢尔比先生说。

　　"坏蛋！"谢尔比太太狠狠地骂道。

　　"不过，我根本没答应；考虑到你的心情，我不肯卖，所以我还是做了点好事吧。"

　　"亲爱的，"谢尔比太太平静下来，说道，"原谅我。我太急躁了。我觉得意外，对这件事完全没有思想准备；但你一定会让我替这些苦命人说说情吧。汤姆尽管是个黑人，但他品德高尚，忠心耿耿。我相信，谢尔比先生，就是要他为你献出生命，他也会愿意的。"

　　"这我知道，我可以这样说；可是这一切有什么用呢？我也是无可奈何啊。"

　　"为什么不减少点开支？我愿意忍受自己的一份艰苦。啊，谢尔比先生，我费尽心血，想为这些纯朴、不能自立的苦命人尽一份基督教徒应尽的责任：多年来，我关心他们，教导他们，守护着他们，了解他们的一切痛苦与欢乐。如果为了一点蝇头小利，我们就卖掉可怜的汤姆这样一个忠诚、能干、推心置腹的人，顷刻之间夺走我们教他们热爱与珍惜的一切，以后我在他们之中，还怎么抬得起头来？我教他们家庭的责任，父子夫妇之间的责任，现在得公开承认，不管天伦之乐、骨肉之情，跟金钱比起来是多么神圣，我们都毫不当回事，这叫我怎么忍受得了？我跟伊丽莎谈到她的孩子，谈到她作为基督徒有责任守护他，为他祈祷，按基督教方式把他抚养大；现在，如果你只为了省一点钱，就把孩子夺走，连灵魂与肉体，把他卖给一个目无神明的无耻之徒，我怎么跟她说好呢？我跟她说过，一个灵魂比天下所有的金钱还要宝贵；她看见我们一转身就把她的孩子卖掉，也许从此毁掉了他的肉体和灵魂，她怎么还能相信我的话？"

"你为这件事这样伤心，我很难过，爱米丽，——真的很难过，"谢尔比先生说，"我也尊重你的感情，尽管我不能假称自己有完全同样的心情；但是我告诉你，庄严地告诉你，伤心也没用——我是迫不得已。我原来不打算告诉你，爱米丽；但是，说明白点，要么卖掉他们俩，要么卖掉一切，没有别的选择。不卖掉他们俩，就全都卖掉。我有一张抵押债券落到了黑利手里，如果我不跟他立刻了结这笔债，他会把一切一扫而空。我搜搜刮刮，东借西借，只差没有跪下求情了，还需要这两个人的身价来凑齐差额；他同意这样了结这件事，别的办法都不行。我由他摆布，不得不这么做。把他们卖掉，你这么伤心，要是全都卖了，你会伤心到什么地步啊？"

谢尔比太太呆若木鸡。最后，她又刷起头来，双手捧着脸，呻吟了一声。

"奴隶制是可恨又可恨，最该诅咒的东西！这是上帝给奴隶制降下的灾难！是对奴隶的灾难，也是对奴隶主的灾难；我原以为在这万恶的制度下，也能做点好事，真是个傻瓜。按我们这样的法律蓄养奴隶，真是罪孽；我一向觉得是罪孽，从小就有这种看法，入了教会之后，这看法就越发强烈了；可是我以为可以给这制度镀点金，以为可以用善良、关怀、教导，使我的奴隶的境遇比自由还要好——我真是个傻瓜！"

“怎么，太太，你要成为废奴主义者了？”

“废奴主义者！对奴隶制，要是他们了解得有我这么清楚，他们才有资格说话！我们不需要他们来开导；你明白，我从来不认为奴隶制是正义的东西，从来不愿意蓄奴。”

“这么说来，你跟许多明智而虔诚的人不同就在这一点，”谢尔比先生说。“你还记得有个礼拜天 B 先生的讲道吗？”

“我不想听这样的讲道；我再也不愿听 B 先生在我们的教堂讲道了；也许牧师拿这种制度也无可奈何，跟我们一样没法治好它，可怎么能替罪恶辩护！这向来是违背我的良心的。我想你也对那讲道不以为然吧。”

“这个，”谢尔比说，“我得说，我们这些罪人不敢说的话，牧师有时候走得更远，反而敢说。我们凡夫俗子对于许多事情必须竭力装作视而不见，对严格说来并不怎么正派的交易，得慢慢习惯才行。但是没想到，女人和牧师毫不含糊，在事关正派和道德的问题上，走得比我们还要远。不过，亲爱的，我相信你明白这是不得已的事；明白在这种情况下，能够做到哪一步，我已经尽力做到了哪一步。”

“噢，明白，明白！”谢尔比太太一边摸着金表一边心不在焉地匆匆答道，“我没有值钱的珠宝，”她若有所思地接着说：“这只表能解决点问题吗？买的时候，价钱很贵呢；要是能够救下伊丽莎的孩子，我一切都可以牺牲。”

“对不起，很对不起，爱米丽，”谢尔比先生说，“这事把你急成这个样子，实在对不起；可是这表也无济于事。老实说，爱米丽，木已成舟了，卖契已经签了字，到了黑利手上；没有出现更坏的结果，已经是大幸了。那个家伙有办法把我们弄得倾家荡产——现在总算摆脱了他的控制。如果你像我一样了解这个人，会认为我们这次总算是侥幸了。”

“这么说来，他非常狠毒喽？”

“这个嘛，不能说他是个地地道道的残忍的人，只是麻木不仁，只管做生意，赚利润，其余什么也打动不了他，跟死神一样，冷静果断，不讲情面，只要有利可图，连亲娘也可以卖，但对老太婆不一定有什么恶意。"

"而这个坏蛋拥有那个善良忠诚的汤姆和伊丽莎的孩子!"

"唔,亲爱的,老实说,这事叫我很难受!我不愿去想了。黑利逼得紧,明天就来要人。我打算一清早就备马出门。老实说,我没脸见汤姆;你最好也坐车到什么地方去,带上伊丽莎。在她不在场的时候把事情办了为好。"

"不,不,"谢尔比太太说,"在这残酷的事情上,我决不能当同谋与帮凶。我要去看看可怜的老汤姆,愿上帝在他落难的时候保佑他!不管怎样,他们会看到,主母同情他们,能体会他们的心情。至于伊丽莎,我想都不敢想。上帝宽恕我们!我们干了什么坏事,被逼得这样走投无路?"

谢尔比先生和太太根本没有料到,有人在偷听这番谈话。

跟他们的卧室相通的是一间大套室,有一道门通到外面的过道。谢尔比太太打发伊丽莎去睡觉的时候,她正忧心如焚,激动极了,突然想到了这间套室;她躲在里面,把耳朵紧紧贴在门缝上,把这番谈话听得一字不漏。

说话的声音停下来,一片静悄悄的时候,她便站起来,偷偷溜了出去。她簌簌发抖,脸色惨白,五官严峻,嘴唇紧闭,跟平常那温柔胆小的伊丽莎简直判若两人。她小心翼翼地沿过道走着,到了主母门口停了一下,举起手来默默地向上苍祷告,然后转过身来,蹑手蹑脚地进了自己的房间。她的房间安静整洁,跟主母的房间在同一层楼上。这儿有清爽向阳的窗户,她常常坐在窗口缝缝补补;这儿有一小架书,书旁摆着各种精致的小玩意儿,那都是些圣诞礼物;这儿有她的朴素的衣服,放在壁柜和抽屉里面。一句话,这是她的家;总的说来,一向是个温馨的家。可是在那边床上,躺着她熟睡的孩子,长长的鬈发乱蓬蓬地披在那不懂世事的脸上,红红的嘴唇微微张开,胖胖的小手露在被子外面,整个脸上泛起一缕阳光似的笑容。

"可怜的孩子!可怜的小家伙!"伊丽莎说,"他们把你卖了!但是你的母亲还会救你!"

她没有在那枕头上洒下泪珠;在这样的危急关头,心里流不

出泪水，只有血默默地往外流。她拿起一张纸和一支铅笔，匆匆
写道：

"啊，太太！亲爱的太太！别认为我忘恩负义——
不管怎样，别恨我。今天晚上，你和老爷说的话，我全
听见了。我要设法搭救我的孩子——你不会责备我的！
你心地善良，愿上帝保佑你，奖赏你！"

她匆匆折好信，写好信封，走到一个抽屉跟前，包好一小包
孩子穿的衣服，用手帕紧紧地捆在腰间；慈母之心真是体贴入微，
在这恐惧的时刻，她也没忘了在包袱里放上孩子最喜爱的一两件
玩具，留出一只颜色鲜艳的鹦鹉，等不得不叫醒他的时候，用来
逗他。要叫醒这熟睡的小东西可不太容易；但叫了一会儿之后，
他坐了起来，妈妈戴帽子披披巾的时候，他就玩着这鸟儿。

"妈，你到哪儿去？"她拿着孩子的小外衣和帽子朝床边走
来的时候，孩子问道。

他的妈妈走过来，严肃地瞧着他的眼睛，他立刻猜到发生了
什么不同寻常的事情。

"嘘，哈里，"她说，"不许大声说话，不然就会让他们听
见。一个坏人就会来把小哈里从妈妈身边抢走，趁天黑把他带到
老远的地方去；但是妈妈不让他抢，她就要给她的小宝宝戴上帽子，
穿上衣服，带着他逃走，不让那丑八怪抓住孩子。"

她一面说话，一面给孩子扣上简单的衣服，把他抱在怀里，
悄声叮嘱他千万别出声；打开通到外面门廊，无声无息地飘然而去。

那是一个繁星满天、寒霜遍地的夜晚，做母亲的拿披巾紧紧
裹住孩子，孩子心里有一种莫名的恐惧，吓得一声不响，紧紧搂
着她的脖子。

一头名叫老布鲁诺的高大的纽芬兰狗躺在门廊尽头，见她走
了过来，低沉地呜呜叫了一声。这狗从小就是她喜爱的老玩伴，
她轻轻叫了一声它的名字，它就摇摇尾巴；尽管它那简单的狗脑
袋里显然在琢磨着，她冒冒失失，这么晚了还去散步是什么用意，

但还是打算跟她走。显然，它模糊地觉得，这样做有点不慎重、不恰当，使它很是为难；因为伊丽莎轻手轻脚地朝前走的时候，它不时停下来，若有所思地瞧瞧她，又瞧瞧大屋，然后，仿佛经过考虑，放下心来了，又一路小跑跟上了她。走了几分钟之后，他们来到汤姆大伯的小屋窗口，伊丽莎轻轻地敲了敲窗玻璃。

汤姆大伯屋里的祈祷会，由于唱赞美诗唱了很久，一直到很晚才散；后来汤姆大伯又兴致勃勃地唱了好几首很长的独唱，因此，已经到了十二点到一点之间，他和他的助手还没有睡着。

"天哪，那是什么声音？"克罗大妈说着，一骨碌爬起来拉开窗帘。"老天爷，这不是丽西①吗？穿上衣服，老倌子，快！——还有老布鲁诺，在乱刨乱抓呢；到底是什么事啊！我就去开门。"

她边说边行动，飞快地打开了门，汤姆匆匆点燃了一支牛油蜡烛，烛光照在逃亡者憔悴的脸上和慌乱的黑眼睛上。

"上帝保佑你！丽西，你这副样子，真吓死个人！你病了，还是出了什么事？"

"我要逃走——汤姆大伯，克罗大妈——把孩子带走，主人把他卖了！"

"把他卖了？"两人都举起双手惊叫起来。

"不错，把他卖了！"伊丽莎毫不含糊地说，"今晚我溜进太太隔壁的套室，听见老爷告诉太太，说他已把我的哈里和你，汤姆大伯，两人都卖给了一个黑奴贩子；今天早晨他要骑马出去，那个人今天来要人。"

她说话的时候，汤姆站着，举着手，眼睛呆呆的，像在梦里一样。他慢慢地、逐步懂得了这番话的意思之后，不是坐到旧椅子上，而是扑通一声倒在了椅子上，把脑袋埋在两膝之间。

"上帝可怜我们！"克罗大妈说。"啊，真是难以相信！他做了什么坏事，老爷要卖了他？"

"他什么坏事也没干，不是为这个。老爷不想卖；太太——她一向都心地好。我听见她替我们求情；但是老爷告诉她说没用；

———————————
① 伊丽莎的爱称。

说他欠了那个人的债，由那个人摆布；说要是他不还清他的债，结果会是他把庄园和所有的佣人都卖掉，搬到另一个地方去。不错，我听见他说，要么卖掉这两个，要么卖掉一切，没有别的选择，那个人逼得很紧。老爷说他很难过；啊，太太——可惜你们没有听到她说的话！要是她不是基督徒，不是天使，就一个也没有了。我这样离开她，真是罪过，不过我也没办法。她自己说过，一个灵魂比全世界还要宝贵；这孩子有灵魂，如果我让他给带走了，谁知道会落个什么结果？这样做一定是对的；如果不对，愿上帝宽恕我，因为我忍不住要这样做！"

"喂，老倌子！"克罗大妈说，"你干吗不也逃走？你要等着被弄到河下游去？在那里他们叫黑人做苦事累死，或者饿死。要我到那里去，我宁肯死，马上就死都行！你还来得及，跟丽西走吧，你有一张米去自由的通行证。来，动起手来，我帮你把东西收拾好。"

汤姆慢慢地抬起头来，伤心而平静地望望周围，然后说：

"不，不，我不走。让伊丽莎走吧，这是她的权利！我不会说半个不字——要她留下来是不合情理的；但是你听见了她说的话吧！如果一定得把我卖掉，不然庄园上的人全都得卖掉，通通完蛋，那么好吧，就让我给卖掉吧。我想，别人忍受得了，我也忍受得了。"他说着，那宽阔结实的胸膛痉挛地颤动了一下，像是抽泣，又像是叹息。"老爷一向觉得我可靠，让他永远觉得我可靠吧。我从来没有辜负过他的信任，也没有利用通行证去做违背自己的诺言的事，也决不会做。最好让我一个人走，免得让庄园垮台，把大家都卖了。这怪不得老爷，克罗，他会照顾你和可怜的……"

说到这儿，他回头瞧了瞧粗糙的脚轮床上的鬈发的小脑袋，不禁悲不自胜。他靠在椅子背上，用那双大手掩住脸。沉重、嘶哑、很响的抽泣声摇撼着椅子，大颗大颗的泪珠从他的手指缝中掉到地板上；先生，如果你的头胎儿子躺在棺材里，你掉的就是这样的泪珠；太太，你听见你的娃娃临死前的哭声的时候，掉的就是这样的泪珠。因为，先生，他也是人，——你只不过是另外一个人。

太太，你虽然穿着绸缎，戴着珠宝，你也只不过是个人，在人生的大灾巨祸中，你们感到的悲痛是没有两样的啊。

"唉，"伊丽莎站在门口说，"今天下午我才见过我丈夫，当时我还一点儿不知道会发生什么事。他们已把他逼得无路可走，今天他告诉我，他打算逃走。要是做得到，请千万把消息告诉他。告诉他我是怎么走的，为什么要走；告诉他我要设法到加拿大去找他。请一定告诉他我爱他，告诉他，如果我再也见不到他，"她转过身去，背对着他们站了一会儿，然后用嘶哑的声音加了一句，"告诉他尽量做个好人，设法在天国跟我见面。"

"把布鲁诺叫进来，"她接着说，"把它关在屋里，可怜的畜生！不能让它跟着我走！"

最后互相叮咛几句，洒几滴眼泪，简单地道别祝福之后，她紧紧搂着惊恐的孩子，无声无息地走了。

第六章 发 觉

谢尔比先生和太太，前天晚上长时间讨论之后，并没有立即入睡，因此，第二天早晨起得比平常晚一点。

"不知道伊丽莎做什么去了，"谢尔比太太反复拉了几次铃没有结果，便这样说道。

谢尔比先生站在梳妆镜前磨刮胡刀；恰在这时，门开了，一个混血男孩端着刮胡子用的水走了进来。

"安迪，"主母说，"到伊丽莎的门口去，告诉她，说我打铃叫她已经三次了。可怜的东西！"她叹口气自言自语加了一句。

安迪不一会就回来了，惊得眼睛睁得大大的。

"天哪，太太！丽西的抽屉全都打开了，她的东西撒得满地都是，我看她已经逃走了！"

谢尔比夫妇同时恍然大悟。他惊呼道：

"这么说，她起了疑心，逃走了！"

"谢天谢地!"谢尔比太太说,"我相信她的确逃走了。"

"太太,你说话像个傻瓜似的!真的,如果她逃走了,我可就为难了。黑利见过我为卖这个孩子犹豫不决,会以为是我纵容她,让她把孩子带走。这会玷污我的名声啊!"谢尔比先生急忙离开了房间。

顿时一片奔跑声,喊叫声,开门声,关门声,到处出现不同颜色的脸,足足延续了一刻钟之久。只有一个人本来可以提供一点消息,但她闭口不言,那就是掌厨的大师傅克罗大妈。她闷头做着当早餐的饼干,那曾经乐呵呵的脸上,笼罩着浓重的乌云,周围的激动气氛,她仿佛没有听见,也没有看见。

很快,十来个小顽童像一群乌鸦一样骑在门廊的栏杆上,人人都想抢先把那陌生的老爷倒了霉的消息告诉他本人。

"他会气个半死,我打包票,"安迪说。

"他不骂人才怪呢!"黑小子杰克说。

"对,他真的骂人,"鬃头发的曼迪说,"昨天吃饭的时候我听见他骂人。当时我全都听见了,我躲在太太放罐的地方,听得一字不差。"曼迪就跟一只小黑猫一样,有生以来从来没想过自己听到的话是什么意思,现在装出知识渊博的样子,踱来踱去,却忘记了告诉大家,虽然当时她的确蜷缩在罐子中间,其实是在呼呼大睡。

最后黑利出现了,穿着带马刺的靴子;门廊上的小顽童们一见他,就七嘴八舌把这坏消息告诉他。他们的希望没有落空,真的听见他破口大骂,那流利和发狠劲儿,简直把他们乐坏了,他们东躲西闪,躲开他的马鞭;然后齐呼一声,倒在门廊下衰草满地的草坪上,堆成一团,双脚乱蹬,嘻嘻哈哈笑个不停,尽情地大叫大嚷。

"这些小鬼头,要是落在我手里!"黑利咬牙切齿地说。

"不过你弄不到手!"这倒霉的黑奴贩子走远了,听不见了的时候,安迪得意扬扬地把手一挥,朝着他的背影做了一连串难以形容的鬼脸。

"我说,谢尔比,发生了很不寻常的事了!"黑利突然走进客厅说。"看来这娘们带着孩子跑了。"

"黑利先生，谢尔比太太在场呢，"谢尔比先生说。

"请原谅，太太，"黑利眉头皱得更紧，稍微欠欠身子说，"不过，我说过，现在还是这样说，消息很不平常。是真的吗，先生？"

"先生，"谢尔比先生说，"如果你想跟我交谈，你得遵守一点绅士的礼节。安迪，替黑利先生拿着帽子和马鞭。先生，请坐。不错，先生，遗憾地说，那年轻女人偷听了这件事，或者有人向她透了风，她心里一急，带着孩子连夜逃走了。"

"老实说，我原以为这事会办得光明正大呢，"黑利说。

"请问，先生，"谢尔比先生猛然转过头面对着他，"你这话是什么意思？要是有人怀疑我的人格，我只有一个答复。"

黑奴贩子听了这话有点胆怯，把声音放低一点说："人家做了公平交易，却上了这样一个大当，真是把他害苦了。"

"黑利先生，"谢尔比先生说，"要不是我觉得你感到失望是事出有因，对于你今天早晨蛮横无理地闯进我的客厅，我是绝不会容忍的。但是，由于事关面子问题，我向你说明，我不容许对我含沙射影，仿佛这事有什么不光明正大之处，我也参与其中似的。此外，我觉得有责任给你提供马匹、佣人等，尽力协助你把财产追回来。一句话，黑利，"他突然一改那庄严而冷冰冰的口气，用平常随和而坦率的口气说，"最好的办法还是心平气和，吃点早点再说，然后看看有什么办法没有。"

这时谢尔比太太站起身来，说自己要去赴约，今天早晨不能在家里吃早饭；她吩咐一个黑白混血的女仆在旁边侍候先生们喝咖啡，就离开了房间。

"太太好像非常嫌弃在下，"黑利想套近乎，却又说得很不自在。

"这样随便地谈论我太太，我不习惯，"谢尔比先生冷冷地说。

"对不起，不过当然只是开个玩笑罢了，你知道，"黑利勉强笑了一声。

"玩笑有令人开心的，也有令人不开心的，"谢尔比回敬道。

"我在契约上签了字，他就嚣张起来了，这天杀的！"黑利自言自语地说：“从昨天起，就神气得很了。”

朝廷上的宰相垮了台，也从来没有像汤姆倒了霉的消息那在庄园上他的同伴中引起一浪高过一浪的广泛轰动。不论走到哪，只见人人都在议论；大屋里，田野里，一切都停了下来，都在谈论可能的结果。伊丽莎的逃走，在庄园上是没有先例的，对这普遍的轰动，更是起了推波助澜的作用。

黑山姆（由于他比庄园上的所有的黑种子孙还要黑三分，所以大家都这样叫他）深刻地思考着这事的方方面面及其影响，考虑得全面而富有远见，而且极端关注自己的切身利益，华盛顿的白人爱国者，能达到这个水平，也算脸上有光了。

“不错，坏事再坏，也有人得利，”他念叨着。“如今汤姆倒了，当然得有个黑奴高升了；本黑奴为什么就不行？对，就是这个主意。汤姆骑着马到处走，靴子擦得亮亮的，口袋里兜着通行证，神气得很——除了他还有哪个？现在，山姆为什么不能这样？我倒想问问。”

“喂，山姆——啊，山姆！老爷要你去把比尔和杰里找回来呢。”安迪打断了山姆的独白说。

“嗨！什么事，小家伙？”

“噢，丽西脚上抹油，带着孩子开溜了，我想你不知道吧？”

“你卖弄什么哇！”山姆极其轻蔑地说，“我比你知道得早一百年呢；本黑奴可不是笨蛋！”

“得了，反正是老爷要你马上给比尔和杰里备好鞍，要你和我跟黑利老爷走，去找她。”

“太好了！时来运转了！”山姆说。“如今要山姆出马了。这事非本黑奴不可，看我不抓住她！让老爷瞧瞧山姆的本事！”

“嘿！山姆，”安迪说，“你最好三思而后行；因为太太不愿让她给抓住，要不，太太不会放过你的。”

“啊！”山姆睁大眼睛说，“你怎么知道？”

“今儿早上我给老爷送刮胡子用的水的时候，亲耳听见她说的。她打发我去看丽西为什么没来给她梳妆，我告诉她，丽西逃走了，当时她刚起床，她说，‘谢天谢地。’老爷看来气坏了，他说，'太太，你说话像个傻瓜似的。'可是到头来她会叫他改变主意的！结果怎样，我知道得很清楚，——我告诉你，站在太太一边总是错不了的。"

黑山姆听了这话，搔搔鬈毛脑袋。这脑袋里面，虽然没有非常高深的智慧，还是蕴藏着一种特殊的知识，这种知识在各种肤色、各个国家的政治家们中的需求量很大，即俗话所说的"识时务者为俊杰"；因此，他停下来严肃地考虑了一番，同时提了一下裤子——这是他考虑棘手的问题时，帮助思考的常用方法。

"这个世界上的事情，真是摸不准啊，"他最后说。

山姆说起话来，就像个哲学家，总是强调"这个"，仿佛他对于各种各样的世界都有丰富的阅历，所以他的结论都是有根有据似的。

"我还满以为太太找遍天涯海角也要找到丽西呢，"山姆若有所思地加了一句。

"她当然想，"安迪说，"但是，你这黑小子，明摆着的事你都看不见么？太太不愿让这个黑利老爷得到丽西的儿子，问题就在这里！"

"嗨！"山姆说，那腔调真是难以形容，只有听见过这腔调的黑人才能体会。

"我会把事情原原本本告诉你，"安迪说，"我看你现在最好还是去寻那两匹马，而且立刻就去。我听见太太问你哪儿去了，原来你站在这儿闲荡老半天了。"

山姆听了这话，才真正动身去找马了；过了一会，他又回来了，骑着马一路小跑，威风凛凛地朝大屋驰去，马还根本没料到要停下来，他已经灵巧地滚鞍下马，一阵旋风似地把它们牵到马桩子前。黑利的马是一匹容易受惊的小驹子，吓得往后一缩，乱蹦乱跳，拼命要挣脱笼头。

"嗬，嗬！"山姆说，"吓着了，是不是？"他的黑脸上浮现出好奇而恶作剧的笑容。"我来帮你弄弄！"

这儿有一株枝繁叶茂的大山毛榉树，地上铺了厚厚的一层不大而尖利的山毛榉果荚。山姆捡了一个果荚，走近马驹子，在它背上摸着拍着，表面上看来，他是在忙着平息它的惊吓。他假装整理马鞍，巧妙地把那尖利的小果荚塞在马鞍下面，只要鞍子上压上一点儿重量，就会刺激这畜生的敏感的神经，而不会留下任何明显的擦伤或刺伤。

"行了！"他滚动着眼珠子，赞许地笑着说，"弄好啦！"

这时谢尔比太太恰好出现在阳台上，朝他招手。山姆走上前去，向主母献殷勤的决心之大，绝不亚于圣詹姆士宫①或华盛顿的求官觅爵之徒。

"你干吗这么磨磨蹭蹭，山姆？我打发安迪去催你来着。"

"老天保佑你，太太！"山姆说，"抓马可不是一下子的事。它们跑到老远老远的南边的牧场去了，天晓得在哪儿！"

"山姆，我叫你不要说'老天爷''天晓得'之类的话，跟你说过多少回了？那样说是罪过。"

"老天爷！我忘了，太太！我再也不说这样的话了。"

"看你，刚才又说了。"

"是吗？啊，老天！——我的意思是我不是故意说的。"

"你得小心才是，山姆。"

"让我喘口气，太太，我再好好从头说。我会非常小心的。"

"好吧，山姆，派你跟黑利先生一同去，给他带路，给他帮忙。小心马匹，山姆；你知道，杰里上个礼拜有点儿跛；别骑得太快了。"

谢尔比太太说这最后一句话的时候，声音很低，可是语气很重。

"干这个，本小子可是内行！"山姆一边说，一边意味深长地翻起眼珠子。"老天晓得，我没说这句话！"他猛然屏住气，惊慌得可笑地挥了一下手，弄得他的主母忍不住笑了起来。"好，太太，我会照料好这两匹马的。"

"安迪，"山姆回到山毛榉树下面说，"你瞧，等会儿那位老爷上马的时候，那畜生不把他摔个嘴啃泥才怪呢。你知道，安迪，有些畜生就有这个脾气，"山姆边说边捅捅安迪腰间，给他一个明显的暗示。

---

① 英国伦敦的王宫。

"噢!"安迪立即心领神会,说道。

"不错,你瞧,太太想拖延时间,——再糊涂的人也看得出来。我来给她帮一点儿忙。你瞧,我把这些马都放了,让它们在这坪上乱跑一通,跑到那边的树林里去,我看那老爷就一时动不了身了。"

安迪嘻嘻一笑。

"你瞧,"山姆说,"你瞧,安迪,要是黑利老爷的马脾气倔,蹦跳起来,我们就放开自己的马去帮他,我们是去帮他——啊,没错!"山姆和安迪仰起头来,低声地尽情笑起来,笑得乐不可支,弹着手指,双脚乱跳。

就在这时,黑利出现在门廊上。几杯上等咖啡下肚,他的气已消了一点,出来的时候,有说有笑,心情已恢复得差强人意。山姆和安迪正在摆弄破烂的棕榈叶,按往常的习惯,当做帽子戴起来,这时飞跑到拴马桩跟前,准备"帮老爷的忙"。

山姆别出心裁,把棕榈叶边缘所谓的编边拆开,让叶片散开朝上直立,看上去一副桀骜不驯的气派,跟任何斐济①酋长的派头相比也毫不逊色;而安迪的帽子边缘已经不知去向,他把帽顶往头上啪的一扣,喜滋滋地左顾右盼,仿佛在说,"谁说我没有帽子?"

"喂,伙计们,"黑利说,"手脚放麻利点,我们得抓紧时间。"

"一点也不错,老爷!"山姆说着把黑利的缰绳递到他手中扶住马镫,安迪则在解开另外那两匹马。

黑利一坐上马鞍,那匹烈马猛然腾空而起,把主人摔到好几英尺开外松软的干草地上,摔了个嘴啃泥。山姆连连惊叫,纵身上前去抓缰绳,不料让前述散开的棕榈叶刺着了马的眼睛,这丝毫也无助于缓解它神经的错乱。所以,它把山姆狠狠地掀翻在地,不屑一顾地嘶鸣了两三声,扬起蹄子狂踢几下,便撒开四蹄,朝草地低端疾驰而去。比尔和杰里随后跟上去;原来,根据约定,安迪果然放开了那两匹马,又厉声吆喝几声,让它们跑得更快。这样一来,全场一片大乱。山姆和安迪边追边嚷——狗吠声此起

---

① 太平洋西南部的岛国名。

彼伏，麦克、摩斯、曼迪、范尼，以及庄园上所有的小家伙不论男女，全都奔跑，鼓掌，吆喝，叫嚷，那不知疲倦帮倒忙的劲头，真是气得人死。

黑利的马是匹白马，疾驰如飞，性子又烈，看上去为这热闹场面所感染，兴致大发；它奔驰的场地是一片方圆差不多半英里的草地，四面都缓缓下坡，边上是没有明确边界的树林；它看来非常喜欢看看能让追赶的人到达离它多近的距离，然后，到了几乎伸手可及时，就嘶叫一声，纵身跃开，恶作剧地往林中深处疾驰而去。山姆最不愿看到的是，他认为最合适的时刻还没到就让任何一匹马给逮住，不用说，他为此而做出了极其英勇的努力。就像狮心王①的剑总是在最前方、战斗最激烈的地方闪闪放光一样，哪里有一匹马有给逮住的危险，山姆的棕榈叶就出现在哪里，他就会全速赶上去，叫道："使劲！抓住它！抓住它！"那气势，谁见了都会马上落荒而逃。

黑利跑来跑去，又是骂，又是赌咒，又是跺脚。谢尔比先生站在阳台上，大声叫喊着指挥，可是白费劲，谢尔比太太站在卧室窗口，一时哈哈大笑，一时感到惊奇，——对于这场乱子的缘由，多少猜到了几分。

最后，十二点左右，山姆胜利归来了，他骑在杰里背上，旁边牵着黑利的马；那马浑身汗淋淋的，但眼睛亮闪闪的，鼻孔张得大大的，说明它那爱好自由的精神还没有完全消退。

"抓住了！"他得意扬扬地喊道。"要不是我，它们说不定会累垮，全都累垮；幸亏我抓住了它。"

"你！"黑利粗声说道，一副生气的样子。"要不是因为你根本不会有这样的事。"

"老天保佑我们，老爷，"，山姆以深感委屈的口气说，"我跑呀，追呀，跑得我汗如雨下哩。"

"得啦，得啦！"黑利说，"你他妈的瞎胡闹，弄得我浪费了差不多三个小时。现在我们动身，别再胡闹了。"

---

① 英王查理一世的称号。

"哎呀，老爷，"山姆不以为然地说，"我看你想把我们连人带马全都累死。我们全都累得要倒地了，牲口也累得浑身是汗。老爷不想吃了饭再走吗？老爷的马要擦一擦才行，瞧它溅得满身是泥；杰里腿也有点瘸；我想太太不愿让我们这样动身，怎么也不愿意。老天保佑你，老爷，如果歇一歇，我们赶得上的。丽西走不快。"

谢尔比太太站在门廊上听见了这番对话，觉得很是开心，如今决定亲自出马了。她走上前来，对黑利的事故客气地表示关心，劝他留下来吃饭，说厨子立刻就可以把饭菜摆到桌上来。

这样一来，再三考虑之后，黑利不太情愿地向客厅走去；山姆满肚子话没法说出来，只是在他身后翻了翻眼珠子，一本正经地把马牵到马厩院子里去。

"你看见了他那副样子吗，安迪？看见了吗？"山姆到了谷仓后面，把马拴在桩子上之后说。"啊，天哪，瞧他跳跳蹦蹦，朝我们又是踢，又是骂的样子，真是跟参加祈祷会一样有趣。难道我没听见吗？骂吧，老家伙（我心里说）；你是现在要马，还是等你自己逮住它？（我说）。天哪，安迪，他那副样子好像就在眼前。"山姆和安迪靠着谷仓，尽情地哈哈大笑了一场。

"我把马牵回来的时候，他气得那副样子，可惜你没看见。天哪，他恨不得杀了我；我却站在那儿，装出一副清白无辜、毕恭毕敬的样子。"

"天哪，我看见了你那个样子，"安迪说；"山姆，你真是个老手。"

"差不多吧，"山姆说。"太太站在楼上窗口，你看见没有？我看见她在笑呢。"

"我想我在猛跑，什么也没看见，"安迪说。

"对了，你瞧，"山姆开始认真地洗刷起黑利的马来，"我已经养成了所谓的'察言观色'的习惯，安迪。这可是个很重要的习惯，安迪；我劝你也趁年轻就开始养成这种习惯。把那条后腿提起来，安迪。你瞧，安迪，黑人跟黑人不同的地方，就在于会不会'察言观色'。今天早晨我不是看准了风向吗？太太的心思根本没说出来，我不是也摸准了吗？这就是会'察言观色'的结果，安迪。我看，这就是所谓的才能。不同的人有不同的才能，但是锻炼也起很大的作用。"

"我看，今天早晨，要不是我帮你'察言观色'，你的风向就看不得这样准了。"安迪说。

"安迪，"山姆说，"你这孩子很有出息，这一点不用怀疑，我很看重你，安迪；接受你的意见，我一点也不觉得失面子。我们不应该瞧不起别人，安迪，因为再精明的人，也难免有栽斤斗的时候。安迪，现在咱们到大屋去。我打包票，这回，太太会给我们特好的东西吃。"

第七章　母亲的奋斗

伊丽莎步出汤姆大伯的小屋的时候，天下再也没有谁像她那样凄凉、孤单了。

丈夫的苦难和危险，以及孩子的危险，在她心中混成一团；她意识到，离开了唯一的家，脱离了敬爱的恩人的庇护，是在冒极大的风险，心里不禁乱糟糟的，不知如何是好。此外，她还得离开熟悉的一切，——自己在这儿长大，在大树下嬉戏，在婚后快乐的日子里，有多少个黄昏，由年轻的丈夫陪着，在丛林中漫步；如今，这地方，这大树，这丛林，披着寒霜展现在灿烂的星光之下，仿佛在责备她，问她离开这样的家，能到何处去？

但是最强烈的还是母爱，由于可怕的危险迫在眉睫，就突然爆发而近乎狂热了。孩子已经有几岁了，本来可以跟着走，要是平时，她会只是牵着他的手；可是现在，她一想到把他从怀里放下来，就不寒而栗。她一面快步向前走，一面把孩子紧紧地搂在怀里，胳膊紧张得都要抽搐起来。

满地浓霜在她脚下咔嚓响着，这声音使她发抖；一有风吹草动，树影摇曳，她就吓得血液倒流，面无人色，不由得加快了脚步。

她暗暗诧异自己哪儿来的这股力气；因为她觉得怀里的孩子轻如羽毛，而且每惊吓一次，鼓舞她向前的那股超常的力量也与之俱增，苍白的嘴唇之间则不时地迸发出呼声，向上苍祈祷："上帝呀，保佑我！上帝呀，救救我！"

当母亲的，要是明天早晨被残忍的黑奴贩子夺走的是你的哈里，你的威利，要是你见过这黑奴贩子，听见了卖契签字递交的情形，而且只有十二点到拂晓之间的几个小时让你逃走，你会走得多快？怀里抱着你的宝贝，昏昏欲睡的小脑袋靠在你的肩膀上，柔软的小手信赖地搂着你的脖子，在这短短的几个小时内，你能走多少英里？

孩子在睡觉。起初，他觉得又新奇又恐惧，没有睡着，可是他一出声，妈妈就急忙制止他，而且叫他放心，只要他一声不响，她一定救得了他，他就不声不响地搂着她的脖子，只是在觉得快要睡过去的时候，问了一句：

"妈，我不需要醒着，是不是？"

"对，宝贝，你想睡就睡吧。"

"不过，妈，要是我真的睡着了，你不会让他把我抢走吧？"

"对！所以求上帝帮助我！"他妈妈脸色更加苍白，大大的黑眼睛更亮了，说道。

"你有把握，是不是，妈？"

"有把握！"做妈妈的说，那声音连她自己也吃了一惊，因为仿佛那是附在自己身上的神灵的声音，而不是自己的声音。孩子疲惫的小脑袋倒在她肩膀上，很快就睡着了。搂着她的那双温暖的胳膊，喷在她脖子上的柔和的气息，仿佛给她的脚步增添了无穷的劲头和勇气！她觉得，信赖她的、熟睡着的孩子每次轻轻地碰她一下，或是动弹一下，都有一股股力量像电流似地注入她的体内。精神对肉体有极大的支配力，在一定时间内，能使肉体和精神坚不可摧，使肌腱紧绷，硬如钢铁，这样一来，弱者就变得力大无穷了。

她赶路的时候，农场的边界、树丛、小林地，从她身旁一闪而过，她还是向前走，把一处处熟悉的地方抛在了后面，不敢放慢脚步，不敢停留，直到彩霞映红了天空；这时她已经走了很远，踏上了开阔的公路，再也见不到自己所熟悉的事物的任何痕迹了。

她常常跟着主母去看望住在俄亥俄河①畔的T村的一些亲戚，对这条路很熟悉。她匆忙之中首先想到的大致的逃亡计划是到那里去，逃到俄亥俄河对岸去。除此以外，她只能寄希望于上帝了。

一个人在精神亢奋状态下有一种特别警醒的感觉，可以说是灵感。公路上开始有车马往来的时候，她意识到，自己埋头赶路的步伐和仓皇的神色可能引起别人的注意和疑心。因此，她把孩子放下来，整了整衣服和帽子，以自己觉得能保持从容的神态为度，尽可能快速前进。她的小包袱里放着一些饼和苹果，使用苹果来做为加快孩子的速度的应急手段——把苹果滚到前面好远的地方去，孩子就会拼命追上前去，反复使用这计策，使他们又赶了好几英里的路。

过了一会儿，他们来到一片树林边，穿过树林，看见一条流水潺潺的清澈的小溪。孩子嚷着说又饿又渴，她就带着他爬过篱笆，在一块大岩石后面坐下来，从路上看不见他们。她从小包袱里拿出食物让他吃了一顿早餐。孩子见她吃不下东西，心里又奇怪又伤心。孩子搂着她的脖子，撕下一块饼想塞进她嘴里，她胃里直往上翻，堵到了嗓子眼上。

"不，不，哈里乖乖！妈要到你安全了才吃得下！我们必须走——走——直到走到河边！"她又急忙上路了，再次强制自己以稳定从容的步伐向前走去。

她已远远走出了有人认识她的地方。她想，即使碰巧遇上了认识她的人，主人家的仁慈本身就是一种障眼法，使他们不大可能疑心她是个逃亡者。她的肤色很白，如果不仔细察看，谁也不会知道她有黑人血统，孩子也明白，这使得她能容易地混过去，而不引起疑心。

根据这种推测，中午，她在一个整洁的小农场停下来休息一下，

---

① 发源于美国东北的宾夕法尼亚州，向西南经包括俄亥俄州在内的好几个州之间的边界流入密西西比河。

给孩子和自己买了点吃的；因为走得越远，危险越小，神经系统那种超常的紧张也松弛下来，于是觉得又累又饿了。

那家的主妇和气而喜欢闲聊，见有人来谈谈话，看来不但不疑心，反而很高兴。伊丽莎说自己"再走一段路，就到了亲戚家。打算在那儿住一个礼拜"。——这一切，她心里巴不得完全是真的，主妇听了信以为真，未加盘问。

太阳下山以前一个小时，他们走进了俄亥俄河畔的 T 村，她又是疲倦又是脚痛，但仍然意志坚强。她第一眼看见的是那条河，就像约旦河一样，横在面前，对岸就是自由的迦南。

这时已是初春，河里涨了水，河水湍急，大块大块的浮冰在激流中沉重地左摇右晃。肯塔基州这边的河岸形状奇特，陆地远远地伸入水中，大量的冰块撞到河岸上不动了，绕着这突出的陆地而流的狭窄的河道里全是冰块，层层叠叠，堆积起来，形成一道临时的障碍，挡住了上游漂来的冰块，形成了一个上下起伏的巨大的冰筏，铺满了整个河面，几乎延伸到肯塔基一边的河岸。

伊丽莎站了一会儿，察看这不利的情况，一下子就看出，渡船因此而不能往来了，然后她走进岸上一家不大的酒店，去打听一些情况。

老板娘正在炉火旁边忙着炒菜，准备晚餐，听见伊丽莎清脆而哀婉的声音，手里拿着一把叉子，停了下来。

"怎么回事？"她说。

"现在有没有渡船或别的什么船能把人渡到 B 村去？"她说。

"哪里还有！"那女人说，"船停开了。"

伊丽莎焦急而失望的神色打动了那女人，她询问道：

"你大概是在等着过河吧？有人病了吗？你好像急坏了。"

"我有个孩子，得了急病，"伊丽莎说。"我到昨天晚上才听说的，今天走了老远的路，想赶渡船啊。"

"唉，真是不走运，"那女人说，她那做母亲的同情心给深深地打动了。"我真替你着急，所罗门！"她站在窗口朝后面一座小屋喊道。一个男人，围着皮围裙，双手脏极了，出现在门口。

"我说呀，所尔，"那女人说，"那个人今晚会不会把那些桶运到对河去？"

"他说要是没有多大危险，打算试一试，"男人说。

"这儿下游不远的地方有个人，如果他敢的话，今晚要运点货到对河去；他今晚到这儿来吃饭，你最好坐下来等。这真是个可爱的小家伙，"那女人加了一句，拿一块饼给孩子。

可是孩子已经筋疲力尽，困倦得哭了起来。

"可怜的孩子！他不习惯走路，我却一路催着他快走，"伊丽莎说。

"那就把他抱进这间屋里来吧，"女人说着打开一间小卧室，里面有一张舒适的床。伊丽莎把疲倦的孩子放到床上，握着他的双手，直到他沉沉睡去。她却无心休息。她一想到后面有追兵，心里就火烧火燎，急于继续逃走；她凝视着那挡住她奔向自由的去路的汹涌怒涛。

我们得暂时离开她，来说说她的追捕者的情形。

谢尔比太太答应饭菜马上就会上桌，然而很快就可以看出，自古以来，单方面是做不成交易的。所以尽管命令是当着黑利的面下达的，至少派了五六名小信差去传达给克罗大妈，可那位厨师大人只是粗声粗气地哼了几声，扬了几下头，还是继续干活，每一个动作都做得不同寻常地从容而细致。

不知怎么的，仆人们都有个普遍的印象，认为耽误点时间，太太不会特别生气；更加妙不可言的是，破坏性事故层出不穷，使得事情进展缓慢。一个倒霉家伙故意把肉汤打翻了，不得不重新熬，熬得小心细致，步步手续到场，克罗大妈在旁边守着，一丝不苟地搅拌着，有人催她，她就不客气地说，"自己不想为了方便人家抓人，就把生肉汤摆到桌上去。"有一个人连人带桶摔倒在地，不得不再到井边去提；另一个凑热闹，把奶油碰倒了；不时有人格格笑着把消息传到厨房来，说："黑利老爷非常不安，怎么也没法坐在椅子上，只是一时走到窗口，一时走到门廊上。"

"活该！"克罗大妈悻悻地说。"要是他不改过自新的话，总有一天，他就不单单是不安了。他的主人①派人来传他的时候，瞧他会是什么样子！"

"要他受刑，没错！"小杰克说。

"他该受刑！"克罗大妈狠狠地说，"他伤了许多许多人的心，——我告诉大家！"她举起叉子停下来说："就跟乔治少爷在《启示录》中读到的一样，灵魂在圣坛下呼冤！求上帝惩罚这种人！不久上帝就会听见的——他会听见的！"

克罗大妈在厨房里威望很高，人人都张口听着她说；现在饭菜基本上端进去了，厨房里的人全都有空跟她闲聊，听她发表意见了。

"包管这种人会永远打入炼狱，是不是？"安迪说。

"我看见了才痛快极了呢，"小杰克说。

"孩子们！"一个声音说道，把大家吓了一跳。原来是汤姆大伯，他早就进来了，站在门口听着。

"孩子们，"他说，"恐怕你们不明白自己在说些什么呢。'永远'是个可怕的字眼，孩子们；想到这一点都可怕。你们不应该用这个字眼来骂人。"

"我们不用这字眼骂别人，只骂黑奴贩子，"安迪说，"谁也忍不住要这样骂他们，他们坏透了嘛。"

"天理能够容忍这样的人吗？"克罗大妈说。"他们不是连吃奶的娃娃都要从妈妈怀里夺走，拿去卖掉吗？还有扯着妈妈的衣襟哭喊的小孩子，他们不是也拖走去卖掉吗？他们不是不顾人家的死活，把夫妻活活拆散吗？"克罗大妈带着哭腔说，"他们这样做的时候，心里有半点儿难受吗？他们不是照样喝酒抽烟，若无其事吗？天哪，如果魔鬼不抓他们，还要魔鬼干什么？"克罗大妈拿方格围裙掩住脸，真的抽抽搭搭哭了起来。

"替欺侮你的人祈祷，《圣经》上说过的，"汤姆说。

"替他们祈祷？"克罗大妈说，"天哪，这不是强人所难吗？我没法替他们祈祷。"

---

① 指上帝。

"这是人的本性，克罗，人的本性倔强，"汤姆说，"但是上帝的意旨更强；况且你该想一想，干得出这种事的可怜虫，他的灵魂的处境是多么可怕啊。你跟他不同，该感谢上帝才是，克罗。我想，我宁愿给卖掉一千回，也不愿像那可怜虫一样，要为自己所干的坏事受到无穷的惩罚。"

"我也这样想，"杰克说，"天哪，我们会不会看到他的下场，安迪？"

安迪耸耸肩，吹了一声口哨，表示同意。

"老爷打算今天早晨出门，可是并没有出门，我很高兴，"汤姆说，"要是出去了，那会比把我卖掉更伤我的心。他那样做，也许是合情合理的，但是我是看着他长大的，他那样做会叫我难受极了；现在我见着了老爷，对上帝的意旨也就开始觉得没有怨言了。老爷也是出于无奈；他做得对，但是只怕我走了之后，庄园会搞得乱七八糟。不能指望老爷像我一样，东瞧瞧，西瞧瞧，事事都弄得井井有条。小伙子们心眼倒不坏，可是都粗心极了。我就是担心这一点。"

这时铃响了，汤姆给召到客厅去了。

"汤姆，"主人和气地说，"我想让你知道，我向这位先生保证过，他来要人的时候，要是你不在，就罚我一千元；今天他要办另外那件事，所以你今天没事，到哪儿去都行，伙计。"

"谢谢你，老爷，"汤姆说。

"你得当心，"黑奴贩子说，"别耍鬼花招来骗你家老爷；要是你跑了，我会把他弄得一个子儿都不剩。要是他听我的话，对谁都不会信任——你们一个个滑得像泥鳅！"

"老爷，"汤姆挺直腰板说，"老太太叫我抱着你的时候，我还只有八岁，你还不到一岁。'听着，'老太太说，'他就是你的小主人；要好好照料他，'她说。现在我只想问你一句，老爷，我在你面前失过信没有，违拗过你没有，尤其是信了基督教以来？"

谢尔比先生已是难以自制，热泪盈眶。

"好伙计，"他说，"上帝知道，你说的是实话；要不是万不得已，就是拿全世界来换你，我也不卖。"

"我拿基督教徒的人格担保，"谢尔比太太说，"我东凑西凑，一凑齐了钱，就来赎你。先生，"她对黑利说，"请好好记下你把他卖给谁了，并且通知我。"

"行，可以，说到这件事，"黑奴贩子说，"一年之后我可以把他带回来，受的损耗不会太大，再把他卖给你们。"

"那时我会跟你做这笔生意，而且让你有利可图，"谢尔比太太说。

"当然，"黑奴贩子说，"对我来说，全都一样，只要有钱赚，往南卖，往北卖都一样。只不过是混口饭吃，你知道，太太；我想人人要的都是这个。"

谢尔比夫妇见了黑奴贩子随随便便的放肆态度，两人都觉得恼火，觉得受了侮辱，但是两人明白，控制自己的感情是绝对必要的。他越是表现得卑鄙残忍，不可救药，谢尔比太太就越是害怕他马到成功，抓住伊丽莎和她的孩子，当然就越是使她下定决心，以女人的一切手腕来留住他。于是她客客气气地微笑着，顺着他的话，跟他闲聊，想尽一切办法，让时间不知不觉地过去。

两点钟的时候，山姆和安迪把马牵到马桩跟前，显然，上午那场奔跑，使他们神清气爽，精神抖擞。

山姆吃了午饭，加足了油，热情洋溢，随时准备效劳。黑利走过来的时候，他正在手舞足蹈地对安迪吹牛，说自己已经"准备停当"，这次行动一定会马到成功。

"我想，你们家老爷没养狗吧，"黑利准备上马的时候，若有所思地说。

"多得很呢，"山姆得意扬扬地说；"那是布鲁诺，它汪汪叫个不停！还有，我们每个黑人差不多都养了一只狗仔，各种各样的都有。"

"呸！"黑利说，——还说了一句关于这些狗的话，山姆听了嘟囔道：

"我看骂狗没什么用，一点用也没有。"

"但是你们的主人没养用来追捕黑小子的狗，我很清楚。"

山姆完全明白他的意思，但是继续装出傻得不可救药，一点破绽也看不出来。

"我们的狗全都鼻子灵着呢。我看就是这种狗，虽然从来没有实际干过这种事。只要开个头，它们什么都会干。到这儿来，布鲁诺，"他叫了一声，又朝那慢吞吞的纽芬兰种狗吹了一声口哨，那狗就汪汪叫着朝他们跑过来。

"见鬼去吧！"黑利一面说一面上了马。"上马。"

山姆遵命上马，边上马边灵巧地搔了一下安迪的痒，弄得安迪哈哈大笑起来，黑利听了很恼火，用鞭子抽了他一下。

"你真叫我吃惊，安迪，"山姆板着脸说。"这可是正经事儿，安迪。你可不能闹着玩儿。这可不像帮老爷的样子。"

"我们走大路，一直追到河边去，"他们到了庄园边界的时候，黑利斩钉截铁地说。"他们的脾气，我全了解，——他们总是走地下通道①。"

"当然，"山姆说，"没错。黑利老爷说到了点子上。瞧，到河边有两条路，一条是小路，一条是大路，——老爷打算走哪一条？"

安迪听了这个地理方面的新鲜事儿，大吃一惊，呆头呆脑地瞧着山姆，但是立刻起劲地重申这一事实，加以肯定。

"当然，"山姆说，"我看，丽西会走小路，因为走这条路的人少。"

黑利是个老狐狸，自然生怕上当，但听了这个见解，也不禁犹豫起来。

"要是你们两个不是鬼话连篇那才怪呢！"他考虑了一会儿之后，沉吟着说。

他说这句话的时候所用的沉思的口吻，安迪听了似乎觉得万分好笑。他稍微落后一点，笑得浑身打战，显然大有掉下马来的风险，而山姆的脸纹丝不动，一副悲悲戚戚的严肃样子。

"当然，"山姆说，"老爷觉得怎么办好就怎么办；如果老

---

① 指 19 世纪上半叶帮助南方的黑奴逃到美国北方或加拿大的地下运动，由反对奴隶制度的白人所建立。

爷认为最好走大路，就走大路，——对我们来说反正一样。现在考虑了一番之后，我觉得的确走大路好。"

"她自然会走偏僻的小路，"黑利没理会山姆的话，自言自语地说。

"那可难说，"山姆说，"娘儿们很怪，你认为她们会做的事，她们偏偏不做，多半恰好相反。娘儿们生来就跟男人相反，所以，要是你认为她们会走这条路，肯定地说，你最好走另外一条，那么就一定找得到她们。我个人的看法是，丽西走的小路所以我觉得最好走大路。"

这番关于女人的共性的高谈阔论，似乎没能促使黑利特别想走大路，他斩钉截铁地宣布，他要走另外那条路，便问山姆什么时候可以拐到小路上去。

"前面不远就是。"山姆说，同时用朝安迪这边的眼睛眨了一下。接着他又严肃地说："不过这事我研究过了，我非常明白，我们不该走那条路。我从来没走过。偏僻极了，说不定会迷路的，——会走到哪儿去，只有天晓得。"

"尽管这样，"黑利说，"我要走那条路。"

"我现在想起来了，我听人家说过，那条路到了小溪边就全给篱笆围起来了，是不是，安迪？"

安迪说不准，他只"听说过"这条路，但从来没走过。总而言之，他根本不表态。

黑利习惯于在大大小小的谎话之间权衡轻重，认为最好的办法还是走前面所说的小路。他认为自己已经看出，山姆起初提到那条小路是无意之中泄漏了天机；后来又手忙脚乱地劝他不要走那条路，是经过考虑之后在撒谎，原因是不愿连累伊丽莎。

这条路，事实上是一条老路，原先是通河边的大路，修了新路之后，已经废弃多年了。

他们骑马走了一个小时的光景，一路上畅通无阻，但后来路被许许多多农田和篱笆拦腰截断了。这情况山姆清清楚楚，不过由于堵塞了多年，安迪连听都没有听说过有这条路。于是他老实顺从地往前走，只是不时地哼哼几声，大声埋怨说，路"难走得要命，杰里的脚会受不了。"

"听着，我警告你，"黑利说，"我看穿了你们的心思；你们别想这么大惊小怪，就能叫我离开这条路，——所以闭嘴！"

"老爷要怎么办就怎么办吧！"山姆又难过又顺从地说，同时意味深长地朝安迪使眼色，安迪乐得简直快要爆炸了。

山姆精神焕发，扬言要擦亮眼睛，仔细观察，——有时嚷嚷说自己看见了"一顶娘们的帽子"，在远处的山顶上，有时对安迪嚷道，"那山坳里不是丽西才怪呢，"每次到了路面崎岖不平的地方就这么嚷嚷，这时由于速度突然加快，人和马都特别不方便，使得黑利时刻手忙脚乱。

这样骑马走了一个小时左右之际，一行人马乱哄哄地朝山坡下一个大农场的谷仓乎啦啦冲过去。黑奴全都下了地，谷仓附近没有一个人影；但是，由于谷仓明明白白地正横在路上，一眼就可以看出，他们朝那个方向的行程肯定已经到了终点。

"这情况我不是已经告诉了老爷吗？"山姆装出无辜而委屈的神情说。"老爷人生地不熟，怎么会比土生土长的人更加了解当地的地形呢？"

"你这混蛋！"黑利说，"这一切你全都早就知道。"

"我不是告诉你说我了解，可你却不相信吗？我告诉老爷说路都堵上了，围上了，我认为走不过去，——安迪可以作证。"

这全是真的，无可争辩，这倒霉鬼只好尽量忍气吞声，三人向右转，朝大路方向走去。

由于这么耽搁来耽搁去，伊丽莎到了这村上的酒店，把孩子放到床上睡觉约三刻钟之后，一行人马才到达同一个地方。伊丽莎站在窗口，朝另一个方向张望，这时山姆敏锐的眼睛一眼看见了她。黑利和安迪在他后面两码左右。在这危急关头，山姆假装自己的帽子给风吹走了，发出一声很有他的特点的尖叫，立刻惊动了伊丽莎，她连忙往后一缩。全体人马从窗口疾驰而过，绕到前门。

这一瞬间，伊丽莎身上仿佛集中了一千个人的精力。她所在的房间有一道侧门通往河边。她一把抱起孩子，跳下石级，朝河边跑去；正要消失在堤背后的时候，黑奴贩子看清了是她；他滚鞍下马，一边朝山姆和安迪大声叫喊，一边像猎狗追小鹿似地朝她追去。在那一刹那间，她心神恍惚，双脚好像没着地似的，跑了一会儿，到了水边。他们在后面紧追不舍，她奋起全身力气——只有对走投无路的人，上帝才赐予的力气——狂呼一声，纵身一跳，身体腾空而起，飞过岸边的急流，落在对面的浮冰上。那是孤注一掷的一跳——只有疯狂而绝望的人才能这样跳；黑利、山姆和安迪见她那一跳，都不由自主地举起双手惊呼起来。

她一落下，那巨大的绿色冰块，在她的体重冲击之下，立刻吱吱作响，摇晃起来；但她一刻也不停留。她一面狂叫，一面使出全身力气，从一块冰上跳到另一块冰上；跌倒了——跳起来——滑倒了——又跳起来！她的鞋子掉了，袜子划破之后也掉了，每一步都留下了斑斑血迹；可是她什么也没看见，什么也没感觉到，最后昏昏沉沉地，仿佛在梦中一般，看见了俄亥俄州那边的河岸，有人扶着她上了岸。

"不管你是谁，你真是个勇敢的娘们！"黑利赌了个咒说。

伊丽莎认出了那人的声音和相貌。那人在离她老家不远的地方有个农场。

"啊，西姆斯先生！救救我吧——请救救我吧——把我藏起来吧！"

"哎呀，这是怎么回事？"那人说。"哎呀，这不是谢尔比先生家的姑娘吗？"

"我的孩子！——这个孩子！——他把他卖了！那边是他的买主，"她指着肯塔基州那边的河岸说。"啊，西姆斯先生，你也有个小儿子啊！"

"我有一个，"那人说着，粗鲁但好心地把她顺着陡峭的河堤往上拉。"况且你是个非常勇敢的姑娘。谁有胆量，我就喜欢谁。"

到了堤顶上的时候，那人停了下来。

"我很愿意帮助你，"他说，"可是我没有地方把你藏起来，我能做到的，是告诉你到那儿去，"他指着一座很大的白房子说那房子单门独户，离村里的主要街道有一段距离。"到那儿去，他们是好心人。毫无疑问,他们会帮助你,——他们专门做这种事。"

"上帝保佑你!"伊丽莎真诚地说。

"哪里,哪里,"那人说,"我所做的微不足道。"

"啊,先生,你一定不会告诉任何人吧!"

"哪儿的话,姑娘!你把我当成什么人了?当然不会,"那人说。"走吧,你是个聪明可爱的姑娘,走吧。你获得了自由,我要尽力帮你保住自由。"

这女子把孩子抱在怀里,坚定而迅速地离去了。那人站着目送着她。

"谢尔比大概会认为我这件事做得不讲义气,可是我有什么办法?要是他也碰上我家的一个姑娘处于这种情况,欢迎他报复。不知怎么的,我瞧着一个黑人气喘吁吁,拼命逃走,后面狗在追赶,我真不忍心去跟他作对。而且,我也看不出有什么理由要帮别人追捕黑奴。"

这可怜的愚昧的肯塔基人说道。他没有受过忠于宪法的教育因此误入歧途,以基督教精神行事,要是他地位高一点,更加开化一点,恐怕就不容许他这么做了。

黑利站着目瞪口呆地观看这一情景,直到伊丽莎消失在堤岸背后,然后回头茫然地瞧着山姆和安迪,仿佛要询问什么似的。

"这一手干得真不赖,"山姆说。

"这娘们身上准是附着七个魔鬼,我想!"黑利说。"她连蹦带跳,多像只野猫!"

"这个这个,"山姆搔搔头皮说,"我们走了那条路,希望老爷能原谅我们。别以为我劲头足,愿意走那条路,才不呢!"山姆嘶哑着喉咙格格笑了起来。

"你还笑!"黑奴贩子喝道。

"上帝保佑你,老爷,我忍不住嘛。"山姆说,他心里乐坏了,已经控制了很久,现在索性尽情地大笑一通。"她那样子真有趣,又蹦又跳——冰在咔嚓咔嚓响——你听——扑通,咔嚓!哗啦!再跳!老天爷!她跳得多棒!"山姆和安迪笑得眼泪直流。

"你们笑,我要叫你们哭!"黑奴贩子扬起鞭子朝他们头上抽去。

两人一闪，边喊边跑上河堤，他还没上岸，他们已经骑到了马背上。

"再见，老爷！"山姆一本正经地说。"我想太太一定很担心杰里。黑利老爷不再需要我们了。太太决不会让我们今晚骑着这马去过丽西那座桥。"他开玩笑地捅了一下安迪的肋骨，策马飞驰而去，安迪跟了上去，风中隐约传来他们的阵阵笑声。

第八章　伊丽莎的逃亡

伊丽莎拼着性命逃过河去的时候，正是暮色苍茫时分。灰蒙蒙的暮霭从河面上缓缓升起；她上了岸之后，就完全隐没在薄雾之中了。上涨的河水和大片大片互相冲撞的浮冰横在她和追兵之间，形成了一道不可逾越的障碍。黑利只好慢吞吞、失望地回到小酒店，再来考虑下一步怎么办。老板娘给他打开了一间小客厅，里面铺着破烂的地毯，摆着一张桌子，桌子上铺着放光的黑油布，还有几把式样不一的瘦长高背木椅，壁炉架上摆着几个颜色鲜艳的石膏像，炉格子上的木柴还在微微冒烟；烟囱旁边狭小的地方，勉强摆着一把硬木长椅。黑利在长椅上坐下来，感叹着人生变幻无常，祸福难测。

"我一定要那小畜生吃点苦头，"他自言自语道，"害得自己像赶上树去的浣熊，上不得下不得！"黑利用一连串不太好听的话反复咒骂自己，以此来出出怨气；作者虽然有充分的理由认为这些话骂到了点子上，但是因为有伤大雅，只得略去。

忽然，他给一个刺耳的大嗓门惊动了；显然有人在门口下了马。他急忙走到窗口。

"哎呀，我听说有什么天意，要是这不是天意，那才怪呢，"黑利说，"我想那一定是汤姆·洛克，错不了。"

黑利急忙走出客厅。房间角落里的酒柜旁边，站着一个孔武有力、肌肉发达的大汉，足足有六英尺高，背也差不多有那么宽。他穿着水牛皮大衣，毛面朝外，使得他毛茸茸的，一副凶狠的样子，跟他整个嘴脸的神气非常相称。他的头部和脸部的每个器官，每根线条，都发达到了极点，表现出杀人不眨眼的野蛮性情。确实，读者如能想象出一条变成人形、戴着帽子、穿着大衣、两脚走动的哈巴狗，对于他的体格总的风度和效果，心里就数了。他有个旅伴，在很多方面跟他恰成对比。此人又矮又瘦，动作轻巧如猫，锐利的黑眼睛鬼鬼祟祟地滴溜溜乱转，脸上的五官全都仿佛削得尖尖的，来配合这双眼睛；他那细长的鼻子往前伸出，好像急于钻透万事万物的本性；那光滑稀疏的黑头发往前伸出老远，一举手，一投足，都表明此人刻薄、谨慎、精明的性情。那彪形大汉斟了半杯烈酒，一言不发地一饮而尽。矮子踮起脚跟，把脑袋先偏到这边，再偏到那边，对着那些酒瓶仔仔细细地闻了又闻，最后要了一杯薄荷甜酒，嗓子尖细而颤抖，神情十分谨慎。酒倒出来之后，他端起杯子端详着，那精明而得意的劲儿，就像觉得自己行动正确，做得恰到好处似的，然后小口小口、考虑周到地喝了起来。

"哎呀，谁想得到我会这么走运？喂，洛克，你好吗？"黑利边说边迎上前去，朝大汉伸出手来。

"见鬼了！"这是大汉客气的回答。"黑利，什么风把你吹来了？"

那鬼鬼祟祟的人，名叫麻克斯，立刻停止喝酒，伸长了脖子用狡黠的目光打量着这个新相识，就像猫有时候瞧着飘落的树叶或是别的可以追逐的目标。

"我说，汤姆，这简直是天下最巧的事儿了。我现在遇上了一件非常为难的事，你得帮我一把。"

"啊哈？啊！那还用说！"他那踌躇满志的故交咕哝着说。"要是你见了别人笑嘻嘻的，一定是有事求人家，这是十拿九稳的。遇到了什么麻烦啦？"

"这位是你的朋友吗？"黑利狐疑地瞧着麻克斯说。"大概是合伙人吧？"

"不错，是合伙人。喂，麻克斯，这就是跟我在纳奇兹做生意的那个人。"

"很高兴认识洛克先生的老相识，"麻克斯伸出一只细长的老鸦爪子似的手，说道。"我猜是黑利先生吧？"

"彼此彼此，"黑利说。"喂，二位先生，我们真是巧遇，我想在这小客厅里做一次小小的东道主。喂，老滑头，"他对掌柜的说，"快拿水、糖和雪茄来，来几瓶真家伙，让我们喝个痛快。"

瞧，蜡烛点上了，壁炉里的火拨得燃起了明火，三位大爷围桌而坐，桌上摆上了前面提到的促进友谊的所有物品。

黑利开始悲悲切切地讲述自己不平常的遭遇。洛克闭着嘴，脸色铁青，留神地听着，麻克斯心急火燎手忙脚乱地调着一杯合自己口味的五味酒，偶尔抬起头来，尖鼻子和尖下巴差不多戳到了黑利脸上，全神贯注地倾听着整个故事。故事的结尾似乎让他觉得好笑到了极点，因为他虽不声不响，肩膀和腰部却在颤动，薄薄的嘴唇两角往上翘，心里暗暗乐坏了的样子。

"所以你现在无可奈何了，是不是？"他说，"嘻！嘻！嘻！干得真不赖。"

"做这行买卖，卖小孩惹起的麻烦最多，"黑利沮丧地说。

"要是能弄到一批不在乎孩子的娘儿们，"麻克斯说，"告诉你，那就可以说是当代最伟大的革新了，"——麻克斯自己首先轻轻笑了起来，给自己的笑话撑台。

"正是这样，"黑利说，"我怎么也想不通，孩子给她们一大堆麻烦，别人会以为她们巴不得摆脱他们，谁知她们不干。而且，一般说来，孩子给她们的麻烦越多，越是一文不值，她们就越是舍不得。"

"喂，黑利先生，"麻克斯说，"请把开水递给我。不错，先生，你说得对，这种感觉我也有，大家都有。我还在做这行生意的时候，有一回我买了个娘儿们，是个身材苗条、很可爱的婆娘，而且相当聪明；她有个孩子，病恹恹的，还有点驼背，或别的什么毛病；有人想碰碰运气，把他养大，反正不花费什么，我就把孩子白给了他，根本没想到这娘儿们会伤心；可是，天哪，可惜你没看见她闹得多凶。唉，真的，我觉得，正因为这孩子病恹恹的，脾气又犟，老是折磨她，她反而更加疼爱他；那不是装出来的，真的哭哭啼啼，没精打采，仿佛她的亲人死光了似的。想起来真是古怪。天哪，女人的怪念头真是没个底。"

"不错，我也碰到过这种事，"黑利说。"去年夏天，在红河下游，人家卖给我一个娘们，她有个孩子，长得很可爱，眼睛看上去就跟你的一样亮晶晶的；可是走近一瞧，发现是个地地道道的瞎子。真的，是个地地道道的瞎子。你瞧，我想不声不响地把他转卖给别人，不会有什么麻烦。我用他换了一桶威士忌酒，不算吃亏。可是到要把他从那娘们身边抱走的时候，她简直像只母老虎。当时我还没动身，没把那一伙奴隶用链条锁起来；你猜她怎么着？她一下子跳上棉花包，像只猫一样，从一个船老大手里夺过一把刀子，我跟你说，一时之间，她把大家吓得四散逃窜，最后她见反抗也没用，就转过身去，抱着孩子一头扎进水里，扑通一声下去了，再也没有浮上来。"

"呸！"汤姆·洛克一直极其厌恶地听他们讲这些故事，这时说道，"窝囊废，你们两个都是！告诉你们，我买的娘儿们可不敢这样胡闹！"

"真的！你有什么办法？"麻克斯马上问道。

"办法？嗨，我买一个娘们，要是她有孩子，而我想把孩子卖掉的话，我就走过去，在她眼前晃晃拳头，说，'听着，要是你胆敢说一句话，我会把你的脸揍扁。不许说一个字，连嘴都不准张。'我对她说，'这孩子是我的，不是你的，不许你多管闲事。一有机会我就会把他卖掉；听着，不许你为他瞎闹，不然我会叫你后悔不该生他。告诉你们，她们明白，落到了我手里，可不是好玩的。我把她们吓得气都不敢出；要是有一个叫了起来，那就——"洛克先生砰的一拳砸下去，充分说明了没说出的话是什么意思。

"这就是所谓加重语气，"麻克斯戳戳黑利腰间说，又轻声咯咯笑起来。"汤姆真是个怪人，嘻！嘻！嘻！我说哇，汤姆，我看，虽说黑鬼的脑袋全都糊里糊涂，你还是有办法让她们头脑清醒。对你的意思，她们决不会有一点儿疑问的，汤姆。要是你不是魔鬼本人，汤姆，也一定是他的孪生兄弟，这句话我是要替你说的。"

汤姆颇为谦虚地接受了这句恭维话，看上去也和气些了，但诚如班扬①所说的，"以跟他的狗脾气不相冲突为限。"

黑利一直在尽情享用当晚的主要饮食——酒，开始觉得自己的道德观念有了显著的提高和扩展。正派而喜欢沉思的正人君子们在同样的情况下往往是这样。

"对了，汤姆，"他说，"我一向跟你说过，你太狠了；你知道，汤姆，在纳奇兹的时候，你我常常谈论这些事情，我常跟你说，对她们好一点儿，赚的钱也一样多，在世的时候过得一样舒服，而且到最后山穷水尽，没有别的什么可图的时候，进入天堂的机会还会大一点。"

"呸！"汤姆说，"还用你来说？别再来你这一套了，讨厌得我肚子里有点儿作呕了，"汤姆说完喝了半杯烈性白兰地。

"我说，"黑利往椅背上一靠，做了个庄严的手势，"老实说，我也跟别人一样，做这行生意，首要目的是想尽量多赚钱；但是，不能只管做生意，不能只管赚钱，因为我们都有灵魂。我可不管谁在听我说话，我他妈一点也不在乎，所以不如说个痛快。我信教，有朝一日，我把事情料理得熨熨帖帖之后，打算照管一下自己的灵魂，做点好事；那么除非万不得已，何必再做坏事呢？我觉得这样做太不慎重了。"

"照管自己的灵魂！"汤姆不屑一顾地重复了一下，"要在你身上找到灵魂，可得擦亮眼睛。还是少操这份心吧。即使魔鬼用头发做的细筛子把你筛一遍，也找不到你的灵魂。"

"唉，汤姆，别冒火嘛，"黑利说；"人家劝你是为你好，你不能和和气气地听着吗？"

"别嚼舌头了，"汤姆暴躁地说。"你说什么我都受得了，就是受不了你那道貌岸然的说教，简直要我的老命。说来说去，你跟我有什么不同？你跟我一样心狠、一样歹毒，你想哄骗魔鬼别叫你下地狱，癞皮狗似的，卑鄙透顶；我还看不透你的把戏吗？

---

① 班扬（1628—1688），英国宗教小说家，著有《天路历程》等。

你所说的信教，说到底，真是太无耻了，谁都做不出来。一辈子都欠魔鬼的债，到还债的时候，却想开溜！呸！"

"得啦，得啦，二位，这可不像谈生意的样子，"麻克斯说。"你们知道，什么问题都可以有不同的看法。黑利先生当然是个好人，有自己的良心，而汤姆，你也有你的办法，而且是很好的办法；但是，你们知道，吵架什么用处也没有。咱们谈正事吧。黑利先生，怎么回事？——你要我们负责把这娘们抓回来？"

"这娘们不是我的，是谢尔比的；只要那个孩子。我买下这小猴头，真是个笨蛋！"

"你本来就是笨蛋嘛！"汤姆不客气地说。

"得啦，洛克，别冒火嘛，"麻克斯舔舔嘴唇说，"你瞧，黑利先生要给我们一个好差使，我想。你好好坐着，谈条件是我的特长。这个娘们，黑利先生，是什么样子？干什么的？"

"呀，又白又漂亮，很有教养。要我出千儿八百的给谢尔比我也会干，还会大有赚头呢。"

"又白又漂亮，很有教养！"麻克斯说，他来了劲头，尖眼睛、尖鼻子、尖嘴巴，全都活跃起来，"听着，洛克，真是开门见喜。这儿我们自己还可以做一笔生意呢；我们抓人；那孩子，当然归黑利先生，——我们把这娘们带到奥尔良去卖。这不是大喜事么？"

汤姆沉重的大嘴巴微微张开，听着这番谈话，现在突然闭上了，就像一条大狗咬住了一块肉似的，在不慌不忙地咀嚼着这个主意。

"你知道，"麻克斯一边搅着五味酒，一边对黑利说，"我们在沿岸各地都有认识的法官，办事方便。他们常替我们的买卖帮点小忙，要价还公道。汤姆只管动拳头这种事；要发誓的时候，我就穿戴得整整齐齐出场了——靴子亮亮的，都是头等货。可惜你没看见，"麻克斯容光焕发，充满了职业的自豪感，"我是怎么大事化小，小事化了的。今天我是新奥尔良来的特威克姆先生，明天是刚从珍珠河畔①一个种植园来的，拥有七百名黑奴，后天又

---

① 美国南部密西西比州境内的一条河。

成了亨利·克莱①或肯塔基州某个大人物的远房亲戚。各人有各人的本事，你知道。要动拳头打架，汤姆可是个好手；可是论撒谎，他就不行了，汤姆不行，——你可以看出，这不符合他的本性。但是，天哪，要说全国有人遇到随便什么事都能对天发誓，而且添油加醋，说明一切细节，从头到尾面不改色，说得比我还好，我倒想向他领教领教。我很有信心，即使法官一反常态，特别挑剔，我也能通行无阻，蒙混过关。有时候，我倒希望法官挑剔一点；那样趣味大得多，好玩些，你知道。"

书中描写过，汤姆·洛克是个思想行动都很迟缓的人，这时他在桌上重重地砸了一拳，震得杯盘叮当作响，打断了麻克斯的话。

"行了！"他说。

"上帝保佑你，汤姆，你犯不着把杯子都震碎呀！"麻克斯说："留着你的拳头到需要的时候再用吧。"

"但是，二位先生，我难道不能分一份利润吗？"黑利说。

"我们替你抓住那个孩子还不够吗？"洛克说，"你还想要什么？"

"这个，"黑利说，"是我给你们这个差使，也值几个钱，比如说，除掉开支之后，百分之十的利润吧。"

"听着，"洛克吼声如雷，骂了一句，一拳头重重地砸在桌子上说，"我还不了解你吗，丹·黑利？别想来蒙骗我！你以为麻克斯和我干抓黑奴这一行，是专门为你这样的先生效劳的，自己一点好处也不捞吗？哪有这样的事！这娘们完全归我们，你还闭嘴为好，不然，瞧着吧，两个我们都要，——谁拦得住？你不是已经把猎物指给我们看了吗？我想，你追得，我们也追得。要是你或者谢尔比想来追我们，等于是看鹬鸪去年在什么地方。只要你找到鹬鸪或是找到我们，就归你了。"

"啊，好吧，就按原来的说法办，"黑利惊慌地说，"你们只要把孩子抓回来就行了，——你以前跟我打交道很公平，汤姆，而且很守信用。"

---

① 亨利·克莱（1777—1852），美国政治家、演说家。

"你明白，"汤姆说，"我可不会跟你一样，装出哭哭啼啼的样子，就是到了跟魔鬼结账的时候，我也决不赖账。我说到做到，一定做到。这你是了解的，丹·黑利。"

"不错，不错，我说过这话，汤姆，"黑利说，"只要你答应一个礼拜内把孩子交给我，你说在哪里交就在哪里交，我只要求这一点。"

"但是离我的要求还差得远呢，"汤姆说。"别以为在纳奇兹跟你做生意是白做了，黑利。我只要抓着了泥鳅，就不会让它滑掉，这一手我已经学会了。你得马上付五十块现钱，不然这孩子你休想到手。对你我是太了解了。"

"唉，你得到了一件差使，很可能净赚一千到一千六百块，还提出这样的条件，汤姆，这太不讲理了吧。"黑利说。

"不错，可是我们已经预约好的活儿就够我们十五个礼拜还忙不过来呢，是不是？要是我们把别人的事撂下，到丛林中去追捕你的那个孩子，最后没捉到那娘们——娘们一向是很难捉到的——那怎么办？你肯付给我们一文钱吗？你肯吗？我谅你也不肯！不行，不行；马上拿出五十元来。如果我们事成了，有钱赚，我再把钱退还给你；要是没干成，这就算是我们的辛苦费公平得很，是不是，麻克斯？"

"当然，当然，"麻克斯以和事佬的口气说，"这只不过是预约金，你瞧，——嘻！嘻！嘻！——我们是律师呢，你明白。好了，我们都得和和气气，随和一点，你明白。汤姆会把这孩子抓住交给你，你指定地方好了；汤姆，行不行？"

"如果我找到了那孩子，我会把他带到辛辛那提，把他寄在码头边贝尔切老婆婆家，"洛克说。

麻克斯已从口袋里掏出一个油腻腻的钱包，这时从里面拿出一张长长的纸条，坐下来，一面用锐利的黑眼睛瞧着，一面喃喃地念着上面的内容："巴恩斯——谢尔比县——男孩吉姆——不管是死是活，三百元。"

"爱德华兹——迪克和露西——夫妻，六百元；娘们波丽，带着两个孩子——六百元，要她或是她的脑袋。"

"我在查我们承办的生意，看能不能顺便替你办了这件事。洛克，"他顿了一下说，"我们得派亚当斯和斯普林格去追捕这几个；已经预约了好些日子啦。"

"他们会要价太高的。"汤姆说。

"我来对付他们；他们干这个还是新手，要价不会太高的，"麻克斯说完又接着念。"这儿有三件容易办的事，因为只要开枪把他们打死就行了，或者一口咬定说他们已经给打死了就行了；干这个，他们当然不能要高价。其他的事，"他边把纸折好，边说，"还可以拖一段时间。所以，现在咱们来谈谈细节。喂，黑利先生，这娘们上岸的时候你看见了，是不是？"

"当然，就像我看见你一样清楚。"

"一个人扶着她上的岸？"洛克说。

"当然，看见了。"

"很可能，"麻克斯说，"她给什么地方的人收留了；可是什么地方？这是个问题。汤姆，你有什么看法？"

"今晚得过河去，没错，"汤姆说。

"可是附近没有船，"麻克斯说。"冰又漂得很快，汤姆，这太危险了吧？"

"不了解这方面的情况，只是非过去不可，"汤姆斩钉截铁地说。

"哎呀，"麻克斯坐立不安地说，"那可是……我说，"他一边说，一边走到窗口，"天色黑得伸手不见五指，而且，汤姆——"

"总而言之，你害怕了，麻克斯；不过没办法，——你非去不可。要是你想等一两天，到你动身的时候，那娘们已经由地下通道送到桑达斯基①一带去了。"

"啊，不；我一点也不怕，"麻克斯说，"只是……"

"只是什么？"汤姆说。

"这个，就是船的问题。你看，一条船也没有。"

"我听老板娘说，今晚会有一条船来，有个人打算摇船过河。

---

① 美国俄亥俄州北部一城市，隔伊利湖与加拿大相望。

不入虎穴，焉得虎子，我们非跟他过去不可，"黑利说。

"我想你们有出色的狗吧，"黑利说。

"第一流的狗，"麻克斯说。"可是有什么用？你没有她身上的任何东西让狗闻。"

"我有，"黑利喜气洋洋地说。"这是她匆忙之中留在床上的披巾；还留下了帽子。"

"真走运。"洛克说，"拿过来。"

"不过要是狗出其不意地扑向那娘们，会把她损坏的，"黑利说。

"这倒值得考虑，"麻克斯说。"有一回，在莫比尔①，我们的几条狗把一个家伙差不多撕成了碎片，赶了半天才把狗赶开。"

"是啊，你明白，这种货色值钱的就是相貌，用狗追只怕不行，你明白。"黑利说。

"我当然明白，"麻克斯说。"还有，要是她已经被人收留起来了，那也不行。在北方那些州，有人运她们走，狗也是没用的；因为，肯定没法嗅到她们的踪迹。只有在种植园里，黑鬼没有人帮助，只能自己跑，狗才用得上。"

"噢，"洛克刚才走出去，到酒柜跟前问了一下，回来说，"他们说那个人已经划着船来了，所以，麻克斯——"

那位大爷就要离开那舒适的地方，恋恋不舍地瞧了又瞧，但不得不慢慢地站起来，按吩咐行事。跟他们又商量了几句之后，黑利才很不情愿地递了那五十元给汤姆，这三位大爷当晚就分手了。

刚才这个场面把读者带到了这几位大爷面前，如果高雅的基督徒读者不赞成的话，作者请求他们趁早克服自己的偏见。捕捉黑奴这个行业，请允许作者提醒他们，正在上升到合法而爱国的职业那样尊贵的地位。假如密西西比河与太平洋之间的辽阔的地带变成一个灵与肉的巨大市场，假如人作为财产还保持着19世纪的发展势头的话，那么黑奴贩子和黑奴追捕者也许会侧身于我们

---

① 美国南部亚拉巴马州西南部城市名。

的贵族这列呢。

酒店的这一幕正在上演的时候，山姆和安迪正兴高采烈地走在回家的路上。

山姆真是欣喜欲狂，不断地发出凡人无法发出的嚎叫与呼啸，全身扭动，做出各种各样的怪动作，以此来表达自己的狂喜。有时候，他面朝马尾马屁股，倒骑在马背上，然后，高叫一声，翻一个筋斗，又端端正正骑在马背上，拉着脸开始高声教训安迪，说他不该笑，不该胡闹。过一会儿，他又双手拍着肚子，放声大笑，笑声响彻他们经过的古老的森林。他一面玩着这些花招，一面还催着马全速奔驰，最后，十点到十一点钟的光景，他们嘚嘚的马蹄声就在阳台一端下面的砂石路上响起来了。谢尔比太太急忙来到栏杆边。

"是你吗，山姆？他们在哪儿？"

"黑利老爷在酒店过夜，他累坏了，太太。"

"伊丽莎呢，山姆？"

"唔，她渡过了约旦河。可以说，已经到了迦南地界了。"

"唉，山姆，你这是什么意思？"谢尔比太太上气不接下气地说，她想到这句话的可能的含义，差不多晕过去了。

"这个，太太，上帝他会保佑自己的子民的。丽西过了河到了俄亥俄州。真了不得，好像是上帝架着两匹马拉的火轮车把她送过去的。"

山姆在主母面前，那虔诚劲儿总是不同寻常地强烈，还常常引用圣经里的比喻和形象呢。

"上来，山姆，"谢尔比先生说，他也跟着来到了门廊上，"把你的主母想听的消息告诉她。得啦，得啦，爱米丽，"他说着抱住她，"你全身冷得在发抖呢，你太动感情了。"

"太动感情了！我难道不是女人，不是母亲？我们俩难道不要在上帝面前对这可怜的姑娘负责吗？上帝呀！别把这个罪过算在我们账上吧。"

"什么罪过，爱米丽？你明知道我们这样做是迫不得已啊。"

"不过总是有一种可怕的负疚感，"谢尔比太太说，"没法用道理来消除。"

"喂，安迪，黑小子，麻利点！"山姆在门廊下喊道，"把马牵到谷仓去；你没听见老爷在叫我吗？"不一会，山姆拿着棕榈叶帽子，出现在客厅门口。

"来，山姆，把事情一五一十地告诉我们，"谢尔比先生说，"知不知道伊丽莎到了哪儿？"

"呃，老爷，我亲眼看见她踩着浮冰过河去了。她过河的样子真是了不起，地地道道的奇迹。我看见一个人扶着她上了俄亥俄州那边的河岸，后来就消失在黑暗中了。"

"山姆，我觉得这真像海外奇谈，这个奇迹。踩着浮冰过河可不是那么容易的，"谢尔比先生说。

"容易！没有上帝相助，谁也做不到。噢，"山姆说，"是这么回事。黑利老爷、我和安迪，我们来到河边的小酒店，我骑着马走在前面一点点儿，——我一心一意要抓住丽西，怎么也慢不下来，——我走到酒店窗口边的时候，她果然在窗口，看得清清楚楚，而他俩就要赶上来了。于是，我的帽子给风刮走了，我就大叫一声，那声音连死人也吵得醒。丽西当然听见了，黑利老爷打门口经过的时候，她赶忙往后一缩。然后，告诉你，她从侧门逃出，沿着河堤跑；黑利老爷看见了她，叫喊起来，他、我和安迪，我们在后面追。她跑到水边，岸边有一道十英尺宽的流水，对面是碰撞摇晃的浮冰，就像一个大岛。我们紧紧追了上去，我想，天哪，他肯定会抓住她了。这时，她突然尖叫一声——那种叫声我一辈子都没听见过——就到了那边，到了激流那边的冰上，然后，她继续前进，又是叫，又是跳，冰块咔嚓！哗啦！啪啪！砰咚！她就像小鹿似的向前蹦！天哪，那姑娘的弹跳力真是不寻常，我是这样看的。"

山姆讲故事的时候，谢尔比太太一声不响地坐着，激动得脸色发白。

"谢天谢地，她总算逃得了一条命！"她说，"那可怜的姑娘在哪儿？"

"上帝会安排的，"山姆虔诚地翻动眼珠子说。"我一直在说，这是天意，没错，就像太太一贯教导我们时所说的。总会有人出来充当执行上帝意旨的工具。今天要不是我，她早就给抓住十几次了。今天早晨，不是我把马惊得四散乱跑，让他们追马一直追到吃中饭的时候的吗？下午，不是我领着黑利老爷差不多走了五英里的弯路吗？不然的话，他会像狗追浣熊一样，很快就追上了丽西。这都是天意。"

"这种天意，你得少用才是，山姆师傅。在我的庄园里，不许跟绅士们来这一套花招，"谢尔比先生尽量严厉地说，可是在这种情况下，难得严厉起来。

假装跟黑人生气，就像假装跟孩子生气一样没用；两人都本能地看透了事情的真相，尽管竭力装出没看透的样子；山姆听了这番斥责一点儿也不气馁，可是装出极其严肃的样子，耷拉着脸，嘴角下垂，好像不胜悔恨似的。

"老爷说得很对；——很对，我这样做太不像话了，这是用不着争的；老爷和太太当然不能纵容这样的把戏。这一点我明白；可是像黑利老爷这样的家伙要胡来的时候，我这样可怜的黑人有时候就忍不住要干点不像话的事；他可不是绅士，一点也不是，只要有我这种教养，谁都一眼就看得出来。"

"好吧，山姆，"谢尔比太太说，"看来你已经正确认识到自己的错误，你可以走了，去告诉克罗大妈，说她可以给你一点今天午餐剩下的冷火腿。你和安迪一定饿坏了。"

"太太对我们真是太好了，"山姆说着连忙鞠了一躬，走了。

读者一定可以看出，正如前面指出的，山姆师傅有一种天才要是他从政的话，准会飞黄腾达，——就是善于利用一切，来为自己博得赞赏和荣誉的天才。他刚才在客厅里假装虔诚和谦卑，自以为主人主母一定很满意，就啪的一声把棕榈叶帽子歪戴在头上，神气风雅而潇洒，直奔克罗大妈的领地而去，打算在厨房里大出一番风头。

"现在有了机会，"山姆自言自语地说，"我要跟这些黑小子们来一番演说。哼，我要讲得活灵活现，叫他们听得把眼睛瞪得大大的！"

必须说明，山姆的一项特别爱好是骑着马陪主人去参加各种各样的政治集会。到会场之后，他不是爬到木桩子篱笆上，就是爬到高高的树上，坐着津津有味地观察那些演说家，然后爬下来，走到跟自己肤色相同、为干同样的差使而聚到一起的弟兄们中间，滑稽透顶地模仿着那些演说家，让他们开开眼界，开开心；不管别人怎么笑，他也是一副正经庄重的样子。虽然紧紧围在他身边的通常是跟他肤色相同的人，但是外面往往围着厚厚一层肤色浅的人；他们站在那里听，又是笑，又是递眼色，山姆心里好不得意。事实上，山姆认为演说是自己的本行，从来不放过执行职务的机会。

对了，山姆和克罗大妈之间，多年以来就有一种宿怨，或者不如说有一种明显的冷淡；但是，山姆既然在打后勤部门的主意，而这显然是全部行动的必不可少的基础，他决定当前要采取特别和解的策略，因为他明白，尽管"太太的命令"无疑会不折不扣地得到执行，但是，能让克罗大妈心甘情愿照办，定会大有收获，因此，他出现在克罗大妈面前的时候，脸上一副动人的低声下气、听天由命的表情，俨然曾为横遭欺凌的同胞吃过无限的苦头。他大谈特谈主母指示他来见克罗大妈，请她给他的肚子补充各种固体和液体方面的欠缺，这样一来，就明白无误地承认了她在炊事部门及其下属部门的权力和至高无上的地位。

这一着果然灵验。山姆师傅用巴结话轻易地把克罗大妈争取过来了，比那些政客竞选的时候用殷勤手段哄骗可怜的单纯正派的选民还要容易得多。就算他是回头浪子，母亲对他的款待也不可能这么丰盛。不一会儿，他就欢欢喜喜、满面春风地坐下来，面前摆着大铁皮盘子，里面盛着大杂烩，是两三天来桌上摆过的各种各样的食品做成的。美味的火腿片、金黄的玉米饼、各种几何形状的碎馅饼、鸡翅膀、鸡杂、鸡爪等，真是琳琅满目，美不胜收。山姆是眼前这一切的主宰，得意扬扬地歪戴着棕榈叶帽子，对坐在右手边的安迪摆出居高临下的架势。

厨房里挤满了他的同伴们。他们从各自的小屋赶来，拥进厨房，来听当天出征的结果。现在山姆光荣的时刻到了。他将当天的故事重述了一遍，为了加强效果，还作了必要的渲染；因为山姆跟我们的一些时髦的半瓶醋文学爱好者一样，决不让经过他们手里的故事失去一丁点儿光彩。他的讲述引起一阵阵哄堂大笑，许许多多小家伙躺在地板上、蹲在角落里，也跟着起哄，闹个不停。可是，即使哄笑达到高潮的时候，山姆脸上也纹丝不动，一本正经，只是不时地翻起眼睛，对听众使出各种妙不可言的滑稽眼色，一点也不改变那种咬文嚼字的高雅的演说风格。

"你们听着，同胞们，"山姆劲头十足地举起一只火鸡腿说，"你们现在听着，小子我干了些什么？干的是保卫你们大家的事——不错，保卫你们大家。想抓我们一个人，即想抓大家；你们明白，道理是一样的——这是很清楚的。任何黑奴贩子东闻西闻，想咬住我们随便哪一个，嘿，有我挡着呢；他得跟我打交道，弟兄们，你们尽管来找我好了，我会站出来为你们的权利而斗争，我会保卫你们，直到最后一口气！"

"唉，山姆，你告诉我说，今天早晨你还帮着这位老爷去抓丽西来着；我看你说的话牛头不对马嘴，"安迪说。

"告诉你，安迪，"山姆极其高傲地说，"不懂的事，不要乱插嘴。安迪，你这样的孩子，心眼是好的，但是不能指望你们'冷会'伟大的行动原则。"

安迪给驳得张口结舌，尤其是听了"冷会"那个深奥的字眼之后。在场的大多数年轻人似乎认为解决争端的就是这个字眼。山姆继续说下去。

"那就是凭良心，安迪；我考虑去追丽西的时候，我以为老爷就是那个意思。不料我发现太太的意思相反，这就更需要凭良心了，——因为站在太太一边总不会吃亏，——所以你瞧，两种做法是一致的，就是凭良心，坚持原则。不错，原则，"山姆使劲一抛，丢掉一根鸡颈骨，"如果我们不前后一致，原则还有什么用，我倒想问问？瞧，安迪，你可以吃那根骨头——肉还没剔尽呢。"

山姆的听众在张着口听他讲话，他不得不讲下去。

"关于前后一致这个问题，黑人同胞们，"山姆以即将阐述深奥问题的神气说，"这前后一致的问题，是个大家都还认识不清的问题。你们明白，要是一个人今天支持一件事，明天又反对这件事，人们就说（他们自然会这样说），他前后不一致，——把那块玉米饼递给我，安迪。我们来探讨一下。我希望先生们女士们会原谅我打一个通俗的比方。喏！我想爬到干草垛上去。我把梯子放在这边，可是不行；于是，我当然不再试了，把梯子搬到对面，难道我前后不一致吗？不论把梯子放在哪边，我想爬上去，在这一点上我是前后一致的，你们大家明不明白？"

"你只在这件事情上做得前后一致，上帝作证！"克罗大妈听得不耐烦了，咕哝道；对于她，这天晚上的热闹场面，用圣经上的比喻来说，有点像"往碱上倒醋。"①

"不错，真的！"山姆满肚饭菜，满身荣誉，站起身来，准备结束演说。"不错，同胞们，异性的女士们，我是个有原则的人，——我自豪地承认这一点，——对于当前，对于任何时代，原则都是必不可'烧'的。我有原则，而且要坚持到底，不管什么事，只要我认为是原则问题，我就干，他们即使把我活活烧死，我也在所不辞，我会一直走到火刑柱跟前，一定会的，并且说，我流最后一滴血来了，为了我的原则，为了我的祖国，为了全社会的利益。"

"得啦，"克罗大妈说，"你的一个原则应当是今晚总得睡觉，而不能叫大家待到天亮；嘿，你们这些小家伙们，如果不想脑袋上挨几下的话，最好都走，而且要快。"

"全体黑小子们，"山姆和颜悦色地挥着棕榈叶帽子说道，"我为你们祝福；乖乖地去睡觉吧。"

随着这一声感伤的祝福，人群散去了。

———

① 《圣经·箴言》中语，指当着伤心的人作乐。

第九章　看来参议员也不过是人

一间舒适的客厅里，炉火在熊熊燃烧，火光映在四壁，闪烁在茶杯和亮晶晶的茶壶上。参议员伯德正在脱靴子；准备把脚伸进一双漂亮的新拖鞋。他以参议员的身份外出视察期间，妻子一直在给他做这双拖鞋。伯德太太满面春风，正在指挥佣人摆桌子，还不时地告诫几个吵吵闹闹的孩子几句。孩子们正在活蹦乱跳，玩着各式各样闻所未闻的顽皮把戏；自大洪水①以来，这些把戏就一直把做母亲的弄得心惊肉跳。

“汤姆，别动门把手，——这才是乖孩子！玛丽！玛丽！别扯猫尾巴，——可怜的小猫！吉姆，别爬到那张桌子上去，——别爬，别爬！——亲爱的，真没想到你今晚会回来，我们全都高兴极了！”她终于抽出时间跟丈夫说上一两句。

“对，对，我想顺便赶回来，住上一宿，在家里舒舒服服。我累得要命，头也痛得厉害！”

半开的壁柜里有一只樟脑瓶子，伯德太太瞟了一眼，正打算走过去拿，但丈夫止住了她。

“不要，不要，玛丽，别拿药！只要喝一杯你泡的热乎乎的好茶，在自己家里舒舒服服待上一会就行了。制定法律，真是累死个人！”

参议员微微一笑，认为自己是在以身殉国，颇为得意。

“好啦，”茶桌摆好之后，妻子松弛下来，说道，“这一向参议院里在干什么呀？”

小巧温柔的伯德太太非常聪明，觉得自己的事都顾不过来，现在居然费神想到州参议院里在干什么，这可是破天荒的事。因此伯德先生吃惊地睁大了眼睛，说：

---

① 指《圣经》上所说的大洪水，意即自古以来。

"没什么要紧的事。"

"是吗？但是听说他们在通过一部法律，禁止大家拿吃的、喝的给那些可怜的逃亡的黑人，这是真的吗？我听人家在谈论这样一部法律，不过我认为不论哪个州的立法机关，只要是信基督教，都不会通过这样的法律！"

"咦，玛丽，你怎么突然成了个政治家了？"

"哪儿的话！你们平常的那一套政治，我才不管呢，不过我觉得这可是不折不扣的残忍，违反基督教精神。我希望没有通过这样的法律。"

"已经通过了一部法律，禁止大家帮助从肯塔基逃过来的奴隶，亲爱的；那些轻率的废奴派做这种事做得太过火了，我们肯塔基的弟兄群情激昂，看来我们州得采取措施来平息他们的愤怒，这不仅必要，也不见得不符合基督教精神，不见得不是出于好心啊！"

"这法律是什么内容？不会禁止我们让那些可怜人住上一宿，让他们吃上一顿热饭热菜，给他们几件旧衣服，然后悄悄打发他们去自寻生路吧？"

"当然禁止，亲爱的；那样做是伙同作案，你明白。"

伯德太太是个胆小、羞涩的女人，身材矮小，约四英尺高，一双蓝眼睛，目光温和，两颊桃红，声音极其温柔甜美；说到胆量，据说一只中等大小的公火鸡刚开口一叫，就把她吓得落荒而逃，一条强壮的看家狗，并不怎么能干，只是龇了一下牙，就把她吓得服服帖帖。丈夫和孩子就是她的整个世界，她治理这个世界，主要靠的是恳求劝说，而不是靠发布命令或争辩。只有一件事能够激起她的愤怒，而这也是来源于她那特别温柔、特别富于同情心的天性——任何残酷的事情，都会叫她勃然大怒，这怒火，跟她平常温和的性格一对比，就显得更加令人惊讶难解。她平常是个百依百顺、有求必应的母亲，但有一回，她发现两个儿子跟邻居家的几个顽童合伙，拿石头扔一只毫无防御能力的小猫，就把他们狠狠地打了一顿，孩子们至今回忆起来，还心有余悸呢。

"说老实话，"比尔少爷常说，"那一回我可给吓坏了。妈妈向我走过来，看那样子，我还以为她疯了呢。我给抽了一顿鞭子，没吃饭就给赶到床上，还不知道是怎么回事呢。后来，我听见妈妈在门外哭，这比什么都更加让我难受。说实话，"他常说，"我们兄弟俩再也没用石头打过猫了！"

这一回，伯德太太气得满脸通红，使得她整个相貌更加好看了。她立刻站起来，走到丈夫跟前，神情异常坚决，斩钉截铁地说：

"喂，约翰，我想问你，你是不是认为这样一部法律是正义的，是符合基督教精神的？"

"哎呀，玛丽，要是我说我认为是的，你不会枪毙我吧？"

"我从来没想到你会这样，约翰，你没投赞同票吧？"

"投了，我的女政治家。"

"你该感到羞耻才是，约翰！无家可归、无处安身的苦命人！真是可耻可恨的罪恶法律，就我来说，一有机会，就要违反它；我希望有这么一个机会，真的希望！可怜哪，那些忍饥挨饿的苦命人！如果仅仅因为他们是奴隶，一辈子受虐待、受压迫，就不许一个女人给他们一顿热饭、一张床，那情况就糟透了。"

"可是，玛丽，听我说。你的心情全都是对的，亲爱的，而且很有趣，我因此而爱你；但是，亲爱的，我们不能感情用事，失去判断能力。你必须认识到，这不是个人感情的问题，这里牵涉到重大的公众利益，现在群情激愤，我们不得不把个人感情放到一边。"

"约翰，我不懂政治，但我会念《圣经》；我从《圣经》中看到，对忍饥挨饿的人，必须拿饭给他们吃，对衣不蔽体的人，必须拿衣服给他们穿，对孤苦伶仃的人，必须安慰他们；《圣经》里的话，我决心照办。"

"但有时这样做会引起重大的社会弊端，那么——"

"服从上帝绝对不会引起社会弊端。我知道不会。不管做什么事，照上帝的话去做，向来是最保险的。"

"听我说，玛丽，我可以向你提出一个非常明显的理由，来说明——"

"胡说八道，约翰！你说一个晚上，也办不到。我问你，约翰，现在，要是来了一个浑身哆嗦、饥饿不堪的苦命人，你会不会因为他是个逃亡者，就把他赶出门去？会不会？"

如果要说实话，我们的参议员真是倒霉，恰好是个特别善良、平易近人的人，把落难人赶出家门向来就不是他的拿手好戏；更糟糕的是，在这场争论的紧要关头，他的妻子清楚这一点，当然针对这没法设防的弱点发动攻击。所以，他采取平常预先准备好应付这种局面的缓兵之计，哼哈了几下，又干咳几声，掏出手帕擦起眼镜来。伯德太太见敌人的阵地没有设防，岂肯放过，便发动进一步的攻势。

"我倒想瞧瞧你做不做得出来，约翰——我真的想瞧瞧！比如说，大雪纷飞的时候，把一个女人赶到门外去，说不定你会把她抓起来，送进牢房去，是不是？做这事你大概很拿手吧！"

"当然，这会是非常痛苦的职责，"伯德先生缓缓地说。

"职责，约翰！别用这个词！你明知这不是职责——不可能是职责！如果人们想防止自己的奴隶逃亡，就得好好对待他们，——这就是我的主张。如果我有奴隶（但愿永远没有），我倒要瞧瞧他们想不想从我身边逃亡，或者从你身边，约翰。告诉你，人们过得快乐，就不会逃亡；他们真的逃亡的时候，苦命的人！他们饥寒交迫，提心吊胆，别人不来与他们为敌，也已经够他们受的了。管他法律不法律，我决不与他们为敌，上帝保佑。"

"玛丽！玛丽！亲爱的，让我跟你讲讲道理。"

"我讨厌讲道理，约翰，尤其讨厌就这样的问题讲道理。有些事明明是对的，你们搞政治的偏偏喜欢兜圈子；真的要实行起来的时候，你们自己也不相信。我还不了解你吗，约翰。跟我一样，你也不相信这是对的，不会这样做。"

就在这紧要关头，卡德乔老头，家里的黑人杂工，把脑袋探进门来，请"太太到厨房里来"。我们的参议员总算松了一口气，又好笑又好气地目送着自己小巧的妻子，然后坐在安乐椅上看起报来。

过了一会儿，门口传来妻子急切的声音，"约翰！约翰！请你一定到这儿来一下。"

他放下报纸，一进厨房，就吃了一惊，厨房里的景象使他非常诧异：一个年轻苗条的姑娘，衣服撕破了，冻成了冰，一只鞋子掉了，袜子给脱了下来，露出划得鲜血淋淋的赤脚。她躺在拼拢的两把椅子上，已经完全不省人事。她脸上有她那受到鄙视的种族的痕迹，但谁都会不由自主地感觉到那凄凉哀怨之美，而那石雕般的清晰轮廓，那冰冷凝固、死一般的脸色，使他不寒而栗。他急促地倒吸一口凉气，一声不响站在旁边。他的妻子和唯一的黑佣人黛娜老大妈正在忙着采取急救措施；卡德乔老汉把她的孩子抱在膝头，忙着给他脱去鞋袜，揉着他的冰冷的小脚。

"瞧，她这样子真是太可怜了！"黛娜老大妈满怀同情地说，"看来是屋里热，使她晕过去了。她进来的时候精神还算好，问可不可以在这儿暖暖身子；我正要打听她从哪儿来，她一下子就晕倒了。从手看来，她从来没干过重活。"

那女人慢慢睁开她那大大的黑眼睛，茫然地朝四周打量的时候，伯德太太满怀同情地说："可怜的姑娘！"突然，她脸上掠过一片惊恐的神色，一跃而起说，"啊，我的哈里，他们抓住了他吗？"

孩子听了，从卡德乔膝头上跳下来，举起双手。"啊，他在这儿！他在这儿！"她惊喜地叫道。

"啊，太太！"她发狂似的对伯德太太说，"求你保护我们！别让他们抓住他！"

"这儿没人会伤害你们，可怜的女人，"伯德太太鼓励地说；"你很安全，别害怕。"

"上帝保佑你！"那女人掩着脸呜咽起来；那小男孩见她哭了起来，直往她怀里钻。

没有人比伯德太太更善于用温和婉转的话安慰别人了，经她劝解，那可怜的女人终于平静一些了。挨着壁炉，在高背长椅上给她铺了个临时床；不久之后，她就沉沉睡去了，孩子也一样筋疲力尽，枕着她的胳膊甜睡着。做母亲的神经紧张，担心极了，别人好心好意要把孩子抱走，她就是不肯，连在睡梦中也用胳膊搂着孩子，毫不放松，仿佛这时她也不肯听信别人的好言好语，放松自己的警惕。

伯德夫妇回到了客厅，奇怪的是，两人都不提前面的那番谈话；伯德太太忙着织毛线衣，伯德先生装作在看报纸。

"不知她是谁，是什么人！"伯德先生终于放下了报纸，说道。

"等她醒过来，精神恢复了一点儿的时候，就知道了，"伯德太太说。

"我说，太太！"伯德先生拿着报纸默默地出了一会儿神之后说。

"哎，亲爱的？"

"把你的长袍放大一点什么的，她也穿不得吧，是不是？她看来身材比你高大一点。"

伯德太太脸上浮现出明显可见的笑容，答道："试试看吧。"

又停了一会，伯德先生冲口而出：

"我说，太太！"

"哎！又怎么啦？"

"有一件旧邦巴津斗篷，是你特意准备给我午睡时候盖的；你不妨把那个给她，——她需要衣服。"

这时，黛娜进来说，那女人已经醒了，想见太太。

伯德先生和太太走进厨房，身后跟着两个大点的孩子，到这时，小的已经放到床上睡着了。

那女人现在正坐在壁炉旁的长椅上。她凝视着熊熊的火焰，神态伤心，但还平静，跟原先那焦急狂乱的样子完全不同了。

"你想见我吗？"伯德太太声音柔和地说，"希望你觉得好些了，苦命的女人！"

回答她的只是一声长长的颤抖的叹息；但她抬起头来，乌黑的眼睛一动不动地瞧着她的脸，眼中一副凄凉哀求的神情，小巧的女人见了不禁泪眼模糊了。

"你什么也不用怕；我们这里都是自己人，可怜的女人！告诉我你从哪儿来，想怎么办，"她说。

"从肯塔基来，"那女人说。

"什么时候？"伯德太太继续问下去。

"今晚。"

"你怎么过来的？"

"从冰上过来的。"

"从冰上过来的！"在场的人异口同声说。

"对，"那女人慢慢地说，"是这样。在上帝的帮助下，我从冰上过来了；因为他们在追我——就在背后——没有别的路可走了！"

"天哪，太太，"卡德乔说，"冰都裂成了一块块的，在水里旋转起伏呢！"

"这我知道——我知道！"她狂乱地说；"可是我过来了！我没想到自己能过来，——我以为过不来，但我不在乎！要是没能过来，无非是死罢了。上帝帮了我一把；不试一试，谁也没法知道上帝会帮他们多大的忙，"那女人目光炯炯地说。

"你原来是奴隶吗？"伯德先生说。

"是的，先生；我属于肯塔基州的一个人。"

"他对你不好吗？"

"不，先生，他是个好心的主人。"

"主母对你不好吗？"

"不，先生——不！我的主母一向对我很好。"

"那么你怎么要离开一家好人家逃走，来冒这样的危险呢？"

那女人抬起头来，以敏锐、探测的目光瞟了伯德太太一眼，立刻注意到她在服丧。

"太太，"她突然说，"你失去过孩子吗？"

这问题提得突如其来，等于在新伤口上戳了一刀；因为仅仅在一个月以前，家里的一个宝贝孩子给放进了坟墓。

伯德先生掉过头去，走到窗口，伯德太太放声大哭起来，但是她控制住了自己的声音，说道：

"你干吗问这个？我失去了一个孩子。"

"那么你能体会我的心情。我失去了两个，一个接着一个，——我逃走的时候，把他们留在了那儿；我只剩下这一个了。我没有哪天晚上不带着他睡；他是我的一切。日日夜夜，他是我的安慰和骄傲；可是，太太，他们要把他从我身边夺走，把他卖掉，卖到南方去，太太，一个从来没离开过妈妈的娃娃，要孤孤单单一个人走！我受不了，太太，我知道，要是他们把他抢走了，我就再也活不下去了；我得知卖契已经签了字，他已经给卖掉之后，就抱着他连夜逃走了；他们追捕我，——他的买主和主人的一些佣人，——他们就要追上我了，我听见了他们的声音。我一下子跳到冰上，怎么过来的，我自己也不知道；我知道的第一件事，就是有个人在扶着我上岸。"

那女人没有哭，也没有流泪。她已经到了欲哭无泪的地步；可是周围的每一个人，都以自己特有的方式，对她表示深切的同情。

两个小男孩在口袋里左摸右摸，想掏出手帕来（当母亲的都知道，在他们的口袋里总是找不到手帕的），摸了一阵之后，都伤心地扑到妈妈的长衫前襟里，一面尽情地抽抽搭搭，一面揩着眼睛鼻子；伯德太太用手帕掩着脸；黛娜老大妈老实的黑脸上泪如雨下，叫道："上帝呀！可怜可怜我们吧！"那恳切的声音，就像在野营传道会上祈祷一样；而卡德乔老汉用袖口使劲揩着眼睛，脸上做出各种各样的痛苦样子，偶尔也以同样的声调极其恳切地应和一声。我们的参议员是个政治家，当然不能指望他像其他人一样哭出来；所以他掉过头去，背朝着大家，望着窗外，好像在清嗓子，揩眼镜，忙得不亦乐乎，偶尔擤擤鼻子，那副神态，要是有人吹毛求疵地观察一番，不免会引起疑心。

"你跟我说你有个好心的主人，这是怎么回事？"他坚决地把喉咙里涌上来的东西压下去，突然转过身来面对那女人，大声问道。

"因为他的确是个好心的主人；不管怎么说，我要替他说这么一句，我的主母也是个好心人，但是他们迫不得已。他们欠了债，不知怎么的，他们给别人攒在手心里，不得不由他摆布。我偷听了，听见主人告诉主母，她则替我苦苦求情；他告诉她，他迫不得已，卖契已经写好——于是我带着孩子离开家门，逃走了。我知道，如果他们得手了，我活下去也没什么意思了；因为我觉得这孩子就是我的一切。"

"你没有丈夫吗？"

"有，可他属于另一个主人。他的主人对他真狠，不让他来看我，很少让他来看我；他对我们越来越狠毒了，扬言要把他卖到南方去——我很可能永远见不着他了！"

这女人说这些话的时候，语调平静，肤浅的观察者也许会认为，她完全无动于衷；可是她那大大的黑眼睛里，有一种平静而深沉的悲伤，说明实际情况完全相反。

"苦命的女人，你打算到哪儿去？"伯德太太说。

"到加拿大去，只要我知道加拿大在哪儿。加拿大很远，是不是？"她抬起头来，天真而信赖地瞧着伯德太太的脸说道。

"苦命的人！"伯德太太不由自主地说。

"很远很远，我想？"那女人急切地说。

"比你想象的远得多，可怜的孩子！"伯德太太说；"不过我们会考虑怎么帮助你。喂，黛娜，在你房里给她铺一张床，紧挨着厨房，早晨我会想一想能给她做点什么。你不要害怕，可怜的女人；相信上帝吧；他会保佑你的。"

伯德太太和丈夫回到客厅。伯德太太在壁炉前的小摇椅上坐下来，若有所思地前后摇晃。伯德先生在房间里踱来踱去，口里咕哝道："啐！呸！真是他妈的棘手的事！"最后，他大踏步走到妻子跟前说：

"我说呀，太太，她得离开这儿，今晚就走。明天一清早，那家伙就会发现踪迹。如果只是这个女人，她可以悄悄地藏起来，等风头过去了再说；但那小家伙，就是千军万马也别想让他乖乖地待着，我可以保证，他会从哪个窗口或门口探出头去，把秘密全都泄漏出去。要是现在我给别人看见跟他们母子在一起，我也会惹上一身麻烦！不；今晚得把他们弄走。"

"今晚！怎么可能呢？——到哪儿去？"

"这个，我不清楚到哪儿去，"参议员边说边开始若有所思地穿靴子；脚进去了一半，又停下来，双手抱着膝头，仿佛陷入了沉思。

"这真是他妈的棘手、为难的事，"他最后说，又开始拉靴带，"这是实话！"穿上一只靴子之后，参议员手里拿着另一只，瞧着地毯上的花纹出起神来。"不过看来非这么办不可，——管他娘的！"他匆匆穿上另外这只靴子，朝窗外望了一眼。

小巧的伯德太太是个非常谨慎的人，一辈子都没说过："我跟你说过的嘛！"目前，她虽然颇为明白丈夫在琢磨什么，还是谨慎地克制住自己，不去打扰他，只是静静地坐在椅子上；看上去，只要夫君觉得可以讲出自己的意图，她随时准备洗耳恭听。

"你知道，"他说，"我有个老主顾，叫范·特伦普，从肯塔基搬过来的，把所有的奴隶都解放了。他在小溪上游七英里的地方买了一块土地，在密林深处，除非特意到那儿去，没有人路过那儿，而且不是一下子找得到。她藏在那儿会很安全；但伤脑筋的是，今晚除了我之外，没有人能赶着马车到那儿去。"

"为什么不能？卡德乔可是个出色的车把式。"

"哎，哎，但困难在这儿。这小溪得过两次；第二次过的时候非常危险，除非跟我一样熟悉地形。我骑马过河，起码百十回了，对拐弯抹角的地方，了如指掌。所以，你瞧，只能这么办。卡德乔得尽可能悄悄地把马套上车，十二点左右，我赶着车送她到那儿去；为了掩人耳目，他得再把我送到前面一个酒店，再乘三四点钟那班驿车到哥伦布①去，这样，在旁人看来，我之所以坐马车，就是为了那个目的。明天一清早我就开始办公。不过我想，说了这些话，做了这些事之后，到了那里我会感到十分惭愧；但是管他娘的，我是迫不得已呀！"

"在这件事上，你的心比你的头脑好，约翰，"做妻子的把白嫩的小手搁在他手上说。"要是我不比你本人还更了解你，我会爱你吗？"这小巧的女人眼睛里泪花晶莹，看上去是那么漂亮。参议员觉得，自己能赢得这样一个美人儿如此热烈的爱慕，一定非常聪明；所以他别无他法，只好乖乖地出去，吩咐备车。但走到门口，他停了一停，然后回来，有点踌躇地说：

"玛丽，我不知道你的心情会怎么样，但那个抽屉里满满都

---

① 俄亥俄州的首府。

是——都是小亨利的东西。"说完,他立即转过身去,随手关上了门。

他的妻子打开自己的房间隔壁的小卧室的门,端起蜡烛,走进那间房,把蜡烛放到一个五屉柜上;然后,从一个小暗孔里取出一把钥匙,若有所思地把钥匙插进一个抽屉的锁孔里,又猛然停下来,因为这时两个男孩子,就跟一般男孩一样,一直紧跟在她身后,这时默默地站着,以意味深长的目光瞧着母亲。啊,做母亲的读者啊,你家里从来没有一个抽屉,或一个壁柜,一打开来,就像是重新挖开一座小小的坟墓吧?啊!如果没有,那你真是个幸福的母亲啊。

伯德太太缓缓地打开抽屉。里面有各种形状和式样的外衣,成堆的围涎,一排排的袜子;甚至还有一双旧鞋子,脚趾头处已经磨破了,从纸包中露了出来。有一辆玩具马车,一个陀螺,一个球,——都是流着伤心的眼泪收集起来的。她在抽屉前坐下来,双手捧着头俯在抽屉上,呜呜咽咽哭起来,眼泪从指缝间簌簌掉进抽屉;后来她突然抬起头来,急急忙忙开始挑选最朴素最结实的衣物,捆成一包。

"妈妈,"一个孩子轻轻碰了一下她的胳膊说,"你打算把这些东西拿给别人吗?"

"亲爱的孩子,"她温柔而恳切地说,"如果我们亲爱的、充满爱心的小亨利从天上瞧着我们,他会很愿意让我们这样做。要是给一般人——给任何幸福的人,我是不忍心的;但我是把它们拿给一个比我更加伤心悲痛的母亲;但愿上帝赐福给他们。"

天下有这样一些大好人,他们的痛苦全都化作别人的欢乐;他们在人世的希望,已经和着泪水葬入坟墓,却变成种子,长出鲜花和香膏,为孤苦无依的苦命人医治创伤。坐在烛光前的这个纤弱的女子就是其中之一,她正慢慢地流着眼泪,把自己死去的亲人的纪念物准备好,打算送给无家可归的流浪者。

过了一会儿,伯德太太打开一个衣柜,从里面找出一两件朴素实用的衣服,急忙走到做针线活的桌子前坐下来,拿起针线、剪刀、顶针,不声不响地开始按丈夫的建议,进行那"放大"的过程,忙忙碌碌地缝着,直到角落里的旧钟打十二点,听见门口隐隐响起了轱辘辘的车轮声。

"玛丽,"她丈夫手里拿着外套,走进来说,"现在你得把她叫醒,我们得走了。"

伯德太太匆匆地把挑出来的各种东西放进一个朴素的小皮箱,把箱子锁好,请丈夫搬到车上去,然后去叫那女人。不久,伊丽莎披着恩人的斗篷,戴着她的帽子和头巾,抱着孩子出现在门口。伯德先生催她赶快上车,伯德太太跟着走到马车踏脚板跟前。伊丽莎从车里探出头,伸出手来,一只同样柔软美丽的手也伸了过去。伊莉莎大大的黑眼睛饱含着真诚的感激,盯着伯德太太的脸,仿佛会说话似的。她的嘴唇动了几下,想再次说些什么,可是说不出话来,只是指了指天上,那眼神是让人永远难以忘怀的;然后往后一靠,用双手掩着脸。车门关上,马车动身了。

一个爱国的参议员,整整一周都在推动本州的立法机关通过决议,更加严厉地制裁逃亡的奴隶及其窝藏者与教唆者,这时他的处境是多么难堪啊!

我们可敬的参议员在本州口才超群,跟华盛顿那些以口才赢得不朽的声望的同行们比起来也毫不逊色!他双手插在口袋里坐着,斥责有些人把几个卑鄙的奴隶的福利摆在全州的重大利益之上,对他们的感情用事、软弱无能嗤之以鼻,当时,那神态是多么不可一世啊!

他发言时气壮如牛,"不但彻底地说服了"自己,而且说服了听他发言的每一个人;可是,当时逃亡者在他心目中只是拼成这个字眼的几个字母,至多是小报上登载的一幅照片的形象而已,画面上有个拄着拐杖、背着包袱的人,下面有"从本人家逃走了"的字样。可是苦难真正出现在面前,就会产生魔术般的效果:真人哀求的眼睛,真人的脆弱颤抖的手,孤苦无助、痛苦绝望的人求救的呼声,这一切他从来没有经历过。他从来没想到,一个逃亡者可能是个不幸的母亲,一个无依无靠的孩子,就像正戴着他的亡儿的熟悉的小帽子的这一个。我们可怜的参议员并非铁石心肠,而是一个人,一个地地道道心地善良的人;因此,人人都可以看出,他被自己的爱国心弄得十分为难。南方各州好心的兄弟,你们不要瞧着他幸灾乐祸；因为我们略有所闻，你们中许多人，在类似的情况下，也拿不出多少高招。我们知道，在肯塔基州，正如在密西西比州，有许多高尚慷慨的人士，跟他们讲苦难，绝不会是白费口舌。啊，好心的兄弟！假如你处在我们的地位，你那勇敢高尚的心不会允许你给我们帮忙，你却指望我们帮你的忙，这是公平的吗？

尽管这样，如果说我们的好参议员在政治方面犯下了罪过的话，他那一夜吃的苦头，也足以赎罪了。近来阴雨绵绵，而且众所周知，俄亥俄的土地松软肥沃，很适合于产生泥巴——加之那条路是俄亥俄州古老的横木车道。

"请问那是什么样的路啊？"东部来的游客问；他一听说横木车道，就习惯于仅仅联想到光滑、高速的火车路。

那么，东部来的天真的朋友须知，在西部偏僻的地区，泥泞简直深不可测，道路都用粗糙的圆木铺成，一根挨一根横着铺在地上，木材还很新鲜的时候就用泥土、草皮以及就地能找到的任何东西铺在上面，当地欣喜欲狂的居民把这叫作路，马上试着在上面赶起车来。天长日久，雨水把前面所说的泥土草皮冲走了，把木头冲得东一根、西一根，上的上、下的下，横的横、竖的竖，木头之间还有许多深坑和车辙，尽是黑乎乎的污泥。

我们的参议员就是在这样的路上颠簸前进，不断地发出道德方面的感叹，这种情况下会发出什么感叹，是可想而知的。马车前进的情况大致如下——砰！砰！砰！哗啦！掉进泥坑里了！参议员、女人和孩子，全都突然翻了个个儿，来不及调整方向，一个个撞到朝下坡方向的窗户上。马车紧紧地卡住了，只听见卡德乔在车外拼命吆喝，叫马使劲拉。马拉了几次，车子颤动了几次，都没有拉动，参议员正要失去耐心时，马车猛然蹦了一下拉正了，可是两个前轮又陷进了另一个深坑，参议员、女人、孩子又全都给颠得乱成一团，扑到前面的座位上，参议员的帽子给毫不客气地压在眼睛和鼻子上，他还以为自己差不多要断气了呢，孩子哭，卡德乔在车外起劲地朝马吆喝，马在噼噼啪啪的鞭子下，使劲乱踢，挣扎着往前拉。马车又蹦了起来，——后轮陷下去了，参议员、女人、孩子又给摔到后座上，他的胳膊肘碰到她的帽子，他自己的帽子给震飞在地，被她的双脚踩个正着。过了一会儿，过了这"泥沼"，马停下来，噜噜地喘着气；参议员找到帽子，女人整了整自己的帽子，哄着孩子止住了哭声，重新抖擞精神，准备应付下一段路上的颠簸。

有一会儿，只听到连续不断的砰砰声，为了变点花样，还掺杂着左摇右晃和各种因素同时引起的震荡；他们开始暗自庆幸自己的情况毕竟还不坏。不料马车猛地往下一落，他们都给抛了起来，又掉落在座位上，速度之快，真是难以置信；马车停住不动了。外面忙乱了一阵之后，卡德乔出现在车门口。

"对不起，先生，这个坑可真伤脑筋，我真不知道怎么才能把车弄出来。我想，可能不得不弄些木头来。"

参议员绝望地下了车，小心翼翼地寻找坚实的立足点，谁知一只脚一下子陷进了无底洞，他想拔出脚来，不料没站稳，摔倒在泥坑里。卡德乔把他捞了上来，满身是泥，狼狈极了。

但是出于对读者的筋骨的同情，我们不再描写下去了。西部的行客啊，要是你们深更半夜去拔过人家篱笆上的木桩，把陷在泥坑里的马车弄出来，觉得这是有趣的活动，以此消磨时光，就会对我们的倒霉的英雄肃然起敬，同病相怜。我们请求他们默默地一洒同情之泪，再继续赶路。

马车滴滴答答滴着水，车身溅满了污泥，从小溪里上来，赶到一座大农舍前停下来的时候，已是深夜。

他们坚持不懈地叫了好久，才把里面的人叫醒。最后，可敬的主人出来了，开了门。他身材高大，满脸胡须，是个猛奥逊①式的人物。他不穿鞋子也足足有六英尺高，穿着红法兰绒猎人衫。这可敬的人物满头浓密的淡黄色头发，乱蓬蓬的，胡子几天没刮了，看上去起码是不怎么让人有好感。他高高地举着蜡烛站了好一会儿，眨巴眨巴眼睛打量着来客，那阴沉沉、迷惑不解的神情的确令人好笑。我们的参议员费了好大的劲才让他完全弄懂了情况；

_____

① 法国传奇小说《凡伦丁与奥逊》中的主人公之一，是个勇猛的英雄。

趁他在听参议员说话的时候，我们把他向读者略略介绍一下。

正直的约翰·范·特伦普老头曾一度是肯塔基州的大地主和大奴隶主。他"貌似熊黑菩萨心"，生性正直、公正、胸怀博大，与他魁伟的身材完全相称；多年来，他目睹了一个对压迫者与被压迫者同样有害的制度产生的罪孽，竭力压抑着内心的不安。最后，有一天，约翰博大的胸怀实在再也无法忍受这种桎梏，于是从桌子里拿出钱包，过河到俄亥俄州，买下九平方英里的肥沃的好土地，给自己的全部奴隶——包括男女老少——每人发放一份自由证书，用一辆辆篷车把他们载到那里安家落户；然后，正直的约翰来到小溪上游，隐居在一个舒适、偏僻的农场，心安理得地回忆着往事。

"你就是那个收容奴隶的人吗？你愿不愿保护一个可怜的女人和她的孩子，不让捕捉奴隶的人抓走？"参议员开门见山地说。

"我想是的，"正直的约翰说，语气相当重。

"我想也是的，"参议员说。

"要是有人追上来，"那好人挺起肌肉发达的高大身躯说，"我在这儿等着他们；我有七个儿子，每个都有六英尺高，他们会奉陪他们。请向他们致意，"约翰说，"告诉他们，不论他们来得多么快，对我们反正都一样，"约翰用手指梳理着乱蓬蓬的头发，放声大笑起来。

伊丽莎疲乏不堪，没精打采，怀里抱着沉睡的孩子，艰难地走到门口。他们走进一间大厨房，那粗犷的汉子举起蜡烛来照她的脸，怜悯地咕哝了一声，打开厨房隔壁一间小卧室的门，打手势要她进去。他拿了一支蜡烛，点燃放在桌子上，然后跟伊丽莎交谈起来。

"听我说，姑娘，你一点儿也不用害怕，不管谁追来都不要紧，这种事我全都对付得了，"他指着壁炉架上两三支挺不错的来福枪说；"认识我的人大多数都明白，只要我不同意，要想从我家里把人抓走，那可够他们受的。所以，你尽管放心睡觉，好像你妈妈在摇着你睡一样，"他边关门边说。

"呀，这女人可是漂亮得出奇，"他对参议员说，"啊，不过女人长得漂亮，又重感情的话（正派的女人就应该重感情），有时候最有理由要逃走。这种事我全了解。"

参议员用几句话扼要地讲了一下伊丽莎的遭遇。

"哦！噢！啊！居然有这等事？"这好心人怜悯地说，"当然！当然！那是人之常情，可怜的姑娘！就像一只鹿一样，给追着跑，——给追着跑，只是因为有天生的感情，因为做了每个母亲都情不自禁要做的事！说老实话，我一听说这种事，就忍不住要骂人，差不多什么话都骂得出来，"正直的约翰一面用长满斑点的发黄的大手揩着眼睛，一面说。"老乡，我老实告诉你，我们那一带的牧师讲道时，常常说《圣经》上也赞同这种拆散人家骨肉的事，因此我从前好多好多年都不愿入教；他们懂希腊文、希伯来文，我不是他们的对手，所以我连《圣经》什么的一股脑儿反对。后来遇到了一个在希腊文什么的方面跟他们旗鼓相当的牧师，而且说得跟他完全相反，我才入了教；这时我才懂得了教义，入了教，——这是真的，"约翰说。他一直在开非常爽口的瓶装苹果酒，这时端给大家喝。

"你最好住在这儿，到天亮再说，"他真心诚意地说，"我去叫醒那老婆子，一会儿就可以给你们铺好一张床。"

"谢谢你，好朋友，"参议员说，"我必须立刻就动身，搭晚班驿车到哥伦布去。"

"啊！好吧，如果一定要走，我也去，带你走一条路，比你们来时的路要好走一些。那条路真是糟透了。"

约翰穿戴起来，然后手提马灯，不久就只见他带着参议员的马车朝一条经过房子背后、通向下面一个山坳的路走去。他们分手的时候，参议员把一张十元的钞票塞进他手里。

"给她的，"他简单地说。

"行，行，"约翰也同样简短地说。

他们握握手，分别了。

第十章　活财产被运走

　　二月某天早晨，汤姆大伯的小屋窗外，天色灰暗、细雨蒙蒙，屋里是沮丧的脸色，反映着内心的悲痛。小桌子摆在炉火前，上面铺着一块熨衣服的垫布；一两件干净的粗布衬衫，刚刚熨过，挂在一把椅子靠背上，放在炉前烘烤；克罗大妈又把另一件铺在桌子上。她仔细地熨着每一条褶痕、每一条边，熨得一丝不苟，不时地抬起手到脸边，揩掉两颊上滚滚而下的泪水。

　　汤姆坐在旁边，膝头上摊着《圣经》，一只手支着脑袋；但两人都一言不发。天色还早，孩子们全都还在粗糙的脚轮床上酣睡未醒。

　　可悲呀，汤姆所属的不幸的种族有一种共有的特点，就是有一颗温柔、热爱家室的心，而汤姆尤甚。他站起身来，默默地走过去瞧自己的孩子。

　　"这是最后一次了，"他说。

　　克罗大妈没答话，那粗布衬衣已经熨得平整得不能再平整了，她还是一遍又一遍地熨着；最后，她突然绝望地把熨斗一扔，坐到桌边，提高声音哭了起来。

　　"看来我们只得听天由命了。可是，上帝呀，我怎么做得到呢？要是知道会把你卖到哪儿去，或人家会怎样待你也好呀！太太说一两年内就想办法把你赎回来；但是，上帝呀，凡是卖到南边去的，没有一个回来！人家把他们都一个个害死了！我听说过那些种植园主是怎样逼着他们累死累活的。"

　　"那儿也会有上帝的，克罗，跟这儿一样。"

　　"好吧，"克罗大妈说，"就算有吧；但有时候，上帝容许发生可怕的事。那样想，我好像得不到什么安慰。"

　　"我由上帝处置，"汤姆说，"没有什么事能超过上帝允许的限度；有一件事我得感谢他。卖到下游去的是我，不是你，也不是孩子们。你们在这儿很安全，没有什么灾难，灾难只会降到我头上；而上帝，他会保佑我的，我知道他会保佑我的。"

啊，勇敢刚毅的人啊，强压着自己的悲痛，来安慰自己的亲人！汤姆吐字含糊，喉头哽咽，但说得勇敢坚强。

"咱们来想一想我们得到的慈悲！"他声音颤抖地加了一句，仿佛肯定自己需要好好地想一想。

"慈悲！"克罗大妈说，"看不出有什么慈悲！不对头！居然是这么个结果，不对头！老爷压根儿不该落到这一步，拿你来替他抵债。你给他赚的，抵消他给你的两倍还有余。他欠你的自由，多年前就该给你自由了。也许他现在是迫不得已，但我觉得这不对头。我怎么也想不通。你一向忠心耿耿，总是把他的事摆在自己的事之上，把他看得比妻子儿女还重！那些把人家骨肉卖掉来摆脱麻烦的人，上帝不会放过他们！"

"克罗！如果你爱我，就不该在我们待在一块儿的最后时刻说这种话！告诉你，克罗，听别人说老爷的一句坏话，我都受不了。他不是还是个毛毛的时候，就交给我带了吗？我把他看得很重，是理所当然的。不能指望他也这么看重可怜的汤姆。当老爷的让下人侍候惯了，当然不会觉得这有什么了不得的。不能指望他们这样。拿他跟别的老爷比一比——谁得到过我这样的待遇，过过我这样的日子？况且要是他早看到了这一步，是决不会让我遭难的。我知道不会的。"

"不过，这反正有不对头的地方，"克罗大妈说，她性格中占主导地位的特点是顽强的正义感，"我说不出在哪儿，但总有什么地方不对头，我很清楚。"

"你该仰望天上的上帝，他主宰一切，没有他，连一只麻雀也飞不起来。"

"但这好像安慰不了我，看来应该是这样，"克罗大妈说，"但说也没用；我去和点面，让你吃一顿好早点，因为天晓得要到什么时候你才吃得到下一顿了。"

要体会卖到南方去的黑人的痛苦，务必记住，那个种族的本能的感情特别强烈。他们的思乡情绪经久不渝。他们的天性不是胆大、闯天下，而是恋家，温情脉脉。加上对未知事物不了解而产生的恐惧，再加上卖到南方去被作为最严厉的惩罚从小就摆到黑人面前。比鞭打或其他任何折磨都更令人恐惧的威胁就是给卖到下游去。作者亲自听他们谈过这种心情，看见过他们闲聊的时候坐着讲"下游"的可怕故事，那恐惧绝不是装出来的。在他们心目中，"下游"就是

> 那无人知晓的国度，
> 游人从来都是有去无回。①

在加拿大的逃亡者中传教的一位传教士告诉作者说，许多逃亡者承认自己是从心眼比较好的主人家中逃出来的，说他们之所以冒逃亡引起的危险，差不多都是出于对被卖到南方去的极端恐惧，——这种灾难要么正在威胁着他们本人，要么正在威胁着他们的丈夫、妻子或者儿女。非洲人本来天生有耐性、胆小、不想闯天下，但一面临这种威胁，他们便变得英勇无比，宁愿忍受饥饿、寒冷和痛苦，面对荒山野岭中的种种危险，以及被抓回去之后更加可怕的惩罚。

那天早晨谢尔比夫妇桌上摆的是简朴的早餐，所以没有要克罗大妈到大屋去侍候。这苦命人为了做这一餐钱行的饭菜，已经耗尽了全部心血，——宰掉了最好的鸡，一丝不苟地烤好了玉米饼，烤得正好合丈夫的口味，然后从壁炉架上搬下了两只神秘的罐子，里面盛着蜜饯，那是只有在最特殊的情况下才拿出来的。

"呀，彼特，"摩斯得意扬扬地说，"今天的早餐可棒哩！"说着还去抓了一块鸡肉。

克罗大妈突然给了他一个耳光。"这是你可怜的爹爹在家里吃的最后一顿早饭，你还这样喜气洋洋！"

"啊，克罗！"汤姆轻声说。

"唉，我忍不住，"克罗大妈用围裙掩着脸说，"我实在太难受了，动不动就发脾气。"

---

① 语出莎士比亚《哈姆雷特》，意指死亡。

孩子们站着一动不动，先瞧瞧爸爸，再瞧瞧妈妈，小毛毛则扯着她的衣服往上爬，气势汹汹、发号施令似地哭了起来。

"来吧！"克罗大妈说着揩揩眼睛，把毛毛抱起来。"现在我气消了，——吃点什么吧。这是我最好的鸡。来，孩子们，你们也吃一点儿，可怜的孩子！妈对你们发了火。"

孩子们不用再劝，就大吃特吃起来；幸亏他们胃口好，不然这顿饭就白准备了。

"对了，"吃过饭之后，克罗大妈又忙碌起来，"我得给你收拾衣服啦。他们多半会把你的衣服全都拿走，我知道他们的脾气——卑鄙极了，他们这些家伙！喂，你风湿病发作的时候穿的法兰绒裤子在这个角落里；小心保管好，因为再也没人替你做新的了。这是你的旧衬衫，这是新的。昨晚我把你的袜子露脚趾的地方补好了，把补袜子的线球放在里面。不过，上帝呀，谁来给你补呢？"克罗大妈又伤心不已，把头伏在针线盒旁边，呜咽起来。"想起来叫人多伤心！不管你是好是病，再也没人照顾你了！现在我也不真正想做好事了！"

孩子们把桌上的东西都吃光了，开始想到当前的情况；见妈妈在哭，爸爸愁容满面，开始呜呜咽咽哭起来，抬起手去揩眼睛。汤姆大伯膝头上抱着小毛毛，让她玩个痛快；她抓他的脸，扯他的头发，有时候高兴得咯咯直笑，那显然是她内心感受的体现。

"啊，你乐吧，可怜的孩子！"克罗大妈说："你也会落到这个地步！你也有一天会瞧着自己的丈夫给卖掉，说不定你自己也要给卖掉；这些男孩子，等他们能干点活了，我想多半也会给卖掉。黑人生孩子有什么用啊！"

这时一个男孩子叫了起来："太太进来了！"

"她也没法子，来干什么？"克罗大妈说。

谢尔比太太走了进来。克罗大妈给她摆了把椅子，毫不掩饰那气呼呼的态度。谢尔比太太似乎并没有注意到她的行动，也没注意到她的态度。她脸色苍白，神情焦急。

"汤姆，"她说，"我来——"她突然住了口，瞧着那默默无言的一家人，坐到椅子上，用手帕掩住脸呜咽起来。

"哎呀，太太，别哭——别哭！"克罗大妈说着自己也失声痛哭起来；一时之间，大家全都哭成了一团。高贵的和卑贱的一同洒泪，被压迫者的怨恨与怒火全都消融在其中了。啊，那些去看望落难者的人们，你们可曾知道，你们用金钱买到的、却板着冰冷的面孔施舍的一切，还抵不上真心诚意地洒下的一滴同情之泪啊！

"好兄弟，"谢尔比太太说，"不管我给你什么东西，都不会对你有好处。如果给你钱，只会给人拿走。但我在上帝面前庄严地告诉你，我会时刻了解你的去向，一凑齐了钱，就把你赎回来——在那时以前，相信上帝吧！"

这时孩子们叫道，黑利老爷来了，接着是毫不客气的一脚，把门踢开了。黑利气呼呼地站在门口，因为先天晚上，他马不停蹄地跑了一宿，加之没有抓住猎物，气还没有消。"

"走，"他说，"你这黑鬼，准备好了吗？您好，太太！"他看见谢尔比太太，连忙摘下帽子说。

克罗大妈把箱子盖上，用绳子扎好，然后站起来，没好气地瞧着黑奴贩子；她的眼泪仿佛突然变成了一颗颗火星。

汤姆顺从地站起来，把沉重的箱子扛到肩上，跟着新主人走，他的妻子抱着毛毛，陪着他朝篷车走去，孩子们还在哭着，跟在后面。

谢尔比太太走到黑奴贩子跟前，把他留住，恳切地跟他谈了一会儿；她在谈话的时候，全家走到一辆套好停在门口的篷车跟前。庄园上所有的仆人，不分老少，都围着马车，跟老伙伴道别。汤姆是佣人头儿，又是传授基督教教义的导师，受到整个庄园的尊敬。大家对他怀着衷心的同情，为他感到伤心，尤其是女人。

"咦，克罗，你比我们还受得了一些，"一个女人一直在号啕大哭，见克罗大妈沉着脸平静地站在篷车旁边，说道。

"我的眼泪已经流干了！"她边说边狠狠地瞧着正走过来的黑奴贩子，"我可不愿在那个老坏蛋面前哭，现在不哭！"

"上车！"黑利大踏步地穿过佣人群，对汤姆说；佣人们都横眉怒目地瞧着他。

汤姆上了车，黑利从座位下拿出一对沉甸甸的脚镣，牢牢地锁住他的双脚。

人群愤愤不平，发出一阵压抑着的抗议声，谢尔比太太站在门廊上说：

"黑利先生，我向你保证，你的预防措施是完全不必要的。"

"难说哇，太太；我已经在这儿损失了五百元，再也冒不起风险了。"

"对他还能指望别的什么呢？"克罗大妈愤愤地说；两个孩子现在好像立刻懂得了他们的父亲的命运，于是抓着她的衣襟，哇哇大哭起来。

"真是遗憾，"汤姆说，"乔治少爷恰好不在。"

乔治到邻近的一个庄园去了，打算跟一个伙伴一块儿玩两三天。他一清早就动身了；当时汤姆的不幸还没有公开，因此他走的时候，没听说这件事。

"替我向乔治少爷致意，"他诚恳地说。

黑利朝马身上抽了一鞭子，汤姆被飞快地载走了。他那悲伤的目光紧盯着老家，直到最后一刻。

此刻，谢尔比先生不在家。他在万般无奈之下卖掉了汤姆，好摆脱一个他害怕的人的控制。交易做成之后，他最初的心情是大大松了一口气。可是妻子的苦苦劝说，唤醒了他内心昏昏欲睡的悔恨；汤姆那深明大义的态度，使得他心里更加难受。他自我安慰说，自己有权这样做，人人都是这样做的，有些人连迫不得已的借口都没有；是说了也是枉然，他没法消除自己的内疚，不愿目睹这笔生意最后完成时的令人不快的场面，就到乡下去办几天事，希望回来之前，就一切都了结了。

汤姆和黑利乘车辘辘辘地行进在灰尘扑扑的路上，掠过一个个熟悉的老地方，直到过了庄园的边界，来到开阔的大道上。他们走了大约一英里之后，黑利突然在一家铁铺门口停下来，拿出一副手铐，下车走进铺子，要铁匠把手铐改一改。

"这副手铐他戴小了一点，"黑利伸出手铐，指着汤姆说。

"哎呀！这不是谢尔比的汤姆吗！他没把他卖掉吧？"铁

匠说。

"不错，卖了，"黑利说。

"呀，真的！哎呀呀，"铁匠说，"谁料得到呢！我说，你不必这样把他铐起来。他是最忠诚、最好的伙计了——"

"对，对，"黑利说，"可是最好的伙计恰好是最想逃走的伙计。那些蠢家伙，到哪儿去都不在乎，那些懒鬼、酒徒，什么都不在乎；他们会跟着你走，还多半巴不得给卖来卖去呢；但这些最出色的家伙，他们对这事恨之入骨。只好把他们铐上；他们长着腿就会用的，没错。"

"唔，"铁匠一边找工具一边说，"下游的种植园，老乡，可不是肯塔基的黑奴想去的地方；他们在那边死得够快的，是不是？"

"这个，不错，他们死得够快的；由于水土不服，还有这样那样的原因，他们死得快，所以生意相当兴隆，"黑利说。

"唉，像汤姆这样的好伙计，和气，话少，逗人喜欢，给卖到下游去，在那样一个种植园给折磨到死，真是叫人觉得太可惜了。"

"唔，他的机会不错。我答应过好好关照他。我会把他卖到一家好心的大户人家去当贴身仆人，如果他挺过了那儿的疟疾病和水土的话，还能得到一个别的黑鬼求之不得的好差使。"

"他大概把老婆孩子留在这儿了吧？"

"是的，但是他会在那儿再找一个。天哪，女人到处都有的是。"黑利说。

这番谈话正在进行的时候，汤姆凄凄惨惨地坐在铺子外面。突然，他听见背后传来急速短促的马蹄声；他还没有从惊异中回过神来，乔治少爷已经跳上篷车，大声嚷嚷着搂住他的脖子，边抽抽搭搭，边起劲地责怪着。

"我说，这太可耻了。我不管他们怎么说，谁说都不管！真是卑鄙、龌龊、可耻！我要是个大人，他们别想这么干，——他们不该这么干，真不应该！"乔治低声咆哮着。

"啊，乔治少爷！见了你我心里真快活！"汤姆说，"我不见你一面就走，真是受不了！你不知道我有多快活！"这时汤姆动了一下脚，乔治一眼看见了脚镣。

"多么可耻！"他举起双手叫了起来，"我要把那老家伙揍一顿——我一定要揍他一顿！"

"不，不行，乔治少爷；你不能说得这么响。把他惹火了，对我没有好处。"

"好吧，为了你，我就饶了他；可是想一想，这不是太可耻了吗？他们没去叫我回来，也不给我一个信，要不是搭帮汤姆，林肯，我一点都不知道呢。说实话，我把他们狠狠骂了一通，把家里的人全都狠狠骂了一通！"

"恐怕这事做得不对，乔治少爷。"

"忍不住！我说这真可耻！听着，汤姆大伯，"他背对着铁匠铺，神秘地说，"我把我那一块钱给你带来了！"

"啊！我可不能收下，乔治少爷，说什么也不能收下！"汤姆非常感动地说。

"可是你非收下不可！"乔治说，"听我说——我告诉了克罗大妈，我要这样做。她劝我在上面钻个眼，用线穿起来，让你能够挂在脖子上，不让别人看见；不然这个坏蛋会把它抢走。老实说，汤姆，我真想大骂他一顿，骂了心里好受些。"

"别骂，乔治少爷，你一骂就会害了我。"

"好吧，为了你，我不骂，"乔治一边忙着把钱挂在汤姆的脖子上，一边说，"好了，把外衣紧紧扣好，把它遮住，好好留着，每次一看见它，你就记住，我会跟着你到南方去，把你带回来。克罗大妈跟我谈论这事来着。我叫她别怕，我会管这件事的，要是爸爸不干，我要缠得他无可奈何。"

"啊！乔治少爷，你可不能这样说你爸爸！"

"哎呀，汤姆大伯，我可没有恶意。"

"听着，乔治少爷，"汤姆说，"你一定得做个乖孩子；要记住，有多少人把希望寄托在你身上。永远亲近你的母亲。许多男孩子有个傻脾气，长大了就不听母亲的话，你别学他们的样。跟你说实话，乔治少爷，有许多东西，上帝赐给人们两次，但是只赐给人们一个母亲。乔治少爷，即使你活上一百年，再也碰不上你母亲这样的好女人了。所以，永远亲近她，长大以后，好好孝敬她，那才是乖孩子，——你会这样做，是不是？"

"是的，我会的，汤姆大伯，"乔治严肃地说。

"说话要小心，乔治少爷。男孩子到了你这个年龄，有时候很任性——这是自然的事。我希望你成为真正的绅士，真正的绅士决不会脱口说出对父母不敬的话来。我这样说，你不会生气吧，乔治少爷？"

"不，怎么会呢，汤姆大伯；你说的话一向是为我好嘛。"

"我老了，你知道，"汤姆一面说，一面用他那有力的大手抚摸着孩子漂亮的鬈发。但说话的声音温柔得像女人，"我看到了你所具有的一切，啊，乔治少爷，你拥有一切，——有学问，有优越条件，会读会写，——你长大之后，会成为了不起的有学问的好人，庄园上所有的佣人，你的父母，都会为你而骄傲！做个你父亲一样的好老爷，做个你母亲一样的好基督徒。从小就记住造物主，乔治少爷。"

"我要做个真正的好人，汤姆大伯，跟你说老实话，"乔治说，"我要成为第一流的人，你别灰心。我要让你回到庄园上来。今天早晨我告诉克罗大妈，我长大之后，要把你的房子重新建造一次，你会有一间屋做客厅，地上铺着地毯。啊，你还会有好日子过的！"

黑利回到车门旁，手里拿着手铐。

"你听着，先生，"乔治从车里下来的时候，以高高在上的神气说，"我要告诉父母亲，你是怎样对待汤姆大伯的！"

"随你的便吧，"黑奴贩子说。

"你一辈子买卖男人女人，用锁链把他们锁起来，就像牲口一样，我想你应当感到可耻！我想你应当感到卑鄙！"乔治说。

"只要你们这些大人先生们想买男人女人，我就跟他们一样正派。"黑利说，"卖人并不比买人下贱！"

"我长大之后，两样都不干，"乔治说，"今天，我为自己是个肯塔基人而觉得可耻。我以前一向觉得自豪。"乔治挺直身子骑在马上，环顾四周，仿佛他希望全州都为他的话所打动似的。

"好了，再见，汤姆大伯，坚强些。"乔治说。

"再见，乔治少爷，"汤姆亲热地、赞赏地瞧着他说。"上帝保佑你！啊，肯塔基州你这样的人可不多哇！"孩子诚恳稚气的脸不见了的时候，汤姆满怀深情地说。他纵马而去，汤姆目送着他，直到他嘚嘚的马蹄声——家乡最后的声音和形迹消失为止。但是他心口有一小块温暖的地方，就是孩子的小手给他挂上珍贵的钱币的地方。汤姆抬起手来，把钱币紧紧地按在心口上。

"现在，老实跟你说吧，汤姆，"黑利走到篷车旁，把手铐扔进车厢，"就像我通常对待黑奴一样，我打算一开头就公平地对待你；我现在就告诉你，你对我公平，我就对你公平。我对黑奴从来不狠心。想尽量善待他们。听着，你最好舒舒服服坐着，别想耍什么花招，因为黑奴的任何花招都瞒不过我，没一点用。如果黑奴安安静静的，不想逃走，他们跟着我有好日子过，不然的话，就得怪他们自己了，怪不得我。"

汤姆叫黑利放心，说自己没有逃走的打算。事实上，一个人脚上锁着一副巨大的脚镣，这告诫也是多余的了。但是黑利已经养成了习惯，跟自己的货物一开始打交道，就这样告诫一番，按他的说法，目的是为了使他们开心一些，增加点信心，免得需要采取令人不快的措施。

目前我们就跟汤姆告别，去追踪故事中其他人物的遭遇。

第十一章　活财产不安本分

某日黄昏，细雨蒙蒙，一位旅客在肯塔基州 N 村一家乡下小旅馆门口下了马车。他走进酒吧间，看见里面聚集着三教九流的人物，都是由于天气不好进来躲雨的；屋里正是这种聚会常见的场面。身材高大、骨瘦如柴的肯塔基汉子，穿着猎人衫，以当地人特有的懒洋洋的姿态，摊手摊脚，占去大块地方；一个角落里架着来福枪、子弹袋、猎物袋、猎狗和小黑奴，一股脑儿堆在其他角落里，——这就是这幅画面上的主要特征。壁炉两头各坐着一位长腿先生，椅子往后仰着，头上戴着帽子，一双泥糊糊的靴子后跟至高无上地搁在壁炉架上，——读者有所不知，西部酒店盛行沉思之风，这种姿势可以提高理解能力，大大有利于沉思，因而受到旅客的特别喜爱。

老板站在柜台后面，跟他的大多数同胞一样，身材魁伟，性情和蔼，手脚灵活，一头浓密的乱发，上面戴着一顶高顶大帽。

事实上，屋里人人头上都戴着帽子，因为这是男子汉大丈夫气概的标志；不管是毡帽、棕榈叶帽、油腻腻的河狸皮帽，还是精致的新礼帽，都各人有各人的戴法，显示出真正的共和派独立精神。事实上，帽子似乎成了每个人特有的标记。有的一副浪子派头，把帽子歪戴在一边——这些都是幽默的年轻人，快活、逍遥自在的人；有的我行我素，把帽子扣在鼻子上——这些是倔强、一丝不苟的人，他们戴帽子是因为想戴，而且想怎么戴就怎么戴；有的把帽子戴在后脑勺上——这是些头脑清醒的人，需要宽阔的视野；至于那些漫不经心的人，他们不知道怎么戴，或者无所谓，因此帽子四面摇晃。这些形形色色的戴帽法，实在该由莎士比亚来研究描写一番。

好几个黑人，穿着非常宽松的裤子，至于穿衬衫，则没有多此一举；他们在屋子里来回奔忙，但除了泛泛地表示愿意为老爷和他的顾客递东递西之外，什么结果也没有忙出来。一炉熊熊大火，烧得噼啪作响，火苗乱舞，欢天喜地地沿着宽大的烟囱往上直蹿；外面的门和所有的窗户洞开着，印花布窗帘被潮湿、刺骨的寒风吹得噼啪直响。把这些添到画面上，你对肯塔基的酒店里的欢乐景象，就有了大致的了解了。

今天的肯塔基人是说明本能和特性代代相传的好标本。他们的祖先是出色的猎人，住在森林里，睡在自由辽阔的天空之下，星星为他们端着蜡烛。直到今天，他们的子孙还是把房子当帐篷，时刻戴着帽子，到处乱滚，双脚翘在椅子上，壁炉架上，就像他们的祖先躺在草地上，双脚翘在树上或圆木头上；无论冬夏，总是门户洞开，以便有足够的空气供他们巨大的肺部呼吸；逢人便随便而和气地称"老乡"。他们真是天下最坦率、最随和、最快活的人了。

我们的旅客就是来到了这样一群逍遥自在的人们中间。这位客人身材矮胖，衣冠楚楚，生就一张和气的圆脸，从外貌看来是个一丝不苟的人。他对自己的提包和雨伞小心翼翼，亲手把它们提进来；几个仆人多次想接过去，他都坚决谢绝了。他颇为不安地环顾了一下酒吧间，拿着自己的宝贝退避到最暖和的角落里，放在椅子下面，然后坐下来，提心吊胆地抬头望了一眼把双脚搁在壁炉架上的那位大爷。此人正在左右开弓吐着痰，那勇气和劲头，对于胆小而讲究的先生们来说，真是令人惊恐。

"喂，老乡，你好吗？"上面提到的这位大爷一面说，一面朝新来者的方向发射了一响烟汁礼炮，表示敬意。

"唔，还好，"另外这位见了这来势汹汹的见面礼，惊慌地一闪，答道。

"有什么新闻吗？"对方边说边从口袋里掏出一片烟叶和一把大猎刀。

"没听说有什么新闻。"那人说。

"嚼点儿吗？"最先开言的那人朝老先生伸出一撮烟叶说，态度十分友好。

"不，多谢——这个我没嚼惯。"这小个子一面说一面躲闪。

"不嚼，呃？"另外这位洒脱地说，同时把这口烟叶丢进自己口里，以便向周围的人源源不断地供应烟汁。

那位长腰仁兄每次向他这边一开火，这位老先生总要微微一惊：他的同伴觉察到了这一点，便和颜悦色地把炮口朝向另一个方向，以足以攻陷一座城池的军事天才向一根捅火棍发起猛烈轰击。

"那是什么？"老先生见有些人在围着一张大启事，说道。

"悬赏捉拿黑奴。"一个人简短地说。

威尔逊先生（因为这是老先生的姓氏）站起来，小心地整理了一下提包和雨伞，慢条斯理地拿出眼镜，架在鼻梁上；眼镜戴好之后，便去念启事。启事上写着：

本人家中逃走混血男黑奴一名，名叫乔治。该乔治身高六英尺，肤色很浅，棕色鬈发；相当聪明，口齿伶俐，能读会写；有可能冒充白人；背上肩上有多处深伤疤；右手上烙有 H 字样。

活捉此奴者，赏洋一百元，能提供足够证据说明此奴已被杀死者，亦赏此数。

老先生从头到尾读了这个启事，声音很低，仿佛是在仔细研究。

如前所述，那长腿老兵原先一直在轰击捅火棍，现在放下他那笨重的长腿，高高竖起他那长大的身躯，走到启事跟前，慢条斯理地朝上面开了满满一发烟汁炮弹。

"这就是我对这事的看法！"他简短地说，然后又坐下来。

"喂，老乡，干吗这样做？"老板说。

"出启事的人要是在这儿，我一样要吐他一脸口水。"长子边说边不慌不忙地干起了他那切烟叶的老行当。"拥有那样一个小伙子，却找不到待他好一点的办法，失去他也是活该。这样的启事真是肯塔基州的耻辱；要是有人想知道，说真的，这就是我的看法！"

"唔，这是事实，"老板边说边在账本里记了一笔账。

"我有一大群小伙子，先生，"长子说着又开始朝捅火棍开火了，"我对他们说——'伙计们，'我说，'逃吧！溜吧！跑吧！什么时候跑都行！我决不会来追你们！'我就用这办法把他们留住了。让他们知道随时都可以逃走，他们反而不想逃了。而且，我给他们开了自由证书，都备了案，以防我不知什么时候翻船，他们都知道。告诉你，老乡，我们这一带没有谁从自己的小伙子们身上得到的好处比我更多。我的伙计们赶着值五百元的马匹到辛辛那提去卖，把钱带回来给我，一文不少，已经多次了。他们这样做是有道理的。把他们当做狗，你得到的就是狗活儿，狗行为。把他们当人看待，你得到的就是人活儿。"这厚道的奴隶主说得来了劲儿，朝壁炉里开了足足一排礼炮，以肯定自己的道德观念。

"我想你说得完全对，朋友，"威尔逊先生说，"启事上描写的小伙子是个出色的家伙，没错。他在我的麻袋厂替我干了五六年，是我最出色的工人，先生。他还是个心灵手巧的家伙，发明了一架清麻机——的确有用的东西；已经有好几家工厂采用了，而专利权在他的主人手里。"

"包管没错，"奴隶主说，"掌握着专利权，从中赚钱，然后掉过头来，在小伙子右手上烙个印。要是有机会，我倒要在他身上烙个印，让他也尝尝带着烙印的滋味。"

"这些聪明的黑奴总是太叫人恼火，太放肆了。"那相貌粗鲁的家伙坐在房间对面说，"他们给打得伤痕累累，烙上烙印，原因就在这里。要是他们守点规矩就不会了。"

"这就是说，上帝把他们造成人，要把他们变成牲畜，相当费劲呢，"奴隶主冷冷地说。

"机灵的黑奴对主人可没有什么好处，"另外那人由于粗鄙无知，没有觉察到对方对他的鄙视，接着说道，"要是他们的本事不能为你所用，那又有什么用处？他们的本事全都用在欺骗你上面。我有过一两个这样的家伙，干脆把他们卖到下游去了事。我明白，要是不把他们卖掉，迟早是要失去他们的。"

"最好向上帝定购一批，要全都没有灵魂的，"奴隶主说。

这时，一辆单马轻便车驶到酒店门口，打断了谈话。那马车很体面，一位衣冠楚楚的先生坐在座位上，由一名黑佣人赶车。

屋里的人饶有兴趣地打量着新来的人，就跟雨天一群无所事事的人打量每一个新来者一样。这人个子很高，肤色较深，像个西班牙人，一双黑眼睛清秀而富有表情，一头鬈发剪得短短的，黑里透亮，一个鹰钩鼻子，形状端正、薄薄的嘴唇抿成一条直线，四肢匀称，令人赞叹。大家一见，立刻觉得此人非等闲之辈。他潇洒地走到众人之中，朝旅馆仆人点一下头，示意要他把箱子放在那里，接着向众人鞠了一躬，然后摘下帽子，从容地走到酒吧跟前，说自己名叫亨利·巴特勒，是从谢尔比county奥克兰市来的。他转过身去，若无其事地信步走到那张启事跟前，读了一遍。

"吉姆，"他向自己的仆人说，"我们好像在伯尔南家里见过这样一个小伙子似的，对不对？"

"对，老爷，"吉姆说，"只是不知道手上是不是有烙印。"

"唔，我没有注意，当然，"陌生人漫不经心地打了个招呼，然后走到老板面前，请老板给他准备一间清静的房间，因为他想立刻写点东西。

老板欣然从命，随即有六七个黑人，老的少的，男的女的，高的矮的都有，立刻像一群鹧鸪似地奔忙起来，乱哄哄，急匆匆，你踩了我的脚，我把你撞得四脚朝天，全都在热心地替老爷准备房间，而他自己在酒吧间中央的一张椅子上舒舒服服地坐下来，跟坐在旁边的人交谈起来。

从这位客人进门起，厂主威尔逊先生就一直在打量他，神情好奇而不安。他觉得好像在什么地方见过这个人，并且认识他，可是记不起来了。每当这人说一句话，动一动，笑一笑，他都要暗暗一惊，目不转睛地盯着他，那人明亮的黑眼睛以漠然冷淡的目光和他的视线相遇时，他又急忙把目光收回来。最后，他恍然大悟，不禁大惊失色地盯着那客人，走上前去。

"我想是威尔逊先生吧，"那人伸出手来，装出刚刚认出对方的口气说，"请原谅，我刚才没认出你来。我看出，你还认得我——谢尔比县奥克兰市的巴特勒先生。"

"是……是的……是的，先生，"威尔逊先生像在梦中说话似的。

恰在这时，一个小黑奴进来说，老爷的房间已经准备好了。

"吉姆，照管一下箱子，"那位先生漫不经心地吩咐一句，然后转向威尔逊先生，接着说，"我想请你到我房间里去，跟你谈谈生意上的事情。"

威尔逊先生像梦游人一样跟着他，两人向楼上一间大房间走去。房间里刚刚生上了火，在噼啪作响，几个仆人在跑来跑去，把房间最后整理一下。

整理完毕之后，仆人出去了，那年轻人慢条斯理地把门关上，把钥匙放进口袋，转过身来，双手交叉在胸前，直视着威尔逊先生。

"乔治！"威尔逊先生说。

"不错，是乔治。"年轻人说。

"真没想到！"

"我想，我化装化得还不错吧，"年轻人微微一笑说。"我用一点胡桃树皮涂了一下脸，把黄皮肤变成了绅士的淡棕色，把头发也染黑了；这样一来，你看，我跟启事上的描写一点也不相符了。"

"啊，乔治！可是你玩的游戏危险得很哪。我可不会劝你这么做的。"

"我自己负责，"乔治带着同样的自豪的笑容说。

顺便说一下，乔治在父系方面是白人血统。他的母亲是黑人中那些不幸的女人之一，由于天生丽质，被主人看中，成了他发泄情欲的奴隶，生下永远也不知父亲是谁的几个孩子。他继承了肯塔基一个最高贵的家族的一副欧洲人的英俊相貌，和桀骜不驯的性格。从母亲那里，只继承了一点点混血儿的肤色，而那双同样继承于母亲的炯炯有神的黑眼睛，绰绰有余地弥补了这一缺陷。稍稍改变一下皮肤与头发的颜色，就把他变成了他眼前所冒充的西班牙人模样了；而且举止文雅，彬彬有礼，对于他来说，这仿佛向来是一种天性；因此，他扮演起自己大胆冒充的这个角色——带着仆人旅行的绅士来，简直是易如反掌。

威尔逊先生是位善良的老先生，但是遇事谨小慎微，这时在房间里踱着方步，用约翰·班扬的话来说，真是"五心不定"[①]，一方面想帮助乔治，另一方面又隐隐约约想维护法律与秩序；所以，他一面踱着，一面说了如下的话：

"呃，乔治，我看你是在逃跑……离开你合法的主人……乔治……这也难怪……同时，我很难过，乔治……不错，很难过……但我想我必须这样说，乔治……告诉你这一点是我的职责。"

"你干吗难过，先生？"乔治平静地说。

"这个，就是眼看着你等于是跟自己国家的法律作对。"

"我的国家！"乔治沉痛地加重语气说，"我有什么国家，

---

① 约翰·班扬，见第8章注。这是他的《天路历程》里的一句话。

只有坟墓，——我巴不得上帝把我埋进坟墓！"

"唉，乔治，不，不，这不行；说这种话真是罪孽，是违背《圣经》的。乔治，你的主人心肠狠毒——事实上，他是……呃，他的所作所为该受到谴责，我不能替他辩护。但你知道天使是怎样吩咐夏甲回到主母身边，拜服于她手下的①；也知道圣徒是怎样把阿尼西姆打发回主人那儿去的。"②

"别这样对我引用《圣经》里的话，威尔逊先生，"乔治目光闪闪地说，"别这样！我妻子是基督徒，要是我逃到了目的地，也想做个基督徒；但对我这样处境的人引用《圣经》，只会迫使他彻底抛弃《圣经》。我向全能的上帝申诉；我愿意把这案子告到他那里去，问问他我追求自由是不是做错了。"

"这种感情是人之常情，乔治，"这好心的老人擤了一下鼻子说，"不错，是人之常情，但不助长你的这种感情是我的义务。是的，孩子，我替你难过，你的处境很坏，非常坏；但圣徒说，'人人都应该安分守己。'我们都应该服从天意，乔治，你明白吗？"

乔治昂头站着，双手紧紧交叉在宽阔的胸前，嘴唇边露出一丝苦笑。

"威尔逊先生，要是印第安人来了，把你从你的妻子儿女身边抓走，想要你一辈子替他们锄玉米，不知道你是不是会认为安分守己是自己的义务。我倒以为，你一看到一匹迷路的马，就会认为那是天意，是不是？"

这矮个子老先生听了这个比方，双眼瞪得大大的；他虽然不大会讲道理，但还算是个明白人，就是到了无话可说的时候，就不再强词夺理了，——在这一点上，许多爱辩论的人可没有他这么高明。所以，他站着小心翼翼地抚弄着自己的雨伞，把褶痕摸平，

---

① 《圣经·旧约·创世纪》第16章：亚伯兰之妻撒莱不能生育，让亚伯兰纳使女夏甲为妾，夏甲怀了孕，就看不起撒莱，撒莱虐待夏甲，夏甲逃进荒山老林；天使见了，便吩咐夏甲回到主母那里去，拜服在她手下。

② 《圣经·新约·腓利门书》：圣徒保罗之子阿尼西姆有负主人腓利门，离开主人之家；保罗打发阿尼西姆回主人家去，并致书腓利门，为其子求情，请腓利门收纳阿尼西姆。

一面泛泛地劝导一番。

"你瞧，乔治，你知道，我一向是你的朋友；我所说的，全都为了你好。听我说，在我看来，你是在冒可怕的风险。你没有成功的希望。要是给抓住了，你的处境就比任何时候都要惨了；他们会折磨你，把你打得半死，然后把你卖到下游去。"

"威尔逊先生，这我全明白，"乔治说。"我的确在冒风险——"他掀开大衣，露出两支手枪和一把长猎刀。"瞧！"他说，"我等着他们来！到南方我是决不会去的。不去！要是到了这步田地，我至少可以为自己赢得六尺自由的土地——我在肯塔基拥有的第一块，也是最后一块土地！"

"哎呀，乔治，这种念头真可怕，这是孤注一掷啊，乔治。我很担心。你打算违犯你的国家的法律啊！"

"又是我的国家！威尔逊先生，你有国家；可我，或像我这样由当奴隶的母亲所生的人，有什么国家啊？我们有什么法律？法律不是我们制定的，没经过我们同意，跟我们毫不相干；这些法律的作用就是压垮我们，把我们压得服服帖帖。我难道没听见过你们的七月四日①演说吗？你们不是每年一次告诉我们，政府的合法权力是在民众的允许下获得的吗？一个人听了这样的话，难道不会思考吗？他难道不把你们的言和行联系起来，看能得出什么结论吗？"

把威尔逊先生的头脑比做一包棉花，不能说不贴切，——毛茸茸，软绵绵，迷迷糊糊，乱七八糟，但非常善良。他衷心同情乔治，隐隐约约地体会到乔治激动的情绪；但他还是觉得自己有义务不厌其烦地说些对他有益的话。

"乔治，这不好。你知道，作为朋友，我必须告诉你，你最好不要胡思乱想这些事情；对于你这种处境的小伙子来说，这些念头不好，乔治，很不好，非常不好。"威尔逊先生在一张桌子边坐下来，开始不安地咬起雨伞把来。

"听我说，威尔逊先生，"乔治走过来，毅然决然地坐到他

---

① 7月4日为美国独立日。

前面，"瞧瞧我吧。我坐在你面前，不管在哪一方面，难道不是跟你一样是个人吗？瞧瞧我的脸，瞧瞧我的手，瞧瞧我的全身，"这年轻人骄傲地挺直身子，"别人是人，我为什么不能算是人？威尔逊先生，请听我说。我以前有个父亲——你们肯塔基的一位绅士——他一点也不心疼我，死的时候，吩咐家里人把我同他的狗和马一起卖掉，以抵庄园的债务。我看见我母亲和她的七个儿女被地方官拍卖。孩子们一个个当着她的面给卖掉，全都卖给不同的主人；我是最小的。她走到我的老主人面前，哀求他把她和我一起买下，好让她至少留一个孩子在身边；他抬起沉重的靴子，一脚把她踢开。我亲眼看见他踢的；我给捆在马脖子上驮回家去的时候，最后听到的是她的呻吟和惨叫声。"

"后来呢？"

"我的主人跟一个买主做了笔交易，买下了我的大姐。她是个虔诚善良的姑娘，一个浸礼会教徒，就跟我母亲年轻时候一样美丽。她受到良好的教养，仪态优雅。主人买了她，开头我很高兴，因为身边至少有一个亲人了。不久我就后悔了。先生，我站在门边，听见她挨鞭子的声音，每一鞭都好像在我的心里捅了一刀，而我却无能为力，没法救她。她挨鞭子的原因，先生，就是因为她希望能做个正派的基督教徒，就是你们的法律所允许的而没一个女奴有权享受的生活方式；最后我看见她被铁链跟一伙奴隶拴在一起，给押到奥尔良去卖，——她给押到那儿去，就是因为这一点，——后来就再也没听到她的音讯了。我长大了，熬过了一年又一年，没有父亲，没有母亲，没有姐妹；没有一个人关心我，连狗都不如，天天挨打受骂，忍饥挨饿。唉，先生，我实在饿急了，连他们扔给狗咬的骨头都想拿来啃；但是，我还小的时候，常常整晚睡不着，一夜哭到天明，并不是因为肚子饿，不是因为挨了鞭子，不是的，先生，而是因为想念母亲和姐姐。是因为我举目无亲，没有人疼我。我从未尝过安宁舒适的滋味。来到你的工厂里干活以前，我从来没听人对我说过一句好话，威尔逊先生。你对我好；你鼓励我好好干，学习读书写字，有所作为；上帝知道，我是多么感激你。后来，先生，我遇上了我的妻子，你见过她，知道她是多么美。我得知她爱我，娶她的时候，我快乐极了，简直难以相信自己是在人间；而且，先生，她不但美丽，而且心眼好。可是后来怎么样？唉，后来主人来了，把我带走，迫使我离开了工作，离开了亲朋，离开了我所喜爱的一切，把我踩在脚下肆意践踏！原因是什么？他说，是因为我忘记了自己的身份；他说，是为了教训教训我，让我明白自己只是个黑奴！这还不算，最后他要拆散我们夫妻，他叫我丢了她，跟另外一个女人过日子。这一切，都是你们的法律授权他干的，简直是伤天害理。威尔逊先生，请看看吧！使我的母亲、姐姐、妻子和我自己断肠的一切，没有哪一件不是在你们肯塔基的法律允许下干的，而且授权每一个人这么干，谁也不能说个'不'字！能把这些法律说成是我的国家的法律吗？先生，我没有国家，就跟没有父亲一样。不过，我要去找一个国家。我对你们的国家没别的要求，只要求它别来干涉我，让我平安地离开；我到了加拿大的时候，那里的法律会承认我，保护我，那就是我的国家，它的法律我会服从的。不过，要是有人想阻止我，叫他小心点为好，因为我已经不顾一切了。我会为自由而斗争到最后一口气。你说你们的祖先这样斗争过；既然他们这样做是正义的，那么我这样做也是正义的！"

乔治的这番话，一半是坐在桌旁说的，一半是在房间里走来走去说的，说时声泪俱下，眼睛灼灼发光，还做着绝望的手势。那善良的老人听得简直受不了，掏出一块很大的黄色绸手帕，使劲地揩着脸上的泪水。

"这班混蛋！"他突然破口大骂起来。"我一向都是这么说的——这些该死的老畜生！我不想骂人，可是忍不住。好！你走吧，乔治，走吧；不过得小心，孩子；别开枪，乔治，除非……呃……我想，最好别开枪；起码我就不想打中任何人，你明白。你妻子在哪儿，乔治？"他说着不安地站起来，开始在房间里踱来踱去。

"走了，先生，走了，怀里抱着孩子，只有上帝知道到哪儿去了，朝北极星方向走了；我们什么时候才能见面，甚至今生今世能不能见面，就谁也不知道了。"

"有这样的事！真想不到！从这样一户好心人家里逃走了？"

"好心人家里也欠债，我们国家的法律允许他们把孩子从母亲怀里夺过来卖掉，来替主人还债。"乔治悻悻地说。

"罢了，罢了，"正直的老人在口袋里摸索着说。"我想，也许我不是在按照自己的判断行事——管他娘的，我就是不按自己的判断行事！"他突然加了一句，"拿着，乔治，"他从钱包里拿出一卷钞票，塞给乔治。

"不，好心、善良的先生！"乔治说。"你已经帮过我的大忙了，这样做也许会给你惹麻烦。我有钱，我想已够我在路上花了。"

"不，你一定得收下，乔治。钱到哪儿都用得上；只要来路正，钱是不嫌多的。拿着，一定得拿着，拿着，孩子！"

"那我就收下了，先生，但有个条件，就是将来还给你，"乔治边说边收下了这笔钱。

"那么，乔治，你这样走要走多久呢？——希望不太久，不太远。装是化得很好，可是太冒险了。还有这个黑人，——他是谁？"

"一个可靠的伙计，一年多以前逃到加拿大的。他到了那儿之后，听说他逃走了，老主人非常生气，用鞭子抽他的可怜的老母亲；所以他千里迢迢回来安慰老母，找机会把她带走。"

"找到她了吗？"

"还没有，他在那一带转悠，但没找到机会。在这期间，他陪着我到俄亥俄去，把我带到帮过他的朋友那里去，然后回来找她。"

"危险啊，真危险！"老人说。

乔治挺直身子，轻蔑地笑笑。

老人天真而惊奇地从头到脚打量着他。

"乔治，不知怎么的，你的精神面貌发生了神奇的变化。你昂着头，言谈举止都像换了个人。"威尔逊先生说。

"因为我成了自由人！"乔治自豪地说，"不错，先生，我再也不称任何人为老爷了。我自由了！"

"小心哪，还说不定呢——你可能给抓住哇。"

"如果到了那一步，那么在坟墓里人人都是自由平等的，威尔逊先生，"乔治说。

"我真不明白你为什么这么胆大！"威尔逊先生说，"居然闯进这最近的旅馆里来了！"

"威尔逊先生，正因为这是胆大包天的事，旅馆又这么近，谁也想不到这一层上去；他们会在前头找我，就是你也本来认不出我的。吉姆的主人不住在这一带；这儿没人认识他。况且他已经给放弃了，没人在找他，我想，也没人能根据启事认出我来。"

"可你手上的烙印呢？"

乔治脱下手套，露出手上新长好的伤疤。

"这是哈里斯先生看得起我，给我的临别纪念，"他轻蔑地说，"半个月以前，他忽然想到要给我烙个记号，因为他说他相信我有朝一日会逃跑的。看来很有趣，是不是？"他说着又戴上手套。

"我说呀，我一想到你的处境和所冒的风险，就脊梁骨直发凉。"

"多年来我的脊梁骨就在发凉，威尔逊先生；而现在，我的血液简直沸腾了。"乔治说。

"对了，好心的先生，"沉默了一会儿之后，乔治接着说，"刚才我看出你认出了我；所以我想跟你这么谈一谈，免得你的惊讶的神情使我露出马脚。明天一清早，天还没亮我就动身；希望到明天晚上，我就在俄亥俄安稳地睡觉了。我打算白天走路，晚上在最高级的旅馆落脚，跟当地的大人先生们一块儿用餐。就这样，再见，先生，如果你听说我给抓住了，就知道我已经不在人世了！"

乔治站起身来，身躯挺拔，以公子王孙的气派，伸出手来。友好的小老头热烈地握着他的手，反反复复叮嘱他多加小心，然后拿起伞，摸索着走出门去。

乔治若有所思地瞧着老人关上门。他似乎突然想起了什么事，急忙走到门口，打开门说：

"威尔逊先生，我想跟你再说一句。"

老先生又走进来，乔治还是跟上次一样锁上门，然后站着瞧着地板，心里犹豫不决。最后，他突然使劲把头一扬——

"威尔逊先生，你对待我的态度表明你是个真正的基督徒，我有最后一件需要基督徒行善的事，想拜托你了。"

"什么事，乔治？"

"唔，先生，你说得不错。我的确在冒可怕的风险。如果我死了，世上没有一个人会伤心，"他猛然吸了一口气，吃力地接着说，"我会给一脚踢出去，像狗一样埋掉，第二天就再也没人会想这事了——除了我可怜的妻子！苦命的人！她会悲痛欲绝；要是办得到，威尔逊先生，请你把这枚小扣针交给她。这是她送给我的圣诞礼物，可怜的姑娘！把扣针交给她，告诉她，我爱她直到最后一口气。好吗？好吗？"他恳切地追问道。

"好，一定办到——苦命的人！"老先生接过扣针，泪眼模糊，声音凄凉而颤抖地说。

"转告她一句话，"乔治说，"我最后的希望是，如果她能到加拿大去，就逃到那儿去。不论她的主母多么善良，不论她多么爱自己的家，求她千万别回去，因为当奴隶总是以苦难告终。告诉她把我们的孩子培养成自由人，他就不会像我一样受苦受难了。把这话转告她，威尔逊先生，好不好？"

"好，乔治，我会转告她的，不过我相信你不会死；鼓起勇气来，——你是个勇敢的伙计。相信上帝，乔治。我衷心祝福你一路平安，这就是我的希望。"

"是不是真有可以信赖的上帝？"乔治说，那痛苦而绝望的声调惊得老先生说不出话来，"啊，我一辈子的所见所闻让我觉得不可能有上帝。你们基督徒不知道我们见了这些事是怎样想的。你们有上帝，但是我们有上帝吗？"

"啊，别这样，别这样，孩子！"老人带着哭腔说："别这样想！有的——有的；上帝周围有乌云，有黑暗，但他的宝座建立在正义和公理之上。的确有上帝，乔治，相信这一点吧；如果信赖他，他肯定会保佑你的。一切都会有报应的，——今生不报，来世再报。"

这纯朴的老人这么虔诚，这么善良，使得他说话时一时显得庄严而有权威。乔治本来在房间里烦躁不安地踱来踱去，这时停下脚步，若有所思地站了一会儿，然后平静地说：

"谢谢你说了这一席话，我的好朋友；这个问题，我会考虑的。"

第十二章　合法行当事例精选

在拉玛，人们听见一个声音——抽泣和号啕痛哭的声音；是拉结在为失去儿女而哭泣，谁也安慰不了她。[①]

黑利先生和汤姆乘着篷车颠簸前进，有一段时间，两人在专心致志地各想各的心事。喏，两个人并排坐着想心事，真是稀奇事儿，——坐在同一个座位上，有同样的眼睛、耳朵、手和各种器官，眼前掠过同样的景物，可两人的心事却有天渊之别，这是多么奇怪啊！

比如说，黑利先生开头想到的是汤姆手脚有多长、背有多宽、身材有多高，要是先把他养得肥肥的，壮壮的，再送到市场上去卖，能卖到多少钱。又想到如何凑齐这批黑奴；想到自己打算加到这一批中去的一些男人、女人、儿童各自的售价是多少，以及这门生意的其他有关问题；后来他想到自己，觉得自己是多么讲人道，想到别人如何用铁链把"黑鬼"连手带脚一起锁住，而自己只铐住汤姆双脚，只要他老老实实，就让他的手能自由活动；他想到人性是多么忘恩负义，连汤姆是否感激他的仁慈，也大有怀疑的余地，不禁喟然长叹。他上过自己优待过的一些"黑鬼"的大当，而自己的心肠还是这么好，感到惊异不已。

至于汤姆，他则回忆起一本不大吃香的古书里的一句话，心里反复琢磨着："人世间没有永存的城市，我们只能寻求未来的城市；上帝给我们准备了一座城市，因此他并不以被称为'我们的上帝'为耻。"[②] 这部古书主要是由一些"不学无术的人"东拼西凑写成的，可是不知怎么的，自古以来，这句话却对汤姆这样的头脑单纯的苦命人有一种奇妙的力量。这句话震撼着他们灵魂的深处，就像号角声一样，从他们黑暗绝望的心灵中，唤起勇气、

---

① 见《圣经·旧约·耶利米书》第13章。
② 见《圣经·旧约·耶利米书》第31章。

力量和热情。

　　黑利先生从口袋里掏出几份报纸，全神贯注地看起上面的广告来。他看得不怎么顺畅，口中总是念念有词，好像背书似的，以便请耳朵来证实一下眼睛的推断是否正确。他用这种声调慢吞吞地念了如下一段：

　　　　遗嘱执行人拍卖会。——黑人出售！——由法院批准，兹定于二月二十日星期二在肯塔基州华盛顿市法院门前拍卖下列黑人：黑格，60 岁；约翰，30 岁；本，21岁；索尔，25 岁；艾伯特，14 岁。谨代表杰西·布拉奇福德先生庄园的债权人和继承人举行此次拍卖。

　　　　　　　　　　　　　　　　　遗嘱执行人

　　　　　　　　　　　　　塞缪尔·莫里斯

　　　　　　　　　　　　　托马斯·弗林特

　　"这我得去看看，"他对汤姆说，因为没有别人可以交谈。

　　"你瞧，我要买一批出色的货，跟你一起带到下游去，汤姆，这样就有人做伴了，日子过得愉快些，——好同伴有这样的作用你知道。我们第一件事就是赶到华盛顿去，然后把你关到牢里，我就去做这笔生意。"

　　汤姆听了这个好消息，服服帖帖的；只是心里暗暗地想，不知这些遭殃的人中，几个人有妻子儿女，他们离开家人的时候，是不是跟他同样伤心。他一生行为极端诚实正直，并以此为荣，现在这苦命人听黑利无意中漏出这么一句，说要把他关进牢房，老实说，他心里是很不痛快的。不错，我们必须承认，汤姆很为自己的诚实而感到自豪，因为这苦命的人没有别的什么可以自豪的；要是他的社会地位高一些，也许决不会落到这个地步。但是天色渐晚，天黑之后，黑利和汤姆都在华盛顿舒适地安顿下来，——一个在旅馆里，一个在监狱里。

　　第二天上午十一点左右，各色人等都有的一群人聚集在法院门前的台阶上，——这些人爱好、性情各不相同，有的抽烟，有的嚼烟，有的吐痰，有的骂人，有的交谈，——都在等着拍卖开始。准备出售的男男女女围成一团坐在另外一个地方，互相低声说着话。广告上说的名叫黑格的女人从长相和身材来看，都是个标准的非洲人。她也许是六十岁，但由于劳累多病，看上去不止这个岁数。她差不多瞎了，而且患了风湿病，腿有点瘸。她身边站着剩下的最后一个儿子艾伯特，一个模样机灵的小家伙，十四岁。这孩子是一大群子女中剩下的最后一个，其他的被一个个从她身边夺走，卖到南方的市场上去了。做母亲的双手颤抖，紧紧地搂着他，眼睛惊惶地盯着每一个走过来看他的人。

"别害怕，黑格大妈，"年纪最大的男人说，"我跟托马斯老爷说过，他说可以设法把你们母子俩一块儿卖出去。"

"他们别以为我已经老得不中用了，"她举起颤抖的双手说："我还能做饭、擦地板、刷刷洗洗，——我价钱便宜，但还是值得买的；跟他们说说，求你跟他们说说，"她恳求道。

黑利挤进黑人群里，走到老人面前，掰开她的嘴往里瞧，摸摸她的牙齿，叫她站起来，挺直身子，弯弯背，做各种各样的动作，看她肌肉发不发达；然后走到另外一个面前，同样试了一遍。他最后走到孩子面前，摸摸他的胳膊，扳直他的手，瞧他的手指，又叫他跳，看他灵不灵活。

"不买我就不要买他呀！"老妇人焦急万分地说，"他和我得一块儿买；我还健康得很，老爷，能干的活儿多着呢，——多着呢，老爷。"

"干种植园的活？"黑利鄙夷地一瞥说，"鬼才信呢！"他经过一番察看，仿佛已经够了，就走出来，双手插在口袋里，口里叼着雪茄烟，歪戴着帽子，站在一旁观看，等着拍卖开始。

"觉得怎么样？"黑利看人的时候，有一个人一直跟着他，这时问道，仿佛要根据他的意见来拿主意似的。

"唔，"黑利吐了一口痰说，"我想买那几个年轻一点的和那个孩子。"

"他们想把孩子和老婆子一块儿卖出。"那人说。

"那可是个大拖累，她只剩下一把老骨头了，废物一个。"

"那么你不买她喽？"那人说。

"谁要是买她谁就是个大傻瓜。她差不多是个瞎子，又害风湿病，瘸了腿，还傻乎乎的。"

"有些人专门买这种老家伙，说别以为她们干不了什么活了，其实还干得好久呢，"那人沉吟道。

"根本不行，"黑利说，"白送给我都不要，说实话，我已经看过了。"

"唉，不把她和她儿子一块儿买下，也真可怜，她那么舍不得孩子，——我看他们会贱价把她搭上。"

"有的是钱，愿意那样花掉，当然不错。我可要把那孩子卖到种植园去干活的；不想为她费神，不要，把她白给我也不要。"黑利说。

"她会大哭大闹的，"那人说。

"当然会，"黑奴贩子冷冷地说。

这时人群中一阵喧哗，打断了他们的谈话；那拍卖商，一个矮个子、忙忙碌碌、趾高气扬的家伙，挤进人群中。老妇屏住气，本能地抓住儿子。

"紧紧挨着妈，艾伯特，靠紧点儿，他们会把咱俩放在一块儿卖，"她说。

"啊，妈，我担心他们不会的，"孩子说。

"一定会的，孩子；不然的话，我就活不成了，肯定活不成了。"老妇激烈地说。

拍卖商洪亮的声音招呼大家让让路，然后宣布拍卖马上开始。大家让开一块空地，投标开始了。名单上的几个男人很快就卖掉了，价钱不低，说明市场需求旺盛；有两个卖给了黑利。

"喂，小家伙，"拍卖商用槌子碰碰孩子的肩膀说，"上去让大家瞧瞧你的灵活劲儿。"

"把我们俩放在一块儿卖吧，一块儿卖吧，——求你啦，老爷，"老妇紧紧抓住儿子说。

"滚开，"那人把她的手推开，厉声说，"你最后卖。喂，黑小子，跳吧，"他边说边把孩子推上台去，背后发出一声深沉悲惨的呻吟声。孩子站住回头瞧了一瞧，可是没有时间让他久停；他揩掉明亮的大眼睛里的泪水，一下子跳上台去了。

他身材匀称，四肢敏捷，脸色生气勃勃，立刻引起了竞争，六七个人竞相出价的喊声同时钻进拍卖商的耳朵。孩子听见乱哄哄的出价声此起彼落，心里又着急又有点害怕，瞧瞧这边，又瞧瞧那边，直到木槌落下。黑利买到了他。他给从台上推下来，朝新主人走去，但停了一下，回头张望，只见他可怜的老母亲四肢哆嗦，朝他伸出颤抖的双手。

"看在上帝面上，把我也买去吧，老爷！买下我吧，要不我就活不成了！"

"要是我买下你，你也活不成，麻烦就在这里，"黑利说，"不买！"他转过身去。

拍卖那可怜的老太婆可快得很。跟黑利交谈过的那人好像不乏同情心，花了几个钱把她买下。看热闹的人纷纷散去。

这场拍卖的可怜的受害者多年来生活在同一个地方，这时都围着绝望的老妈妈。她那肝肠寸断的样子真是惨不忍睹。

"他们给我留一个都不行吗？老爷一向说要给我留一个，——他说过的，"她一遍又一遍心碎地诉说着。

"相信上帝吧，黑格大妈，"年纪最大的男人悲哀地劝说。

"那又有什么用？"她伤心欲绝地抽泣着说。

"妈妈，妈妈，别哭！别哭！"孩子说，"他们说你的主人是个好心人。"

"我不在乎，我不在乎。啊，艾伯特！啊，我的孩子！你是我最后一个孩子。上帝啊，我怎么舍得啊？"

"嘿，你们几个人把她拖开行不行？"黑利冷冷地说，"那样闹下去对她没有一点好处。"

可怜的老太婆绝望地紧紧抓着儿子不放，那群黑奴中几个老汉连说带劝，使劲掰开她的手指，一边安慰她，一边领着她朝新主人的篷车走去。

"走！"黑利把新买的三件货物推到一块儿，掏出几副手铐铐住他们的手腕；把每副手铐锁到一根长铁链上，押着他们到监狱去。

几天之后，黑利带着自己的财产安全地上了俄亥俄河里的一艘船。这是他那群黑奴的头一批，船向前行驶的时候，还会增加几件同样的货物，都是他自己或他的代理人在沿岸各地贮藏起来等他去取的。

《美丽的河流号》是航行于跟它的名字意思相同的河流 ① 上的一艘最华丽的轮船，正在轻快地顺流而下。这时正是晴空万里，自由美国的星条旗在船上迎风飘扬；护栏旁边，一群群衣冠楚楚的淑女绅士在散步，在欣赏着美丽的风光。人们全都生气勃勃，喜气洋洋——除了黑利的那群黑奴；他们坐成一堆，低声交谈着，不知怎么的，好像对自己享受的各种礼遇并不怎么领情似的。

"伙计们，"黑利快步走过来说，"我希望你们振作起来，开心些。别愁眉苦脸的；坚强些，伙计们；你们待我好，我也会待你们好。"

听他讲话的伙计们都一律回答"是，老爷"，这成了世世代代苦命的非洲人的口头禅；不过老实说，他们并没有显出特别开心的样子。他们都各有各的小小的偏爱，喜欢想念已经生离死别的妻子、母亲、姐妹和孩子，尽管"抢劫他们的人叫他们作乐。"也不是一下子乐得起来的。

"我有个老婆，"那件标明为"约翰，三十岁"的货物把戴着锁链的手放在汤姆的膝上说，"这事她一点儿也不知道，可怜的姑娘！"

"她住在哪里？"汤姆说。

"离这儿不远的一家旅馆，"约翰说。"现在我多么希望能活着见上她一面啊，"他加了一句。

可怜的约翰！这是人之常情啊；他说话的时候，也像白人一样情不自禁地潸然泪下。汤姆心酸地长长叹了一口气，力不从心地安慰了他几句。

甲板上的客舱里，坐着做父亲母亲的，做丈夫妻子的；欢乐

---

① 指俄亥俄河，名字来自美洲印第安人族名 Iroquis，意为"美丽"。

的孩子们在他们周围穿来穿去，就像翩翩起舞的小蝴蝶，一切都那么轻松愉快。

"啊，妈妈，"一个男孩子刚刚从下面上来，说道，"船上有个黑奴贩子，他买了四五个奴隶，就在下面。"

"苦命的人！"做母亲的悲愤交加地说。

"什么事？"另一位太太说。

"下面有几个可怜的奴隶，"那做母亲的说。

"还戴着锁链，"孩子说。

"居然有这样的事，真是我们国家的耻辱！"又一位太太说。

"啊，这事是公说公有理，婆说婆有理，"一个贵妇气派的女人说；她坐在上等舱门口做针线活，一对小儿女在她身边玩耍，"我到过南方，我得说我觉得那儿的奴隶的日子过得挺不错的，他们当自由人还不见得过得这么好。"

"在有些方面，他们有些人过得是不错，这个我承认，"先说话的那一位说，"在我看来，奴隶制最可怕之处是践踏人的感情，比如说，把人家弄得妻离子散。"

"这的确不好，"另外那位太太边说边把刚刚做完的一件婴儿衣服拿在手里，专心致志地瞧着上面的花边，"不过，我想，这种事并不常见。"

"哪里，这是常事呢，"第一位太太急切地说，"我在肯塔基和弗吉尼亚两个州都住过多年，这种事见得太多了，真是叫人心酸。太太，假如你的两个孩子被人夺走卖掉了，那会怎么样？"

"我们的感情跟那种人的感情怎能相提并论啊，"另外那位太太边说边清理怀里的毛线。

"你既然这样说，太太，说明你对他们一点儿也不了解。"第一位太太愤然说道，"我是在他们中间出生长大的。我知道他们跟我们一样有强烈的感情，——说不定还更强烈。"

那太太说了一声"真的！"接着打了个哈欠，瞧瞧窗户外面，最后又重复了一下开头说的那一句，作为结论——"说来说去，我觉得他们日子过得挺不错的，当自由人还不见得过得这么好。"

"非洲人该当奴仆，低人一等，这无疑是天意。"一位身着黑袍、脸色严肃的绅士——此人是一位牧师——坐在舱门口说，"'迦南该受诅咒：必作奴仆的奴仆。'①《圣经》上是这样说的。"

"我说，老乡，这是经文的原意吗？"一个高个子站在旁边说。

"毫无疑问。由于某种不可思议的原因，上天在千百年以前就罚这个种族做奴隶，我们不可违反天意。"

"那么好吧，如果天意是那样，"那人说，"我们就都去买奴隶吧，对不对，先生？"他掉过头去对黑利说，黑利双手插在口袋里，站在火炉旁聚精会神地听着这场谈话。

"不错，"那高个子接着说，"我们全都得服从上天的旨意，黑奴应该被贩卖，被押来押去，被压在底层；他们生来就得这样。我觉得你这个观点叫人顿开茅塞，是不是，老乡？"他对黑利说。

"我从来没想过，"黑利说，"我自己可说不出这么一大套，我没有学问。我干这一行，只是为了糊口；要是不对，我打算将来悔过自新，你知道。"

"现在就不必操这个心了，是不是？"高个子说。"你看，懂得《圣经》多么有用。如果你也像这位老兄一样，研究过圣书，你早就知道这个了，早就不必操这么一大堆心了。你只要说，'那个谁该受诅咒——他叫什么来着？'就万事大吉了。"这位老乡不是别人，正是我们在肯塔基的那家旅馆里介绍给读者的那位正直的奴隶主。他坐下来，抽起烟来，那冷冰冰的长脸上带着一丝莫测高深的笑容。

一个身材修长的年轻人，从容貌看来，是个感情丰富、聪明绝顶的人，这时插了进来，念了这么一句："'无论何时，你们愿意别人如何待你们，你们也要如何待人。'②我想，"他加了一句，"跟'迦南该受诅咒'一样，这也是圣经上说的。"

"唔，对于我们这些可怜的人来说，老乡，"奴隶主约翰说，"也是一样的明白，"约翰像火山一样继续吞云吐雾。

那年轻人顿了一顿，好像还想说下去，这时船忽然停了，跟

---

① 见《圣经·旧约·创世纪》第9章。
② 见《圣经·新约·马太福音》第7章。

轮船上通常的情况一样，乘客们蜂拥而出，看到了什么地方。

"那两个伙计都是牧师？"往外走的时候，约翰对一个人说。

那人点点头。

船靠岸之后，一个黑女人踩着跳板狂奔而上，冲过人群，飞跑到那一伙奴隶坐的地方，一把搂住前面称为"约翰，三十岁"的那件倒霉的货物的脖子，口呼丈夫，一把眼泪一把鼻涕地哭了起来。

但是，这种事已经讲得太多了，天天都在讲，在这里又何必再讲呢？痛断肝肠的故事，为了强者得利、生活安逸而叫弱者粉身碎骨的故事！这种故事不必用口讲，岁月本身天天都在讲，而且是讲给并没有耳聋的上帝听，可他一向默默无言。

刚才为人类和上帝辩护的年轻人双臂交叉，站着观看这个场面。他回头一看，只见黑利正站在他身边。"朋友，"他声音沉重地说，"你怎么能够，怎么胆敢干这种买卖？瞧那些可怜的人！而我搭这艘船，就要回家跟妻子儿女团聚了，心里喜气洋洋，铃声一响，将是载着我回到他们身边的信号，这同一铃声，也将是永远拆散这对可怜的夫妻的信号。等着瞧吧，上帝一定会审判你的这桩罪行。"

黑奴贩子一声不吭，掉过头去。

"我说吧，"那奴隶主碰碰他的胳膊肘说，"牧师也有不同是不是？'迦南该受诅咒'这套玩意儿，他不买账，是不是？"

黑利很不自在地哼了一声。

"这还不是最糟糕的，"约翰说，"有朝一日上帝跟你算账的时候，只怕上帝也不会买账；我想，我们大家都有这一天。"

黑利若有所思地走到船的另一头。

"要是再贩一两批货赚了一笔大钱的话，"他想，"我就不干这一行了；的确太危险了。"他掏出钱包，算起账来，——不仅是黑利先生，还有许多大人先生，都把算账当做治疗良心不安的特效药。

轮船昂然驶离岸边，一切又都跟原先一样快乐地继续下去。男人谈话、溜达、看书、抽烟。女人做针线，孩子们玩耍，轮船向前驶去。

有一天，船在肯塔基的一座小城停了一会儿，黑利上岸到城里去办点小事。

汤姆戴着脚镣，但还是转一个小圈，走到船边，没精打采地凭栏站着眺望。过了不久，他看见那黑奴贩子步履轻捷地领着一个怀里抱着小毛毛的黑种女子回来了。那女人穿得很体面，一个黑人提着一只小箱子跟在后面。那女人高高兴兴地往前走，边走边跟替她提箱子的男人说着话，走过跳板上了船。铃响了，轮船鸣了一声汽笛，引擎呼隆隆、突突突地响起来，轮船顺流驶去。

那女人在底舱里的箱子和棉花包中朝前走，然后坐下来，忙着叽叽喳喳哄毛毛。

黑利在舱里转了一两圈，然后走过来，坐在她旁边，冷冷地低声跟她说了几句。

汤姆很快就注意到，女人脸上顿时阴云密布，立即情绪激昂地作了回答。

"我不相信——我不会相信！"他听见那女人说，"你在糊弄我。"

"要是不信，瞧瞧这个！"黑利掏出一张纸说，"这是你的卖身契，上面签着你的主人的名字，而且告诉你，是我付了一大笔现钱换来的，——所以，喏！"

"我不相信老爷会这样骗我；一定是假的！"那女人说，越来越着急了。

"你可以问问这儿每个识字的人。喂！"他对身边走过的一个人说，"请你念念这个，好不好！我告诉这娘们这是什么的时候，她不肯相信我。"

"哎，这是一张卖身契，约翰·福斯迪克签的字，"那人说，"把这姑娘露西和她的孩子卖给你。依我看，上面写得很清楚。"

那女人激愤的喊声引得一群人围着了她，黑奴贩子简短地解释了这场风波的缘由。

"他告诉我说，要我到下游的路易斯维尔去，把我租给我丈夫干活的那家旅馆当厨子，——这是老爷亲口跟我说的；我不相信他会对我撒谎，"女人说。

"可是他把你卖了，可怜的女人，这是没有疑问的，"一个样子善良的人仔细看了卖身契之后说，"他这么干了，没错。"

"那么说也没用了，"那女人突然平静下来说，她把孩子搂得更紧了，坐在自己的箱子上，背过身去，没精打采地凝视着河里。

"终于想开了！"黑奴贩子说，"我看，娘儿们真有种！"

船往前驶去，那女人样子很平静；一阵夏天和煦轻软的清风像富于同情心的仙子，轻抚着她的脸庞，——这温柔的风，从来不问吹拂的额头是黑的还是白的。她看见阳光在水面上闪烁，把一圈圈涟漪染成金色，听见处处有轻松愉快、悠闲自在的声音在交谈；可是她心里好像压上了一块沉重的石头。她的小毛毛站起来，靠在她身上，用小手抚摸着她的脸；又跳又蹦，哇啦哇啦吵个不休，仿佛决心要她打起精神来。她突然把孩子搂得紧紧的，一颗颗泪珠缓缓落在他那惊讶、无知的脸蛋上；渐渐地，她好像一点一点平静下来，忙着照料他，给他喂奶。

那孩子是个十个月的男毛毛，十个月的毛毛长得他这么大这么结实，是很罕见的，而且手脚特别有劲。他时刻动个不停，他妈妈得抱着他，又得提防他蹦蹦跳跳，忙得不亦乐乎。

"这小家伙真不赖！"一个人突然在他对面停下来，双手插在口袋里说，"多大了？"

"十个半月，"做母亲的说。

那人对孩子吹了一声口哨，拿了半截子糖果给他，他急忙抓住，很快就放进了小毛毛常用的藏物处，就是说，放进了嘴里。

"古怪的小家伙！"那人说，"很识货呢！"他又吹了声口哨，继续往前走。他走到船的另一边的时候，碰上了黑利，黑利正坐在一堆箱子上抽烟。

那陌生人一面拿出一根火柴，点着一支雪茄，一面说：

"你那边有个长得蛮不错的娘儿们，老乡。"

"哎，我看她长得还可以，"黑利喷出一口烟雾，说道。

"带到南边去？"那人说。

黑利点点头，继续抽烟。

"到种植园干活？"那人说。

"这个，"黑利说，"一家种植园向我订货，我在送货去，想把她也放进去。人家告诉我，说她做饭是把好手；他们可以叫她做饭，也可以叫她摘棉花。她摘棉花手灵活；我看过的。不管干哪一样，都卖得起价钱，"黑利又抽起雪茄来。

"种植场用不着那小家伙，"那人说。

"一有机会我就把他卖了，"黑利点着另一支雪茄说。

"我想，你要价相当低吧，"那陌生人说着爬上那堆箱子，舒舒服服地坐下来。

"这说不定，"黑利说，"这小家伙相当机灵，又大又肥又壮，肌肉硬得像砖头！"

"不错，可要把他养大，又要费神又要花钱。"

"胡扯！"黑利说，"养他们跟养任何会走的牲畜一样容易；跟养狗一样不费事，再过一个月，这小家伙就会满地跑了。"

"我有个养孩子的好地方，我想再进点货，"那人说，"我们的厨子上个月死了个孩子，——她在晾衣服的时候，孩子在洗澡盆里淹死了，——我想，叫她养这一个，挺合算的。"

黑利同那陌生人默默地抽了一会儿烟，两人都不愿先提这场商谈中棘手的问题。最后，那人接着说：

"反正你非得把孩子脱手不可，大概不会超过十块钱吧？"

黑利摇摇头，神气地吐了口唾沫。

"那不行，没门儿，"他说着又抽起烟来。

"那么，老乡，你要什么价？"

"这个嘛，"黑利说，"那小家伙我可以自己养，也可以托给人家养。他格外可爱，格外健康，再过半年，就可以卖一百块；再过一两年，要是碰上合适的买主，就可以卖到两百块，——所以，现在卖至少要五十块，一分也不能少。"

"咳，老乡！这简直是开玩笑，"那人说。

"实话！"黑利断然地点了一下头说。

"我出三十块，"陌生人说，"一分也不能多。"

"这样吧，我把实话告诉你，"黑利又吐了口痰，重新表明决心说，"双方都让点步，就算四十五块吧，我只能让到这一步了。"

"好，说定了！"那人过了一会儿说。

"成交了！"黑利说，"你在哪儿上岸？"

"在路易斯维尔，"那人说。

"路易斯维尔，"黑利说，"好得很，到达那儿正是天黑的时候，小家伙睡着了——好得很——把他悄悄地抱走，免得大吵大闹的，——机会太巧了。不管什么事，我都喜欢办得悄悄的，我讨厌吵吵闹闹。"几张钞票从那人的口袋里转移到黑利的口袋里之后，黑利又抽起雪茄来。

傍晚时分，天色尚亮，四处一片宁静，轮船到达路易斯维尔，在码头边停下来。那女人一直抱着孩子坐着，孩子沉沉睡去了。她听见有人叫出这个地方的名字，急忙把自己的披风铺在箱子之间形成的一个凹处，做成一个摇篮的样子，把孩子放进去，然后飞跑到船舷边，希望在挤在码头上的各家旅馆的仆役中，能发现自己的丈夫。她怀着这个希望往前挤，到了船首的护栏边，身子使劲往前伸，睁大眼睛牢牢地盯着岸上攒动的人头，人群挤过来把她和孩子隔开了。

"你的机会来了，"黑利抱起熟睡的孩子，递给那陌生人说，"别把他弄醒了，免得他哭起来；那娘们听见了就会闹得不亦乐乎。"那人小心地接过那个包，很快就消失在往码头上走的人群中。

轮船又吱嘎吱嘎轰隆轰隆响起来，扑扑扑地冒着气，离开了码头，开始慢吞吞地、吃力地向前行驶；这时那女人回到原来的座位。黑奴贩子坐在那儿，——可是孩子不见了！

"哎呀呀，哪儿去了？"她惊讶而茫然地说。

"露西，"黑奴贩子说，"你的孩子卖了；你晚知道不如早知道。你明白，我知道你不能带他到南方去；我得到一个机会，把他卖给了第一等的好人家，会把他养得比你自己养还要好。"

这黑奴贩子在基督教和政治方面的修养已达到尽善美的境界，达到了北方有些传教士和政治家所鼓吹的标准；近来，他靠着这种修养，已经彻底克服了一切人道主义的弱点和偏见。先生，你我的心肠，只要肯下功夫，修养得当，也完全可以达到他那个境界的。那女人投向他的痛苦、绝望、疯狂的目光，不那么老练的人见了，心里可能会感到不安；可他已经习以为常了，这种目光他已经见过成百上千次。这种事你也会习以为常的，朋友；近来，举国努力达到的伟大目标，就是为了全合众国的光荣，促使全体北方人对这种事习以为常。所以，那黑奴贩子见了那黑人女子心头的惨痛使得她的脸色大变，拳头攥紧，呼吸窒息，只是觉得那是这个行当中不可避免的事，只是在估计她会不会哭闹，在船上引起一场骚乱；因为跟我们的这个特殊的制度的其他拥护者一样，他也是绝对讨厌闹得满城风雨的。

可那女人并没有哭闹。这颗子弹一下子射穿了她的心脏，她哭不出声，也流不出泪来。

她迷迷糊糊地坐下来，双手松弛，死了似的吊在两侧，两眼发直，什么也看不见。船上各种嘈杂声、嗡嗡的人声和隆隆的机器声，全都混成一片，钻进她那如痴如梦的耳朵里；那颗可怜的心已经麻木，欲哭无声，欲泣无泪，再也表达不出心头的惨痛。她十分平静。

如果考虑他的长处，那黑奴贩子差不多跟我们的一些政治家一样讲人道。他似乎觉得有责任在情况允许的范围内，尽可能好好安慰安慰她。

"我知道，这事开头是有点难受，露西，"他说，"但你是个十分聪明、明白事理的妞儿，不会垮下去的。你明白，这是势在必行、迫不得已的事。"

"啊，别说了，老爷，别说了！"那女人说：那声音听来就像要断气了似的。

"你是个机灵的娘们，露西，"他固执地说下去，"我想好好对待你，在下游给你找个好地方；你很快就可以找到另一个丈夫，——你是这么一个可爱的妞儿——"

"啊！老爷，求你现在不要跟我说话，"那女人说，那声音充满活生生的惨痛，黑奴贩子觉得自己的那套办法在目前的情况下不灵了。他站起身来；女人掉过头去，用披风掩住了脸。

黑奴贩子踱来踱去踱了一会儿，偶尔停下来瞧她一眼。

"很是伤心，"他自言自语说："但是不吵不闹，——让她发点汗，会好起来的，要不了多久！"

汤姆自始至终目睹了这场交易，完全明白会有什么后果。在汤姆看来，这事是说不出的可怕、残忍，因为，可怜无知的黑人啊！他没有学会举一反三、扩大眼界的本领。要是他受过某些基督牧师的指教，对这事的看法也许会好一些，把这看成一种合法的行业中的日常小事；这种行业是一种制度的极其重要的支柱；这种制度，据美国某位神学家 ① 说，"同社会、家庭生活中其他的关系一样，也具有某些无法避免的缺陷，除此之外，没有任何其他弊病。"可是，我们知道，汤姆是个可怜的愚昧的家伙，读过的书只局限于《旧约》，不会用这种观点来安慰自己。那像压扁了的芦苇一样软绵绵地躺在箱子上的可怜的伤心的东西，在他看来，遭受了不平之事，他为之痛心疾首。这有感情、有生命、伤心欲绝，但是灵魂永生的人，美国的法律居然冷酷地把她当作东西，把她跟她躺在其中的一包包行李、一捆捆棉花、一个个箱子归为一类。

汤姆走过去，想说点什么；可她只是呻吟着。他自己也泪流满面，诚恳地讲到天上有一颗仁爱的心，有充满同情心的耶稣，有永恒的家园；可是由于痛苦，她耳朵聋了，心也麻木了，什么感觉也没有。

夜晚降临，夜空宁静、冷漠、灿烂，无数天使的眼睛庄严地瞧着大地，闪闪烁烁，非常美丽，可是默默无言。遥远的天空没有传来说话的声音，没有同情的话语，没有伸出援助的手。办事和欢笑的声音一个个沉寂下来；船上的人全都睡了，船首哗哗的水声清晰可闻。汤姆在一个箱子上躺下来。他躺在那儿，不时地听见那直挺挺地躺着的女人发出压抑着的饮泣声和哭声，"啊！我怎么办哪？啊，上帝呀！啊，仁慈的上帝呀，保佑我吧！"她不时地念着这些话，最后这咕哝声也渐渐消失了。

半夜时分，汤姆突然惊醒过来。一个黑影闪过他身边，直奔船边，接着听到河里扑通一声。另外谁也没看到或听到什么动静。

---

① 指美国费城的乔尔·帕克博士（Dr.Joel Parker）。

他抬起头来，只见那女人躺过的地方空了！他站起来，四周察看了一番，但不见踪影。她那滴血的心终于得到了平静，河面上泛起一圈圈涟漪，波光粼粼，仿佛并没有吞没她似的。

忍耐！忍耐！你们听了这样的不平之事而义愤填膺的人们。被压迫者的每一点痛苦，每一滴眼泪，那受难之人、光荣之主①都会记住的。他那宽容、博大的胸怀承受着全世界的痛苦。像他那样耐心地忍受一切，以爱心对待一切吧，因为"为民赎罪之年必将到来"②，这是不容置疑的。

那黑奴贩子一清早就醒来了，出来查看自己的牲口。这时轮到他大惑不解地四面张望了。

"那娘们哪儿去了？"他对汤姆说。

汤姆已经学会少说为佳的本领，觉得没有必要说出自己见到的情况和猜测，只是说不知道。

"她不可能在哪一次靠岸的时候趁黑逃走，因为船每回停下来的时候，我都醒着。这事我从来不托付给别人的。"

这话是推心置腹地说给汤姆听的，仿佛他对这事特别感兴趣似的。汤姆没搭腔。

黑奴贩子从船头搜到船尾，箱子、棉花包、木桶之间的空隙，们机器四周、烟囱旁边，都找遍了，但白费工夫。

"喂，汤姆，我说你还是坦白一点好，"他徒劳地搜了一气之后，回到汤姆站着的地方，说道，"这事你一定知道点影儿，别哄我，我知道你知道点影儿。十点左右，我看见那娘们躺在这儿，十二点又看见了，一点到两点之间还看见一次，后来到四点左右，她就不见了。你一直睡在这儿。你一定知道点影儿，——不可能不知道。"

"唔，老爷，"汤姆说，"快天亮的时候，有什么东西擦过我身边，当时我半睡半醒；后来听见扑通一声，就完全醒过来了，这时那姑娘就不见了。我就知道这些。"

---

① 指耶稣。
② 见《圣经·旧约·以赛亚书》经63章。

那黑奴贩子听了既没感到骇然，也没觉得意外；因为，如前所述，许多你没见惯的事，他已习以为常了。连狰狞的死神降临，他也不会胆寒。他已多次见过死神降临了，——在做生意的时候跟他相逢，因而结识了他，——他只觉得死神是个难缠的主顾，蛮不讲理地破坏他的买卖；所以他只是咒骂那娘们是个婊子婆，说自己真是倒了血霉了，说要是这样下去，这趟生意就一个钱也赚不到了。总之，好像觉得自己肯定受了委屈；可是无可奈何，因为那女人逃到的那个国度，是决不会把逃犯交出来的，——即使光荣的合众国举国上下提出这个要求也罢。因此，那黑奴贩子悻悻地坐下来，拿起小账本，把失踪的肉体与灵魂划归"损耗"一栏之下！

"他真是个骇人的家伙，——那黑奴贩子，是不是？这样没心肝！真可怕！"

"噢，不过谁也看不起这些黑奴贩子！他们处处受到蔑视，——正派人是从来不跟这种人为伍的。"

不过，先生，是谁造就了黑奴贩子？谁的罪责最大？有文化、有教养、有知识的人拥护黑奴制度，就必然产生黑奴贩子。是这样有教养、有知识的人拥护黑奴制度，就必然产生黑奴贩子。是这些人罪责最大，还是可怜的黑奴贩子本人？你们造成一种社会情绪，觉得需要这种行业，从而败坏了黑奴贩子的本性，使他们不再觉得耻辱。你们比他们好在哪里？

能不能说你们受过教育，而他们愚昧无知；你们高贵，而他们低贱；你们高雅，而他们粗俗；你们睿智，而他们愚蠢？

到了将来最终审判的那一天，考虑到这些情况，他们会显得情有可原，而你们会责无旁贷。

在结束这合法行当中的这些小事的时候，作者必须恳求世人不要以为美国的立法者完全没有人性。我国的立法机关不遗余力地保护这种交易，使之永久化；从这一点看来，人们很可能得出不公正的结论。

谁不知道我国的伟人们正在竭尽全力抨击从国外进口奴隶

呢？在这个问题上，我国也崛起了一大批克拉克逊[①]、威尔伯福斯一类的人物，看到他们，听他们演说，真是令人茅塞顿开。亲爱的读者，从非洲购买奴隶是多么骇人听闻！想都不能想！不过，从肯塔基州购买奴隶，——那可完全是另一回事喽！

第十三章　教友村

一幅宁静的景象现在展现在我们面前。一间油漆得很雅致的宽敞的大厨房，黄色的地板平滑光洁，一尘不染；一个漆得乌黑透亮的干净的炉子；一排排亮晶晶的罐头筒，令人想起味道妙不可言的食品；光滑的绿色木椅，虽然旧了，但很结实；一把石板镶座的小摇椅，铺着一块拼花坐垫，是用各种颜色的小块呢绒巧妙地拼起来的；还有一把大的，好像是一位年迈的老妈妈，扶手很宽，好像在殷勤地邀人落座，上面的羽绒坐垫也好像在帮着劝说。椅子虽旧，但的确舒适，叫人一见就想坐，就简朴实惠的享受而言，抵得上你们客厅里十几把高贵的长毛绒或厚缎沙发。椅子上坐着一个人，轻轻地前后摇晃，眼睛盯着手里的精美的针线活，那就是我们的老朋友伊丽莎。不错，那正是她，比在肯塔基老家的时候苍白了一些，瘦了一些，无限隐忧藏在那长长的睫毛下面，刻画在那温柔的嘴唇周围！可以明显地看出，在深重的痛苦的磨炼下，她那颗少女似的心已经变得多么老练坚强。过了一会，她抬起乌黑的大眼睛，瞧着自己的小哈里像一只热带蝴蝶一样，在地板上跳来跳去，尽情嬉戏。她脸上浮现出义无反顾的坚定表情，这是过去的幸福日子里从来没有过的。

她身边坐着一个女人，膝上搁着一只明晃晃的铁皮盘子，正在仔细地把桃子干挑选出来，放进盘子。她也许是五十五岁，也许是六十岁；但她的脸，岁月在上面掠过，反而更加光彩，更加

---

① 托马斯·克拉克逊（1760—1846），英国废奴主义者。威尔伯福斯，见第1章注。

秀丽。她那雪白的绉纱帽子，是按地道的教友会款式做的；朴素的白细布手帕，折得平平整整，别在胸前；淡褐色的衣服上罩着淡褐色的披巾。只要看一眼这装束，就知道她属于何种教派。她的脸圆圆的，白里透红，长着柔软的绒毛，显得很健康，令人联想到一只熟透了的桃子；她的头发，由于上了年纪而露出几根银丝，从中分开，平整地梳向脑后；她的额头平滑，岁月在上面没有留下什么痕迹，只留下了"天下平安，与人为善"的心声；额头之下，闪烁着一双清澈、诚恳、慈爱的褐色大眼睛，只需直视这双眼睛，你就会觉得看到了天下最善良、最真诚的女人的心底。人们大谈特谈、热情讴歌年轻美貌的姑娘，为什么对老年妇女的风采视而不见？如果有人想得到这方面的灵感，我们请他们去见见我们的好朋友雷琪尔·哈利戴，最好是趁她坐在小摇椅上的时候。这摇椅有个怪脾气，就是老是吱吱嘎嘎叫，不是早年着了凉，就是患了气喘病，再不然就是神经错乱。她轻轻地前后摇晃的时候，椅子就老是发出低低的"吱吱"、"嘎嘎"声，要是换一把椅子，这声音是叫人受不了的。但西米恩·哈利戴老头常常说，他觉得那跟最美妙的音乐一样好听，孩子们说，天下任何东西他们都不想念，只想念妈妈的摇椅声。为什么？因为二十几年来，从那把椅子上传来的只有爱抚的言语、温和的教诲和慈祥的母爱；数不胜数的头疼和心疼都是在那儿治好的，种种宗教和世俗的难题是在那儿解决的，——全都多亏了一个善良、慈爱的女人，上帝保佑她！

"这么说来，你还是想到加拿大去喽？"她一边安详地检查桃子一面说。

"是的，太太，"伊丽莎坚定地说，"我必须往前走。不敢停下来。"

"那么你到了那儿之后，干什么活儿？你必须想想这个问题，闺女。"

"闺女"二字出自雷琪尔·哈利戴之口，听来非常自然，因为从她的相貌和体态来看，"母亲"二字对于她来说是再自然也没有了。

伊丽莎双手发抖，几颗泪珠洒到了手里的针线活上，但她坚定地答道：

"找到什么就干什么。我希望能找到点什么活计。"

"你知道，在这儿，你想待多久就可以待多久，"雷琪尔说。

"啊，谢谢你，"伊丽莎说，"不过——"她指了指哈里，"我晚上睡不着；总是放不下心来。昨晚，我梦见那人走进了院子，"她不寒而栗地说。

"可怜的孩子！"雷琪尔揩揩眼睛说，"但你不要这样想啊。上帝下了旨意，所以我们村里从来没有哪一个逃亡者给人抓走过，你的孩子不会是第一个被抓走的。"

这时门开了，一个胖乎乎、圆滚滚的矮小女人站在门口，那张快活红润的脸就像一只熟透了的苹果。她也跟雷琪尔一样，穿着朴素的灰衣服，细布手帕折得平平整整的，横着别在圆滚滚、丰满的胸前。

"鲁丝·斯特德曼，"雷琪尔欢欢喜喜地迎上前去，"你好吗，鲁丝？"她热情地握着她的双手说。

"好得很，"她边说边取下自己的淡褐色小帽子，用手帕掸着灰尘。她取下帽子的时候，露出了圆圆的小脑袋，上面戴着教友派帽子，尽管她用胖胖的小手又是摸又是拍，整理来整理去，还是显出一种潇洒的派头。几绺鬈发很不听话，这里露出一点，那里露出一点，也得哄着逗着，才能叫它们重新就位。这新来者二十四五岁的样子，一直站在镜子跟前这么整理着帽子头发，这时转过身来，脸上喜气洋洋。大多数人见了她也都会喜气洋洋的，因为她的确是个健康、热情、喊喊喳喳的小妇人，很能讨男人的欢心。

"鲁丝，这位朋友叫伊丽莎·哈里斯；这是我跟你说过的那个小男孩。"

"见到你很高兴，伊丽莎，非常高兴，"鲁丝跟伊丽莎握握手说，仿佛伊丽莎是她盼望已久的老朋友似的，"这就是你的宝贝儿子喽，——我给他买了块蛋糕，"她说着拿出一块心形蛋糕朝孩子伸过去。孩子走了过来，透过额前的卷发瞧着蛋糕，羞答答地接了过去。

"你的毛毛在哪儿,鲁丝?"雷琪尔说。

"噢,他来了;不过我进来的时候,你家玛丽把他抢过去,抱着跑到谷仓去让孩子们瞧去了。"

这时门开了,玛丽抱着毛毛走了进来。玛丽是个老实姑娘,脸色白里透红,跟她母亲一样,长着褐色的大眼睛。

"啊!哈!"雷琪尔说着迎上去,接过那白白胖胖的大娃娃抱在怀里,"瞧他多俊!长得多快!"

"可不是嘛,"小个子鲁丝说着接过毛毛,手忙脚乱地开始取下他的蓝色绸子小兜帽,脱下一层又一层外衣,这里扯一下,那里揪一下,把他身上各处整理一番,亲热地吻了一下,然后把他放在地板上,让他定定神。毛毛好像对这番手续已经很习惯了,因为他把手指放进口里(仿佛那理所当然是一件东西),不久就聚精会神地想自己的心思去了。做妈妈的则坐下来,拿出一只蓝白相间的纱袜,飞快地织起来。

"玛丽,麻烦你把水壶灌满水,好吗?"母亲温和地提醒道。

玛丽提着水壶到井边去,很快又走了进来,把水壶放在炉子上。水壶不久就扑扑地冒起汽来,好像一只殷勤好客、兴致勃勃的薰香炉。而且那些桃子,按照雷琪尔温和的低声吩咐,由同一双手放进了一只炖锅,端到了炉子上。

这时雷琪尔拿下一块雪白的模板,系上围裙,然后不声不响地做起饼干来。不过做饼干之前,她对玛丽说,"玛丽,麻烦你去告诉约翰准备好一只鸡,好不好?"玛丽应命而去。

"艾比盖尔·彼得斯怎么样了?"雷琪尔边做饼边说。

"噢,她好些了,"鲁丝说,"今天早晨我去替她铺好了床,把屋里整理了一下。丽尔·希尔斯今天下午去烤了一些面包和馅饼,够她吃几天了;我说好今天晚上去扶她上床。"

"我明天去一下,有什么要打扫的,就打扫一下,再看看有什么要补的,"雷琪尔说。

"啊!好得很,"鲁丝说,"我听说,"她接着说,"汉娜·斯坦伍德病了。约翰昨晚去了一趟,明天我得去一下。"

"要是你得在那儿待一整天，约翰可以到我家来吃饭，"雷琪尔提议说。

"谢谢你，雷琪尔；明天再说吧；瞧，西米恩回来了。"

西米恩是个高大挺拔、肌肉发达的汉子，穿着淡褐色的上衣和裤子，戴着宽边帽，这时走了进来。

"你好哇，鲁丝？"他热情地问候道，一面摊开宽大的手掌握着她的小胖手，"约翰怎么样？"

"啊！约翰很好，我们全家人都好，"鲁丝高高兴兴地说。

"有什么新闻吗，孩子他爹？"雷琪尔一面往烘炉里放饼干一面说。

"彼得·斯特宾斯告诉我说，今晚他们会来，带着朋友来，"西米恩在后面门廊上一个整洁的水槽里洗手，一面意味深长地说。

"真的！"雷琪尔若有所思地瞧着他，同时瞟了伊丽莎一眼。

"你说你姓哈里斯？"西米恩重新进屋的时候，对伊丽莎说。

雷琪尔飞快地瞟了一眼丈夫；伊丽莎回答说"是的"，声音在发抖；她时刻在提心吊胆，生怕外面出了追捕她的告示。

"孩子他妈！"西米恩站在门廊上，叫雷琪尔出去。

"什么事，孩子他爹？"雷琪尔一面说，一面擦着粘满面粉的双手，走到门廊上。

"这孩子的丈夫就在村里，今晚会来，"西米恩说。

"哎呀，真的吗，孩子他爹？"雷琪尔笑逐颜开地说。

"那还有假。昨天彼得赶着篷车到了前一站，在那儿，他遇到一个老婆婆和两个男人；一个男人说自己叫乔治·哈里斯；从他自己所说的经历推测，我知道他是谁。他也是个聪明可爱的伙计。咱们是不是告诉她？"西米恩说。

"咱们告诉鲁丝吧，"雷琪尔说。"喂，鲁丝，到这儿来一下。"

鲁丝放下毛线，一眨眼就到了后面的门廊上。

"鲁丝，你猜是什么事？"雷琪尔说，"孩子他爹说，伊丽莎的丈夫在最近的一批人里面，今晚会到这儿来。"

这小个子女教友欣喜欲狂，打断了雷琪尔的话。她拍着一双小手，高高跳起，两绺鬈发从教友帽下掉了出来，在白色的围巾衬托下显得黑白分明。

"小声点，亲爱的！"雷琪尔轻声说，"嘘，鲁丝！你说，要不要现在告诉她？"

"现在，那还用说，马上告诉她。哎呀，要是那是我，我的心情会怎么样？立刻告诉她。"

"你在努力学会怎样爱自己的邻居，鲁丝。"西米恩笑容满面地瞧着鲁丝说。

"那还用说。我们活在世上不就是为了这个吗？要是我不爱约翰和毛毛，就不会设身处地替她着想。得啦，告诉她吧，告诉她吧！"她双手拉着雷琪尔的手央求道，"把她带到你房里去，你跟她谈的时候，我来炸鸡。"

伊丽莎在厨房里做针线，雷琪尔走了进去，打开一间小卧室的门，轻轻地说："跟我进来，闺女；我有消息要告诉你。"

血一下子涌上伊丽莎苍白的脸，她心慌意乱地站起来，害怕得发抖，朝孩子瞧了一眼。

"不，不，"小鲁丝跑过来抓住她的手，"你一点也不用害怕；是好消息，伊丽莎——进去，进去！"她轻轻地把她推进门里，随手把门关上；然后，她转过身来，抱起小哈里亲着。

"你就要见到你爸爸了，小家伙。你知道吗？你爸爸就要来了，"她说了一遍又一遍，孩子惊奇地瞧着她。

这时候，里面屋里在演出另一个场面。雷琪尔、哈利戴把伊丽莎拉到身边说，"上帝怜惜你，闺女；你的丈夫已经从奴役他的人家里逃出来了。"

血液突然涌到伊丽莎脸上，使得她满面红光，接着又同样突然地回到心脏。她脸色苍白、昏昏沉沉地坐下来。

"勇敢些，孩子，"雷琪尔抚摸着她的头说，"他在朋友们中间，他们今晚会把他带到这儿来。"

"今晚！"伊丽莎反复念道，"今晚！"这两个字对于她来说完全失去了意义；她的脑子乱糟糟的，好像在梦中一样，一时之间，眼前只是一片雾蒙蒙的。

她醒过来的时候，发现自己舒适地躺在床上，身上盖着被子，小个子鲁丝在用樟脑油擦着她的手。她睁开眼睛，仿佛在美妙的梦境中，浑身懒洋洋的，好像一个人长期以来挑着重担，现在觉得担子放下来了，可以休息了。自从逃走的第一刻起，她就神经紧张，从来没有片刻停止过；这时紧张消失了，一种奇妙的安全感和宁静感笼罩着她，她睁着眼睛躺在床上，好像在宁静的梦中一样，注意着周围的人的动静。她看见通向隔壁房间的门敞开着，看见了餐桌，上面铺着雪白的桌布；听见茶壶在梦幻似地轻声歌唱；看见鲁丝轻盈地走来走去，手里端着一盘盘蛋糕，一碟碟果脯，不时地停下来拿一块蛋糕塞进哈里手里，拍拍他的脑袋，或者把他的长长的鬈发缠到她那雪白的手指上。她看见雷琪尔那丰满而慈祥的身影不时来到床边，把铺盖摸摸平，这儿那儿塞塞紧以表示关心；她感觉到雷琪尔那清澈的褐色大眼睛像一缕阳光似的照射着她。她看见鲁丝的丈夫走进来，看见鲁丝飞快地迎上去，热烈地跟他说悄悄话，不时意味深长地打着手势，用小小的指头朝这间房间指一指。她看见鲁丝抱着毛毛，坐下来吃茶点；她看见他们大家围桌而坐，小哈里坐在一把高椅子上，雷琪尔像母鸟张着大翅膀一样护着他；她听见低低的交谈声，茶匙轻轻的叮当声，杯盘音乐似的碰撞声，全都融合在令人愉快的宁静的梦境之中了。伊丽莎睡着了；自从在那可怕的午夜抱起孩子，顶着星星、踏着寒霜逃走以来，她从来没有睡得这么香过。

她梦见一个美丽的国度，——她觉得那是一片宁静的土地，——绿色的海岸，宜人的岛屿，美丽的、波光粼粼的水面；那儿有一所房子，有人和气地告诉她说，那就是她的家；她看见儿子自由自在、高高兴兴地在里面玩。她听见丈夫的脚步声觉得他越来越近了；他的胳膊抱住了她，眼泪落在她脸上，这时她突然醒过来了！原来不是梦。天早就黑了；孩子静静地睡在身旁，几上点着一支光线微弱的蜡烛，丈夫躺在枕头上抽泣。

第二天早晨，这位教友会会员家里一派欢乐的景象。"妈妈早早地起了床，身边围着一群忙忙碌碌的姑娘和小子。昨天我们没来得及把他们介绍给读者，现在，在雷琪尔温和的"麻烦你"或者更加温和的"麻烦你好吗？"声中，他们顺从地来来往往，准备早饭；在富饶的印第安纳州，准备早饭就像在天堂里捡玫瑰花瓣和修剪灌木丛一样，是一件复杂而手续繁多的事情，除了别出心裁的母亲之外，还要其他人也动手才行。因此，约翰就跑到井边去汲新鲜的井水，西米恩二世筛玉米粉做玉米糕，玛丽磨咖啡，雷琪尔不慌不忙地走来走去，做饼干，切鸡肉，同时散发出一缕和煦的阳光，照耀着全过程。有这么多年轻的帮手，如果由于过分热情而有发生摩擦或冲突的危险时，只要她说一声"得啦！得啦！"或者"要是我就不会这样"，就足以消弭争端了。诗人们描写维纳斯①那根叫一代代众生神魂颠倒的腰带，就我们来说，宁肯要雷琪尔的腰带，可以防止人们神魂颠倒，使一切都能和谐地进行。我们觉得，这肯定更适合于现代生活。

其他的准备工作正在进行的时候，西米恩一世穿着衬衫，站在角落里的一块小镜子跟前，干着不符合家长身份的事——刮胡子。大厨房里一切都进行得那么融洽、安静、和谐、人人都觉得自己所干的事是那么令人愉快，到处都洋溢着互相信任、互相友爱的气氛，连刀叉来到桌上的时候发出的叮当声也是那么和气，鸡肉和火腿在煎锅里发出的吱吱声也是那么欢畅喜悦，仿佛它们甘愿挨煎似的。乔治、伊丽莎和小哈里出来的时候，受到衷心的、喜气洋洋的欢迎，难怪他们觉得那是一场梦似的。

最后，他们全都坐下来吃早饭，玛丽站在火炉边烤烙饼，烤到不深不浅、十全十美的金黄色的时候，就立刻端到桌上来。

雷琪尔脸上流露出自内心的慈祥幸福的神情的时刻，莫过于坐在餐桌首席招待客人的时候。连递烙饼、倒咖啡的样子，也流露出极端的慈祥与诚恳，给她献给客人的饮食注入了生气。

乔治跟白人平等地同坐一席，这还是头一回。开头，他坐下的时候还有点局促别扭；但在这纯朴而热情洋溢的友好气氛之中，这种感觉就像和煦的朝阳照射下的雾气一样，很快就消散了。

这的确是个家。"家"这个字，对于乔治来说，以前从来没有什么意义；而现在，对上帝的信仰，对上帝意旨的信任，开始

---

① 罗马神话中爱情和美的女神。

充溢在他心间，仿佛升起了一朵保护他、给他以信心的金色的云霞，黑暗、厌世、憔悴、对于是否有神的疑虑和极端的绝望情绪，在活生生的福音面前，都烟消云散了。这福音浮现在活生生的脸上，体现在许许多多无意识的友爱善良的举动之中，就像以圣徒的名义施舍的那杯凉水①，是决不会白费的。

"爸爸，要是你又给人家发现了怎么办？"西米恩二世一面在烙饼上涂黄油一面说。

"我就付罚款。"西米恩平静地说。

"要是他们把你关进牢房呢？"

"你和妈妈不能经营好农场吗？"西米恩笑着说。

"妈妈差不多什么都能干。"孩子说，"不过，制定这样的法律不是太可耻了吗？"

"不许说官府的坏话。西米恩。"做父亲的严肃地说。"上帝赐给我们家财，就是为了让我们能仗义行善；如果官府要我们付出代价，我们就得付出去。"

"哼，我恨死了那些奴隶主！"孩子说；他就跟现代任何改革家一样，缺少教徒感情。

"听了你的话我很意外，儿子。"西米恩说；"你妈妈从来没有这样教过你。要是奴隶主落了难，到我家里来，我也会像对待奴隶一样对待他。"

西米恩二世的脸涨得通红；但他的母亲只是笑笑说。"西米恩是我的好孩子；他过不了多久就会长大，到那时就会跟他的父亲一样。"

"我希望，好心的先生，你们没有因为我们的缘故而遇到什么为难的事吧，"乔治不安地说。

"不用担心，乔治。我们来到世上，就是为了克服困难。要是我们不愿为做好事而惹麻烦，就不配称为基督徒了。"

"不过，为了我而受牵累。"乔治说，"我可不忍心啊。"

"那么别担心，乔治朋友；我们这样做，不是为了你，而是

---

① 出自《圣经·新约·马太福音》第10章。

为了上帝和人类。"西米恩说。"今天你必须悄悄地躲起来，今晚十点钟，菲尼亚斯·弗莱彻会把你带到下一站去，——你和你们这一行其余的人。追捕你的人在紧追不舍，我们不能耽搁。"

"如果是这样，干吗要等到晚上！"乔治说。

"白天你在这儿很安全，因为村里的人全是自己人，人人都在警戒。晚上走路安全一些。"

第十四章　伊万杰琳

妙龄明星，辉映尘寰，
俏姿丽容，俗镜难照；
可爱生命，雏形未全，
幼小玫瑰，尚在含苞。①

　　密西西比河啊！夏多布里昂②曾以散文诗的形式，把这条河描写为波涛滚滚，流经广阔无垠、绵延不断的蛮荒中的一条河流，两岸繁衍着梦想不到的奇花异木、珍禽怪兽，如今，仿佛有人用魔杖一挥，沿岸景色就大大地变了样。

　　曾几何时，这条河还是一条梦幻中的、充满惊世传奇的河流，如今已成了同样如虚似幻、同样瑰丽的现实世界。世界上还有哪一条河流把另外一个这样的国家的财富和产品——包括热带与极地之间的一切——源源不断地输送到海洋之中？那混浊的河水汹涌澎湃，白沫翻滚，奔腾向前，跟那旧世界闻所未闻的朝气蓬勃、精力充沛的民族推到其浪涛之上的滚滚商潮，颇为相似。啊！要是河中波涛没有载着一种可怕的货物就好了，那就是受压迫者的眼泪，孤苦伶仃的人的叹息，贫困、无知的人对无人知晓的上帝

---

　　①　引自英国诗人拜伦长诗《唐璜》。

　　②　夏多布里昂（1768—1848），法国作家，此处指其小说《阿姐拉》中对密西西比河的描写。

所作的辛酸的祷告——无人知晓、无人见过、默默无言，但他会"从天而降，拯救天下所有的苦命人！"

这艘轮船满载着沉重的货物，破浪前进，浩渺如海的河面上颤动着夕阳的余晖，两岸甘蔗摇曳。高大的柏树郁郁葱葱，上面长着一圈圈黑黝黝、阴森森的苔藓，这一切都被夕阳染成一片金黄。

轮船甲板上和两侧的过道上都堆满了棉花包，从远处看来，就像一块巨大的、方方正正的灰色石头，正拖着沉重的身子驶近前方的一个商埠。要想找到我们卑贱的朋友汤姆，得在拥挤的甲板上找半天。上甲板上无处不堆着棉花包，在棉花包中的一个小角落里，我们终于找到了他。

一半由于谢尔比先生的介绍，一半由于本人为人十分顺从本分，汤姆居然不知不觉地赢得了黑利这种人的深深的信任。

起初，他白天严格地监视着他，晚上绝不许他取下脚镣睡觉。但是汤姆忍受着这一切，无半句怨言，显得安分守己。这态度使得他逐渐取消了这些限制，有一段时间，等于是获得宣誓假释，可以在船上随意自由来往。

汤姆一向不声不响地帮助别人，凡是底船的水手中遇到什么紧急情况，他总是十分乐意地帮上一手。因此获得了所有水手的好评。他总是一连几个小时帮他们干活，那劲头绝不亚于在肯塔基州的农场干活的劲头。

要是好像没有什么活干了，他就爬到上甲板上的棉花包中的一个小角落里，忙着研究《圣经》——我们现在就看见他在这儿。

从新奥尔良上游一百多英里开始，河床就高出两岸的陆地，奔腾的河水在二十英尺高的巨大河堤之间滚滚向前。乘客站在轮船甲板上，就像站在漂浮的城堡顶上一样，四周广阔的地区尽收眼底。因此，随着轮船经过一个个种植园。汤姆眼前展开了他即将亲身经历的生活的全景图。

他看见正在干着重活的奴隶；远远看见许多种植园里奴隶居住的村落，一排排小屋闪闪发光，离主人的高楼大院和游乐场所很远。这移动的画面从眼前经过的时候，他那颗可怜的心傻乎乎地回想起肯塔基的那座农场，以及农场上树荫婆娑的古老的山毛榉树，想起主人的大屋及其宽敞凉爽的厅堂，想起了大屋旁边的小屋和屋前屋后的各种花卉和藤萝。他仿佛看见了从小一块儿长大的同伴们的熟悉的面容。仿佛看见了忙忙碌碌的妻子在忙着替他做晚饭，仿佛听见孩子们玩耍时快乐的笑声和小毛毛坐在他怀里叽叽喳喳的声音；后来他一惊，一切都消失了。重新看见野藤、柏树和眼前掠过的一座座种植园，重新听见吱呀呀、轰隆隆的机器声；这一切都清楚地告诉他，那一段生活已是一去不复返了。

在这种情况下，你会给妻子写信，给孩子带口信，可是汤姆不会写字。对于他来说，邮政是不存在的，没有只言片语来沟通分离的鸿沟。

这样说来，他把《圣经》放在棉花包上，用手指慢慢地指着一个个字，耐心地拼读出书中的诺言的时候，几滴眼泪洒到了书页上，试问，这有什么可奇怪的呢？汤姆到年纪不小的时候，才读了点书，所以读得很慢，吃力地一节节往下读。幸亏他正在专心致志地读的书读得慢并没有什么害处。不仅如此，这本书里的字就像一个个金砖，往往需要单独掂量一番，脑子才能理解其无限深远的意义。他指着一个个字，轻轻地念着，咱们暂且听听他念的是什么：

"你—们—不—用—发—愁。我—父—亲—家—里—有—许—多—住—处。我—去—给—你—们—收—拾——一—个—住—的—地—方。"①

当年西塞罗②埋葬自己心爱的独生女儿时，也跟苦命的汤姆一样，心里充满了真诚的悲痛——不会更加深切，因为二者都只是凡人——但是西塞罗读到这样充满希望的庄严的话时不会停下来，不会向往这样未来的团圆；即使读到了，他也不会相信。他头脑里一定首先就会对原稿的真伪、翻译的准确产生无数疑问。但是，对于我们苦命的汤姆来说，这些话就在书里，正好符合他的需要，其真实而神圣显而易见，他那简单的头脑里根本不可能产生疑问。

---

① 见《圣经·新约·约翰福音》第14章。
② 西塞罗（公元前106—公元前42），罗马政治家、演说家。

那些话一定是真的，不然他怎么活得下去呢？

汤姆的《圣经》的空白处，虽然没有学问渊博的训诂家写下的注释和指导，但也点缀着汤姆自己发明的里程碑和指路牌。这对于他的帮助，比最渊博的解说还要大。他常常请主人的孩子，尤其是请乔治少爷给他念《圣经》，他们念的时候，他就用笔重重地画下很粗的记号和线条，把特别好听、特别让他感动的段落标出来。就这样，他的《圣经》从头到尾画上了各式各样的线条和记号。因此，他可以一下子就找到自己喜爱的段落，不必费力地一段段念着去找。《圣经》摆在他面前，每一段都勾起昔日故乡的某个情景。使他回忆起过去的欢乐。他的《圣经》仿佛不仅是他来世的希望，也是他今生硕果仅存的东西。

船上的乘客之中，有位家道殷实、出身名门的年轻绅士，家住新奥尔良，名叫圣克莱尔。他带着一个四五岁的女儿，还有一位太太，好像跟父女俩有亲戚关系，小姑娘专门由她照料。

汤姆常常看见这小姑娘，因为她是那种手脚不停、跳跳蹦蹦的小家伙，就像一缕阳光或夏天的风一样，不肯待在一个地方，而且是那种一见就难以忘怀的孩子。

她是一副完美无缺的美孩儿模样，没有一般儿童的那种胖胖乎乎、方方正正的轮廓。她那模样有一种飘逸的曲线美，就像人们梦到的神话或寓言中的仙子。她的容貌引人注目之处，与其说是那完美无瑕的五官，不如说是那超凡脱俗、令人神往的纯真表情，追求理想的人见了犹如惊梦，最迟钝古板的人见了也难以忘怀，却不知究竟是什么原因。她的脑袋、脖子和胸脯长得特别秀美，一头金色长发像云雾似地飘浮在周围，浓密的金黄色睫毛之下，一双紫罗兰色的眼睛，蕴含着深沉的心灵上的庄重——这一切都使得她与别的孩子迥然不同，她在船上轻盈地来去的时候，人人都回头瞧着她。你也许会说这小姑娘是严肃或忧郁的孩子，然而她二者都不是。正好相反，有一种飘逸而天真的调皮劲儿，像夏天的树影一样，浮动在她稚气的脸上和轻盈的体态上。她一刻也闲不住，红红的小嘴边老是挂着一丝微笑，以浮云似的起伏的步态，在船上飞来飞去。她一边走着一边轻轻地哼着歌，仿佛走在快乐的梦境里。她的父亲和女监护人时刻都在忙着追赶她，但是，抓住了之后，她又像夏天的浮云一样从他们身边飘走了。不管她做错了什么，从来没有听到一声责骂或斥责，所以她在船上能随心所欲地到处游荡。她总是穿着雪白的衣服，就像影子似地在各处走来走去，身上却一尘不染。全船甲板上，底舱里，没哪个角落未曾飘过她那仙女似的步履，未曾闪现过她那梦幻似的金黄的头发和深蓝色的眼睛。

锅炉工干得满头大汗，偶尔抬起头来，有时发现那双眼睛在惊奇地瞧着炉膛深处的熊熊烈焰，再害怕而同情地瞧瞧他，仿佛觉得他处于骇人的危险之中。过一会儿，那美丽如画的面孔又从舵轮室的窗口笑盈盈地往里面瞧，掌握舵轮的舵手不由得停下来微微一笑，可是一转眼那面孔又消失了。每天，她走过的时候，粗嗓门千百次地为她祝福，严峻的脸上也一反常态，不知不觉地掠过温柔的笑容。她不知畏惧地走过危险的地方时，粗糙的、沾满烟尘的手不由自主地伸出来护着她，替她开路。

汤姆具有善良的黑人的温柔、心软的天性，素来仰慕纯朴的人和天真的儿童。他观察着这小姑娘，兴趣日益浓厚。在他看来，这小姑娘几乎就像个仙女；她那金色的脑袋出现在黑洞洞的棉花包后面，用深蓝色的眼睛打量他的时候，或者从高高堆起的货包顶上俯视着他的时候，他总是以为她是从他的《新约》里走出来的一位大使。

黑利的那群男女奴隶带着锁链坐着，她一而再再而三悲伤地绕着那地方转。她时常溜到他们中间，以迷惑不解、悲伤而恳切的神情瞧着他们；有时候，她用纤细的手拿起他们的锁链，然后心酸地叹口气，悄悄地走了。有好几回，她突然出现在他们中间，手里满满地捧着一捧糖果、坚果和橘子，兴高采烈地分给他们，然后又走了。

汤姆观察了这小姑娘很久，才壮起胆子试着跟她相识。他懂得许许多多博得小朋友欢心、吸引他们接近的小招法，便下定决心巧妙地施展一番本事。他会用樱桃核雕成精巧的小篮子，会在山核桃上雕出怪模怪样的面孔，或用接骨木的木髓刻成样子古怪、活蹦乱跳的小人来。而且他简直是潘恩①转世，会做大小形状各不相同的哨子。他口袋里装着各种各样吸引人的玩意儿，都是过去积累起来逗主人的孩子的，现在慎重而节俭地拿出来，一次拿一个，作为相识和交朋友的尝试。

尽管小姑娘一刻不闲，对周围的一切都感兴趣，但相当害羞，叫她服服帖帖很不容易。有一段时间，她就像金丝雀一样蹲在不远的一只箱子上或货包上，瞧着汤姆忙着施展上述小招法，又严肃又腼腆地接过汤姆递给她的小玩意儿。但最后他们建立了推心置腹的关系。

"小姐叫什么名字？"最后，汤姆觉得时机已经成熟，可以这样打听了的时候，问道。

"伊万杰琳·圣克莱尔，"小姑娘说，"不过爸爸和别的人全都叫我伊娃。那么你的名字呢？"

"我叫汤姆，在肯塔基州，小娃娃们都叫我汤姆大伯。"

"那么我就叫你汤姆大伯，因为你知道，我喜欢你，"伊娃说，"那么，汤姆大伯，你到哪儿去？"

"不知道，伊娃小姐。"

"不知道？"伊娃说。

"对。我会被卖给什么人，但不知道卖给谁。"

"我爸爸可以买下你。"伊娃立刻说，"要是他买下你，你会有好日子过，今天我就请他买下你。"

"谢谢你，我的小姐。"汤姆说。

这时船在一个小码头停下来上木柴，伊娃听见了她爸爸的声音，蹦蹦跳跳地走了。汤姆站起来，向前走去帮着上木柴。不久就在水手们之中忙碌起来。

伊娃和她的父亲一块儿站在护栏边瞧着船从码头边起航，叶轮在水里转了两三圈，船突然摇了一下，小姑娘陡然失去平衡，从船舷上一头栽进了河里。她父亲不假思索地正要扎进河里去救她，但给背后一个人拉住了，看见比他更加能干的救兵尾随孩子

---

① 潘恩，希腊神话中的牧神，长着羊角羊脚，爱吹一支魔笛。

而去了。

孩子掉进水里的时候，汤姆站在下甲板上，正好在她下面。他看见她掉进水里沉了下去，一眨眼就跟着跳了下去。他胸脯宽阔，双臂有力，要在水里浮起来简直不费吹灰之力。过了一会儿，孩子浮出了水面，他一把抓住她，用手臂夹着她游到船边，把她湿淋淋地举起来，船上几百只手仿佛都长在一个人身上，全都急切地伸出来接她。又过了一会儿，做父亲的抱着湿淋淋、不省人事的孩子走进女客舱里，接着，跟这种场合常见的情况一样，女乘客们全都好心好意地竞赛，看谁能捅出最大的漏子，谁能尽可能地妨碍她苏醒过来。

当天天气闷热，第二天，轮船接近新奥尔良的时候，大家都开始忙乱起来，做着准备，等候下船；在客舱里，一个个旅客在收拾行李，整理停当，准备上岸。乘务员和舱房女佣全都在忙着清扫擦洗整理这华丽的客轮，准备气昂昂地进港。

下层甲板上坐着我们的朋友汤姆；他抱着双臂，不时焦急地瞧瞧船那边的一群人。

那儿站着美丽的伊万杰琳，比先前稍稍苍白些，但其他方面一点儿也没有留下遭遇事故的痕迹。一位文雅、体态潇洒的年轻男子站在她旁边，一只胳膊肘漫不经心地撑在一个棉花包上，前面摆着一只打开的大钱包。显然，那位绅士就是伊娃的爸爸。同样俊秀的脸型，同样蓝色的大眼睛，同样金色的头发，但表情完全不同。那双清澈的蓝色大眼睛，虽然形状与颜色完全相同，但里面缺少那种深沉的虚无缥缈的神情；那双眼睛清澈、明亮、有精神，但那光彩完全属于现实世界；那造型优美的唇边挂着一丝高傲而略带嘲讽的表情；他风度翩翩，一举一动都透露出一种潇洒、矜持、优雅的神气。他正在听黑利说话，那神情和颜悦色、漫不经心，一半诙谐、一半鄙夷，两人在为一件货物讨价还价。黑利在侃侃而谈自己的货物的质量。

"黑色的皮囊里包着的全是道德和基督教徒的操守，一应俱全！"黑利说完之后，他说道，"那么，老兄，用肯塔基人的话来说，要多少费用？一句话，这桩买卖要出多少钱？你想敲我多少竹杠？

痛快地说出来！”

“这个，”黑利说，“要是我说卖那个家伙要一千三百块，只不过刚刚把本捞回来，真的，只够把本钱捞回来。”

“可怜的家伙！”那年轻人用那锐利的、嘲弄的蓝眼睛盯着他说；“但我想，你会对我特别优惠，以这个价钱把他卖给我。”

“唔，这位小姐好像特别喜欢他，这也难怪。”

“啊，当然，你就更应该大发善心了，朋友。好吧，你就把这当作基督教徒的善举吧，你能以什么样的便宜价钱把他卖掉，以便成全一位特别喜欢他的小姐？”

“唔，你想想吧。”黑奴贩子说。“瞧他的手脚，瞧瞧那宽阔的胸脯，跟牛一样强壮呢。瞧瞧他的脑袋，那高高的额头一向是精明的黑人的特征，说明他什么都会干。我早就注意到了这一点。嘿，那么高大健壮的黑人，就算是个笨蛋，可以说，单是那副体格就值不少钱，再加上他的精明（我可以向你证明他的精明非同小可），哎，价钱可就高了。嘿，他主人的整个农场都是他一手经营的。他办事的本领大着哩。”

“糟糕，糟糕，太糟糕了，懂得的事太多了！”那年轻人嘴角上挂着同样的嘲讽的微笑，“这绝对不行，精明的家伙逃的逃跑，偷的偷马，老是捣乱。我想，他这么精明，你得减掉两三百块才行。”

“这个嘛，要不是他生性诚实，这话的确有点道理，但是我可以拿他的主人和其他人写的荐书给你看，证明他是个地地道道虔诚的教徒，最卑顺、最虔诚、最喜欢祈祷的家伙。嘿，在他老家，大家都叫他牧师呢。”

“大概我可以用他当家庭牧师。”年轻人冷冷地说，“这倒是个好主意。信教正是我家缺少的物品。”

“你在说笑话呢。”

“你怎么知道我是在说笑话？你刚才不是保证说他可以当牧师吗？他是不是由哪次宗教会议或什么委员会考察过了？把文件拿给我看看吧。”

要不是黑奴贩子从那蓝色的大眼睛里看出了某种善意的光彩从而相信这番打趣最终一定会以现金交易而告终，他早就会有点不耐烦了。这时，他把一个油污的钱包放在棉花包上，开始匆匆忙忙地在里面寻找什么文件，那年轻人站在旁边瞧着他，脸上露出漫不经心、悠闲而又诙谐的神情。

"爸爸，一定把他买下！不管要多少钱。"伊娃爬上一个货包，搂着父亲的脖子，悄悄地说，"你的钱多的是，我知道。我要他。"

"要他干什么，小猫儿？你打算用他当摇鼓，做木马，还是别的什么东西？"

"我要让他快乐。"

"这倒是个新鲜理由。"

这时，黑奴贩子递给他一个证明，是由谢尔比先生签署的。年轻人用修长的手指尖接过来，漫不经心地浏览了一下。

"笔力遒劲，"他说，"拼写也没有错误。那么好吧，不过这宗教问题，我还没有把握。"他说，眼睛里又浮现出原来那恶作剧的神情。"国家已经被虔诚的白人糟蹋得差不多了，大选前的政客是那么虔诚，教会的州政府各部门干了那么多虔诚的勾当，弄得人不知下回会上谁的当。我也不知道现在连信教也拿到市场上来买卖了。我最近没看过报纸，不知道这信教是什么行情。这信教你打算卖几百块？"

"你又开玩笑了。"黑奴贩子说，"但你说的也有道理。我知道，信教也有不同的信法。有些人糟透了，虔诚地祷告啦，虔诚地唱赞美诗啦，虔诚地嚷嚷啦，不管是白人还是黑人，这都是假的；但有的是真信教，我就常常见到真正信教的黑人，见过真正温和、沉默、可靠、诚实、虔诚的黑人，只要是他们认为是不对的事，把天下的财富都拿给他们，也没法引诱他们去干。你看看这封信，就会知道汤姆的旧主人对他的评价了。"

"得啦，"那年轻人弯腰严肃地摆弄着自己的钱包说，"如果你能保证这种虔诚我真的能买得到，而且上天会把它记在我的账上，写明是属于我的，就是多花点钱我也不在乎。怎么样？"

"这个，我办不到，"黑奴贩子说，"我看，到了天上，人人都得自己做事自己当了。"

"一个人额外花了钱买信教，到了最需要的时候却不能拿来抵账，这未免太不公平了，是不是？"年轻人一直在一边说一边数出一沓钞票，"给，数数你的钱，老伙计！"他把那叠钱递过去的时候又加了一句。

"好，"黑利笑逐颜开地说，然后掏出一个旧墨水瓶，开始填写卖契，过了一会儿，就把卖契递给了年轻人。

"要是我被分成各个部分，开个清单，"年轻人一边看卖契一边说，"不知道可以卖多少钱。比如说，我的脑袋这个样子能卖多少，高额头卖多少，胳膊卖多少，双手、双腿卖多少！一直到教育、学问、才能、诚实、信教能卖多少！妈呀！我想，这最后一项恐怕值不了几个钱。走吧，伊娃。"他牵着女儿的手，朝船对面走去，一面漫不经心地用手指尖托起汤姆的下巴，和气地说，"抬起头来，看看你喜不喜欢你的新主人。"

汤姆抬起头来。要是看见了那快活、年轻、英俊的面孔而不觉得愉快，就有点不近情理了，汤姆泪水盈眶，真心诚意地说："上帝保佑你，老爷！"

"唔，但愿如此。你叫什么名字？叫汤姆？从各方面看来，你替我祷告可能比我自己祷告要灵一些。你会赶马吗，汤姆？"

"我一向跟马混惯了。"汤姆说，"谢尔比老爷养了大批大批的马。"

"那么我叫你替我赶马车，条件是一个礼拜喝酒不能超过一次，除非遇到紧急情况，汤姆。"

汤姆显出惊讶的表情，觉得很是委屈，说道："我可从来没喝过酒，老爷。"

"这种话我以前也听过，汤姆，咱们等着瞧吧。要是你真的不喝酒，那就皆大欢喜了。喝也没关系，伙计，"他见汤姆仍然不高兴，就和颜悦色地加了一句："我相信你是打算好好干的。"

"我一定会好好干的，老爷，"汤姆说。

"你会有好日子过的，"伊娃说。"爸爸对大家都好，只是他爱嘲笑他们。"

"爸爸谢谢你这么夸奖他，"圣克莱尔转过身来边走边哈哈笑着说。

第十五章　汤姆的新主人及其他

既然我们的卑贱的主人公的生活线索现在跟上等人的交织在一起了，就有必要把他们简要地介绍一下。

奥古斯丁·圣克莱尔是路易斯安那州一位富有的种植园主的儿子，祖籍加拿大。他父亲兄弟二人，脾气性格极其相似，老大定居于佛蒙特州，有一个欣欣向荣的农场，老二成了路易斯安那州一位富有的种植园主。奥古斯丁的母亲是法国胡格诺派基督教徒[①]，向路易斯安那移民的初期，她家就从法国移居此地。奥古斯丁的父母只生了他们兄弟俩。他继承了母亲的十分孱弱的体质，遵照医生的建议，他童年时代被送到佛蒙特州，由大伯照料了好几年，好让他的体质在该州有益健康的寒冷气候下，能日益强壮起来。

童年时期，他的性格中显著的特点是极端多愁善感，具有女性的温柔，缺少一般男性的阳刚之气。但是，随着年龄的增长，这种温柔的性情之外就渐渐裹上了一层成年男子的粗犷外壳；很少有人知道，这种温柔仍然活生生地存在于他的内心深处。他才华横溢，但心驰神往的是理想和美的境界，对于生活中的实际事务非常厌恶；才华同爱好较量的结果往往就是这样。大学毕业之后不久，他的整个心灵中燃起了强烈而炽热的爱情之火。他的时刻来临了，这种时刻可一而不可再。他心中的星升起在地平线上，——这种往往徒然升起，到头来成为终生追忆的一场春梦，他的这颗星也是这样。还是把比喻丢开吧，——他在北方某州遇到一位品貌双全的姑娘，并且赢得了她的芳心，两人定下百年之约。他回到南方作结婚的准备，可是，完全出乎他的意料，他给她的信由邮局退了回来。还附了她的监护人的一封便笺，说不等他收

[①]　十六七世纪法国新教徒的一个教派。

到此信，那位小姐就会成为他人之妇。他气得简直要疯了，跟其他许多人一样，希望一咬牙把这事忘得个一干二净，结果全是枉然。他太高傲了，不肯求情，也不肯要求解释，便立即投入了上层社会交际的旋涡，收到那封要命的信之后，不出半个月，便成了当年交际场中第一美人选中的情郎：婚事一准备停当，便成了一副窈窕的身材、一双水汪汪的黑眼睛和十万美元的丈夫，当然，人人都以为他十分幸福。

新婚夫妇在庞恰特雷恩湖畔①一所金碧辉煌的别墅里度蜜月，别墅里高朋满座，觥筹交错。有一天，他忽然收到一封信，信封上的字正是那刻骨铭心的手迹。用人把信递给他的时候，他正在满堂宾客之中兴高采烈地高谈阔论。他一见那笔迹，脸便刷地变得惨白。当时他正在跟对面一位小姐打舌战闹着玩，只得强装镇静，奉陪到底；过了一会儿，他便没了影儿。他独自回到卧室，拆开那封信来看，可是看了不仅于事无补，而且还不如不看。信果然是她写来的，详细叙述了监护人一家是如何威逼她，要她嫁给他们的儿子；说她如何收不到他的信，她再三给他写信，最后写厌了，心里产生了疑窦；说她如何忧心如焚，日见憔悴，最后如何发现这是针对他们俩设下的一场骗局。

信的末尾表达了她的希望和感激，倾诉了海枯石烂不变心的深情。对于这位不幸的年轻人来说，这比死更难受。他立即给她写了回信。

"来信收到，可是为时已晚。我当时对一切都信以为真，便破罐子破摔了。我已结婚，一切都完了。只好忘记过去，这对于两人来说，这都是唯一的办法。"

奥古斯丁·圣克莱尔一生的浪漫爱情和理想就此终结。留下的只有现实，——这现实，就像潮水退去之后留下的平展展、空荡荡、稀糊糊的泥浆。浮光闪烁的碧波退去，随风荡漾的轻舟和张满白帆的海轮驶远，咿呀的橹声和哗哗的水声消失之后，这泥浆留在那儿，平展展、稀糊糊、空荡荡——真是现实极了。

---

① 该湖位于美国南部路易斯安那州东南沿海。

当然，在小说中，人们柔肠寸断，然后就死去，事情就完了。编故事的时候，这是很方便的。但是在现实生活中，使人生变得光明的一切消失之后，我们不会马上死去。我们还得忙着干要紧的事情——吃饭、穿衣、走路、探亲、访友、买卖、谈话、看书，以及其他我们称之为"生活"的一切：奥古斯丁也还得干这一切。如果他妻子是个健全的女人，也许还可以做点女人往往做得到的事情，把扯断了的生命之纱接起来，重新织成五彩斑斓的锦缎。但是他的生命之纱已被扯断，玛丽·圣克莱尔连看都没有看出来。如前所述，她只有一副窈窕的身材、一双美丽的眼睛和十万美元财产；而心灵受了创伤，不是这几味药所能医治得了的。

她回到房里，发现奥古斯丁躺在沙发上，脸色惨白，说自己这么不舒服，是因为突然发生了偏头痛。她劝他闻闻氨水。接连好几个星期，奥古斯丁的脸色苍白和偏头痛反复发作，她只是说，自己从来没想到圣克莱尔先生这么病恹恹的，但是看来他很容易患偏头痛，这对她来说，真是倒霉的事，因为他不喜欢陪她去做客，而他们还是新婚，她老是独自一人出去，显得很古怪。奥古斯丁发现自己娶的是这么一个迟钝的女人，心里暗暗高兴：然而新婚蜜月的虚情假意和客套淡漠下去之后，他发现，一个年轻美貌的女人，一向受到溺爱，要别人侍候，成了家之后，很可能是个难缠的太太。玛丽从来没有多少感情，也不会体贴别人，她仅有的那一点感情，也不知不觉汇聚成了极其强烈的自私之心；这种自私之心，由于完全不顾别人而不自知，因而变得更加不可救药。她从小身边佣人成群，他们活着只是为了观察、满足她变幻无常的要求；她从来没想到过佣人们也有自己的感情和权利，连抽象的概念也没有。她父亲只有她这个女儿，只要人间能办得到的事，总是有求必应。她初入社交界时，长得花容月貌，多才多艺，而且是巨额财产的继承人，弄得男人们不管是不是门当户对，全都拜倒在她脚下。她确信，奥古斯丁娶了她，可说是福星高照了。如果以为没有感情的女人在感情的交易中，不会要价太高，那就大错特错了。世上再也没有什么人比自私透顶的女人更加苛求对方的爱情了；她越是变得不可爱，对爱情就越是斤斤计较，铢两必争。因此，当奥古斯丁开始不再按求婚时那样对她处处殷勤、事事体贴时，发现他那位王后毫无释放自己的奴隶之意，整天不是哭泣、�’嘴、发火，就是唠叨、抱怨、责骂。圣克莱尔性情随和，不多计较，想用送礼物、说奉承话的办法脱身。玛丽生下一个美丽的女儿之后，有一段时间，他的确觉得心里产生了某种温柔的感情。

圣克莱尔的母亲是个品格异常高尚纯洁的女人，他给这孩子取了他母亲的名字，痴心希望她会成为母亲形象的翻版。他的妻子发觉这一点时，不禁妒火中烧；丈夫把女儿视为掌上明珠，也引起她的疑心与厌恶。以前给予她的爱，好像全都给夺走了。自从孩子出生之后，她的健康日见衰弱。她平日既不动手，又不动脑，经过无穷的烦恼与怨艾的消耗，再加上产期常见的虚弱，几年工夫，这如花似玉的妙龄美人就人老珠黄，成了病恹恹的黄脸婆，在想象出来的各种疾病中打发日子，以为自己在各方面都是天下最委屈、最不幸的人。

她的病痛真是五花八门，没完没了；但最拿手的好像是偏头痛，有时痛得她六天中有三天关在房里不出门。不用说，一切家务都落到了佣人身上，圣克莱尔觉得家庭生活难受到了极点。他的独生女儿体质极其孱弱，他担心，由于无人照料，她的健康和生命可能会由于她妈妈不称职而受到连累。他带着女儿到佛蒙特去了一趟，说服了堂姐奥菲丽娅·圣克莱尔同他回到南方的家里来；现在他们正乘这艘船回家来，我们已在船上把他们介绍给了读者。

现在，新奥尔良城里的圆屋顶和尖塔已经遥遥在望，我们还有时间把奥菲丽娅小姐介绍一下。

凡是到过新英格兰各州①的人，都会记起某个凉爽的村庄，村里的大农舍，扫得干干净净、绿草如茵的院子和院子里枝叶浓密、亭亭如盖的糖槭；记起那笼罩着全村的秩序井然，永恒不变的平静与安宁的气氛。一切都完整无缺、井井有条，篱笆里没有一根

---

① 美国东北部缅因、新罕布什尔、佛蒙特、马萨诸塞、康涅狄格、罗得岛等六州称为新英格兰。

松动的桩子，青草铺地的院落里没有一点杂物，窗户下长着一丛丛丁香花。农舍里面，他会记起宽敞而干净的房间，房里好像根本没有人在做什么事，也不会做什么事，一切都有各自固定的位置，一经摆好，就永远也不会变动，一切家务安排都准时进行，就像角落里的旧时钟一样精确。他也会记得所谓的"堂屋"里的庄重、体面的旧书柜，装着玻璃门，里面一本挨一本整齐地摆着罗伦①的《历史》，弥尔顿②的《失乐园》、班扬的《天路历程》和司各脱③的《家庭圣经》，以及其他许多书籍，也都又庄重又体面。家里没有佣人，只有戴着雪白的帽子、架着眼镜的主妇，每天下午跟一群女儿坐着做针线活儿，仿佛别的什么事也不做，也没什么事要做，——原来她带着女儿们，在早已遗忘的上午，就"拾掇好了"，其余的时间，很可能不管你什么时候看见她们，屋里都已经"拾掇好了"。厨房的旧地板好像从来没有什么污迹、斑点，桌椅和各种炊事用具从来没有零乱的样子。其实，一天三顿甚至四顿饭是在那儿做的，全家的衣服是在那儿洗的熨的，几磅黄油和干酪是在那儿神不知鬼不觉地做出来的。

表弟请奥菲丽娅小姐到他南方的家里去做客的时候，她已经在这样一个农场、这样一座房子、这样一个家庭，宁静地度过了约四十五个年头。她是家里的长女，但她的父母仍把她看成"孩子"，这回堂弟建议她到新奥尔良去，对于全家来说，都是一个重大的事件。白发苍苍的老父从书柜里拿出莫尔斯④的《地理志》，查出了精确的纬度和经度，还翻读了费林特⑤的《西南游记》，以便弄清那究竟是个什么样的地方。

慈母则焦急地询问"新奥尔良是不是个可怕的糟糕地方"，并且说"在她看来，那就跟到三明治群岛⑥或到蛮子的国度去一模

---

① 罗伦（1661—1741），法国历史学家。
② 弥尔顿（1608—1674），英国诗人。
③ 司各脱（1747—1821），英国注释家。
④ 莫尔斯（1761—1826），美国地理学家，号称"美国地理之父"。
⑤ 费林特（1730—1840），美国牧师。
⑥ 夏威夷群岛的旧名。

一样"。

牧师家、医生家、皮博迪小姐的服装店里全都知道奥菲丽娅·圣克莱尔小姐正在"讨论"跟堂弟到南方的新奥尔良去的事，当然，全村的人都起码要参与一下"讨论"这一重大步骤。牧师强烈倾向于废奴主义观点，非常担心这样一个步骤有可能鼓励南方人保留自己的奴隶；而医生是个坚定的殖民主义者，主张奥菲丽娅小姐应当去，以便向新奥尔良人表明，我们对他们毕竟没有恶感。他认为，事实上，南方人需要鼓励。然而，当大家全都知道她已决定成行的时候，整整半个月之中，所有的朋友和邻居都郑重其事地邀请她到他们家里去吃茶点，详尽地询问、讨论了她的前景和打算。莫斯利小姐到她家里去帮忙缝制行装，每天都可以获得关于她参与制作的奥菲丽娅小姐的新装进展情况的重要新闻。据可靠情报，辛克莱老爷（附近一带的人通常都把"圣克莱尔"念成"辛克莱"了）数出了五十块钱，交给奥菲丽娅小姐，吩咐她去买自己最喜欢的衣服；据说，家里还写了信到波士顿去定购两件新绸子衣服和一顶帽子。至于这笔非常的开支是否恰当，则众说纷纭，——有些人说，全面考虑一下，一生之中就这么花一回，没什么可挑剔的，有些人坚决地认为，这笔钱最好捐给传教士。但各方面一致认为，当地从来没有看过从纽约订购来的那样的阳伞，不管大家对穿衣的人的看法如何，她的一件绸子衣可以说在当地是无与伦比的。还有一种可信的传言，说她有一条抽丝手帕；还有一种谣传甚至说奥菲丽娅小姐有一条四边都镶了花边的手帕，还有人补充说，四个角上也绣了花，但这最后一点从来没有人提出令人信服的证据，所以至今还是悬案。

现在你所见到的奥菲丽娅小姐穿着一套闪闪发光的棕色亚麻旅行装站在你面前，又高又宽，瘦骨嶙峋。她的脸形瘦削，棱角分明；她的嘴唇抿得紧紧的，颇像惯于对一切事情都毅然决然的人；那双锐利的黑眼睛很特殊，老是在洞察一切地转动着，什么东西都不放过，仿佛在寻找什么需要照料的东西似的。

她的一切动作都利索、果断、有力，她虽然从来就不爱多说话，但一说起话来，就直截了当，一针见血。

就习惯来说，她简直是秩序、条理、准确的化身。在准时方面，她跟时钟一样不可推延，跟火车头一样无法阻挡，凡是违反这一准则的事，她都嗤之以鼻，深恶痛绝。

在她眼里，万恶不赦的事，一切罪恶的总和，可以用她所掌握的词汇中一个常用而要紧的词来表达——"瞎搞"。她用来表达登峰造极的轻蔑的办法，就是以很重的语气说"瞎搞"两个字，凡是跟达到脑子里当前的明确目标没有直接而不可避免的联系的一切活动，她都斥之为"瞎搞"。凡是无所事事的人，凡是对于自己该干什么胸中无数的人，或者决定了做某事，却没有采用最直接的手段来加以实施的人，都是她极端蔑视的对象。这种蔑视往往不是以言语来表达，而是以纹丝不动地板着脸来表达，仿佛根本不屑费口舌似的。

至于智力修养方面，她头脑清醒、坚强而活跃，极其精通历史和早期的英语古典作品，在狭窄的范围内，见解非常深刻。她的神学信条都分门别类，加上最明确清晰的标签，然后收藏起来，就像她的碎布箱里一捆捆碎布一样，总数就是这么多，永远不会增加。她对现实生活中大多数事物的看法也是如此，比如说，家务管理的方方面面，本村的各种政治关系等。在这一切原则背后，比任何其他原则都更深、更高、更广的是她的最重要的处世原则——道义。道义二字，在任何地方都不如在新英格兰的妇女中那样高于一切，深入人心。这个观念有如花岗岩，向下根基深厚，向上拔地而起，可与最高的山峰一比高低。

奥菲丽娅小姐是"应该"二字的绝对奴隶。用她的口头禅来说，她一旦认定"职责之路"通向某个方向，就是赴汤蹈火也要勇往直前。只要她完全断定"职责之路"通向那里，她会毅然决然地跳下井去，或者挺身上前，堵住上了膛的炮口。她关于的正义标准是那么高，那么广，那么细致，对人性的弱点是那么毫无迁就，结果尽管她为达到这个目标而英勇奋斗，也从来没有真正达到过，因此心头当然有一种经常性的、有时是恼人的负担，觉得力不从心。这就给她虔诚的性格蒙上了一层严峻而略为阴郁的色彩。

奥古斯丁·圣克莱尔正好相反，他快乐、随便、不守时间、不务实际、不信宗教———一句话，对奥菲丽娅小姐最珍惜的一切习惯和信念，都目空一切，满不在乎地肆意践踏，那么她究竟怎么能跟他合得来呢？

那么跟您说实话吧，原来奥菲丽娅小姐非常疼爱他。从他小时候起，她的任务就是教他读教义问答手册，给他补衣服，替他梳头发。在各方面把他培养成具有应有的习惯、品德的人；她心里也有温情的一面，奥古斯丁独占了她的大部分感情，就跟他往往独占大多数人的大部分感情一样；因此，他轻而易举地让她相信，"职责之路"通向新奥尔良，她必须跟他去照料伊娃，免得在他妻子常常患病期间，毁了伊娃的一辈子。想到一个家竟没有一个人照料，她很是痛心；加之她很疼爱这可爱的小姑娘，因为谁都会情不自禁地疼爱她的。尽管她认为奥古斯丁是一个不折不扣的异教徒，但她喜欢他，笑着听他讲笑话，迁就他的缺点，到了那些熟悉他的人觉得难以置信的地步。但是，读者如果想对奥菲丽娅小姐有进一步的了解，就得亲自跟她结识才行。

现在她就在那儿，坐在头等舱里，周围是各种各样、大小不一、内容各异的手提包、箱子、篮子，她脸色极其严肃地忙着捆的捆、绑的绑、包的包、扎的扎。

"喂，伊娃，你的东西都数清楚了没有？不用说没数，——孩子们从来就不会数。这儿是点子花手提包和蓝色小帽盒，里面是你的最漂亮的帽子，这是两件；加上橡胶背包是三件；我的纱带针线盒是四件；我的帽盒，五件；我的衣领盒，六件；那只小皮箱，七件。你那把阳伞弄到哪儿去了？把它递给我，我用纸把它包起来，跟我的雨伞、阳伞捆在一块儿——行啦。"

"咳，姑姑，我们只不过是回家去，干吗要包起来呀？"

"为了弄得整整齐齐的，孩子；一个人要是想买点什么，就得把东西照料好。噢，伊娃，你的顶针收好没有？"

"真的，姑姑，我不知道。"

"得啦，不要紧，我来检查一下你的盒子，——顶针，蜡，两卷线、剪刀、小刀、纱带针；没错，——就放在这里面吧。伊娃，你们来的时候，只有你爸爸一个人，不知你们是怎么弄的。我想你们把东西全都丢光了。"

"是呀，姑姑，我确实丢了好多东西；丢了之后，在什么地方一靠岸，爸爸又买一些。"

"天哪，孩子，这是什么办法呀！"

"这是很容易的办法，姑姑。"伊娃说。

"这是可怕的瞎搞的办法，"姑姑说。

"嗳，姑姑，那个箱子装得太满了，盖不上了。"伊娃说，"你怎么办？"

"盖不上也得盖上。"姑姑以大将风度说，一面把东西硬塞进去，然后压住箱子盖，但箱子口还留着一条缝。

"站到上面来，伊娃！"奥菲丽娅小姐英勇地说，"第一次做得到，第二次也做得到。这口箱子非得盖上锁好不可——没有别的法子。"

不用说，箱子给这果断的宣言吓住了，只得乖乖就范。锁扣咔嗒一声，进了扣眼，奥菲丽娅小姐转动一下钥匙取出来，得意地放进口袋。

"现在准备好了。你爸爸在哪儿？我看该把行李搬出去了。伊娃，你仔细瞧瞧，看能不能看见你爸爸。"

"啊，看见了，他在男乘客舱的那一头吃橘子呢。"

"他不可能知道船就要靠岸了，"姑姑说，"你最好跑过去告诉他一声。"

"爸爸干什么都是不慌不忙的。"伊娃说："我们还没靠岸呢。到栏杆边来，姑姑。瞧！街那头就是我们家的房子！"

现在轮船像一头疲惫的巨兽，沉重地呻吟着，开始准备朝码头边一大排轮船中间开进去。伊娃兴高采烈地指点着许多尖塔、圆顶和路标，凭着这些东西辨认着自己的故乡。

"是的，是的。宝贝，很好，"奥菲丽娅小姐说；"可是天哪！船靠岸了！你爸爸在哪儿？"

接着是登岸时通常的乱哄哄的景象——船上的服务员东奔西跑，男人背着箱子、手提包、盒子，女人焦急地叫着孩子，大家紧紧挤成一团朝搭在码头上的跳桥走去。

奥菲丽娅小姐坚决地坐在刚才征服的那口箱子上，把自己的全部杂物用品排成严格的战斗阵形，看来决心把它们保护到底。

"要我帮你提箱子吗，太太？""要我替你提行李吗？""小姐，我来料理你的行李，好吗？""不要我把这些搬出去吗，小姐？"主动帮忙的表示如大雨似地泼来，可她一概不理。

她毅然决然地坐着，身子挺得笔直，就像插在纸板上的针，手里死死地抓着那一捆雨伞阳伞，斩钉截铁地回绝了他们，那神情连出租马车夫听了也会望而生畏。她每隔一会儿就问问伊娃："她爸爸究竟想干什么？他不会是掉到河里去了吧，但大概是出了什么事。"她正要真的急坏了的时候，他走了过来，还是平常那满不在乎的样子，从自己正在吃的橘子上掰下几瓣给了伊娃，说道：

"嗨，佛蒙特姐姐，我想你们都准备好了吧。"

"我准备好，等了差不多一个钟头了，"奥菲丽娅小姐说；"我开始真正替你担起心来了。"

"你真精明，"他说。"对了，马车在岸上等着。大家都下了船，我们能够以体面的基督徒方式下船，不会给人推来挤去的了。瞧这儿，"他对站在身后的一名车夫说，"把这些东西提起来。"

"我去瞧着他装东西，"奥菲丽娅小姐说。

"呸，姐姐，要瞧着干什么？"圣克莱尔说。

"好吧，不过，由我来拿这个，这个，和这个，"奥菲丽娅小姐边说边选出三个盒子和一个小手提包。

"亲爱的佛蒙特姐姐，跟你明说吧，你可不能把大青山①的规矩搬到我们这儿来。你起码得遵守南方的一点点儿规矩，不要搬着那么大一堆东西走出去。人家会把你当作女佣人看；把东西给这个伙计；他会像放鸡蛋似的轻轻放到车上去的。"

奥菲丽娅小姐瞧着堂弟把她那些宝贝从她手里接过去，一脸无可奈何的样子，等上了马车，发现那些东西又在身边，而且安然无恙的时候，不禁大喜过望。

"汤姆在哪儿？"伊娃说。

---

① 美国佛蒙特州的一座大山。

"噢，他在外面，小乖乖。我打算把汤姆送给妈妈，作为讲和的礼物，顶替那个翻车的酒鬼。"

"啊，汤姆会成为顶呱呱的车夫，"伊娃说；"他决不会喝醉。"

马车停在一座古老的府第门口。房子的式样是西班牙与法国风格的古怪混合物，在新奥尔良有些地方至今还见得到这种房子。这是一种摩尔人①式样，———一座正方形的四合院，马车可以从一座拱形大门驶进去。里面的院子显然是为了实现某个人的美丽、奢华的理想而布置的。四面都有宽敞的回廊，回廊有摩尔式的拱顶、纤细的柱子和阿拉伯式装饰，使人恍如梦中，回到了东方人统治西班牙的时代。院子中央，一个喷泉喷出高高的银色水柱，变成源源不断的水花落入一个大理石池中。水池四周围着一个花坛，长满了浓密、香气四溢的紫罗兰。池水晶莹清澈，游动着数不清的金色银色的鱼，来往闪烁，宛如活的珍珠。绕着喷泉的是一条甬道，用卵石镶嵌而成，镶成各种奇异的图案；这条甬道外面又围着草坪，草坪平滑如绿色的天鹅绒，一条马车道把这一切围在中间。两株很大的橘子树正花香扑鼻，绿叶成荫；草坪上摆着一圈刻有阿拉伯式花纹的大理石盆景，里面栽着最精美的热带植物。巨大的石榴树长满光滑的树叶，开着火红的花；叶色暗绿的阿拉伯茉莉，花朵像银色的星星；还有大竺葵，还有茂密的玫瑰，累累的花朵把枝条都压弯了；有金色的茉莉花，有柠檬香味的马鞭草花，真是一片姹紫嫣红，香风拂面。有的地方偶尔长着一株神秘的老芦荟，叶片古怪而巨大，像个白发苍苍的老巫师，怪模怪样，神气活现，坐在周围那些花艳香浓但好景不长的花草之中。

院子四周的回廊挂着一种摩尔式布料做的帘子，随时可以放下来挡住阳光。总的说来，这房子的外观豪华而浪漫。

马车驶进院子的时候，伊娃欣喜若狂，急不可耐，就像恨不得从笼子里飞出去的小鸟。

"啊，多美啊，多可爱啊，我自己亲爱的家！"她对奥菲丽

---

① 指公元 8 世纪到 13 世纪征服西班牙的北非柏柏尔人和阿拉伯人。

娅小姐说，"你说美不美？"

"的确漂亮，"奥菲丽娅小姐一边下车一边说，"不过我觉得相当旧，还有异教味道。"

汤姆下得车来，四面张望，不动声色地欣赏着。读者须知，黑人本是海外来客，是从天下最绚丽最壮美的几个国家来的。在他们的内心深处，对一切壮美、富丽、奇异的东西都有一种强烈的爱好；由于情趣未经陶冶，这种爱好粗犷而热烈，不免引来比较冷静细腻的白人的讥笑。

圣克莱尔具有诗人气质，爱好声色之乐，听了奥菲丽娅小姐对他的房子的评论，只是付之一笑。汤姆正在站着四面张望，黝黑的脸上笑逐颜开，对房子十分欣赏。圣克莱尔转过身来，对他说道：

"汤姆，我的伙计，看来这房子很合你的意。"

"是的，老爷，我看房子就得是这个样子。"汤姆说。

这一切都发生在片刻之间，箱子给匆匆搬了下来，车钱也付过了，这时一大群佣人，男的女的、老的少的、高的矮的都有，从楼上楼下的回廊跑出来迎接主人回家。跑在最前面的是一个衣冠楚楚的混血种年轻人，显然是佣人中很有身份的人物；他穿着最时新的衣服，姿态优雅地挥着一条洒过香水的麻布手帕。

这位大爷极其敏捷地施展全副本领，把那群佣人全都赶到走廊尽头。

"大家都退后点！我真替你们害臊，"他威严地说，"老爷刚回府，尚未与眷属团聚，你们就要来烦扰吗？"

这文绉绉的话说得十分神气，大家听了很是羞愧。于是缩成一团远远地站着，只有两个壮实的脚夫走上前来，开始搬运行李。

经过阿道夫先生有条不紊的安排，圣克莱尔付了车费之后转过身来的时候，眼前赫然在目的就只剩下阿道夫先生一个人了，缎子背心、金表链、白裤子，不断地鞠着躬，那温文尔雅的样子，实在难以形容。

"啊，阿道夫，原来是你啊，"主人朝他伸出手来说，"你好吗，伙计？"阿道夫滔滔不绝地作了一番即席演说，这演说他已精心地准备了半个月。

"得啦，得啦，"圣克莱尔边走边说，还是惯常的漫不经心诙谐的态度。"准备得很好，阿道夫。叫大家把行李好好收起来，我一会儿就来跟大家见面，"这样吩咐之后，他把奥菲丽娅小姐领进门朝回廊的一间大客厅。

这个场面在进行的时候，伊娃早已像小鸟一样飞过回廊和客厅，飞进了一间同样门朝回廊的小卧室。

一个高个子、黑眼睛、黄脸皮的女人斜躺在睡椅上，这时半坐起来。

"妈妈！"伊娃欢天喜地地搂住她的脖子，在她脸上吻了又吻。

"行了，小心，孩子，别把我的头弄痛了，"做母亲的有气无力地吻了一下孩子说。

圣克莱尔走了进来，以地地道道的丈夫态度吻了一下妻子，然后把堂姐介绍给她。玛丽抬起头来，大大的眼睛有点好奇地打量着堂姐。有气无力地跟她客套了一番。一群佣人挤在门口，其中有个中年的混血女人，相貌相当体面，站在最前面，怀着期待与喜悦，微微颤抖着。

"啊，玛米在那儿！"伊娃说着飞过房间，扑进玛米怀里，玛米搂着她吻了又吻。

这个女人没有说孩子弄得她头痛，相反，她搂着孩子，又是笑又是哭，弄得大家都疑心她是不是疯了，保姆放开手之后，伊娃跟大家一个个握手亲吻。奥菲丽娅小姐后来说，那亲热劲儿真叫她作呕。

"唷！"奥菲丽娅小姐说，"你们南方孩子做得到的事，连我都做不到。"

"请问你指的是什么？"圣克莱尔说。

"唔，我愿意对人人都好，不愿伤害任何人；但是，说到亲吻——"

"亲吻黑奴，"圣克莱尔说，"你可办不到，是不是？"

"不错，说得对。她怎么能做得到呢？"

圣克莱尔哈哈一笑，走进过道。"喂，到这儿来，付多少赏钱给你们？来吧，大家都过来——玛米、吉米、波丽、苏基——见到老爷高兴吗？"他一边说一边跟他们一个个握手。"当心小娃娃！"他说；因为一个满脸灰乎乎的小顽童在地上乱爬，绊了他一下，"要是我踩了谁一脚，就说出来。"

圣克莱尔把零钱散给他们的时候，大家喜笑颜开，七嘴八舌地祝福老爷。

"好啦，你们乖乖地走吧，"他说，那一大群肤色深浅不同的黑人从一个门口出去，走到一条宽敞的门廊上，后面跟着伊娃。伊娃背着一个大包，里面装满了苹果、硬果、糖果、丝带、花边和各种玩具，都是她在回家的旅途中收藏起来的。

圣克莱尔转身往回走的时候，视线落在了汤姆身上。汤姆正忐忑不安地站着，重心一会儿移到这只脚上，一会儿移到那只脚上；而阿道夫漫不经心地倚着栏杆，用看戏望远镜观察着汤姆，随便哪个公子哥儿有他那个派头，也脸上有光了。

"呸！你这狗仔。"主人一掌打掉望远镜说；"你就是这样对待伙伴的吗？我看，阿道夫，"他用手指摸摸阿道夫穿在身上的图案精美的缎子背心说，"我看这件背心是我的。"

"啊，老爷，这件背心上面全是酒痕！像老爷您这样的绅士从来不穿这样的背心。我当时就明白我得接过来。我这样的可怜的黑奴穿着正好合适。"

阿道夫扬起头，姿势优雅地用手指梳理着洒了香水的头发。

"原来是这么回事，是吗？"圣克莱尔漫不经心地说；"好啦，你听着，我要带这个汤姆去见他的主母，然后你带他到厨房去，当心别摆你那副臭架子。他抵得上两个你这样的狗仔。"

"老爷老是爱开玩笑，"阿道夫哈哈笑着说；"看见老爷兴致这么好，我真高兴。"

"来吧，汤姆，"圣克莱尔招手说。

汤姆走进房间。他若有所思地瞧着天鹅绒地毯，瞧着以前想都想不到的富丽堂皇的镜子、图画、雕像和窗帘，就像示巴国女王站在所罗门大帝①面前一样，气魄全消，连把脚踩下去都不敢了。

"瞧，玛丽。"圣克莱尔对妻子说："我终于按你的要求买了个车夫。告诉你，他又黑又滴酒不沾，简直就是一辆灵柩车，只要你愿意，他会替你把车赶得像灵柩车一样稳当，睁开眼睛瞧瞧他，再也不说我一出门就把你丢在脑后了吧。"

玛丽睁开眼睛，盯着汤姆，但没有坐起来。

"我料定他会喝得醉醺醺的，"她说。

"不，货主保证他是一件虔诚、不喝酒的货物。"

"那么好吧，但愿他会好好干，"太太说；"不过我可没有这么高的指望。"

"阿道夫，"圣克莱尔说，"把汤姆带到楼下去；当心，"他加了一句，别忘了我跟你说的话。

阿道夫姿态轻盈地走在前头，汤姆拖着沉重的步伐跟在后面。

"他是个地地道道的大怪物！"玛丽说。

"得啦，玛丽。"圣克莱尔在她的沙发跟前的一张小凳子上坐下来，说道，"开开恩，说点什么好听的话吧。"

"你超过期限半个月才回家来。"太太噘着嘴说。

"咳，我写信跟你讲了原因嘛。"

"信写得那么短，那么冷冰冰的！"太太说。

"天哪，当时邮船就要开了，要么写那么几句，要么什么也不用写了。"

"老是这个样子，"太太说，"老是出点什么事，弄得你在外面待得久，信写得短。"

"瞧瞧这个，"他接着说，一面从口袋里掏出一个精美的天鹅绒盒子，打开来，"这是我在纽约给你定做的礼物。"

那是一张银版照片，像雕刻一样清晰柔和，照片上伊娃跟她爸爸手携手坐在一块儿。

玛丽瞧了一眼，样子很不高兴。

---

① 典出《圣经·旧约·列王记下》第10章及《历代志下》第9章。示巴国女王闻所罗门大帝之名，带着珍贵礼物到耶路撒冷去，想跟所罗门一比高低。所罗门大智大慧，富甲天下。示巴女王不得不拜服。

"你坐的姿势怎么这样别扭？"她说。

"唔，姿势好不好可能是看法问题；但是你看像不像？"

"你没把我这个意见放在眼里，我想，别的意见你也不会放在眼里，"太太盖上照片盒子说。

"这女人见鬼去吧！"圣克莱尔心里说；但口里又说，"得啦，玛丽，你觉得像不像？别胡扯啦。"

"你这就是太不体贴人了，圣克莱尔，"太太说，"硬要我看东西，谈看法。你明知我偏头痛躺了一整天了，你一回家，就闹得不亦乐乎，把我吵得个半死了。"

"你害了偏头痛吗，弟妹？"奥菲丽娅小姐一直坐在深深的扶手椅里，打量着一件件家具，计算家具的价钱，这时突然插进来说。

"不错，——我给偏头痛害苦了。"太太说。

"桧树果熬水喝能治偏头痛，"奥菲丽娅小姐说；"至少奥古斯特，就是迪肯·阿伯拉姆·佩里的妻子，常常是这么说的；她可是个有名的护士。"

"我们花园里的湖边的桧树果一成熟，我就叫人去摘点来熬水喝，"圣克莱尔边说边一本正经地拉响了铃子；"堂姐，你旅途劳累，一定想到自己房里去休息休息了。阿道夫，"他接着说，"叫玛米到这儿来。"伊娃那么欢天喜地地拥抱过的那个体面的混血女人不久就进来了；她穿得整整齐齐，头上缠着高高的红黄相间的头巾，那是伊娃刚刚送给她的礼物，也是孩子亲自给她缠在头上的。"玛米，"圣克莱尔说，"这位小姐由你照料；她累了，想休息休息；带她到她的房间去，一定要让她舒舒服服的。"于是奥菲丽娅小姐跟着玛米走了。

第十六章　汤姆的主母及其见解

"听我说，玛丽。"圣克莱尔说，"你的黄金日子到了。我们的新英格兰堂姐来了，她很能干，办事有条有理，会把全部家务事从你肩上卸下来，让你有时间休息休息，变得年轻漂亮。钥匙交接仪式最好马上举行。"

这番话是奥菲丽娅小姐到达几天之后的一天早晨吃早饭的时候说的。

"欢迎之至，"玛丽用手懒洋洋地支着脑袋说。"我想，她接过了这副担子之后，就会发现一个情况，那就是在南方，当奴隶的是主母。"

"啊，她肯定会发现这一点，还会发现一大批有益的道理。没错，"圣克莱尔说。

"谈到蓄养奴隶，仿佛我们这样做是为了自己轻松似的。"玛丽说，"其实，要是为了轻松，不如把他们全都放走。"

伊万杰琳睁着大大的眼睛瞧着妈妈的脸，表情严肃认真而又迷惑不解，天真地问道："你养他们为的是什么，妈妈？"

"不知道，只知道是一种灾星；他们是我一辈子的灾星。我相信，我身体不好，主要就是他们造成的；我知道，养奴隶是吃苦头，而我们家的奴隶比谁家的都要坏。"

"啊呀，玛丽，今天早晨你心里又很烦躁吧。"圣克莱尔说；"你明知不是这样嘛。比如说玛米就是天下最好的人，没有她，你怎么办？"

"我所见到的奴隶，玛米算是最好的了，"玛丽说；"但是，玛米很自私——自私得要命：这是黑人的通病。"

"自私的确是个可怕的毛病。"圣克莱尔一本正经地说。

"咳，就拿玛米来说吧，"玛丽说，"我认为她每晚睡得那么香，就是自私；她明知我头痛得最厉害的时候，差不多每时每刻都要人照料，可是叫她半天都叫不醒。我今天早晨比往常更难受，就完全是因为昨晚为了叫醒她费了大力的缘故。"

"近来她不是一连好几个晚上都通宵陪着你吗，妈妈？"伊娃说。

"你怎么知道？"玛丽厉声说；"我想，她向你发牢骚来着吧。"

"她没有发牢骚，只是告诉我，你晚上很难受，一连几天晚上都是这样。"

"你怎么不让简或者罗莎替她服侍一两晚。"圣克莱尔说,"让她休息休息?"

"你怎么出这样的馊主意?"玛丽说;"圣克莱尔,你真是太不体贴人了。我神经衰弱,有一丁点儿响动就心神不定;要是换一个生手,非把我逼疯不可。玛米要是真正关心我的话,就不会睡得那样死,——理所当然不会的。我听人家说过他们的佣人是那样忠心耿耿,可是我从来没有这样好的运气,"玛丽叹了口气。

奥菲丽娅小姐一直在尖起耳朵倾听这场谈话,神情精明而严肃;她仍旧紧紧抿着嘴唇,仿佛下定了决心,要彻底弄清自己的方位,才表示自己的态度。

"玛米好像有那么一点好处,"玛丽说,"她顺从、恭敬,可心底里自私。她替自己的那个男人着急、担心、永远没有个完。你知道,我结了婚搬到这儿来的时候,当然得把她也带来,而她的丈夫,我父亲又少不了他。他是个铁匠,当然是必不可少的;当时我想,玛米跟他要想再生活在一块,是不大方便的。所以最好分手;我也这样跟她说了。要是我当时坚持这一点,叫玛米改嫁就好了;可我傻里傻气,由着她,不想逼她。我当时告诉玛米,她一辈子再见到他的次数,别指望超过一两回,因为我娘家那个地方的气候对我的健康不利,我不能到那儿去;我劝她另找一个男人;可是不——她不干。玛米在有些方面真有点儿固执,别人看不出来,我可看得清清楚楚。"

"她有孩子吗?"奥菲丽娅说。

"有,有两个。"

"孩子不在身边,她很难过吧?"

"不过,我当然不能把他们带来。他们都是些肮脏的小家伙,让他们待在我身边叫我受不了;况且他们会占去她太多的时间;但我认为,对于这事,玛米一直耿耿于怀。她就是不肯嫁给别人,因此我相信,尽管她明知我多么需要她,明知我身子多么虚弱,但要是办得到的话,她明天就会回到丈夫身边去。我真的相信这一点,"玛丽说;"最好的黑人,也是这样自私。"

"这事想起来就叫人痛心，"圣克莱尔冷冷地说。

奥菲丽娅以犀利的目光瞧了他一眼，看见他说话的时候脸上羞耻的红晕、强压住的烦躁和嘴唇讥讽的一撇。

"玛米一向得到我的宠爱，"玛丽说。"但愿你们北方的佣人能看看她那一柜子衣服，——里面挂着一件件绸衣纱衣，还有一件真正的亚麻布衣服。有时候我花上整个下午给她的帽子缝花边，把她打扮好去做客。说到挨骂，她简直不知那是什么滋味。她一辈子也不过挨了一两回鞭子。她每天不是喝浓咖啡就是喝茶，里面还放了糖。这当然可恼；但圣克莱尔非要让下人们也过上等日子不可，他们人人都随心所欲。老实说，我家的佣人都惯坏了，依我看，他们自私，像惯坏了的孩子一样任性，我们也有部分责任；我多次跟圣克莱尔说过这事，说得我都厌烦了。"

"我也一样，"圣克莱尔说着拿起晨报。

伊娃，那美丽的伊娃，一直站着听她妈妈说话，脸上带着她那特有的深沉、神秘的严肃表情。她悄悄地绕到妈妈椅子背后，搂着妈妈的脖子。

"伊娃，怎么啦？"玛丽说。

"妈妈，我照顾你一晚好吗？只一晚好不好？我知道我不会让你不安的，我不会睡着的。我常常整晚睡不着，想着——"

"啊，胡说，孩子，胡说！"玛丽说；"你真是个古怪的孩子！"

"但是行不行，妈妈？我想，"她怯生生地说。"玛米累病了。她告诉我，近来她时时刻刻头痛。"

"唉，玛米只不过是有点心神不宁！玛米跟他们其余的人一样。有一点儿头痛手指痛就大惊小怪，这可不能姑息——决不能！在这件事上我是有原则的。"她掉过头对奥菲丽娅说；"你会发现，这是非常必要的。如果佣人一觉得有点不舒服，一叫点儿苦，你就迁就他们，姑息他们，那你会忙得不可开交。我自己就从来不叫苦——谁也不知道我忍受着多大的痛苦。我觉得不声不响地忍受是我的责任，我就照办。"

奥菲丽娅小姐听了她这个结论，眼睛睁得圆圆的，毫不掩饰地表示惊讶万分；圣克莱尔觉得这表情滑稽极了，不由得哈哈大笑起来。

"我一提到自己的病，圣克莱尔就要笑我，"玛丽说，那声音就像受尽苦难的殉难者。"我只希望他不会有后悔的一天！"玛丽拿起手帕揩眼泪。

当然，接着是一阵难堪的沉默。最后，圣克莱尔站起身来，瞧瞧表，说自己有个约会，要上街去一趟。伊娃蹦蹦跳跳地跟着他走了，桌旁只留下奥菲丽娅和玛丽两人。

"唉，圣克莱尔就是这个样子！"等该受惩罚的罪人没了影儿的时候，玛丽使劲一摔，拿开了手帕。"他从来不了解我吃了多少苦，不了解我多年来吃了多少苦；他不会了解，也不愿了解。要是我是那种动不动诉苦的人，一有点病痛就大惊小怪的人，那还情有可原。男人讨厌爱诉苦的老婆，这是很自然的，可我总是不声不响，只是忍呀，忍呀，最后圣克莱尔渐渐以为我什么都忍受得了。"

对于这番话，奥菲丽娅小姐不知怎样回答才好。

正当她在考虑说些什么的时候，玛丽渐渐揩干了眼泪，把自己全身整理了一番，就像鸽子在淋了一场骤雨之后整理羽毛一样。然后她开始跟奥菲丽娅小姐谈起家务事来，谈到碗柜呀、壁柜呀、床单柜呀、储藏室呀，等等，因为双方已经默认，一切家务将由奥菲丽娅小姐接管。玛丽详尽细致地指点她、嘱咐她，要是换了一个人，没有奥菲丽娅小姐这么头脑清醒，这么能干，早就给弄得晕头转向了。

"好啦，"玛丽说，"我已经把一切都跟你交代过了，下次我病得厉害的时候，你就可以完全自主行事，不必问我了——只是伊娃，她需要好好照管。"

"她好像是个乖孩子，很乖，"奥菲丽娅小姐说；"我从来没见过比她更乖的孩子。"

"伊娃很古怪，"做妈妈的说，"很古怪。她的脾气真是怪得很；不像我，一丁点儿也不像；"玛丽叹了口气，仿佛这真是令人痛心的事。

奥菲丽娅小姐心里说："希望她不像你，"但她很谨慎，把话藏在心里。

"伊娃老是喜欢跟佣人混在一块儿；对于有些孩子来说，我并不反对。我小时候就跟父亲的黑人孩子一块儿玩——这对我从来没有什么害处。可是不知怎么的，伊娃老是把周围的一切人都跟自己平等看待。这孩子怪就怪在这里。我根本没法纠正她这个习惯。老实说，除了自己的妻子之外，圣克莱尔对家里人人都放任自流。"

奥菲丽娅小姐再次默默无言地坐着。

"唉，对佣人来说，"玛丽说，"唯一的办法是压着他们，不让他们抬头。我从小就觉得这是理所当然的事。有了伊娃一个人，就足以把一屋子的佣人惯坏的。到轮到她来管家的时候，她会怎么办，我可不知道。我主张对佣人好一点——我一向如此；可你得让他们明白自己的身份。伊娃就不是这样，要让这孩子对佣人的地位是什么有个最起码的观念，也是永远办不到的！你听见了她主动提出晚上照料我，好让玛米睡觉吧！这只是一个例子，说明要是对她放任自流，她会干出什么来。"

"嗳，"奥菲丽娅小姐直截了当地说，"我想，你认为你的佣人也是人，累了也应该休息一会儿吧。"

"当然喽。只要做得到，——你明白，只要不造成特别的不便，他们要求什么，我就答应什么。这一点我是非常讲究的。玛米总是能够在另外什么时候设法补上睡眠的；这没有什么难处。我见过的人中，就数她最会睡觉了；不论是做针线、站着还是坐着，她都睡得着，到哪儿都睡得着。玛米睡足觉是没什么问题的。但这样把佣人看作奇花异草、细瓷花瓶，真是可笑之至。"玛丽说着懒洋洋地往宽敞柔软的沙发深处一躺，顺手拿过一只精美的雕花香精瓶。

"你瞧，"她接着说，那贵妇似的声音非常微弱，颇像凋谢的阿拉伯茉莉最后一缕花香，或别的什么同样虚无缥缈的东西，"你瞧，奥菲丽娅姐姐，我不太谈我自己。我没有这种习惯，我讨厌谈自己。老实说，我也没力气谈。但是在有些问题上，圣克莱尔和我意见不同。圣克莱尔从来不理解我，从来不看重我。我想我身子不好，根子就在这儿。圣克莱尔心眼是好的，这我完全相信；不过男人生来就自私自利，不体贴女人。至少我的印象是这样。"

奥菲丽娅小姐是新英格兰人，言行非常谨慎，生怕卷入别人的家庭纷纠；现在开始预感到自己面临这种危险，于是脸上现出严守中立的表情，从口袋里掏出一只一米多长的长筒袜织起来。瓦茨①博士认为，人们闲着没事就易受魔王的引诱而多嘴多舌，她就以织袜子作为防止这个毛病的特效药。她起劲地织着袜子，紧闭着嘴巴，那态度就跟说出口来的话一样明白，你不必设法叫我开口。我不想介入你们的家庭纠纷。说实话，她东张西望，态度就跟石狮子一样无动于衷。可玛丽并不在乎这态度。她有人陪着说说话，也觉得自己有责任说话，这就够了。她又闻闻香精瓶提提神，接着说下去。

"你知道，我跟圣克莱尔结婚的时候，把自己的财产和佣人都带了过来，从法律上来说，我有权用自己的方式进行管理。圣克莱尔有他的财产和佣人，他按他的方式管理，我没有意见；可圣克莱尔爱管闲事。在有些事情上，他简直是胡思乱想，尤其是在对待佣人的问题上。他说的做的简直是把佣人看得比我还重，也比他自己还重；他们给他惹出许多麻烦，他却一个指头也不动他们。唉，圣克莱尔尽管一般说来脾气还好，但在有些事情上，简直可怕——真叫我害怕。他订下一条规矩，在这个家里，不管发生什么事，除了他和我之外，谁都不许打人；他严格执行这一条，连我也不敢违拗他。唉，你可以看出这会有什么结果；因为即使人人都往圣克莱尔身上踩，他也不愿抬手打人，至于我——你看得出，要我来费这个劲，是多么不近人情。你瞧，这些佣人只不过成了惯坏了的大孩子罢了。"

"这事我一点也没看出来，真是谢天谢地！"奥菲丽娅小姐直通通地说。

"那么，你在这儿待得久了，就一定会看出来的，而且会吃点苦头。你不知道，他们是一帮多么惹人生气、粗心大意、不讲道理、

① 瓦茨（1674—1748），英国牧师。

幼稚愚蠢、忘恩负义的坏蛋。"

一谈到这个话题，玛丽的精神就好得出奇；这时她睁开眼睛仿佛完全忘记了自己精神倦怠这回事。

"你不知道，也没法知道，他们每天每时给家庭主妇带来多少烦恼，处处如此，事事如此。可是对圣克莱尔诉苦也没用。他说的话简直是天下奇谈。他说，我们让他们成了这个样子，就得容忍他们。他说，他们的毛病都是我们造成的，说造成了毛病再来惩罚这毛病，未免太残忍了。他说，要是我们处于他们的地位，也不会好到哪里去；好像人们能够根据他们来推测我们似的。"

"你不相信上帝造我们和造他们用的是同样的血和肉吗？"奥菲丽娅小姐直截了当地说。

"不相信，我才不相信呢！这真是胡说八道！他们是堕落的种族。"

"难道你不认为他们也有不灭的灵魂？"奥菲丽娅越来越气愤地说。

"啊，嗯，"玛丽打着哈欠说，"这个嘛，当然——没有人会怀疑这一点。但是把他们跟我们平等看待，仿佛两者可以相提并论，那是不可能的！圣克莱尔居然跟我讲过，把玛米跟她的丈夫拆散，就同把我跟我的丈夫拆散一样。不可能这样比。玛米不可能有我这样的感情。那完全是另一码事，当然是另一码事，而圣克莱尔装作不明白这一点。仿佛玛米会跟我爱伊娃一样爱她的肮脏的小娃娃似的！可是圣克莱尔不顾我身体这么差，这么痛苦，居然认真地劝我说，我有责任放玛米回去，用另外一个人代替她。这太过分了，连我都受不了。我并不常常发脾气。我把默默忍受一切作为自己的准则；做妻子的就是这个苦命，我也认了。但那回我大发了一通脾气，所以后来他再也不提这事了。但从他的表情和他的冷言冷语可以看出，他的看法没有丝毫改变；这真是叫人难受，叫人恼火。"

从奥菲丽娅小姐的表情看来，她仿佛生怕自己说出什么来，便飞快地舞着编织针。这动作意味深长，只不过玛丽不懂罢了。

"所以，你看得很清楚，"她接着说，"你将要管理的是什么样的家。一个没有规矩的家；在这个家里，佣人为所欲为。想干什么就干什么，想要什么就得到什么，只是幸好有我不顾身体虚弱勉强管束着。我身边总是放着牛皮鞭子，有时候真的抽他们几下；但这太费力了。我受不了。要是圣克莱尔采用人家的办法就好了——"

"什么办法？"

"送进牢房或别的什么地方去挨鞭子。这才是唯一的办法。要是我不是这么虚弱得可怜的话，我相信我会比圣克莱尔管理得严得多。"

"圣克莱尔用什么办法管好的呢？"奥菲丽娅小姐说。"你说他从来不打人。"

"唉，你知道，男人更有威严一些；他们显威风容易些；而且，要是你仔细瞧瞧他的眼睛——很特殊，那双眼睛——如果他斩钉截铁地说话，眼睛就灼灼放光，连我也害怕，佣人当然明白得留神才行。可是我就是大发雷霆，臭骂一通也没有圣克莱尔认真地转一下眼珠子那么有效。啊，圣克莱尔管起来轻而易举，所以他根本不同情我。但是你接手之后就会发现，不严厉点就寸步难行，——他们是那么坏、那么狡诈、那么懒。"

"老调重弹，"这时圣克莱尔漫步走进来，说道。"这些坏家伙这么懒，到最后算总账的时候多么可怕啊！你知道，姐姐。"他说，一面在玛丽对面的一张沙发上笔直躺下来，"他们学我和玛丽的样，懒得要死，简直是十恶不赦。"

"得啦，圣克莱尔，你太坏了！"

"真的？咳，我还以为我说的是好话，就我来说，还挺不错的呢。我总是想帮你的腔呢，玛丽，我一向如此。"

"你明明知道自己绝没有这个意思，圣克莱尔。"玛丽说。

"啊，那么我一定弄错了。谢谢你纠正我的错误，亲爱的。"

"你的确故意气人。"玛丽说。

"啊，得啦，玛丽，天气热起来了，加之刚才我跟阿道夫吵了老半天架，真把我累坏了，所以求你和气点，让人家瞧着你的笑脸休息休息。"

"阿道夫怎么啦？"玛丽说。"那家伙越来越放肆，到了叫我完全没法容忍的地步了。但愿我能不受干涉地管他一管。我会把他管得老老实实的！"

"你说的话，亲爱的，跟往常一样，真是痛快淋漓，很有见地。"圣克莱尔说。"至于阿道夫，情况是这样的：他一向在学我的风流潇洒，弄得他以为自己真的就是主人了；我不得不让他清醒清醒，明白自己的错误。"

"怎么让他清醒的？"玛丽说。

"噢，我不得不直截了当地跟他说，我想留几件衣服自己穿而且我给他这位大人使用的科隆香水定了量，而且居然狠心地把他使用我的细布手帕限制在一打以内。阿道夫对这事特别恼火，我不得不像父亲一样开导他，让他消消气。"

"啊，圣克莱尔，你要到什么时候才能学会怎样对待自己的佣人？你这样纵容他们，实在太可恼了！"玛丽说。

"咳，说来说去，这可怜虫想学主人的样又有什么不好呢？既然我以前没有把他管教好，弄得他特别喜爱科隆香水和手帕，我有什么理由不把这些东西给他？"

"你干吗不把他管好一点？"奥菲丽娅小姐突然毅然说道。

"太麻烦了，——懒惰，姐姐，懒惰——懒惰毁掉的人真是数不胜数。要不是由于懒惰的缘故，我本人早就成了十全十美的大使了。我也有点相信，懒惰是你们佛蒙特的博瑟伦老博士所谓的'万恶之源'。这的确是个可怕的问题。"

"我想，你们奴隶主担负着重大的责任，"奥菲丽娅小姐说"拿天下所有的财富的一千倍给我，我也不愿担负这种责任。你们应当教育自己的奴隶，把他们当作懂道理的人看待，当作灵魂不灭的人看待，你们将来要跟他们一同站到上帝面前受审判的。这就是我的看法。"这善良的小姐激情澎湃地说；那天上午这激情一直在积蓄力量，这时突然迸发出来了。

"啊！得啦，得啦，"圣克莱尔急忙站起来说，"你了解我们些什么啊？"他坐到钢琴面前，叮叮咚咚地弹了一首活泼的乐曲。圣克莱尔的确有音乐天才。他击键优美有力，指头在键盘上急速飞舞，就像鸟儿一样，轻灵而很有把握。他弹了一曲又一曲，仿佛想靠弹琴来使自己心平气和起来。后来，他把乐谱一推，站起身来，快活地说："好啦，姐姐，你说的话很对，尽到了你的责任；总的说来，听了你的话，我对你的看法更好了。你的话硬得像钻石，直接摔在我脸上，开头叫我没法完全接受，但也像钻石一样宝贵。"

"就我来说，我可看不出这种话对我们有什么益处。"玛丽说。

"老实说，要是还有哪一家比我们家对佣人照料得更好，我倒想见识见识，而这对他们没有什么好处。一丁点儿好处也没有，——他们只会越来越坏。至于跟他们费口舌这种事，老实说，我已经讲得精疲力竭，嗓子都讲哑了，告诉他们自己的本分是什么，等等。老实说，只要他们愿意上教堂，我就让他们去，但他们蠢得跟猪一样，一个字也听不懂；因此，在我看来，他们上教堂也没有多大用处；但他们的确去了，机会多得很；但是，正如我说过的，他们是堕落的种族，而且永远这样，不可救药，要是你想把他们教出个人样来，那也是枉然。你知道，奥菲丽娅姐姐，我已经试过了，你还没试过；我生在他们之中，跟他们一块儿长大，我了解他们。"

奥菲丽娅小姐觉得自己的话已经说够了，所以默默不语。圣克莱尔吹起了口哨。

"圣克莱尔，我希望你不要吹口哨。"玛丽说；"听你吹口哨，我的头就痛得更厉害。"

"我不吹了。"圣克莱尔说，"你还有什么事不愿我做的？"

"我希望你稍微同情一下我的苦难；你从来不同情我。"

"求全责备的亲爱的天使啊！"圣克莱尔说。

"听这样的话真是叫人恼火。"

"那么你要听什么样的话？我按你的定购单说，你只管提要求，包你满意。"

这时，回廊帘外的院子里传来一阵欢乐的笑声。圣克莱尔走了出去，掀起帘子，不禁跟着笑了起来。

"怎么回事？"奥菲丽娅小姐来到栏杆边，说道。

汤姆坐在院子里一条长着青苔的小石凳上，每个扣眼里都插满了茉莉花；伊娃拿着一个玫瑰花环往他脖子上藏，乐得咯咯直笑；然后她坐到他的膝头，像一只小麻雀似的，依然格格地笑。

汤姆脸上挂着庄重、慈祥的笑容，不声不响，但好像跟自己的小女主人一样觉得很好玩。他看见了主人，便略带自责与歉意的神情抬起头来。

"你怎么能让她这样！"奥菲丽娅小姐说。

"为什么不能？"圣克莱尔说。

"唔，我也说不清，只是觉得太不像话了。"

"一个孩子抚摸一只大狗，即使是黑狗，你也不会觉得有什么坏处；但要是那是一个有思想、有理智、有感情、有不灭的灵魂的人，你就浑身哆嗦；说实话吧，姐姐。你们北方有些人的心理我了解得很清楚。倒不是因为我们没有这种心理就是什么德行；而是因为我们习惯成了自然，与基督教精神不谋而合——消灭了个人偏见。我到北方旅行的时候，常常注意到，你们对黑人的偏见比我们强烈得多。你们讨厌他们，就像讨厌蛇或癞蛤蟆一样，可是你们听说他们受虐待就义愤填膺。你们不愿他们受虐待，却不肯跟他们打任何交道。你们希望把他们送回非洲去，到看不见也闻不到的地方去，然后派一两个传教士去做出自我牺牲，把简单地教育他们的事包下来。是不是这样？"

"唔，兄弟，"奥菲丽娅小姐若有所思地说，"这话说得有点道理。"

"要是没有孩子，这些贫贱的黑人怎么得了？"圣克莱尔说道，一面倚着栏杆瞧着伊娃蹦蹦跳跳地牵着汤姆的手走了。"小孩子是真正的民主主义者。在她眼里，汤姆是一位英雄；他讲的故事是奇迹，他唱的歌曲和卫理公会赞美诗比歌剧还好听，他口袋里的各种小玩意儿是宝藏，他本人则是裹着黑皮肤的最可爱的汤姆。孩子是伊甸园①里的玫瑰花，是上帝特意赐给贫贱的黑人的快乐；因为他们再也没有别的乐趣了。"

"真奇怪，兄弟，"奥菲丽娅小姐说，"听你说话，人家几

---

① 根据《圣经》，伊甸园是人类始祖亚当与夏娃最初居住的地方。

乎会以为你是个宣言家。"

"宣传家？"圣克莱尔说。

"不，是宗教宣言家。"

"哪里，哪里。我不是你们城里人所说的宗教宣言家；更糟的是，恐怕也不是实践家。"

"那么你怎么说得这样好呢？"

"没什么比空谈更容易的了，"圣克莱尔说。"我记得，莎士比亚剧本里有个人物说过：'要我教导二十个人如何做，是轻而易举的，但要我做这二十个人之一，实践自己的教导，却难上加难。'①最好是各干一行。我拿手的是说。而你。姐姐，拿手的是干。"

现在，汤姆的外部环境，大家都会觉得，是无可抱怨的了。小伊娃喜爱他。她高尚的本性产生的可爱之处与本能的感激促使她向父亲提出，凡是她去散步或坐车出门，需要佣人陪着，就由他照料；因此，汤姆得到时刻有效的命令，说凡是伊娃小姐需要他，就放下其他一切活计来照料她。这个命令，读者可以想见，对于他来说，正是求之不得的。他时刻衣冠整洁，因为圣克莱尔在这一点上是毫不含糊的。他在马房的工作只是挂个名，只需每天关照一下，察看察看，指点一下手下的一个佣人。玛丽·圣克莱尔说，他来到她身边的时候，他身上有一丝儿马尿气她就受不了，因此绝对不要叫他干容易沾上难闻的气味的活，因为她的神经系统完全受不了这种折磨。据她说，只要闻了一下讨厌的牲口气味，就会结束她在尘世的一切苦难。因此，汤姆穿着洗刷得干干净净的绒面呢衣裤、光亮的皮靴，戴着平整的海狸皮帽，袖口和衣领洁白得一尘不染，脸上一副庄重和蔼的表情，看上去体面得很，要是在古时候，他完全可像他的祖先一样，当个迦太基②的主教。

再说，他住在一个美丽的地方，他属于感觉灵敏的种族，对这一点决不会无动于衷；他也的确暗暗地怀着喜悦，欣赏着那些

---

① 引自莎士比亚戏剧《威尼斯商人》第一幕第二场。这是女主人公波西亚对其使女所说的话。

② 非洲古国名。

鸟儿、花儿、喷泉、花香、明亮美丽的院子，以及那些把厅堂装饰成阿拉丁①的宫殿似的丝绸窗帘、油画、吊烛架、塑像和金碧辉煌的色彩。

有朝一日，非洲人将成为高尚而有教养的民族——总会轮到非洲人在人类进步的伟大戏剧中崭露头角——那里将兴起一种光辉灿烂的文明。这光辉灿烂的景象，我们冷冰冰的西方民族只是隐隐约约地想象过。在那遥远的神秘土地上，到处是黄金、宝石、香料、摇曳的棕榈和奇花异草，物产出奇地丰富；那儿将出现崭新的艺术，形成崭新的瑰丽的风格；不再受到鄙视和践踏的黑人说不定会对人类生活做出最新最辉煌的启示。他们性情温和，心地谦卑驯顺，乐于信赖神的智慧和权威，感情天真纯朴，因此肯定会做出这种启示的。在这些特性上，他们会表现出典型的基督教精神的最高形式。上帝往往惩罚自己所珍爱的人，也许选择可怜的非洲人投入苦难的熔炉。在其他一切王国都试验过，而且失败了之后，把他们炼成他将建立的王国中的最高尚的民族；因为最先者将最后，最后者将最先②。

星期天早晨，玛丽·圣克莱尔穿着华丽的衣裳，站在回廊拿着一个钻石手镯扣上纤细的手腕，这时她想的就是这些吗？很可能是的。不然就是想别的事情。玛丽垂青一切美好的东西，现在她全身装束，——钻石、珠宝、绸缎衣服、网织纱巾一应俱全，——准备到上等人的教堂去，表示自己笃信宗教。玛丽一向重视在星期天表现得十分虔诚。她站在那儿，那么苗条、那么优雅、那么飘逸，一举一动都是那么婉转柔和，一条网织围巾如云雾缭绕，笼罩着她。她看上去风姿绰约，自己也觉得美丽优雅极了。奥菲丽娅小姐跟她并肩站着，跟她形成鲜明的对照。倒不是因为她没有同样美丽的绸衣，同样漂亮的手帕；而是因为她浑身笼罩着一种隐约可见的僵硬、方正、直挺挺的味儿，没有婀娜的同伴那种高贵的气质，不过那不是上帝眼中的高贵，那完全是另一码事儿。

①　《一千零一夜》中的人物，因得神灯而致富。
②　语出《圣经·新约·马太福音》第19章。

"伊娃到哪儿去了？"玛丽说。

"孩子站在楼梯上跟玛米说什么话儿。"

伊娃在楼梯上跟玛米说什么呢？读者请听：玛丽听不见，但你听得见。

"亲爱的玛米，我知道你头痛得厉害。"

"上帝保佑你，伊娃小姐！近来我一直这样，你不必担心。"

"你能出去走走，我很高兴。瞧，"——小姑娘一把搂住她——"玛米，你把我的香精瓶拿去吧。"

"什么！你那美丽的金盒子，还镶着钻石呢！哎呀，小姐，这可使不得，使不得。"

"干吗使不得？你需要，而我不需要。妈妈一向用这个治头痛，你闻了会好些。不，你得拿着，就算是让我高兴高兴吧。"

"瞧这小乖乖说的！"玛米说；伊娃把盒子一把塞进她怀里，亲亲她，然后跑下楼梯，跑到妈妈身边。

"你站在那儿干什么？"

"我停下来把我的香精盒子拿给玛米，让她带着去做礼拜。"

"伊娃！"玛丽急得直跺脚，"你把金香精盒给了玛米！你什么时候才会懂事啊？赶快去把盒子要回来，马上去！"

伊娃一副沮丧、伤心的样子，慢慢转过身去。

"我说，玛丽，别干涉孩子；让她高兴怎么办就怎么办，"圣克莱尔说。

"圣克莱尔，她将来在世上怎么过日子呀？"玛丽说。

"不知道，"圣克莱尔说；"但她将来在天上的日子比你我都好过些。"

"啊，爸爸，别这样。"伊娃轻轻碰碰他的胳膊说，"这叫妈妈不好受。"

"喂，兄弟，你是不是准备好了去做礼拜？"奥菲丽娅小姐转过身来问圣克莱尔道。

"我不去，谢谢你。"

"我真希望圣克莱尔什么时候能去做做礼拜，可他一点宗教的气味也没有。这真太不像话了。"

"我不知道，"圣克莱尔说。"你们太太小姐们做礼拜，我想，是为了怎么为人处世。你们这样虔诚，我们也就沾了光了。我如果真的去，也要到玛米上的教堂去；在那儿，起码有点儿有趣的事，叫人不会打瞌睡。"

"什么！跟那些叫叫嚷嚷的卫理公会教徒在一块？可怕！"玛丽说。

"比你那些体面的教堂一潭死水要好得多。说实话，要男人到你们那些教堂去，真是太过分了。伊娃，你喜欢去吗？得啦。跟我待在家里吧。"

"谢谢你，爸爸；但我还是想去做礼拜。"

"那不是乏味得要命吗？"圣克莱尔说。

"是有点乏味，"伊娃说；"而且我老打瞌睡，可我尽量不睡过去了。"

"那么你去干吗？"

"咳，你瞧，爸爸，"她悄声说，"姑姑告诉我说，上帝要我们；他给我们一切，你知道；要是他要我们这么做，乏味就算不了什么。说到底，那也不是太乏味。"

"你这逗人的小乖乖！"圣克莱尔亲了她一下说，"去吧，乖孩子，替我祈祷吧。"

"好的，我一向都这样。"孩子说着跟着妈妈蹦上马车。

马车赶走的时候，圣克莱尔站在台阶上吻一下自己的手，朝她挥挥手，眼里噙着大颗大颗的泪珠。

"啊，伊万杰琳！① 真是名副其实啊，"他说；"难道上帝不是把你作为福音送给我的吗？"

他这样感慨了一番，然后抽起了雪茄，开始看《五分日报》把自己的小福音忘到了脑后。他跟旁人有很大的区别吗？

"你知道，伊万杰琳，"她妈妈说，"对佣人好当然是对的，可是把他们当作自己的亲人或跟我们平起平坐就不对了。比如说如果玛米病了，你就不愿让她睡在你自己的床上。"

---

① 女子名，有"福音"的意思。

"我正好想这样做,妈妈,"伊娃说,"因为照顾起她来方便些,还因为,你知道,我的床比她的好些。"

这个回答表明伊娃缺乏起码的道德观念,玛丽彻底灰心了。

"我怎么才能叫这孩子理解我的意思呢?"她说。

"没办法,"奥菲丽娅意味深长地说。

看样子伊娃有点难过,惊惶不安;但是孩子不会老是抱着一种心情不放,不一会儿,随着马车辚辚辘辘前进,她从窗口看见各种各样的东西,就乐得咯咯地笑起来。

"喂,太太小姐们。"一家人舒舒服服地坐到餐桌边的时候,圣克莱尔说道,"今天教堂里上了几道菜呀?"

"噢,格博士作了一篇精彩的讲道,"玛丽说,"那正是你应该听听的,表达了我全部的观点。"

"那一定是听了茅塞顿开。"圣克莱尔说,"讲的题目一定很广泛吧。"

"唔,我是说表达了我关于社会之类的事物的观点,"玛丽说。"讲的经文是上帝创造万物,各有其美好之时;他论证了社会上的各种等级区分是怎样来源于上帝的旨意的;他说,有些人高贵、有些人低贱、有些人生来治人、有些人生来治于人,等等,是非常合理的;他用这个观点有力地驳斥了关于奴隶制的荒唐的大惊小怪;清楚地证明了《圣经》在我们一边,令人信服地维护了我们的一切制度。我巴不得你听了他的讲道就好了。"

"啊,我不需要听,"圣克莱尔说,"凡是那种讲道能带给我的教益,我都能从《五分日报》上看得到,随时都看得到,而且可以抽雪茄;抽雪茄,你知道,在教堂里是办不到的。"

"怎么,"奥菲丽娅说,"难道你不相信这些观点?"

"谁,我吗?你知道,我是个直统统的人,这些问题在宗教方面的道理对我没有多少教益。要是叫我讲一讲奴隶制这个问题,我就会打开天窗说亮话;我们拥护奴隶制;我们得到了奴隶,就不想放弃,因为这是我们舒适与利益之所在;归根结底就是这一点,说来说去,这就是那些神圣的货色的全部意义,我觉得这样人人都懂。"

"我认为，奥古斯丁，你对神明太不恭敬了！"玛丽就说。"听你说话，我觉得真是骇人听闻。"

"骇人听闻！可这是事实。关于这些问题的宗教言论——他们干吗不再进一步，证明年轻人中间常常喝酒喝得多了点，赌博赌得久了点，以及其他类似的习惯都是上天的安排，也是上帝的旨意——我们倒想听他们说那也是正确神圣的。"

"那么，"奥菲丽娅小姐说，"你认为奴隶制是正确的还是错误的？"

"我不想说得跟你们新英格兰人一样直截了当，姐姐。"圣克莱尔快活地说。"如果我回答了你这个问题，我知道你会一而再再而三地追问下去，而且一个比一个难以回答；我不想明确说明我的立场。我是那种专靠捡起石头砸人家的玻璃房子过日子的人，可不想自己也砌一栋玻璃房子给人家砸。"

"他向来就是这样说话的，"玛丽说，"你永远也别想从他那里得到满意的回答。我想完全是因为他不喜欢宗教，才这样老是往外面跑。"

"宗教！"圣克莱尔说，那声调使得两个女的都瞧着他，"宗教！你在教堂听到的就是宗教吗？为了迎合自私的世俗社会每一种歪门邪道而可直可曲、可上可下的货色就是宗教吗？那肆无忌惮、心胸狭窄、邪恶粗暴的货色，连我自己的不信神、世俗、盲目的本性都不如的货色就是宗教吗？不！我要是寻找宗教，就得寻找高于我而不是低于我的东西。"

"那么你认为《圣经》并不维护奴隶制喽。"奥菲丽娅小姐说。

"《圣经》是我母亲的书，"圣克莱尔说。"她按照《圣经》的教导活着，一直到死。要是认为《圣经》维护奴隶制，我会非常难过。这等于是要证明。我母亲也喝过白兰地，嚼过烟草，骂过人，以便说服自己这样做也是对的。这不会让我对自己的这些行为心安理得，只会夺走我尊敬母亲的快乐。一句话，你知道，他突然恢复了轻松的语气，"我的唯一要求是各种事物井水不犯河水。整个社会框架，不论是在欧洲还是在美国，都是由各种不同的事物构成的，经不起理想的道德标准的衡量。相当多的人懂得，人们并不追求绝对正确的东西，只是随大流。要是有人以凡人的身份挺身而出，说我们需要奴隶制，要是放弃奴隶制，我们就会穷得当乞丐，所以我们当然要维护这个制度，这才是清晰、有力、中肯的老实话，因而值得尊重；要是可以根据人们的行动来判断我们的看法，世上大多数人的看法正是如此。可是有人板着脸，装腔作势，引经据典，我觉得这种人表面上道貌岸然，实际上卑鄙可耻。"

"你太刻薄了，"玛丽说。

"好吧，"圣克莱尔说，"假设发生了什么情况，棉花价格从此一蹶不振，使得所有的奴隶都成了市场上的滞销货，你难道不认为会出现对《圣经》的截然不同的解释吗？突然之间，教会茅塞顿开，发现《圣经》里说的每一句话和一切道理都会翻个个儿！"

"唉，不管怎样，"玛丽往沙发上一躺说，"谢天谢地，我生在实行奴隶制的地方；我相信这是对的——我的确觉得一定是正确的；老实说，没有奴隶制我无论如何过不了日子。"

"我说，你的看法怎么样，小乖乖？"这时伊娃手里拿着一枝花走进来，她爸爸对她说。

"关于什么，爸爸？"

"就是你喜欢哪一样——佛蒙特你叔公家里那种生活，还是像我们家里一样，有一大群佣人的生活？"

"啊，当然是我们的生活最快乐，"伊娃说。

"为什么？"圣克莱尔抚摸着她的脑袋说。

"这样，身边就有更多的人可以爱啊，"伊娃抬起头来真诚地说。

"喏，这正是伊娃的脾气，"玛丽说，"正是她的奇谈怪论之一。"

"这是奇谈怪论吗，爸爸？"伊娃爬到爸爸膝头上，悄声说。

"在世俗的人看来，是这样，小乖乖，"圣克莱尔说，"不过吃饭的时候，我的小伊娃到哪儿去了？"

"噢，我在汤姆的房间里听他唱歌，迪娜大妈请我吃饭。"

"听汤姆唱歌，嗯？"

"啊，是的！他唱的是新耶路撒冷，光明的天使和迦南圣地，唱得美极了。"

"我想也是这样；比歌剧还好听，是不是？"

"是的，他要教我唱。"

"给你上音乐课，嗯？——你们越来越合得来了。"

"不错，你唱歌给我听，我念《圣经》给他听，他解释那是什么意思。"

"哼，"玛丽笑道，"这可是最新鲜的笑话了。"

"汤姆解释《圣经》可不是外行，我敢发誓，"圣克莱尔说"汤姆对宗教是天才。今天我想一清早就坐车出去，蹑手蹑脚走到马房那边汤姆的房间外面，听见他在独自祈祷；说实话，这一向来我好久没有听过像汤姆那样有味道的祷告了。他还替我祈祷呢，那热忱劲儿就像圣徒一样。"

"说不定他猜到你在偷听呢，我以前听说过这种鬼把戏。"

"就算猜到了他也不太高明；因为他对上帝讲了对我的看法，真是畅所欲言。汤姆好像觉得我肯定不是完美无瑕，好像真诚地希望我能皈依基督。"

"但愿你能记在心上，"奥菲丽娅小姐说。

"我看你的意见也一样吧，"圣克莱尔说。"好吧，我们等着瞧吧，好不好，伊娃？"

第十七章　自由人自卫

傍晚时分，教友会教徒家里在悄悄地忙个不休。雷琪尔·哈利戴不声不响地来来往往，从家里储藏的东西中寻找占空间最小的日用品。斜晖投下的影子向东越伸越长，又圆又红的夕阳若有所思地悬在地平线上，金黄的晚照静悄悄地照进小卧室，乔治和妻子坐在里面。他膝上抱着孩子，握着妻子的手。夫妻俩都心事重重，样子严肃，脸上还留着斑斑泪痕。

"对，伊丽莎，"乔治说，"我知道你说的都是对的。你是个好姑娘，——比我好得多；我要照你说的去做。我要在行为上无愧于一个自由人。我要在感情上仿效基督徒。万能的上帝知道，即使是在别人时刻要害我的时候，我都一向想做个好人，而且做出了很大的努力；现在我要忘掉过去的一切，抛弃一切仇恨，好好读《圣经》，学会做个好人。"

"我们到了加拿大的时候，"伊丽莎说，"我可以帮你的忙。我做衣服做得很不错；洗衣服、熨衣服也很里手；我们俩同心协力，是可以赚到钱过日子的。"

"对，伊丽莎，只要我们俩和孩子在一起。啊，伊丽莎！要是那些人知道，一个男人觉得自己的妻子儿女属于自己是多大的福气就好了！有些男人能说自己的妻子儿女属于自己，却还是为别的事忧心忡忡，我见了常常觉得纳闷。咳，尽管我们除了一双空手之外，一无所有，但我觉得富有、强壮。我觉得对上帝别无所求了。不错，虽然我天天拼命干活，一直干到五十五岁了，却上无片瓦，下无寸土，身无分文；但是，现在只要他们不来打扰我，我就心满意足，感激不尽了。我要干活，把钱寄回来给你和孩子。至于我的老主人，他在我身上花了钱，我已经还了五倍那么多了。我什么也不欠他的。"

"但我们还没有完全脱离危险，"伊丽莎说，"我们还没有到达加拿大呢。"

"不错，"乔治说，"但我觉得已经闻到了自由的空气，这使我觉得浑身是劲。"

这时，外面房间里传来说话的声音，谈得很严肃，不一会儿，有人敲了一下门，伊丽莎跳起身来，把门打开。

西米恩·哈利戴站在门口，跟他一起的还有个教友会弟兄，他介绍说叫菲尼亚斯·绅莱彻。菲尼亚斯又高又瘦，一头红发，脸上一副极端精明练达的表情。他没有西米恩·哈利戴那种寡言少语、与世无争的气质；相反，他有一种特别机警、老练的神态，是个以精明能干、洞察未来而自豪的人，这些特点跟他的宽边礼帽和迂腐的谈吐有点格格不入。

"我们的朋友菲尼亚斯发现了一些跟你们利益攸关的一些重要情况，乔治，"西米恩说，"你们最好听听。"

"的确发现了，"菲尼亚斯说，"我一向说过，在某些地方，睡觉的时候，要竖起一只耳朵，这回正好说明了这句话大有用处。昨晚，我投宿在大路边一家小客栈。你该记得那个地方，去年我们在那儿卖了一些苹果给一个戴着一副很大的耳环的胖女人。我赶车赶累了，吃了晚饭之后，在角落里的一堆货包上躺下来，拉过一张牛皮盖上，等着店家给我铺好床；谁知我一下子就沉沉睡去了。"

"竖起一只耳朵没有，菲尼亚斯？"西米恩轻轻地说。

"没有，我连耳朵都一块儿睡着了，睡了一两个小时，因为我实在累透了；但是，醒过来一点的时候，发现房间里有几个人，坐在桌旁，边喝酒边谈话。我还是恍恍惚惚的，心里想，我倒要弄清他们打算干什么勾当，尤其是我听见他们提到教友会的时候。'这样说来，'一个说，'他们一定藏在教友村。'这时，我就竖起两只耳朵听了起来，听出他们谈的正是你们这一伙人。所以我就继续躺着听他们说出全盘计划。这位年轻人，他们说，要押回肯塔基州去，交给他的主人，主人会拿他来杀鸡给猴看，使所有的黑奴都再也不敢逃走；他的妻子，其中两人将把她带到新奥尔良去卖掉，赚了钱归他们自己，他们估计可以卖到一千六百到一千八百元；这孩子，他们说，当一个已经出钱买下他的黑奴贩子，还有那个叫吉姆的小伙子和他的妈妈，他们说，要押回肯塔基去交给他们的主人。他们说，前面不远的一个镇上，有两个警察愿意跟他们进村抓人，这年轻女人要给带到法官那儿去；其中一个家伙，一个能说会道的矮子，会发誓说她是他的财产。他们猜到了我们今晚要走的路线，会追我们，有七八个人。现在怎么办？"

这情况一说完，屋里的人站的姿势各不相同，值得一位画家来画一画。雷琪尔·哈利戴原来在做饼干，后来停下手来听这消息，这时举起一双沾满面粉的手站着，脸上显出最为关切的神情。西米恩一副心事重重的样子；伊丽莎搂着丈夫，抬头望着他。乔治紧握双拳，眼睛里闪着怒火。不管什么人，要是妻子会给人拍卖掉，儿子会卖给一个奴隶贩子，而且都是在一个基督教国家的法律保护下干的，都不免会是这个样子。

"我们怎么办，乔治？"伊丽莎声音微弱地说。

"我自有办法，"乔治说着走进小房间，开始检查自己的手枪。

"唉，唉，"菲尼亚斯点着头对西米恩说，"西米恩，你看得出会有什么结果。"

"看得出，"西米恩叹口气说，"但愿不会到那个地步。"

"我不愿你们任何人为了我而受到牵连，"乔治说，"如果你们把马车借给我，告诉我怎么走，我独自一人赶车到下一站去。吉姆力大无穷，视死如归，我也是一样。"

"咳，好吧，朋友，"菲尼亚斯说，"可即使这样，你也需要个赶车的。你可以拿出你的全副本事来打仗，但我熟悉道路，而你不熟悉。"

"但我不想连累你，"乔治说。

"连累，"菲尼亚斯说，脸上露出古怪而机敏的表情。"我倒想看看你怎么能连累我。"

"菲尼斯是个聪明能干的人，"西米恩说，"你听他的话没错，乔治；还有，"他和颜悦色地把手搭在乔治的肩膀上，指了指手枪接着说，"别轻易使用这个，——年轻气盛啊。"

"我不会攻击别人，"乔治说，"我对这个国家的唯一要求是别来干涉我，我就会心平气和地离开；但是，——"他顿了顿，眉头皱起，脸上肌肉抽动着，"我有个姐姐给人在新奥尔良的市场上卖掉了。我知道把她们卖掉去干什么；上帝给了我一双强有力的手来保护妻子，我还能站着眼睁睁地瞧着他们把她抓走去卖掉吗？不；上帝保佑我！我要斗争到最后一口气，不让他们把我的妻子和儿子抓走。这能怪我吗？"

"没有人能责怪你，乔治。有血有肉的人没有别的选择，"西米恩说。"世人犯罪该受天罚，但首先要惩罚那些造成犯罪的人。"

"即使是你，先生，要是处在我的地位，不是也会同样行动吗？"

"但愿我不会受到这样的考验，"西米恩说，"有血有肉的人是经不住这种考验的。"

"我想，在这种情况下，我的血肉是相当坚强的，"菲尼亚斯说着伸出双臂，像风车的风翼一样。"乔治朋友，要是你有账要跟一个仇人清算清算，说不定我会替你把他抓住呢。"

"如果有人可以抵抗恶势力的话，乔治现在就完全有这种自由；但我国的领导人教导我们一种更好的办法；因为凡人的怒火不可能替上帝行公道；上帝的公道是跟凡人的恶念水火不相容的，只有上帝赐予公道的人才有资格得到公道。让我们祈求上帝不要让我们受到诱惑。"

"我也是这样，"菲尼亚斯说；"不过，要是受到的诱惑太强的话，他们得留点神，如此而已。"

"可见你从小就不是个教友会信徒，"西米恩笑道。"这本性在你身上还很顽强呢。"

说实话，菲尼亚斯以前是个健壮、体力过人的山里人，精力充沛的猎人，打起鹿来百发百中；后来追求一个漂亮的女教友，受到她的美貌的吸引，就移居到附近的教友村来了。尽管他是个忠诚、规矩而得力的教友，行为没有什么可指责的，但信仰更加虔诚的教友一眼就可以看出，他对进一步修行根本没有什么兴趣。

"菲尼亚斯教友总是我行我素，"雷琪尔·哈利戴笑着说，"但大家都认为他毕竟还是心术正。"

"那么，"乔治说，"我们最好还是赶紧走吧。"

"我当时四点起床，全速赶了回来；要是他们按预定时间动身，我比他们足足早了两三个小时。不管怎样，天黑之前动身不安全；因为前面几个村庄里有坏人，要是他们看见了我们的马车，可能跟我们捣乱，那就比等待耽搁得还会久些；再过两个小时，我想就可以出发了。我到迈克尔·克罗斯家去一下，请他骑着自己的快马跟在后面，留心路上的动静，要是看见有人追了上来，就给我们报个信。迈克尔养了一匹马，比绝大多数马都跑得快；要是有什么危险，他可以飞马前来通知我们。我现在就去通知吉姆和他的老母亲做好准备，备好马。我们比他们先出发，很有可能在他们追上之前到达下一站。所以，乔治朋友，鼓起勇气来吧；

我跟你们黑人一起冒险，这可不是头一回了。"菲尼亚斯一边关门一边说。

"菲尼亚斯很有心计，"西米恩说，"他会尽力帮助你们的，乔治。"

"我感到最不安的，"乔治说，"是给你们带来这么大的风险。"

"乔治朋友，你别再提这事，我们就最高兴了。我们这样做，是受良心的驱使；我们没有别的选择。喂，孩子他妈，"他掉过头去对雷琪尔说："赶紧替这些朋友准备好晚饭，我们可不能让他们饿着肚子上路啊。"

雷琪尔和孩子们忙着做玉米饼、炖火腿、鸡肉，赶着做晚饭的时候，乔治和妻子坐在小房间里，互相拥抱着，就像知道再过几个小时就会从此天各一方的夫妻一样，互诉衷肠。

"伊丽莎，"乔治说，"别人有亲人，有房子，有土地，有钱，有一切，而我们除了对方之外，什么也没有，但他们不可能像我们一样相爱。我认识你之前，除了可怜的伤心的母亲和姐姐，谁也没有爱过我。黑奴贩子来带可怜的爱米丽走的那天上午，我看见了她。她来到我躺着睡觉的角落里，说道，'苦命的乔治，你最后一个亲人就要走了。你会落得个什么结果，苦命的孩子？'我站起来，一把搂住她，放声大哭起来，她也哭了；后来漫长的十年中我再也没有听过这样温存的话了。我的感情已经干枯，心如死灰，直到认识了你。你爱我，——啊，就像是让我起死回生一样！从此我成了另外一个人！现在，伊丽莎，我就是流尽最后一滴血，也决不让他们把你从我身边夺走。谁要想抓你走，必须从我的尸体上跨过去。"

"啊，上帝呀，可怜可怜我们吧！"伊丽莎呜咽着说。"但愿他能让我们一块儿离开这个国家，这是我们唯一的请求。"

"上帝是不是站在他们一边？"乔治说，这与其说是对妻子说的，不如说是倾诉自己的怨恨。"他们的所作所为，他全都知道！他为什么允许这样的事发生？他们告诉我们说，《圣经》站在他们那一边；一切权力无疑都站在他们那边。他们富有、健康、幸福；他们是教会成员，指望死后上天堂；他们养尊处优，随心所欲。

可是苦命的老实忠诚的基督徒——跟他们一样好，甚至更好的基督徒——却躺在地上，任凭他们践踏。他们把这些人当货物买卖，从这些人的血、泪、呻吟之中赚钱，而上帝却听之任之。"

"乔治朋友，"西米恩在厨房里说道，"听听这首圣诗，也许对你有好处。"

乔治把椅子搬到门口，伊丽莎揩去眼泪，也过来听西米恩念如下一首圣诗：

"至于我，我的脚险些闪失，我的步子险些滑倒。我见傻瓜与坏人兴旺，心里就愤愤不平。他们不像别人一样受苦，也不像别人一样遭灾。因此他们戴着高傲的锁链，穿着暴力的衣裳。他们胖得眼睛凸出；他们的财富多过所欲。他们全无道德，恶毒地主张压迫；还说得冠冕堂皇。因此，上帝的臣民回到这里，叫他们喝尽满杯苦水，他们说道，上帝晓得什么？至高无上者了解什么？"①

"这不是说出了你的心里话吗，乔治？"

"的确是这样，"乔治说，"仿佛是我自己写的。"

"那么再听，"西米恩念道，"我思考着这是怎么回事，心里实在难受。等到了上帝的圣所，才得知他们的下场。你的确把他们置于滑溜溜的地方，使他们跌入毁灭的深渊。人一觉醒来，觉得梦境荒唐，上帝呀，你醒来之后，也要鄙视他们的形象。然而，我要永远跟你在一起；你携着我的右手，以你的教导指引我，以后接我进入天堂。我亲近上帝对我有益。我把信仰寄托在上帝身上。"

这些表示圣洁的信仰的话，由友好的老者口里缓缓念出来，就像仙乐一样潜入乔治那充满怨尤的心灵；西米恩念完之后，乔治英俊的脸上表情温和平静多了。

"如果只有人世的话，乔治，"西米恩说，"你的确可以质问，上帝在哪儿？但他跳出来进入天国的往往是那些在人世享受得最少的人。信仰他吧，不管你在人世遭到什么厄运，日后，他会全

---

① 见《圣经·旧约·诗篇》第70篇。

都做出补偿。"

要是这些话出自养尊处优、纵情享乐的人之口，他们这样说只是专门用来开导落难人的假装虔诚的花言巧语，恐怕不会产生这样的效果；但是，出自一个为了上帝和人类的事业，每天不声不响地冒着罚款和坐牢的危险，其分量是不可能感觉不到的。两个栖栖惶惶、可怜的逃亡者觉得从中获得了宁静与力量。

这时雷琪尔客气地携着伊丽莎的手，牵着她走到餐桌旁。她们正要坐下来，门上响起轻轻的敲门声，鲁丝走了进来。

"我跑过来，"她说，"把这些小袜子拿给孩子穿——三双漂亮暖和的毛袜。你知道，在加拿大冷得很。你勇气足不足，伊丽莎？"她轻快地走到伊丽莎那边，跟她热情地握握手，塞了一块香籽饼到哈里手里。"我带了一小袋这种饼给他吃，"她说，一面从口袋里掏出一个包儿。"你们知道，孩子们时刻都要吃东西。"

"啊，谢谢你，你太好了，"伊丽莎说。

"好啦，鲁丝，坐下来吃饭，"雷琪尔说。

"实在不行。我的约翰在家里带着毛毛，烘炉里还放着些饼干，我一刻也不能停留，不然的话，约翰会让饼干全都烧焦，让毛毛把碗里的糖都吃光，他就是这个脾气。"这小个子教友笑着说。"好了，再见了，伊丽莎；再见了，乔治；上帝保佑你们一路平安；"鲁丝说完就脚步轻快地走出了房间。

晚餐之后不久，一辆大篷车赶到了门口；夜晚满天星斗，菲尼亚斯轻捷地跳下车来替乘客安排座位。乔治一只手牵着孩子，一只手挽着妻子，走出门来。他脚步坚定，表情平静而刚毅。雷琪尔和西米恩跟着他们来到门外。

"你们出来一下，"菲尼亚斯对里面的人说，"让我把车子后面弄好，给女人和孩子坐。"

"这里有两张水牛皮，"雷琪尔说。"把座位尽量弄舒服点儿，通宵坐车可是辛苦得很。"

吉姆首先下车，然后小心翼翼地扶着他的老母亲下车。她抓住他的胳膊，提心吊胆地四面张望，仿佛担心追捕的人随时都会出现。

"吉姆，你的手枪准备好了吗？"乔治坚定地低声问道。

"当然准备好了，"吉姆说。

"要是他们追来了，该怎么办，你心中有数吧？"

"我想是心中有数，"吉姆敞开胸膛，深深吸了一口气说。"你以为我会让他们再把我妈妈抓去吗？"

他们两人在简短地交谈的时候，伊丽莎在跟善良的朋友雷琪尔告别，然后由西米恩扶着上了车，抱着孩子爬进车子后部，在水牛皮中间坐下来。接着是老婆婆给扶着进来坐下，乔治和吉姆给安排坐在她们前面的一条粗糙的宽凳子上，菲尼亚斯从前面上了车。

"再见了，朋友们。"西米恩在车外说。

"上帝保佑你们！"里面的人齐声答道。

篷车动身了，在冰冻的路上轱辘辘颠簸着向前驶去。

由于路面崎岖不平，车轮辘辘作响，大家无法交谈。因此，马车隆隆行驶，穿过大片大片黑洞洞的森林，驶过辽阔沉寂的平原，翻山越岭，颠簸着向前，向前，向前，走了一个小时又一个小时。孩子不久就睡着了，沉重地躺在妈妈怀里。那惊恐万状的可怜的老妇终于忘掉了自己的恐惧；夜越来越深，伊丽莎虽然忧心忡忡，但连她也困得睁不开眼睛了。总的说来，菲尼亚斯好像是这一伙人中精神最好的了，他一面赶着车，一面吹着最没有教友会精神的歌曲，来打发长途旅行的时光。

但是，到了三点钟的光景，乔治的耳朵听见了从后面不太远的地方传来清楚而急促的马蹄声，就碰了碰菲尼亚斯的胳膊肘。菲尼亚斯勒住马倾听着。

"那一定是迈克尔，"他说，"我听得出他的马蹄声，"他站起来伸着脖子焦急地朝身后的路上张望。

现在可以隐约看见，远处山顶上有一个人骑着马十万火急地飞驰而来。

"那是他，我完全相信！"菲尼亚斯说。乔治和吉姆两人同时不由自主地跳下车来。三个人都一声不响地站着，脸朝着期待中的送信人的方向张望。那人奔驰而来。这时，他进入了一个山谷，看不见了；但他们听见那清晰急促的马蹄声越来越近了；最后终于看见他出现在一个山冈上，可以叫得应了。

"没错，那是迈克尔！"菲尼亚斯说；他高声叫道。"喂，迈克尔！"

"菲尼亚斯！是你吗？"

"是我；什么消息——他们追来了吗？"

"就在后面，有八九个人，喝得醉醺醺的，骂骂咧咧，唾沫四溅，就像一群狼。"

他言犹未了，微风中隐约传来一阵急骤的马蹄声，越来越近。

"上车吧，伙计们，快，上车！"菲尼亚斯说。"如果你们非打一仗不可，也等我再送你们一程再说。"两人应声跳上马车，菲尼亚斯挥鞭把马抽得飞跑起来，迈克尔骑着马紧紧跟在后面，篷车辘辘辘响着，蹦着，几乎在冰冻的地面上疾飞而过；可是后面追赶的人马的声音越来越清晰了。两个女人听见了这声音，提心吊胆地朝外面张望，只见后面远处一个山顶上，一队人马影影绰绰出现在晨光熹微的天际。追捕者上了另一个山头，显然看见了他们的篷车，因为白布车篷隔老远就看得清清楚楚。风中传来一声野蛮而得意的高声呐喊。伊丽莎心里作呕，把孩子搂得更紧了；那老妇又是祷告，又是呻吟，乔治和吉姆把手枪死死地抓在手里。追捕者很快追了上来；马车陡然一拐，来到一列陡峭的悬崖之下，这悬崖在一大片平地上拔地而起，四面空旷，崖壁光滑。这座孤零零的悬崖黑沉沉地耸立在越来越亮的天幕之上，看来是个隐蔽藏身的好地方。这地方菲尼亚斯了解得很清楚，是在过去打猎的时候熟悉的；他刚才策马飞奔，就是为了赶到这个地点。

"就在这儿打！"他突然勒住马说，接着跳到地上。"快下车，快，都下来，跟我爬到岩石上去。迈克尔，把你的马套到车上，往前赶到阿马赖亚家去，请他和他的伙计们回到这儿来，跟这些家伙谈谈。"

一眨眼之间，他们全都下了车。

"来，"菲尼亚斯一把接过哈里说，"你们俩各照料一个女的；现在跑，拼命跑！"

看来并不需要催促。说时迟，那时快，大家早已翻过篱笆，全速朝岩石跑去；迈克尔滚鞍下马，把缰绳拴到马车上，赶着车飞驰而去。

"快来，"菲尼亚斯说；这时他们已来到岩石之下，在星光和晨曦之中，看见一条崎岖然而清晰可见的小路在岩石之间蜿蜒而上；"这是我们过去打猎的一个埋伏点。上来！"

菲尼亚斯抱着孩子走在前头，像山羊一样从一块岩石跳到另一块岩石。吉姆背着籁籁发抖的老母亲走第二，乔治和伊丽莎断后。那一队人马来到篱笆跟前，又叫又骂，下了马，准备追上来。前面的人拼命爬了一会儿，爬到了悬崖顶上；这时小路穿过一个隘口，他们只能成单行通过，后来突然来到一条一码多宽的石沟或者说裂缝跟前，裂缝对面是一座孤岩，跟悬崖其余部分隔开，高达三十英尺，四面垂直，俨然一座城堡。菲尼亚斯很容易地跳过了裂缝，把孩子放在一块平坦光滑、长满鲜嫩白苔藓的石板上，石峰顶上长满了这种苔藓。

"跳过来！"他叫道，"跳，为了救命，跳吧！"他说，接着一个个跳了过去。有几块石头形成屏障，好像一道胸墙，挡住了下面的人的视线，看不见他们藏身的地方。

"好了，到了，"菲尼亚斯说，一面从胸墙上面探头监视着大喊大叫从悬崖下向上爬来的进攻者，"他们有本事，就上来抓我们吧。谁想到这儿来，就得成单行通过那两块岩石之间，那是在你们手枪的射程之内，伙计们，你们看见了吗？"

"看见了，"乔治说。"这是我们的事，让我们来担当一切风险，仗由我们来打。"

"仗由你们来打，完全可以，乔治，"菲尼亚斯嚼着白珠树叶子说；"不过我总可以在一旁观战玩儿吧。瞧，那些家伙好像在下面争论，像母鸡打算飞上鸡埘之前一样，正在抬头张望呢。他们上来之前，你最好给他们一句忠告，宽宏大量地告诉他们，要是他们上来，就会吃子弹。"

下面的那一伙人，现在在晨光之下看得更加清楚了，其中有我们的老相识汤姆·洛克和麻克斯，还有两个警察和在前面一家酒店瞎混的一伙无赖，只要请他们喝几口白兰地，就可以把他们请来帮着追捕一群黑奴玩儿。

"哎呀，汤姆，你的浣熊爬到了一棵安全的树上，"一个说。

"不错，我看见他们正是从这儿上去的，"汤姆说；"这儿有条路。我主张就从这儿上去。他们不可能急急忙忙跳下去，要不了多久就可以把他们搜出来。"

"不过，汤姆，他们可能躲在岩石后面朝我们开枪，"麻克斯说。"你知道，那样一来就难办了。"

"呸！"汤姆冷笑一声说。"老是记得保住你的老命，麻克斯！没有危险！黑人总是吓破了胆！"

"我不懂为什么不该保住老命，"麻克斯说；"除了老命还有什么更宝贵的？有时候黑人也会拼出性命来干的。"

这时，乔治出现在他们头顶上一块岩石上，用平静、响亮的声音说："下面的先生们，你们是谁？你们想干什么？"

"我们是来捉拿一伙逃亡的黑奴的。"汤姆·洛克说，"一个叫乔治·哈里斯，一个叫伊丽莎·哈里斯，和他们的儿子，还有吉姆·塞尔登和一个老太婆。我们这里有两位警官，带着捉拿他们的逮捕证；我们决心抓住他们。你听见了吗？你不就是肯塔基州谢尔比县的哈里斯先生家的乔治·哈里斯吗？"

"我就是乔治·哈里斯。肯塔基州的一个哈里斯先生的确曾经把我叫作自己的财产。但是现在，我是一个站在上帝的自由的土地上的自由人；我的妻子和儿子是我的。吉姆和他的母亲也在这儿。我们有自卫的武器，我们决心自卫。如果你们想上来，就请上来吧；但是谁第一个进入我们子弹的射程，谁就没命了，第二个，第三个也是这样，直到最后一个。"

"哎呀，得啦！得啦！"一个胖乎乎的矮子边擤鼻涕边上前一步说。"年轻人，这根本不是你该说的话。你明白，我们是执法的警官。我们这一边有法律、权力等等；所以你们最好还是乖乖地投降；因为到头来你们也肯定不得不投降。"

"你们那一边有法律，有权力，这一点我完全明白，"乔治恨恨地说。"你们打算把我的妻子带到新奥尔良去卖掉，把我儿子关进一个黑奴贩子的牛圈里去，把吉姆的老母亲交还给那个凶神恶煞，他由于无法虐待她的儿子，就鞭打虐待她来出气。你们想把我和吉姆抓回去挨鞭子受折磨，让那些你们所谓的主人在我们身上践踏；你们的法律会支持你们，——你们和你们的法律因此而更加可耻！但是你们还没有抓住我们。我们不承认你们的法律；我们不承认你们的国家；我们跟你们一样站在上帝的土地上，是自由人；我们凭伟大的上帝发誓，我们要为自由而战斗到死。"

乔治发表他的独立宣言的时候，站在岩石顶上，看得相当清楚；霞光把他黑黝黝的脸膛映得通红，义愤与绝望使得他那双黑眼睛里燃烧着熊熊怒火；他说话的时候一只手伸向天空，仿佛在呼吁上帝主持公道。

如果他是个匈牙利青年，站在某个山口，勇敢地保卫一群从奥地利逃到美国的亡命者，人们会认为这是崇高的英雄气概；可是他是一个美国出生的青年，在保卫一群从美国逃往加拿大的亡命者，当然，我们受过良好的教育，非常爱国，看不出这里面有什么英雄气概；要是读者中有人认为这是英雄气概，他们可得责任自负。绝望的匈牙利逃亡者不顾他们合法政府的任何逮捕令和权威，逃到美国来的时候，报界和内阁为他们热烈喝彩，表示衷心欢迎。绝望的美国逃亡者做同样的事的时候，这是——这是什么呢？

尽管这样，有一点是肯定的，这位演说家的态度、目光、声音、风度使得下面的那伙人一时之间说不出话来。一个人的胆量和决心有一股威慑力，连最粗野的人见了也一时说不出话来。只有麻克斯完全无动于衷。他慢条斯理地拉起手枪扳机，在乔治说完之后暂时的沉默之中，朝他开了一枪。

"你明白，不管打死他还是活捉他，回到肯塔基得到的报酬是一样的，"他冷冷地说，一面在衣袖上擦擦手枪。

乔治往后一跳，——伊丽莎尖叫了一声，——子弹紧挨着他的头发而过，差一点儿擦着了他妻子的脸，打在上面一棵树上。

"没事，伊丽莎，"乔治迅速说道。

"你发表演说的时候，最好别露出来，"菲尼亚斯说，"他们是一帮卑鄙的家伙。"

"喂，吉姆，"乔治说，"把手枪全都检查一下，看有毛病没有，跟我一起监视那个口子。第一个露面的人由我来打，你打第二个，这样轮流下去。在一个人身上浪费两颗子弹可不上算。"

"要是你没打中怎么办？"

"我非打中不可，"乔治冷冷地说。

"好！这家伙真有两下子。"菲尼亚斯咕哝着说。

麻克斯开了一枪之后，下面那一伙人站着犹豫了一会儿。

"我想你一定打中了什么人，"其中一个说道。"我听见一声尖叫！"

"马上就上去，算我一个，"汤姆说。"我从来没害怕过黑鬼，现在也不怕。谁跟着上去？"他说着纵身跳上岩石。

这些话乔治听得一清二楚。他拔出手枪察看了一下，瞄着隘口中第一个人将会露面的那一点。

那伙人中最胆大的一个跟在汤姆后面。已经有人开路了，大伙儿全都开始朝上推进，——最后面的推着前面的，催他们快走；要是他们自己走在前面，是不愿走得那么快的。他们上来了，不一会儿，汤姆那大块头露了出来，几乎到了裂缝的边缘。

乔治开了枪，——打中了他的腰部，但是，他虽然受了伤，却并没有后退，而是像一头发疯的公牛一样大吼一声，一跃而起，就要跳过裂缝，扑进这边这一伙人中间。

"朋友，"菲尼亚斯突然跨到前面伸出长胳膊迎面一推，说道，"这儿不需要你。"

他一下子掉进了深沟，碰得大树、灌木、圆木、碎石咔嚓乒乓响，最后遍体鳞伤躺在三十英尺之下痛得直哼哼。要不是他的衣服在一棵大树的树枝上挂了一下，缓和了冲击力，也许给摔死了；但他还是摔得不轻，疼得要命，动弹不得。

"天哪，他们是地地道道的魔鬼！"麻克斯说着带头撤下岩石，比往上爬的时候劲头大得多；一伙人全都连滚带爬跟着他往下逃去，尤其是那胖子警察，累得呼呼地喘着粗气。

"我说呀，伙计们，"麻克斯说，"你们到那儿去把汤姆抬回来，我跑去骑上马回去搬救兵，——就这么办。"麻克斯不顾同伴的叫骂嘲讽，说到做到，骑上马飞驰而去。

"世上有过这样脚上抹油的无赖吗？"其中一人说，"人家来替他干事，他倒逃之夭夭，把我们丢下不管了！"

"唉，我们得去把那个家伙抬来，"另一个说，"我要是管他是死是活，就是狗娘养的。"

那些人循着汤姆的呻吟声，一路上披荆斩棘，跨过树墩、圆木，穿过灌木丛，来到那位一会儿大声呻吟、一会儿使劲咒骂的好汉身旁。

"你叫得挺凶，汤姆，"一人说。"伤得厉害吗？"

"不知道。扶我起来，好不好？那万恶的教友会信徒真该死！要不是因为他，我准得扔几个下来，让他们尝尝滋味。"

他们费了九牛二虎之力，把负伤倒地的好汉扶了起来，痛得他直哼哼；他们一边一个架着他的腋下，把他扶到马匹跟前。

"请你们抬着我走一英里远，回到那个酒店。给我一块手帕什么的，堵住这个鬼伤口，止住流血。"

乔治从岩石上面探头张望，只见他们想把汤姆的长大的身躯扶上马鞍。他们试了两三次都失败了，汤姆摇晃了几下，一头栽倒在地。

"哎呀，可不要摔死了！"伊丽莎说；她跟大家一样，在站着瞧这个场面。

"为什么？"菲尼亚斯说，"摔死活该。"

"因为死后接着就是审判，"伊丽莎说。

"不错，"那老妇说；在这次遭遇战中，她一直在哼哼，按卫理公会的方式祈祷，"如果死了，这可怜的家伙的灵魂可就惨了。"

"天哪，我看他们就要丢下他不管了，"菲尼亚斯说。

果然这样。那伙人看样子犹豫不决，商量了一会儿之后，全都上了马，骑马走了。他们都走得没了影儿之后，菲尼亚斯开始行动起来。

"唔，我们得下去往前走一段，"他说。"我告诉迈克尔到前头去请帮手，赶着篷车回到这儿来；我想，我们得沿路往前走一段去会他们。上帝保佑他很快就回来！天色还早，路上的行人暂时还不多；我们离歇脚的地方不过两英里多一点儿。要是昨晚路没有这么难走，我们完全可以不给他们追上的。"

一行人接近篱笆的时候，他们看见自己的马车远远地从路那头来了，同行的还有几个骑马的人。

"嘿，迈克尔、斯蒂芬和阿马赖亚来了！"菲尼亚斯喜滋滋地说。"现在我们成功了，跟到达了那儿一样安全了。"

"那么请停一停，"伊丽莎说，"帮帮那个可怜的人，他那呻吟简直可怕。"

"只不过是尽一个基督徒的责任罢了，"乔治说；"咱们带上他，扶他往前走。"

"带到教友会信徒中去把他治好！"菲尼亚斯说；"这倒不错！罢了，这样做我也不反对。来，我们瞧瞧他；"菲尼亚斯在大山里打猎的时候，学到了一点粗浅的外科知识，这时在那受伤的人身边跪下来，仔细地察看他的伤势。

"麻克斯，"汤姆声音微弱地说，"是你吗，麻克斯？"

"不，我想不是的，朋友，"菲尼亚斯说，"麻克斯只管自己逃命，哪里顾得上你呢。他早就逃走了。"

"看来我完蛋了，"汤姆说。"这脚下抹油的该死的狗奴才，把我一个人丢下死在这儿！我可怜的母亲一向跟我说会是这么个结果。"

"天哪！听这可怜虫说的。他也有妈妈，"黑人老婆婆说，"我不由得可怜起他来了。"

"轻点，轻点，别呲牙咧嘴的，朋友，"汤姆痛得一缩，把菲尼亚斯的手推开，菲尼亚斯见了说道。"如果不让我把你的血止住，你就死定了。"菲尼亚斯用自己的手帕和从别人身上收集起来的手帕赶忙给他临时包扎好。

"是你把我推下来的，"汤姆声音微弱地说。

"不错，要是我不把你推下来，你会把我们推下来的，"菲尼亚斯一面弯下腰去给他包扎一面说。"得啦，得啦，让我把这绷带扎好。我们对你没有恶意；我们不记仇。我们会把你带到一家人家去，你会得到第一流的护理，——你母亲也不过护理得这样好。"

汤姆呻吟着，闭上眼睛。他这种人，力量与决心完全是肉体方面的事，血一流，两者都随之消失了。这彪形大汉到了无可奈何的时候，那样子也的确可怜。

另外那一伙人现在到了。篷车里的座位给搬了下来。那两张水牛皮折成四层，沿一边张开，四个男人费了九牛二虎之力，把汤姆的沉重的身躯抬上了车。黑人老婆婆恻隐之心大发，坐在马车底板上，把他的头搁在自己怀里。伊丽莎、乔治和吉姆尽可能挤在余下的地方，大伙儿就动身了。

"你觉得他伤得怎么样？"乔治跟菲尼亚斯坐在前面，对他说。

"唔，只是较深的皮肉伤；不过，从那个地方滚下来，又是碰又是划，对他可没有多大好处。血流得不少，差不多流光了，连勇气也没了，——不过他会好起来的，说不定会从中得到一点教训。"

"听你这么说我很高兴，"乔治说。"如果是我弄得他丢了性命，即使是为了正义的事业，也会是我一辈子思想上的一个沉重的负担。"

"是的，"菲尼亚斯说，"杀生总是一件叫人难受的事，不管怎么个杀法，也不管是杀人也好，杀畜生也好。我过去是个好猎手，我告诉你，我看见一只给打中了的公鹿，就要死去了，眼巴巴地瞧着人，差不多让人觉得杀了它真是罪过；杀人就是更加严重的问题了，因为如你的妻子说的，他们死后面对审判。所以，我并不觉得我们教友会的人关于这种事的看法过于严格；尽管我受的教养不同，但我相当赞同他们的看法。"

"你打算拿这个可怜的家伙怎么办？"乔治说。

"噢，把他送到阿马赖亚家去。他家有位斯蒂芬斯老奶奶，他们叫她陶卡斯①，——她是个最出色的护士。她天生喜欢护理病人，有个病人让她护理，那是再合她的胃口不过的事了。我们可

---

① 妇女慈善团体名，这里指乐善好施的女子。

以把他托付给她护理半个来月。"

马车行驶了个把钟头，一行人来到一所整洁的农舍，疲惫的客人受到款待，吃了一顿丰盛的早餐。汤姆·洛克很快就给小心翼翼地安置到一张他一辈子没有睡过的干净柔软的床上。他的伤口被小心地洗干净包扎好了，他有气无力地躺着，像一个疲倦的孩子一样，时而闭上眼睛，时而睁开眼睛，瞧着病房中雪白的窗帘和轻手轻脚来来往往的人影。我们就此跟这一伙人暂时告别吧。

第十八章　奥菲丽娅小姐的经历和见解（上）

我们的朋友汤姆，性情淳朴，在出神的时候，觉得自己运气不坏，落到这一家为奴，可以比得上约瑟在埃及的命运①；事实上，随着时间的推移，他越来越得到主人的青睐，这个比方也越来越恰当了。

圣克莱尔为人懒散，花钱无度。在此以前，家里的供应采购主要由阿道夫来干。此人也是花钱无度，挥霍浪费，跟主人一模一样；主仆俩极其迅速地耗散着家里的钱财。汤姆多年来把替主人管好财产看成自己的职责，见这个家里开支这么浩大，不安的心情简直难以克制，有时候，以他这种人常常需要的不动声色、间接的方式，提出自己的建议。

圣克莱尔开头只是偶尔给他派个差使，但是后来被他清醒的头脑和出色的办事能力所打动，对他越来越信任，最后渐渐地把采购供应工作全都托付给他了。

"不，不，阿道夫，"有一天阿道夫在埋怨自己大权旁落，圣克莱尔说，"别怪汤姆。你只知道自己想要什么，而汤姆还懂

---

① 见《圣经·旧约·创世纪》，约瑟遭诸兄忌恨，被卖给米店商人，商人把他卖给埃及王的臣下为奴，后因救灾有功，被封为丞相，受厚待。

得是不是合算；要是我们不让一个人把钱管好，总有一天钱会花光的。"

汤姆得到粗心大意的主人无限的信任，主人连看都不看一眼就把钱交给他，找回的零钱也不数一下就塞进口袋里。汤姆有极大的便利和诱惑做出不老实的事来；只是由于根深蒂固的纯朴天性，这天性又因他信仰基督教而得到加强，才使得他抵住了这种诱惑。对于这种天性来说，主人对他寄予无限信任这件事本身，就是一种约束，保证他做到兢兢业业，一丝不苟。

阿道夫的情况就不同了。他没有头脑，大手大脚，主人又觉得纵容比管束容易些，便对他放任自流，弄得他根本分不清自己和主人究竟哪个是哪个，有时候连圣克莱尔也觉得不安。他的良知告诉自己，这样训练佣人不对头，很危险。长期以来，一种内疚的心情跟他形影不离，不过还不足以使他痛下决心，改邪归正；这种内疚反过来又变成纵容。对于最严重的过错，他也轻轻放过，因为他自思自量，假如自己尽到了责任，下人们就不会犯这些过失了。

汤姆瞧着自己的快快活活、逍遥自在、年轻英俊的主人，心情很是古怪，忠诚、恭敬与父亲般的焦虑交织在一起。主人从来不读《圣经》；从来不做礼拜；任何事情，他都开玩笑，以玩世不恭的态度对待；他把星期天晚上都消磨在歌剧院或话剧院里；他去参加酒会、晚宴、俱乐部活动的次数过于频繁。对这一切，汤姆看得比谁都清楚，并且从中得出结论，认为老爷不是基督徒。不过这看法他对谁都不愿讲出来，只是独自一人的时候，多次在自己的小房间里以朴素的语言为他祈祷。倒不是因为汤姆没有说出自己的心里话的独特方式，他偶尔也采用黑人常用的办法。比如说，我们描写过的那个安息日之后的那一天，圣克莱尔应邀参加一次饮名贵白酒的欢乐的酒会，到晚上一两点钟才由别人扶着回来，一看那样子，就知道是口腹之欲占了理智的上风。汤姆和阿道夫帮着他宽衣上床。阿道夫兴高采烈，显然认为这是个有趣的笑料，看见汤姆惊慌失措的样子，还哈哈大笑，说他是个乡巴佬。汤姆还真的傻头傻脑，当晚睁眼到天明，为年轻的主人祈祷。

"咦，汤姆，你还在等什么？"第二天，圣克莱尔穿着睡衣拖鞋坐在书房里，对汤姆说。圣克莱尔刚才交给了汤姆一笔钱，吩咐他去办几件事。"不就是这几件事吗，汤姆？"他见汤姆仍然等着不走，便加了一句。

"只怕还有事，老爷，"汤姆一脸严肃的样子说。

圣克莱尔放下报纸，放下咖啡杯子，瞧着汤姆。

"咳，汤姆，怎么回事？你跟死人一样板着脸。"

"我很难过，老爷。我一向以为老爷对人人都好。"

"咦，汤姆，难道我对谁不好吗？说吧，汤姆，你要什么？我想你还有什么没得到，这是开场白吧。"

"老爷一向对我好。在这一方面，我没什么可埋怨的。但有一个人，老爷对他不好。"

"咳，汤姆，你怎么啦？说出来，你这是什么意思？"

"昨天晚上一两点钟的时候，我想到了这一点。我当时考虑了这个问题。老爷对自己不好。"

汤姆说这话的时候，背朝着主人，手摸着门把手。圣克莱尔觉得自己的脸火辣辣的，但是哈哈一笑。

"啊，就这点小事，是不是？"他快活地说。

"小事！"汤姆突然转过身来，跪在地上说。"啊，亲爱的年轻的老爷！我想这会断送你的一切——一切——连肉体带灵魂。《圣经》上说，'饮酒会咬你如蟒蛇，刺你如蛙蛇！'①我亲爱的老爷！"

汤姆声音哽咽，泪流满面。

"你这可怜的傻瓜呀！"圣克莱尔也噙着眼泪说。"起来，汤姆，我不值得你哭。"

可是汤姆不肯起来，抬头恳求地瞧着他。

"好吧，我再也不去参加那些该死的胡闹了，汤姆，"圣克莱尔说；"我以人格担保不去了。我不明白自己为什么没有在很久以前就戒掉。我一向瞧不起这一套，也因此而瞧不起自己。好啦，

---

① 见《圣经·旧约·箴言》第22章。

汤姆，揩干眼泪，干你的事去吧。得啦，得啦，”他接着说，“不要为我祝福，我不是什么大好人，”他一面轻轻推着汤姆朝门口走去一面说。“听着，我以人格向你担保，汤姆，你再也不会看到我这个样子了。”他说。汤姆心满意足地揩着眼睛走了。

“我要对他守信用，”圣克莱尔一面关门一面说。

圣克莱尔果如其言，因为任何形式的肉体享受，就他的本性来说，对他都没有特别的诱惑力。

这样一来，我们的朋友奥菲丽娅小姐已经开始承担南方一个家庭的管家之责，有谁来叙述她的种种苦楚呢？

在南方的家庭里，随着主母的性格和能力各不相同，教养出来的佣人也大不相同。

不论是在南方还是北方，都有具有卓越的指挥才能与教育手段的女人。这样的女人不用严厉的手段，就能轻而易举地把自己小小的庄园上所有的奴隶管得服服帖帖，气氛和谐而有条不紊；能调节各人的特点，互相取长补短，以便建立起和谐而有条不紊的秩序。

谢尔比太太就是这样的当家人，我们在前面已经讲过了；读者也许记得自己曾经遇到过这样的人。这种人在南方寥寥无几，那是因为在全世界也是寥寥无几；别的地方有，南方同样也有。她们出现在哪里，就把哪里的特定社会环境看成施展自己的治家本领的绝好机会。

玛丽·圣克莱尔不是这样的当家人，在她前面的母亲也不是。她懒惰、幼稚、没有条理、得过且过，不可能指望她训练出来的佣人会跟她不同。她对奥菲丽娅小姐讲述过家里的混乱情况，尽管找错了原因，但并不是捏造的。

奥菲丽娅小姐上任的第一天，四点钟就起了床，首先把自己房间里的一切都整理好，——自从来到这里，她一直是自己动手整理，管理房间的女佣人见了惊奇得目瞪口呆。然后她准备把家里的碗柜、壁柜大张旗鼓地整顿一番。这些柜子的钥匙现在都在她手里。

那天，储藏室、衣柜、瓷器柜、厨房和地下室都经过严格的检查。

藏在黑暗角落里的东西都给搜出来重见天日，弄得厨房和内室的
公侯权贵们大惊失色，引起了黑奴内阁对于"这些北方来的太太"
的许多窃窃私语。

厨师头儿老黛娜是厨房里的总管和权威，认为自己的特权受
到了侵犯，不禁满腔怒火。大宪章时代 ① 的任何诸侯对于别人侵犯
自己权力的憎恨也不过如此。

黛娜很有自己的个性，要是不让读者对她稍有了解，对她恐
怕是不大公平的。烹调是非洲人固有的本性，她就有这种本性，
是个天生的厨师，就跟克罗大妈一样。但是克罗是训练有素、有
条不紊的厨师。干起活来按部就班，有一定的规矩；而黛娜是个
无师自通的天才，跟一般的天才一样，自以为是、刚愎自用、脾
气古怪到了极点。

跟现代某一派的哲学家一样，黛娜彻底蔑视一切形式的逻辑
和理智，总是求助于直觉的肯定，在这一点上，她是雷打不动的。
不管别人能力多强，权威多大，解释多么合理，都没法使她相信
别的方法比她的方法好一点，在微不足道的事情上，也没法使她
相信她所采取的步骤有丝毫改变的余地。在这点上，她的老主母，
就是玛丽的母亲，也不得不迁就她，"玛丽小姐"（玛丽嫁人之后，
黛娜还是这样叫自己的小主母）则觉得顺从她比跟她争要容易一
些，所以黛娜在厨房里拥有至高无上的权力。她有娴熟的外交手腕，
就是把百依百顺的态度与坚定不移的措施结合起来，因此更容易
达到自己的目的。

黛娜彻底掌握了找各种各样的借口的艺术与奥秘。她的格言
是厨师决不会有错。南方厨房里的厨师可以把一切罪过和弱点推
到无数的替罪羊身上去，以保持自己的一身清白。如果一餐饭有
哪道菜做得不好，可以找得到五十个无可争辩的理由；不可否认，
那是别的五十个人的过错，黛娜还对她们不遗余力地进行斥责。

但是黛娜做饭的最后结果失败的极少。她做起事来总是绕来

---

① 12世纪初叶，英王约翰专制，贵族、教士、庶民奋起强迫英王签订大宪章，
保障人民自由权利，是为英国宪法之基础。

绕去，根本不管时间与地点；厨房里通常好像刮过了一场飓风，每一件炊具的摆放，一天一个地方，一年有多少天，就有多少个地方；但是，要是人们耐心地等待的话，她最终总会开出整整齐齐的一餐饭来，而且做出的色香味，连食不厌精的人也挑不出毛病来。

现在正是开始做饭的时候。黛娜不论做什么，都非常讲究悠闲舒适，要不时停下来养半天神，休息一番。现在她正坐在厨房地板上，抽着一根又短又粗的烟斗。她烟瘾很大；每当她觉得在做饭过程中需要神灵的启示的时候，就把烟斗点燃，权当香炉，请家务女神下凡赐教。

坐在她周围的是一大群南方家庭里为数众多的新兴族，在忙着剥豌豆，刨土豆皮，拔鸡毛，以及做其他准备工作；黛娜不时地打断自己的沉思，用身边的布丁棍，在那些正在干活的小家伙头上这个戳一下，那个敲一下。说实话，黛娜对那些卷头发的年轻成员实行的是铁腕统治，似乎认为他们降生人世，没有别的目的，用她自己的说法，只是"让她少走几步路"。这是她自己生长于其中的制度的精神实质，现在她正在不折不扣地执行这种制度。

奥菲丽娅小姐把家里其他部门的改革工作做完之后，现在来到厨房里。黛娜从各种途径获得了这个情报，决定坚守阵地，进行防御，暗暗决心反对一切新措施，或是不予理睬，但不进行任何明显的反抗。

厨房是一间大房间，地板上铺着砖，一个旧式的大壁炉占去整整一面墙。圣克莱尔曾经劝黛娜把它改为方便的新式灶，可是白费了口舌。她可不干。黛娜死死地抱着旧式的不方便的东西不放，其顽固程度，与萧西派[①]或任何保守派成员比起来，都是有过之而无不及。

圣克莱尔从北方回来之初，对伯父家厨房里的条理和秩序有很深刻的印象，给自己的厨房添置了大批碗柜、抽屉柜和其他用具，想把厨房整顿得井井有条。他很乐观，以为这对黛娜做饭会有所

---

① 19世纪末英国的一个极端保守的宗教派别。

帮助。可是他买这些东西，等于是给松鼠或喜鹊做窝。抽屉、壁柜越多，黛娜就有越多的地方收藏破破烂烂，如破布、梳子、旧鞋、带子、丢掉不要的假花，以及她心爱的其他玩意儿。

奥菲丽娅小姐走进厨房的时候，黛娜没有站起来，依然稳坐钓鱼台，继续抽她的烟，从眼角瞟着奥菲丽娅小姐的一举一动，但表面上专心致志地监督着身边的人干活。

奥菲丽娅小姐开始拉开一个个抽屉。

"这个抽屉装什么用的，黛娜？"她说。

"盛什么都很方便，小姐。"黛娜说。看来也真是这样。抽屉里盛着五花八门的东西，奥菲丽娅小姐首先从中拉出一块漂亮的织花桌布，上面沾着血迹，显然曾经用来包过生肉。

"这是什么，黛娜？你难道用太太的最漂亮的桌布包肉吗？"

"哎呀，小姐，不；毛巾都不见了，所以用它包了一回。我把桌布放在一边准备洗，所以放在那儿。"

"瞎搞！"奥菲丽娅小姐自言自语地说，一面把抽屉翻了个个儿，里面有一个肉豆蔻磨子和两三粒肉豆蔻、一本卫理公会的赞美诗集、两三块肮脏的马德拉斯①手帕、一些纱线和纱线织物、一包烟草和一只烟斗、几块饼干、一两个盛着一点发膏的镀金瓷碟、一两只薄薄的旧鞋、一块包着几个小洋葱仔细别好的法兰绒、几块织花餐巾、几条粗麻布毛巾、一团线和几根织补针、几只破纸包，各种各样的香料从包里漏出来，漏得满抽屉都是。

"哪儿是你放肉豆蔻的地方，黛娜？"奥菲丽娅小姐说，那神情就像在求上帝帮助自己按捺着性子。

"随便哪儿都行，小姐；那上面的破茶杯里有一点，那边那个碗柜里有一点。"

"这个磨子里有一点，"奥菲丽娅小姐拿起那几颗肉豆蔻说。

"对啦，是我今天早晨放在里面的——我喜欢把东西放在方便的地方，"黛娜说。"你，杰克，停下来干什么！你讨打是不是！

---

① 印度东南一个省份名称，出产一种著名的布，制成的手帕名叫马德拉斯手帕。

那边的，别动！”她边说边用棍子敲了一下那个男人。

"这是什么呀？"奥菲丽娅小姐拿起发膏碟说。

"哎呀，那是我的头发油；我把它放在那儿，图个方便。"

"你拿太太最好的碟子盛这个吗？"

"哎呀！那是因为我在赶时间，慌急慌忙的；我本来打算今天就换个东西盛。"

"这是两块织花餐巾。"

"那两块餐巾是我搁在那儿准备哪天洗的。"

"你这儿没有专门搁要洗的东西的地方吗？"

"哦，圣克莱尔老爷买了那个柜子，他说是做这个用的；但是我喜欢在那上面和面做饼干，或搁点东西，再说，那盖揭起来也不方便。"

"你干吗不在那边那块面板上和面呢？"

"哎呀，小姐，那上面摆满了碟子和各种各样的东西，没有地方和面，办不到——"

"可你该把碟子洗干净收好。"

"洗碟子！"黛娜开始来火了，压过了平常的恭敬态度，高声说道；"请问，太太小姐们知道什么叫干活吗？要是我把时间都花在洗碟子收碟子上，老爷要到什么时候才有饭吃？玛丽小姐从来不跟我说这个，根本不说。"

"噢，这儿还有洋葱。"

"哎呀，不错！"黛娜说；"原来我把它们放在那儿，我怎么也没记起来。那正是我留着做炖肉用的。我忘记它们就在那个法兰绒包里了。"

奥菲丽娅拣出那些香料直漏的纸包。

"我希望小姐不要去动那些纸包。我喜欢把东西搁在固定的地方，找起来方便些。"黛娜斩钉截铁地说。

"可你不需要纸包上的洞吧。"

"那样倒起来方便些，"黛娜说。

"可你瞧，漏得抽屉里到处都是。"

"哎呀，不错！如果小姐把东西这样乱倒一通，当然会漏出来，"黛娜不安地走到抽屉跟前说，"如果小姐上楼去，到我大扫除时期再来看，我会把样样东西收拾得整整齐齐；可是太太小姐在场碍手碍脚，什么也干不成。你，山姆，别把那个糖碗拿给毛毛！你要是不当心，我会敲你几下子！"

"我打算把厨房整理一番，把一切都弄得井井有条，黛娜，然后我希望你保持原样。"

"天哪！奥菲丽娅小姐；这可不是太太小姐干的活。我从来没见过太太小姐做这样的事；老主母没干过，玛丽小姐也没干过，我看完全用不着。"黛娜义愤填膺地走来走去，瞧着奥菲丽娅小姐把碟子清好叠起，把分散盛在几十只碗里的糖倒进一个罐子里，把餐巾、桌布、毛巾清理好，准备洗干净；然后亲自动手洗呀，抹呀，摆呀，那动作之迅速灵巧，叫黛娜看了目瞪口呆。

"天哪！要是北方的太太小姐们都是这样的话，那还算什么太太小姐呀，不算，"走到一个保险的地方之后，她对自己的几个手下人说，"大扫除时期到了的时候，我也会收拾得整整齐齐的，不比任何人差；可我不愿太太小姐们在这儿碍手碍脚的，把我的东西乱摆乱放，害得我找不到。"

替黛娜说句公道话，她也有不定期的大张旗鼓地改革整顿的时候，她把这叫作"大扫除时期，"这时她开始劲头十足地把每一只抽屉、每一个壁柜都翻得个底朝天，把东西一股脑儿倒在地板上、桌子上，使得平常已经够乱的厨房更是乱得不亦乐乎。然后她点燃烟斗，从从容容地进行整理，把东西检查一遍，还不时评论一番，吩咐小家伙们使劲地擦锡器，这样总要手忙脚乱好几个小时；要是有人问起，她就解释说，这是她的"大扫除时期"，问的人也就满意了。"她再也不能让东西这么乱七八糟下去了，她打算叫那些小家伙们保持整洁"；因为不知怎么的，黛娜自己有一种错觉，以为自己是整洁的化身，要是这方面有什么不那么完美的话，那全是由于那些"小家伙们"和家里其他人的缘故。所有的锡器擦亮了，桌子都擦得雪白了。凡是碍眼的东西都藏到角角落落里去了的时候，黛娜就穿上漂亮的衣服，系上干净的围裙，缠上高高的鲜艳的马德拉斯头巾，叫那些到处乱窜的"小家伙们"

不要到厨房里来，因为她要让厨房保持干干净净的样子。老实说，这些周期性的大扫除往往让全家人感到不方便；因为黛娜对擦亮了的锡器十分珍惜，执意不肯用来做任何用途——起码要到"大扫除时期"的热情渐渐消退为止。

奥菲丽娅小姐花了几天时间，彻底地改造了家里每一个部门；把一切都整理得井井有条；但是，在那些有赖于佣人的合作的部门，她花的心血就跟西绪弗斯①或丹奈斯诺女②的苦役一样。她绝望了，有一天对圣克莱尔诉起苦来。

"在这个家里，要想有点条理真是难上加难！"

"当然难，"圣克莱尔说。

"这么瞎搞的管理，这么浪费，这么乱，我可从来没见过！"

"我看，你是没见过。"

"要是你来当家，你就不会这样漠不关心了。"

"亲爱的姐姐，我不如痛痛快快跟你说个明白。我们当奴隶主的分为两个阶级，压迫者和被压迫者。我们性情好，讨厌采用严厉手段，下定了决心忍受很大的不便。如果我们图轻松，硬要在家里蓄养一群拖沓、懒散、没有教养的奴隶，那么我们就得自食其果。有些罕见的情况我也见过，有些人手腕特别高明，不用严厉手段也能建立秩序与条理；可我不是这种人，所以很久以前就拿定了主意，凡事顺其自然。我不愿鞭打这些可怜虫，不愿把他们打得皮开肉绽，他们也明白这一点；这样一来，他们就当然知道权力掌握在他们手里了。"

"可是总不能这么做事不讲时间，放东西不讲地点，一切都乱七八糟，这么瞎搞下去吧！"

"亲爱的佛蒙特，你们生长在北极的人太重视时间了！对于一个时间多得不知怎么消磨才好的人，时间又有什么用呢？至于秩序和条理，对于无所事事，只是懒洋洋地躺在沙发上看看书的

———————————————
① 希腊神话中的国王，因生前作恶多端，死后入地狱，被罚推石上山，石头推上山后，又滚下山来，如此反复，永无止境。
② 希腊神话中埃及国王之弟的女儿们，因杀害丈夫，死后被罚在地狱中作苦役，注水于漏槽，永无休止。

人来说，吃早饭早一个小时或晚一个小时没有多大的关系。有黛娜给你做顶呱呱的饭——有汤，有蔬菜炖肉，有烤鸡，有点心，有冰淇淋，应有尽有，而且全是她在那乱糟糟、黑洞洞的厨房里做出来的。她能应付过来，我倒认为很是了不起。可是，老天保佑！要是我们到厨房里去，看见她做饭的时候那浓烟滚滚、东蹲西蹲、手忙脚乱的样子，是会根本咽不下去的！我的好姐姐，你就别去插手了吧！这比天主教苦修还要难受，而且没有任何好处。你只会把自己气死，把黛娜弄得晕头转向。让她爱怎么办就怎么办吧。"

"可是，奥古斯丁，你不知道我发现有多乱哪。"

"我不知道？难道我不知道擀面杖放在她的床底下；肉豆蔻跟她的烟草一块儿放在口袋里；有六十五个糖碗，放在家里每一个角落、每一个洞里；她今天用一块餐巾洗碗，明天用一块旧裙子布洗碗？可最后的结果是，她做出了香喷喷的饭菜，煮出了呱呱叫的咖啡。你必须像评价将军和政治家一样来评价她，就是凭她的功绩。"

"可是那浪费"、"那开支怎么办！"

"噢，对！把能锁起来的都锁起来，保管好钥匙。一回给一点点，零东碎西就根本不要问了——这当然不是上策。"

"这样做我不放心，奥古斯丁。我总觉得这些佣人并不很诚实。你能肯定他们可靠吗？"

奥菲丽娅小姐提出这个问题的时候，脸色严肃而焦急，奥古斯丁见了放声大笑起来。

"啊，姐姐，哪有这样的好事——诚实！怎么能作这种指望呢？诚实！咳，他们当然不诚实。他们干吗应该诚实？他们怎么会诚实呢？"

"你为什么不教育他们？"

"教育！乱弹琴！我给他们什么教育呀？我像个教育别人的人吗？至于玛丽，当然她劲头可不少，要是我让她来管教，把庄园上的奴隶都整死也办得到，可整不掉他们的欺骗行为。"

"难道没有一个诚实的吗？"

"唔，间或也有一两个，他们天生绝对纯朴、真诚、老实，不论什么坏影响都败坏不了他们的品德。但是，你知道，黑人孩子从吃奶的时候起，就感到，就看出，除了用欺骗手段之外，自己就没有出路。跟他们的父母、主母以及一起玩的少爷、小姐打交道，没有别的办法。靠狡猾和欺骗成了必不可少、不可避免的习惯。指望他们不这样是不公道的。他们不该因此而受惩罚。至于诚实，一奴隶处于依赖主人、半幼稚的处境，没法让他们理解产权的概念，没法让他们觉得主人的财产不是他们的财产，只要弄得到就弄。就我来说，我看不出他们怎么能诚实。像汤姆这样的人——简直是道德的奇迹！"

"他们的灵魂怎么办？"奥菲丽娅小姐说。

"这就不是我所能了解的事了，"圣克莱尔说；"我只是在讲今生的事情。老实说，人人都明白，为了我们今生的利益，这整个种族都已经交给了魔鬼，谁还管他们在阴间的命运！"

"这真可怕到了极点！"奥菲丽娅小姐说；"你们应该觉得羞耻才是。"

"我倒觉得不见得。尽管这样，我们的同路人多得很，"圣克莱尔说，"走大路的人通常都有许多同路人。瞧瞧全世界高低贵贱的人，情况都差不多——为了上层阶级的利益，下层阶级肉体、灵魂、精神都耗尽了。在英国是这样；处处都是这样；可是，由于我们做这事的方式跟他们有一点儿不同，全体基督教徒就表示震惊，义愤填膺。"

"在佛蒙特就不是这样。"

"噢，对，在新英格兰和各自由州，情况比我们这儿好，这我承认。铃响了，所以，姐姐，咱们把地区偏见暂时丢到一边，出去吃饭吧。"

下午以后，奥菲丽娅小姐在厨房里的时候，几个黑孩子嚷道："哎呀，普露来了，跟平常一样，一边走一边嘟囔。"

一个又高又瘦的黑女人走进厨房，头上顶着一篮甜面包和热花卷。

"嗬，普露！你来了，"黛娜说。

普露眉头紧皱，一脸愁容，声音像在生闷气，发牢骚。她把篮子放在地上，蹲下来，一双胳膊肘撑在膝头上，说道：

"啊，上帝呀，我巴不得死了就好了！"

"你为什么想死？"奥菲丽娅小姐说。

"死了就不用受罪了，"那女人眼睛盯着地上，粗声粗气地说。

"你干吗要喝得醉醺醺的，尽胡闹呢，普露？"一个打扮得整整齐齐、当上房佣人的混血姑娘说；她说话的时候，一对珊瑚耳坠子乱晃。

那女人沉着脸狠狠地瞪了她一眼。

"早晚你也会有这一天，那时我才高兴呢；到那时你也会跟我一样，巴不得喝上一口解愁的。"

"得啦，普露，"黛娜说，"让咱瞧瞧你的甜面包。小姐会付给你钱的。"

奥菲丽娅小姐挑出二三十个面包。

"那个架子最上面一层那只破罐子里有几张票，"黛娜说。"你，杰克，爬上去拿下来。"

"票，干什么用的？"奥菲丽娅小姐说。

"我们向她家老爷买票，我们给她票，她给我们面包。"

"我回家之后，他们数我的钱和票，看我的零钱对不对；要是不对，他们会把我打得半死。"

"活该，"上房佣人简嘴尖得很，说道，"谁叫你拿人家的钱换酒喝。她就是这样，小姐。"

"我就是要这样，不这样我就没法活下去，喝了酒就忘记了痛苦。"

"你偷主人的钱去喝酒，醉得死猪一样，"奥菲丽娅小姐说，"真是又坏又蠢。"

"很可能是这样，小姐；可我非喝不可，真的，非喝不可。啊，上帝呀，我巴不得死了就好了，真的，巴不得死了就不用受罪了！"老太婆慢慢地、硬梆梆地站起来，把篮子又顶在头上；可是出门之前，她对站在那儿摇晃着耳坠子的混血姑娘瞪了一眼说："你戴着耳坠子，摇头晃脑，自以为漂亮得不得，对谁都看不起。好吧，不打紧，你也总有一天会变成像我一样伤心、可怜的老太婆。求老天开眼，让你也这样。到那时候，看你会不会喝呀，喝呀，喝得你进地狱，你也是活该了，哼！"那女人恶狠狠地哼了一声，走出了房间。

"讨厌的老畜生！"阿道夫在给主人打刮脸水，说道。"要是我是她的主人，我会用鞭子更加狠狠地抽她。"

"你下不了手吧，"黛娜说，"她的背给抽得不成样子了，连衣服都穿不得了。"

"我想，不应该让这样下贱的家伙到体面的人家去，"简小姐说。"你认为怎么样，圣克莱尔先生？"她娇媚地对阿道夫一扬头。

必须交代一下，除了擅自使用主人的其他东西之外，阿道夫还养成了盗用主人的姓氏和地址的习惯；在新奥尔良的黑人中间他的正式称呼是"圣克莱尔先生"。

"我当然同意你的意见，贝诺瓦小姐，"阿道夫说。

"贝诺瓦"是玛丽·圣克莱尔娘家的姓，简是她的一个佣人。

"请问，贝诺瓦小姐，我可不可以问问那副耳坠是不是为明天晚上的舞会准备的？真迷人！"

"咳，圣克莱尔先生，真不知道你们这些男人会放肆到什么地步！"简把那漂亮的脑袋一扬说，晃得耳坠子又闪闪放起光来。"要是你再问我什么问题，我就整晚不跟你跳一次舞。"

"唷，你可不能这么狠心哪！我刚才还恨不得问问你是不是打算穿那件水红色的薄纱裙去呢，"阿道夫说。

"怎么回事？"罗莎问道。她是个机灵、淘气、小个子的混血儿，这时恰好蹦蹦跳跳地下楼来了。

"喏，圣克莱尔先生太放肆了！"

"这可是冤枉，"阿道夫说，"让罗莎小姐来说吧。"

"我知道他一向是个莽撞的家伙，"罗莎说；她一面用一只小脚支撑着身子，一面恶狠狠地瞪了阿道夫一眼："他老是惹我生气。"

"啊！小姐们，小姐们，你们两个一唱一和，会把我气死，阿道夫说，"哪天早晨你们会发现我死在床上，要你们负责。"

"瞧这可恼的家伙说的！"两位小姐放声大笑起来，说道。

"得啦，你们滚吧！我不准你们在这儿胡闹，碍手碍脚，"黛娜说，"把厨房弄得乱七八糟的。"

"黛娜大妈不能去参加舞会，心里有气呢，"罗莎说。

"我才不稀罕你们这种浅皮肤①舞会呢，"黛娜说；"装模作样充白人，归根到底，你们也是黑人，跟我一样。"

"黛娜大妈天天在头发上抹油，把头发油得硬硬的，好把它梳直呢，"简说道。

"归根到底还是鬈头发，"罗莎恶意地把自己长长的、光滑的鬈发一甩说。

"呸，在上帝眼里，鬈头发跟直头发还不是一样的？"黛娜说，"我倒想听太太说说，谁最有用，是你们这样一对，还是我这样的人。滚出去，没用的东西——不准你们待在这儿！"

这时，谈话从两方面被打断了。楼梯顶上传来圣克莱尔先生的声音，问阿道夫是不是打算端着他的刮胡子用的水待上一整晚；而奥菲丽娅小姐从餐室里出来说：

"简和罗莎，你们还在这儿磨什么洋工？还不进去熨你们的细布衣服。"

大家跟卖甜面包的老太婆说话的时候，我们的朋友汤姆也在厨房里，后来他尾随着她走到街上，只见她往前走，不时地轻轻哼一声。最后她把篮子放在一家门前的台阶上，开始整理披在肩上的褪色的旧披肩。

"我替你提着篮子走一段吧，"汤姆同情地说。

"你干吗要替我提？"那女人说。"我不需要帮助。"

"你看来病了还是怎么的，"汤姆说。

"我没病，"女人斩钉截铁地说。

"我希望，"汤姆诚恳地望着她说，"我希望能够说服你把酒戒掉。你难道不明白这会把你的肉体和灵魂一块儿断送掉吗？"

"我明白我就要进地狱了，"女人气狠狠地说。"不必你来告诉我。我坏，我作孽，我就要进地狱了。啊，上帝！我巴不得

---

① 指混血儿，皮肤颜色比黑人的浅些。

到了那里！"

这些可怕的话说得气狠狠、激烈而认真，汤姆听了简直不寒而栗。

"啊，愿主宽恕你！苦命人。你从来没听说过耶稣基督吗？"

"耶稣基督？——他是谁？"

"他就是救世主，"汤姆说。

"我好像听说过救世主、最后审判日和地狱。我听说过。"

"可是难道从来没人跟你说起过，教主耶稣爱我们可怜的罪人，为我们而死吗？"

"这事我一点儿也不知道，"女人说；"我家老头子死了之后，再也没人爱过我。"

"你在哪儿长大的？"汤姆说。

"在肯塔基。一个男人养着我替他生孩子卖，长大一点就马上卖掉；最后，他把我卖给一个人贩子，我家老爷从人贩子手里把我买了来。"

"你喝酒喝得这么厉害是什么原因？"

"为了摆脱痛苦。我来这儿之后生了个孩子；我当时以为有一个可以养在身边了，因为老爷不是人贩子。那是个最漂亮的小家伙！太太开头很喜欢他；他从来不哭，胖乎乎的可爱得很。可是太太病了，由我照料她；我也发高烧了，奶水完全断了，孩子难受，瘦得成了皮包骨头，太太又不肯给他买牛奶。我告诉她说，我没奶水了，她说，我可以用大人吃的东西喂他；孩子很难受，一天到晚哭呀，哭呀，哭呀，瘦得成了皮包骨头，太太讨厌起他来了，说的话全是气人的话。她巴不得孩子死去，她说：她不让我晚上带着他睡，她说，因为他哭得我没法睡，什么也干不了。她叫我在她房里睡，我不得不把他放在一个小阁楼上，有天晚上，他哭呀哭呀，直到哭死。真的；我就开始喝酒，让耳朵里听不到他的哭声！真的——我就是要喝！即使因为喝酒而下地狱也要喝！老爷说我会下地狱的，我告诉他说，现在我已经到了地狱！"

"啊，可怜的老人家！"汤姆说；"难道从来没有人告诉你救世主耶稣爱你，为你而死吗？难道没有人告诉你他会保佑你，你可以进天堂，最后得到安息吗？"

"我像进天堂的样子吗？"女人说，"那不是白人去的地方吗？要是他们在那里又把我当奴隶怎么办？我宁愿下地狱，离开老爷和太太，我宁愿到地狱去。"她说完，又跟往常一样呻吟了一声，把篮子顶在头上，恨恨地走了。

汤姆转过身来，悲伤地回到家里。在院子里，他碰上了小伊娃，头上戴着一个晚香玉做的花环，高兴得眼睛亮闪闪的。

"啊，汤姆，你在这儿。找到了你我真高兴。爸爸说要你把小马牵出来，带我坐我的新小车，"她抓着他的手说。"可是怎么回事，汤姆？你看上去有心事。"

"我很难过，伊娃小姐，"汤姆悲伤地说。"不过我会去给你把马牵来。"

"不过请你告诉我，汤姆，这是怎么回事。我看见你跟那怪脾气的普露说话来着。"

汤姆用简单、诚恳的话，把那女人的遭遇告诉伊娃。她没有像别的孩子那样惊叫，没有纳闷，也没有哭。她的脸色变得苍白，眼睛里露出深沉、恳切而阴郁的神情。她用双手按着胸口，沉重地叹了口气。

第十九章　奥菲丽娅小姐的经历和见解
（下）

"汤姆，你不必去给我牵马了，我不想去了。"她说。

"为什么不去了，伊娃小姐？"

"这些事我忘不了，汤姆，"伊娃说，"永远也忘不了，"她真诚地重复了一次。"我不想去了。"她转过身去，走进了大屋。

几天之后，来送甜面包的是另外一个女人，不是普露老婆婆；奥菲丽娅小姐正好也在厨房里。

"咦！"黛娜说，"普露怎么啦？"

"普露再也不会来了，"那女人神秘地说。

"为什么不来了？"黛娜说。"她没死吧？"

"我们不太清楚，她关在地窖里。"那女人瞟了奥菲丽娅小姐一眼说。

奥菲丽娅小姐拿了甜面包之后，黛娜跟着那女人走到门口。

"普露到底怎么啦？"她说。

那女人好像想说，又不愿明说，压低了声音，神秘地答道：

"那么，你别告诉任何人。普露又喝醉了……他们把她关进了地窖……他们把她关了一整天……我听人家说，苍蝇都飞到她身上去了……她死啦！"

黛娜举起双手，回过头来，正好看见紧挨着她身后站着伊万杰琳那幽灵似的身影，吓得她那神秘的眼睛睁得大大的，嘴唇和脸颊上一点儿血色也没有了。

"上帝保佑！伊娃小姐就要晕过去了！我们碰了什么鬼，让她听这样的话？她爸准会大发脾气的。"

"我不会晕过去的，黛娜，"孩子毫不含糊地说；"我干吗不该听？我听着难受，总没有可怜的普露亲身受罪那样难受吧。"

"天哪，这种事可不是你这样娇滴滴的可爱的小姐听的，听了会吓死的！"

伊娃又叹了口气，拖着缓慢而忧郁的步子上了楼。

奥菲丽娅小姐焦急地打听那个女人的情况。黛娜喋喋不休地说了一通，汤姆又补充了那天早晨从她本人那儿听来的一些细节。

"令人发指，——不折不扣骇人听闻！"圣克莱尔躺在房间里看报，她走进去大声说。

"请问，又发生了什么罪恶滔天的事啦？"他说。

"什么事？那些人用鞭子把普露活活打死啦！"奥菲丽娅小姐说，接着原原本本地把经过说了一遍，对于那些最骇人的细节说得更加详细。

"我早就看出有朝一日会到这个地步，"圣克莱尔说完，又继续看报纸。

"早就看出！——你不打算采取点行动吗？"奥菲丽娅小姐说。"你们这儿难道没有行政监督员之类的人来干预一下，调查一下这类事情吗？"

"人们普遍认为，产权利益本身就足以防止这类事情发生。如果人们偏偏要毁坏自己的财产，我不知道这有什么办法。看来这可怜虫是个贼，又是个酒鬼；所以看来没有多大希望唤起别人对她的同情。"

"这简直是荒唐透顶，骇人听闻，奥古斯丁！你肯定会遭到报应的。"

"亲爱的姐姐，我又没干这种事，也没法制止这种事；我是爱莫能助啊。卑鄙野蛮的人硬要这么干，我又有什么办法？他们拥有绝对的控制权；他们是不负责任的恶霸，干预也没用；对于这样的案件，根本就没有什么真正有效的法律。我们最多也只能闭上眼睛，捂住耳朵，置之不理。这是我们唯一的办法。"

"你怎么能闭上眼睛，捂住耳朵？你怎么能对这样的事置之不理？"

"亲爱的姑娘，你能指望什么？这整个阶级——卑贱、无教养、懒惰、令人恼火——完全控制在跟世上大多数人一样的人手中而不受任何约束；这些人不会体谅别人，缺乏自制力，稀里糊涂，连对自己的利益都不会关心——因为人类的大多数就是这个样子。当然，在这样组织起来的社会里，一个有荣誉感、有慈悲心的人除了尽量闭上眼睛，硬起心肠之外，还能有什么作为？我不可能把见到的苦命人都买下来。我不可能去当游侠，凡是见到这城市里出了不平事，都去替人报仇雪恨呀。我最多只能设法不去沾边。"

圣克莱尔英俊的面孔一时阴沉沉的，一副恼火的样子，可是突然装出一副快活的笑容，说道：

"得啦，姐姐，别站在这儿一副命运女神的样子；你只不过是隔着帘子瞧见了一个影子——在全世界，这种事情都在以这种那种方式发生，这只不过是一个例子。如果我们东查西探，追究生活中一切悲惨的事，恐怕对什么事都没有心思了。这就跟过分仔细地察看黛娜的厨房里的细节一样。"圣克莱尔又往沙发上一躺，忙着看起报纸来。

奥菲丽娅小姐坐下来,掏出毛线活,板着脸气呼呼地坐在那里。她织呀织呀,越想火气越大,最后爆发出来了——

"我告诉你,奥古斯丁,你能轻易忘掉这样的事,我可忘不了。你还替这样的制度辩护,真是可恶,——我是这样看的!"

"怎么啦?"圣克莱尔抬起头来说,"又来啦,嗯?"

"我说你替这样的制度辩护,真是可恶!"奥菲丽娅小姐越说越激烈。

"我替它辩护,亲爱的小姐?谁说我替它辩护来着?"圣克莱尔说。

"你当然是替它辩护,你们全都替它辩护——所有的南方人。如果你们不替它辩护,为什么养奴隶?"

"你是不是天真可爱得以为,明知不对的事,天下就没有人会干?你明知不对的事,难道就不干?或者说,难道就没干过?"

"即使干了,我想也会忏悔的,"奥菲丽娅小姐一边说,一边飞快地织着毛线。

"我也一样,"圣克莱尔剥着橘子说;"我一直在忏悔。"

"那你为什么还照样干?"

"我的好姐姐,你忏悔过后,难道不也照样干吗?"

"那只是在受到很大的诱惑的时候,"奥菲丽娅小姐说。

"我就受到了很大的诱惑,"圣克莱尔说:"我的难处就在这儿。"

"可是我一向下决心不干,设法戒掉。"

"十年来,我也一直在断断续续地下决心不干,"圣克莱尔说:"不过不知怎么的,还没有完全摆脱。你是不是摆脱了自己的一切罪孽,姐姐?"

"奥古斯丁老弟,"奥菲丽娅小姐严肃地说,同时放下毛线;"我想,你指责我的过错,是应该的。我知道,你说的都是对的;这我比谁都更加深切地感觉到了。不过我的确觉得,你我之间还是有区别的。我觉得,我宁肯把右手砍掉,也不愿一天又一天干着自己明知不对的事。不过我言行很不一致,难怪你会责备我。"

"啊，姐姐，"奥古斯丁坐到地板上，把脑袋枕在她的膝头上说，"不要这样认真得可怕！你知道我过去是怎样一个没用又放肆的孩子。我喜欢逗你，不为别的，只是为了瞧你那认真的样子。我认为你心地极好，好得叫人难受，想到这一点我就心烦得要命。"

"可这是个严肃的问题，我的老弟奥古斯丁，"奥菲丽娅小姐用手捂着额头说。

"严肃得叫人受不了，"他说；"而且我——噢，我从来不喜欢在大热天严肃地谈话。蚊子叮人啦什么的，叫人没法打起精神来思考崇高的道德问题；我相信，"圣克莱尔突然兴奋起来，"我想到了一种理论了！现在我明白北方民族总是比南方民族道德高尚一些的原因了——这个问题我全弄清楚了。"

"啊，奥古斯丁，你是个十足的喋喋不休的糊涂蛋！"

"真的？好，大概是的；不过我现在要严肃一回；可是你得把那篮橘子给我递过来；如果要我费这番力，就得'以酒为我提神，以苹果让我舒心。'① 现在，"奥古斯丁把那篮橘子拖过来，"我开始讲了；在人类历史的进程中，一个人有必要奴役二三十个同类时，为了对社会舆论表示恰当的尊重，他就必须——"

"我看不出你哪有一点严肃的样子，"奥菲丽娅小姐说。

"耐心点嘛，我就要讲到正题了——你且听着。简单说来，姐姐，"他那英俊的脸突然现出认真严肃的表情说，"关于奴隶制这个抽象问题，我看只有一种解释。种植园主要靠奴隶制赚钱，牧师要讨好种植园主，政客要靠奴隶制维护自己的统治，他们都要竭尽全力歪曲语言和伦理观念，其手法之巧妙简直令世人惊讶不已。他们能迫使自然、《圣经》以及谁也说不清其他多少事物为他们效劳；可是，到头来，他们自己也好，世人也好，都并不因此而多相信一丁点儿。简单地说，这是从魔鬼那儿学来的伎俩；在我看来，这是一个相当可靠的例子，说明魔鬼到底有多大的神通。"

奥菲丽娅小姐停止了织毛线，一脸惊讶的表情；圣克莱尔显

---

① 见《圣经·旧约》第2章。

然为弄得她这么惊讶而乐滋滋的，接着说下去。

"你好像觉得很惊讶；不过如果你硬要我说，我就说个痛快这个神人共愤的可恨的制度，到底是什么东西？把它的装饰品都剥光，追根究底看一看，它是个什么东西？咳，我的阔希①兄弟愚昧而软弱，我聪明而强壮，我就把他的财产全都偷走，据为己有，我高兴给他什么就给他什么，高兴给他多少就给他多少，因为我知道怎么做到这一点，又有能力做到这一点。凡是我觉得太累、太脏、太讨厌的事，我就叫阔希去干。我不喜欢干活，阔希就得干活。太阳晒得我难受，阔希就得挨太阳晒。阔希赚钱，我来花钱。凡是遇到水坑，阔希就得躺倒给我垫脚，让我踏过不湿鞋。在他的有生之年，阔希得天天按我的意志行事，不得自作主张，最后，阔希是不是有上天堂的机会，取决于我是不是觉得方便。我认为奴隶制大致就是这么个玩意儿。对于我们的法典中的蓄奴法，普天之下谅必没有谁能做出别的解释。说什么奴隶制的'弊端'！扯淡！这个制度本身就是弊端！在这个制度的重压下，我国没有像所多玛和蛾摩拉②一样沉入地下，唯一的原因就是制度执行的情况比制度本身不知要好多少。我们也是父母所生，不是凶残的野兽，也有怜悯之心，羞耻之心，我们许多人没有，也不敢——不属于行使我们野蛮的法律所赋予我们的全部权力。那些走得最远、手段最狠的奴隶主，行使权力也没有超出法律所允许的限度。"

圣克莱尔已经站了起来，以急促的步子在房间里来回走动——他一激动就是这个样子。他那漂亮的脸，就像希腊的古典雕像的脸一样。仿佛由于情绪激烈而真的在燃烧。他那蓝色的大眼睛灼灼放光，由于情绪激动，双手不自觉地做着手势。奥菲丽娅小姐以前从来没见过他有这种心情，坐着一声不吭。

"我告诉你，"他突然在堂姐面前站住不动了，"在这个问题上，指责也好，愤恨也好，都无济于事；但是，我还是告诉你，有时候我想，要是全国都沉入地底，把这不公正的制度及其苦难

---

① 黑人的别称。
② 见《圣经·旧约·创世纪》。古代中东的两座罪恶城市，后为上帝所毁。

藏起来，我会心甘情愿地跟它一块儿沉下去。我坐着船往返航行的时候，或是到外面收账的时候，我想到，我所遇到的每个野蛮、可厌、卑鄙、下流的家伙，靠骗、偷、赌得了钱，我们的法律就允许他们买男人、女人、儿童，成了他们的土皇帝——我一见到这样的人居然占有孤苦伶仃的孩子，拥有年轻的姑娘和妇女，就咒骂自己的国家，咒骂人类！"

"奥古斯丁！奥古斯丁！"奥菲丽娅小姐说，"我想你已经说够了。我有生以来从来没听过这样的话，连在北方也没有听到过。"

"在北方！"圣克莱尔突然换了一副表情，重新以他常用的漫不经心的语气说。"呸！你们北方人是冷血动物；对一切都冷静得很！我们火气来了，就骂他个狗血喷头，你们就做不到。"

"不错，可是问题是——"奥菲丽娅小姐说。

"啊，对，不用说我也明白。问题是——真是个鬼问题！'你怎么会落到这样罪孽深重、痛苦万分的地步的？'呃，我用你过去星期天教给我的那句老话来回答。我这个景况是按普通的继承法得来的。我的仆人原来是我父亲的，还有我母亲的，现在成了我的，仆人以及他们的后代，都成了我的，这是一个不小的数目。你知道，我父亲是从新英格兰迁来的；他跟你父亲一模一样——一个标准的老派罗马天主教徒——为人正直、精力充沛、品德高尚、意志坚强。你父亲定居在新英格兰，靠治山治石，从大自然手中榨取生活资料；我父亲定居在路易斯安那，靠治男治女，从他们身上榨取生活资料。我母亲，"圣克莱尔说着站起身来，走到房间一端墙上的一幅画像跟前，以极其崇敬的表情抬头凝视着画像，"她简直是神！别这样瞧着我！你明白我的意思！她是凡人所生，可是，据我的观察，她身上没有一点儿凡人的弱点和错误的痕迹；凡是记得她的人，不管是奴隶还是自由人，是佣人还是亲戚朋友，都是这样说的。姐姐，多年以来，要不是因为妈妈，我早就不信上帝了。她是《新约》的直接体现和化身——她是活生生的事实，要以《新约》中的真理来解释，而且只能这样才能解释。啊，母亲啊，母亲！"圣克莱尔双手紧握在一起，心潮澎湃地呼唤着；

接着突然压住情感往回走，坐到一张小凳上，接着说：

"我跟我哥是双生子，你知道，人们说，双生子应当互相相像，可是我们在各方面都恰恰相反。他的眼睛又黑又亮，头发漆黑，英俊的相貌像罗马人那样刚强，皮肤深棕色。我的眼睛是蓝色的，头发金黄，面貌像希腊人，皮肤白皙。他好动，观察敏锐，我好静，迷迷糊糊。他对朋友和地位相当的人慷慨大方，但对下人高傲、专横、盛气凌人，顺我者昌，逆我者亡。我俩爱讲真话，但他是出于傲气和勇气，我是出于一种抽象的理想。我们跟一般孩子一样，相互之间的感情一般还可以，有时也一时好、一时坏，他是父亲的宠儿，我则是母亲的宠儿。

"在一切问题上，我都有一种病态的多愁善感，他和父亲一点儿不理解，压根儿不同情。但母亲理解我，同情我；因此，我要是跟阿尔弗雷德吵了架，父亲严厉地瞧着我的时候，我常常跑进母亲的房间，坐在她身边。我还清楚地记得她的样子；脸色苍白，目光深邃、柔和而严肃，穿着白色的衣裳——她总是穿着白色的衣裳。我在《启示录》里读到穿着漂亮、清洁的白衣裳的圣人的时候，就想起她来。她多才多艺，尤其是在音乐方面。她常常坐在钢琴跟前，一边弹着古老、优美、庄严的天主教音乐，一边唱着，她的歌声不像凡人的声音，而像天使的声音。我把头伏在她怀里，流着泪，幻想着，心中感慨万千——啊，我简直没法用语言来形容！

"在那些日子里，奴隶制度从来没有人像今天这样探讨过，谁也没有想到它有什么害处。

"我父亲是个天生的贵族。我想，他的前身一定是地位很高的神仙，把他那套古老的宫廷傲气带到凡间来了；尽管他出身贫苦人家。根本不是出身于豪门大户，但他的傲气是天生的，深入骨髓。我哥哥完全是按照他的模样塑造出来的。

"你知道，普天之下，贵族对于社会地位在某一界线以下的人毫无同情之心。在英国，界线划在一个地方；在缅甸，界线划在另一个地方；在美国，界线又划在另一个地方；但这些国家的贵族决不会越过这一界线。对于本阶级的人来说是艰难困苦和不公正的事，如果发生在别的阶级的人身上，他们就觉得是理所当然的事，不值得大惊小怪。我父亲的界线是一条肤色的界线。对跟他地位相当的人，他是再正直、慷慨也没有了；但他认为各种人种因肤色深浅不同而地位不同，而黑人则是介于人与畜生之间的中间环节，他关于正义与慷慨的观念，按照这个假设而划分成许多等级。我想，不用说，要是有人直截了当地问我父亲，黑人是不是也有人的不灭的灵魂，他也许会吞吞吐吐地说有。但他可不大管有没有灵魂；除了认为上帝肯定是上层阶级的首领而对他有所尊重之外，他根本没有宗教观念。

"噢，我父亲驱使大约五百名奴隶为他干活；他是个固执、严峻、一丝不苟的实干家；一切都得按制度办事，要求做到准确、精细，不得出丝毫差错。要是你考虑到这一切都得由一群懒惰、多嘴而无能的劳工来完成，而这些劳工一辈子都没有学会做事的任何动力，只学会了你们佛蒙特人所说的'躲懒'，你就会明白，在他的种植园自然会发生许多在我这样的孩子看来是骇人听闻、令人痛心的事。

"除此之外，他还有个监工。此人魁伟高大，腰细拳粗，是你们佛蒙特人的一个不肖子孙（请原谅），在凶狠残暴方面，他正式学过徒，获得了学位才得到允许开业的。我母亲压根儿没法容忍他，我也一样；可是我父亲却对他唯命是从；此人成了庄园的土皇帝。

"当时我还小，可是跟现在一样，对于人类的一切，我都有同样的爱好——对于人性，不管表现形式如何，我都有一种研究的癖好。我经常到奴隶的小屋里去，到下地干活的奴隶中间去，当然得到他们的宠爱；他们的牢骚、苦楚都偷偷往我耳朵里灌，我再告诉母亲，母子俩可以说组成了一个委员会，给他们申冤。我们妨碍、制止了大量的残酷行为，为自己做的大量好事而暗自庆幸。后来，我做得过火了（人们往往是这样），斯塔布斯向父亲埋怨说，他管不了这些奴隶，不得不辞职。父亲是个温柔、宽容的丈夫，但对于自己认为必要的事情，是决不手软的；因此，他一脚插到我们母子和下地干活的奴隶中间，像岩石一样不可动摇。他对母亲说，做家务的奴隶，完全归她管，但对于下地干活的奴隶，他不允许任何人干预，话说得恭恭敬敬，但斩钉截铁。他对母亲比对任何人都要尊重，但即使是圣母玛丽亚下凡来妨碍他的制度，他也会这样对她说的。

"我常常听见母亲跟他讲理——竭力想唤起他的恻隐之心。但他听着母亲苦苦哀求，总是彬彬有礼，泰然自若，叫人灰心已极。'归根结底是这么回事，'他会说，'我得跟斯塔布斯分手，还是把他留下来？斯塔布斯是准时、诚实、高效的化身，地地道道的实干家，跟一般人一样，也讲人道。我们不能求全责备；如果我留下他，就得支持他那一整套管理制度，尽管偶尔也有例外的情况。一切管理都包含有某些必要的严厉成分。一般的办法，可能处理不了某些个别的情况。'这最后一句格言，似乎成了父亲裁决绝大多数残暴案子的法宝。他说过那句话之后，通常就把脚往沙发上一搁，就像一个人处理完了一件事，根据具体情况，开始睡午觉，或是看报纸。

"事实上，我父亲完全具有政治家的才干。他可以瓜分波兰像掰一瓣瓣的橘子一样轻而易举，也可以踏平爱尔兰，谁来做都不过做得跟他那样不动声色、有条不紊。最后，我母亲无可奈何只得罢休。我母亲那样品格高尚、富于同情心的人，束手无策地陷入了自己认为是不义、残暴的深渊，而周围的人全都无动于衷，他们心里悲愤到什么程度，不到最后审判日，是永远也没法知道的。这种人活在我们这个人间地狱里，简直是苦海无边。除了以自己的观点和感情教育自己的孩子之外，她还能做什么？可是，不论人们说教育有什么用处，孩子生来是什么性格，长大了基本上还是那种性格，而且只可能是那种性格。阿尔弗雷德还睡在摇篮里，就是个贵族；长大之后，他本能地一心向着贵族，为贵族辩护，母亲的教诲全是白费口舌。至于我，这些教诲则刻骨铭记。父亲说的话，她表面上从不顶撞，也不直接表示不同意见；但她以那深沉、诚恳的性情，强烈地影响了我，在我的灵魂深处烙下了这样一种思想：即使是最低贱的灵魂，也有其尊严与价值。晚上，她常常指着天上的星星，对我说：'瞧那儿，奥古斯丁！即使那些星星都永远消失之后，我们这儿最可怜、最低贱的灵魂都会跟上帝一样永远存在！'这时，我瞧着她的脸，不由得肃然起敬。

"她有几幅精美的古画，其中一幅画的是耶稣给一个盲人治病的事。那些画非常精美，常常强烈地感动着我。'瞧那儿，奥古斯丁，'她常说：'那个盲人是个乞丐，贫苦而讨厌；因此耶稣不愿远远地给他治病，而把他召到身边去，把手放到他身上！记住这一点，孩子，'要是我一直在她的照料下长大，不知道她会激起我多么大的宗教热忱。我说不定会成为一个圣人、改革者、殉教者——可是，唉！唉！我还只有十三岁就离开了她，再也没有见到她。"

圣克莱尔用双手捧着头，好一会儿没有说话。过了一会儿，他抬起头来，继续说下去。

"人生来向善这套玩意儿是多么可怜而不值钱的鬼话啊！在大多数情况下，这只不过是纬度、经度和地理位置对人类的性情产生什么影响的问题。多数都只不过是偶然的机遇！比如说，你的父亲定居在佛蒙特，住在一个大家都事实上自由平等的镇上，就成了一位地道的基督教徒，一位教会执事，后来加入了废奴协会，认为我们比异教徒好不了多少。然而，在本性和习惯上，他是我父亲的地地道道的翻版。他那同样的强悍、专横、霸道的性格，我从无数不同的方面看得出来。你明白，要说服你们村里的某些人，让他们相信辛克莱老爷并不觉得自己高人一等，是不可能的。说实话，尽管他降生在民主时代，拥护民主理论，但他心底里是个贵族，跟我那统治着五六百名奴隶的父亲一模一样。"

奥菲丽娅小姐听了这番描绘，颇想挑剔一番，放下毛线活，正要开口，圣克莱尔止住了她。

"得啦，你想说什么我全都知道。我并不是说他们事实上一模一样。一个落到跟他的本性彻底背道而驰的环境里，另一个落到跟他的本性相得益彰的环境里；因此，一个成了颇为固执、倔强、傲慢的老民主派，另一个成了固执、倔强的老霸王。要是两人都在路易斯安那拥有种植园，他们会跟两颗同一个模子铸出来的子弹似地一模一样。"

"你真是个不孝之子！"奥菲丽娅小姐说。

"我对他们并没有什么不尊敬的意思,"圣克莱尔说。"你知道,恭敬并不是我的拿手好戏。不过还是回头讲我的经历吧:

"父亲死了之后,把全部财产留给了我们孪生的两兄弟,按我们的意思进行分割。在跟地位平等的人有关的一切事务上,上帝之下、人世之上再也没有比阿尔弗雷德更加高尚、更加慷慨的人了;在遗产问题上,我们兄弟和和气气,没有说过一句有伤兄弟感情的话,没有任何怨气。我们决定共同管理这个种植园;阿尔弗雷德在外面活动的劲头与能力比我强得多,成了满腔热情的种植园主,而且干得极其成功。

"可是试着干了两年之后,我认识到自己在这方面实在没法跟他合作。我们有一大群奴隶,人数达七百之多,我没法认识他们,也没法——关心。他们就像一大群长角的牛一样,被买来,被驱赶,住的、吃的、干的,都跟牛一样,受到军纪般严格的训练。把他们最起码的生活乐趣降到多低的水平还能使他们继续干活,这是个时刻需要研究的课题——监工是必不可少的,皮鞭是时刻少不了的,是首先、最后和唯一的说服办法——这一切使我厌恶、憎恨到了无法忍受的地步;想到母亲对每一个苦命人的灵魂的评价时,这一切甚至变得令人心惊肉跳了!

"跟我说什么奴隶喜欢这一切,全是胡言乱语!你们一些自以为高人一等的北方人热心地为我们的罪孽辩解,捏造了一些令人难以出口的滥调,我至今听了还要火冒三丈。大家全都明白,事情不是这样。说什么世界上有人喜欢整天干活,从天亮干到天黑,主人时刻在监视着,没有实现自己的意志的任何权利,老是干着同一种枯燥无味、千篇一律的苦工,一年到头得到的只是一条裤子、一双袜子、一个栖身之所、一点仅够维持劳力的口粮!要是有人认为,人们过那种日子,一般说来还是跟别人一样舒服的话,我希望他能试一试。我愿意把这狗东西买来,心安理得地强迫他干活!"

"我原来一向以为,"奥菲丽娅小姐说,"你们,你们大家都赞同这些事,根据《圣经》,认为这是正义的事。"

"胡说!我们还没有堕落到这个地步。阿尔弗雷德是天下最执迷不悟的霸王，但他并不屑于这样为自己辩护；不，他高傲地援引那长期以来堂而皇之的理由为依据，那就是'弱肉强食。'他说（我觉得他说得很有见地），美国的种植园主只不过是以另一种形式，干着英国贵族和资本家对下层阶级所干的事；我认为这就是说，占有他们的血肉和骨头、灵魂和精神，用来为自己的安逸效劳。他为两者都进行辩护——我认为至少是能自圆其说。他说，没有对民众的奴役，不管是名义上的还是实际上的奴役，就没有高度的文明。他说，必须有一个下层阶级，专门从事体力劳动，只让他们具有动物的本能；还要有一个上层阶级，靠奴役他们获得闲暇和财富，以便获得知识，活得更好，成为下层阶级的指挥者。我说过，他这样推理，是因为他生来是个贵族；我不相信，是因为我生来是个民主派。"

"两者怎么能相提并论呢？"奥菲丽娅小姐说。"英国的劳工不能买卖，不能交换，不会弄得妻离子散，不会挨鞭子啊。"

"他们完全受到雇主的意志的支配，就跟卖给了他一样。奴隶主可以把不服管教的奴隶鞭打致死，资本家可以把工人饿死。至于家庭稳定问题，很难说哪一种情况更坏，是让自己的子女被卖掉，还是眼睁睁地瞧着他们在家里饿死。"

"可是证明奴隶制并不比别的坏事更坏，也不能成为替奴隶制辩护的理由。"

"我并不是在为奴隶制辩护，——不仅不是辩护，我还要说我们的制度是对人权的更加明目张胆、更加具体的侵犯；居然把人当马一样买卖，看牙齿，敲关节，试步伐，然后付款把他买下——在买卖人的肉体与灵魂方面，有投机商、饲养人、贩子和经纪人——把这个制度以更加具体可见的形式摆到世人面前，尽管所做的事，就其本性来说，说到底是一样的；就是说，占有一部分人，供另一部分人使用，让他们活得更好，而根本不顾那一部分人本身的福利。"

"我从来没有这样思考过这个问题，"奥菲丽娅小姐说。

"可我到过英国，浏览过许多有关他们的下层阶级的地位的文件；我真的认为，阿尔弗雷德说他的奴隶比英国人口的很大一部分的日子过得还好，这话是没法否认的。你明白，你不能从我告诉你的话中做出推论，认为阿尔弗雷德是个所谓厉害的主人，因为他不是的。他很专横，对于不服管理的奴隶残酷无情；如果有人违抗他，他会跟打死一头鹿一样，毫不手软地把他一枪打死。但是，一般说来，他很以自己的奴隶吃得饱、住得好而自豪。

"我跟他合作的时候，坚持要他采取措施让他们受点教育；为了让我满意，他真的请了个牧师，在星期日教他们做教义问答。不过我相信，他内心觉得那跟请牧师教他的狗与马一样，毫无用处。老实说，一个人从出生那一刻起，就受到各种坏影响，脑子麻木了，跟畜生一样；整个星期每人都在做不用脑子的苦工，星期日花短短几个小时是不会有多大效果的。给英国产业工人上课和给我国种植园奴隶上课的星期日学校教师，也许可以证明，在两国的结果是相同的。但是，我们这儿有一些惊人的例外，原因是黑人比白人更容易受宗教感情的影响。"

"唉，"奥菲丽娅小姐说，"你后来怎么放弃管理种植园的工作的？"

"噢，我们勉强合作了一段时间，最后阿尔弗雷德看出我根本不是当种植园主的料。为了迎合我的想法，他进行了改革、变更，到处都做了改进，我还是不满意，他觉得简直荒唐。归根结底，事实是我憎恨这制度本身——仅仅为了让我发财而使用这些男男女女，使这一切愚昧、残暴、罪恶永久化！

"此外，我老是干预具体事情。我本人是最懒惰的人之一，跟懒人太同病相怜了。那些可怜的无可奈何的家伙在棉花篮子底上放上石头，或者在麻袋里先灌上，再用棉花盖上。我要是他们，也一定会这样做，因此我不能也不忍心叫他们挨鞭子。这样一来，种植园的规矩当然就全破坏了。于是，阿尔弗雷德和我的关系，跟多年前我和尊敬的父亲之间的关系一样，闹得很僵。所以，他对我说，我跟女人一样多愁善感，根本不适合于经营事业，劝我拿着银行股票，到我家在新奥尔良的住宅住下来，去写诗，让他来管理种植园。我们就此分手，我来到了这儿。"

"可是你怎么没有让你的奴隶自由？"

"这个，我办不到。奴役他们来为自己赚钱，我不忍；但让他们来帮助我花钱，你明白，我觉得不是那么丑恶的事。他们中有些人是多年的家务佣人，我跟他们感情很好；年轻的是老人的子女。他们全都很满意自己的处境。"他顿了一顿，沉思地在房间里踱来踱去。

"我的一生中有一段时期，"圣克莱尔说，"不愿意得过且过一辈子，希望此生能有所作为，也有这方面的计划。我模模糊糊地渴望当个解放者，为自己的祖国洗刷这一污点。我想，年轻人在某一阶段，全都有过这种狂热的时期，可是——"

"那么你为什么没有这样做？"奥菲丽娅小姐说；"你不该手扶着犁朝后看啊。"

"哦，是这样，事情不像我设想的那样顺利，我跟所罗门①一样，对生活心灰意冷了。我想这是我们俩获得智慧的必由之路吧；不知怎么的，我没有成为社会实践家或改革家，而从此成了一块在水上漂浮回旋的木头。我们每次见面，阿尔弗雷德都责骂我；他比我强，我承认——因为他真正干出了一番事业，他的生活是他的见解的合乎逻辑的结果，而我的生活却有因无果，令人鄙视。"

"亲爱的兄弟，你这样接受检验，能够满意吗？"

"满意！我刚才不是说我鄙视这种生活吗？不过还是言归正传吧。我们在谈解放黑奴来着。我并不认为自己关于奴隶制的看法与众不同。我发现许多人从内心里跟我的看法是一致的。全国在这个制度下呻吟；这个制度对于奴隶来说是坏，但对于主人来说更坏。不用带上眼镜就可以看出，一大群心怀怨恨、得过且过、地位低下的黑人生活在我们之中，无论是对于他们自己，还是对于我们，都是一种祸害。英国的资本家和贵族不可能像我们一样感觉到这一点，因为他们不像我们一样跟自己所贬低的人混在一起。这些黑人住在我们家里，是我们的孩子的同伴，他们对孩子们的思想的影响比我们对孩子的影响还要快；孩子们老是依恋他们、跟他们打成一片。要是伊娃不是超凡入圣的话，她会给断送

---

① 所罗门大帝（前1033—前975），以色列王，曾厌恶富贵无聊的生活。

掉的。我们不让黑奴受教育，听任他们堕落下去，以为自己的孩子不会受到影响，那等于是听任天花在他们之中流行，而认为自己的孩子不会染上天花。可是我们的法律绝对禁止对他们施行任何有效的普及教育。他们这样做，很明智；因为只要一开始彻底地教育一代人，整个制度就会给炸得稀巴烂。如果我们不给他们自由，他们会自己夺取自由。"

"你认为这事的最后结局会怎样？"奥菲丽娅小姐说。

"不知道。但有一点是肯定的——全世界的民众都在积蓄力量；最后审判日迟早会到来的。在欧洲、英国和我国，都在酝酿同样的情况。我母亲常常对我说，千年盛世即将来临，那时耶稣将君临全世界，全人类都将过着自由幸福的日子。我还小的时候，她教我祈求：'您的王国早日降临。'①有时候我想，被榨干了油水的穷人的叹息、呻吟和骚动预兆着她所说的千年盛世的来临。可是谁能等得到耶稣降临的那一天呢？"

"奥古斯丁，有时候我觉得你离那个王国不远了，"奥菲丽娅小姐放下毛线活，担心地瞧着自己的堂弟说。

"谢谢你的夸奖，可是我的情绪一时高，一时低——在理论上，高到天堂之门，在实践上，低到尘埃之中。可是吃茶点的铃声响了，咱们走吧，现在再也别说我一辈子一次正经话也没说过了。"

吃茶点的时候，玛丽提到普露的事。"我想，姐姐，你会认为，"她说，"我们都是野蛮人吧。"

"我觉得这是野蛮的事，"奥菲丽娅小姐说，"但是我并不认为你们全都是野蛮人。"

"唉，"玛丽说，"我知道，有些家伙你真拿他们没办法。他们坏透了，死了还好些。我一点也不同情这种人。要是他们规规矩矩，就不会发生这种事了。"

"可是，妈妈，"伊娃说，"那可怜的婆婆很难受才喝酒的呀。"

"啊，废话！这也算理由吗！我经常心里难受。我想，"她沉思地说，"我吃的苦头比她的大得多。那完全是因为他们太坏了。

---

① 见《圣经·新约·马太福音》第6章。

他们有些人，你不论用什么严厉的手段也制服不了他们。我记得我父亲有个奴隶，懒得要命，为了逃避干活，常常逃走，在沼泽地里东躲西藏，偷东西，做出各种各样可怕的坏事。那人一而再、再而三给抓住挨鞭子，可是对他一点作用也没有；最后一次，他再也待不下去了，偷偷逃走，死在沼泽地里。他这样做根本没有理由，因为父亲的奴隶得到的待遇很好。"

"有一次我制服了一个家伙，"圣克莱尔说，"以前所有的监工和主人试过，都是白费功夫。"

"你！"玛丽说，"我倒想知道你什么时候做过这种事。"

"唔，他是个身材魁伟、体力过人的家伙——一个土生土长的非洲人；他仿佛有一种强烈得出奇的追求自由的本能。他是一头地地道道的非洲雄狮。大家管他叫西皮奥。谁拿他都没有办法；所以把他不断地卖来卖去，最后阿尔弗雷德买下了他，因为他以为自己管得住他。不料有一天，他一拳把一名监工打倒在地，逃进了沼泽深处。当时我到阿尔弗雷德的种植园去玩（我已经跟他散了伙）。阿尔弗雷德气得七窍生烟；可是我对他说，这得怪他自己，并且跟他打赌，说我能驯服那个黑奴，说随便赌什么都行。最后两人商定，要是我抓住了他，得让我拿他做试验。于是他们聚集了六七个人，背着枪，带着猎狗去追捕他。你们知道，只要成了常事，人们追捕一个人的劲头，可以跟追捕一头鹿一样，鼓得足足的。说实话，我本人也有点兴奋，尽管我参加进去，是为了在万一把他抓住之后，充当调停人。

"嗬，猎狗汪汪狂吠，我们有的骑马，有的徒步奔跑，最后我们把他轰了出来。他连跑带跳，像一头鹿一样，好一会儿把我们远远地甩在后面。但是最后他被一片茂密得钻不过的甘蔗林挡住了去路。这时他回过头来作困兽之斗，告诉你们，他跟那些猎狗斗得极其英勇。他抓住狗东摔一只，西摔一只，凭着赤手空拳，摔死了两三只，这时一颗子弹打中了他；他受了伤，鲜血淋漓，几乎就倒在我脚下。那可怜的家伙抬起头来瞧着我，目光既英勇又绝望。那伙人带着猎狗正要扑上来的时候，我制止了他们，说他是我的俘虏。他们在胜利的冲动下，要开枪打死他，我好不容易才阻止住他们。我执意要做这笔交易，阿尔弗雷德把他卖给了我。于是我开始着手驯服他，不到半个月，我就把他制得俯首帖耳，要多么驯服就有多么驯服。"

"你到底是怎么制服他的？"玛丽说。

"咦，简单得很。我把他带进自己的房间，给他铺了张舒适的床，替他清洗包扎好伤口，亲自照料他，直到他基本上能下地行走为止。在此期间，我签署了自由证书给他，告诉他说，他想到哪儿去，就可以到哪儿去。"

"他走了没有？"奥菲丽娅小姐说。

"没有。那傻瓜把证书撕成两半，坚决不肯离开我。我从来没有过比他更勇敢、更忠实的仆人——忠心不二，诚实到顶。后来他心甘情愿地信了基督教，变得跟孩子一样温顺。他替我照管湖畔的别墅，而且管得顶呱呱的。但那年霍乱一开始流行，我就失去了他。事实上，他是为我而送了自己的性命的。我当时病得快死了；大家惊慌失措，家里其他的人都逃光了，只有西皮奥毫无惧色地护理着我，居然把我救活了。可是，可怜的家伙，他紧接着就染上了霍乱，没法救了。失去谁都没有使我这么伤心过。"

他讲这个故事的时候，伊娃张开小嘴，睁着诚挚的大眼睛，全神贯注地听着，一步步朝父亲走过来。

他一讲完，她一把搂着他的脖子，哇的一声哭了起来，哭得全身哆嗦。

"伊娃，亲爱的孩子！怎么回事？"见孩子伤心已极，小小的身子剧烈地颤抖，圣克莱尔急忙说。"这孩子，"他接着说，"不该听这样的事——她胆子小。"

"不，爸爸，我并不是胆子小，"伊娃突然抑制住自己的感情说。其中表现的意志力，在她这种年龄的小孩身上是罕见的。"我并不是胆子小，可是这种事钻进了我的心底。"

"这是什么意思，伊娃？"

"我说不清，爸爸。我有许许多多的想法，也许有一天我会告诉你。"

"好，你想吧，乖乖——不过别哭鼻子，叫你爸爸着急。"

圣克莱尔说，"瞧，我给你挑了个多好的桃子！"

伊娃接过桃子，破涕为笑，不过嘴角还在不由自主地抽动。

"走，去看金鱼去，"圣克莱尔说着牵着她的手走到回廊，不一会儿，就从绸帘外面传来快乐的笑声，原来伊娃和圣克莱尔在互相扔着玫瑰花，沿着院子里的甬道互相追逐。

在叙述上等人的奇遇时，我们险些儿忽略了我们低贱的朋友汤姆；但是，如果读者愿意陪着我们到马房楼上一间小阁楼去，说不定可以了解他的一些情况。那间房间还算像样，里面有一张床，一把椅子，一个粗糙的小茶几，上面摆着汤姆的《圣经》和赞美诗集；他现在正坐在茶几前，面前摆着一块石板，在全神贯注地写什么东西，这事看来让他大费脑筋。

原来汤姆思家之心越来越迫切，向伊娃要了一张纸，施展出从乔治少爷那儿学来的那一点点文才，立下雄心壮志，要写一封信；现在他正在忙着在石板上打第一遍草稿。汤姆遇到了很大的困难，因为有些字母的形状他已忘了个精光；那些记得的字母，又不知道到底用哪一个。他一面喘着粗气，一面兢兢业业地写着的时候，伊娃像一只小鸟一样落在了他的椅子的弧形靠背后面，从他的肩头偷偷瞧着他在写什么。

"啊，汤姆大伯！你在那上面画些什么古怪的玩意儿呀？"

"我在给我可怜的老婆子和孩子们写信呢，伊娃小姐，"汤姆用手背揩揩眼睛说；"可是不知怎么的，我害怕会写不成。"

"我真希望能帮助你，汤姆！我学写字学过一点点。去年，所有的字母我都会写了，不过只怕忘记了。"

于是伊娃金色的脑袋挨着他的脑袋，两人开始严肃而焦急地讨论起来，两人都一样认真，一样无知；每个字都经过长时间的商量斟酌之后，两人都相当乐观地认为，这封信开始颇有点信的样儿了。

"不错，汤姆大伯，这封信现在真像个样儿了，"伊娃高兴地瞧着信说。"你的妻子和可怜的孩子们会多么高兴啊！啊，他们逼着你丢下他们，真是太可耻了！我打算什么时候要爸爸放你回去。"

"太太说，他们把钱一凑齐就送钱来赎我回去，"汤姆说。"我觉得她会赎我回去的。乔治少爷，他说要来接我；他给了我这块银圆作为信物；"汤姆从衣服里面掏出那块宝贵的银圆。

"啊，那么他一定会来的！"伊娃说。"我多高兴呀！"

"你知道，我想写封信，告诉他们我在哪儿，告诉可怜的克罗，说我的日子不错——因为她是那么伤心，苦命的人！"

"喂，汤姆！"这时，圣克莱尔走进门来，说道。

汤姆和伊娃两人都吃了一惊。

"这是什么呀？"圣克莱尔走过来瞧瞧石板说。

"啊，这是汤姆的信。我在帮他写信来着，"伊娃说。"写得好吧？"

"我不想让你俩灰心，"圣克莱尔说，"不过我想，汤姆，你最好让我来替你写这封信。我坐车出去一趟，回来就替你写。"

"他这封信很要紧，"伊娃说，"因为他的主母打算寄钱来赎他回去，爸爸；他告诉我，他们跟他说过。"

圣克莱尔心中暗暗想道，这大概是那些心地善良的奴隶主对仆人说的一句漂亮话，好减轻他们对被卖掉的恐惧，但并没有满足由此而引起的期望的意思。可他没有说出口来，只是吩咐汤姆去把马牵出来套车。

那天晚上，汤姆的信给写得熨熨帖帖，稳稳当当地投进了信箱。

奥菲丽娅小姐仍然在当家的事上花着心血。全家佣人，上至黛娜，下至最小的顽童，都异口同声地说奥菲丽娅小姐真是"古怪"——这是南方的仆人用来暗示他们的上司不太合他们的口味的字眼。

家里的上层人物——就是说，阿道夫、简、罗莎——意见一致；她不是什么小姐，小姐从来不会像她那样到处忙碌；她没有一点派头；她居然是圣克莱尔的亲戚，真是出人意料。连玛丽也说，见堂姐奥菲丽娅老是这么忙忙碌碌，实在累死人。说实话，奥菲丽娅小姐。这样忙得无休无止，也是惹人埋怨的原因。她从早到晚缝呀缝呀，那劲头像真有什么十分紧急的事似的；然后，光线暗淡下去，活计折起收好之后，到外面转一圈回来，又拿出时刻放在手边的毛线，又坐到那儿，急急忙忙织起来。真的，瞧着她干活都相当累人。

第二十章　托普西

一天早晨，奥菲丽娅小姐正在忙着做家务活，听见圣克莱尔的声音在楼梯脚下叫她。

"下来一下，姐姐，我有样东西给你瞧。"

"什么东西？"奥菲丽娅小姐手里拿着针线活，一边下楼一边说。

"我给你这个部门购买了一件东西——瞧，"圣克莱尔说，他一面说，一面牵着一个八九岁的黑人小姑娘。

这小姑娘是黑人中最黑的了；她那双圆溜溜、亮晶晶的眼睛像玻璃珠子一样闪闪发光，滴溜溜地转个不停，打量着房间里每一样东西。她看见新老爷家客厅里各种奇异的物品，惊奇得嘴微微张开，露出一口白得耀眼的牙齿。她鬈曲的头发编成许多小辫子，向四面八方翘起。她脸上的表情很古怪，又精明又狡黠，表面上却耷拉着脸，仿佛蒙上了一层庄重而严肃的面纱。她穿着一件单衣，又脏又破，是用麻布袋做的。她站着的时候，规规矩矩把双手抄在胸前。总之，她那样子古怪得很，像个小妖精——正如奥菲丽娅小姐后来说的，"真是个蛮子。"那位好心的小姐见了惊慌失措，掉过头去对圣克莱尔说：

"奥古斯丁，你把那小东西带到这儿来干吗？"

"当然是让你来教育，按她的情况训练她。我觉得她是黑佬中的一件颇为有趣的标本。喂，托普西，"他喊了一声，一面像叫狗似地打了个呼哨，"给我们唱个歌，让我们瞧瞧你跳舞。"

小家伙那双又黑又亮的眼睛顽皮而滑稽地忽闪着，以清脆的尖嗓子唱起了一首古怪的黑人歌曲。她一面旋转，一面用手和脚打着拍子，拍着双手，晃着双膝，节奏狂放而怪诞；嗓子眼里发出黑人音乐特有的各种古怪的喉音；最后，她翻着筋斗，唱出长长的收尾音，那声音跟汽笛声一样怪诞而凄凉，然后她猛然落在地毯上，双手握在一起，脸上假惺惺地装出温顺庄重到极点的表情，只有从眼角斜着射出的狡黠的目光才透露了真相。

奥菲丽娅小姐默默地站着，惊讶得简直不能动弹。

圣克莱尔是个爱搞恶作剧的家伙，瞧着她的惊讶暗自得意；又对孩子说：

"托普西，这是你的新主母。我现在把你交给她，你可得守规矩啊。"

"是，老爷，"托普西装出严肃的样子说，边说边眨着顽皮的眼睛。

"你明白，你可得听话，托普西，"圣克莱尔说。

"啊，是，老爷，"托普西又眨了一下眼睛说，双手还是虔诚地握在一起。

"咳，奥古斯丁，这究竟是干什么啊？"奥菲丽娅小姐说。"你家里已经满地是这样的小灾星，脚一放下去就会踩着一个。我早晨起来，发现门后边睡着一个，看见桌子底下伸出一个黑脑袋，门口的擦鞋垫上躺着一个；有的在栏杆柱子之间挤眉弄眼、龇牙咧嘴做鬼脸，有的在厨房地板上打滚！你把这个带回来究竟要干什么呀？"

"让你来教育呗，我不是跟你说过了吗？你老是在说教育教育。我想给你送一个刚刚捕捉到的标本，让你试验一下，按她的情况教养她。"

"我肯定不想要她，现有的还照顾不过来呢。"

"你们基督徒都是这样！你们愿意组织个协会，聘请一个穷传教士到这样的野蛮人中间去过一辈子。可是我没看见你们有谁带一个回家，跟自己生活在一块儿，亲自费心来叫他们皈依基督教！没看见过。要你们做这种事了，就说他们又脏又讨厌，太操心了，等等。"

"奥古斯丁，你明知我没有这种想法，"奥菲丽娅小姐说，态度明显地软下来了。"好吧，这也许真是传教工作，"她说，一面以和蔼一些的目光瞧着那孩子。

圣克莱尔触动了她的心弦。奥菲丽娅小姐的良心时刻在警醒着。"不过,"她接着说,"我真的看不出有什么必要买下这一个——你家里已经不少了,足够我花上全部时间,施展全副本事了。"

"那么,好吧,姐姐,"圣克莱尔把她拉到一旁说,"我说了这一大通空话,应该向你赔个不是。你毕竟是这么善良,说这些话实在毫无意义。说实话,这孩子原来是一对酒鬼的,他们开了一家饭店,我天天都得从店前经过,老是听见孩子哭叫,听见他们打骂她,我听得心烦了。她样子聪明滑稽,看来可以教出个样儿来。所以就买下了她,打算把她交给你。请你试试看,让她得到正宗的新英格兰教养,看能把她教成什么样的人。你知道,我在这方面没什么本事,可我想请你试一试。"

"好吧,我尽力而为,"奥菲丽娅小姐说。她慢慢朝自己的新门生走过去,很像一个人慢慢接近一只黑蜘蛛似的,当然得假设他对蜘蛛怀着善意。

"她脏得可怕,差不多赤身裸体,"她说。

"那么就把她带到楼下去,吩咐他们给她洗个澡,给她穿上衣服。"

奥菲丽娅小姐把她带到厨房去了。

"真不明白老爷又买个黑人干什么!"黛娜没好气地打量着新来的人说。"我可不想要她在我手下干活!"

"呸!"罗莎和简极其厌恶地说;"叫她滚开点!老爷又要这么一个下贱的黑鬼干什么,我真不明白!"

"去你的吧!并不比你还黑,罗莎,"黛娜说,因为她觉得这最后一句是指桑骂槐说她。"你好像觉得自己是白人。你什么都不是,既不是黑人,也不是白人。我可宁愿要么当黑人,要么当白人。"

奥菲丽娅小姐看出,这帮人没有谁会愿意承担替这新来者洗澡与穿衣的工作,于是被迫自己动手,只有简勉强帮了点忙,而且很不客气。

给无人照料、受尽虐待的孩子第一次洗澡的细节,文雅的人是听不入耳的。事实上，世上有大批的人生老病死的惨状，对于有些同类来说，听人家描述一下，也觉得惊心动魄。奥菲丽娅小姐做起实际事情来，很有毅力；她以英雄气概，彻底地完成了一切令人作呕的细节，不过老实说，她那神情可不是十分客气；因为她的原则至多也只能使她做到忍耐。但当她看见孩子背上、肩头上一条条老粗老粗的鞭痕和大块大块的硬疤，恻隐之心便不禁油然而生。这孩子长到这么大一直生活在野蛮的管教之下，这是这种管教留下的不可磨灭的痕迹。

"瞧那儿！"简指着那些伤痕说。"这不是说明她是个捣蛋鬼吗？我看，我们得给她点厉害瞧瞧。我恨透了这种小黑鬼了！叫人作呕！我真不明白老爷干吗买下她！"

她所说的"小黑鬼"以习惯性的低声下气、耷拉着脸的神情听着这些议论，那双忽闪忽闪的眼睛却在锐利地偷偷瞟着简那对耳坠子。

最后她穿上了一套像样的、没有破洞的衣服，头发剪得短短的；奥菲丽娅小姐满意地说，她比原先像个基督徒了，心里渐渐形成了教育她的一些计划。

奥菲丽娅小姐坐到她面前，开始问她。

"你多大年纪了，托普西？"

"不知道，小姐，"那小把戏咧嘴一笑说，牙齿全露了出来。

"你连自己多大了都不知道吗？从来没人告诉过你吗？你的妈妈是谁？"

"从来没有过妈妈！"孩子又是咧嘴一笑说。

"从来没有过妈妈？你这是什么意思？你是哪里出生的？"

"从来没出生过！"托普西固执地说，又咧嘴笑了一下，那样子真像个小精怪，要是奥菲丽娅小姐胆子小，说不定会以为自己从魔城捉来了个黑不溜秋的小妖怪；可是奥菲丽娅小姐胆子不小，而且头脑镇静，脚踏实地。她有点儿严厉地说：

"不许你这样回答我的话，孩子。我不是在跟你开玩笑。告诉我，你是哪儿出生的，你的爸爸妈妈是谁。"

"从来没有出生过，"孩子重说一次，语气更重，"从来没有过爸爸妈妈，什么也没有。我是由一个投机商养大的，还有许多别的孩子。由休老大妈照料我们。"

孩子说的显然是真话；简哈哈一笑，说道：

"天哪，小姐，这样的孩子多得成堆。他们小的时候，投机商把他们低价买来，把他们养大了拿来出售。"

"你在主人主母家住了多久了？"

"不知道，小姐。"

"是一年呢，是不到一年呢，还是不止一年？"

"不知道，小姐。"

"天哪，小姐，这些下等黑人，他们不知道；他们没有时间观念，"简说；"他们不知道一年是什么；他们连自己的年纪都不知道。"

"你听说过上帝没有，托普西？"

孩子显出莫名其妙的表情，不过还是照例咧嘴一笑。

"你知道是谁造出了你？"

"我看没有谁造我，"孩子哈哈一笑说。

看来她觉得这个念头很好笑；因为她忽闪着眼睛接着说：

"我想我是长大的。不相信是谁把我造出来的。"

"你会缝衣服吗？"奥菲丽娅小姐觉得应该把问题转到具体一点的事情上，便说道。

"不会，小姐。"

"你会干什么？你替主人和主母干过些什么？"

"提水，洗碗，擦刀，侍候人。"

"他们对你好吗？"

"我看不坏，"孩子狡黠地瞅着奥菲丽娅小姐说。

奥菲丽娅小姐觉得这段对话令人鼓舞；便站了起来；圣克莱尔伏在她的椅背上。

"你在这儿发现了处女地，姐姐；把你的思想播下去，要拔掉的杂草不多。"

奥菲丽娅小姐关于教育的观点，跟她其余所有的观点一样，都是固定而明确的；就是一个世纪以前流行于新英格兰地区的那一种，如今那些没有通铁路的闭塞、民风淳厚的地区还依然保留着。可以用如下几句话大致不差地表达出来；教孩子在别人对他们说话时用心听，教他们做教义问答、缝纫、读书，要是说谎就用鞭子抽。在教育思想大大发展的今天，这些观点已经远远落后了，但是在这种教育制度下，我们的祖母教养出了一些相当不错的男人女人，这是无可争辩的事实，我们许多人都还记得，可以为此作证。不管怎样，奥菲丽娅小姐反正也不懂别的教法，因此，她便孜孜不倦地以全副精力扑在教育这个野人的事情上。

家里宣布这孩子是奥菲丽娅小姐的人，大家也都认为是这样；由于孩子在厨房里遭到白眼，奥菲丽娅小姐决定把她干活和受教育的范围主要限制在自己的房间里。她的自我牺牲精神值得有些读者钦佩。以前她自己铺床、扫房间、掸灰尘，干得津津有味，女佣人主动提出帮她的忙，她一直不屑一顾。如今她决定忍痛做出牺牲，教托普西做这些事——啊，可悲啊！要是读者有过这种经历，就会体会到她做出的自我牺牲有多大。

第一天早晨，奥菲丽娅小姐首先把托普西带进自己的房间，庄严地开始上课，把铺床的技巧与奥秘传授给她。

于是，瞧，托普西洗得干干净净，脑袋上那些她心爱的小辫子全都剪掉了，穿着干净的长衫，围着浆得笔挺的围裙，恭恭敬敬站在奥菲丽娅小姐面前，表情很严肃；带着这种表情去参加葬礼倒很合适。

"喏，托普西，现在我教你我的床该怎么铺。我对铺床很讲究。你得学会完全照样铺。"

"是，小姐，"托普西深深叹了口气说；她哭丧着脸，一副认真的样子。

"喏，托普西，瞧着，这是床单的边……这是床单正面……这是反面。你记得住吗？"

"记得住，小姐，"托普西又叹了口气说。

"好，喏，下面的床单得盖住长枕头……这样做……然后完全掖在床褥下面，平平整整的……这样做……看清楚了吗？"

"看清楚了，小姐，"托普西全神贯注地瞧着说。

"但是，上面的床单，"奥菲丽娅小姐说，"一定要这样往下拉，脚头要掖得紧紧的，平平整整的……这样掖……窄边在脚头。"

"是的，小姐，"托普西跟前面一样回答。不过我们得补充一句，这好心的小姐转过身去，热心地操作的时候，她的小门徒设法抓过一双手套、一条丝带，熟练地塞进衣袖，然后跟刚才一样，恭恭敬敬地抄着双手站着。这情况奥菲丽娅小姐根本没有看见。

"好啦，托普西，你来做做看，"奥菲丽娅小姐把两张床单揭开，坐下来说。

托普西庄严而熟练地完成了操练，奥菲丽娅小姐非常满意。她把床单铺得平平整整，把每一条皱纹都拍拍平，整个过程中，都表现出严肃认真的态度，连她的师傅都觉得获益不浅。可是，倒霉的是，事情正要做完的时候，她一时疏忽，一只袖口飘出一节丝带，引起了奥菲丽娅小姐的注意。她立刻抓住丝带。"这是什么？你这调皮的坏孩子，你在偷东西！"

丝带从托普西的袖口拉了出来，可她一点儿也不惊慌；只是装出莫名其妙的样子，惊讶万分地瞧着丝带。

"哎呀！这不是菲丽小姐[①]的丝带吗？怎么到我的袖子里来了？"

"托普西，你这淘气的姑娘，别跟我撒谎——这丝带是你偷的！"

"小姐，我发誓，我没有偷；这一分钟以前我从来没见过这丝带。"

"托普西，"奥菲丽娅小姐说，"你难道不知道撒谎是坏事吗？"

"我从来没撒过谎，菲丽小姐，"托普西装出一本正经、品行端正的样子说，"我现在说的完全是真话，绝不是假话。"

"托普西，要是你这样撒谎，我就不得不用鞭子抽你了。"

"哎呀，小姐，你就是抽我一整天，我也只能这样说，"托普西呜呜哭了起来。"我从来没见过，一定是带进我的袖子的。菲丽小姐一定把它留在了床上，卷进了床单里，所以带进了我的

---

① 奥菲丽娅小姐的简称。

衣袖。"

奥菲丽娅小姐听了这明目张胆的谎话气得要命，一把抓住孩子，使劲地摇着。

"别再跟我来这一套了！"

这一摇，从另一只衣袖里把手套摇了出来，掉到地板上。

"你瞧瞧！"奥菲丽娅小姐说，"你还要跟我说，你没有偷丝带吗？"

托普西现在承认偷了手套，可仍然固执地说没偷丝带。

"听着，托普西，"奥菲丽娅小姐说，"要是你全都老实承认，这回我不打你。"听了这个许诺，托普西才承认偷了丝带和手套，哭丧着脸答应改过自新。

"好，现在跟我说实话。我知道自从来到这个家里，你一定还偷了别的东西，因为昨天一整天我让你到处乱跑。说，告诉我你是不是偷了别的东西，我不会打你的。"

"哎呀，小姐，我偷了伊娃小姐带在脖子上的红东西。"

"你偷了，你这个坏孩子！还偷了什么？"

"偷了罗莎的耳环——那对红的。"

"马上去拿来，两样都拿来。"

"天哪，小姐！我没法拿来了，都烧掉了！"

"烧掉了！胡说！去拿来，不然我就打你。"

托普西大声叫屈，又是哭，又是哼，说自己真的没法拿来。"都烧掉了，真的烧掉了。"

"你干吗把它们烧掉？"奥菲丽娅小姐说。

"因为我坏，我真的坏，我坏透了。我忍不住。"

正在这时，伊娃不知就里，走了进来，脖子上戴的正是那串珊瑚项链。

"咦，伊娃，你在哪儿找到项链的？"奥菲丽娅小姐说。

"找到？哪里，我一整天都戴着呢，"伊娃说。

"昨天也戴着吗？"

"是的！说来好笑，姑姑，我晚上也戴着。睡觉的时候我忘记取下来了。"

奥菲丽娅小姐一副莫名其妙的样子；正在这时，罗莎也走进了房间，头上顶着一篮刚刚熨好的衣服，那对珊瑚耳坠子在她耳朵上摇摇晃晃，奥菲丽娅小姐就更加莫名其妙了。

"对这样一个孩子我真不知道怎么办！"她灰心丧气地说。"你究竟为什么要对我说自己偷了那些东西，托普西？"

"噢，小姐一定要我招认啊；可我再也想不出招认别的什么了，"托普西擦着眼睛说。

"可是，你没干过的事，我当然不要你招认嘛，"奥菲丽娅小姐说；"这也是撒谎，跟另外那个谎是一样的。"

"天哪，真的吗？"托普西天真而惊奇地说。

"哼，那个捣蛋鬼口里说不出半句真话来，"罗莎气呼呼地瞧着托普西。"我要是圣克莱尔老爷，要把她抽得鲜血直流。我会这样做的，让她吃不了兜着走！"

"不，不，罗莎，"伊娃以下命令的样子说（这孩子有时也能做出这个样子）；"不许这样说，罗莎。我听了受不了。"

"天哪！伊娃小姐，你的心这么好，你不明白怎样对付黑鬼，除了狠狠地揍他们之外，没有别的办法，我告诉你。"

"罗莎！"伊娃说，"住口！不许再说这种话！"孩子目光炯炯，脸都气得通红。

罗莎一下子就胆怯了。

"伊娃小姐身上流着圣克莱尔家的血，这很明显。她跟她爸爸一样，什么人她都会替他们说话。"罗莎出门的时候说。

伊娃站在那儿瞧着托普西。

两个孩子面对面站着，代表着社会的两个极端。一个出身高贵，皮肤白皙，头发金黄，眼窝深深的，前额灵秀而俊美，举止公主般优雅；另一个乌黑、机敏、狡黠、低声下气，然而十分精明。她们站在那儿，代表着各自的种族。一个是撒克逊人的后代，祖祖辈辈受到栽培，发号施令，求知有门，身心安逸，道德高尚；另一个是非洲黑人的后代，祖祖辈辈遭受压迫，卑躬屈膝，愚昧无知，身心劳苦，沾染恶习！

伊娃脑子里翻腾着的思想也许就是这样一些想法。但是孩子脑子里的想法是相当模糊、不甚明确的本能的念头；伊娃高尚的心灵中，有许多这样的念头在酝酿着，活动着，可是说不出来。奥菲丽娅小姐一五一十诉说着托普西的调皮捣蛋的行径的时候，孩子露出茫然而悲伤的神色，只是亲切地说：

"可怜的托普西，你偷东西干什么呀？你会得到很好的照料的。说真的，我宁愿把自己的东西全都给你，也不愿让你偷东西。"

这是那孩子一辈子听到的第一句善良的话；那亲切的语气和态度在那野性的、未开化的心灵上产生了奇妙的影响，那敏锐、亮晶晶的圆眼睛里仿佛有一颗泪珠闪了一下，可是接着是一声短促的笑声和照例的咧嘴一笑。不！除了辱骂之外，从来没听见过别的话的耳朵，突然听到仿佛从天国来的善良的话，是很难相信的；托普西只觉得伊娃的话好笑，没法解释，但她不信。

可是对托普西怎么办呢？奥菲丽娅小姐觉得这真是个棘手的问题；她教育孩子的规则好像行不通了。她想从容考虑这个问题；为了争取时间，同时模模糊糊地希望黑屋子会有某种固有的精神作用，奥菲丽娅小姐把托普西关进一间黑屋，等把这个问题进一步考虑清楚了再作打算。

"我真不知道，"奥菲丽娅小姐对圣克莱尔说，"我不用鞭子怎么能管得住那个孩子。"

"那么就用鞭子抽吧，抽个痛快。我授予你充分的权力，你想怎么办就怎么办。"

"孩子不打不成器，"奥菲丽娅小姐说；"我从来没听说过不打能把孩子教好的。"

"噢，当然，"圣克莱尔说；"你觉得怎么办好就怎么办。只是我想提一个建议：我看见过这孩子的主人用烧火棍打她，用火铲火钳把她打倒在地，手里捞着什么就用什么打；考虑到她已经习惯了那种打法，我想你的鞭子要抽得狠一点，才会奏效。"

"那么对她怎么办？"奥菲丽娅小姐说。

"你提出了一个严肃的问题，"圣克莱尔说；"我希望你能回答。对一个一向只是用皮鞭管着的人，现在皮鞭不管用了，怎么办——在南方，这是非常普遍的情况。"

"说实话，我不知道，我以前从来没见过这样的孩子。"

"我们这儿，这样的孩子多得很，这样的男人女人也多得很，怎样才管得住他们呢？"圣克莱尔说。

"说老实话，我回答不了。"奥菲丽娅小姐说。

"我也回答不了，"圣克莱尔说。"报纸上偶尔登载的骇人听闻的残暴行径，比如说普露这样的情况，是怎么来的？在许多情况下，这是双方的心肠都逐渐硬起来的结果——仆人越来越麻木，主人越来越残忍。鞭打和辱骂就像鸦片酊——感觉愈来愈迟钝，剂量就得加倍。我当了奴隶主之后，很早就看出了这一点；于是我决定永远不开这个头，因为不知道到什么时候才是止境——这样，我至少可以保住自己的道德本性。结果呢，我的仆人就像惯坏了的孩子；但我觉得这比双方都变成野兽要好。你谈了很多，说我们有责任教育他们，姐姐。我的确想要你用我们这儿成千上万个孩子中的一个做个试验。"

"这样的孩子是你们的制度的产物，"奥菲丽娅小姐说。

"这个我明白；可是他们已经产生出来了，已经存在，那么对他们怎么办呢？"

"咳，你让我做这个试验，我可一点不领情。不过，这看来是一种义务，我会坚持试下去，尽力而为，"奥菲丽娅小姐说。从此以后，奥菲丽娅小姐真的在新门徒身上费了心血，那热情与劲头真是值得赞扬。她给她规定了固定的时间，做固定的事情，担起教她读书做针线的担子。

第一种本领，孩子学得飞快。她仿佛有魔法似的，一下子就学会了字母，不久就会读浅易的读物了；但教她做针线就难得多了。这孩子跟猫一样轻巧，跟猴子一样好动，叫她坐着不动做针线，她讨厌极了。于是她把针折断，偷偷扔出窗外，或者插进墙缝里；她把线弄乱、扯断、弄脏，有时甚至把一整卷线扔掉。她的动作跟熟练的魔术师一样快，对脸上的肌肉的控制也一样灵巧。尽管奥菲丽娅小姐不由得觉得接二连三发生这么多事故是不可能的，可是，除非她什么也不做，专门监视她，不然根本发现不了。

不久托普西就成了这个家里的名人。她在逗趣、做鬼脸、学怪样、跳舞、翻筋斗、爬高、唱歌、吹口哨、模仿自己喜欢的各种各样的声音方面的本领，真是无穷无尽。她玩的时候，家里孩子照例全都跟在她身后，佩服惊奇得把口张得大大的，连伊娃也不例外，看上去对她那套稀奇古怪的魔法入了迷，就像鸽子有时也被一条鳞光闪闪的大蛇迷住一样。伊娃也喜欢跟托普西混在一块儿，奥菲丽娅小姐觉得很不安，求圣克莱尔禁止她这样做。

"咳，别管孩子吧，"圣克莱尔说。"跟托普西玩会对她有好处。"

"可这孩子太坏了，你不怕她会把她带坏吗？"

"她没法把她带坏。有些孩子可能会被她带坏，可是坏事在伊娃心灵上留不住，就像露水从白菜叶子上滚下去一样，一滴也渗不进去。"

"说不定吧，"奥菲丽娅小姐说；"我就不会让我的孩子跟托普西玩。"

"噢，你的孩子用不着跟托普西玩，"圣克莱尔说，"可是我的孩子可以；要是伊娃能带得坏，多年以前就带坏了。"

起初，托普西受到地位高的佣人的鄙视和指责。不久，他们就觉得有必要改变自己的看法。大家很快就发现，谁要是侮辱了托普西，不久之后，就会遇到很不愉快的事故——不是耳环或别的什么心爱的首饰不翼而飞，就是衣服突然完全给毁了，不然就是本人冷不防一脚跌翻一桶热水，或者恰好身着盛装的时候，被一盆脏水莫名其妙地兜头淋个正着。这种事情发生之后进行调查的时候，怎么也找不出恶作剧的主谋。托普西多次被传讯，到家庭法庭受审，可是她每次出庭都是一副无辜、严肃的样子，叫人无可奈何。这些事是谁干的，大家都心里有数，可是找不到丝毫直接证据来证实自己的猜测，而奥菲丽娅小姐执法公正，觉得没有真凭实据，是不能胡乱处理的。

而且，这些恶作剧的时间选得很巧妙，进一步掩护了作案者，这样一来，对贴身女佣罗莎和简的报复总是选在她们在主母面前失了宠的时候（这并不是罕见的事），这时她们的申诉当然就得不到同情了。一句话，托普西让全家的佣人都懂得，别招惹她才是上策，因此也就没人招惹她了。

托普西做一切手工活，都是又机灵，又起劲，教什么，会什么，而且快得惊人。只上了几节课，她就学会了做奥菲丽娅小姐房间里的各种整理手续，做得非常漂亮。连十分讲究的奥菲丽娅小姐都挑不出毛病来。只要她有心做好，会把床铺得平平整整，枕头摆得方方正正，扫地、掸灰尘、摆家具，一切都做得好到了家，谁也比不过她。不过她有心做好的时候不多。奥菲丽娅小姐仔细而耐心地监督了三四天之后，心里很乐观，觉得托普西终于走上了正轨，不需要照管了，就去忙着做别的事，这时托普西会痛痛快快地胡来一两个小时。她不但不铺床，还会把枕套扯下来，把鬈头发的脑袋在枕芯上乱顶一气，闹着玩儿，有时候直闹得头上沾满了羽毛，向四面八方伸出来，样子怪极了；时而爬到柱子上，从柱子顶上倒挂下来；时而捭着床单床罩在房间里乱跑；时而拿奥菲丽娅小姐的睡衣给长枕头穿上，用来表演戏剧里的各种场面；时而唱歌、吹口哨、照着镜子对自己做鬼脸。总之，用奥菲丽娅小姐的话来说，简直是"天翻地覆。"

有一回，奥菲丽娅小姐发现托普西拿她的最漂亮的印度"广东绉纱"红披肩缠在头上做头巾，站在镜子面前派头十足地表演着——因为这回奥菲丽娅小姐把钥匙留在抽屉里了，她这么粗心在以前是闻所未闻的。

"托普西！"她忍无可忍的时候，常常说，"你为什么要这样做？"

"不知道，小姐，大概是因为我太坏了！"

"我真不知道拿你怎么办，托普西。"

"咳，小姐，你得用鞭子抽我，我的老主母总是用鞭子抽我。干活不用鞭子抽，我不习惯。"

"唉，我不想抽你。只要你有心干好，你是干得好的；你为什么不好好干呢？"

"噢，小姐，我习惯了挨鞭子；大概这对我有好处吧！"

奥菲丽娅小姐试了一下这个药方。托普西每回都大哭大叫，又是呻吟，又是求饶，可是半个小时之后，她就蹲在阳台的台阶上，对周围一群对她佩服得五体投地的"小家伙"说，她根本不把这事放在眼里。

"呸,菲丽小姐也算抽鞭子?她抽起来连一只蚊子都打不死,她该瞧瞧我的老老爷是怎么抽得血肉横飞的;老老爷才是内行!"

托普西老是把自己的罪孽和无法无天的行径当作吹牛的本钱,显然觉得那是特别出风头的事。

"嗨,黑佬们,"她常对一些听众说,"你们知道自己是罪人吗?你们当然是,人人都是。白人也是罪人——菲丽小姐说的;我认为黑佬是最大的罪人;不过你们谁也比不上我。我坏透了,谁也拿着我没办法。我以前老是惹得老主母对我骂个不停。我认为我是天下最坏的坏蛋了。"这时托普西会翻一个筋斗,轻巧地落在高一级的台阶上,脸上笑嘻嘻的,看来为这超凡的本事得意扬扬。

星期天,奥菲丽娅小姐忙着认真地教托普西背教义问答。托普西对词句有非凡的记忆力,能倒背如流,让她的教师十分鼓舞。

"你指望这能对她有什么用处呢?"圣克莱尔说。

"咳,这对孩子们向来都有好处。你知道,孩子们都得学这个,"奥菲丽娅小姐说。

"不管懂不懂,是不是?"圣克莱尔说。

"孩子们当时都不懂;不过长大以后,就能体会了。"

"我到现在还没体会到,"圣克莱尔说,"尽管我能证明,小时候,你让我记得滚瓜烂熟。"

"啊,你一向会学习,奥古斯丁。我以前对你抱着很大的希望呢,"奥菲丽娅小姐说。

"哦,现在就不抱希望了吗?"圣克莱尔说。

"但愿你跟小时候一样听话就好了,奥古斯丁。"

"说实话,我现在也听话,姐姐,"圣克莱尔说。"好啦,继续教托普西念教义问答吧,说不定还会有点效果哩。"

在他们讨论的时候,托普西抄着双手规规矩矩地站着,像一尊黑雕像一样纹丝不动。这时,奥菲丽娅小姐做了个手势,托普西接着背道:

"我们的始祖得到上帝允许,可以自由运用自己的意志,便从被创造时的'斯德特'①堕落下来。"

托普西眨眨眼睛，询问地瞧瞧奥菲丽娅小姐。

"怎么啦，托普西？"

"请问，小姐，是不是肯塔基州？"

"哪儿有什么'州'啊，托普西？"

"他们从那儿堕落下来的那个州嘛。我过去听老爷说我们是从肯塔基州来的。"

圣克莱尔扑哧一声笑了起来。

"你得把意思告诉她，不然她就会自己编造一个意思，"他说。"这儿好像暗含着移民的意思呢。"

"啊，奥古斯丁，别笑，"奥菲丽娅小姐说；"你要是笑，我怎么教啊？"

"好吧，我就不打扰你们操练了，我以人格担保。"圣克莱尔拿起报纸走进客厅坐下来，直到托普西背完了为止。她背得很不错，只是不时地把几个重要的字眼调换了位置。尽管奥菲丽娅小姐多次纠正她，还是老改不过来。圣克莱尔再三答应过听话，可是恶习不改，听了这些错误心里直乐，不顾奥菲丽娅小姐的反对，什么时候想乐一乐，就把托普西叫到跟前，叫她背诵这些气人的段落。

"奥古斯丁，要是你这样胡闹下去，你想，我对这孩子还有什么办法？"

"啊，太糟糕了，我再也不这样了，不过我的确喜欢听这滑稽的小把戏在那些大字眼上摔跟头！"

"可是你这样做，她的错误就更难改了。"

"有什么关系？对于她来说，这个字跟那个字还不是一样！"

"是你要我把她教好的，你得记住，她是个有理智的人，小心你对她的影响。"

"啊，晦气！我应该小心，不过正如托普西自己说的，'我太坏了。'"

---

① 原文 state，意为"状态"，另一义为"州"，从而引起托普西的误解。

　　托普西的教育大致就是这样进行了一两年——奥菲丽娅小姐天天为她操心。她就像一种慢性病，折磨着奥菲丽娅小姐；后来她也渐渐习以为常了，就像人们有时候对神经痛或偏头痛习以为常一样。

　　圣克莱尔对这孩子感兴趣，就像一个人对鹦鹉或猎狗的把戏感兴趣一样。托普西每回在其他人面前失宠了，就到他的椅子背后避难，圣克莱尔想方设法替她解围。从他那里，她得到不少五分硬币，用来买胡桃、糖果，然后大方地散给家里其他所有的孩子。说句公道话，托普西平时心地好，为人大方，只是在自卫的时候心狠手辣。现在她已经给介绍到我们的芭蕾舞团来了，到时候，还会不时地跟其他演员一起登台表演。

第二十一章　肯塔基

　　读者大概不会不愿意花一点点时间，回头瞧瞧肯塔基州那个庄园上汤姆大伯的小屋，看看他离家后，家里和庄园上那些人的情况吧。

　　那是夏季某天下午之后，一间大客厅的门窗全都敞开着，要是偶然有一丝微风觉得心情不坏，就把它邀请入室。谢尔比先生坐在一条宽敞的走廊上，这走廊横贯大屋，两头各有一个阳台，中间有门跟这客厅相通。他悠闲地朝后仰着椅子，双脚搁在另一把椅子上，享受着饭后的一支雪茄。谢尔比太太坐在另一把椅子上，忙着做精细的针线活。她看上去好像有心事似的，正打算找机会说出来。

　　"你知道吗？"她说，"克罗收到了汤姆的一封信。"

　　"呀！真的吗？看来汤姆在那儿交上了朋友。那老伙计怎么样？"

　　"我看，买下他的是一户好人家，"谢尔比太太说，"对他很好，不要他做多少事。"

"啊，好，我很高兴，非常高兴，"谢尔比先生衷心地说。"我想，汤姆住在南方大概很安心，不想回到这儿来了。"

"相反，他非常焦急地打听，"谢尔比太太说，"给他赎身的钱什么时候可以凑齐。"

"说老实话，我不知道，"谢尔比先生说。"生意一旦做坏了，就好像没完没了了。就像过沼泽的时候，从一个泥潭跳进另一个泥潭；向甲借钱还给乙，又向丙借钱还给甲：不等人抽根雪茄，转过身来，这些倒霉的借据就到期了，讨债信和讨债电报乱纷纷地飞来。"

"亲爱的，我觉得，可以找到什么办法清理一下。我们把所有的马和一个庄园卖掉，把债全都还清，怎么样？"

"咳，荒唐，爱米丽！你是肯塔基最好的女人，可是你缺乏自知之明，不知道自己不懂生意经——女人从来就不懂，也永远不会懂。"

"可是，"谢尔比太太说，"你至少可以让我了解一下你的生意情况；起码是一张全部债务和别人欠你的钱的清单，让我试试看能不能帮你节约开支。"

"啊，烦人！别缠着我了，爱米丽！我说不清楚——我只了解大致情况，我的生意可不像克罗修馅饼边儿似的，修剪得清清爽爽。说实话，生意经你一点儿也不懂。"

谢尔比先生不会用任何别的办法加强自己的意见的分量，只得提高嗓门——先生们跟自己的太太讨论生意方面的事情的时候，这是非常方便、令人信服的辩论术。

谢尔比太太不开口了，叹了一口气。实际情况是，虽然她的丈夫说她是个女流之辈，可她头脑清醒、活跃、善于解决实际问题，性格各方面都比丈夫强得多。所以，承认她有经营才能，并不像谢尔比先生所认为的那么荒唐。她决心履行对汤姆和克罗大妈的诺言，可是见情况愈来愈令人灰心，不禁叹息起来。

"你认为那笔钱我们没法凑齐了？可怜的克罗大妈！她一心指望着这事呢！"

"如果这样，我很抱歉。我想，我当时答应是操之过急了。

我没有把握，不过最好是告诉克罗，让她死了这条心。一两年之内，汤姆会再娶个老婆，她也最好另找个男人。"

"谢尔比先生，我教我的佣人说，他们的婚姻跟我们的婚姻一样，是神圣的。我决不愿意这样劝她。"

"可惜呀，太太，你教给了他们一套超过他们的地位和希望的道德准则，加重了他们的负担。我一向都是这样想的。"

"这只不过是《圣经》规定的道德，谢尔比先生。"

"得啦，得啦，爱米丽，我不想干涉你的宗教观念，只是这些观念对那种地位的人好像极不合适。"

"的确不合适，"谢尔比太太说，"而这正是我从心坎里憎恨这整个制度的原因。我告诉你，亲爱的，我可不能背弃自己向那些孤苦无靠的人许下的诺言。如果不能用别的办法筹到那笔钱，我就招生教音乐。我知道自己招得到足够的学生，自己赚齐那笔钱。"

"你不会那样辱没自己吧，爱米丽？我决不会同意的。"

"辱没自己？难道会像背弃对孤苦无靠的人的许诺那样辱没自己吗？不会的！"

"唉！你一贯勇敢、脱俗，"谢尔比先生说，"不过我觉得你采取这吉诃德①式的壮举之前，还是慎重考虑一下为好。"

这时克罗大妈出现在门廊一端，打断了他们的谈话。

"对不起，太太，"她说。

"哎，克罗，什么事？"主母说着站起身来，走到阳台一头。

"请太太过来看看这一大群'棋'。"

克罗特别爱把'鸡'说成'棋'。家里的孩子们常常劝她改一改这个语言习惯，可她总是不肯改。

"天哪，"她常说，"我不明白，这个字比那个字差在哪里？不管怎样，'棋'说起来好听嘛。"于是克罗照旧把"鸡"说成"棋"。

谢尔比太太看见地上躺着一大群鸡，克罗满脸心事的样子站在一旁，不禁笑了。

———————————

① 西班牙作家塞万提斯的名著《堂·吉诃德》的主人公。

"我在想，太太是不是想吃'棋'肉馅饼。"

"真的，克罗大妈，我不在乎，你爱怎么做就怎么做。"

克罗心不在焉地抚摸着那些鸡；一眼就可以看出，她正在考虑的不是那些鸡。最后，她笑了一声（她们这种人在提出没有把握的建议之前常常这样笑一声），说道：

"天哪，太太！老爷和太太何必老是为这笔钱操心，而不用手头现有的东西呢？"克罗又笑了一声。

"我不懂你的意思，克罗，"谢尔比太太说。从克罗的态度看来，谢尔比太太完全明白，自己刚才和丈夫说的话，克罗一字不漏地听见了。

"天哪，太太！"克罗又笑笑说，别人把黑奴租出去赚钱呢！别养着这么一大群，坐吃山空吧。"

"呃，克罗，你建议把谁租出去好？"

"天哪，我并不是在提建议；只是山姆说，路易斯维尔有个什么'糖锅铺'老板，说他需要一个做饼做糕的好手；说他会每个星期付四块钱的工钱，真的。"

"说下去，克罗。"

"呃，我在想，太太，该叫萨丽干点什么活儿了。萨丽在我手下已经干了好久了，她差不多赶得上我了；如果太太让我去，我去把这份工钱赚来。拿我做的糕啦、馅饼啦跟随便哪家'糖锅铺'的比，我也不怕。"

"是'糖果铺'，克罗。"

"天哪，太太！都一样——字真是怪，老是说不对！"

"但是，克罗，你舍得离开自己的孩子吗？"

"天哪，太太！男孩子们已经长大，可以干活了；他们干得蛮不错呢；萨丽会给我带毛毛——她乖得很，用不着多照管。"

"路易斯维尔可远着呢。"

"天哪，这怕什么呀？那地方在下游，大概离我家老倌子不远吧？"克罗说，最后一个字用的是疑问的语气，同时瞧着谢尔比太太。

"不，克罗，离那儿还有几百英里呢，"谢尔比太太说。

克罗的脸往下一沉。

"不要紧；你到那儿去会使你离他近一些，克罗。看，你可以去；你的工钱一分一厘我都替你存起来，用来赎你的丈夫。"

好像一缕明亮的阳光把乌云变成白银一样，克罗阴沉的脸色立即明朗起来——真是容光焕发。

"天哪！太太真是太好了！我想的也正是这一点；因为我不需要衣服、鞋子，什么也不需要——我可以把一分一厘都存起来。一年有几个星期，太太？"

"五十二个，"谢尔比太太回答说。

"天哪！真的？每个星期四块钱。一共多少钱？"

"两百零八块，"谢尔比太太说。

"哎呀呀！"克罗惊喜交加地说，"我多久可以赚足这笔钱呢，太太？"

"大概四五年吧，克罗，不过你不必把钱全赚足，我可以凑一点。"

"我不愿让太太上课或做别的什么赚钱。老爷说得对——那可不行，压根儿不行。只要我有这双手，我希望我们家谁也不要落到这个地步。"

"别担心，克罗，我会注意这个家的名声的，"谢尔比太太笑着说。"你想什么时候走？"

"呃，我本来没作什么指望，不过山姆要赶几匹马驹子到河边去，他说我可以跟他走；所以我把东西收拾好了，要是太太同意，给我开张通行证，写封推荐书，我想明天早晨就跟山姆一起动身。"

"好吧，克罗，要是谢尔比先生不反对，我会照办。我得跟他谈一谈。"

谢尔比太太上楼去了，克罗大妈欢欢喜喜地走了出去，回到自己的小屋去做准备。

"天哪，乔治少爷！你不知道我明天要到路易斯维尔去吧？"乔治走进她的屋子，发现她在清理小毛毛的衣服，她便对他说。"我想把妹妹的东西清一下，收拾好。我就要走了，乔治少爷——每个星期赚四块钱；太太打算把钱全都存起来，把我的老倌子赎回来！”

"呀！"乔治说，"这可是大好事，没错！你怎么去？"

"明天跟山姆一块儿走。喏，乔治少爷，我知道你会坐下来给我家老倌子写封信，把这事全告诉他，好不好？"

"当然，"乔治说；"汤姆大伯收到我们的信会高兴得了不得。我这就回大屋去拿纸笔，还有，你知道，克罗大妈，我可以在信里说说新买的马的事呢。"

"当然当然，乔治少爷，你去吧，我给你做点'棋'肉和别的什么菜；你可怜的老大妈做的晚饭，你吃不到几顿了。"

第二十二章　"草必枯干，花必凋谢"①

生命一天一天逝去，人人都是如此；我们的朋友汤姆也不例外，这样过了两年。虽然离开了亲人，虽然经常怀念遥远的故乡，但他并不感到绝对地、明显地痛苦；因为人类的感情就像一架调得很好的竖琴，除非吧嗒一声，所有的琴弦一下子都绷断了，是不可能使之完全失去和谐。所以我们回首往事的时候，觉得过去有些时期非常艰难困苦，可还是记得，每个时辰悄然逝去的时候，总还是带来了一点点欢乐和安慰，所以，我们虽不是快乐到了极点，但也不是痛苦到了极点。

汤姆在自己的唯一的文库②中，读到一位圣徒③"学会随遇而安"的事迹。在他看来，这是有益而有理的为人之道，跟通过读《圣经》而养成的静静地沉思的习惯也很融洽。

上一章说过，他写了家信之后，不久就收到了回信。回信是由乔治少爷代写的，笔迹是清晰的小学生书写体，汤姆说，"摆在房间那头"也看得清清楚楚。信中提到家里几条令人欣慰的消息，

---

①　见《圣经·新约·彼得前节》第1章。

②　指《圣经》。

③　指耶稣的门徒保罗。

读者已经完全知道了：克罗大妈被出租给路易斯维尔一家糖果铺，在那儿，她凭着做糕点的本事，正在赚大笔大笔的钱；汤姆得知，这些钱全都要存起来，给他凑赎身钱；摩斯和彼得长得很快，毛毛由萨丽和全家人照管，现在能满屋子乱跑了。

汤姆的小屋暂时锁起来了，但是乔治说，等汤姆回家之后，要好好装修扩充一下，说得绘声绘色。

这封信余下的部分列出了乔治的学习成绩，每一科都以一个龙飞凤舞的大写字母开头；还列出了汤姆走了之后庄园上新添的四匹马驹子的名字，同一段中还提到父母身体均好。信写得的确简明扼要，但汤姆认为这是当代文章中最精彩的作品。他拿着信百看不厌，甚至跟伊娃商量，是不是给它装上框子，挂在自己的房间里。这件事没能做到的唯一原因是，没法使信的正反两面同时看得见。

随着伊娃的长大，汤姆和她之间的友谊也越来越深。在她的忠心耿耿的仆人温柔、敏感的心中，她究竟占着什么地位，实在很难说清楚。他把她当作脆弱的凡人来爱护，却又把她当作天上的仙女来崇拜。他凝视着她，就跟意大利水手凝视着儿童时期的耶稣像一样——既崇敬，又温柔；迎合她种种高雅的爱好，满足那像五彩斑斓的彩虹一样装饰着童年的无数简单的要求，是汤姆的主要乐趣。上午上街买东西的时候，他的眼睛时刻在花摊上转；因为他时刻在变换桌子上的布置，不时地为她配成稀罕的花束，总是买几个最好的桃子或橘子塞进口袋里，好回家之后拿给她吃。令他最开心的情景是她在大门口探出金黄色的脑袋，等候他从远处归来，一见他就稚气地问："嘿，汤姆大伯，今天你给我买了什么回来啦？"

伊娃反过来替他效劳的热情也一样强烈。虽说她还小，可朗读起来真是美妙极了。她耳朵对音乐很敏感，想象力敏捷而富于诗意，本能地仰慕崇高的事物，这一切使她把《圣经》念得美妙动人，汤姆从来没听见别人念得这么好过。开头，她念《圣经》是为了让自己卑微的朋友高兴，可是不久，她自己真诚的天性就伸出卷须，缠住了这本庄严的书。伊娃喜爱这本书，因为它在她心中唤起了奇异的向往，强烈而模糊的情感，就是那些充满激情、想象丰富的孩子喜欢的情感。

她最喜欢的部分是《启示录》和《预言书》。这些部分充满隐约而奇妙的意象，语言热情奔放，由于百思不得其解，给她的印象更加深刻。她和自己的纯朴的朋友———一个老孩子和一个小孩子——有相似的感觉。他们只知道书里讲的是一个即将显露的天国，一个奇妙的未来世界，他们从灵魂深处欣喜若狂，却不明白其原因。尽管在物质科学方面情况不同，但在精神科学方面，无法理解的事物不一定无益。因为灵魂醒过来时，发现自己在两个渺茫的永恒之间，即永恒的过去和永恒的未来之间，而自己对二者都一无所知，不禁浑身哆嗦。光明只照亮了周围一小块地方，因此，灵魂必然憧憬着未知世界。灵感的云柱之间传来的杂沓人语，现出的隐约人影，全都在它期待着的天性之中产生回响和应答。书中神秘的意象就像许多符箓和宝石，上面写着无人知晓的文字；她把它们藏在心中，指望有朝一日穿过这层帷幕，把它们读懂。

我们的故事讲到这儿的时候，圣克莱尔全家都暂时搬到旁恰特雷恩湖畔的别墅去了。炎热的暑气把凡是能够离开城里闷热而有害健康的天气的人，都赶到湖边去享受凉爽的海风了。

圣克莱尔的别墅是一幢东印度式的村舍，周围是竹子建成的轻巧的回廊，四面都有花园和游玩的空地。公用的起居室门外是个大花园，园里种着各种热带的奇花异草，香气袭人，曲曲折折的小径一直通到湖边，银色的湖水一望无际，在阳光下起伏荡漾。这儿景色时刻在变化，而且越变越美。

现在正是日落时分，满天金色的晚霞，把地平线映得如火如荼，一片灿烂，湖水则成了另一片天空。湖面上到处是一道道绯红和金黄的云影，只有点点白帆，像一个个天使，在轻盈地来来往往，金色的小星星透过霞光频频眨眼，俯视着自己在水中颤抖的影子。

汤姆和伊娃正在花园尽头，坐在一个棚架下的一条长着青苔的石凳上。这是一个星期天的黄昏，伊娃膝头摊着一本《圣经》。

她念道："我看见玻璃似的大海，海中有火光。"[①]

"汤姆，"伊娃突然停下来，指着湖面说，"就在那儿。"

"什么，伊娃小姐？"

"你没看见吗？那儿！"孩子指着玻璃似的湖面说："湖面在起伏，映出天上金黄的彩霞。那就是'玻璃似的大海，海中有火光。'"

"一点没错，伊娃小姐，"汤姆说，说完就唱了起来：

> 啊，我若有黎明的翅膀，
> 将飞往迦南那边的河岸；
> 光明的天使会送我归去，
> 回新耶路撒冷我的家乡。

"你认为新耶路撒冷在哪儿，汤姆大伯？"伊娃说。

"啊，在云上面，伊娃小姐。"

"那么我觉得看见了新耶路撒冷，"伊娃说。"瞧那些云彩！它们看上去就像镶着珍珠的大门；还可以看到云上面很远，很远的地方，全都是一片金色。汤姆，唱唱《光明天使》吧。"

汤姆唱起了一首有名的卫理公会的赞美诗：

> 我看见一群光明天使，
> 他们享受着天国荣耀；
> 全都穿着洁白的衣裳，
> 手拿象征胜利的棕榈。

"汤姆大伯，我见过他们，"伊娃说。

汤姆一点也不怀疑，一点也不惊讶。要是伊娃告诉他说，自己到过天国，他也会认为那是完全可能的。

"他们有时候到我的梦里来，那些天使。"伊娃的眼神变得

---

① 见《圣经·新约·启示录》第15章。

如痴如梦，轻轻地哼道：

> 全都穿着洁白的衣裳，
> 手拿象征胜利的棕榈。

"汤姆大伯，"伊娃说，"我要到那儿去。"

"哪儿，伊娃小姐？"

孩子站起身来,举起小手指着天空;晚霞的光辉仿佛来自天国，照亮了她那金黄的头发和通红的脸蛋;她目不转睛地瞧着天空。

"我就要到那儿去了，"她说，"去找光明的天使，汤姆;我不久就要去了。"

忠心耿耿的老仆人仿佛觉得心里给捅了一刀;这时才想起自己常常注意到,近半年来,伊娃的小手愈来愈瘦,皮肤愈来愈透明,呼吸愈来愈急促;以前她可以在花园里跑呀玩呀,一连几个钟头，如今很快就累得浑身无力了。他常常听见奥菲丽娅小姐说伊娃咳嗽，她的药都用遍了也治不好;现在，她那通红的脸和小手还在发着潮热;可是，伊娃这番话中所含的意思,他到现在才恍然大悟。

以前有没有过伊娃这样的孩子呢？不错，有过;可是他们的名字都刻在墓碑上，他们可爱的笑容、天仙般的眼睛、超凡脱俗的言谈举止，成了埋在怀念他们的亲人心底的宝藏。你听过多少家庭有这样的传说？跟某个已不在人世的亲人非凡的魅力比起来，活着的人的一切优点和风度简直不能同日而语。仿佛天上有一群特殊的天使,其职责就是到人间暂住一时,使倔强的人心亲近他们，以便带着返回天国。你要是看见孩子眼睛里闪着深沉、超凡的光辉，听见他说的话比一般孩子的活动听、睿智，透露出幼小的灵魂，就别指望能留住那个孩子;因为他身上已经盖上了天国的印章,他眼睛里射出的是永恒的灵光。

你就是这样,可爱的伊娃！你家中的明星！你正在渐渐离去，可是疼爱你的亲人却一无所知。

汤姆和伊娃之间的谈话被奥菲丽娅小姐急促的喊声打断了。

"伊娃——伊娃！啊，孩子啊，下露水了，不要再待在外面了！"

伊娃和汤姆赶忙走进屋去。

奥菲丽娅小姐上了年纪，善于护理病人。她是新英格兰人，十分熟悉那缓缓加剧的疾病最初狡诈的脚步声；这种疾病夺走了人间那么多最美丽、最可爱的生命；而且人们还没觉察到任何一根生命的纤维给揪断了，这种病就无可挽回地给他们盖上了死亡的印记。

她注意到了伊娃轻轻的干咳声，一天天红起来的双颊；连那眼睛里的光泽和由发烧产生的轻飘飘的活跃样子，也没能骗过她。

她想把自己的担心告诉圣克莱尔；可是他一反漫不经心、和颜悦色的常态，很不耐烦地把她的提醒顶了回去。

"别老说晦气话了，姐姐，我讨厌这样的话！"他说；"你难道不明白孩子只不过是在长个儿吗？孩子们长得快的时候总是没力气。"

"可是她那样咳嗽！"

"啊！那点咳嗽算得了什么！没事。说不定是着了点凉。"

"可伊丽莎·简正是这样丢了性命的，还有埃伦和玛丽亚·桑德斯。"

"啊！别再讲那些保姆讲的鬼怪故事了。你们这些老手真是太见多识广了，孩子咳一声，打个喷嚏，你们就看出马上就会走投无路，大祸临头了。只要好好照料孩子，别让她受夜间的寒气，别让她玩得太累了，就会平安无事的。"

圣克莱尔口里这么说，可是心里越来越提心吊胆，寝食难安，天天在忧心如焚地观察着伊娃。这一点可以从他反复的念叨看出来："孩子身体很好，那点咳嗽没什么要紧，只不过是肚子有点小毛病，这是孩子常有的事嘛。"不过他陪着她的时间比以前多了，带她坐车出去的次数多了，每隔几天就带个药方或是一帖补药回来。"并不是因为，"他说，"孩子需要这个，不过对她也没有害处。"

说实话，他感到最痛心的是孩子的思想感情日趋成熟。她仍然保留着儿童的一切富于幻想的性情，然而常常不知不觉地说出一句意义深奥、富有奇异而超凡的智慧的话来，仿佛是一种神喻似的。这时，圣克莱尔就会陡然觉得毛骨悚然，一把搂住她，仿佛这种慈爱的拥抱可以救她一命，心里涌起一种疯狂的决心，一定要保住她，决不放她走。

孩子好像把全部心思放在做好事上。她一向极其慷慨，可是如今，她具有一种动人的女性的体贴，人人都注意到了这一点。她仍然喜欢跟托普西和其他黑孩子玩；可是她好像旁观的时候多，参加他们的游戏的时候少，常常一坐就是半个钟头，瞧着托普西的古怪的把戏，然后脸上仿佛掠过一阵阴影，眼睛变得迷蒙起来，思想到了遥远的地方。

"妈妈，"有一天，她突然对她妈妈说，"我们干吗不教佣人们识字？"

"多奇怪的问题，孩子！大家从来都不教的。"

"干吗不教？"伊娃说。

"因为他们识字也没用。他们识字了，干活也不会干得好一些，而他们生在世上就是为了干活的啊。"

"可是他们应当读《圣经》，妈妈，好了解上帝的旨意啊。"

"嗳，他们要了解什么，可以由别人念给他们听嘛。"

"我觉得，妈妈，《圣经》是给每个人自己读的。他们经常需要读《圣经》，却没有人念给他们听。"

"伊娃，你真是个古怪的孩子，"她妈妈说。

"奥菲丽娅姑姑教会了托普西识字，"伊娃继续说。

"不错，可你明白那有多大用处了。托普西是我见过的最大的坏东西！"

"还有可怜的玛米！"伊娃说。"她是那样爱《圣经》，那样希望自己能识字！我不能念给她听的时候，她怎么办？"

玛丽正在忙着翻一个抽屉里的东西，边翻边答道：

"噢，当然，伊娃，不久之后，除了轮流给佣人们念《圣经》之外，你还有别的事情要考虑了。并不是说这有什么不对的地方；我自己身体好的时候，就给他们念过。但是，到了你要梳妆打扮准备去做客的时候，就没有时间了。瞧！"她接着说，"你开始出门进行交际的时候，我打算把这些首饰给你。我第一次去跳舞的时候，就是戴的这个。说实话，伊娃，我那回引起了很大的轰动呢。"

伊娃接过首饰盒，从里面拿出一条钻石项链。她那若有所思的大眼睛瞧着项链，可是看得出，她的思想却在别的地方。

"你样子真严肃呢，孩子！"玛丽说。

"这些很值钱吗，妈妈？"

"那还用说。还是你爸爸请人从法国买来的。这条项链抵得上一个小家当呢。"

"要是我能用它来做我想做的事情就好了！"

"你想用来做什么？"

"我把它卖了，在一个自由州买一块土地，把我们的佣人全都带去，雇些教师来教他们读书写字。"

伊娃的话被妈妈的哈哈大笑声打断了。

"办个寄宿学校！你是不是要教他们弹钢琴，画油画？"

"我要教他们自己读《圣经》，自己写信，看别人写给他们的信，"伊娃照旧说下去。"我知道，妈妈，他们没法做这些事，心里很不好受。汤姆很难过——玛米也一样——他们许多人都这样。我认为这是不公平的。"

"得啦，得啦，伊娃，你还是个小孩子！这些事你一点也不懂，"玛丽说。"再说，听你说话叫我头痛。"

每逢玛丽觉得谈话不中听，头痛就招之即来。

伊娃悄悄溜走了。但从此以后，她就孜孜不倦地给玛米上起识字课来了。

第二十三章　亨利克

大约就在这个时候，圣克莱尔的哥哥阿尔弗雷德带着大儿子——一个十二岁的男孩子——到湖滨来跟这一家人团聚一两天。

没有什么比这一对孪生兄弟在一起时的景象更加美妙绝伦了。

造化不但没有造成他们的相似之点，反而让他们在每一点上都截然相反；然而，仿佛有一根神秘的纽带把他们联在一起，两人的手足之情更是胜于常人。

他们常常手携手在花园小径上来回悠闲地散着步。奥古斯丁碧眼金发，风度飘逸灵活，表情眉飞色舞；阿尔弗雷德一双黑色的眼睛，一副高傲的罗马人的相貌，四肢健壮，姿态果断。他们老是痛斥对方的见解与行动，然而仍然形影不离，一点儿也没受影响。事实上，两人截然相反，似乎反而把他们紧紧连在一起，就像磁铁的正负极互相吸引一样。

阿尔弗雷德的大儿子亨利克容貌英俊，仪表堂堂，生着一双黑眼睛，浑身生龙活虎。一见面，他就好像就被堂妹伊万杰琳的花容月貌迷住了。

伊娃有一匹心爱的小马驹。这马浑身雪白，骑上去像摇篮一样安稳，性情跟它的小女主人一样温柔。这马驹现在由汤姆牵到了后面的回廊前，一个十二三岁的混血小男孩牵着一匹阿拉伯小黑马。这马是刚刚以高价进口，准备给亨利克骑的。

亨利克新得到这匹马，有一种男孩子常有的骄傲；他迎上前去从小马童手里接过缰绳，仔细地察看了一番，不禁沉下脸来。

"这是怎么回事，多多，你这个小懒鬼！今天早晨你没替我的马梳洗啊？"

"是的，少爷，"多多老实巴交地说。"它身上的灰是它自己沾上去的。"

"你这混蛋，住口！"亨利克猛地扬起马鞭说。"你居然敢顶嘴？"

这马童是个眼睛明亮的漂亮混血儿，个子跟亨利克差不多，一头卷发覆盖着高高的额头。他急忙想辩解，脸颊涨得通红，眼睛闪着光，由此可以看出，他有白人血统。

"亨利克少爷！——"他正要开口，亨利克在他脸上抽了一鞭子，抓住他的胳膊，强迫他跪下，用鞭子狠狠地抽，直到累得气喘吁吁才罢。

"好啦，你这大胆的狗头！现在你该晓得，我跟你说话的时候不回嘴了吧？把马牵回去，好好洗刷洗刷。我要教你晓得些规矩！"

"少爷，"汤姆说，"我猜他想说的是，他把马从马房里牵出来的时候，马硬是要在地上打滚；这马劲头可大着呢——这样就沾上了灰。我看见他刷马来着。"

"你住口，谁要你来插嘴！"亨利克转过身去，走上台阶，去跟伊娃说话。伊娃穿着骑马装站在那儿。

"亲爱的妹妹，对不起，这愚蠢的家伙弄得你等了老半天。"他说；"咱们在这条石凳上坐坐，等他们来。怎么啦，妹妹？你怎么一脸的不高兴？"

"你怎么能对可怜的多多这样残忍，这样凶狠？"伊娃说。

"残忍，凶狠！"孩子从心底里感到惊讶，说道。"你这是什么意思，伊娃？"

"你这样做，我不要你叫我亲爱的伊娃，"伊娃说。

"亲爱的妹妹，你不了解多多；只有这样才管得住他，他是谎话借口一大套。唯一的办法是马上给他个下马威——不让他开口。爸爸就是这样管理的。"

"可汤姆大伯说这是意外事故，而汤姆大伯是从来不说假话的。"

"那他真是个不寻常的老黑奴！"亨利克说。"多多一说话就撒谎。"

"如果你这样对待他，就吓得不能不撒谎了。"

"咳，伊娃，你这样喜欢多多，我都要觉得忌妒了。"

"你打了他——可他并不该挨打。"

"那么，好吧，以后他该打的时候，就用这回抵数，不挨打就是了。多多抽几鞭子不要紧——他是个地地道道的妖怪，不骗你。不过要是你看了心烦，我再也不当着你的面打他了。"

伊娃并不满意，竭力想让漂亮的堂兄理解自己的心情，可是白费口舌。

多多很快就牵着马来了。

"嗯，多多，这回你干得不错，"他的少爷说，态度比原先和气一点了。"注意,你牵着伊娃小姐的马别动,等我扶着她上鞍。"

多多过来站在伊娃的马驹子旁边。他很伤心,从眼睛看来,好像刚哭过。

亨利克献殷勤的各种本领非常熟练,很是为此而自豪。他很快就把美丽的堂妹扶上了马鞍,收拢缰绳,交到伊娃手里。

可是,亨利克放开缰绳之后,伊娃朝多多站着的那边弯下腰去,对他说:

"真是听话的好孩子,多多——谢谢你!"

多多惊讶万分地瞧着那张可爱的小脸;他的脸一下子涨得通红,眼睛里涌出了泪水。

"过来,多多,"主人厉声叫道。

多多吓得一跳,牵着马让主人骑上去。

"给你五分钱买糖果吃,多多,"亨利克说;"去买吧。"

亨利克骑着马一路小跑,跟随伊娃而去。多多站着目送着两个孩子。一个给了他钱,另一个给了他更加需要的东西——一句和和气气说出的好心的话。多多离开自己的妈妈还只有几个月,他的主人看中了他漂亮的脸,从一个奴隶货栈把他买来配他的漂亮的马驹子。现在他给交到了小主人手上,由他来驯服。

亨利克打人的场面,圣克莱尔两兄弟从园中另一个地方看得清清楚楚。

奥古斯丁脸都气红了,可是他只是跟往常一样,以漫不经心的嘲讽口吻说:

"我想,这大概可以称之为共和派教育吧,阿尔弗雷德?"

"亨利克火气来了,简直是个魔王。"阿尔弗雷德满不在乎地说。

"我想,你认为这是对他有益的锻炼吧?"奥古斯丁冷冷地说。

"我没这样想,可也没办法。亨利克是个不折不扣的霹雳!他妈和我早就不想管他了。不过,话又说回来,多多也是个十足的妖精,不论怎么打都打不伤。"

"共和派教义开宗明义第一句话就是'所有的人生来就是平等的',这就是你教他懂得这一点的办法吗?"

"呸！"阿尔弗雷德说；"这是汤姆·杰弗逊的法国式情调和胡说的一个例子罢了。到今天，这句胡言还在我们之中流传，真是太可笑了。"

"我想也是这样。"圣克莱尔意味深长地说。

"因为，"阿尔弗雷德说，"我们可以清楚地看出，人根本不是生来就自由，也根本不平等。在我看来，共和派的言论有一半是彻头彻尾的鬼话。拥有平等权利的只能是受过教育、聪明、富有、文雅的人，而不能是那些群氓。"

"条件是你能让群氓也持有这种观点，"奥古斯丁说。"他们在法国也当过一回权呢。"

"当然，得把他们一贯地、稳稳地踩在脚下，就跟我一样，阿尔弗雷德边说边一脚狠狠地踏下去，仿佛踏到了什么人身上一样。

"他们站起来的时候，你跌得可就惨了，"奥古斯丁说，"比如说，在圣多明哥①那样。"

"呸！"阿尔弗雷德说，"在我们这个国家，我们会提防这一点的。我们必须坚决反对当前流行的教育黑人、提高黑人地位的言论；下层阶级不准受教育。"

"这可是求上帝也没用的了，"奥古斯丁说；"受教育他们是受定了，只能说怎么个教育法。我们的制度在教他们野蛮残暴。我们在割断一切人伦的纽带，使他们成为毫无理性的野兽；要是他们占了上风，我们会发现他们就会成为这样的野兽。"

"他们永远也占不了上风！"阿尔弗雷德说。

"说得对，"圣克莱尔说；"使劲烧出蒸汽，关紧放汽阀，然后坐在阀门上，等着瞧你的下场吧。"

"好吧，"阿尔弗雷德说，"咱们等着瞧。只要锅炉坚固，机器运转正常，我可不怕坐在放汽阀上。"

"路易十六②时期的贵族正好也是这样想的，现在奥地利和庇

①　圣多明哥，位于加勒比海小安的列斯群岛。原为西班牙属地，1822年被海地侵占。1844年人民起义，获得独立，成立多米尼加共和国。
②　路易十六（1754—1793），法国国王，在大革命中被推翻，被送上断头台。

护九世^①也这样想；有朝一日，锅炉爆炸的时候，你们都会在空中相遇。"

"让时间来证明吧，"阿尔弗雷德哈哈笑着说。

"告诉你，"奥古斯丁说，"在当代，要说有什么东西像神律一样，以强大的力量显示出来的话，那就是群众会站起来，下层阶级变成上层阶级。"

"这又是你的红色共和派的鬼话，奥古斯丁！你怎么不到处去演说呢——你可以成为有名的演说家！咳，但愿你那油腻腻的群众掌权的千年盛世到来之前，我就不在人世了。"

"不管是不是油腻腻，时机一到，他们就会统治你们的，"奥古斯丁说，"你们把他们变成什么样的人，他们就会成为什么样的统治者。法国贵族'不准人民穿马裤'^②，就尝尽了'不穿马裤'的统治者的滋味。海地人民——"

"啊，得啦，奥古斯丁！那可恶又可鄙的海地已经谈够了！海地人又不是盎格鲁撒克逊人；假如他们是盎格鲁撒克逊人，情况就会大不相同了。盎格鲁撒克逊人是统治世界的民族，今后也是这样。"

"可我们的奴隶身上也注入了不少盎格鲁撒克逊血统了，"奥古斯丁说。"他们许多人只有那么一点非洲人血统，不过是在我们的精明、坚定、远见上加上一种热带炽热的火气而已。一旦形成圣多明哥那样的形势，他们身上的盎格鲁撒克逊血统就会奋勇争先。白人的子孙血管中燃烧着我们全部的高傲，不肯永远被人买卖交换。他们会站起来，同时把母亲所属的种族带着一起站起来。"

"废话！胡说八道！"

"噢，"奥古斯丁说，"有这样一句老话：'挪亚^③时期怎样，今后也会怎样——他们吃喝、耕种、建房，对洪水毫无所知，最

---

① 庇护九世（1792—1878），罗马教皇，主张罗马天主教廷中央集权。

② 指政治上的过激分子（或译"无裤党人"），有别于穿马裤的贵族。

③ 挪亚是《圣经·旧约》中所说的洪水后的人类新始祖，引语出自《圣经·新约·路加福音》第27章。

后洪水一来，把他们席卷而去。'"

"总的说来，奥古斯丁，我认为以你的才能，可以当个巡回牧师，"阿尔弗雷德笑道。"你不必替我们担心，业主打官司，九成胜算，我们政权在手，将这个被统治的种族，"他狠狠地跺了一下脚说，"踩在脚下，而且永远踩在脚下！我们有能力管好自己的火药库。"

"受到你的亨利克这种训练的子孙真是保卫你们的火药库的卓越人才，"奥古斯丁说，"这么冷静，这么沉着！俗话说得好，'不能律己，焉能律人。'"

"麻烦就在这儿，"阿尔弗雷德若有所思地说；"不用说，在我们的制度下，难以训练孩子。在这儿的气候下，人们的火气已经够热的了，这个制度还任凭他们胡乱发火。亨利克很让我伤脑筋。这孩子慷慨、热情，可是发起火来，简直是个火药桶。我想把他送到北方去受教育，那儿讲究服从一些，他也会跟地位相当的人来往得多一些，跟佣人来往少一些。"

"训练孩子是人类的主要工作，"奥古斯丁说，"可我们的制度在这方面效果不好，我看这就值得考虑了。"

"这个制度在某些方面的效果的确不好，"阿尔弗雷德说；"在其他方面，效果却很好。它能练出男孩子的大丈夫气概和勇敢精神，劣等民族的罪孽正好能够在我们的男孩子身上培养出跟那些罪孽截然相反的美德。我想，亨利克明白了撒谎和欺骗是奴才的普遍标志，现在更加深切地体会到了诚实的可贵。"

"这种看法当然符合基督教精神喽！"

"符合基督教精神也好，不符合也好，反正是对的，要说符合基督教精神，跟世界上其他大多数事情也不相上下，"阿尔弗雷德说。

"这倒也许是真的，"圣克莱尔说。

"咳，谈这些也没用，奥古斯丁。我想，我们在这条老路上兜圈子兜了五百回了，差也差不了多少。下盘十五子棋怎么样？"

两兄弟跑上门廊台阶，不一会儿就在一张轻巧的竹制茶几两边坐下来，中间摆着一个十五子棋棋盘。两人摆棋子的时候，阿尔弗雷德说：

"告诉你，奥古斯丁，要是我有你的这种见解，我就会有所行动。"

"我看你会的——你是个实干家，不过，什么行动？"

"比如说，振奋自己的仆人的精神，"阿尔弗雷德讥讽地微微一笑说。

"庞大的社会压在他们身上，要我振奋他们的精神，无异于用埃特纳火山把他们压在地上，然后叫他们站起来。一个人单枪匹马地跟整个社会的一致行动对着干是无济于事的。教育必须是国家施行的教育，才会有成效；不然也要有大批人意见一致，才能形成一股潮流。"

"你开个头嘛，"阿尔弗雷德说。两兄弟很快就专心下起棋来，不再说话，直到门廊下传来嘚嘚的马蹄声。

"孩子们回来了，"奥古斯丁说着站起身来。"瞧，阿尔弗！你见过比这更美的图景吗？"那的确是一幅美丽的图景。亨利克天庭饱满，卷发乌黑而有光泽，脸蛋红扑扑的；他们向前走来的时候亨利克朝美丽的堂妹倾着身子，开心地笑着。伊娃穿着蓝色的骑马装，戴着同样颜色的帽子。经过运动，她的脸艳若桃花，更加衬托出她那特别透明的皮肤和金色的头发之美。

"天哪！真是美得叫人眼花缭乱！"阿尔弗雷德说。"说真的，奥古斯丁，她有朝一日会叫有些人伤心的，是不是？"

"不错，太对了——上帝知道，我就为这事担心呢！"圣克莱尔突然以痛苦的语气说，一面急忙下去把她抱下马来。

"伊娃，宝贝！你不太累吧？"他一面紧紧搂着她，一面说。

"不累，爸爸，"孩子说。可是她呼吸急促、吃力，使父亲很是惊慌。

"你怎么能骑得这么快，宝贝？你知道，这对你不好。"

"我当时觉得很舒服，玩得很痛快，把这事忘记了。"

圣克莱尔抱着她走进客厅，放在沙发上。

"亨利克，你得关心伊娃，"他说；"不能跟她骑得太快。"

"我来照顾她，"亨利克坐到沙发跟前，握着伊娃的手说。

不久，伊娃就觉得好得多了。她父亲和伯伯又下起棋来，屋里只剩下两个孩子。

"你知道吗，伊娃，爸爸只在这儿待两天，然后就好久好久见不到你了，我很难过。要是我跟你在一起，我要尽量学好，不对多多发火，等等。我并不想故意虐待多多；不过，你知道，我的脾气太大了。我对他并不坏，我不时地给他一个五分硬币；你也看得出，他穿得不错。我想，总的说来，多多的日子还相当好过。"

"要是世上没有一个人爱你，你会觉得日子好过吗？"

"我？唔，当然不好过。"

"可你把多多从他的所有的亲人身边带走了，现在没有一个人爱他；在这种情况下，谁也好不起来。"

"唉，我也没办法。我买不到他的妈妈，我自己又爱他不起来，在我看来，谁都爱他不起来。"

"你为什么爱他不起来？"伊娃说。

"爱多多！哎，伊娃，你也不会愿意我爱他呀！尽管我喜欢他，可是你不会爱你的佣人的。"

"我爱他们，真的。"

"多奇怪啊！"

"《圣经》上不是说我们应该爱所有的人吗？"

"哦，《圣经》！当然，书上说了许多这样的话；不过谁都不会想到去实行。你知道，伊娃，没有人实行。"

伊娃没有说话；眼睛一动不动，出了半天神。

"不管怎样，"她说，"亲爱的哥哥，请你一定爱可怜的多多，对他好一点，就算是为了我吧！"

"为了你，我可以爱一切，亲爱的妹妹；因为我真的觉得我见过的人中，就数你最可爱了！"亨利克说得非常诚恳，漂亮的脸蛋涨得通红。伊娃极其淳朴地听着这话，表情没有丝毫变化，只是说："你有这种心情，我很高兴，亲爱的亨利克！但愿你别忘了。"

开饭的铃响了，结束了他们的谈话。

第二十四章　预　兆

两天之后，阿尔弗雷德·圣克莱尔和奥古斯丁分别了。两天来，伊娃有小堂兄陪着，兴致很高，玩得过分劳累，结果病情迅速恶化。圣克莱尔终于同意请医生了。以前他一直不愿这样做，因为这意味着承认一个令人难受的事实。

可是有一两天，伊娃病得出不了门，于是请了医生来。

玛丽·圣克莱尔认为自己害了两三种新病，一直在专心致志地琢磨是什么病，所以根本没注意到孩子的健康和体力正在逐渐衰退。玛丽首要的信念是：谁也没有她自己那样受到疾病的折磨；因此，谁要是说她身边有人病了，她总是愤慨地加以驳斥。在这种情况下，她总是断言，那只不过是想偷懒，或者是一时乏力而已；要是他们也受到她那样的折磨，他们很快就会知道二者是不同的。

奥菲丽娅小姐好几次想唤起她的母性，为伊娃而忧虑，可是没用。

"我看不出孩子有什么病，"她老是说；"她东跑西跑，照常玩耍嘛。"

"可她咳嗽啊。"

"咳嗽！什么是咳嗽，不需要你来告诉我。我天天咳嗽，咳了一辈子了。我在伊娃这个年纪的时候，大家认为我得了肺痨。玛米一晚又一晚陪着我。咳！伊娃的咳嗽算得了什么。"

"可是她越来越没劲，呼吸越来越急促了。"

"咳，多年以来，我也是这样；那只不过是有点神经过敏罢了。"

"可是她晚上盗汗。"

"唉，十年来，我也盗汗。经常一晚又一晚，我的衣服湿得拧得出水来。睡衣连一根干纱都没有，床单也湿透了，玛米得把它们晾起来晒干！伊娃出汗根本没有这样厉害！"

奥菲丽娅小姐再也不提这事。可是，现在伊娃明显地病倒了，又请了医生来，玛丽的口气突然来了个大转弯。

她说，她早就知道，她早就有预感，自己注定会成为最不幸的母亲。她自己疾病缠身，现在又得眼睁睁瞧着自己的宝贝独生女儿走向坟墓。现在，有了这个痛苦作为资本，玛丽每天晚上都要把玛米叫醒，白天更是整天吵吵闹闹，骂骂咧咧的，比以往任何时候都要闹得凶。

"亲爱的玛丽，别这样说嘛！"圣克莱尔说。"你不该马上就绝望啊。"

"你不懂做娘的心情，圣克莱尔！你永远不会理解我！现在你就不理解。"

"可是别这样说啊，仿佛她现在就没救了似的！"

"我可不能像你一样若无其事，圣克莱尔。就算你不觉得你的独生女儿的病情这样叫人惊慌，我可觉得是这样。我已经吃够了苦头，再加上这个打击，实在受不了了。"

"不错，"圣克莱尔说，"伊娃体质屡弱，这我向来就明白；还明白她长得太快，把她的体力消耗殆尽了；明白她病情危急。可是目前，只不过是由于天气炎热，加之她的堂兄来了，她很兴奋，玩得太累，所以病倒了。医生说她还有好转的希望。"

"好吧，要是你只看光明的一面，你尽管看吧；这个世界上，麻木不仁可真是福气。我当然巴不得不这样敏感；敏感只是叫我难受到了极点！但愿我能跟旁人一样心情轻松就好了。"

"旁人"也大有理由这样"但愿"一下，因为玛丽把自己的新的痛苦当作理由和借口，尽情地折磨着周围每一个人。任何人说了一句话，任何人在任何地方做了某件事，或没有做某件事，都只是提供了新的证据，说明她周围的人都是铁石心肠，麻木不仁，对她的痛苦不闻不问。可怜的伊娃几次听见她说这样的话，非常同情自己的妈妈，觉得自己给她造成了这么大的痛苦，很是难过，简直哭成了个泪人儿。

过了一两周，伊娃的症状大有好转；其实这只是一种虚假的暂时好转，绝症把人送到了坟墓边缘，往往还要以此来欺骗忧心如焚的亲人。伊娃又出门到花园里、阳台上散步了；又开始玩耍、欢笑了。她父亲喜气洋洋地说,大家不久就会看到她复原的。只有奥菲丽娅小姐和医生没有被这回光返照所迷惑,并不感到鼓舞。另外还有一颗心也同样不存幻想,那就是伊娃本人那颗幼小的心。有时候,她灵魂深处有什么在说,自己在人世的时间不多了,说得那么平静,那么清晰,那是什么呢?那是正在衰败的机体的本能,还是临近进入永恒之前,灵魂的一时冲动?不管那是什么,反正伊娃心里有一种宁静、美妙、肯定的预感,觉得天国近在咫尺了;宁静得像夕阳的余晖,美妙得像云淡风轻的秋天。她幼小的心灵沉浸在这种平静的感觉之中,只是有时为那么疼爱自己的亲人而伤心,扰乱了心头的平静。

这孩子尽管被视为掌上明珠,尽管爱心和金钱所能给予的一切,她都能得到,生活在她面前展开一片锦绣前程,但她并不为自己即将死去而遗憾。

在常常跟纯朴的老朋友一起阅读的那本书中,她看到了那疼爱孩子的基督的形象,并且牢牢地记在了幼小的心里。她呆呆地出神的时候,他不再是一个形象,不再是遥远的过去的图画,而成了活生生的、笼罩一切的现实。他的爱以尘世所无的柔情萦绕着她稚嫩的心。她说,她就是到他那儿去,到他家里去。

不过她的心也很伤感,对自己即将离别的一切充满眷恋之情,尤其是对她父亲。伊娃虽然从来没有想过,但本能地感觉到,父亲爱她比爱谁都要深。她爱母亲,是因为她认为母亲是个充满爱心的人,在她身上看到的自私自利,只是使她感到难过和迷惑不解而已。因为她跟一般孩子一样,不假思索地认为自己的母亲不可能有错。她性情的某些方面,伊娃永远也弄不明白,于是就想,她毕竟是她的妈妈呀,而她是多么爱自己的妈妈呀,以此来自己安慰自己。

她也眷恋着那些慈爱、忠诚的仆人们;对于他们来说,她就是白昼和阳光。孩子们一般不善于概括;可是伊娃是个不同寻常地成熟的孩子,仆人们生活于奴隶制度之下,她目睹了它的种种罪恶,一件件都深入了她那苦苦求索的心间。她隐隐约约地渴望能替他们做点什么,不仅是祝福、拯救他们,而且是祝福所有跟他们处境相同的人。这种渴望，跟她那幼小虚弱的身子形成了可悲的对比。

"汤姆大伯，"有一天，她在给自己的朋友念《圣经》的时候说，"耶稣为什么想为我们而死，我现在懂了。"

"为什么，伊娃小姐？"

"因为我也有这种感觉。"

"什么感觉呀，伊娃小姐？我不明白。"

"我说不清；不过，你记得吧，那回你，还有我，坐船到南方来的时候，我看见船上那些苦命的人，有的失去了妈妈，有的失去了丈夫，有些母亲为自己的孩子哭泣，后来又听说了可怜的普露的情况——啊，那多么可怕啊！——还有别的许多回，我觉得，只要我的死能结束这一切苦难，我会高高兴兴死去。要是做得到，我愿意为他们而死，汤姆，"孩子用小手摸着他的手，恳切地说。

汤姆肃然起敬地瞧着这个孩子；这时，她听见她爸爸的声音叫她，就轻轻地走了，汤姆目送着她，频频揩着眼泪。

"想留住伊娃小姐是白费力气了，"过了一会儿，他碰到玛米，这样对她说。"她额头上已经盖上了主的印戳了。"

"啊，是呀，是呀，"玛米举起双手说；"我一向都是这样说的。她从来不像个长命的孩子——她眼睛里总是有什么深沉的东西。我跟太太这样说过，不知多少回了；现在就要应验了，大家都看得出来。亲爱的有福气的小羔羊啊！"

伊娃脚步轻快地上了门廊台阶，走到父亲面前。这时已是向晚时分，她走上前来的时候，夕阳的光芒在她身后形成了一个光晕。她穿着白衣，满头金发，脸颊绯红，由于体内缓缓地发烧，眼睛不同寻常地明亮。

圣克莱尔刚刚给她买了一个小塑像，叫她来看；可是她走过来的时候，那个模样陡然叫他非常伤心。有一种美非常强烈，又非常脆弱，叫人简直不忍看。她父亲突然把她紧紧搂在怀里，几乎忘记了自己打算跟她说什么。

"伊娃，宝贝，你现在好些了，是不是？"

"爸爸，"伊娃突然毅然地说，"很久以前我就有话想跟你说。

趁我的身体还不太坏，想现在跟你说了。"

伊娃坐到他怀里的时候，圣克莱尔不禁发起抖来。她把脑袋伏在他胸脯上，说道：

"爸爸，我再瞒着这事也没用了。我离开你的时候就要来了。我就要走了，一去不复返了！"伊娃抽泣起来。

"啊，哪里，亲爱的小伊娃！"圣克莱尔簌簌发抖，可是语气很轻松，"你有点神经过敏，情绪低落；你可不能老是这样闷闷不乐。瞧，我给你买了个小塑像！"

"不，爸爸，"伊娃把塑像轻轻放到一边说，"别再自己骗自己了！我并没有好转，这一点我清楚得很——不久我就要走了。我并不是神经过敏，也不是情绪低落。要不是舍不得你，爸爸，舍不得亲人，我会很快乐。我想走，我巴不得走哇！"

"唉，亲爱的孩子，什么事情使得你可怜的幼小的心这样伤感？为了让你幸福，凡是能给你的一切，你都得到了哇。"

"我宁愿到天上去；尽管为了亲人的缘故，我愿意活下去。世上有许多事情叫我伤心，让我觉得可怕；我宁肯到那儿去；可是我不愿离开你——要离开你，简直叫我心都碎了！"

"什么事叫你伤心，让你觉得可怕，伊娃？"

"啊，就是人们做的事情，一直在做的事情。我为我们可怜的仆人伤心；他们深深地疼爱我，他们全都对我好。爸爸，我希望他们全都自由。"

"咳，伊娃，孩子，难道你认为他们现在日子不好过吗？"

"不过，爸爸，要是你有个三长两短，他们怎么办？你这样的人少得很，爸爸。阿尔弗雷德伯伯不像你，妈妈也不像你；那时候，请你想想可怜的普露老大娘的主人！人们在干着，而且干得出多么骇人的事！"伊娃不寒而栗。

"亲爱的孩子，你太敏感了。我让你听到这样的事，真是后悔啊。"

"啊，叫我不安的就是这一点，爸爸。你想要我生活幸福，永远没有痛苦，永远不受罪，连悲惨的故事也不要听到，而那些苦命人一辈子都只有痛苦和悲伤——这好像很自私。我应该了解这种事，我应该同情他们啊！这种事总是铭刻在我心里，刻得很深很深；我老是翻来覆去地想这些事。爸爸，有没有办法让所有的奴隶都自由？"

"这是个难以回答的问题，宝贝。这种制度肯定是个坏制度；许多人都这样想；我自己也这样想。我从心底里希望这个国家一个奴隶也没有，可是，我不知道该怎么办！"

"爸爸，你是个好人，这样高尚、这样善良，一向会说动听的话，你能不能到各地去劝大家纠正这种错误呢？我死了之后，爸爸，你会怀念我，为了我，这样做吧？要是我做得到，我会这样做的。"

"你死了之后，伊娃，"圣克莱尔伤心已极地说，"啊，孩子，别跟我说这个吧！你是我唯一的孩子啊。"

"可怜的普露老妈妈的孩子也是她唯一的孩子，可她听着孩子哭，却什么办法也没有！爸爸，这些苦命人爱他们的孩子，也跟你爱我一样。啊！帮帮他们吧！可怜的玛米爱自己的孩子；我看见她一谈到他们就哭。汤姆也爱自己的孩子；爸爸，这样的事时刻在发生，真是可怕啊！"

"算啦，算啦，宝贝，"圣克莱尔安慰地说；"只要你不自寻烦恼，不讲到死，我什么都依你。"

"答应我，亲爱的爸爸，让汤姆自由吧，只等——"她顿了一顿，然后犹犹豫豫地说，"等我走了之后！"

"好的，宝贝，我什么都愿意做——任何事情，只要你提出来。"

"亲爱的爸爸，"孩子把火热的脸贴着他的脸说，"我多么希望我们能一块儿去啊！"

"到哪儿去，宝贝？"圣克莱尔说。

"到我们的救世主家里去；那儿多么美妙安宁啊，那儿人人都多么相亲相爱啊！"孩子不知不觉地说，仿佛她常常到过那儿似的。"你不想去吗，爸爸？"她说。

圣克莱尔把她搂得更紧，可是没有作声。

"你会来找我的，"孩子平静而肯定地说，她常常不知不觉地用这种语气说话。

"我随后会来找你。我不会忘记你的。"

周围肃穆的暮色越来越浓，圣克莱尔默默地坐着，怀里搂着那弱小的身躯。他看不见那双深沉的眼睛了，她那声音像幽灵的声音似的传来。他仿佛看到最后审判时的幻象，一生的往事一瞬间掠过他的眼前：母亲的祈祷和唱赞美诗的情景；自己早年对行善的渴望和志向；从那时到此刻，多年以来的随波逐流和玩世不恭，以及所谓的体面生活。在顷刻之间，人们可以想到许多许多。圣克莱尔看见和感觉到了许多东西，可是什么也没说。天色更黑了，他把孩子抱进她的卧室。佣人替她把床铺好之后，他把佣人都打发走，把她抱在怀里，边摇边哼歌给她听，直到她睡着了为止。

第二十五章　小福音使者

一个星期天下午，圣克莱尔躺在回廊上一张竹榻上，抽着雪茄消愁。玛丽躺在朝回廊的窗户对面一张沙发上，上面罩着一顶半透明的薄纱帐，以防蚊子肆虐，手里懒洋洋地捧着一本装帧精美的祈祷书。她之所以捧着祈祷书，是因为那天是星期天；她自以为在看书，其实，只是一面捧着摊开的书，一面在断断续续地打瞌睡而已。

奥菲丽娅小姐经过一番寻找之后，找到了一所卫理公会的小教堂，坐着马车可以到达。这天，她叫汤姆给她赶车，到教堂参加礼拜去了，伊娃也跟着他们去了。

“我说呀，奥古斯丁，”玛丽打了一会瞌睡之后说，“我得派人到城里去请波西老大夫，我一定是得了心脏病。”

“嗳，要请他来干什么？给伊娃看病的医生看来医术很高明嘛。”

“病情危急的时候，我可信他不过，”玛丽说；“我看，可以说我的病越来越危险了！两三天来，我一直在考虑这个问题；我疼得难受极了，心里有奇怪的感觉。”

“嗳，玛丽，你只是情绪低落；我认为不是心脏病。”

"我知道你会这样想，"玛丽说，"这我早就料到了。只要伊娃咳嗽一声，或是有一丁点小毛病，你就吓得不得了；可从来不把我放在心上。"

"要是你觉得患心脏病特别好玩，那么我就认为你得了心脏病好了，"圣克莱尔说；"我原先不知道嘛。"

"唉，但愿到为时太晚的时候，你不会后悔才好！"玛丽说；"不过，信不信由你，我为伊娃这宝贝孩子忧心如焚，替她操劳过度，终于诱发了我早就料到的病症了。"

玛丽所说的过度操劳是什么，可就难说了。圣克莱尔心里暗自这样评论，一面继续抽他的雪茄；他这样铁石心肠的汉子就是这样。后来，一辆马车停在回廊外，伊娃和奥菲丽娅小姐下了车。

奥菲丽娅小姐一句话也没说，直奔自己的卧室，取下帽子和披巾；她一向都是这样。伊娃听见圣克莱尔叫她，走过来爬上他的膝头坐着，把做礼拜的情况讲给他听。

不一会儿，他们听见奥菲丽娅小姐房里传来尖叫声和厉声的斥责声。那间房跟他们正坐着的这一间一样，也是门朝回廊。

"托普西在玩什么鬼把戏？"圣克莱尔问道。"这场风波一定是她引起的，包管没错！"

果然，过了一会儿，奥菲丽娅小姐怒气冲冲地拖着犯人出来了。

"出来！"她说。"我非告诉你的主人不可！"

"怎么回事？"奥古斯丁问道。

"就是这么回事——我再也不愿为这孩子操心了！简直是忍无可忍了；有血有肉的凡人谁都受不了！我把她锁在房里，拿了一首赞美诗叫她念，你说她干什么来着？她把我的钥匙翻了出来，打开我的柜子，翻出一条镶帽子的花边，剪得稀碎，用来做洋娃娃的上衣！我一辈子没见过这样的事！"

"我早就告诉过你，姐姐，"玛丽说，"你会发现，不用严厉手段，这些家伙是教不好的。要是依我的脾气，"她责备地瞅了圣克莱尔一眼说，"我要把那孩子送出去，让她挨一顿狠狠的鞭子，要把她抽得站站不起来！"

"这个我毫不怀疑，"圣克莱尔说。"女人的仁政还用说么！

要是能依她们的脾气，马也好，仆人也好，不把他们打个半死是决不罢休的。不这样做的女人，我一辈子也只见过十来个。男人就更不用说了。"

"你这样婆婆妈妈的管教办法行不通呀，圣克莱尔！"玛丽说。"姐姐是个明白人，现在她也跟我一样看得清清楚楚了。"

奥菲丽娅小姐只有地地道道的管家婆的那一点点火气，刚才这火气被孩子的狡诈和糟蹋东西给惹起来了。事实上，本书的许多女读者也得承认，她们如果处于她的地位，心情恐怕也会跟她一模一样；可是她觉得玛丽的话说得过了头，她的火气反而消了一点。

"我绝对不愿这样对待这孩子，"她说；"不过，奥古斯丁，我实在不知道该怎么办。我对她教了又教，谈得精疲力竭；我用鞭子抽过她；凡是想得出的惩罚办法，都用遍了，可她还是依然故我。"

"到这儿来，托普西，你这小猴头！"圣克莱尔叫孩子到跟前来。

托普西走上前来，她那双犀利的圆眼睛一眨一眨的，闪闪放光，既带着恐惧，又带着往常的古怪和滑稽。

"你这样做，是什么原因？"圣克莱尔说；他瞧着孩子的表情，不由得觉得好笑。

"大概是因为我的心太坏了，"托普西规规矩矩地说；"菲丽小姐这样说的。"

"你难道没看见奥菲丽娅小姐为你操了多少心吗？她说，凡是想到的法子都用过了。"

"哎呀，不错，老爷！老主母也常这样说。她用鞭子抽我狠得多，常常揪我的头发，抓着我的脑袋往门框上撞，但是对我一点用也没有！我看，就算他们把我的头发一根根都拔掉也没用；天哪！我真坏透了！我是个黑鬼，没办法！"

"唉，我不管她了，"奥菲丽娅小姐说；"我再也不想操这份心了。"

"唔，我只想问你一个问题，"圣克莱尔说。

"什么问题？"

"唔，如果你们的福音连一个蛮孩子都救不了，而且这个孩子就在家里，由你一个人管教，那么派一两个可怜的传教士到成千上万这样的人中间去又有什么用呢？我想，这孩子就是成千上万你们所谓的蛮子的一个好样板。"

奥菲丽娅小姐没有立刻回答。伊娃一直在默默地站着旁观这个场面，这时对托普西做了个无声的手势，要托普西跟她走。回廊角上有间门上嵌着玻璃的小房间，圣克莱尔用来做读书间。伊娃和托普西走进了这间房间。

"伊娃在干什么？"圣克莱尔说；"我想去看看。"

他蹑手蹑脚地走过去，掀起玻璃门上的门帘朝里面偷看。不一会儿，他把手指放在嘴唇上，朝奥菲丽娅小姐做了个无声的手势，叫她也来看。两个孩子坐在地板上，身体侧面朝着他们。托普西还是往常那副滑稽而满不在乎的神气；可是坐在对面的伊娃情绪激动，满脸通红，大眼睛里噙满了泪水。

"你为什么这样坏，托普西？你为什么不学好呢？你谁也不爱吗，托普西？"

"不知道什么叫爱；我爱糖果之类的东西，没别的了，"托普西说。

"可是你一定爱自己的父母吧？"

"你知道，我没有父母。已经告诉过你了，伊娃小姐。"

"噢，我知道，"伊娃悲伤地说；"你难道没有哥哥，或者姐姐，或者姑姑，或者——"

"没有，一个也没有——从来没有一个亲人。"

"可是，托普西，要是你做个好孩子，你可以——"

"我再学好，也只是个黑鬼，"托普西说，"要是我的皮肤能剥下来，变成白人，那我会试一试。"

"可是你尽管是个黑人，人们也会爱你，托普西。要是你做个好孩子，奥菲丽娅小姐就会爱你。"

托普西短促而坦率地笑了一声；那是她表示不相信的常用方式。

"你不相信吗？"伊娃说。

"不相信；她没法容忍我，因为我是个黑鬼！她宁肯让一只癫蛤蟆接触她！没人会爱黑鬼的，黑鬼也没办法！我不在乎，"托普西说着吹起口哨来。

"啊，托普西，可怜的孩子，我爱你！"伊娃突然感情奔放，把消瘦苍白的小手搁在托普西肩头上说；"我爱你，因为你没有父亲，没有母亲，没有亲人；因为你是个可怜的受尽虐待的孩子！我爱你，希望你做个好孩子。我病得很重，托普西，觉得自己活不了多久了；瞧着你这样淘气，我很伤心。但愿你看在我的面上，做个好孩子——我跟你在一起的时间不久了。"

这黑孩子敏锐的圆眼睛泪眼模糊了；大颗大颗亮晶晶的泪珠滚滚而下，落在那只白色的小手上。不错，在这个时刻，一缕真诚信任的光芒，一缕神圣的爱的光芒，穿透了那蛮孩子灵魂中的黑暗！她把脑袋夹在双膝之间，嘤嘤啜泣起来。那美丽的孩子弯腰瞧着她，看上去就像一位光明天使在弯着腰劝罪人改邪归正。

"可怜的托普西！"伊娃说，"难道你不知道耶稣一视同仁地爱着每一个人吗？他爱我，也一样爱你。他跟我一样爱你——只是比我爱得更深，因为他的心比我的更善良。他会帮助你学好；最后你也能够进天堂，成为永生的天使，就跟你是个白人一样。想想吧，托普西！你能够成为汤姆大伯歌中唱到的光明天使中的一个！"

"啊，亲爱的伊娃小姐，亲爱的伊娃小姐！"孩子说；"我愿意学好，我愿意学好；我以前根本不在乎。"

这时，圣克莱尔放下门帘。"这情景让我想起了母亲，"他对奥菲丽娅小姐说。"她跟我说的话是对的；如果我们想让瞎子恢复视力，就得愿意像耶稣那样行事——把瞎子叫到跟前，亲手摸摸他们。"

"我一向对黑人有偏见，"奥菲丽娅小姐说，"说实话，我决不愿意让那孩子碰我一下。不过，我没想到她会知道。"

"包管任何一个孩子都会发觉的，"圣克莱尔说；"根本瞒不住他们。我认为，不管怎么千方百计为孩子的利益着想，不管给他们多少物质上的好处，只要心里存在这种厌恶感，就不可能激起任何感激之情；这事很奇怪，但的确如此。"

"我不知道怎么才能克服这种感觉，"奥菲丽娅小姐说，"我讨厌他们，尤其是这一个。怎样才能克服这种情绪呢？"

"看来，伊娃做到了这一点。"

"啊，她充满了爱心！不过说来说去，这只不过是基督精神罢了，"奥菲丽娅小姐说；"但愿我能像她就好了。她也许能给我上一课。"

"即使是这样，小孩子教老学生，这也不是第一次了，"圣克莱尔说。

第二十六章　死　亡

死神降帷幕，掩住妙龄人；
音容从此逝，幸勿泪沾襟。

伊娃的卧室是个宽敞的房间，跟其他所有的房间一样，门朝宽阔的门廊。这间房间一边通她父母的房间，另一边通奥菲丽娅小姐的房间。这间房间，圣克莱尔觉得怎么布置好看、雅致，就怎么布置，格调跟房间主人的气质特别协调。窗户上挂着玫瑰红和白色的细布窗帘，地板上铺着从巴黎定做的地毯，图案是他自己设计的，周围是玫瑰花苞和绿叶的边，中间是朵朵盛开的玫瑰。床、椅子和睡榻都是竹子做的，做成特别雅致、奇异的图案。床头上方，有个雪花石膏托架，上面立着一尊精美的天使雕像，天使垂着翅膀，手里托着一个桃金娘叶花冠。从托架往下悬着一顶银色条纹的玫瑰红青纱帐，把床罩住，以防蚊子叮人。在这种气候的地区，这是一切卧具不可或缺的附属品。雅致的睡榻上摆了好多玫瑰红锦缎座垫，睡榻上面的雕像手上挂着跟床上的蚊帐相似的薄纱帐。房间中央摆着一张轻巧而图案精致的竹桌，桌上有一个帕罗斯①花瓶，形状是一株含苞欲放的白百合花，里面时刻插着鲜花。桌上摆着伊娃的书和小首饰，还有一个造型优美的雪花石膏笔架；那是她父亲见她想习字，买给她的。房间里有个壁炉，大理石壁炉架上站着一尊雕刻精美的耶稣接待小孩的雕像，两边各有一个大理石花瓶，汤姆每天早晨都骄傲而高兴地在里面插上鲜花。墙上贴着两三张美丽的图画，上面画着各种姿势的孩子。总之，不管朝哪个方向瞧，看到的都是孩子、美和安宁的形象，每天早晨晨曦初露的时候，伊娃一睁开眼睛，看到的无不是使她心情安详、引起美丽的遐想的事物。

一种叫人产生错觉的力量支持着伊娃，但过了几天之后，就迅速地衰退了；门廊上越来越难得听见她轻轻的脚步声了，大家越来越经常看见她躺在敞开的窗户边的小睡榻上，深陷的大眼睛一动不动地瞧着起伏的湖水出神。

一天半下午的时候,她正这样躺着,面前摆着一本半摊开的《圣经》，半透明的小手指没精打采地夹在书中；这时她突然听见门廊上传来母亲的厉声斥责：

"什么，你这婊子婆！又在捣什么鬼啦！你在摘花，嗯？"接着伊娃听见啪的一记耳光。

"哎呀，太太！这是给伊娃小姐的，"一个声音说，她一听就知道那是托普西的声音。

"给伊娃小姐！倒会找借口！你以为她稀罕你的花吗，你这没用的黑鬼！滚蛋！"

一眨眼工夫，伊娃就从睡榻上爬起来，急忙来到门廊上。

"啊，别这样，妈妈！我要这些花；请把花给我吧，我要！"

"嗳，伊娃，你房里已经到处是花了。"

"花再多我也不嫌，"伊娃说。"托普西，请把花拿到这儿来。"

托普西原来绷着脸低头站着，这时走上前来，把花递给伊娃。她递花的时候，神情踌躇羞涩，跟平时那种放肆、机灵的古怪样儿完全不同。

---

① 帕罗斯岛，爱琴海中的一座岛屿，属希腊，以产精细瓷器著称。

"这束花真美！"伊娃瞧着花说。

这花颇为特殊——一朵火红的天竺葵和一朵雪白的日本山茶，衬着亮闪闪的绿叶。扎这样一束花，显然是为了形成鲜明的颜色对比，每一片叶子的安排都经过精心的琢磨。

托普西一脸高兴的样子，听着伊娃说，"托普西，你扎花扎得真美，"她说，"这只花瓶，我没有合适的花来插。希望你每天都插上一些花。"

"咳，这就怪了！"玛丽说。"你要她插花干什么？"

"你别管吧，妈妈；托普西替我插花，你不会反对吧？"

"当然，你要干什么都可以，宝贝！托普西，听小姐的吩咐，小心侍候。"

托普西低着头微微一屈膝；她转过身去的时候，伊娃看见一颗泪珠从她那黑脸上滚落下来。

"你瞧，妈妈，我早就知道托普西想替我做点事，"伊娃对母亲说。

"呸，胡说！这只不过是她喜欢捣蛋。她知道不准她摘花，就偏偏要摘，就是这么回事。不过要是你喜欢让她摘，就让她摘好了。"

"妈妈，我觉得托普西跟往常不同了；她在努力学着做个好孩子。"

"她要学好，够她费一番功夫了，"玛丽漫不经心地哈哈一笑说。

"唉，妈妈，你知道，可怜的托普西！她吃了一辈子苦了。"

"她到我们家来之后，我相信就没吃过苦了。跟她讲道理，教导她，天下一切办法都用尽了；可她就是这么坏，永远也改不了；这孩子是没法调教了！"

"可是，妈妈，她生长的条件跟我的多么不同！我有这么多亲人，有这么多东西让我学好，让我幸福。可她来这儿之前一直过的是那种苦日子。"

"可能吧；"玛丽打了个哈欠说，"哎呀，多热啊！"

"妈妈，要是托普西成了基督徒，你认为她会跟我们大家一样，也能成为一位天使，是不是？”

“托普西当天使！多可笑的念头！除了你，再没有别人会这样想。不过我认为这是可能的。”

“可是，妈妈，上帝是我们的天父，不也是她的天父吗？耶稣不也是她的救主吗？”

“唔，可能是的。我想，人人都是上帝造出来的，”玛丽说。“我的香精瓶呢？”

“可惜啊，真可惜！”伊娃眺望着远处的湖面说，一半是自言自语。

“什么可惜？”玛丽说。

“咳，就是一个人本来可以当光明天使，可以跟天使在一块儿，却一直往下落，往下，往下，没人帮他们一把！啊，天哪！”

“唉，我们也没办法；着急也没用，伊娃！我不知道该怎么办；我们自己处境优越，得感激才是。”

“我可很难做得到，”伊娃说，“我一想到穷苦人那样苦，心里就难受。”

“这可就怪了，”玛丽说；“说实话，我的宗教观念让我为自己处境优越而感激。”

“妈妈，”伊娃说，“我想叫人把我的头发剪一些下来——剪许多下来。”

“做什么？”玛丽说。

“妈妈，我想趁自己还有力气的时候，把一些头发亲自送给亲戚朋友。请叫姑姑来给我剪好吗？”

玛丽提高声音，把奥菲丽娅小姐从隔壁房间叫过来。

奥菲丽娅小姐进来的时候，伊娃从枕头上微微抬起头来，把长长的金色卷发摇松掉下来，一面开玩笑地说：“来吧，姑姑，来剪羊毛吧！”

“怎么回事？”圣克莱尔出门去给她买了一些水果，这时恰好走了进来，说道。

“爸爸，我想让姑姑把我的头发剪一些下来——头发太多了，觉得很热。另外，我还想拿一些头发送给别人。”

奥菲丽娅小姐拿着剪刀进来了。

"小心——别把头发的样子剪坏了！"她父亲说，"剪下面的，剪看不到的地方。伊娃的卷发可是我的骄傲呢。"

"啊，爸爸！"伊娃伤心地说。

"不错，我想让你的头发保持漂亮的样子，准备带你到你伯伯的种植园去看你堂兄亨利克，"圣克莱尔语气快活地说。

"我去不了那儿了，爸爸——我要到更好的地方去。啊，相信我吧！难道你看不出，爸爸，我在一天天衰弱下去？"

"你干吗硬要我相信这样叫人伤心的事，伊娃？"她父亲说。

"只不过因为这是真的，爸爸；要是你现在相信这事了，说不定你的心情也会跟我一样。"

圣克莱尔闭口不说了，脸色阴沉地站着瞧那长长的美丽的卷发，从孩子头上一绺绺剪下来之后，放在孩子膝头。她拿起来仔细地打量一番，又缠到瘦削的指头上，一面不时担心地瞧着自己的父亲。

"我的预感正是这样！"玛丽说；"正是这件事一直在损害着我的健康，把我一天天带向坟墓，可是谁也看不出这一点。我可早就看出来了。圣克莱尔，不久你就会看出我说得不错了。"

"这会叫你特别欢喜，当然喽！"圣克莱尔以冷冷的挖苦口吻说。

玛丽往一个睡榻上一躺，用麻纱手帕掩着脸。

伊娃清澈的蓝眼睛恳切地瞧瞧这个，又瞧瞧那个。那是摆脱了尘世的一半羁绊的灵魂的宁静而会心的目光；显然，她看见、感觉、理解了两人之间的差别。

她对父亲招招手。他过来在她身旁坐下。

"爸爸，我的力气一天不如一天了，我知道自己必然会走的。我有些事要说要做——都是我该做的事；可你很不愿意听我谈这事。可是这事必然会来，躲也躲不开。请让我现在就说吧！"

"孩子，我愿意听！"圣克莱尔说，一面用一只手掩着眼睛，另一只手握着伊娃的手。

"那么，我想让全家的仆人都到这儿来。我有些非说不可的话对他们说，"伊娃说。

"好吧！"圣克莱尔百依百顺地说。

奥菲丽娅小姐派人去传话，不一会儿，所有的佣人都聚集到房间里来了。

伊娃靠在枕头上，头发散乱地披在脸旁，她脸色通红，而皮肤惨白，四肢、容貌瘦骨嶙峋，形成凄惨的对照；一双幽灵似的大眼睛恳切地瞧着每一个人。

佣人们不禁心中惨然。那张超脱红尘的脸、剪下来放在她身旁的一绺绺长发、她父亲背过去的脸和玛丽的抽泣声，立刻在这易动感情的黑人们心里引起了共鸣；他们进来的时候，大家你瞧瞧我，我瞧瞧你，有的叹息，有的摇头。屋子里鸦雀无声，仿佛在举行葬礼一样。

伊娃坐起身来，久久地、诚恳地环视着每一个人。大家脸上都是一副悲哀忧虑的神情。许多女人用围裙掩着脸。

"亲爱的朋友们，我把大家请来，"伊娃说，"是因为我爱你们。我爱你们每一个人；我有些话要对你们说，请你们时刻记住……我就要离开你们了。再过几个星期，你们就再也见不到我了——"

这时在场的人全都爆发出一片呜咽、呻吟、叹息的声音，完全淹没了孩子微弱的声音，使她说不下去了。她等了一会儿，然后提高声音。听了她的声音，大家都停止哭泣。

"如果你们爱我，就不要这样打断我的话。请听我对你们说的话。我想对你们谈谈你们的灵魂……恐怕你们中许多人都对自己的灵魂满不在乎。你们只想到人世。我想要你们记得，还有一个美丽的世界，就是耶稣居住的地方。我就要到那儿去了，你们也能到那儿去。那个世界属于我，也属于你们。不过，如果你们想到那儿去，你们切不可游手好闲、得过且过、糊糊涂涂过日子。你们得成为基督徒。你们必须记住你们人人都可以成为天使，长生不死……如果你们想成为基督徒，耶稣就会帮助你们。你们必须向他祷告；必须念——"

孩子止住话头，怜悯地瞧着他们，然后悲伤地说：

"哎呀！你们不识字——苦命的人！"她把脑袋埋进枕头，

呜咽起来。听她讲话的人全都跪在地上，强压着哭声，这哭声惊动了她。

"不要紧，"她抬起头来，噙着眼泪粲然微笑着说，"我替你们祈祷过了；我知道，尽管你们不会念《圣经》，耶稣也会帮助你们的。大家尽力做好事，天天祈祷，求他帮助你们，一有机会就请人念《圣经》给你们听；我想，我就能跟大家在天堂见面的。"

"阿门，"汤姆、玛米和几个卫理公会的年长的人应道。那些不动脑子的年轻一些的一时悲不自胜，把头伏在膝上呜呜痛哭起来。

"我知道，"伊娃说，"你们全都爱我。"

"是的，啊，是的！我们的确全都爱你！主啊，保佑她吧！"大家都情不自禁地答道。

"是的，我知道你们爱我！你们向来没有一个人对我不好；我想给你们一点纪念品，让你们一看到这纪念品就会想起我来。我给你们每人一绺头发；你们一看到头发，就会想起我爱你们，记得我已经到天国去了，希望在那儿见到你们。"

他们流着泪，啜泣着，围到这小姑娘身边来，从她手上接过在他们看来是她的爱的最后的标志。他们跪下去，哭着祈祷，吻吻她的衣边，年长的按照自己易动感情的种族的习惯，一面倾吐着亲切的话，一面祷告、祝福。

奥菲丽娅小姐担心这番激动对自己的小病人造成的后果，各人接过礼物之后，她就打手势示意要他们离开房间。

最后，大家都走了之后，只剩下了汤姆和玛米。

"给，汤姆大伯，"伊娃说，"这一绺美丽的头发是给你的。啊，汤姆大伯，我想到能在天上见到你，多么高兴啊——因为我肯定能见到你；玛米，亲爱、好心、善良的玛米！"她亲热地一把搂住自己的老奶妈说，"我知道，你也会到那儿去的。"

"啊，伊娃小姐，你看不出没有你，我就活不下去吗？活不下去！"这忠心耿耿的人说。"好像一下子就把这个家的一切都夺走了！"玛米说着号啕大哭起来。

奥菲丽娅小姐轻轻地把她和汤姆推出房间，以为他们全都走了；可是她一转过身来，只见托普西站在那儿。

"你是从哪儿钻出来的？"她突然说。

"我一直在这儿，"托普西揩着眼泪说。"啊，伊娃小姐，我以前是个坏孩子；但你肯不肯也给我一缕头发？"

"不错，可怜的托普西！当然愿意给。给——你每回看见头发的时候，想想我是爱你的，希望你做个好孩子！"

"啊，伊娃小姐，我是在学好！"托普西诚恳地说；"不过，咳，学好可真不容易！好像压根儿不习惯似的。"

"耶稣知道这一点，托普西；他为你难过；他会帮助你的。"

托普西用围裙掩着眼睛，奥菲丽娅小姐默默地把她送出房间；她边走边把那缕珍贵的头发藏在怀里。

大家都走了之后，奥菲丽娅小姐关上门。在这个场面中，这位可敬的小姐自己也流了不少眼泪；可是她脑子里首要的念头是担心这种激动场面对由她看护的小病人造成的后果。

在这段时间中，圣克莱尔自始至终用手捂着眼睛，姿势一直没有变。仆人都走了之后，他还坐着没动。

"爸爸！"伊娃把手放在他手上，轻声叫道。

他突然一惊，打了个寒战，但没有回答。

"亲爱的爸爸！"伊娃说。

"我没法，"圣克莱尔说，"我没法忍受！全能的上帝对我太狠心了！"圣克莱尔说这些话的时候，语气很重，非常沉痛。

"奥古斯丁！难道上帝对自己创造的生物没有自由处置的权力吗？"奥菲丽娅小姐说。

"也许有吧；可是也并不因此而让我好受些，"他掉过头去，冷漠、生硬、欲哭无泪地说。

"爸爸，你这样真让我伤心！"伊娃坐起来，扑进他怀里；"你千万别这样想啊！"孩子说完痛哭起来，吓得大家全都惊慌失措，也立刻使她的父亲改变了原来的念头。

"得啦，伊娃，得啦，宝贝！别哭了！别哭了！我错了；我不好。你要我怎么想都行，做什么都行，只是别这样伤心；别这样哭。我认命了；我刚才说这些话太坏了。"

不一会儿，伊娃就像一只疲惫的鸽子一样躺在父亲怀里；他低头瞧着她，脑子里想到什么温柔话，就说出来安慰她。

玛丽站起身来，冲出这间房间，回到自己的房间，接着就大哭大闹起来。

"你没给我一绺头发，伊娃，"她父亲惨然一笑，说道。

"剩下的都是你的，爸爸，"她笑着说，"是你和妈妈的；亲爱的姑姑想要多少，就给她多少。只有家里可怜的仆人我才亲自送头发给他们，因为，你知道，爸爸，我死了之后，你们可能忘记送给他们的，也因为我希望这样能够帮他们记住……你是个基督徒，是不是，爸爸？"伊娃怀疑地说。

"你问我这个干什么？"

"我也说不清。你心眼这样好，我不明白你怎么能不是基督徒。"

"当个基督徒是什么样子，伊娃？"

"最爱的是基督，"伊娃说。

"你呢，伊娃？"

"我当然最爱基督。"

"你从来没见过他，"圣克莱尔说。

"这没什么关系，"伊娃说。"我信仰他，过不了几天，就会见到他；"她年幼的脸蛋变得通红，喜气洋洋。

圣克莱尔不再说什么。这是他以前在自己的母亲身上见过的一种感情，可是没有引起自己心里的共鸣。

从这时起，伊娃的健康迅速恶化；死已是确定无疑的了；痴心妄想再大，也不会视而不见了。她那美丽的卧室已被公认为病房；奥菲丽娅小姐日日夜夜执行着看护她的责任——她的亲戚觉得她的价值没有比这方面更为可贵的了。她的双手和眼睛训练有素，凡是能够增进整洁舒适、能把疾病中令人不快的迹象掩盖起来的一切本领，她无不炉火纯青——她时间观念极强，头脑清醒，不慌不忙，对于医生的处方和嘱咐记得不差分毫，因此，她成了圣克莱尔的全部依靠。以前有些人觉得她脾气固执古怪，跟南方人自由放任、满不在乎的脾气迥然不同，对她很不以为然，现在不得不承认她正是迫切需要的人了。

汤姆大伯常常待在伊娃的房间里。孩子烦躁不安，有人抱着她才觉得好受些；汤姆把枕头枕在她的脑袋下面，抱着她那弱小的身躯，有时在房间里踱来踱去，有时到门廊上去走走，他觉得这是最大的快事了；早晨，湖面上吹来凉爽的海风，孩子觉得最爽快的时候，他有时候就带着她到花园里的橘子树下去散步，或者在常坐的石凳上坐下来，唱她最喜爱的古老的赞美诗给她听。

她父亲也常常这样做；可是他体格没有这么强壮，累了的时候，伊娃就会对他说：

"啊，爸爸，让汤姆抱着我吧。可怜的人！他抱着我觉得很高兴；你知道，他想要替我做点事情，现在这是他唯一能做到的事了！"

"我也想做啊，伊娃！"她父亲说。

"啊，爸爸，可你什么都做得到，而且给我做了一切。你念《圣经》给我听，晚上陪着我；可汤姆只能做这件事和唱歌给我听；而且我也知道，他抱起我来轻松些，他有的是力气来抱我！"

想为伊娃做点事的何止汤姆一人。家里每一个仆人都有同样的心情，都以自己的方式尽力而为。

可怜的玛米一心念着自己的宝贝；可是不管白天黑夜，都找不到机会。玛丽说自己心情烦躁极了，根本睡不着；于是，让别人睡觉就当然违反了她的原则。她一晚要叫醒玛米几十次，叫她给她揉脚，用湿毛巾给她敷头，替她找手帕，去看看伊娃房里发出声响是怎么回事；一会儿嫌光太亮了，叫她把窗帘放下来，一会儿又嫌光太暗了，叫她把窗帘勾起来。白天，玛米想参与一下看护自己的宝贝，玛丽又妙计百出，差她到家里到处奔走，或者把她留在身边；这样一来，她所能做到的，只是忙里偷闲去看看伊娃，或是短暂地瞧上她一眼。

"现在，我觉得自己的责任是特别注意身体，"玛丽她常常说，"因为我本来就很虚弱，加之照料护理这亲爱的孩子的责任又全在我一个人身上。"

"是吗，亲爱的？"圣克莱尔说，"我原来还以为堂姐卸掉了你这副担子呢。"

"这是男人家的话,圣克莱尔,仿佛孩子病成这样,做娘的能不管似的。不过说也反正没用,没有人明白我的心情!我可不能像你一样甩担子。"

圣克莱尔微微一笑。读者得原谅他才行,他是忍不住——因为圣克莱尔还笑得出来。小天使远航离去的时候,天气晴朗平静,和煦的香风吹着她的小舟驶向天国的海岸,简直不可能觉得即将来临的是死亡。孩子没觉得痛苦,只有一种一天天、几乎不知不觉地增长的宁静和轻微的虚弱;她那么美丽,对人那么亲热、信赖,那么愉快,大家不禁受到她周围那种天真宁静的气氛的影响,心里觉得慰藉。圣克莱尔自己沉浸在一种奇妙的宁静之中。那不是希望——希望是不可能的,也不是听天由命,而只是眼前的一种平静感;这种感觉美妙极了,使得他不愿意想到将来。那就像我们在秋高气爽的树林中感觉到的那种精神的宁静一样,这时树上还是秋色灿烂,溪边剩下最后一朵迟开的花朵;我们知道,这一切不久就要消失了,因而更加尽情地欣赏。

最了解伊娃本人的想象和预感的是忠心耿耿地抱着她的汤姆。她怕引起父亲的不安而不愿说出来的话,都对他说了;系绳解开,灵魂脱离躯壳之前的一切神秘的感受,都告诉了他。

最后,汤姆不肯睡在自己房里,而是整晚躺在外面的门廊上,一听见叫他就随时醒来。

"汤姆大伯,你像狗一样,走到哪儿就在哪儿睡觉,这是为什么呀?"奥菲丽娅小姐说。"我原以为你讲究规矩,喜欢像基督徒一样躺在床上睡觉呢。"

"我是喜欢睡在床上,菲丽小姐,"汤姆神秘地说。"我喜欢睡在床上,不过现在——"

"嗳,现在怎么啦?"

"我们千万别大声说话,圣克莱尔老爷不愿听这种话的。可是,菲丽小姐,你知道,必须有人等着新郎[1]到来啊。"

---

[1] 新郎,指耶稣。见《圣经·新约·马太福音》第25章。

"这是什么意思，汤姆？"

"你知道，《圣经》上说，'午夜，人们大声嚷起来。瞧，新郎来了。'现在我每天晚上都在等着这事，菲丽小姐。我不能睡远了，怕听不见啊。"

"嗳，汤姆大伯，你怎么这样想？"

"伊娃小姐她跟我说过的。上帝他会派信使到灵魂里来。我必须在场，菲丽小姐；因为这圣洁的孩子上天堂的时候，他们会打开天门迎接她的，我们就都能看上一眼天国了，菲丽小姐。"

"汤姆大伯，伊娃说没说过今晚比往常更加不舒服？"

"没有；不过今天早晨她告诉我说，她离天堂更近了——有人告诉孩子，菲丽小姐。是天使告诉她的——'那是拂晓之前的号声。'"汤姆引用一首最喜爱的赞美诗中的话说。

奥菲丽娅小姐和汤姆之间的这番谈话发生在一天晚上十点到十一点之间。当时她料理好一切，让伊娃上床睡觉之后，出去闩外面的门，发现汤姆躺在外面的门廊上。

她并不神经过敏，也不轻易受影响；可是汤姆那庄严诚恳的态度打动了她。那天下午，伊娃特别开朗愉快，坐在床上，察看自己的小首饰和珍贵的物品，指名想把那些东西送给哪个朋友；就他们所知，比起好几个星期以来，她的态度要活泼些，声音要自然一些。傍晚的时候，她父亲到了房里，说伊娃比生病以来任何时候都像原来的样子；他吻了伊娃一下，向她告别的时候，对奥菲丽娅小姐说："姐姐，我们毕竟还是留得住她；她肯定好一些了；"他去睡觉的时候，心情比几个星期以来都要轻松些。

可是，到了午夜那个奇异神秘的时刻，今生与永恒的未来之间的帷幕变得菲薄的时候，信使到来了！

病房里有响动，先是急促的脚步声。那是奥菲丽娅小姐，她决心整晚不睡，守着小病人。到了午夜之交的时刻，她觉察到有经验的护士意味深长地说的"变化"。她立刻打开外面的门，在外面守着的汤姆一眨眼就爬了起来。

"快去请医生，汤姆！一分钟也别耽搁，"奥菲丽娅小姐说；又马上走到房间对面，去敲圣克莱尔的门。

"兄弟，"她说，"我想请你过来。"

这几个字像铲到棺材上的土块一样落在他心上。为什么会这样呢？他一骨碌爬起来，走进病房，弯腰瞧着还在睡觉的伊娃。

他看见了什么，使得他的心都停止了跳动？两人为什么一句话也不说？凡是见过自己的亲人脸上同样的表情的人，都明白那意味着什么——那表情难以形容、令人绝望、明白无误，它告诉你，你的亲人已不再属于你了。

然而，孩子脸上没有令人毛骨悚然的样子，只有一种高尚、几乎可以说是崇高的表情——万丈光芒的天使世界就在眼前，孩子灵魂的永恒生命已经开始了。

他们一动不动地站在那儿凝视着她，连表的嘀嗒声也觉得太响了。不久，汤姆领着医生回来了。医生走进来，瞧了一眼，也跟其余的人一样静静地站着。

"变化是什么时候发生的？"他低声对奥菲丽娅小姐说。

"大约是午夜之交，"奥菲丽娅小姐答道。

玛丽被医生进门的声音吵醒了，急忙从隔壁房间走了过来。

"奥古斯丁！姐姐！啊！怎么回事啊！"她急促地开口了。

"嘘！"圣克莱尔嘶哑地说；"她正在死去！"

玛米听见了这句话，飞跑着去叫醒仆人们。全家人不久都醒了——灯光闪闪，脚步匆匆，门廊上挤满了焦急的脸，眼泪汪汪地隔着玻璃门往里瞧；但是圣克莱尔什么也没听见，什么也没说，只看见了沉睡的孩子脸上的表情。

"啊，要是她能醒过来，再说上一句话就好了！"他说着俯下身去，凑近她的耳朵说；"伊娃，宝贝！"

她那大大的蓝眼睛睁开了，脸上掠过一丝微笑，想抬起头来说话。

"你认得出我吗，伊娃？"

"亲爱的爸爸，"孩子使尽最后一点力气搂着他的脖子说。一会儿，她的手又掉了下来；圣克莱尔抬起头来的时候，看见她脸上掠过死亡的阵痛——她挣扎着想呼吸，抬起了双手。

"啊，上帝呀，这真可怕！"他说着痛苦地掉过头去，紧紧地攥着汤姆的手，自己也不知道在做什么。"啊，汤姆，伙计，这真要我的命啊！"

汤姆握着主人的双手，黑脸上泪水滚滚而下，抬起头来向平常一贯求助的方向祈求帮助。

"求上帝结束她的痛苦吧！"圣克莱尔说，"我见了真是心如刀绞啊。"

"啊，感谢我主！过去了，过去了，亲爱的老爷！"汤姆说；"瞧瞧她。"

孩子像精疲力竭的人一样，躺在枕头上喘着气，又大又清澈的眼睛翻了起来，停住不动了。啊，那双常常透露出天国情况的眼睛在说什么呢？尘世已经过去，尘世的痛苦也已过去。那脸上胜利的光辉是那么庄严，那么神秘，甚至止住了大家悲伤的哭泣。大家围在她身旁，屏着气，鸦雀无声。

"伊娃，"圣克莱尔轻轻地说。

她没听见。

"啊，伊娃，告诉我们你看见了什么！怎么回事？"她父亲说。

明朗灿烂的笑容掠过她的脸上，她断断续续地说："啊！爱，——快乐——安宁！"接着叹了口气，越过死亡，获得了永生！

"再见了，亲爱的孩子！光明的永生之门在你身后关上了；我们再也看不到你的可爱的脸蛋了。啊，见过你进入天堂的人，醒过来的时候，只会看到日常生活的冰冷而灰蒙蒙的天空，而你已经一去不复返了，这是多么可悲啊！"

第二十七章 "这就是世界末日。"

BT4——约翰·昆·亚当斯 [1]

伊娃房里的塑像和图画都用白布罩起来了，房里只听得到压

---

① 约翰·昆·亚当斯（1767—1848），美国第六任总统。

抑着的呼吸声和轻轻的脚步声；关上的百叶窗显得半明半暗，阳光悄悄地、肃穆地透进房里。

床上铺上了白床单；翅膀低垂的天使像下，躺着熟睡的小身躯——再也不会醒来了！

她躺在那儿，穿着她活着的时候常穿的朴素的白衣；窗帘外透过来的玫瑰色的光在冰冷的尸体上洒下一层温暖的红光。浓密的睫毛轻轻地垂在纯洁的脸颊上；头部稍稍偏向一边，仿佛自然地睡熟了一样，但是脸上的每一根线条都呈现出崇高而神圣的表情，喜悦和安宁融合在一起，说明那不是尘世暂时的睡眠，而是"耶稣赐予自己所珍爱的人"①的神圣而永恒的睡眠。

你这样的人，亲爱的伊娃，是没有死亡的；连死亡的黑暗或阴影也没有，只是像晨星没入金色的曙光一样，消逝在光明之中。你得到的是不战而胜，不争而王。

圣克莱尔抱着双臂，站在那儿凝视着她的时候，就是这样想的。咳，他是怎么想的，谁又知道呢？自从伊娃临终的房间里有人说"她去了"的那一刻起，他心里只有一片愁云惨雾，一种沉重而隐约的痛苦。他听见周围有人说话；听见了向他提出的问题，并且回答了问题。他们问他想什么时候举行葬礼，问他该把她葬在哪里；他不耐烦地回答说无所谓。

房间是阿道夫和罗莎布置的；他们平常浮躁、轻佻、幼稚，但是心肠软，很有感情；奥菲丽娅小姐指挥大家把一切都整理得井井有条，打扫得干干净净的时候，是他们的双手在这些安排上添上柔和而富有诗意的点缀，从临终的房间里驱走了新英格兰地区的葬礼特有的凄惨而可怖的气氛。

架子上还摆着鲜花——全都是娇嫩而芳香的白花，由优雅、下垂的绿叶衬托着。伊娃的小桌子上铺着白布，上面摆着她最喜欢的花瓶，里面只插了一朵白色的洋蔷薇骨朵。壁上的帷幔的皱褶和窗帘下垂的方式，都由阿道夫和罗莎以他们这个种族特有的精细的目光进行过反复的安排。到了这时，圣克莱尔站在那儿出

---

① 见《圣经·旧约·诗篇》第127篇。

神的时候，小罗莎还提着一篮白色的鲜花快步走了进来。她看见圣克莱尔的时候，连忙退了一步，恭敬地停住了脚步；见他没有注意到她，就走过来把花摆在死者四周。圣克莱尔仿佛在梦中一样，瞧着她把一朵美丽的茉莉花放进那双小手，把其他的花朵安放在床的四周，其雅致令人赞叹。

门又打开了，托普西眼睛都哭肿了，走了进来，围兜里兜着什么东西。罗莎立即做了个手势，叫她不要进来；可她还是跨进了房间。

"你一定得出去，"罗莎严厉而坚决地悄声说；"这儿没你的事！"

"啊，求你让我进来！我拿了一朵花来——多美的花哇！"托普西举起一朵半开的茶花说。

"求你让我在这儿摆上一朵花，只一朵。"

"滚蛋！"罗莎更加断然地说。

"让她留下来！"圣克莱尔突然一跺脚说；"我要她来。"

罗莎突然往后退，托普西走上前来，把祭品摆在尸体脚头，然后突然惨叫一声，往地上一倒，躺在床边，号啕痛哭起来。

奥菲丽娅小姐急忙走进房间，想把她扶起来，止住她的哭，可是白费劲。

"啊，伊娃小姐！啊，伊娃小姐！我巴不得自己也死了——我想死！"

她的哭声极其惨痛，撕心裂肺；热血涌上圣克莱尔大理石似的惨白的两颊，伊娃死去之后，他一直噙着眼泪，这时第一次流下泪来。

"站起来吧，孩子，"奥菲丽娅小姐以温和一点的声音说；"别哭得这样伤心。伊娃小姐是到天国去了，成了天使。"

"但是我见不到她了！"托普西说。"我再也见不到她了！"说着又抽泣起来。

大家默默地站了好久。

"她说过她爱我，"托普西说，"她真的说过！啊，天哪！啊，天哪！再也没有人爱我了，没有了！"

"说得很对，"圣克莱尔说；"不过，"他对奥菲丽娅小姐说，"你看能不能安慰安慰这可怜的孩子。"

"我巴不得没有出世就好了，"托普西说。"我自己没想要出世；我出世有什么好处，我实在看不出。"

奥菲丽娅小姐轻轻地，但是断然地把她扶起来，带着她离开了房间；可是，她一面这样做，一面掉着眼泪。

"托普西，你这可怜的孩子，"她一面把她带进自己的房间，一面说，"别灰心！我可以爱你，尽管我不像那个亲爱的孩子，但愿我已经从她身上学到了一点基督的仁爱。我可以爱你；真的，我会想办法帮助你长大成为一个善良的基督徒。"

奥菲丽娅小姐的声音比说的话更加饱含着感情，而比声音含着更深的感情的是她洒下的真诚的泪水。从这时起，她对这孤苦伶仃的孩子一辈子都具有深远的影响。

"啊，我的伊娃，她在世上只活了短短几年，却做了这么多好事，"圣克莱尔心里想，"而我活了这么多年，有什么善行可向上帝交账的呢？"

家里的人一个接一个悄悄进来看死者，房间里一时响起了轻微的低语声和脚步声；然后抬了一副小棺材进来；接着举行葬礼，门口来了几辆马车，一些陌生人进来入了座。人们戴着白头巾、白丝带和黑纱袖筒，哭丧的人穿着黑纱丧服，牧师念了《圣经》，做了祈祷。圣克莱尔活着，走着，移动着，一副哭干了最后一滴眼泪的样子，直到最后，他都只瞧着一件东西，那就是棺材里金黄色头发的脑袋，可是接着看见有人用布遮住那个脑袋，棺材盖给盖上了。有人扶着他跟其他的人排在一起，走到花园尽头那块不大的地方，就在长满青苔的石凳旁边；她过去常常跟汤姆坐在石凳上谈话、唱歌、念《圣经》，如今旁边就是她的小墓穴。圣克莱尔站在墓穴旁边，呆呆地朝下望着；接着看见人们把小棺材放进墓穴；隐约地听见有人在念如下庄严的话："复活在于我，生命也在于我；信仰我的人，虽然死了，也必复活。"[①] 人们开始

---

① 见《圣经·新约·约翰福音》第 11 章。

把土铲进小墓穴，渐渐填满了。他简直无法相信，他们正在掩埋的是他的伊娃。

的确不是！——那不是伊娃，只不过是一颗脆弱的种子，那种子会变成光明而不朽的天使的形体，到救主耶稣降临的那一天，她会以那形体重新出现！

后来大家都走了，哭丧的也回去了，从此以后，他们再也不会想起她来了。玛丽房间里放下了窗帘，她躺在床上，哭得死去活来，时刻叫佣人来侍候她。当然，他们没时间哭泣——他们干吗要哭泣？只有她一个人感到悲痛，她绝对相信，世上没有、不可能有、也不会有人像她那样悲痛。

"圣克莱尔一滴眼泪也没流，"她说；"他根本不同情我；他明明知道我多么伤心，却铁石心肠，这样麻木不仁，想起来真是奇怪极了。"

人们往往对自己亲眼所见、亲耳所闻的事深信不疑。仆人们真的以为伊娃死了之后，最伤心的是主母，尤其是她开始一阵阵抽搐、吩咐请医生来、最后说自己就要死了的时候。接着是大家东奔西跑，拿暖壶啦、烤法兰绒衣裤啦、按摩啦，乱成一团，倒的确弄得大家忘记了自己的哀思。

汤姆倒另有自己的预感，把注意力转到了主人身上。主人走到哪儿，他就关切而忧郁地跟到哪儿；他看见主人脸色惨白，一声不响地坐在伊娃房里，打开她的《圣经》放在眼前，可是一个字也没看见。在汤姆看来，他那呆凝、固定、欲哭无泪的眼睛里透露的悲哀，比玛丽的号啕大哭还要深切得多。

几天之后，圣克莱尔一家又回到了城里。奥古斯丁悲痛得坐立不安，渴望换换环境，改变一下自己的思路。于是他们离开了那座别墅和花园，离开了那座小坟墓，回到新奥尔良。圣克莱尔常常上街，竭力用忙碌奔波和变换地方来填补心中的空虚。在街上或者咖啡店见到他的人，只能从他帽子上的黑纱看出他失去了亲人。因为他有说有笑，看报纸，谈政治，做生意。谁知道这表面上的笑容只不过是一个空壳，里面隐藏的是一颗黑暗沉寂的坟墓般的心呢？

"圣克莱尔先生真是个怪人，"玛丽对奥菲丽娅小姐怨声怨气地说。"我以前认为，世上真有什么人得到他的爱的话，那就是我们亲爱的小伊娃了；可是他好像很快就把她忘了。我想引他谈谈她，他却闭口不谈。我原来真以为他会伤心得什么似的！"

"常言道，水静流深，"奥菲丽娅小姐故作玄虚地说。

"这样的话我可不信，说说罢了。人要是有感情，就会表现出来——这是控制不住的。不过有感情真是大大的不幸，我宁愿生就圣克莱尔先生那样的性格。我的感情真把我害苦了！"

"唉，太太，圣克莱尔老爷瘦得皮包骨头了。听说他什么也不吃。"玛米说。"我知道他忘不了伊娃小姐。我知道谁也忘不了——亲爱的小天使啊！"她揩着眼睛加了一句。

"咳，不管怎样，他一点也不体贴我，"玛丽说；"他明知母亲的感情比任何男人的感情都要强烈，却对我一句同情的话都没有。"

"心里的痛苦只有自己了解，"奥菲丽娅小姐严肃地说。

"这正是我的看法。只有我了解自己的心情，别人好像谁也不了解。过去伊娃了解，可是她已经不在了！"玛丽躺在睡榻上，伤心至极地哭起来。

有些人有一种不幸的性格，在他们眼中，东西在手的时候一文不值，失去之后才成了宝贝。玛丽就是这种人。不管是什么，她拿起来看只是为了挑毛病；一旦不在手边的时候，她就把它看成无价之宝了。

这番谈话在客厅里进行的时候，圣克莱尔的书房里进行另一番谈话。

汤姆老是忐忑不安地跟着主人，几个小时以前就看见他进了书房。他等了老半天，不见主人出来，最后下定决心自己进去看看。他蹑手蹑脚进去。圣克莱尔躺在房间尽头的睡榻上。他俯卧着，前面不远的地方摊开放着伊娃的《圣经》。汤姆走上前去，站在睡榻旁，犹豫了一会儿。他正在犹豫的时候，圣克莱尔突然坐了起来。汤姆真诚的脸上充满悲伤，流露出亲切、同情、恳求的神情，主人见了大为感动。他握住汤姆的手，把前额贴在上面。

"啊，汤姆，我的伙计，整个世界都像鸡蛋壳一样空虚了。"

"我知道，老爷，我知道，"汤姆说；"不过，啊，老爷要是抬头看看就好了，看看我们亲爱的伊娃所在的地方，看看敬爱的救主耶稣所在的地方！"

"啊，汤姆！我抬头看了；可问题是，抬头看的时候，什么也没看见。但愿能够看见就好了。"

汤姆深深地叹了口气。

"看来，只有孩子们和你这样的穷苦老实的人才看得见，我们是看不见的，"圣克莱尔说。"这是怎么回事？"

"'你把这些对聪明练达的人藏起来，对小孩显露出来，'"汤姆喃喃念道；"'是的，父啊，因为你认为这是对的。'①"

"汤姆，我不信，我没法信，我一向怀疑惯了，"圣克莱尔说，"我想相信《圣经》上的话，可是办不到。"

"亲爱的老爷，向善良的主祷告吧：'主啊，我信，帮我除掉不信吧。'"

"世上的事谁又真正了解呢？"圣克莱尔的眼睛梦幻般地游移不定，自言自语地说。"人类感情变幻莫测，没有坚实的基础，一口气不来，就消失得无影无踪，这美丽的爱和信仰只不过是这种感情的一个阶段吧？再也没有伊娃了，没有天国，没有基督，什么也没有吧？"

"啊，亲爱的老爷，有的！我知道；我能肯定，"汤姆跪到地上说。"亲爱的老爷，求你相信吧！"

"你怎么知道有基督，汤姆？你从来没见过这位救主。"

"我灵魂深处感觉到了他，老爷，我现在就感觉到了！老爷，我给卖掉，离开我的老婆子和孩子们的时候，简直是肝肠寸断。我觉得什么也没有留下；这时，善良的救主，他站在我身边，他说：'别担心，汤姆'；他给苦命人的灵魂带来了光明和欢乐，使我心情一片平静；我是那么快乐，爱一切人，觉得心甘情愿献身于救主，奉行救主的意旨，救主要把我放在哪儿，我就到哪儿去。

_____

① 见《圣经·新约·马太福音》第11章。

我明白，自己是个穷苦而满腹牢骚的人，这念头不是我自己身上产生的，而是来自救主。我知道，他也愿意这样对待老爷。"

汤姆说话的时候，泪如雨下，喉头哽咽。圣克莱尔把头伏在他肩上，紧紧地握着那坚硬、忠诚的黑黝黝的手。

"汤姆，你很爱护我，"他说。

"老爷能成为基督徒，随便哪天要我去死也心甘情愿啊。"

"可怜的傻瓜！"圣克莱尔半抬起身子说。"我不值得你这样善良、忠诚的人来爱。"

"啊，老爷，爱你的不只我一个人——神圣的救主耶稣也爱你。"

"你怎么知道，汤姆？"圣克莱尔说。

"灵魂里感觉到的。啊，老爷！'基督的爱，不是凡人所能测度的。'"①

"真奇怪！"圣克莱尔转过身去说，"一千八百年以前活着和死去的人的故事居然还能这样感动人们。不过他不是凡人，"他突然加了这么一句。"没有哪个凡人能有这样经久不衰的活生生的力量！但愿我能相信母亲教给我的道理就好了，但愿我能够跟小时候一样祈祷就好了！"

"伊娃小姐以前念这一段念得美妙极了，"汤姆说。"劳老爷的驾，请念念吧。伊娃小姐去了之后，再也没有听过别人给我念《圣经》了。"

那是《约翰福音》的第十一章——关于拉撒路②起死回生的动人故事。圣克莱尔大声朗诵着，不时得停下来，竭力压下哀婉动人的故事所激起的感情。汤姆跪在他面前，双手合拢，脸色宁静而专注，充满了爱、信任和崇拜。

"汤姆，"主人说，"你认为这全是真的喽！"

"我甚至能清楚地看到这一切，老爷，"汤姆说。

"但愿我有你这样的眼睛就好了，汤姆。"

---

① 见《圣经·新约·以弗所书》第 3 章。
② 拉撒路是《圣经·新约·约翰福音》里说到的一个乞丐。

"但愿主赐给老爷这样一双眼睛。"

"可是，汤姆，你知道，我的知识比你丰富得多；要是我告诉你说，我不信这一套，那又怎么样？"

"啊，老爷！"汤姆举起双手，做出不赞同的手势说。

"会不会稍稍动摇你的信仰，汤姆？"

"一点也不会，"汤姆说。

"嗳，汤姆，你得知道，我知道得多得多。"

"啊，老爷，刚才你不是念过他'把这些对聪明练达的人藏起来，对小孩显露出来吗？'不过老爷这样说一定不是当真的，是不是？"汤姆焦急地说。

"对，汤姆，不是当真的。我不怀疑，我认为有理由相信；可是我还是不信。我这坏习惯真是伤脑袋，汤姆。"

"老爷要是祈祷就好了！"

"你怎么知道我不祈祷，汤姆？"

"老爷祈祷吗？"

"汤姆，要是我祈祷的时候，天上真有人在听，我愿意祈祷，可是我祈祷的时候，全是对虚无说话。不过得啦，汤姆，你现在祈祷，让我看看。"

汤姆心里充满了感情，全都倾注到祈祷里，就像长期被堵住的洪水奔腾而出。有一件事是清楚不过的；不管有没有人在听，汤姆都认为有人在听。事实上，圣克莱尔好像清楚地想象出天国的样子，觉得自己乘着他的信仰和感情的洪流差不多直达天国之门，好像离伊娃近得多了。

"谢谢你，我的伙计，"汤姆站起来的时候，圣克莱尔说。"我喜欢听你祈祷，汤姆；不过现在你走吧，让我一个人待一会儿；另外什么时候，我还想听你祈祷。"

汤姆默默地走出了房间。

第二十八章 团 圆

圣克莱尔家的宅第里，一个又一个星期悄悄地溜走了，小舟沉没之处激起的生活波涛，渐渐恢复了往日平静的流淌。日常生活的水流严峻、冷酷而平淡，不管人们的心情如何，总是多么专横而冷静地向前流去啊！我们还得吃饭，喝水，睡过去，再醒过来，还得讨价还价，买东西，卖东西，提问题，回答问题；总之，尽管已经兴趣索然，还得去从事这些形形色色徒具虚名的活动，根本的生趣已经消失，还得行尸走肉似地活下去。

圣克莱尔生活中的一切兴趣与希望曾经无意识地寄托在这个孩子身上。他管理自己的家业，是为了伊娃；他计划、安排自己的时间，是为了伊娃；为伊娃做这做那——为伊娃购买、改进、变动、安排或处理某事——已成了他长期以来的习惯。现在她不在了，好像没有什么事要考虑了，没有什么事要做了。

诚然，还有另外一种生活——只要信仰这种生活，它就会变成一个庄严的有效数字，时间本来只不过是一串毫无意义的零，前面有了这个数字，就会变成神秘的、其值无穷大的数。这一点圣克莱尔是很清楚的。他常常觉得心灰意冷，这时就听见那纤细而稚气的声音在呼唤他到天上去，看见那只小手向他指出生活的道路；可是有一种沉重而哀伤的倦意压着他，让他无法升上天去。他有一种脾气，就是根据自己的见解和本能去理解宗教问题，比许多讲究实际的平庸的基督徒理解得透彻清楚得多。有些人毕生漠不关心、无视精神方面的问题，对其细微之处和相互之间的关系，却具有领会的天赋和感受的官能。因此，穆尔、拜伦和歌德①说出的话往往能准确地描绘出真正的宗教感情；而有些人一辈子受到宗教感情的支配，却远远不如他们。在这些人心目中，无视宗教

---

① 穆尔（1779—1852），英国诗人；拜伦（1788—1824），英国诗人；歌德（1749—1832），德国诗人，三人都是无神论者。

是一种比不能领会和感受更可怕的背叛，更深重的罪孽。

圣克莱尔从来没有自称以宗教责任来约束自己；但是，他生性聪敏，本能地看清了基督教对教徒的要求；于是预先就避免做坏事，免得自己一旦决定承担那些责任的时候，受到良心的谴责。因为人的本性难以始终如一，尤其是在追求理想方面，于是觉得与其承担责任却半途而废，倒不如根本不承担责任。

尽管这样，圣克莱尔在许多方面跟以前已是判若两人。他严肃而认真地看小伊娃的《圣经》；更加清醒而实际地考虑自己跟仆人的关系，对于以往与目前的做法都觉得极不满意。回到新奥尔良之后不久，他至少做了一件事，就是着手采取让汤姆获得自由的必要的法律步骤，只等办完必要的手续之后，就可以完成了。在这期间，他一天天觉得越来越离不开汤姆了。在这茫茫人世，再也没有别的什么更能让他想起伊娃。他执意要汤姆时刻陪着他，尽管他非常谨慎，对自己的内心感情守口如瓶，却几乎当着汤姆的面自言自语起来。谁要是见了汤姆时刻跟着年轻的主人时脸上亲切、忠心耿耿的表情，谁对这一点也就不会感到意外了。

"喂，汤姆，"着手办理让汤姆自由的法律手续之后第一天圣克莱尔说，"我打算让你自由——所以把箱子收拾好，准备动身回肯塔基去。"

汤姆听了，突然朝天举起双手、高呼一声："感谢上帝！"脸上那喜悦的光彩，让圣克莱尔觉得很不是滋味；汤姆这么急于离开他，他很不高兴。

"在这儿你的日子并不那么难过，用不着这样欣喜若狂吧，汤姆！"他冷冷地说。

"不，不，老爷！不是因为这个——是因为要当自由人了！我喜的是这个。"

"咳，汤姆，就你本人来说，你不觉得你的日子比自由还好过些吗？"

"不，真的不，圣克莱尔老爷！"汤姆使劲地说，"不，真的不！"

"嗳，汤姆，我让你穿得吃得住得这样好，凭你的劳动是挣不到的啊。"

"这我全知道，圣克莱尔老爷；老爷一向对我太好了，可是，老爷，如果是自己的，破衣、破房，样样都破我也心甘情愿；如果是别人的，就算是最好的，我也不愿意——我的心愿就是这样，这是人之常情，老爷。"

"大概是这样吧，汤姆，一两个月之后，你就要走了，就要离开我了，"他快快不乐地说，"不过谁也说不出你为什么不该走，"他用比较愉快的口气说，然后开始在房里踱来踱去。

"只要老爷还在悲伤，我就不走，"汤姆说。"只要老爷需要我，我就留在老爷身边——只要还用得着我。"

"只要我还在悲伤就不走，汤姆？"圣克莱尔忧郁地望着窗外说，"我的悲伤要到什么时候才会过去呢？"

"到老爷成了基督徒的时候，"汤姆说。

"你真想待到那一天吗？"圣克莱尔从窗前转过身来，一只手搭在汤姆肩膀上，微微一笑说，"咳，汤姆，你这心软的傻瓜！我不会把你留到那个时候。回到你的老婆孩子身边去吧，替我向他们问好。"

"我相信那一天会来的，"汤姆噙着眼泪恳切地说，"上帝还有项使命要老爷去完成呢。"

"一项使命，嗯？"圣克莱尔说，"好吧，汤姆，给我讲讲你认为那是什么使命吧，让咱听听。"

"咳，连我这样的可怜人，上帝都给我一个使命。圣克莱尔老爷有学问，有财产，有朋友——他可以替上帝做多少事情啊！"

"汤姆，你好像认为上帝有许多事情要人替他做似的。"圣克莱尔笑着说。

"我们为上帝的子民做事，就是为上帝做事。"汤姆说。

"高明的神学，汤姆；比 B 博士讲得还好，我敢打赌，"圣克莱尔说。

这时，佣人来通报说有客人来访，谈话就到此为止。

玛丽·圣克莱尔对于伊娃之死觉得悲痛已极；她这样的女人自己痛苦的时候，很有本事让人人都吃吃苦头，她的贴身佣人更有理由为小女主人之死而感到惋惜，因为她那暴戾自私的母亲把她们逼得太紧时，她往往以讨人喜欢的态度，婉转地说情，对她们加以庇护。尤其是可怜的老玛米，自己的一切天伦关系都已割断，就以这个美丽的孩子为唯一的慰藉，如今真是肝肠寸断，日夜哭泣。由于伤心过度，她服侍主母的时候，已经不如往常那样熟练麻利，加之没有人庇护了，常常招来破口大骂。

奥菲丽娅小姐也为伊娃之死而悲伤；但是，她生性善良诚恳，这悲伤在她心中结成了永恒的果实。她比以往更加慈善和蔼；尽管她跟往常一样勤勤恳恳、尽职尽责，但仿佛经过反省，有了收获，神情更加练达安详了。她教导托普西更加用功——主要是以《圣经》来教导她——不再害怕她接触自己，也没有表现出难以掩饰的厌恶情绪，因为她不再感到厌恶。伊娃首先在她面前以温和的态度对待托普西，她现在也以这种态度来看待托普西，只觉得她也是一个具有不灭的灵魂的人，是上帝交到她手中的，由她领着走向善，进入天国。托普西并没有立刻变成圣人；但是伊娃的生和死的确使她起了变化。她那麻木、冷漠的性情不复存在；如今她有了感情、希望、心愿，开始努力向善。这种努力虽然并不是持之以恒，常常停顿，但停了一段时间之后，又重新开始。

有一天，奥菲丽娅小姐要用人把托普西找来。托普西一面走过来，一面慌慌张张地往怀里塞什么东西。

"在这儿干什么，你这淘气鬼？在偷什么东西，我打包票，奥菲丽娅小姐是要小罗莎去找托普西的，"罗莎毫不客气地一把抓住托普西的手，这样厉声问道。

"去你的吧，罗莎小姐！"托普西说，一面想挣脱，"不关你的事！"

"你还顶嘴！"罗莎说，"我看见你在藏什么东西——你的鬼名堂还瞒得过我？"罗莎抓住她的胳膊，想把手塞进她怀里；托普西火了，马上拳打脚踢，为保卫自己所认为的权利而英勇奋斗。她们打架的喧闹声引得奥菲丽娅小姐和圣克莱尔两人都来到了现场。

"她偷东西来着！"罗莎说。

"我没偷！"托普西大叫大嚷，伤心得哭了起来。

"不管是什么，拿给我看！"奥菲丽娅小姐坚决地说。

托普西犹豫了一下，但听见第二次吩咐之后，从怀里掏出一个用自己的一只旧袜筒做成的小包。

奥菲丽娅小姐把包翻了过来。里面有一个小本子，是伊娃送给托普西的，本子里抄着一段段《圣经》经文，全年每天一段；还有一个纸包，里面包着一绺头发，正是伊娃在跟众人最后告别的那个难忘的日子送给她的。

圣克莱尔见了这情景大为感动：小本子用一块从丧服上撕下来的一长条黑纱包着。

"你干吗用这个包着本子？"圣克莱尔拿起黑纱说。

"因为……因为……因为这是伊娃小姐。啊，求求你别拿走了！"她说；她一屁股坐到地板上，用围裙蒙着脑袋，痛哭起来。

这情景真是叫人伤心，又叫人好笑——旧袜子，黑纱，练习本，美丽柔软的头发，还有托普西那悲痛欲绝的样子。

圣克莱尔微微笑了；他噙着眼泪说：

"得啦，得啦，别哭了；没人会拿走你的！"他把这些东西收拢在一块儿，塞到她怀里，拉着奥菲丽娅小姐走进了客厅。

"我真的认为你可以把那小家伙教出个名堂来，"他一面跷起大拇指朝肩膀后面指一指一面说。

"一颗心能由衷的悲伤，就能向善。你一定得想办法把她教好。"

"这孩子大有长进，"奥菲丽娅小姐说。"我对她怀着很大的希望；不过，奥古斯丁，"她抓住他的胳膊说，"有一件事我想问问，这孩子是谁的？——是你的还是我的？"

"咳，我把她交给你了，"奥古斯丁说。

"可是没有在法律上交给我；我想让她在法律上属于我，"奥菲丽娅小姐说。

"嗬！姐姐，"奥古斯丁说，"废奴派会怎么想呢？要是你成了奴隶主，他们会为你这倒退行为而斋戒一天的！"

"啊，胡说八道！我想要她属于我，是为了把她带到自由州去，然后把自由还给她，好让我打算做的事无法颠倒过来。"

"啊，姐姐，这'为恶以便为善'的做法真吓人！我可不敢苟同。"

"我希望你不要开玩笑，而是讲道理，"奥菲丽娅小姐说。

"除非我能把这孩子从受奴役和再次受奴役的可能性中解救出来，我把她变成基督徒也没用；如果你真的想把她送给我，我希望你能给我一份赠予书，或者法律文件。"

"好吧，好吧，"圣克莱尔说，"我会给你的，"他说罢坐下来，打开一张报纸来读。

"可是我希望你现在就写，"奥菲丽娅小姐说。

"急什么呀？"

"因为现在如果不做就永远也做不成了，"奥菲丽娅小姐说；"来，这儿有纸、笔、墨，写个字据吧。"

圣克莱尔这种人打心眼里讨厌说做就做；因此，奥菲丽娅小姐这么咄咄逼人，使他感到很恼火。

"咳，怎么回事？"他说："你信不过我吗？你这样逼我，别人还会以为你向犹太人学过徒呢！"

"我想要把这事定下来，"奥菲丽娅小姐说。"你也许死去或者破产，到那时，托普西就会给押到拍卖场上去，我就无能为力了。"

"真的，你真是有远见。好吧，我落到了北方佬手里，不得不让步了；"圣克莱尔迅速地写好了一份赠与书。他精通法律文书的格式，自然一挥而就，然后用大写字母签上名，签得龙飞凤舞，最后一笔更是拖得长长的。

"好啦，这不就是白纸黑字了吗，佛蒙特小姐？"他把赠予书递给她说。

"真是好弟弟，"奥菲丽娅小姐笑着说。"是不是要人做个见证？"

"咳，真麻烦！行。喂，"他打开玛丽的房门说，"玛丽，姐姐想要你的亲笔签名；你就在这上面签个名吧。"

"这是什么？"玛丽浏览了一下这件文书说。"真荒唐！我还以为姐姐很虔诚，不会做这样可怕的事呢，"她一面漫不经心地签下自己的名字一面说；"不过，要是她喜欢那件货物，她尽管拿去好了。"

"好啦，她连肉体带灵魂都属于你了，"圣克莱尔一面把文书递过去说。

"她以前不属于我，现在也不属于我，"奥菲丽娅小姐说。"只有上帝才有权力把她送给我；不过现在我可以保护她了。"

"那么可以说通过法律的把戏，她属于你了，"圣克莱尔一面说，一面回到客厅，坐下看报纸。

奥菲丽娅小姐很少坐着陪玛丽聊天，仔细把文书收好之后，就跟着他走进客厅。

"奥古斯丁，"她坐在那儿，织着织着毛线突然说道，"你已经替你的仆人做了你死后的安排没有？"

"没有，"圣克莱尔说罢，又继续看报。

"那么，你对他们的宽容有朝一日会变成极大的残忍。"

圣克莱尔自己也常常这样想；可是他敷衍了事地说：

"好，我打算不久之后做个安排。"

"什么时候？"奥菲丽娅小姐说。

"噢，就在这几天吧。"

"要是你在那天之前就死了呢？"

"姐姐，这是怎么回事啊？"圣克莱尔放下报纸，瞧着她说。"你是不是觉得我有黄热病或是霍乱的症状，于是一个劲儿地要我安排后事？"

"'人生在世，随时都在死亡之中，'①"奥菲丽娅小姐说。

圣克莱尔站起身来，漫不经心地放下报纸，走到朝回廊开着的门口，以便结束他觉得讨厌的谈话。他不由自主地重复了最后一个字眼——"死亡！"他凭栏凝望着喷泉中亮晶晶的水珠升起又落下，仿佛置身于灰蒙蒙的薄雾之中，观看着院子里的花草树木和盆景，又念了一次人人口里常常念叨着的、然而具有如此可怕的力量的神秘的字眼——"死亡！""有这样一个字眼，"他

———————
① 这是英国国教举行葬礼时的祷告文中的话。

自言自语说，"有这样一件事，我们却把它忘了，真奇怪。一个人先天还活着，温暖而美好，充满希望，充满欲望和追求，第二天就去了，去得无影无踪，永远不复返了！"

那是一个温暖的黄昏，满天金色的晚霞；他走到回廊的另一头，看见汤姆正在忙着专心致志地看《圣经》，边看边用手指指着一个个的字，神情严肃地低声念着。

"要我给你念吗，汤姆？"圣克莱尔漫不经心地在他身旁坐下说。

"有劳老爷了，"汤姆感激地说，"老爷一念就明白多了。"

圣克莱尔接过《圣经》，瞥了一眼念到的地方，开始念汤姆用很粗的记号标出来的那一段。经文如下：

"人子将同众天使来到天国，坐到天国的宝座上，将芸芸众生召集到面前；他将把他们一一分开，宛如牧羊人分开绵羊与山羊。"圣克莱尔以激动的声音一直念下去，直到最后几节。

"接着，王将对左边的人说：'你们被诅咒的人，离开我，到永恒的炼狱中去吧。因为过去我饿了，你们不给我吃的；我渴了，你们不给我喝的；我出门在外，你们不留我住；我赤身裸体你们不给我衣穿；我病了，进了牢房，你们不来看我。'这时，那些人将答道：'主啊，我们看见您饿了、渴了、出门在外、病了、进了牢房的时候，难道没有来侍候您吗？'这时他将对他们说：'你们不照料我最小的弟弟，就是不照料我。'"①

圣克莱尔似乎很为这最后一段所打动。因为他念了两次——第二次念得很慢，心里仿佛在仔细琢磨着这些话。

"汤姆，"他说，"受到这么严厉惩罚的人，他们的所作所为好像跟我的一模一样——生活优裕、安闲、体面；从来不费心去打听打听许多弟兄是不是饿了、渴了、病了、是不是进了牢房。"

汤姆没有回答。

圣克莱尔站起身来，若有所思地在回廊上踱来踱去，仿佛完全沉浸在自己的思考中，忘记了一切。他全神贯注地思考着，汤

① 以上两段均见《圣经·新约·马太福音》第25章。

姆提醒他茶点铃声已经响过了，说了两次，才引起了他的注意。

吃茶点的时候，圣克莱尔一直心不在焉，只顾沉思。茶点之后，他和玛丽以及奥菲丽娅小姐走进客厅，全都默默无言。

玛丽躺在一张睡榻上，上面罩着一顶丝蚊帐，很快就睡着了，奥菲丽娅小姐默默地忙着打毛线。圣克莱尔坐到钢琴前，弹起了一个以风鸣琴伴奏的柔和而忧郁的乐章。他仿佛深深地沉浸在冥想之中，用音乐在自言自语。过了一会儿，他打开一个抽屉，拿出一本因年久而封面发黄的旧乐谱，开始翻起来。

"瞧这儿，"他对奥菲丽娅小姐说，"这是我母亲的一个本子——这是她的手迹——过来瞧瞧。这是她模仿莫扎特[①]的《安魂曲》编的曲子。"奥菲丽娅小姐走了过来。

"这是她常唱的曲子，"圣克莱尔说。"我现在就觉得听见她在唱。"

他弹了几个美妙音符，开始唱起那首庄严的拉丁文歌曲——《最后审判日》。

汤姆原来在外面的回廊上听着，这时歌声把他吸引到客厅门口来了，站在那儿侧耳倾听。当然，他不懂歌词的意思；可是那曲调和唱法好像深深地打动了他，尤其是圣克莱尔唱到更加悲哀的部分的时候。要是汤姆懂得那美妙的歌词的意思，他心里会引起更加强烈的共鸣：

> 耶稣啊，我记得，你何以
> 忍受着世人的欺凌与叛逆；
> 危难的时刻不肯将我抛弃，
> 为寻我你疲惫不堪仍奔忙。
> 在十字架上你经历了死亡，
> 我不让你一生苦难终失望。

圣克莱尔在这歌词中注入了深沉而悲怆的感情；岁月朦胧的

---

① 以上两段均见《圣经·新约·马太福音》第25章。

帷幕仿佛已经拉开，他好像听见自己的母亲的声音在给他领唱。那声音和琴声仿佛都是活的声音，那一个个音符把仙风道骨的莫扎特①最初预先为自己逝世而构思的《安魂曲》的情调表现得淋漓尽致。

圣克莱尔唱完了之后，用手支着脑袋坐了好一会儿，然后开始在房间里踱来踱去。

"最后的审判是一种多么崇高的设想啊！"他说，"自古以来的一切冤屈都将得到申雪！一切道德问题都将由无与伦比的智慧加以解决！这的确是一个神奇的景象。"

"对我们来说是可怕的景象，"奥菲丽娅小姐说。

"对我来说，应该是神奇的景象，我想，"圣克莱尔若有所思地停下脚步说。"今天下午我给汤姆念《马太福音》里叙述最后审判的那一章，我被深深地打动了。我本来以为，有些人被排除在天国之外，其原因一定是被指控犯了弥天大罪；可是不是这么回事——他们受到这种判决，理由是他们没有主动行善，仿佛那就是万恶不赦似的。"

"也许，"奥菲丽娅小姐说，"不行善就不可能不为恶。"

"可是，"圣克莱尔心神恍惚地说，但说得感情深沉，"有这样一个人，他的本心、他所受的教育、社会的需要都呼唤他干一番崇高的事业，但他没有做到；别人受到虐待，在痛苦中挣扎，他本来应该有所行动，可他得过且过，迷迷糊糊，无动于衷地袖手旁观，对这人该怎么评价呢？"

"我说，"奥菲丽娅小姐说，"他该改过自新，从现在开始采取行动。"

"老是讲求实际，一针见血！"圣克莱尔脸上粲然一笑说。"你从来不留一点时间让我进行一般性的思考，姐姐；你老是把我一下子推到眼前的现实面前；你脑子里考虑的只是永恒的'现在'。"

"只有'现在'才跟我有关系，"奥菲丽娅小姐说。

"亲爱的小伊娃——可怜的孩子！"圣克莱尔说，"她那纯

---

① 莫扎特（1756—1791），奥地利大作曲家。

朴的小灵魂曾经想感化我来着。"

自从伊娃死后,这是他第一次说了这么多关于她的话,现在说的时候,显然在压抑着强烈的悲痛。

"我对基督教的看法,"他接着说,"使我得出结论:要是一个人始终不渝地表示自己信仰基督教,就得挺身而出,同构成我们这个社会的基石的这个不公正的万恶制度进行不遗余力的斗争,必要时甚至不惜牺牲自己的生命。我的意思是说,尽管我跟许多基督徒打过交道,他们很开明,却并没有进行斗争,但我觉得自己要成为基督徒,就非这样干不可。说老实话,虔诚的教徒在这个问题上麻木不仁,我为之骇然的不平事,他们却视而不见,这是我对基督教抱着怀疑态度的最大原因。"

"你既然明白这一切,"奥菲丽娅小姐说,"为什么没有进行斗争?"

"噢,这是因为我的慈善只不过表现在躺在沙发上,咒骂教会和牧师不殉教,不坚守信仰。你知道,旁观者对别人应该怎样殉教是看得很清楚的。"

"那么,你现在是不是打算改弦易辙呢?"奥菲丽娅小姐说。

"将来怎么样,只有上帝知道,"圣克莱尔说。"我现在胆大一点了,因为我已失去一切;一无所有的人可以冒一切风险。"

"你打算怎么办?"

"我想,就是一弄清我对穷苦低贱的人们的责任,就马上着手行动,"圣克莱尔说,"从我自己的仆人开始;我还没有为他们做任何事情;说不定将来什么时候,也许会有机会为全体黑人做点什么;我国现在在世界各文明国家面前,处在一种尴尬的地位,我想做点什么来消除她的耻辱。"

"你认为一个国家会不会自动解放奴隶?"奥菲丽娅小姐说。

"不知道,"圣克莱尔说。"如今是发生伟大事件的时代。英雄主义和大公无私在世界上各地方兴未艾。匈牙利的贵族不顾巨大的金钱上的损失,让数百万农奴获得了自由;我们中间说不定也有胸怀博大的人,不以钱财多少来衡量荣誉与正义。"

"我难以相信,"奥菲丽娅小姐说。

　　"但是，假设我们明天就起来解放奴隶，谁来教育这数百万人，教他们如何利用自己的自由呢？在我们这里，他们站起来之后，不会有多少作为。说实话，我们自己太懒了，太不切实际了，没有让他们明白，要成为真正的人，必须勤奋努力。他们得到北方去，在那儿劳动是一种时尚，一种普遍的习惯；现在告诉我，你们北方各州有没有足够的基督教的博爱精神，来忍受他们的教育、提高的过程？你们给在国外的传教团送去成千上万块钱；但是你们能不能容忍别人把这些异教徒送进你们的城市和乡村，把你们的时间、思想和金钱花在把他们提高到基督徒的标准？我想知道这一点。如果我们解放他们，你们愿不愿教育他们？在你的家乡，有多少人家愿意收留一对黑人夫妻，教育他们，容忍他们，设法把他们变成基督徒？如果我想把阿道夫训练成店员，有多少商人愿意雇用他？如果我想教他学手艺，有多少人愿雇他为机修工？尽管简和罗莎跟南方北方许多女人一样白，但如果我想把她们送去上学，北方各州有多少学校愿意收下她们？有多少家庭愿意让她们住宿？你瞧，姐姐，我希望别人能对我们公正一点。我们的处境并不好受。我们是黑人的明摆着的压迫者；但北方人违反基督教精神的偏见也是差不多同样厉害的压迫者。"

　　"不错，兄弟，我知道情况是这样，"奥菲丽娅小姐说，"我知道，在明白自己有义务克服这种偏见之前，我就有这种偏见；不过我相信自己已经克服了这种偏见；我也知道，北方有许多善良的人，只需教他们认识自己的义务所在，他们就做得到。把异教徒接纳到我们中间，比起派传教士到他们中间去，当然是一种更大的自我牺牲；但是我认为我们做得到。"

　　"你做得到，这我知道，"圣克莱尔说。"要是你认为一件事情是你义不容辞的责任，你还有什么做不到的！"

　　"咳，我并不是什么不同寻常地善良，"奥菲丽娅小姐说。"要是别人也见过我所见过的悲惨的情况，他们也会做得到的。我离开的时候，打算把托普西带回家去。我想，人家开头会感到惊讶；但是我觉得他们也会慢慢接受我的看法。另外，我知道，你所说的事，北方有许多人正在做。"

"不错,不过这样的人是少数;如果我们解放的黑人相当多了,很快就会听到你们的反对的声音了。"

奥菲丽娅小姐没有回答。两人沉默了好一会儿;圣克莱尔脸上笼罩着伤感的、梦幻般的表情。

"不知怎么的, 今晚我老是想到我母亲, "他说。"我有一种奇怪的感觉,觉得她就在我身边。我老是想到她跟我说过的事情。真奇怪, 有时候, 往事总是活生生地出现在眼前! "

圣克莱尔在房间里踱来踱去, 又过了一会儿, 他说:

"我想上街去一会儿, 听听今晚的新闻。"

他拿起帽子, 走了出去。

汤姆跟着他走过过道, 走到院子外面, 问要不要他侍候。

"不要, 伙计, "圣克莱尔说。"我一个小时后回来。"

汤姆坐在回廊上。那是一个月光皎洁的美丽的夜晚,他坐在那儿瞧着喷泉里升起又落下的水花,听着哗哗的水声。汤姆想起了自己的家,想到自己就会成为自由人,能够自由地回家去。他想到自己要如何努力干活,把妻子儿女赎出来。他快乐地摸着自己的胳膊上结实的肌肉,心想这肌肉不久就属于自己了,可以干多少活儿来购买一家人的自由。然后他想到自己高尚的年轻主人;他每回一想起他,就马上习惯地为他祈祷;接着他的思想转到了美丽的伊娃身上,他认为她现在已经进入了天使的行列;他想着想着,最后差不多觉得看见她那笑吟吟的面孔和金黄的头发出现在喷泉的水沫中,正在瞧着他。他这样出着神,不知不觉睡着了,梦见她蹦蹦跳跳地朝他走来,就跟往常的样子一模一样,头发上戴着一个茉莉花圈,两颊红润,眼睛闪着快乐的光芒;但是,他正瞧着的时候,她仿佛从地面升起来;脸色变得苍白,眼睛里闪着深沉而神圣的光芒,头上好像罩着一个金色的光晕,接着从他眼前消失了。汤姆被门外响亮的敲门声和喧哗的人声惊醒了。

他赶忙去开门;随着压低的说话声和沉重的脚步声,进来几个人,他们用一扇百叶窗抬着一个用披风裹着的人。这时灯光恰好把那人的脸照得通亮;汤姆惊讶万分,不由得狂叫一声,叫声响彻了回廊。那些人抬着人往前走,来到敞开的客厅门口。奥菲丽娅小姐当时正在里面打毛线。

原来，圣克莱尔走进一家咖啡店，去看一份晚报。他正看着报，店里两位先生喝得已有了醉意，这时打了起来。圣克莱尔和一两个其他的人想把他们分开。其中一人手中拿着一把猎刀，圣克莱尔试图把刀夺过来，结果腰上被刺了一刀，受了致命伤。

一时之间，屋里响彻痛哭哀号、尖声叫喊之声；仆人们有的疯狂地撕扯着头发，有的在地上打滚，有的惊慌失措，哭着四处乱跑。玛丽发了癔症，正在猛烈抽搐，只有汤姆和奥菲丽娅小姐看来还比较冷静。在奥菲丽娅小姐的指挥之下，大家急忙铺好了客厅里的一张睡榻，把正在流血的躯体抬到了上面。圣克莱尔出于疼痛和失血已经晕过去了；但是，奥菲丽娅小姐采取急救措施之后，他醒了过来，睁开了眼睛，一动不动地瞧瞧他们，又认真地瞧瞧四周，目光恋恋不舍地一一打量每一件物品，最后停在了他母亲的画像上。

医生来了，对他进行了检查。从医生的表情看来，他显然是没救了；但他还是一丝不苟地给他包扎伤口。佣人们吓坏了，挤在靠回廊的门口和窗口；在他们的痛哭哀号声中，医生、奥菲丽娅小姐和汤姆三人镇静地工作着。

“咳，”医生说，“我们得把这些人都赶走；一切全靠让他保持安静了。”

奥菲丽娅小姐和医生设法劝悲痛的佣人们离开，圣克莱尔睁开眼睛，一动不动地瞧着他们。“苦命的人们啊！”他说，一种深深自责的表情掠过他的脸上。阿道夫坚决不肯离开。他恐惧得失去了一切镇静，躺在地板上，好说歹说，他都不肯站起来。奥菲丽娅小姐心急如焚地说，他们主人的性命全赖他们保持肃静，服从指挥，其余的人就离开了。

圣克莱尔说不了好多话了；他闭着眼睛躺着，但看得出，他在跟痛苦的思想进行斗争。

过了一会儿，他摸着跪在身旁的汤姆的手，说道：“汤姆！苦命的人啊！”

“什么事，老爷？”汤姆急切地说。

"我要死了，"圣克莱尔紧紧地握着他的手说，"祈祷吧！"

"是不是要请个牧师——"医生说。

圣克莱尔急忙摇摇头，更加恳切地对汤姆再说一遍，"祈祷吧！"

汤姆全心全意起劲地祈祷起来，超度即将离去的灵魂，那灵魂仿佛在透过那双忧郁的蓝色大眼睛一动不动地、悲哀地瞧着他。那是不折不扣的声泪俱下的祈祷。

汤姆停止祈祷的时候，圣克莱尔伸出手来握着他的手，恳切地瞧着他，可是什么也没说。他闭上眼睛，但仍然握着汤姆的手；因为在永恒世界的大门口，那只黑色的手和白色的手同样紧紧地互相握着。圣克莱尔断断续续地轻声哼着：

> 耶稣啊，我记得，你何以
> 危难的时刻不肯将我抛弃，
> 为寻我你疲惫不堪仍奔忙。

显而易见，他正在回想当天晚上唱过的歌——那是对大慈大悲的上帝恳求的话语。他的嘴唇不时地动着，断断续续地吐出那首赞美诗的歌词。

"他已经神志不清了，"医生说。

"不！这是回家，终于回家了！"圣克莱尔用劲说，"回家了！回家了！"

说这几句话所用的劲头使他精疲力竭了。随着死亡的降临，他的脸色越来越惨白；但在这同时，仿佛从某个慈悲的天使的翅膀上洒落下来一种美妙的宁静表情，就像疲倦的孩子酣睡时的表情一样。

他这样躺了一会儿。大家看出，强有力的死神的手已经降临恰在灵魂离去之前，他睁开了眼睛，突然闪出认出亲人时的喜悦的光彩，叫了声"母亲！"，然后就撒手而去了。

第二十九章　无人庇护的人们

　　我们常常听说黑人丧失了善良的主人之后，感到万分悲痛，而且很合情理；因为天下再也没有什么人比处于这种境地的奴隶更为彻底地无人庇护、更加孤苦伶仃的了。

　　失去父亲的孩子还有亲戚和法律的保护，还能有所作为——还有公认的权利和地位；而奴隶什么也没有。法律从各方面都把他们看成一包货物一样，毫无权利。他们生来也是灵魂不灭的人，具有七情六欲，可是只有通过主人至高无上的、不负责任的意志，才能得到承认；这位主人一旦死去，他们就什么也没有了。

　　懂得人道而宽容地行使毫无责任的权力的人，为数甚少。这一点人人都清楚，而奴隶比谁都清楚；所以他们觉得自己十有八九会碰上开口就骂、动手就打的主人，而碰上体贴、好心的主人的机会不过十之一二而已。因此，好心的主人去世之后，他们呼天抢地，久久不息，这是很有理由的。

　　圣克莱尔断气之后，全家主仆惊恐万状。他这么一下子就死了，而且正当年轻力壮之时！屋里每一间房间，每一条走廊，都响彻了绝望的抽泣和痛哭之声。

　　玛丽一贯任性娇气，神经已经极为脆弱，根本承受不了这次打击引起的恐惧，到丈夫断气的时候，她已是接二连三地晕过去好几回了；神秘的姻缘把她和他联系在一起，如今他就此一去不复返，连跟她告别一声的机会都没有。

　　奥菲丽娅小姐以特有的精力和自制力，一直守着堂弟，直到最后一刻。她全神贯注，观察倾听，尽到最后一点人事；苦命的奴隶为主人的灵魂倾吐出亲切而激动的祷告的时候，她也全心全意地跟着祈祷。

　　装殓入棺的时候，发现他贴胸藏着一个朴素的小像盒，装着弹簧开关。里面嵌着一位高贵美丽的女人的像；盒子背面有块水晶，水晶下面压着一绺黑发。他们把盒子放回他那已无生命的胸口——让尘土归于尘土吧——这些勾起早年的梦想的遗物，曾经使得那已经冰凉的心跳得多么热烈啊！

汤姆整个心灵沉浸在关于永恒世界的思绪之中；他料理着那已无生命的泥土的时候，根本没有去想这突然的灾难已经把他留在了永无出头之日的奴隶状态。他为主人感到心情平静；因为他在向天父倾吐祷告的时候，觉得有一种平静而踏实的感觉从心头涌起。在他那善良的天性深处，可以感觉到上帝的毫无保留的爱。有一位先知曾经写道："置身于爱中者，即置身于上帝心中，上帝亦置身于其心中。"①汤姆怀着希望，充满信赖，心境平静。

可是葬礼过去了，黑葬服、祈祷、肃穆的脸色那一整套礼仪都随之而去，日常生活那种冷漠、浑浊的潮头又滚滚而回；大家又想起了这个永恒的难题："下一步怎么办？"

玛丽想到了这个问题，她穿着宽大的晨衣，在惴惴不安的仆人簇拥下，坐到一把大安乐椅上，察看着几种绉纱和斜纹绸的样品。奥菲丽娅小姐想到了这个问题；她开始在做回北方的家乡的打算了。佣人们想到了这个问题，心里暗暗惊恐不安，因为他们明白，自己已经落到了这个冷酷无情、脾气暴戾的主母手里了。他们全都知道，而且知道得很清楚，他们得到的宽厚的待遇并非来自主母，而是来自主人；他们明白，现在主人死了，再也没有人来庇护他们了；主母的脾气由于悲痛而更加暴躁，会想出种种办法来折磨他们。

葬礼之后大约半个月，有一天，奥菲丽娅小姐正在自己房里忙着，听见有人轻轻敲了一下门。她打开门，只见门外站着罗莎，就是前面多次提到过的漂亮的混血姑娘，她头发散乱，眼睛都哭肿了。

"啊，菲丽小姐啊，"她双膝扑通一跪，抓住她的衣襟说，"求求你到玛丽小姐那儿去！求你替我说说情！她打算把我送到外面去挨鞭子——瞧瞧这个！"她递给奥菲丽娅小姐一张条子。

---

① 见《圣经·新约·约翰一书》第4章。

那是玛丽以纤细的字迹写给一家鞭笞站老板的条子，叫他们抽送条子的人十五鞭子。

"你干了什么来着？"奥菲丽娅小姐说。

"你知道，奥菲丽娅小姐，我脾气很不好；我太不应该了。我在试着穿玛丽小姐的衣服，她打了我一个耳光；我没大没小，随口顶了一句嘴；她说要打下我的威风，叫我永远记得，我再也不能跟以前一样嚣张了；她写了这张条子，叫我送去。我宁愿她把我一下子杀了还好些。"

奥菲丽娅小姐拿着条子，站着考虑了一会。

"你知道，菲丽小姐，"罗莎说，"要是你或者玛丽小姐用鞭子抽我一顿，倒没什么大要紧；可是给送去给男人打！而且是那样一个可怕的男人——那太丢人了，菲丽小姐！"

奥菲丽娅小姐很清楚，南方有一种普遍的做法，就是把女人和少女送到鞭笞站去挨鞭子，野蛮地让她们在大庭广众之下遭受侮辱，说是受点教训；打人的都是些最下流的男人，这些人居然卑鄙无耻到以打人为职业。这种事她以前就知道，但直到现在看到罗莎苗条的身躯痛苦得几乎抽搐起来，才真正意识到这是什么滋味。她作为正直的女人，作为热爱自由的新英格兰人，不禁气得热血直往脸上涌；但是她一贯谨慎，具有自制力，于是控制住自己的情绪，果断地把条子一揉，对罗莎说：

"坐下，孩子，我到你的主母那儿去一趟。"

"可耻！可怕！可恨！"她一面穿过客厅，一面自言自语道。

她看见玛丽坐在安乐椅上，玛米站在旁边给她梳头发，简坐在她前面的地上，忙着给她揉脚。

"你今天觉得怎么样？"奥菲丽娅小姐说。

一声深深的叹息，闭上眼睛，这是唯一的回答；过了老半天，玛丽才答道："啊，不知道，姐姐；我看我的身体永远都是这个样子了！"玛丽用麻纱手帕揩着眼睛说，手帕镶着一寸宽的黑边。

"我到这儿来，"奥菲丽娅小姐干咳一声说——开始谈为难的事情的时候，通常都是这样咳一声——"我来是为了跟你谈谈罗莎的事。"

这时玛丽把眼睛睁得大大的，蜡黄的脸都涨红了，毫不客气地问道：

"她怎么啦？"

"她为自己的过错很是难过。"

"是吗？我跟她把账算清之前，她还有的是难过的日子呢！那孩子太放肆，我已经忍耐够了。现在我要打下她的威风——我要叫她躺在地上爬不起来！"

"你是不是可以用别的什么办法惩罚她一下——用没有这么丢人办法？"

"我就是想让她丢丢脸；我要的就是这个。她向来仗着自己长得斯斯文文，模样儿标致，很有小姐气派，竟然忘记了自己的身份。我要狠狠教训她一下，打下她的威风！"

"可是，弟妹，请你想一想，要是你毁掉了一位姑娘的斯文感和羞耻心，她会很快地堕落下去的。"

"斯文感！"玛丽轻蔑地一笑说，"她这种人也配得上这样的字眼！哪怕她派头十足，我也要教她明白，她跟街上穿得最破烂的黑娘们是一路货色！不准她在我面前摆架子！"

"你这么狠心，得在上帝面前做出交代的！"奥菲丽娅小姐气冲冲地说。

"狠心——我倒想问问，狠心在哪里！我只叫人抽她十五鞭子，还要他们打轻一点。我相信这谈不上什么狠心的！"

"谈不上狠心！"奥菲丽娅小姐说。"我相信，随便哪个姑娘都宁肯让人一刀把她杀了！"

"有你这种心情的人可能是这样；可这帮东西都习惯了，只有用这办法才能让她们规矩点。一旦容忍她们装斯文，摆架子，她们就会骑到你头上来，我的佣人一向就是这个样子。现在我已经着手把她们压下去；我要叫她们全都明白，我送了一个去挨鞭子，就可以送第二个去，所以还是当心为妙！"玛丽毅然决然地扫了周围的佣人一眼说。

简听了这话，吓得赶忙低下头去，因为她觉得这话是特意说给她听的。奥菲丽娅小姐坐了一会儿，仿佛吞下了一团炸药，随时都会爆炸似的。接着，她想起跟这种性子的人争根本没用，就坚决地闭住嘴唇，定了定神，走出了房间。

要回去告诉罗莎说自己没有办法，实在难以开口；过了不久，一个男仆来告诉她说，主母命令他带罗莎到鞭笞站去，接着就不顾她哭天抹泪地求情，匆匆地把她带走了。

几天以后，汤姆在倚着阳台栏杆出神，这时阿道夫走了过来，自从主人死后，阿道夫一直垂头丧气，闷闷不乐。他知道自己是玛丽厌恶的对象；但主人活着的时候，他一直没有在意。现在主人死了，他天天恐惧得战战兢兢，不知道下一步有什么大祸临头。玛丽跟律师商量过几回了，跟圣克莱尔的哥哥通气之后，决定把房子和所有的黑奴都卖掉；只有她的贴身佣人除外，她准备带着她们回到娘家的种植园去住。

"汤姆，我们都会给卖掉，你知道吗？"阿道夫说。

"你从哪儿听来的？"汤姆说。

"主母跟律师商谈的时候，我躲在帘子后面。过几天我们就都会被送去拍卖掉了，汤姆。"

"天意如此，也没办法！"汤姆抱着胳膊沉重地叹了口气说。

"我们再也碰不上这样的主人了，"阿道夫忧心忡忡地说："不过我宁愿被卖掉，也不想在太太手下碰运气。"

汤姆满腹心事地转身走了。对自由的向往、对远方妻儿的思念，在他那忍辱负重的灵魂之前升起，就像水手马上就要进港，却翻了船，眼前升起的故乡教堂的尖塔和亲切的屋顶，只能从黑沉沉的浪尖上最后瞥上一眼，告个别而已。他双臂紧紧地抱在胸前，把辛酸的泪水咽了回去，想祈祷一番。可怜的老人对自由有一种特别的、难以言传的向往，现在自由给夺走了，觉得揪心般的痛苦；他愈是说"您的意旨会得到执行，"[①]心里就愈是难受。

他去找奥菲丽娅小姐。自从伊娃死后，奥菲丽娅小姐对他特别尊重，特别和气。

"菲丽小姐，"他说，"圣克莱尔老爷答应过让我自由。他

---

① 见《圣经·新约·马太福音》第6章。

告诉过我说已经开始办手续；现在，菲丽小姐也许能对太太说说，这是圣克莱尔老爷的遗愿，她可能愿意把手续办完。"

"我去替你说说，汤姆，我会尽力而为的，"奥菲丽娅小姐说："不过，如果这取决于圣克莱尔太太的话，我不能替你抱多大的希望；——不管怎样，我还是试一试。"

这事发生在罗莎那件事之后几天，当时奥菲丽娅小姐正在忙着做回北方的准备。

她内心认真地考虑了一番，觉得上次跟玛丽谈话的时候，说的话也许太激烈了一点；这回她决定要努力克制自己的脾气，尽可能把话说得婉转一点。于是这位好人打起精神，拿起正在打着的毛线，决心走进玛丽的房间，尽可能和颜悦色地施展自己的全部外交手腕，去谈判汤姆的问题。

她看见玛丽正躺在一张睡榻上，一只胳膊肘撑在枕头上；简刚上街买东西回来，正在把一些黑色薄衣料样品拿出来给她过目。

"这一种可以，"玛丽选中了一种说，"不过是不是适合做丧服，我没有把握。"

"嗳，太太，"简口齿伶俐地说，"去年夏天德本农将军去世之后，将军夫人正是穿的这种料子；做出的衣服可漂亮了！"

"你觉得怎么样？"玛丽对奥菲丽娅小姐说。

"我看，这是风俗问题，"奥菲丽娅小姐说。"你比我判断得更准确。"

"说实话，"玛丽说，"我没有一件衣服穿得出去；我打算把这个家解散算了，下个星期就走，所以得选定一种衣料。"

"你这么快就走？"

"不错。圣克莱尔的哥哥写了信来，他和律师认为，仆人和家具最好拍卖掉，房产委托律师去管理。"

"有一件事我想跟你谈谈，"奥菲丽娅小姐说。"奥古斯丁曾经答应过让汤姆自由，开始了办理必要的法律手续。我希望你能利用你的影响，把这事办完。"

"哎呀，我才不会干这种事呢！"玛丽断然地说。"汤姆是家里最值钱的佣人——这个损失怎么也承担不起。况且他要自由干什么？他现在这种日子比自由还好得多。"

"可是他衷心向往自由，而且他的主人答应过他的，"奥菲丽娅小姐说。

"我看他的确想自由，"玛丽说；"他们全都希望自由，因为他们都是些贪心不足的家伙，凡是自己没有的东西，都想得到。我的原则是反对解放奴隶，不管是谁。有个主人管着黑人，他们就老实，正派；要是把他们解放了，他们就变懒，不想干活，开始酗酒，堕落成为卑鄙、一文不值的家伙。我见人家试过几百回了。让他们自由并不是做什么好事。"

"可是汤姆是这样忠心、勤劳、虔诚。"

"啊，这不用你来告诉我！他这样的人我见过何止一百个。只要有人管着他，他的表现是很不错的——如此而已。"

"可是，请你想一想，"奥菲丽娅小姐说，"如果你把他送去拍卖，他很可能碰上一个恶主人。"

"啊，那全是胡说！"玛丽说，"一个好奴隶碰上恶主人的机会不到百分之一；尽管有各种流言蜚语，大多数主人都是好的。我是在南方生，南方长，从来没碰到一个对佣人不好的主人——都是够好的了。对这一点，我一点也不担心。"

"嗳，"奥菲丽娅小姐据理力争说，"我知道，让汤姆自由是你丈夫最后的遗愿之一；这是在亲爱的小伊娃临终以前，他对汤姆许下的诺言之一，我想你不会觉得可以随便置之不理的吧。"

玛丽听了这番争辩，用手帕掩住脸，大声抽泣起来，一面使劲闻香精瓶。

"人人都跟我作对！"她说，"人人都这样不体谅我！真没想到连你也会对我提起这些伤心事来，太不体谅别人了！不过，从来没有人体谅过我，我的苦难真是世上少有！我只有一个女儿，却被老天夺走了！我这人难得称心，有了个称心如意的丈夫，也被老天夺走了！我的命多苦啊！看来你对我一点也不同情，明知这事会叫我伤心得不得了，偏偏老是满不在乎地在我面前提起！我想，你的用意是好的；可是很不体谅我——很不体谅！"玛丽抽泣着，气喘吁吁，叫玛米打开窗户，给她拿樟脑瓶来，用毛巾给她敷额头，替她解开衣扣。奥菲丽娅小姐趁这乱哄哄的当儿逃回自己的房间去了。

她立刻看出，再说也没有什么用处了；因为玛丽很有本事，癔症说来就来；从此以后，凡是提到她丈夫或伊娃关于仆人的遗愿，她就老是以发一次癔症来对付，方便得很。因此，奥菲丽娅小姐退而求其次，替汤姆写了一封信给谢尔比太太，说明他的危难处境，求他们派人来解救他。

第二天，汤姆和阿道夫，以及另外六七个佣人，被押到一个奴隶货场，等候奴隶贩子凑齐一批货之后，进行拍卖。

第三十章　奴隶货栈

奴隶货栈！这样一个地方也许会使有些读者想象出一种可怕的景象。他们会想到一所肮脏、阴暗的破房子，简直是"丑陋不堪、空旷无边、暗无天日"① 的骇人的阴间。可是不对，天真的朋友；如今人们学会了熟练而文雅地造孽的本事，免得上层社会见了触目惊心。人货在市场上很走俏；所以让他们吃得好，洗得干干净净，照料得很周到，以便上市的时候，养得油光水滑，身体健壮，红光满面。新奥尔良的奴隶货栈在外观上跟别的房子没有多大差别，都打扫得干干净净。房子外面的一个棚子下，你每天都可以看见一排排的男人女人，站在那儿作为里面所卖货物的标志。

接着就会有人彬彬有礼地请你进去看货，你会看到无数的丈夫、妻子、兄弟、姐妹、父亲、母亲、孩子，"单独买，成批买，悉听买主尊便。"人类不灭的灵魂，是在地动山崩、坟墓裂开之际，由上帝之子耶稣以痛苦与鲜血拯救出来的，如今居然可以采取各种交易形式，随买主的爱好不同而买卖、出租、抵押，或者用杂货布匹交换。

---

① 引自罗马诗人维吉尔的长诗《伊尼亚德》。

玛丽与奥菲丽娅小姐谈话之后一两天，圣克莱尔家的汤姆、阿道夫以及另外六七名奴隶便被交给了××街的货栈老板斯克格斯先生，在他的亲切关怀下，等待第二天拍卖。

汤姆跟其他多数人一样，带了一只很大的箱子，装着满满一箱衣服。有人领着他们走进一间长长的房间去过夜。房间里已经聚集了一大群别的奴隶，各种年龄、个子、肤色的都有；他们在不加思索地作乐，不时爆发出一阵阵哄堂大笑。

"哈，哈！对呀，乐吧，伙计们——乐吧！"老板斯克格斯先生说。"我这儿的人一向是这么快乐！原来是桑博！"他对一个壮实的黑人赞许地说。这黑人在出低级的洋相，汤姆刚才听见的哈哈大笑就是他引起的。

可以想象，汤姆没有心思参加这样的寻欢作乐；因此，他把箱子放在离这伙人尽可能远的地方，坐下来，把脸伏在墙上。

人贩子们精心地、按部就班地造成他们之中的热闹欢乐的气氛，以便浇灭他们的愁绪，使他们忘记自己的处境。从黑人在北方的市场上卖出，直到抵达南方，所受训练的全部目标，就是有条不紊地使他们变得麻木不仁，不动脑子，蛮横无理。奴隶贩子从弗吉尼亚或肯塔基买来一伙奴隶，把他们驱赶到便当而有益健康的地方——往往是一个有温泉的地方——把他们养肥。在这儿，他们天天吃得饱饱的；由于有些奴隶心里发愁，通常有人拉琴给他们听，让他们天天跳舞；那些不肯寻欢作乐的人——这些人怀念往昔的日子、孩子和家乡，实在乐不起来——就会引起注意，被认为是脾气乖戾的危险分子，遭到无恶不作、心肠歹毒的奴隶贩子的肆意摧残。他们时刻被迫装出活泼、机灵、欢乐的样子，尤其是在前来看货的人面前，一来是希望碰上一位好主人，二来是害怕自己卖不出去，会招来奴隶贩子的惩罚。

"那个黑鬼到这儿来干什么？"斯克格斯先生走了之后，桑博说，一面走到汤姆面前。桑博皮肤漆黑，身材高大，非常活跃，能说会道，而且花招、鬼脸多得很。

"你在这儿干什么？"桑博走到汤姆面前，滑稽地捅捅他的腰说。"在出神，嗯？"

"明天我就会给拍卖掉！"汤姆轻轻地说。

"拍卖掉——嗬！嗬！伙计们，这好不好笑？我要是这样给卖掉就好了！告诉你，我要是不弄得他们哈哈大笑才怪呢！不过这是怎么搞的——明天你们这一伙都去拍卖？"桑博毫不客气地把手搭在阿道夫肩上说。

"请你别碰我！"阿道夫恶狠狠地说，一面十分恶心地站了起来。

"唷，伙计们，这可是个白黑鬼呢——瞧，带点奶油色呢，还洒了香水！"他说着凑到阿道夫身边闻了闻。"啊，天哪！他到烟草店去倒挺合适的，人家会拿他当香料去薰鼻烟！天哪，他足够一家烟草店用的了——错不了！"

"我说，走开点，行不行？"阿道夫给惹火了，说道。

"唷，咱可不是好惹的——咱是白黑鬼嘛！瞧瞧咱！"桑博滑稽地模仿着阿道夫的派头；"咱可神气、斯文着哩。我猜，咱是大户人家的人吧。"

"不错，"阿道夫说，"我以前的主人可以把你们这些人当破烂一股脑儿买下来。"

"唷，请瞧瞧，"桑博说，"咱多阔气啊！"

"我原先是圣克莱尔家的人，"阿道夫骄傲地说。

"唷，真的！他们把你甩了，要说不是走运的话，就砍我的脑袋。我猜他们会把你连一大堆破坛烂罐什么的一块儿卖掉！"桑博挑衅地嬉皮笑脸说。

阿道夫受了这番奚落，不禁勃然大怒，朝对手凶猛地打。一边破口大骂，一边拳打脚踢。其他的人又笑又嚷，喧哗声把老板引到了门口。

"怎么回事，伙计们？安静——安静！"他说，一面挥舞着皮鞭走了进来。

大家都四散逃走，只有桑博自己以为是老板特许的小丑，得到他的青睐，就站着没动，每次主人一鞭朝他抽来，他都嬉皮笑脸地把头一闪躲开。

"咳，老爷，不是我们，我们规矩得很，是那些新来的人，他们真是气死人，老是挑我们的毛病！"

老板听了这话，转过身来面对汤姆和阿道夫，也不问个明白就踢了他们几脚，打了他们几个耳光，吩咐大家乖乖地睡觉，然后走出了房间。

男人睡觉的房间里发生这场风波的时候，读者也许想到分配给女人的房间里去瞧上一眼吧。他可以看到，地板上躺着数不清的姿势各异的人体；肤色不一，从漆黑到白色；年龄不同，从童年到老年。她们现在都睡着了。这儿有个聪明漂亮的十岁小姑娘，她的母亲昨天刚刚被卖掉，今天晚上没人注意的时候，她偷偷地哭泣，哭着哭着睡着了。这儿有个衰弱的黑老婆婆，胳膊干瘦，手指长满了老茧，说明她一生干的都是苦力，等着明天作为废品卖掉，能卖几个钱就卖几个钱。另外还有四五十个人，头上蒙着毯子，或是蒙着衣服，躺在她们周围。可是在一个角落里，跟其余的人隔开一段距离，坐着两个女的，相貌与众不同。其中一个是一个穿得颇为体面的第一代混血女人，四五十岁的光景，目光柔和，容貌温柔，颇有风韵。她头上缠着高高的头巾，是用鲜艳的上等马德拉斯红帕子做的，衣服做得也很合身，料子也好，说明她以前的主人对她的待遇不错。偎在她身旁的是一个十五岁的少女——她的女儿。这姑娘是第二代混血儿，这可以从她的白皙的肤色看出来，尽管她跟母亲的相似之处是显而易见的。她的眼睛一样柔和，一样黑，但睫毛长一些，一头鬈发呈浓郁的棕色。她也打扮得整整齐齐，一双手白白嫩嫩，说明她没有干过什么粗活。明天，这母女俩会跟圣克莱尔家的佣人一块儿拍卖。她们原来的主人是纽约一个基督教会的教徒，拍卖她们所得款项将汇到他那儿去。他收到这笔钱之后，就会去参加祭拜他的救主——也是她们的救主——的圣餐，从此把她们忘得干干净净。

这两个人，我们姑且把她们叫作苏珊和埃米琳吧。她们曾是新奥尔良一位慈善而虔诚的太太的贴身用人，受到过这位太太精心的训练与虔诚的教导。她们跟着她学读书写字，得到她在宗教教理方面孜孜不倦的教导；就她们这种身份而言，她们的日子好得不能再好了。可是后来她们的保护人的独生儿子接手管理母的财产，一来出于疏忽大意，二来由于挥霍无度，弄得债台高筑，最后破了产。最大的债权人之一是纽约一家声誉良好的 B 公司。B 公司写信给新奥尔良的代理律师，律师扣押了他的不动产（她们这两件货物和大量种植园上的奴隶是其中最值钱的部分），并写信到纽约报告情况。我们说过，B 教友是一位基督徒，而且是一个禁止蓄奴的州的居民，对这事有点不安。他不愿买卖奴隶和人的灵魂——他当然不愿意；不过这事牵涉到三万块钱，若要舍利取义，这利也太大了；于是，B 教友考虑再三，又征求了那些他明知会迎合他的意思的人的意见，写信给律师，要他觉得怎么处理最恰当，就怎么处理，再把收入寄给他。

信到达新奥尔良的当天，苏珊和埃米琳就被扣押了，送到奴隶货栈等待第二天上午的大拍卖。这时月光静悄悄地照进铁窗，她们的身影在月光下隐约可见，我们不妨听听她们在说些什么。母女俩都在哭泣，但都没哭出声来，免得对方听见。

"妈妈，把你的头枕在我膝上，看能不能睡一会儿，"姑娘装出平静的样子说道。

"我实在没心思睡，埃米琳；我睡不着，今晚也许是我们在一块儿的最后一个晚上了！"

"啊，妈妈，别这样说！说不定我们会一块儿给人买去，谁说得准呢？"

"要是这事落在别人头上，我也会这样说，埃米琳，"那女人说；"可是我生怕失去你，所以只想到这种危险。"

"噯，妈妈，那人说我们俩都逗人喜欢，容易卖出去。"

苏珊想起了那人的面目和所说的话。她想起他如何察看埃米琳的手，捧起她的头发，说她是上等货，不由得恶心到了极点。苏珊受到基督徒式的训练，从小天天读《圣经》；她跟任何基督徒母亲一样，害怕自己的女儿被卖出去过一辈子屈辱的生活；可是她没有希望，无人庇护。

"妈妈，要是你能到一家人家当厨娘，我当贴身佣人或裁缝，我们会干得很出色。准干得很出色。咱们俩都尽量装得欢喜活泼些，把自己能干的事都说出来，说不定会一块儿给人买去的。"埃米琳说。

"我希望你明天把头发都朝后梳得笔直，"苏珊说。

"为什么，妈妈？这样梳不好看嘛。"

"不错，但是这样梳你会碰上个好买主。"

"为什么这样，我不明白！"孩子说。

"正派人家看见你长相平平，规规矩矩，好像不追求漂亮，就更加愿意买你。他们的脾气我比你清楚，"苏珊说。

"好吧，妈妈，我会的。"

"还有，埃米琳，要是过了明天，我们永无相见之日了——要是我给卖到下游远远的一个种植园，你给卖到另外一个地方的话——你要永远记住自己所受的教养，记住太太对你的教导；随身带着《圣经》和赞美诗集。如果你忠于上帝，上帝也会忠实于你。"

这可怜人话是这样说，可心里根本没存希望；因为她知道，到了明天，一个人不管多么坏、多么野蛮、多么目无上帝、多么狠毒，只要出得起钱，就可占有她女儿的肉体和灵魂。到了那时候，孩子怎么还能忠于上帝？她一面搂着女儿，一面想着这些事，巴不得女儿长得没有这样漂亮迷人。她想起自己受到的教养是多么纯洁、虔诚，比一般黑人的处境优越多少，仿佛反而觉得越发痛苦。可是她除了祈祷之外，觉得束手无策。这关押黑奴的牢房里，许多穿戴整洁、体面的黑奴曾经这样向上帝祈祷过，将来总有一天会表明，上帝并未忘记这些祈祷。因为《圣经》里写道："凡是使这些小子之一跌倒的，倒不如把大磨石拴在此人颈上，沉入深海。"①

柔和、肃穆、宁静的月光照进监房，把窗户上的铁条的影子一动不动地印在躺在地上睡觉的人们身上。母女俩一块儿唱起了一首奔放而凄凉的挽歌，黑奴们常把这首歌当作葬礼赞美诗：

啊，哭泣的玛丽在何方？
啊，哭泣的玛丽在何方？

① 见《圣经·新约·马太福音》第十八章。

平安到达了乐园。

她已去世上天堂，

她已去世上天堂，

平安到达了乐园。

这些歌词，由特别凄凉柔和的歌喉唱出来，曲调仿佛是对尘世感到绝望、对天堂充满向往的叹息，带着悲怆的情调，一段接一段荡漾在黑暗的牢房里：

啊，保尔和赛拉斯在何方？

啊，保尔和赛拉斯在何方？

平安到达了乐园。

他们已去世上天堂，

他们已去世上天堂，

平安到达了乐园。

唱吧，苦命的人！夜色匆匆，到天明你们就会永远天各一方了！

可是现在已经天明了，大家都已起身；斯克格斯大爷眉开眼笑，忙忙碌碌，因为有一大批货物要准备好送去拍卖。他敏捷地督促大家梳洗打扮，吩咐每个人脸色要高兴一点，动作要麻利一点；接着大家围成一圈，在押送去交易所之前，让他最后检阅一番。

斯克格斯先生头上戴着棕榈帽，嘴里叼着雪茄烟，一个个检查一遍，对货物作最后的修饰。

"怎么回事？"他走到苏珊和埃米琳面前说。"你的鬈发哪儿去了，小妞？"

姑娘怯生生地瞧了母亲一眼，她母亲立即以黑人中常见的机灵劲儿答道：

"昨天晚上，我叫她把头发梳得平平整整，不要一圈圈的乱飘；这样看上去庄重一些。"

"乱弹琴！"那人蛮横地说，然后掉头面对姑娘；"赶快去把头发卷起来，卷得漂漂亮亮的！"他啪地甩了一下手里的藤条，加上一句，"而且要快去快来！"

"你去帮她卷，"他对那做母亲的说。"有没有鬈发也许会有一百块钱的差价呢。"

一座金碧辉煌的圆屋顶下，各种不同国籍的人士，在大理石地板上来来往往地走着。圆场周围设置了许多小坛，或者说拍卖站，供讲演人和拍卖商使用。隔着圆场遥遥相对的两个讲坛现在由两位才华横溢的先生占据着，他们见自己的各种货物有人赏识，正在用英法夹杂的语言，起劲地迫使投标者提高价码。另外一边有个空着的讲坛，周围围了一群人，正在等待拍卖开始。在这儿，我们可以认出圣克莱尔家的佣人——汤姆、阿道夫等人；还有苏珊和埃米琳，正在等着轮到自己，脸色惶惶不安，意气消沉。围观的人情况各有不同，有打算买的，有不打算买的。他们围着这群黑奴，摸弄、检查着这些黑奴，对他们的相貌和各种特点评头品足，那随随便便的神气，就像骑手在评论一匹马的优劣一样。

"喂，阿尔夫！什么风把你吹到这儿来了？"一个衣冠楚楚的年轻人正在用单片眼镜察看着阿道夫，一个年轻的花花公子走过来拍拍他的肩膀说。

"噢，我缺少个跟班，听说圣克莱尔家的佣人要拍卖了，就想来瞧瞧他的——"

"我才不买圣克莱尔家的人呢！惯坏了，个个都是。放肆得要命！"另外那位说。

"这个不用担心！"头一位说。"要是我买了他们，马上就会打下他们的气焰！他们马上就会发现，新主人可不像圣克莱尔那么好对付。说实话，我想买下那个家伙。我喜欢他的身材。"

"你会发现，养着他，会弄得你倾家荡产。他可是挥金如土呢！"

"不错，不过这位大爷会发现，在我手下可挥霍不成喽。把他送到牢房里去关几回，挨几顿狠揍，你看他会不会老老实实的！啊，我要把他彻头彻尾改造一番——等着瞧吧。我要买下他，没说的！"

汤姆一直站着，神色黯然地打量着周围那一大群人的脸，想寻找一个自己愿意称为主人的人。先生，要是你有朝一日迫不得已，要从两百个人中挑选一个对你拥有绝对权力，可以任意摆布你的主人，你也许会跟汤姆一样意识到，可以心安理得地让自己给卖给他的人是多么少。汤姆看见各色各样的人——有恶声恶气的壮实的大块头，有唠唠叨叨的干瘪的小矮子，有长着长脸、模样凶狠的瘦高个儿，也有形形色色长相平平的粗短汉子。这些人挑选同类，就像捡木柴一样，随自己的方便，或是投进火里，或是放进篮子，同样满不在乎。可是他没看见圣克莱尔那样的人。

拍卖开始之前不久，人群中挤过来一个人。此人个子粗短，肌肉发达，上穿格子衬衫，胸脯敞开，下穿又破又脏的裤子。他动作麻利，像是要认真做笔生意的样子。他走到那群黑奴跟前，有条不紊地检查起来。汤姆一看见此人，立即觉得一阵恶心和恐惧，那人走得越近，这种感觉就越是强烈。那人个子虽矮，但显然力气过人。他那子弹头似的圆脑袋、浅灰色的大眼睛、淡黄色的粗眉毛、又粗又硬的焦黄色的头发，老实说，都不那么逗人喜欢。他那皮肤粗糙的大嘴巴里塞满了烟叶，不时以果断的气势、爆炸似地喷射出一口口烟汁。他那双手大得出奇，毛丛丛的，乌黑有斑点，又脏得要命；指甲很长，里面满是污垢。此人开始随心所欲地挨个儿检查货物。他一把抓住汤姆的下巴，掰开他的嘴巴，察看他的牙齿；叫他卷起袖子，露出肌肉给他看看；又叫他转过身去，跳上几跳，让他看看他的腿劲。

"你在哪儿长大的？"这样检查一番之后，他简短地问了一句。

"在肯塔基，老爷，"汤姆东张西望，仿佛在寻找救星似的。

"你干过什么？"

"替老爷管农场，"汤姆说。

"说鬼话！"对方简短地说，接着向前走去。他在阿道夫面前站了一会，然后朝他的擦得锃亮的皮鞋上吐了口烟汁，轻蔑地哼了一声，又往前走。他又在苏珊和埃米琳面前停下来，伸出粗大的脏手，把姑娘拖到跟前，摸摸她的脖子和胸脯，捏捏她的胳膊，瞧瞧她的牙齿，然后一把把她朝她母亲身上一推。她母亲忍气吞声，但她的脸色表明，她瞧着这狰狞的陌生人的一举一动，简直是心如刀割。

姑娘吓得哭了起来。

"不准哭，你这贱货！"拍卖人说，"这儿不准哭哭啼啼。拍卖就要开始了。"果然，拍卖开始了。

木槌一敲，阿道夫以高价卖给了早就说过要买他的那位年轻公子；圣克莱尔家的其他佣人也陆续卖给了各位投标人。

"喂，站上去，伙计！听见没有？"拍卖人对汤姆说。

汤姆踏上木墩，忐忑不安地朝四周扫了几眼，只听见场内混成一片的喧闹声——拍卖人用英语和法语介绍汤姆的优点的哇啦哇啦声，接着是用英语和法语的连珠炮似的投标声，顷刻之间，随着最后"砰"的一下木槌声，和拍卖人宣布标价时喊出的"元"字的清晰的回响，汤姆就被卖出去了。他有了新主人！

他被人从木墩上推了下来；那子弹头脑袋的粗矮汉子粗暴地一把抓住汤姆的肩膀，把他推到一旁，厉声喝道："站在那儿，你！"

汤姆心里糊糊涂涂的；但拍卖还在进行，只听见一片哇啦哇啦的说话声，一时用英语，一时用法语。一槌下去，苏珊卖掉了！她踏下木墩，站住黯然回头张望，只见女儿朝她伸出双手。她痛苦地瞧瞧买主的脸——一个体面的中年人，慈眉善目。

"啊，老爷，求您买下我的女儿吧！"

"我也想买下她，可是恐怕买不起啊！"那位先生说，一面遗憾而关切地瞧着姑娘踏上木墩，只见她惊恐而胆怯地朝四周张望着。

她脸上本来毫无血色，这时涨得通红，眼睛里闪着火焰般的光芒。她母亲见她比任何时候都要漂亮，不由得发出悲惨的叹息。拍卖人见有机可乘，用英法夹杂的语言滔滔不绝地吹嘘自己的货物，投标价码迅速上升。

"只要力所能及，我尽力而为吧，"那慈眉善目的先生说，说着挤了进去，参加投标。不一会儿，标价就超过了他的财力。他不作声了；拍卖人更加起劲，投标的人愈来愈少了。现在竞争在一位贵族气派的老先生与我们那位子弹头脑袋老相识之间进行。

老先生叫了几个回合，轻蔑地瞧了瞧对手；可是子弹头脑袋不论在顽强劲方面，还是在财力方面，都胜他一筹，竞争只持续了一会儿，木槌落下——他得到了那姑娘，连肉体带灵魂，除非上帝保佑她！

她的主人叫莱格利。在红河畔有个种植园。她给推到汤姆和另外两个人身边，给一起押走了。她一面走一面哭着。

那位善良的先生很难过，可是这样的事天天都在发生！在拍卖会上，人们看见母亲与女儿哭哭啼啼，回回如此！真是爱莫能助啊，如此等等。他带着自己所得的财产，朝另外一个方向走了。

两天以后，纽约那家信基督教的 B 公司的律师把拍卖所得的钱寄给了公司。他们将来总有一天要向那位伟大的"账房先生"[①]交账的，请他们在那张汇票背面写下他的话："因为那讨还血债的人，不会忘记受苦人的哀求！"[②]

第三十一章　途　中

　　"你德行高洁，看不惯邪恶，看不惯奸恶，可是，对行为诡诈者，你为何坐视不理？恶人残害好人，你为何缄口不言？

　　　　　　　　　　　——《哈巴谷书》1. 13[③]

汤姆坐在红河上一艘简陋的小轮船的底层，腕上戴着手铐，脚上戴着脚镣，而心情比手铐脚镣还要沉重。一切光明都从他的天空消逝，没有了月亮，没有了星星；一切都从他身边掠过，就像眼前的河岸与树木，一去不复返了。肯塔基故乡的妻子儿女和宽容的主人；圣克莱尔家及其富丽堂皇的装饰摆设；伊娃头发金

---

① 指上帝。
② 见《圣经·旧约·诗篇》第 9 篇。
③ 引自《圣经·旧约·哈巴谷书》第 1 章第 13 节。

黄的脑袋和圣徒般的眼睛；高傲、英俊，表面上漫不经心，实际上永远善良的圣克莱尔；安逸而悠闲的岁月——全都一去不复返了！余下的还有什么呢？

作为奴隶，其最悲惨的命运就在于：黑人对外来影响兼收并蓄，受到高雅人家的门风的陶冶，养成了高尚的情操，也并不能使他们免于沦为最粗俗、最野蛮的家伙的奴隶，就像一把椅子或一张桌子，原先是豪华的客厅里的摆设，一旦破旧、油漆剥落之后，最终会流落到某个肮脏的酒家或淫秽下流的场所。二者之间最大的区别就是，桌椅没有知觉，而人有知觉。即使法律规定，奴隶"依法被视为、公认为并且断定为动产"，也不能消灭他们的灵魂，抹去他们灵魂中的记忆、希望、爱恋、恐惧和欲望的秘密小天地。

汤姆的主人赛蒙·莱格利先生在新奥尔良几个地方购买了八名奴隶，用手铐把他们一对对铐在一起，押到停泊在码头边、准备溯红河而上的"海盗号"轮船上。

他把奴隶押上船，等船起航之后，以特有的干练神气，把他们重新检查一番。汤姆为拍卖而穿着最好的绒面呢衣服，衬衫浆得笔挺、靴子擦得锃亮。莱格利先生在他面前停下来，以如下简短的方式说道：

"起来。"

汤姆站了起来。

"把硬领巾解下来！"汤姆开始解领巾。由于戴着手铐，动作不便，莱格利便去帮他，一把将领巾从他脖子上扯下来，塞进自己的口袋。

莱格利现在转向汤姆的箱子。他把箱子翻了一遍，从里面拿出汤姆在马房干活时穿的一条旧裤子和一件破烂的上衣。他从汤姆的手腕上取下手铐，指着货箱之间一个空处说：

"进去，穿上。"

汤姆遵命而行，过了一会就出来了。

"脱下靴子，"莱格利先生说。

汤姆脱下靴子。

"拿着，"莱格利扔给汤姆一双奴隶常穿的粗糙结实的鞋子，

"穿上。"

汤姆匆匆换衣服的时候，没忘了把心爱的《圣经》揣进口袋。幸亏他这样做了，因为莱格利给汤姆再次戴上手铐之后，开始不慌不忙地检查他换下的衣服口袋里的东西。他掏出一条绸手帕，塞进自己的口袋。还有几件小玩意儿，主要是由于伊娃很喜欢，汤姆很是珍惜，可莱格利瞧了瞧，不屑地哼了一声，朝身后一抛，抛进了河里。

汤姆在匆忙之中，忘了拿出自己的卫理公会赞美诗集，莱格利拿在手里翻阅。

"哼！很虔诚嘛，没错。那么，你叫什么名字——你入了教会，呃？"

"是的，老爷，"汤姆毫不含糊地说。

"好吧，不久我就要叫你忘了这一点。我决不允许在我的种植园哇啦哇啦祷告唱诗；记住吧，留神点，"他脚一跺，灰色的眼睛对汤姆恶狠狠地瞪了一眼，说道。"现在我就是你的教会！懂吗？我要你怎样，你就得怎样。"

这黑人口里不说，心里却回答说"不！"仿佛有个无形的嗓音在念着一本古老的先知书上的一段话，就是伊娃常常念给他听的那一段："不用害怕，我已经替你赎了罪，以自己的名义召唤过你，你属于我了！"①

但是莱格利什么也没听见。那个声音他是永远也听不见的。他只是狠狠地盯着垂头丧气的汤姆瞧了一会儿，走开了。汤姆的箱子里装着许多整洁的衣服，莱格利提着箱子走到水手舱，船上的水手很快就围了过来。大家一面哈哈大笑，嘲弄着想装绅士的黑鬼，一面你买一件我买一件，很快就把箱子里的衣服全都买光了，最后空箱子也给拍卖掉了。自己的东西这个买去一件，那个买去一件，汤姆只能眼睁睁地瞧着，他们见了他那神情尤其觉得好笑。最好笑的还是拍卖那只空箱子的时候，引起了许多俏皮话。

这件小事办完之后，赛蒙再次悠闲地走到自己的财产面前。

----

① 见《圣经·旧约·以赛亚书》第40章。

"嘿，汤姆，你瞧，我已经卸下了你的负担，不用带多余的行李了。这身衣服你可得好好爱护。很久之后才会再发给你。我主张要黑鬼爱惜东西！在我的农场，这样一套得穿一年。"

下一步，赛蒙走到埃米琳坐着的地方。她跟另外一个女人锁在一块儿。

"喂，宝贝，"他勾起她的下巴说，"打起精神来。"

姑娘瞧着他，不由得流露出惊恐、畏惧、厌恶的神情，这一点没逃过他的眼睛。他恶狠狠地瞪了她一眼。

"别来你那套鬼把戏，小妞儿！我跟你说话的时候，你脸上可得笑眯眯的。听见了吗？还有你，你这板着脸的黄脸老废物！"他说着推了一下跟埃米琳锁在一起的混血女人，"别摆出那副嘴脸，你得做出快活的样子，告诉你！"

"喂，大家都听着，"他后退一两步说，"瞧着我——瞧着我——瞧着我的眼睛——瞧着别动！"他说，每停顿一下，都跺一下脚。

人人都仿佛着了魔似的，把目光投向赛蒙那双凶光毕露的灰绿色的眼睛。

"瞧着，"他说道，一面攥紧铁锤似的沉重的大拳头，"看见了吗？掂掂它的分量看看！"他一面说一面一拳砸在汤姆的手掌上。"瞧瞧这骨头！老实告诉你们，这双拳头揍黑鬼已经练得坚硬如铁。我一拳打不倒的黑鬼还没见过，"他边说边把拳头抡过去，擦着汤姆的脸而过，汤姆不由得眨眨眼睛往后一缩。"我可不要他妈的监工，我自己亲自监工；告诉你们，没人敢调皮。你们人人都得规规矩矩，告诉你们。我一开口，就得赶紧照办。要跟我相安无事，就得这样。我身上找不到软心肠，绝对找不到。所以，你们得留神点。我可没有恻隐之心！"

女人们不由自主地倒吸了一口冷气，大伙都耷拉着脸坐着。这时，赛蒙转过身去，大踏步走进船上的酒吧去喝上一口。

"我跟自己的黑奴就是这样开头的，"他对一位绅士模样的人说。他说话的时候，那人一直站在他身旁。"我的办法是一开头就狠，让他们不存什么指望。"

"是吗！"陌生人说，一面好奇地打量着他，就像博物学家观察一件罕见的标本一样。

"不错，我可不是那种文质彬彬的种植园主，心慈手软，马马虎虎，受他妈的监工的蒙骗！摸摸我的指关节，瞧瞧我的拳头。老实说，先生，上面的肉硬得跟石头似的，全是在黑鬼身上练出来的——摸摸看。"

陌生人用手指摸了摸那件家什，简短地说：

"够硬的了；我看，"他接着说，"你的心也练得一样硬了吧。"

"哦，不错，可以这样说吧，"赛蒙打心眼里哈哈一笑说，"我想，要说心肠硬，天下没一个人比得上我。告诉你，谁也别想糊弄我！黑鬼不管是哭哭啼啼也好，讨好卖乖也好，都别想在我面前蒙混过去。这可是实话。"

"你这批货挺不错的嘛。"

"没错，"赛蒙说。"那个叫汤姆的，听说他好得出奇，我买他可出了高价，打算让他当车夫，还管点事；他过去得到的待遇是黑鬼根本不应该得到的，让他产生了一些坏念头；只要打消了这些坏念头，他可是顶呱呱的！买那个黄脸婆子我可上了当。我看她是个病壳子，不过我要叫她拼出老命干活，可能干上一两年。我不主张让黑鬼保住性命。用完了再买就是，这是我的办法——省去一些麻烦；我相信这样归根结底还合算些，"赛蒙呷了一口酒。

"他们一般能干几年？"陌生人说。

"呃，不知道；那得看他们的体质而定，结实的家伙能熬上六七个年头；破烂货色两三年就完蛋了。起初，我常常煞费苦心，让他们多干几年活。他们病了，就给他们看病，给他们发衣服毯子什么的，设法让他们体体面面、舒舒服服。咳，那全是白费工夫；在他们身上花了钱，还麻烦一大堆。现在，你瞧，我可不管他们病不病，叫他们干到死了算数，死一个买一个。我觉得这办法又合算又省事，不管哪方面都好。"

陌生人转身走开，走到一位绅士身旁坐下来。那位绅士一直在听着这番谈话，暗暗感到不安。

"你可不要把那家伙当作南方种植园主的典型，"他说。

"但愿不是，"那位绅士加重语气说。

"他是个卑鄙、下流、野蛮的家伙！"对方说。

"可是他想养多少奴隶就可以养多少，可以迫使他们绝对服从他的意志，你们的法律一概加以允许，而不给黑奴丝毫保障。他下流倒是下流，可你不能说这种人不多。"

"嗳，"对方说，"种植园主中也有许多厚道慈善的好人。"

"就算有吧，"年轻人说；"不过在我看来，正是你们这些厚道慈善的好人要对这些混蛋犯下的暴行负责；因为要不是由于你们的赞同和影响，整个制度连一个时辰都站不住脚。要是种植园主都跟那个家伙一样，"他指着正背朝他们站着的莱格利说，"这整个制度就会哗啦一声垮下来。是你们的体面和人道批准，保护了他的野蛮行径。"

"你对我的好脾气的评价显然很高，"那种植园主笑着说；"但我劝你说话声音小一点，因为船上有些人可能不像我一样容忍别人的意见。你最好等到了我的种植园之后，再从从容容把我们全都痛骂一番。"

那年轻绅士红着脸笑了，不久两人就忙着下起了十五子棋。这时，在底舱里，埃米琳跟那个同她锁在一块儿的混血女人正在进行另一场谈话。她们在把各自的身世告诉对方。这是人之常情。

"你原先的主人是谁？"埃米琳说。

"呃，我原先的老爷是埃利斯先生——住在码头街。说不定你见过那所房子。"

"他对你好吗？"埃米琳说。

"平常对我好，除了后来生病的时候。他躺在床上，时好时坏，病了半年多，心里烦躁极了。白天也好，晚上也好，他好像不愿让任何人歇一下气；而且脾气很古怪，谁都不中他的意。他好像脾气一天天变坏，天天晚上不许我睡觉，把我简直累坏了，困倦得眼睛也睁不开。有天晚上，我睡着了，天哪，他把我臭骂一通，说要把我卖给一个最狠毒的主人。他临终前还答应过让我自由。"

"你有亲人吗？"埃米琳说。

"有，有丈夫——他是个铁匠。老爷通常把他租出去。他们一下子把我带走了，弄得我见他一面都没来得及；还有四个孩子。

啊，天哪！"女人用手捂着脸说。

听了别人谈自己的悲惨经历，人人都会情不自禁地想说些什么安慰的话。埃米琳也想说点什么，可是什么也想不出来。有什么可说的呢？她们俩都心怀恐惧，不约而同地闭口不提现在成了她们的主人的那个可怕的人。

诚然，即使在最黑暗的时刻，宗教信仰也存在。那混血女人是个卫理公会教徒，她的虔诚还是盲目的，但是出自内心。而埃米琳受过良好的教养，在信仰虔诚的主母的关怀下，学会了读书写字，孜孜不倦地研读过《圣经》。然而，即使是最坚定的教徒，发现自己显然已被上帝抛弃，落到了残酷无情的暴徒手中的时候，他们的信仰能不受到考验吗？而对基督的可怜的年幼无知的小信徒来说，这种遭遇对他们的信仰的考验不知要严重多少！

轮船满载着忧患，沿着曲折的红河河道，顶着混浊湍急的红色激流继续向前驶去。陡峭的红土河岸单调无味地朝后退去，人们忧愁的目光没精打采地望着河岸出神。轮船终于在一个小镇靠了岸，莱格利押着奴隶下了船。

第三十二章　暗无天日的地方

"地上暗无天日的地方，
　　　到处是残暴肆虐的住所。"①

汤姆和同伴们跟在一辆粗笨的马车后，踏着崎岖不平的道路，疲惫地向前走去。

车上坐着的是赛蒙·莱格利。两个女的仍然锁在一块儿，跟行李安置在马车后部。一行人在朝莱格利的种植园走去，路程还相当遥远。

---

① 见《圣经·旧约·诗篇》第74篇。

那是一条荒凉偏僻的道路，一时左弯右拐，穿过凄凉贫瘠、悲风萧萧的松林，一时越过广阔的沼泽地上用圆木铺成的堤道。泥糊糊、软绵绵的沼地上长着一棵棵阴惨惨的柏树，树枝上挂着一串串长长的黑苔藓，就像丧服上的黑纱似的；泡在水中的残桩断枝随处可见，还不时可以看见令人厌恶的噬鱼蛇滑行其间。

一个外乡人即使盘缠充足，鞍马精良，为了做一趟生意，在这寂寞的道路上行走也会觉得够凄凉的了；而一个人身为奴隶，又疲惫不堪，每走一步，离人类所珍爱的事物就远一步，在这条路上行走就觉得更加凄凉沉闷了。那些黑人脸上一副意气消沉的表情，忧郁的目光充满眷恋、忍耐、疲惫的神情，瞧着悲凉的行程中一样样景物从身旁退去。要是有人目睹了这一切，一定会发出上述感慨。

然而，赛蒙继续赶着马车前进，显得很是得意，不时地从口袋里掏出一个酒瓶子，美美地喝上一口。

"喂，你们！"他掉过头来，瞥见了身后没精打采的面孔，"唱支歌儿，伙计们——来一曲！"

黑人们互相瞅了一眼，莱格利又叫了一声"来一曲"，还啪地甩了一下鞭子。汤姆唱起了一首卫理公会的赞美诗：

> 耶路撒冷，我幸福的家乡，
> 这名字对我永远这么亲切！
> 我的痛苦何时才算到头，
> 家乡的欢乐何时才能——

"住口，你这黑畜生！"莱格利吼道，"你以为我想听你们卫理公会的该死的破玩意吗？听着，唱点真正热闹的东西——快！"

另外一个人唱起了奴隶中流传的一首毫无意义的歌曲：

> 老爷看见我捉浣熊，
> 嗨，伙计们，嗨！

> 他笑破了肚皮——你看月儿明,
> 嗬!嗬!嗬!伙计们,嗬!
> 嗨—依—唷!嗨—依—唷!

唱歌的人好像是在随口编词儿,一般都押韵,不大管有没有意思;他唱一段,大家就接着唱齐唱部分:

> 嗬!嗬!嗬!伙计们,嗬!
> 嗨—依—唷!嗨—依—唷!

大家唱得非常热闹,而且强颜欢笑,但是任何绝望的哀号,或是满腔悲愤的祷告,也不可能像狂放的齐唱部分那样充满了深沉的悲哀。他们那受到威胁、禁锢、有苦难诉的可怜的心灵,在无言的音乐殿堂中找到了避难所,把音乐作为向上帝倾吐祈祷的语言!歌声中蕴藏着一种祈祷,可是赛蒙听不见。他只听见黑人们大声唱着,心里很得意;他在使他们"打起精神来"。

"喂,我的小宝贝儿,"他掉过头去,面向埃米琳,把手搁在她的肩头说,"我们差不多到家了!"

莱格利大发雷霆骂人的时候,埃米琳吓得心惊胆战;可是他把手搁到她肩上,用那种语气说话的时候,她觉得宁愿让他打一顿。他眼里的表情叫她打心眼里觉得恶心,身上直起鸡皮疙瘩。她不由自主地紧挨着身边的混血妇人,仿佛那是她母亲似的。

"你从来没戴过耳环吧,"莱格利用粗糙的手指捏住她的一只小耳朵说。

"没有,老爷!"埃米琳浑身哆嗦着低下头。

"那好,我们到家之后,只要你乖乖听话,我给你一对耳环。你不必这样害怕,我不打算叫你干苦差事。你跟着我会有好日子过,像阔太太似的——只要你乖乖听话。"

莱格利已经喝得有了几分醉意,态度变得相当和气。大约就在这时,种植园的篱笆已经遥遥在望。这庄园原来属于一位富有而风雅的绅士,那绅士在装点自己的场地上费过一番心思。他死了之后，由于无法还债，莱格利以低价收购过来，跟使用任何东西一样，把庄园仅仅作为赚钱的工具。庄园上到处是破败凄凉的景象；显然，以前的主人花过心血的东西，现在无人照管，任其彻底衰败下去，就必然是这种结果。

大屋前面的草坪以前修剪得整整齐齐，点缀着装饰性的灌木丛，如今是杂草丛生。草坪上立着几根桩子，周围已给踏得寸草不生，破桶子、玉米棒子和其他肮脏的垃圾，满地狼藉。几根用作装饰品的花柱子，由于用作马桩子而给推得东倒西歪，上面还零乱地挂着一两朵发霉的茉莉花或忍冬花。以前的大花园如今到处长满了杂草，偶尔有几株无人理睬的孤零零的异国奇花从杂草丛中探出头来。以前的温室，如今没有了窗扇，腐朽的架子上摆着无人照料的花钵，里面立着几枝残梗，上面的枯叶说明那曾经是花卉。

马车沿着一条长着杂草的碎石路轱辘辘行驶，两旁是挺拔的苦楝树，姿态秀美，树叶充满了生机，仿佛是在荒疏面前坚贞不屈的唯一物种，就像高风亮节的人，深深扎根于善良的土壤之中，在挫折潦倒之际，仍然欣欣向荣，日益坚强。

大屋很大，一度相当富丽。房子是按南方流行的风格建造的，四面都有宽敞的双层回廊，外面的门都朝回廊开着，下层的回廊由砖柱子支撑着。

可是大屋看上去是一副荒芜、凄凉的景象。有些窗户用板子钉上了，有些窗户玻璃破碎，百叶窗悬在一个铰链上，全都显出无人照管、极不舒适的样子。

四面八方的地上到处是木板、干草和腐烂的旧桶子、旧箱子，三四条凶猛的恶狗给车轮声惊动了，猛然蹿了出来，两名衣衫褴褛的仆人跟在后面，费了九牛二虎之力才把它们拉住，总算没咬着汤姆和他的同伴们。

"你们看见自己能指望什么了吧？"莱格利一面满意地抚摸着那几条狗，一面狰狞地转向汤姆和他的同伴们说。"要是你们想逃走，这就是你们的指望。这些狗受过训练，是专门追捕黑鬼的；它们会把你们当作晚饭一口吃掉。所以还是留点儿神好！怎么样，桑博！"他对一个黑奴说。这黑奴衣衫褴褛，头戴没边的帽子，一副低三下四的样子。"情况怎么样？"

"好得很，老爷。"

"昆博，"莱格利对另一个黑奴说，那黑奴在起劲地指手画脚，竭力想引起主人的注意，"我的吩咐，你记住了没有？"

"我想是记住了，是不是？"

这两名黑人是种植园上的两名工头。莱格利像训练哈巴狗一样有条不紊地训练他们干野蛮残忍的勾当。经过在狠毒残忍方面的长期磨炼，他已经使他们的整个性情变成了跟哈巴狗相当的地步。有一种老生常谈，说黑人监工全都比白人监工更加残忍。人们认为这句话大大贬低了黑人的本性，其实这句话只不过是说，黑人的心灵比白人的心灵受到了更大的摧残和蹂躏。普天之下，凡是受压迫的民族都是如此，黑人也不过如此而已。当奴隶的一有机会就会变成暴君。

莱格利就跟我们读到的历史上的某些君主一样，用离间各派力量的办法统治着自己的种植园。桑博和昆博互相恨入骨髓，下地干活的奴隶又人人都对他们恨入骨髓，莱格利唆使他们互相倾轧，通过三方中的一方告密，种植园上无论发生什么事，他都肯定能了如指掌。

完全没有交往，没人能活得下去；莱格利鼓励自己的两个黑人走狗跟自己建立一种相当粗俗的亲密关系。不过，这种亲密关系随时都可能给他们之中的这个或那个惹来麻烦；因为稍不如意，只要他点一下头，其中一个便随时准备充当他对另一个进行报复的打手。

他们现在站在莱格利身边，似乎成了一个恰切的实例，说明野蛮的人比畜生还要卑劣。那丑陋、黝黑的大鼻子、大嘴巴，那滴溜溜乱转、互相忌妒地窥视着的大眼睛，那野兽般狰狞的喉音，那随风飘扬的破烂衣裳，全都跟这地方凶险、害人的总气氛配合得恰到好处。

"你听着，桑博，"莱格利说，"把这些小子带到工棚去；这儿有个娘们，是送给你的，"他边说边解开把那混血女人跟埃米琳锁在一块儿的锁链，把她推到他面前。"我答应过带一个回来给你，你知道。"

那女人突然一惊，往后直退，急忙说道：

"啊，老爷，我在新奥尔良有个老伴子啊！"

"那又怎么样，你——你在这儿不想再找一个吗？少废话，走！"莱格利扬起鞭子说。

"来吧，小情人，"他对埃米琳说，"你跟我到大屋里去。"

一张怒气冲冲的阴沉的脸在窗口闪了一下；莱格利开门的时候，一个女人的声音急促而强硬地说了几句话。埃米琳进去的时候，汤姆担心而关切地望着她的背影，恰好注意到了这一情况，接着听见莱格利怒气冲冲地答道："你住口！我想怎么着就怎么着，你管不着！"

汤姆只听见了这几句话，因为他很快就跟着桑博到工棚去了。那工棚在种植园一角，离大屋很远，可以说是一条小街，旁边立着一排简陋的棚子。工棚呈现出一种破败、荒芜、凄凉的景象。汤姆一见这地方，心里往下一沉。他一直在自宽自慰，以为有一间小屋，虽说简陋，但可以布置整齐，保持安静，可以在里面摆上一个架子，好放《圣经》，劳累一天之后，有个独自休息的地方。他探头瞧了瞧好几个棚子里，只见都是些简陋的空壳，里面什么家具也没有，只有一层干草，脏得发臭，胡乱地铺在地板上，而地板就是由无数双脚踩紧了的光光的泥土地面。

"我住哪一间？"他顺从地对桑博说。

"不知道，我想，进这一间去吧，"桑博说；"我看这儿还住得下一个，现在每一间都要住一大堆黑鬼了，再来一些我就真不知该怎么办了。"

天黑以后好久，原来住在这些工棚里的奴隶才疲惫不堪地成群结队归来——男男女女，衣服又脏又破，脸色阴沉、烦躁、见了新来者，也没有心思装出笑脸。工棚里顿时充满了令人不快的嘈杂声；手磨旁边传来嘶哑、粗暴的争吵声。他们得用磨子把自己的一份坚硬的玉米磨成粉，做成饼，当作晚餐唯一的口粮。天刚刚破晓，他们就下了地，在监工手里挥舞的皮鞭逼迫下干活。

当时正是大忙季节，为了迫使每一个人都竭尽全力干活，各种手段无所不用其极。"真的，"游手好闲的人们会说，"摘棉花又不是什么苦活儿。"真的吗？你头上滴一滴水也不是什么大不了的事；可是宗教裁判所最厉害的刑罚，就是一滴又一滴、一滴又一滴、单调地、没完没了地滴在同一个地方的水。这活儿本身不是苦差事，可是被逼着干活，一个小时又一个小时，千篇一律，毫不放松，连想想怎么减轻沉闷的自由意志也没有，这样的活就变成了苦差事。汤姆瞧着这伙奴隶从身边涌过，想找些可以交朋友的面孔，可是白费工夫。他只看见沉着脸、皱着眉、脾气暴躁的男人和柔弱沮丧的女人，或者是根本不像女人的女人——强者把弱者推到一边，暴露出人类粗野、赤裸裸的禽兽般的自私自利，从他们身上，是不能指望找到什么善良的。他们各方面都被当作禽兽对待，已经沦落到人类可能沦落到的最低级的动物的地步。磨玉米的声音一直延续到深夜；因为跟要磨粉的人数比起来，磨子为数太少了。疲惫体弱的给强壮有力的赶到后面，最后才轮得到他们磨。

"嗨哟！"桑博走到混血女人跟前，把一袋玉米扔在她脚下，"你叫他妈的什么名字？"

"露西，"那女人说。

"好，露西，现在你是我的女人了。你把这些玉米磨成面，给我烤好晚饭，听见没有？"

"我不是你的女人，我不想做你的女人！"那女人由于绝望陡然来了勇气，厉声说；"滚你的吧！"

"那么我就踢你！"桑博抬起脚威胁说。

"你要杀就把我杀了好了，越快越好！我巴不得死！"她说。

"我说，桑博，你把干活的人踢坏了，我要到老爷那里告你一状，"昆博说，他刚才凶神恶煞似地赶走了两三个等着磨玉米的疲惫不堪的女人，现正忙着磨玉米。"我要告诉老爷，你不让女人磨玉米，你这老黑鬼！"桑博说。"你还是少管闲事为好。"

汤姆走了一天路，现在饿极了，由于没吃东西，差不多要晕过去了。

"偌，给你的！"昆博说着扔下一个粗麻袋，里面盛着一配克[1]玉米；"偌，黑鬼，拿着，省着吃，这个星期就这些了。"

汤姆一直等到深夜才得到磨玉米的机会；接着他看见两个精疲力竭的女人在吃力地磨面，心中不忍，就替她们磨，然后走到许多人烤过饼的火前，把快要熄灭的木柴拨到一起，才去做自己的晚餐。在这儿这可是新鲜事——事情虽小，却是一桩善举。这事在她们心里引起了回响，严峻的脸上浮起女性温柔的表情；她们替他和面做饼，替他烤。汤姆就着火光，掏出《圣经》来看，因为他需要安慰。

"那是什么？"一个女人说。

"《圣经》，"汤姆说。

"老天爷！离开肯塔基之后就没见过《圣经》了。"

"你是在肯塔基长大的吗？"汤姆颇感兴趣地说。

"是啊，而且受到好教养呢，没想到会落到这个地步！"那女人叹口气说。

"那到底是什么书？"另外那个女人说。

"嗳，就是《圣经》嘛。"

"哎呀，《圣经》是什么？"那女人说。

"这就怪了！难道你从来没听说过《圣经》？"另外那个女人说。"在肯塔基的时候，我有时听见太太念《圣经》；可是天哪，在这儿，除了啪啪的鞭子声和咒骂声之外，什么也听不到。"

"念一段听听！"第一个女人见汤姆在用心地读，好奇地说。

汤姆念道："你们这些劳苦负重的人，都到我这里来，我会让你们得到休息。"[2]

"这可是好心肠的话，"那女人说，"我想到他那儿去；看来我再也得不到休息了。我天天浑身酸痛，全身发抖。我摘棉花摘不快，桑博老是骂我。天天晚上多半要到半夜才吃得上饭；接着，好像还来不及上床合上眼，就响起了起床号，又得干早晨的活了。"

---

① 计量名。一配克等于九升左右。
② 见《圣经·新约·马太福音》第11章。

要是我知道上帝在哪儿，要把这情况告诉他。"

"他就在这儿，他无处不在，"汤姆说。

"咳，你要我相信这个可办不到！我知道上帝不在这儿，"那女人说；"不过说也没用。我还是去躺下，能睡多久就睡多久吧。"

两个女人走了，回自己的棚子去了。汤姆独自坐在冒着烟的火堆旁边，闪烁的火苗把他的脸照得通红。

一轮皎洁的银色月亮升上了紫色的天空，默默无言地俯瞰着大地，瞧着这孤独的黑人抱着双臂，膝头摊着《圣经》坐在那儿，正如上帝瞧着人压迫人的悲惨情景。

"上帝在这儿吗？"啊，面对着骇人的暴政，面对着露骨的不受谴责的不公，未受教化的心灵怎么可能坚持信仰、毫不动摇呢？这纯朴的心灵中进行着剧烈的冲突：心如刀绞的冤屈感，终生苦难的预兆，昔日一切希望的破灭，全都在他灵魂的视野中悲惨地起伏着，就像妻子、儿女、亲友的尸体浮在黑沉沉的波涛之上，在行将灭顶的水手眼前翻腾起伏。啊，在这个地方，要信仰、坚持基督教的伟大口号："上帝存在，而且将奖赏那些不辞劳苦寻求他的人，"[1]难道是轻而易举的吗？

汤姆郁郁不乐地站起来，跌跌撞撞地走进分配给他住的棚子。地板上已经横七竖八地睡满了疲惫已极的人，屋里臭气熏天，几乎叫他退避三舍。可是夜间外面露水浓重，寒气逼人，加之困倦已极，他只得用仅有的铺盖——一床破毯子裹在身上，倒在干草上睡着了。

梦中，他耳边响起一个温柔的声音；他坐在旁恰特雷恩湖畔花园里一条长满青苔的石凳上，伊娃低垂着严肃的眼睛，在给他念《圣经》。他听见她念道：

"你涉水而过时，我跟你在一起，河水不会淹没你；你蹈火而行时，火不会烧着你，火焰也不会燃着你的衣服；因为我是你的主、以色列的神圣、你的救星。"[2]

---

[1] 见《圣经·新约·希伯来书》第 11 章。

[2] 见《圣经·旧约·以赛亚书》第 43 章。

这些话仿佛仙乐一样，渐渐轻微，最后消失了。那孩子抬起深沉的目光，亲切地注视着他，仿佛有温暖舒适的光芒从她眼睛里射进他的心间。接着，她仿佛展开了闪闪发光的翅膀，由音乐托着冉冉升起，翅膀上飘落片片金箔，宛如颗颗金星，最后飞走了。

汤姆醒了过来。这是梦吗？就算是梦吧。然而，这可爱的小天使生前那么渴望着安慰受苦受难的人，谁能说上帝不会让她在死后来担当这项使命呢？

> 认为死者的英灵，
> 扑动着天使的翅膀，
> 在我们头顶翱翔，
> 这是美丽的信仰。

第三十三章　卡　西

> 看啦，受压迫者流泪，无人安慰；压迫者有权，也无人安慰。
>
> ——《传道书》4. 1[①]

过了不久，汤姆就了解了自己的新生活方式中一切可以希望和应该提防的情况。他无论干什么，都干得熟练而有效率，而且一则出于习惯，二则出于原则，说干就干，从不敷衍了事。他性情宁静温和，希望通过自己始终如一的勤劳，至少可以避免自己境遇中的一部分苦难。打骂和其他悲惨的事他已经见得够多了，使他感到厌恶，但是他拿定主意继续苦干下去，以教徒的忍耐，把自己交给上帝，指望有朝一日还能找到一条生路。

---

① 见《圣经·旧约·传道书》第4章。

莱格利不动声色地注意到汤姆的能耐。他把他归入头等奴隶之列，但是还是暗暗地讨厌他——这是坏人对好人的固有的反感。他对孤苦无靠的人施加野蛮的暴力，简直是家常便饭；但他清楚地看出，汤姆总是看在眼里。一个人的看法形成一种微妙的氛围，不用说出来，别人也能感觉得到；即使是一名奴隶的看法，也能叫人恼火。汤姆以各种方式流露出一种温情，流露出对受难的同伴的一种同病相怜之情；这对于他们来说，是陌生而新奇的东西，莱格利以忌恨的目光观察着。他买下汤姆，目的是想叫他最后成为监工之类的人，有时在他自己不在的短时间内，把种植园的事务委托给他。在他看来，担负这项职务的第一、第二、第三个必要条件都是狠毒。莱格利拿定主意，既然汤姆自己狠不起来，就着手叫他狠起来。汤姆到达种植园之后几个星期，他就决定开始训练。

一天早晨，奴隶们集合好准备下地的时候，汤姆意外地发现他们之中有个新来者，那人的模样引起了他的注意。那是个女人，个子高挑苗条，手脚相当细嫩，穿着整洁体面的衣服。从她的容貌看来，她可能在三十五到四十岁之间；那张脸叫人永远也忘不了——只要看上一眼，就能让人想到一段惊险、痛苦而浪漫的经历。她前额挺高，眉清目秀，鼻梁挺直而端正，嘴唇形状秀美，头部与脖子轮廓优雅，说明她一定曾经长得非常美丽；但是如今脸上刻满了深深的皱纹，表明她曾经饱尝痛苦，可是高傲而坚强地忍耐过来了。她的脸色蜡黄，显出病态，两颊深陷，形容憔悴，全身骨瘦如柴。但是她的眼睛非常引人注目——那么大、那么黑，长着同样乌黑的睫毛，眼神那么忧伤，那么彻底地绝望。她脸上每一条皱纹、柔软的嘴唇的每一条曲线，身体的每一个动作，都透露出极端桀骜不驯的性情；但是她的目光中流露出黑夜般深沉而根深蒂固的痛苦——那表情是那么绝望，那么呆滞，跟她整个举止表达出来的轻蔑与高傲形成触目惊心的对比。

她从哪儿来，她是谁，汤姆一概不知。他觉察到的头一件事是，在晨光曦微之中，她昂首挺胸，跟他并排走着。然而，对这一伙奴隶，她是熟悉的人物。因为她周围那些痛苦、褴褛、饿得半死的黑人不时掉过头来瞧着她；他们虽然压制着自己的情绪，但显然是在幸灾乐祸。

"终于也落到这步田地了——巴不得！"一个说。

"嘻！嘻！嘻！"另一个说，"你也尝尝这个滋味，小姐。"

"等着瞧她干活吧！"

"不知道她会不会像我们一样，晚上挨一顿揍！"

"我巴不得看见她趴在地上挨一顿鞭子，真的！"另一个说。

那女人对这些奚落不予理睬，只是继续朝前走，脸上还是那副又气愤又轻蔑的表情，仿佛什么也没听见。汤姆以前一向在文质彬彬的人之中周旋，根据她的气派举止，直觉地觉得她属于那个阶级；可是她怎么、为什么落到了这么低贱的地步，他不得而知。那女人不瞧他，也不跟他说话，但到田间去的时候，一路上都走在他身边。

汤姆很快就忙着干起活来；但是，由于那女人离他并不远，他不时瞟上她一眼，瞧她干活。他一眼就看出，她生性心灵手巧，干起活来比许多人都显得轻松。她摘得又快又干净，带着轻蔑的神情，仿佛既蔑视这活儿，又蔑视自己所落到的羞耻屈辱的境地。

白天，汤姆在离那跟自己一起被买来的混血女人不远的地方。她摇摇晃晃，浑身哆嗦，仿佛就要倒下去似的，显然非常难受。汤姆听见她不时地祈祷。他来到她身边的时候，默默地从自己的麻袋里抓起几把棉花，塞进她的麻袋。

"啊，不行，不行！"那女人露出惊讶的神色说，"这样做会叫你吃苦头的。"

就在这时，桑博走了过来；他好像对这个女人特别怀恨在心，便挥舞着鞭子，以野蛮的嗓音喝道："这是怎么回事，露西——在捣鬼，嗯？"话音刚落，便抬起沉重的牛皮靴踢了那女人一脚，在汤姆脸上抽了一鞭子。

汤姆不声不响地继续干活；可那女人已经疲倦到了极点，晕倒在地。

"我会叫她醒过来！"监工狞笑着说。"我给她一点药吃，比樟脑丸还有效！"说着从上衣袖口上抽出一枚大头针，扎进她的肉里，一直扎到针头。那女人呻吟了一声，半抬起身子。"起来，你这畜生，干活去，不然我还要给你来一招！"

那女人受了这个刺激，好像来了一股非凡的劲头，拼命地干了一阵。

"就这样干下去，"监工说，"不然我看今晚上你会巴不得死了还好些。"

"我现在就巴不得死去！"汤姆听见她说，接着又听见她说，"啊，上帝呀，还要熬多久啊！啊，上帝呀，为什么不来救我们啊？"

汤姆冒着自己可能吃苦头的风险，再次走上前去，把自己麻袋里的棉花全都放进那女人的麻袋。①

"啊，这可不行！你不知道他们会怎样折磨你的！"那女人说。

"我挺得住！"汤姆说，"比你挺得住些，"他又回到自己的地方。这是一瞬间的事。

突然，我们描写过的那个陌生女人，边摘棉花边走了过来，到了离他们不远的地方。她听见了汤姆的最后一句话，于是抬起头来，用乌黑的眼睛瞧了汤姆一眼，然后从自己篮子里抓起一大把棉花，放进他的篮子。

"这地方的情况你不了解，"她说，"不然你就不会那样做了。你在这儿待上一个月，就不会帮助别人了；你会发现，保住自己不受皮肉之苦已经够难的了。"

"上帝保佑，太太！"汤姆跟上等人待惯了，本能地对自己的田间同伴用上了恭敬的称呼。

"上帝从来不到这块地方来，"那女人悻悻地说，一面麻利地继续干着活往前走，嘴角轻蔑地一撇。

可是这女人的行动被那边地头的监工看见了，他挥舞着皮鞭走到她跟前。

"怎么！怎么！"他得意扬扬地对那女人说，"你也捣鬼？去你的！你现在落到了我手下——留点神，不然够你受的！"

那双乌黑的眼睛陡然射出闪电似的光芒；她转过身来，挺直

---

① 以上说"麻袋"，后来又一直说"篮子"，可能是作者的笔误。

腰板，嘴唇颤抖着，鼻孔张大，朝监工狠狠地瞪了一眼，眼中射出鄙夷而暴怒的火焰。

"癞皮狗！"她说，"你胆敢碰我一碰！我还有权力，可以让狗把你撕成碎片，把你活活烧死，剁成肉酱！只要我一句话！"

"那么你到这儿来干什么？"那汉子显然给吓住了，沉着脸后退了一步说。"我没想害你，卡西小姐！"

"那么你滚开点！"那女人说。果然，那汉子仿佛很想到那边地头去料理点事，便立即跑开了。

那女人突然继续干起活来，速度之快，简直叫汤姆惊得目瞪口呆。她仿佛在用魔法干活，不到天黑，她篮子里已经装满了棉花，压得紧紧的，还堆了起来，而且还好几回把大把大把的棉花塞进汤姆的篮子。天黑以后很久，精疲力竭的黑奴全都排成一行，头上顶着篮子，鱼贯而行，走到用来过秤和储棉花的房子前。莱格利在那儿忙着跟两个监工交谈。

"那个汤姆会惹出很大的乱子；他老是拿棉花往露西的篮子里塞——总有一天，他会弄得所有的黑鬼都觉得受了虐待！"桑博说。

"嘿嘿！这混账黑鬼！"莱格利说，"得把他治得服服帖帖才行，是不是，伙计们？"

两个黑人听了这话，咧开嘴狞笑起来。

"哎，哎！要说治人，老爷可是内行！魔鬼也比不过老爷！"昆博说。

"咳，伙计们，最好的办法是叫他来抽鞭子，直到他忘记自己那套念头。把他制服！"

"哎呀，老爷要除掉他那些念头可费神哩！"

"反正非除掉不可！"莱格利口里嚼着烟草说。

"瞧，那是露西，庄园上最叫人恼火、最讨厌的娘们！"桑博接口说。

"留神哪，桑博，你这样恨露西，原因是什么，我可要开始起疑心了啊。"

"咳，她对抗老爷，老爷叫她跟着我，可她偏不肯，老爷明明知道嘛。"

"我本想抽她一顿鞭子，叫她服服帖帖，"莱格利吐了口唾沫说，"只是活儿紧得很，犯不着现在去惊动她。她身体单薄，可是这些单薄的娘们宁肯给打得半死，也不肯就范！"

"咳，露西真是叫人恼火，又死懒，整天沉着脸，什么也不肯做——可汤姆帮着她。"

"是吗？那么好，叫汤姆用鞭子抽她，乐一乐。这对他也是一种很好的磨炼，而且他不会像你们两个色鬼一样，对她自作多情。"

"嗬！嗬！嚯！嚯！嚯！"两个黑坏蛋放声大笑起来；说实话，那魔鬼般的笑声似乎恰好表现了莱格利所赋予他们的凶神恶煞般的性情。

"不过，老爷，是汤姆和卡西小姐两人合伙把露西的篮子装满的。我疑心里面装了石头，老爷！"

"我亲自过秤！"莱格利加重语气说。

两个监工再次发出魔鬼般的笑声。

"这么说来，"他接着说，"卡西小姐也干了一天活。"

"她摘起棉花来，魔鬼和牛头马面也没有她快！"

"我看她一定是众鬼附身！"莱格利说，接着破口大骂一声，朝过秤间走去。

疲惫不堪、没精打采的奴隶们逶迤来到过秤间，缩手缩脚地把自己的篮子交上去过秤。

莱格利把重量记在一块石板上，石板一边列着一串名字。

汤姆的篮子过了秤，达到了要求；然后站在一旁担心地观望着，希望自己帮助过的女人也能过关。

那女人浑身无力，趔趔趄趄走上前来，递过篮子。莱格利明明看出蓝子够分量，却装出怒容，说道：

"怎么，你这懒畜生！又少了秤！站到一边去，你马上就会尝到厉害！"

那女人发出一声彻底绝望的呻吟，坐到一块板子上。

那名叫卡西小姐的女人现在带着傲慢、满不在乎的神气走上前来，递过篮子。她递篮子的时候，莱格利讥讽而询问地瞟了一下她的眼睛。

她用乌黑的眼睛盯着他，嘴唇微微动着，用法语说了句什么话。她说的是什么，谁也听不懂；但是莱格利的脸色变得恶魔一般；他微微扬起手，仿佛要打她——她不屑一顾地瞧着这手势，转身走了。

"喂，"莱格利说，"你过来，汤姆。你知道，我告诉过你，我买下你，并不仅仅是要你干普通的活；我打算提拔你，叫你当监工；今天晚上你不妨开始练练手。现在你把这女人带去抽一顿鞭子；这事你见得多了，知道怎么干。"

"求老爷原谅，"汤姆说，"希望老爷不要叫我干这个。这个我没干惯，从来没干过，而且怎么也学不会。"

"我来收拾你一顿，许多以前没干过的事，你就学得会了！莱格利说着操起一根牛皮鞭子，照准汤姆脸上狠狠抽了一鞭，接着鞭子雨点般落在他脸上。

"好啦！"他停下来歇口气说；"现在你还说不会干吗？"

"是的，老爷，"汤姆抬起头来，揩去脸上淋漓的鲜血说。"我愿意日日夜夜干活，只要我还活着，还有一口气，就干下去；但做这种事我觉得不对，老爷，我决不会干这个，决不干！"

汤姆的嗓音相当圆润、柔和，向来态度恭敬，这使得莱格利以为他胆小怕事，很容易压服。所以他说这番话的时候，人人都惊讶万分；那苦命的女人合掌叫道："啊，上帝呀！"人人都不由自主地面面相觑，倒吸了一口冷气，仿佛为即将爆发的暴风雨作准备。

莱格利一副目瞪口呆、不知所措的样子；可是最后大发雷霆：

"什么！你这该死的黑畜生！居然跟我说，我叫你做的事，你觉得不对！考虑什么对什么不对，跟你们这些该死的畜生有什么相干？我非制止不可！你以为自己是什么东西？也许你自以为是个绅士，是汤姆老爷，居然告诉你的主人什么对，什么不对！这样说来，你认为打这娘们不对啰！"

"我是这样想的，老爷，"汤姆说；"这可怜的女人病了，身体虚弱，打她是残忍透顶，我绝对不干，绝对不会动手。老爷，你要杀我，就杀了好了；说到要我动手打这儿任何一个人，我决不干——我宁肯死！"

汤姆说话声调平和，但是斩钉截铁，别人决不会听错的。莱格利气得发抖，灰色的眼睛闪着凶光，络腮胡子气得直往上翘；但是，他像一头凶恶的野兽，在吃掉猎物之前，要玩弄它一番。他本想立即施暴，但压住强烈的冲动，讲起了刻毒的挖苦话。

"哎呀，这儿有一条虔诚的狗，终于下凡到我们罪人中来了！一位地地道道的圣人、绅士，跟我们罪人谈论我们的罪孽！一位神通广大的神祇，包管没错！听着，你这混蛋，你装出这副虔诚的样子；可你听说过没有，你的《圣经》上说'佣人们，服从你们的主人'？①我难道不是你的主人？我难道没有付出一千二百块现钱来买下你这该死的黑皮囊里的一切？难道你连肉体带灵魂不都是属于我吗？"他说着抬起沉重的皮靴狠狠地踢了汤姆一脚："说！"

在肉体痛苦的深渊之中，在野蛮的压迫之下，这个问题在汤姆的灵魂之中射进一缕喜悦与胜利的光芒。他突然挺直身子，严肃地仰望苍天，任凭脸上泪水和鲜血交流，大声喊道：

"不！不！不！我的灵魂不属于你，老爷！你没有买我的灵魂，你买不到！我的灵魂已经给能够保护它的人买去了。没关系，没关系，你伤害不了我！"

"伤害不了你！"莱格利冷笑一声说，"咱们走着瞧——咱们走着瞧！喂，桑博，昆博，狠狠地收拾这狗东西，叫他一个月也复不了原！"

那两个高大的黑人立即抓住汤姆，脸上露出恶鬼般狰狞的笑容，说他们是阎王的化身未尝不恰当。那可怜的女人吓得尖叫起来，大家全都不约而同地站起来，瞧着他们把毫不反抗的汤姆拖出房间。

---

① 见《圣经·新约·歌罗西书》第3章。

第三十四章　混血女子的遭遇

> "看啦，受压迫者流泪；压迫者有权。因此，我赞
> 扬那已死的死者，不那么赞扬还活着的活人。"
>
> ——《传道书》4. 1[1]

　　已经夜深了，汤姆浑身血迹，孤零零地躺在轧花机房一间弃置不用的破房间里呻吟，周围是一堆堆破机器零件，一堆堆废棉花，以及日积月累存放在那里的别的废品。

　　夜晚潮湿而闷热，污浊的空气中成千上万只蚊子在飞舞，使得汤姆的伤口更是疼痛难忍，而最大的痛苦是火烧般的焦渴，简直达到了肉体苦楚的最大极限了。

　　"啊，慈悲的上帝啊！瞧瞧人间吧——让我胜利吧！让我战胜一切苦难吧！"苦命的汤姆在痛苦中祈祷着。

　　他背后有脚步声走进房间，一盏马灯的灯光照着了他的眼睛。

　　"谁呀？啊！看在上帝分上，请给点水喝吧！"

　　原来那是叫卡西的那个女人。她放下马灯，从一只瓶子里倒了一杯水，扶起汤姆的脑袋，让他喝水。他迫不及待地喝了一杯又一杯。

　　"喝个够吧，"她说，"我知道口渴是什么滋味。我深更半夜出来送水给你这样的人喝，已经不是第一次了。"

　　"谢谢您，太太，"汤姆喝够了之后说道。

　　"别叫我太太！我跟你一样，也是个悲惨的奴隶——比你还要低贱得多！"她凄楚地说。"瞧，"她说着走到门口，拖进一小块草垫，上面铺了用凉水浸湿了的麻布，接着说，"苦命的朋友，想办法滚到上面躺着吧。"

---

　　① 见《圣经·旧约·传道书》第4章。

汤姆遍体鳞伤，动作僵硬，老半天才滚到草垫上；不过滚上去之后，伤口经清凉的麻布一敷，觉得舒坦得多了。

那女人长期以来护理暴力的受害者，掌握了许多疗伤的窍门，接着就给汤姆的伤口敷了许多药；药一敷上去不久，他就觉得疼痛减轻了。

"好了，"那女人用一卷废棉花当枕头，把汤姆的脑袋扶起来枕在上面，说道，"我只能帮你到这个地步了。"

汤姆向她表示感激。那女人坐在地板上，双脚缩拢，双臂抱着膝盖，眼睛呆呆地瞧着前面，脸上一副凄凉痛苦的表情。她的软帽戴在后脑勺上，乌黑的长卷发披在她那出奇地美丽而忧伤的面孔两边。

"没用，苦命的朋友！"最后她突然说，"你这样做没用。你很勇敢，正义在你这一边；可是你想反抗全是徒劳，是办不到的。你落在了魔鬼手心里，他霸道透顶，你只能低头！"

低头！以前，他意志软弱的时候，肉体极端痛苦的时候，耳边不也响起过这句话吗？汤姆心里一惊。这女人满怀怨恨，目光狂乱，声音忧伤，在他看来，正是他一直与之搏斗的诱惑的化身。

"啊，上帝呀！上帝呀！"他呻吟道，"我怎么能低头呢？"

"呼唤上帝也没用，他从来就听不见，"那女人声音平稳地说，"我看没有什么上帝；即使有，也站在我们的对立面。天和地都跟我们作对。人人都把我们往地狱里推，我们为什么不可以去呢？"

汤姆听了这阴沉沉、目无神明的话，闭上双眼，身上直打冷战。

"你瞧，"那女人说，"这事你什么也不懂——我懂。我在这地方待了五年了，肉体和灵魂都给踩在这个人的脚下；我恨他就跟恨魔鬼一样！你在这儿，在这孤零零的种植园，四周是沼泽，方圆十英里之内没有人烟。这儿没有一个白人，你给活活烧死了，给开水烫死了，剁成了肉酱，绑起来让狗撕咬，吊起来用鞭子抽打至死，也没人给你作证。这儿没有法律，没有上帝的法律，也没有人间的法律来保护你或我们任何一个人。而这个人，天下没有什么坏事干不出来的。要是我把自己的所见所闻说出来，谁听了都会吓得毛发直竖，牙齿打战；而且反抗是没用的！难道我愿意跟他过日子吗？难道我不是受过高尚的教养的女人吗？而他，天哪！他过去是什么东西，现在是什么东西？可我还是跟他过了五年了，我日日夜夜诅咒自己生活中的每一个时刻！现在，他弄来了一个新的，一个小家伙，只有十五岁，据她说，她也受过虔诚的教养。她善良的主母教她念《圣经》；她把《圣经》带到这儿来了——叫她见鬼去吧！"那女人发出一声凄惨的狂笑，那带着鬼气的古怪笑声响彻了破烂的旧棚子。

汤姆合拢双手，一切都笼罩在黑暗和恐怖之中。

"啊，耶稣啊！救主耶稣啊！你是不是把我们这些苦命人都忘记了？"他终于冲口而出说；"救救我吧，上帝，我就要没命了！"

那女人严峻地说下去：

"跟你一块儿干活的这些卑鄙下贱的癞皮狗是什么东西，值得你去为他们吃苦头？他们每个人一有机会就会反过来咬你一口。他们彼此之间也都卑鄙狠毒到了极点；你不肯伤害他们，宁愿自己受苦，有什么价值？"

"苦命的人！"汤姆说；"谁使他们变得狠毒的？要是我低头了，就会习以为常，渐渐变成他们那个样子！不，不，太太！我已经失去了一切，失去了妻子、儿女、老家和好心的主人——只要他多活一个星期，就让我自由了——我已经失去了阳世间的一切，什么都完了，永远完了。现在，我不能把天国也丢掉；不，失去了一切，不能再坏了良心。"

"但是上帝不可能把罪孽记到我们账上，"那女人说；"我们是给逼成这个样子的，他不会归咎于我们，而会归咎于那些逼我们的人。"

"不错，"汤姆说，"但这个理由也不能阻止我们坏良心。如果我变得跟桑博一样狠毒，一样坏，那么对我来说，我怎么变坏的就无关紧要了；变坏这件事本身——这才是我所害怕的。"

那女人狂乱而惊慌地瞧着汤姆，仿佛产生了新的想法，然后沉重地叹了口气说：

"啊，上帝宽恕我吧！你说得对吧！呵——呵——呵！"她呻吟着倒在地板上，仿佛在极度的内心痛苦折磨下挣扎着。

两人沉默了好一会儿，静得呼吸声都听得见。最后汤姆低声说："啊，太太，劳您的驾！"

那女人突然站起来，脸上又恢复了往日的严峻而忧郁的表情。

"劳驾，太太，我看见他们把我的上衣扔在那个角落里了，上衣口袋里有我的《圣经》；请太太把书递给我。"

卡西走过去把《圣经》拿了过来。汤姆翻开《圣经》，立刻找到了重重地标出的一段。那一段已经摸得很旧了，说的是耶稣生前最后的情景，他所受的鞭挞拯救了我们。

"劳太太的驾，念一念这一段——这比水还要管用。"

卡西接过书，以冷冰冰、高傲的神情浏览了一下。接着她以柔和的声音、奇特而优美的语调，念起了那段悲惨而光荣的动人事迹。她好几回念着念着声音颤抖起来，有时候完全读不出声音来，只得停下来，竭力做出镇静的样子，等到控制住自己之后再念下去。念到"天父啊，请宽恕他们吧。因为他们不知道自己在做什么"[①]这句动人的话的时候，她扔下书本，让浓密的头发掩住面孔，全身剧烈地抽搐着，失声痛哭起来。

汤姆也泪流满面，偶尔发出压抑不住的哭声。

"要是我们也能做到这个地步就好了！"汤姆说。"他好像自然而然地就做到了，而我们却得费尽九牛二虎之力！啊，上帝呀，帮帮我们吧！啊，神圣的救主耶稣啊，帮帮我们吧！"

"太太，"过了一会，汤姆说，"不知怎么的，我看得出，你各方面都在我之上；但是有一件事，太太说不定可以学学可怜的汤姆的样。你说上帝站在我们的对立面，因为他听任我们挨打受骂。可是你瞧瞧，他自己的儿子——光荣的救主——吃了多少苦哇！他不是终生贫穷吗？而我们，我们之中有谁落到了他那么低贱的地步？上帝没有忘记我们，这一点我可以肯定。如果我们能跟救主一样忍受痛苦，我们也能当王，圣书上是这样说的；可是，如果我们不认他，他也不会认我们[②]。救世主和他的门徒，他们不

① 见《圣经·新约·路加福音》第23章。
② 见《圣经·新约·提摩太后书》第2章。

都受过苦吗？书上说他们如何挨石头砸，被利锯分身，穿着绵羊皮、山羊皮到处流浪，一无所有，吃苦受折磨①。受苦不成其为我们认为上帝跟我们作对的理由。如果我们跟随着他，不向罪恶低头，看法就会恰恰相反。"

"可是他为什么把我们安置在我们不得不犯罪孽的地方？"那女人说。

"我想我们能够不犯罪孽，"汤姆说。

"你等着瞧吧，"卡西说;"明天他们又会来折磨你，你怎么办？我了解他们；他所干的一切我都见过；一想到他们会怎样折磨你，我就受不了；他们最终会逼得你挺不住的。"

"救主耶稣啊！"汤姆说，"你会照料我的灵魂吗？啊，上帝啊，求你——别让我挺不住啊！"

"天哪！"卡西说;"这种喊声和祈祷我以前全都听见过;可是，他们都给整垮了，趴下了。只有埃米琳，她还在坚持，你也在坚持——可有什么用？你必须低头，不然就会给慢慢折磨死的。"

"那么好吧，我愿意死！"汤姆说。"他们尽可以拖长折磨的时间，但是我总有一天会死，他们阻止不了的！我死了之后，他们就无可奈何了。我明白了，我下定了决心！我知道上帝会帮助我渡过难关的。"

那女人没有回答，乌黑的眼睛聚精会神地盯着地面。

"也许这才是办法，"她喃喃自语道;"但那些已经低头的人，他们是没有希望了！没有！我们置身于污秽之中，变得令人厌恶，最后也厌恶起自己来！我们渴望死去，却不敢自杀！没希望！没希望！没希望！——这个小姑娘，正是我当年那个年纪！"

"你现在看到的我，"她对汤姆急促地说，"看见我现在成了什么样的人了！可是，我是在奢华的生活中长大的，我记得的第一件事是小时候在金碧辉煌的客厅里玩耍；那时我穿得像个洋娃娃，客人们常常夸奖我。大客厅外是个花园，我常在园里橘子树下跟兄弟姐妹玩捉迷藏。我上了修道院的学校，在那儿学音乐

---

① 见《圣经·新约·希伯来书》第11章。

和刺绣什么的。十四岁那年，我给父亲送了葬。他死得很突然。清查家产的时候，发现连还债都不够。债主来列财产清单的时候，我被列入清单之中。我母亲是个女奴，父亲一向打算让我自由，但没有做到，所以我给列入了清单。我以前一向知道自己的身世，可是从来没在意。谁也没料到，一个强壮健康的男人就会死去啊。我父亲死以前四个小时还好好的——那是新奥尔良第一例霍乱。葬礼过后，我父亲的妻子带着孩子回娘家的种植园去了。我觉得他们对我的态度很奇怪，但当时不明白原委。他们留下一个律师来料理后事；他天天都来，在房子里待着，对我说话很礼貌。有一天，他带来一个年轻人，我觉得像他那样英俊的男人，还没见过。我永远也忘不了那天晚上的情景。我跟他在花园散步。我觉得孤独，心里充满忧伤，而他对我是那么和蔼温柔；他告诉我说，我上修道院的学校之前，他就见过我，说很久以前就爱上了我，说愿意做我的朋友和保护人。一句话，他虽然没有告诉我，但是花了两千元买下了我，我成了他的财产。我心甘情愿地成了他的人，因为我爱他。爱过他！”那女人说，接着停了一停；“啊，我当时多么爱那个男人啊！现在我还是多么爱他啊——只要我还有一口气，我就会永远爱他！他是那么美，那么高贵，那么高尚！他让我住在一所美丽的房子里，有佣人、马匹、车辆、家具和衣服。凡是用钱买得到的，他都给了我。但我并不在乎那些东西，我只在乎他。我爱他，胜过爱上帝和自己的灵魂。他要我怎么办，我想要违拗也不忍心。

“我只缺一样东西。我的确希望他正式娶我。我想，要是他真的跟自己所说的那样爱我，要是我真的是他心目中的样子，他会愿意娶我，给我自由的。但是他说服了我，说那是不可能的；他告诉我说，要是我们彼此真诚相爱，上帝会承认我们的婚姻。要是这句话是真的，我难道不是那个人的妻子吗？难道我没有忠实于他吗？七年之间，难道我没有仔细观察他的每个脸色，每个动作，活着就是为了让他高兴吗？他得了黄热病之后，二十天之内，我昼夜守着他。只有我一个人——他吃的药，全是我喂的，他的一切，全是我替他做的。后来他管我叫他的守护神，救了他一命。

我们生了两个美丽的孩子。大的是个男孩，我们给他取名为亨利。孩子跟他父亲一模一样，眼睛是那么漂亮，前额是那么气宇轩昂，头发全是卷发；他继承了父亲的全部气质，也继承了他的天赋。小的叫埃莉斯，他说，模样像我。他常常告诉我说，我是路易斯安那州最美丽的女人，他为我和孩子们十分自豪。他喜欢叫我把孩子们打扮起来，带着他们和我坐上敞篷马车去兜风，听人们对我们的评论。他时刻把别人夸奖我和孩子们的好听话灌进我的耳朵。啊，那是多么幸福的时光啊！我觉得自己是天下最幸福的人，可是好景不长。他邀请一位表兄到新奥尔良来玩。那位表兄是他特别要好的朋友，他对表兄万分推崇，可是我从第一次见到他起，就害怕他，我也说不清为什么。我觉得他准会给我们带来灾难。他邀请亨利跟他一块外出，晚上常常到两三点才回来。我一句话也不敢说。亨利年轻气盛，我不敢说。那位表兄怂恿亨利上赌场。亨利是这样一种人，一旦去了一回，就再也拦不住。接着那位表兄让亨利认识了一位小姐。我不久看出，他的心已经不在我身上了。他从来没跟我说过，可是我看出来了——日子一久，我就明白了——我伤心极了。可是我一句话也不敢说！这时，那个坏蛋提出要从亨利手里买下我和孩子们，让他还赌债。因为这赌债妨碍了他如愿以偿地同那位小姐结婚。他把我们卖了。有一天，他告诉我说，他要到乡下去办点事，要出去两三个星期。他说话比平常更加温柔，说自己会回来，可是那骗不了我。我明白不幸的时刻到了，简直变成了石头人，无话可说，也无泪可流。他一次又一次吻我、吻孩子们，然后出了门。我看见他上马，瞧着他的背影，直到看不见了才罢。这时我倒在地上，晕过去了。

　　"这时他来了，那该死的坏蛋！他来接收财产了。他告诉我说，他买下了我和孩子们；让我看了文书。我当着上帝的面诅咒他，说宁死也不愿跟他过日子。

　　"'随你的便，'他说；'不过，要是你不通情达理，我会把两个孩子都卖掉，让你再也别想见到他们。'他告诉我说，他第一次见到我，就想把我弄到手；说他勾引亨利，弄得他欠了一身债，目的就是为了促使他心甘情愿地把我卖了。他说，亨利爱上另一个女人是他牵的线；还说要我明白，他既然费了这么大的神，我摆点架子，流几滴眼泪，或来别的什么名堂，他都决不会罢休的。

"我只好低头，因为我让他捆住了手脚。他把我的孩子抓在手心里，我稍一反抗，他就说要卖掉他们，把我治得要多服帖就有多服帖。啊，这是什么日子啊！天天心如刀割地活着，明明只是苦难，还得说爱，爱，爱；肉体和灵魂都被自己所恨的人束缚着。我以前非常喜欢念书给亨利听，给他弹琴，跟他跳舞，给他唱歌。可是我为这个人所做的一切，都是不折不扣的煎熬——可是我什么也不敢拒绝。他对孩子们蛮横粗暴。埃莉斯胆小怕事，而亨利胆壮气盛，就像他的父亲，从来没有向任何人低过头。他老是找亨利的岔子，跟他争吵；我天天都提心吊胆过日子。我没法叫孩子恭敬一点——我想把他们隔开，因为我拼命想把孩子留在身边啊，可是无济于事。他把两个孩子都卖掉了。有一天，他带我乘车去兜风，回家之后，孩子们没了踪影！他告诉我说，他已经把他们卖掉了；他把得到的钱拿给我看，那是他们的血肉的价钱啊！这时，我的一切善良仿佛都离我而去了。我大吵大骂，骂上帝和人类。我想，有一段时期，他的确害怕我，可他没有就此罢休。他告诉我说，我的孩子是卖掉了，不过我能不能再见上他们一面，取决于他。他说，要是我再闹下去，他们会吃苦头的。咳，你把一个女人的孩子攥在手里，你要她怎么着她就得怎么着。他逼得我只好就范，只好不吵不闹了。他骗着我存一线希望，希望说不定他会把他们赎回来；这样又过了一两个星期。有一天，我在外面散步，经过一所牢房，看见大门口有一群人，听见一个孩子的声音——突然，我的亨利从两三个抓着他的男人手里挣脱出来，尖叫着奔过来，一把抓住我的衣服。他们一面破口大骂，一面追上来。有个人，他那面孔我永远也忘不了；他对孩子说，这样跑掉可办不到，说孩子得跟他们回到牢房里去，受一次教训，叫他永远也忘不了。我苦苦哀求，他们只是哈哈大笑。可怜的孩子哭叫着，瞧着我的脸，抓着我不松手，他们使劲拖他走，把我的衣服都撕下了一大块。他们抱起他往里走，他哭喊着'妈妈！妈妈！妈妈！'站在那儿的人中有一个好像可怜我。我对他说，要是他能出面干预一下，我愿把身上的钱全给他。他摇摇头说，那人说了，他买下孩子以来，孩子一直胆大放肆，不听管教；他说要一次就把他治得服服帖帖。我转身跑了，每走一步，都觉得听见孩子在哭喊。我回到家里，上气不接下气跑进客厅，找到了巴特勒，把这事告诉了他，求他出面干预。他只是呵呵大笑，说孩子是罪有应得，是得给制服才行，而且越快越好，'我不是早就想这样做吗？'他说。

"这时我觉得脑子里有什么东西啪的一声崩断了，觉得头晕目眩，怒火填膺。我记得看见桌子上有把猎刀，好像抓住刀朝他扔过去，接着眼前一黑，什么也不知道了——好几天都没醒过来。

"我苏醒过来的时候，发现自己在一间舒适的房间里，但不是自己的房间。一个黑老婆婆在照料我，一位医生来看我，把我照顾得周周到到。不久，我得知他已经走了，把我留在那座房子里，准备卖掉。他舍得在我身上花这些心血，为的就是能把我卖出去。

"我不想好起来，希望自己不会好起来。可是这由不得我自己。高烧退了，我恢复了健康，最后起了床。然后，他们天天把我打扮起来，绅士们常常进来，站着抽着雪茄烟，瞧着我问这问那，讨价还价。我阴沉着脸，默不作声，结果没一个人愿意买我。他们威胁说，要是我不装得愉快点，不费点心做出和颜悦色的样子，他们就要用鞭子抽我。最后，有一天，来了个名叫斯图亚特的绅士。他好像有点同情我，看出我心情极端痛苦，于是多次独自一人来看我，终于说服我把自己的苦楚告诉他。他最后买下了我，答应尽一切努力找到我的孩子，把他们赎回来。他到了我的亨利住过的旅馆，他们告诉他说，孩子已经卖给了珍珠河上游的一个种植园主；以后就再也没听到他的音信了。然后他找到了我女儿的下落，一个老婆婆在抚养着她。他出一大笔钱要买她，可是他们不肯卖。巴特勒得知斯图亚特要买她，是为了我的缘故，捎信给我说，我永远也得不到她。斯图亚特上尉对我很好；他有个出色的种植园，把我带去了。一年之后，我生了个儿子。啊，那孩子！我多么爱他！这小东西多么像我可怜的亨利！可是我早就拿定了主意——不错，拿定了主意。我再也不让一个孩子长大！小家伙出生半个月后，我抱起他，吻着他，为他哭泣，然后给他喂了鸦片酊，把他紧紧地搂在怀里，他就这样在睡梦中死去了。我为他哭得多么伤心啊！谁梦想得到，我给他喂了鸦片酊根本不是因为弄错了药啊！但是现在，这是值得我庆幸的少数几件事之一。直到如今，我也不后悔；至少他是脱离了苦海。除了死亡之外，我还能给他什么更好的东西呢，可怜的孩子！不久，霍乱流行，斯图亚特上尉死了。想活的人都死了——可是我——我，尽管我也到了死神的门口——却活了下来！接着我给卖掉了，经过多次转手，直到我容颜衰老，脸上起了皱纹，还得了一场伤寒。后来这个坏蛋买下我，把我带到这儿——在这儿待到现在！"

那女人停下来。她匆匆讲述了自己的遭遇，声调狂乱，情绪激动；有时好像是在对汤姆诉说，有时好像在独自发泄。她说话的感染力那么强大，那么不可抗拒，汤姆听得好久都忘记了自己的伤口疼痛，用一只胳膊肘撑起身子，瞧着她坐立不安地踱来踱去，走动的时候，长长的黑发在身旁飘动着。

"你告诉我，"她顿了顿说，"说有上帝，有个俯视人间、无所不见的上帝。也许是这样吧。修道院的修女常常谈到最后审判日，那时一切都会真相大白；那时就可以报仇雪恨啦！

"他们认为我们的苦难算不了什么，我们的孩子的苦难算不了什么！都是小事一桩。但是，我在街上走的时候，仿佛我一个人的苦难就足以使整个城市陷入深渊。我常常巴不得那些房子倒下来把我压死，巴不得脚下的石板陷下去。真的！到了审判日，我要站到上帝面前作证，控诉那些连肉体带灵魂毁了我和我的孩子们的人！"

"我小时候，觉得自己信仰宗教，热爱上帝，喜欢祈祷。如今我成了孤魂野鬼，魔鬼日日夜夜缠着我，折磨着我。他逼得我走投无路——总有一天，我也会豁出去了！"她攥紧拳头说，乌黑的大眼睛射出疯狂的光芒。"我要把他送回老家去，而且要他抄近路，就在那天晚上，即使他们把我活活烧死也罢！"一阵狂笑响彻这偏僻的房间，久久不息，最后以痛哭而告终。她扑倒在地，浑身抽搐着，哽咽着，挣扎着。

过了一会，这疯狂的发作似乎过去了；她慢慢站起来，仿佛在使自己镇静下来。

"我还能为你做点什么呢，我苦命的朋友？"她走近汤姆躺着的地方说；"还要我给你点水喝吗？"

她说这话的时候，声音和态度优雅而温柔，充满了同情，跟刚才的疯狂形成奇异的对比。

汤姆喝了水，真诚而怜悯地瞧着她的脸。

"啊，太太，我希望你去找他给你生命之水！"

"找他！他在哪儿？他是谁？"卡西说。

"就是你给我读到的他——救主耶稣啊。"

"我小时候，常常看见圣坛上的耶稣像，"卡西说，她那双黑眼睛一动不动，一副忧伤地回忆的神情；"可是这儿没有他！什么也没有，只有罪孽和无穷、无穷、无穷的绝望！啊！"她用手捂着胸口，倒吸一口气，仿佛要掀掉一块沉重的石头。

看样子，汤姆还要说些什么；但她果断地摆摆手，制止了他。

"别说了，我苦命的朋友。睡得着就睡一会儿。"卡西把水放在他够得着的地方，这里动动，那里动动，好让他舒服点，最后走了。

第三十五章　纪念物

我们总想永远抛却沉重的忧愁，
微小事物却往往使它重上心头，
带来痛楚的也许只是一种声响，
一朵鲜花，一阵清风，或一片海洋，
触动了暗中锁住我们的带电链条。
——《柴尔德·哈洛尔德游记》第四章 [1]

---

[1]　《柴尔德·哈洛尔德游记》为英国诗人拜伦的著名长诗。

莱格利家的客厅是一间长长的大房间，有座宽大的壁炉。墙壁上曾经贴着鲜艳、昂贵的壁纸，如今壁纸已经发霉、破损、褪色，零乱地挂在潮湿的墙上。这地方发出一种令人恶心的有害健康的奇怪气味；那是潮气、垃圾和朽木的混合气味，在不通空气的房子里常常可以闻到。壁纸上斑斑点点，布满了啤酒的污迹；有些地方用粉笔写着备忘录和长串长串的加法算式，仿佛有人做算术练习来着。壁炉里有个火盆，满满一盆熊熊燃烧的木炭火。天气虽不冷，但晚上这间大房间里好像老是又潮又冷。加之，莱格利要个点雪茄、烧开水冲五味酒的地方。红通通的木炭火照亮了房间里零乱、肮脏的景象——马鞍子、马笼头、各种马具、马鞭、大衣和其他各种衣物，丢得到处都是，乱成一团；还有我们前面提到过的两条狗，各自在其中找到喜爱的便利地方安营扎寨，住了下来。

莱格利正提起一个开坼断嘴的水壶，把开水倒进一只酒杯，给自己调五味酒，一面调一面嘟嘟囔囔：

"桑博在我和新来的奴隶之间挑起这场争吵，真是遭天杀！现在那家伙一个星期以内干不了活了，又恰好在这大忙季节！"

"对呀，你就是这种人嘛，"椅子背后一个声音说。那是叫卡西的那个女人，她偷听了他的自言自语。

"哈！你这女妖精！还是回来了嘛，是不是？"

"对，我回来了，"她冷冷地说；"而且是回来我行我素！"

"撒谎，你这贱货！我说话算数。要么老老实实，要么住到工棚里去，跟其余的人同吃同干活。"

"我巴不得呢，"那女人说，"我万分愿意住到工棚里最肮脏的地方，也不愿在你的铁蹄下过日子！"

"就算那样，你还是在我脚下过日子，"他转过身来狞笑着说；"这也是一大快事。还是坐到我怀里来，宝贝儿，要识点时务嘛，"他说着抓住她的手腕。

"赛蒙·莱格利，留点神吧！"那女人眼睛陡然一闪，露出凶光说，那疯狂的目光简直叫人毛骨悚然。"你害怕我，赛蒙，"她慢条斯理地说，"你有理由害怕我！留点神吧，因为我有恶魔附身。"

这最后一句话，她是对着他的耳朵，嘶嘶地悄声说出来的。

"滚出去！我从心坎里相信你有恶魔附身！"莱格利一把推开她说，一面很不自在地瞧着她。"卡西，"他说，"你究竟干吗不能跟以前一样，同我和睦相处呢？"

"以前！"她恨恨地说，又突然停住不说了，深仇大恨涌上心头，叫她说不出话来。

一个意志坚强、性情刚烈的女子往往能镇住最野蛮的男人。卡西对莱格利就具有这种力量。近来，在骇人听闻的奴役的重压下，她愈来愈焦躁不安，往往爆发成为疯狂的大吵大闹，这种可能性使得莱格利对她望而生畏。粗鲁愚昧的人，由于迷信，往往对疯子心怀恐惧，莱格利就是这样。莱格利把埃米琳带回家来之后，卡西疲惫的心中女性感情的余烬一下子燃成了熊熊烈火；她立刻挺身而出来庇护这姑娘，跟莱格利发生了激烈的争吵。莱格利一怒之下，发誓说，要是她继续闹下去，要把她送到田间去干活。于是如我们所描写过的那样，她在田间干了一天活，以此表明自己根本不把这威胁放在眼里。

莱格利整天心里暗暗不安，因为卡西对他有一种无法摆脱的控制力。她递过篮子过秤的时候，他曾希望她做出某种让步，跟她说话用的是一半和解、一半奚落的口气；而她回答的口气是轻蔑到了极点。

对可怜的汤姆的残酷虐待更是使她义愤填膺；她尾随莱格利进了大屋，没有什么别的意图，只是想斥责他的暴行。

"我希望，卡西，"莱格利说，"你的行为要讲点情理。"

"你也讲起情理来了！你干什么来着？只不过是为了发泄恶魔般的脾气，居然糊涂到在这大忙季节，把一个最得力的人手打坏了！"

"我傻乎乎的，引起了这场争吵，这是事实，"莱格利说；"不过既然这个伙计这么犟，就非制服他不可。"

"我看你治他不服！"

"治不服？"莱格利气呼呼地站起来说，"我倒想看看治不治得他服。能拗得过我的黑鬼，我还没见过！我把他的骨头一根根打断，非叫他低头不可！"

恰好在这时，门打开了，桑博走了进来。他走上前来，鞠躬，伸手递上一个纸包。

"这是什么，你这狗才？"莱格利说。

"是巫婆的邪物，老爷。"

"什么？"

"黑鬼从巫婆那儿得到的东西。他们挨鞭子的时候，能让他们不觉得痛。他用一根黑绳子吊着挂在脖子上。"

莱格利跟大多数目无上帝的歹毒之徒一样，很是迷信。他接过纸包，忐忑不安地打开。

从纸包中掉下一个银圆，一绺长长的闪闪放光的金色鬈发，像活的一样，自动卷到他的手指上。

"该死！"他突然破口大骂，脚在地板上一跺，怒不可遏地去扯那头发，仿佛头发烫手似的。

"你从哪儿弄的？拿走！把它烧了！把它烧了！"他声嘶力竭地叫道，一面扯下头发，扔进木炭火里。"你把这个拿来给我干吗？"

桑博站着，吓得厚嘴唇张得大大的，觉得莫名其妙。卡西本来准备离开客厅，这时不由得停住脚步，惊讶万分地瞧着莱格利。

"你那些鬼东西再也不要拿到我这儿来了！"他晃着拳头对桑博说，把桑博吓得赶紧朝门口退去。他捡起银圆使劲朝窗外扔去，银圆哗啦一声打破了玻璃，飞进了黑暗之中。

桑博赶忙溜了出去。他走了之后，莱格利好像为自己这么惊慌失措觉得有点丢脸，固执地坐到椅子上，绷着脸喝起那杯五味酒来。

卡西背着他做好了出去的准备，然后溜出去照料汤姆。这是我们已经讲过的。

莱格利怎么啦？这狠毒的家伙干残忍的勾当是家常便饭，普普通通的一绺金色鬈发怎么会把他吓得心惊肉跳呢？要回答这个问题，还得请读者回顾一下他的过去。这目无上帝的坏蛋虽然如此狠毒、罪行累累，也曾经是在母亲怀里长大的——母亲一面摇着摇篮，一面祷告，唱着圣诗——如今冷酷无情的前额也曾受过洗礼。他幼年时期，安息日钟声一响，一位金发女人曾经领着他去参加礼拜，做祷告。在遥远的新英格兰，那位母亲以始终不渝的慈爱和耐心的祈祷来教导自己的独子。他的父亲是个狠毒的人，那温柔的女人在丈夫身上倾注了海一样的深情，却被视为粪土。莱格利继承了父亲的衣钵。他性情狂暴、霸道、无法无天，把一切忠告当做耳边风，对她的责备一概充耳不闻。年纪轻轻就抛下母亲到海上去碰运气，后来只回过一次家。他母亲心里渴望有个倾注爱心的对象，又没有别的什么可爱的，便紧紧地依恋着他，想通过虔诚的祈祷和苦苦哀求，叫他放弃罪恶的生涯，以便让他的灵魂可以得救。

那是莱格利得到赦免的机会。当时天使在召唤他，他差不多幡然悔悟了，上帝的宽恕几乎已经到手。他心里暗暗悔恨，进行了一场思想斗争——不料罪恶还是占了上风。他以残暴性情的全部力量抵制良心的谴责。他酗酒骂人，比以前更加狂暴野蛮。一天晚上，他母亲在极度绝望之中，双膝跪在他脚下。他一脚把她踢开，踢得她倒在地上不省人事。然后，他一面破口大骂，一面跑回船上去了。后来，莱格利只得到过来自母亲的一次消息。一天晚上，他跟一群醉醺醺的同伴正在狂喝滥饮，有人递给他一封信。他拆开信封，信封中掉出一缕长长的鬈发，缠到他的手指上。信中说，他母亲死了，临终前说自己宽恕他，为他祝福。

恶人有一种可怕的邪术，可以把最美好最圣洁的事物变成阴森可怖的鬼影。那位脸色惨白、慈爱的母亲，她临终前的祈祷，她宽大为怀的母爱，竟然像罚他下地狱的判决书，扰得他那恶魔似的心不得安宁，叫他时刻胆战心惊地期待着最后审判与烈火般的神怒。莱格利烧了那缕头发，烧了那封信，一面瞧着它们在火焰中滋滋有声，哔剥作响，一面想到永恒的炼狱，不禁不寒而栗。他饮酒作乐，骂声不绝，想驱走对这事的回忆。可是，肃穆的黑夜往往迫使恶人反躬自省，受到良心的谴责；所以，每到夜深人静之时，他就看见那脸色惨白的母亲出现在床头，觉得那缕柔软的头发缠在手指上，吓得他脸上冷汗直流，从床上一跃而起。诸位在福音书上读到"上帝就是爱"，^①在同一本福音书上又读到"上帝乃是烈火"，^②觉得很是纳闷。难道诸位不明白，对于怙恶不悛的人来说，无保留的爱是最可怕的刑罚，是他彻底绝望的印章和判决书吗？

"该死！"莱格利一面喝酒一面自言自语，"那东西他从哪儿弄来的？看上去活像——喔唷！我还以为已经忘记了呢。见他妈的鬼，哪里有什么忘得了的事啊——该死！真孤单啊！我打算把埃米琳叫来。她恨我，这小猴头！我不在乎。我要逼着她来！"

莱格利走出房间，来到宽阔的过道，可以沿一座以前很华丽的旋转楼梯上楼，可是过道里又脏又暗，堆满了箱子和垃圾，很不雅观。楼梯上没有铺地毯，在黑暗中盘旋而上，仿佛不知通向何处！惨白的月光从门上玻璃破碎的气窗中泻进来，就像地下室一样，寒气逼人，令人很不舒服。

莱格利在楼梯脚下停下来，接着听见歌声。在这凄凉的老屋里，歌声听上去很古怪，鬼气森森，也许由于他神经已经在战战兢兢的缘故吧。听！怎么回事？

一个悲怆的声音在唱着一首奴隶中流行的赞美诗：

> "啊，到那时真可悲，可悲，可悲，
> 到了基督的审判席前，真可悲！"

"那贱货真该死！"莱格利说。"我要掐死她——埃米琳！埃米琳！"他厉声叫道，可是回答他的只有墙壁的回声。那悦耳的声音仍然在唱着：

> "到那儿父母子女将分离！
> 到那儿父母子女将分离！

---

① 见《圣经·新约·约翰书》第 4 章。
② 见《圣经·新约·希伯来书》第 13 章。

一别后会无期！"

歌声清脆嘹亮，在空荡荡的厅堂中回响：

> "啊，到那时真可悲，可悲，可悲，
> 到了基督的审判席前，真可悲！"

莱格利不再叫了。他说不定羞于告诉别人，当时他大颗大颗的冷汗从额头滚滚而下，心里恐惧得咚咚乱跳，甚至觉得看见眼前的黑暗中冉冉升起一个白东西，在闪着微光，想到要是已故母亲突然出现在面前该怎么办，不由得浑身哆嗦起来。

"有一件事我明白了，"他一面跌跌撞撞地回到客厅坐下来，一面自言自语，"从此以后，我不去惹那个家伙了！我要他那该死的纸包干什么？我想自己准是着了魔了！拿到那个纸包之后，就一直浑身哆嗦，冷汗直冒！那头发他从哪儿弄来的？不可能是那一绺吧！那绺金发我已经烧了，我有把握！要是头发也能死而复生，岂不是大笑话！"

莱格利啊！那绺金发有魔法哨；每一根头发包含着一个引起你恐惧和悔恨的符咒，万能的神祇用它来捆住你残忍的手，免得你对孤苦无助的人们施加最大的摧残！

"喂，"莱格利对着狗又是跺脚又是打呼哨，"醒醒，你们哪个来陪陪我！"可是两只狗只是睡眼蒙眬地睁开一只眼瞧瞧他，又闭上了眼睛。

"我把桑博和昆博叫来，唱唱歌，跳跳他们那种该死的舞，把这可怕的念头赶走，"莱格利说。他戴上帽子，走到回廊上，吹响了号角。他通常用这办法召唤两个黑监工。

莱格利来了兴致，常常把这两位大爷叫进客厅，让他们喝点威士忌暖暖身子之后，随兴之所至，叫他们唱歌、跳舞或是打架，以此取乐。

这时已是深夜一两点钟，卡西照料过可怜的汤姆之后，回来的时候，听见客厅里传出疯狂的尖声怪叫、又喊又唱的声音，其中还夹杂着狗吠和大闹之中发出的其他声音。

她踏上回廊台阶，朝里面望去，只见莱格利和两个监工醉得一塌糊涂，正在唱歌，打呼哨，把椅子碰翻在地，对彼此做着各种荒唐可怕的鬼脸。

她把手搭在百叶窗上，眼睛一动不动地盯着他们，她这样瞧着的时候，那乌黑的眼睛里流露出满腔的悲愤、轻蔑和强烈的怨恨。"把这样一个坏蛋从世界上打发走会不会是罪过？"她自言自语说。

她转身匆匆离开，绕过屋角，来到后门口，蹑手蹑脚上了楼，轻轻地敲着埃米琳的门。

第三十六章　埃米琳和卡西

卡西走进房间，只见埃米琳吓得脸色惨白，坐在最远的一个角落里。她进门的时候，姑娘惊慌地跳起来；但是，她看清是谁之后，奔过来抓住卡西的胳膊说："啊，卡西，是你吗？你来了我真高兴！我还怕是——啊，你不知道，今晚楼下闹了一整夜，真吓人！"

"我怎么不知道呢，"卡西淡淡地说，"这种吵闹我听过的次数可多了。"

"啊，卡西！请告诉我，我们难道不能逃出这个地方吗？逃到哪儿，我不在乎，到沼泽里去跟蛇住在一块儿也行，哪儿都行！能不能离开这儿，逃到什么地方去？"

"没地方可逃，只能进坟墓，"卡西说。

"你试过吗？"

"我见别人试过多次，见过试图逃走的结果，"卡西说。

"我愿意住到沼泽里去，去嚼树皮。我不怕毒蛇！我宁愿跟蛇做伴也不愿跟他在一块儿，"埃米琳急切地说。

"这儿许多人也有过你这种想法，"卡西说，"可是你在沼泽里待不住，会被狗追上给抓回来，然后……然后……"

"他会干什么？"姑娘屏着气瞧着她的脸说。

"他不会干什么？你最好这样问，"卡西说。"他在西印度群岛当海盗的时候，精通了自己这一行。要是我把亲眼所见的事情——把他有时候当作笑料讲过的事情告诉你，你会吓得睡不着觉的。我在这儿听见过的惨叫声，好几个月都忘不了。离这儿好远的工棚旁边有个地方，你可以看见一株烧得焦黑的树，地上铺着一层灰。你向随便哪个打听打听那儿发生过什么事，看他们敢不敢告诉你。"

"啊！你这是什么意思？"

"我不会告诉你。我想都不愿想。告诉你，要是那个苦命人还跟开头一样坚持下去的话，谁也说不准明天会发生什么事。"

"吓人！"埃米琳说，吓得脸上一点血色也没有了。"啊，卡西，求你告诉我该怎么办！"

"学我的样。尽力而为，迫不得已的时候也得服从，过后以仇恨和诅咒来补偿一下。"

"他想强迫我喝他那可恨的白兰地酒，"埃米琳说；"我对酒讨厌极了。"

"你最好喝，"卡西说。"我以前也讨厌喝酒，如今没酒简直过不了日子。一个人总会有难受的事，喝了那东西，事情就不那么可怕了。"

"妈妈常常叫我永远不要沾那种东西，"埃米琳说。

"妈妈叫你不要沾！"卡西说，她把"妈妈"这个字眼说得重重的，声音颤抖而凄楚。"妈妈说了管什么用？你们全都会给人用钱买去，谁买下你们，你们的灵魂就属于谁。事情就是这样。我说哇，喝酒吧，喝个够，这样事情就好受一点了。"

"啊，卡西，可怜可怜我吧！"

"可怜你！我难道不可怜你吗？我难道没有女儿吗？只有上帝才知道她在哪儿，现在属于谁。我想，她在走她妈妈以前走过的老路，日后她的孩子也得走她的老路！这种灾难没有个尽头，永远没有尽头！"

"但愿我没有出生就好了！"埃米琳拧着双手说。

"这也是我的夙愿，"卡西说，"这在我已是司空见惯了。

我想自杀，只是不敢下手，"她瞧着窗外黑暗的夜空出神地说，脸上一副呆呆的绝望的神情，她心情平静的时候，脸上往往是这种表情。

"自杀是有罪的，"埃米琳说。

"为什么有罪，我不知道，比我们一天又一天所做的事不见得罪恶更大。我在修道院的时候，修女们跟我讲过这些事情，叫我不敢自杀。要是一死百了，那么……"

埃米琳掉过头去，用双手掩着脸。

房间里进行这番谈话的时候，在楼下客厅里，莱格利不胜酒力，倒下去睡着了。莱格利并不是经常醉醺醺的。他那粗犷强壮的体魄需要而且经得住不断的刺激，要是换个体质弱一点的人，早就彻底垮下来，神经错乱了。但是，他内心深处警惕性很高，不至于经常狂喝滥饮，喝得丧失自控能力。

可是这天晚上，一些可怕的念头在他心头重新苏醒过来，令他非常苦恼悔恨；他急于驱走这些念头，比平日多喝了几杯；因此，他把黑仆人打发走之后，扑通一声倒在客厅的一条高靠背长椅上，沉沉睡去了。

啊！恶人的灵魂怎么敢进入黑暗的梦乡呢？梦乡隐约的边界离因果报应的神秘国度近得那么可怕！莱格利做了个梦。在昏昏沉沉而很不安稳的梦境中，一个戴着面纱的身影站在他身旁，把一只冰冷而柔软的手搁在他身上。那张脸给蒙面纱蒙住了，但他觉得自己知道那是谁，吓得不寒而栗，浑身起鸡皮疙瘩。接着，他觉得那绺头发缠在了他的指头上；然后，缓缓爬行，缠住了他的脖子，越缠越紧，勒得他透不过气来。接着，他觉得有声音在悄声对他说话，吓得他全身发凉。后来，他仿佛站在可怕的无底洞边缘，吓得他魂飞魄散，死命地抱着岩石挣扎着。这时从下面伸出乌黑的魔爪，要把他拖下去；卡西哈哈大笑，来到他身后，推了他一把，然后那戴着面纱的庄严身影又出现了，揭开了面纱。果然是他的母亲；她掉过头去不理睬他，他往下掉呀，掉呀，掉呀，耳边一片乱哄哄的惨叫声、呻吟声和魔鬼的狞笑声——这时莱格利忽然惊醒过来。

红色的晨曦静静地照进了房间。启明星以庄严神圣的目光从渐渐明亮的天空俯视着这罪人。啊，新的一天开始的时候，总是那么清新、庄严而美丽；仿佛在向麻木不仁的人说："瞧啊！你还有一个机会！争取进入不朽的天国吧！"无论说哪种语言的人，都不可能听不见这声音。可是这胆大包天的坏蛋充耳不闻。他一醒过来就赌咒发誓。每天早晨五彩斑斓的奇观对他有什么意义？他像个畜牲，对此视而不见。他跌跌撞撞地往前走，倒了一大杯白兰地，一口喝掉了半杯。

"昨天晚上真他妈可怕！"卡西刚从对面房间里走进来，他就对她说。

"今后，这样的夜晚你还有的是，"她冷冷地说。

"这是什么意思，你这贱货？"

"有朝一日，你会明白的，"卡西用同样的声调说。"喂，赛蒙，我有一句忠告要告诉你。"

"见鬼，你也有忠告！"

"我的忠告是，"卡西一边动手整理房间里的一些东西，一边不慌不忙地说，"你别再折磨汤姆了。"

"这关你什么事？"

"关我什么事？当然，这关我什么事，我也不明白，如果你花了一千二百元买一个奴隶，仅仅是为了出口气，硬要在大忙季节把他往死里整，这的确不关我什么事。反正我替他治伤已经尽了力了。"

"真的？你有什么权力来管我的闲事？"

"没有，当然没有。我多次护理过你的奴隶，给你节省了几千块钱——想不到得到这样的报答。我看，要是你的收成拿到市场上去卖的时候，比他们的少，你不会输掉赌金，是不是？我看，汤普金斯不会对你耀武扬威，你会跟女人一样老老实实付出赌金，对不对？我好像现在就看见你在数钱呢！"

莱格利跟许多别的种植园主一样，只有一个野心，就是获得当年最大的丰收。他在附近的镇上就当前这个季节的收成跟好几个种植园主打过赌。卡西以女人的手腕，触动了他唯一能颤动的心弦。

"那么好，他受了惩罚，暂时就放过他，"莱格利说；"可是他得求我饶了他，得保证以后老实点。"

"这个他不会答应的，"卡西说。

"不会，呃？"

"对，不会，"卡西说。

"我倒想问问为什么，我的情人，"莱格利极端轻蔑地说。

"因为他做得对，而且明白这一点，不肯说自己做错了。"

"谁管他妈的明白什么？我要这黑鬼怎么说，他就得怎么说，要不——"

"要不你就正在这大忙季节让他下不了地，输掉关于棉花收成的打赌。"

"可是他会低头的，当然会低头的；我还不知道黑鬼是什么货色吗？今天早晨，他就会像狗一样求饶的。"

"不会的，赛蒙；你不了解这个人。你可以把他慢慢折磨致死，可是要他说出一句认错的话，你办不到。"

"咱们走着瞧吧——他在哪儿？"莱格利边往外走边说。

"在轧花机房的废物间，"卡西说。

莱格利嘴上对卡西说得挺硬，但出门的时候，心里还是不免有点嘀咕，这在他是很稀罕的事。先天晚上的梦境，加上卡西谨慎的忠告，对他的思想产生了相当大的影响。他拿定主意，不让任何人目睹他跟汤姆会面的情况，并且决定，如果靠威吓没法制服他的话，就暂不进行报复，到了农闲季节再来泄愤。

庄严的晨曦、启明星天使般的光辉从简陋的窗户照进了汤姆躺着的工棚，仿佛顺着那星光而下，传来如下庄严的话："我是大卫的根，又是他的后裔，我是明亮的启明星。"[1]卡西言辞闪烁的警告和暗示，不但没有使他意气消沉，反而像天堂的召唤一样，使他精神振奋起来。天色破晓时，他以为自己的死期已经来临。他想到，自己常常神往的无所不有的奇妙世界，那斑斓的彩虹中

——————————————

① 见《圣经·新约·启示录》第22章。

巨大的白色宝座，声音如淙淙流水的众多天使，那冠冕、棕榈和竖琴，在日落之前就可能陡然出现在他眼前，不禁充满了庄严的喜悦与向往，心里激动得怦怦直跳。因此，汤姆听见自己的迫害者走近身边，听见他的声音的时候，并不战栗发抖。

"喂，伙计，"莱格利踢了他一脚，嘲讽地说，"觉得怎么样？我不是告诉过你，我可以给你点教训吗？滋味怎么样，嗯？那顿狠揍很受用吧，汤姆？没有昨天晚上那样神气了吧？现在劳你的驾，讲点道理给我这可怜的罪人听听，行不行，嗯？"

汤姆不吭声。

"站起来，你这畜牲！"莱格利又踢了他一脚说。

一个人遍体鳞伤，头晕目眩，要站起来可不容易；汤姆挣扎着想站起来的时候，莱格利在一旁狂笑。

"今天早晨你怎么这样麻利呀，汤姆？大概是昨晚受了点凉吧。"

这时汤姆已经站住了脚跟，脸上的肌肉纹丝不动，对着自己的主人。

"见鬼，你居然站起来了！"莱格利上下打量着他说。"我看你还没受够。听着，汤姆，你昨晚瞎胡闹，还不赶快跪下来，求我饶了你。"

汤姆没有动。

"跪下来，你这狗东西！"莱格利挥起鞭子抽了他一鞭说。

"莱格利老爷，"汤姆说，"我做不到。我所做的，不过是自己认为是正义的事情，到时候，我还会这样做的。不管发生什么事，我决不会干残忍的勾当。"

"不错，可惜你不知道会发生什么，汤姆老爷。你以为自己吃的苦头已经了不得了。老实说，这算不了什么，根本算不了什么。要是把你捆在树上，周围点起火来，慢慢地烧，你觉得怎么样——那很舒服吧，汤姆？"

"老爷，"汤姆说，"我知道你干得出可怕的事来，不过，"他挺直腰板，双手捏在一起，"不过，你杀死了我的肉体之后，就再也无可奈何了。啊，死了以后，永生就会来临！"

永生——这黑人说话的时候，这个字眼带着闪光与能量，颤动着他的灵魂，也颤动着那罪人的灵魂，像蝎子咬了他一口似的。莱格利对他咬牙切齿，可是气得哑口无言。汤姆像挣脱了束缚的人似的，以清晰、愉快的口吻说：

"莱格利老爷，你买下了我，我会成为你忠实可靠的仆人。我会把我双手的全部劳力、我的全部时间、全部力气都给予你；可是我的灵魂，我不会给予凡人。不管是死是活，我都要追随上帝，把他的意旨放在第一位。这一点你不要怀疑。你可以用鞭子抽死我，饿死我，烧死我，那只会早点把我送到我想去的地方。"

"可是我跟你还没完，我会逼着你屈服的！"莱格利怒气冲冲地说。

"我会有人帮助的，"汤姆说，"你永远也办不到。"

"谁会帮助你？"莱格利轻蔑地说。

"全能的上帝，"汤姆说。

"该死的家伙！"莱格利说着一拳把汤姆打倒在地。

这时，一只冰冷而柔软的手搁在了莱格利肩上。他回过头来——原来是卡西，但这冰冷柔软的感觉使他记起了先天晚上的梦境。于是，那夜不成寐之际种种骇人的鬼影闪电般地掠过他的脑际，还带着当时的部分恐怖气氛。

"你硬要这么傻吗？"卡西用法语说。"放过他！让我一个人来把他治好，让他能再下地干活。是不是跟我说的一模一样？"

据说，鳄鱼、犀牛虽然浑身铠甲，刀枪不入，可也都有一个致命的弱点；凶狠毒辣、无恶不作、目无神明的歹徒也有个共同的弱点，就是由迷信而产生的恐惧。

莱格利转过身去，决定把这事暂时放一放。

"好，你按你的办吧，"他并不死心地对卡西说。

"你听着！"他对汤姆说，"眼前正是大忙时节，我需要所有的人手，暂时不来收拾你，可是我决不会忘记。我要记下你这笔账，到时候，我会拿你这张老黑皮出出气——留神吧！"

莱格利转身走了。

"你也要走了，"卡西阴沉地瞧着他的背影说；"跟你算账的日子也会到来的。——我苦命的朋友，你怎么样？"

"这回上帝派了天使来，封住了狮子的嘴，"汤姆说。

"这回倒是不错，"卡西说；"可是你惹起了他的嫉恨，这嫉恨会天天追着你，像恶狗一样咬住你的喉咙不放，吸你的血，把你的生命一滴一滴吸干。我了解这个人。"

第三十七章 自 由

> "不论人们以何等隆重的祭礼将他献于奴隶制的祭
> 坛之上，他一旦踏上英国神圣的国土，那祭坛和那神祇
> 就会一齐倒塌；他顶天立地，从战无不胜的普遍解放之
> 神手中得到拯救、新生和自由。
>
> ——柯伦[①]

我们得暂时把汤姆留在他的迫害者手里，回头来追踪一下乔治和他的妻子的命运。当时我们离开的时候，他们在大道边一座农舍里，由一些友好的人们照料着。

我们离开的时候，汤姆·洛克在一位教友家里的一尘不染的床上呻吟、翻滚，陶卡斯大妈慈母般地护理着他。她发现，要说老实，这位病人就跟生病的野牛不相上下。

请想象一下吧：一位个子高挑、仪态庄重脱俗的女人，干净的布帽子下满头银白的鬓发，从中间分开，鬓发下面是宽阔而开朗的前额，前额下长着一双若有所思的灰色眼睛。一方雪白的纱手帕折得整整齐齐，别在胸前，闪光的棕色连衣裙微微地窸窣作响。

"去你妈的！"汤姆·洛克猛力踢开被子说。

"托马斯，我得请你不要说骂人的话，"陶卡斯大妈一面平静地重新整理床铺一面说。

---

① 柯伦（1750—1817），爱尔兰法官，上文引自其《英国法律》。

"好吧，老奶奶，我要是忍得住就不骂了，"汤姆说；"可是这鬼地方热得人死，叫我怎能不骂！"

陶卡斯从床上揭掉一床毛毯，再次把被子整理好，把被边塞到汤姆身子底下，弄得他看上去就像一颗蚕蛹。她一面塞一面说：

"朋友，我希望你不再赌咒骂人，得注意礼貌。"

"我注意礼貌有什么鬼用？"汤姆说，"我最讨厌的就是礼貌——全都见鬼去吧！"汤姆翻了个身，把被子全都扯开，弄得乱七八糟，难看极了。

"那个家伙和那个娘们大概还在这儿吧，"他顿了一下，绷着脸说。

"在这儿，"陶卡斯说。

"他们最好到湖边去，"[1] 汤姆说，"越快越好。"

"也许会去吧，"陶卡斯大妈静静地打着毛线说。

"注意，"汤姆说，"我们在桑达斯基[2]有眼线，替我们监视船只——现在说出秘密，我也不在乎了。我希望他们逃走，气气麻克斯；这该死的狗崽子！叫他见鬼去！"

"托马斯！"陶卡斯说。

"说实话，老奶奶，要是让我憋得太厉害了，会爆炸的。"汤姆说。"还是说那娘们吧——叫他们把她化一下妆，把她的样子改变一下。桑达斯基贴出了她的图形。"

"我们会把这事料理好的，"陶卡斯以特有的镇定说。

我们在这儿跟汤姆·洛克告别的时候，不妨告诉大家，汤姆患了风湿病，还有其他一些并发症，在这位教友家里卧床休养了三个星期，最后病好了，心情比以前忧郁一些，也长了些智慧。他不再干追捕黑奴这一行了，到一个新建的村庄里住下来，在那儿，他的才干更加恰当地用在捕捉熊、狼和森林中的其他居民上，在附近一带颇有名气。汤姆常常以崇敬的口吻谈到教友会的信徒。"都是些好人，"他常常说，"想要我信教，可是没有完全办到。不过，

---

① 此处指伊利湖，美国与加拿大之间的五大湖之一。

② 美国俄亥俄州北部的一座城市，位于伊利湖南岸。

说老实话，老乡，他们照料病人可是顶呱呱的——没错。烧的汤，做的小吃可是盖了帽。"

由于汤姆已经告知他们，在桑达斯基会有人在寻找他们一行人，所以他们觉得慎重的办法是分开行动，吉姆陪着自己的老母亲单独先走；过了一两天之后，乔治和伊丽莎带着孩子乘马车悄悄地驶进桑达斯基，在一家好客的人家住下来，为最后搭船过湖做好准备。他们的黑夜已快过去，自由的启明星已在前方灿烂地升起。自由——这个激动人心的字眼！自由是什么？除了是个名字——华丽的辞藻之外，是不是还有真正的意义？啊，美国的男女公民们，你们的父亲为自由流过鲜血，你们更加勇敢的母亲愿意把自己最高尚、最亲的亲人送去牺牲，你们听了这个字眼，能不热血沸腾吗？

对于一个国家来说，自由是光荣而珍贵的，对于个人来说，难道就不光荣不珍贵了吗？国家自由不就意味着国民自由吗？对于这个年轻人来说，自由意味着什么呢？他坐在那儿双臂抱在宽阔的胸前，脸颊上略带非洲血统的肤色，乌黑的眼睛中闪着非洲人的怒火。对于乔治·哈里斯来说，自由意味着什么呢？对于你们的父亲来说，自由就是一个国家有权成为一个国家。对于他来说，就是一个人有权做一个人，而不是做牛做马；就是有权把自己心爱的妻子称为自己的妻子，保护她不受无法无天的暴力侵害，有权保护和教育自己的孩子，有权拥有自己的住宅、自己的宗教、自己的个性，而不受别人意志的支配。这些思想全在乔治胸间沸腾翻滚。这时他正一手撑着脑袋，出神地瞧着妻子用男人的衣物把自己苗条、美丽的身段装扮起来，因为大家认为她女扮男装逃走最安全。

"现在做这事，"她站在镜子前面说，一面把丝绸般的浓密的黑色鬈发抖落下来，"我说乔治，有点可惜，是不是？"她一面抓起一缕头发，一面开玩笑地说，"都得剪掉，真是可惜吧？"

乔治苦笑了一下，没有回答。

伊丽莎转过身去，对着镜子，随着剪刀一闪一闪的，头发一缕接一缕从她头上剪下来。

"好啦，行了。"她拿起一把发刷说，"现在加点花样。""瞧，我不成了个漂亮的小伙子了吗？"她转过身去对丈夫说，一面吃吃笑着，一面羞红了脸。

"不论你怎么打扮，都很漂亮，"乔治说。

"你怎么这样心事重重？"伊丽莎说着单膝跪下，握着他的手说。"他们说，我们离加拿大只有二十四个小时的路程了，在湖面上只要坐一天一夜船，那时——啊，那时——"

"啊，伊丽莎！"乔治把她拉到身边说，"就是因为这一点！现在我的命运到了最后关头。已经这么近了，差不多已经遥遥在望，然后可能一切都成泡影。我决不会在这种制度下苟且偷生的，伊丽莎。"

"别担心，"他的妻子满怀希望地说，"如果上帝不想让我们达到目的，就不会让我们走这么远。我好像觉得他就在我们身边，乔治。"

"你是个有福气的女人，伊丽莎！"乔治紧紧地搂着她说。"不过，啊，告诉我！这伟大的恩典会不会属于我们？这年复一年的苦难会不会到尽头？我们会不会自由？"

"我相信，乔治，"伊丽莎昂头望天说，她乌黑的长睫毛上闪着希望和激动的晶莹泪珠。"我从心坎里感觉到，就在今天，上帝会领着我们脱离奴役。"

"我愿意相信，伊丽莎，"乔治突然站起来说。"我愿意相信。来，咱们走。噢，真的，"他说着，一面扶着她，让她与自己相隔一臂的距离，欣赏地瞧着她，"你真是个漂亮的小伙子。这一头短短的鬈发，的确好看。戴上帽子。这样戴，稍稍歪一点。我还从来没见过你这样漂亮。不过差不多到了上车的时候——不知道史密斯太太已经把哈里打扮好没有？"

门开了，走进来一位体面的中年妇女，手里牵着打扮成女孩的小哈里。

"他多像一个漂亮的小姑娘，"伊丽莎让他转了一下身说，"我们叫他哈丽特——这名字不是很顺口吗？"

孩子一声不响地站着，严肃地打量着换上奇怪的新装的妈妈，偶尔深深地叹口气，从乌黑的鬈发下偷偷瞧她一眼。

"哈里认识妈妈吗？"伊丽莎朝他伸出双手说。

孩子羞怯地抓着那女人不放。

"算了吧，伊丽莎，你知道不能让他接近你，还去逼他干什么？"

"我知道这样做很傻，"伊丽莎说；"可是不能让他在我身边，心里很难受。不过算啦——我的披风在哪儿？在这儿——男人怎样披披风，乔治？"

"你得这样披，"她丈夫把披风一甩，披到肩上说。

"那么就这样披，"伊丽莎模仿着那个动作说，"我得把脚步放重些，步子放长些，装出潇洒的样子吧。"

"别勉强，"乔治说，"偶尔也有个把文静的小伙子，我觉得你扮那种角色容易些。"

"还有这双手套！老天保佑！"伊丽莎说。"咳，我的手放进去简直不知道到哪儿去了。"

"我劝你把手套戴得牢牢的，"乔治说。"你那双纤细的小手会让我们全都露馅。噢，史密斯太太，你是由我们护送，你是我们的姑妈——请你记住。"

"我听说，"史密斯太太说，"有人来过，叫所有的客船船长留心带着小孩的一男一女。"

"是吗！"乔治说，"好吧，要是我们看见了这个样子的人，我们可以告诉他们。"

这时门口来了一辆出租马车，接待这些逃亡者的那家友好的人家围着他们，跟他们告别。

这一行人是根据汤姆·洛克的提醒化装的。史密斯太太是加拿大美国侨民区一位体面的女人。他们正打算逃到侨民区去；而她碰巧要坐船过湖回到加拿大去，同意装作小哈里的姑妈。为了让孩子跟她亲近，孩子最近两天来由她一人照料；史密斯太太对他倍加爱抚，又无限制地拿香籽饼和糖果给他吃，使得这少爷终于跟她非常亲近了。

出租马车驶到了码头。两个男人（外表上看来）走过跳板上了船，伊丽莎殷勤地挽着史密斯太太的胳膊，乔治提着行李。

乔治站在船长办公室门口，为自己一行人结账，听见两个人在旁边交谈。

"凡是上船来的我都观察过了，"一人说，"我知道他们没有上船。"

那是船上的账房的声音。跟他交谈的是我们以前的朋友麻克斯；他以特有的可贵韧劲，来到了桑达斯基，寻找捕捉的对象。"你很难把那女的跟白种女人区别开来，"麻克斯说。"那男的是个肤色很浅的混血儿；他一只手上有个烙印。"

乔治接票和零钱的那只手微微发抖；但是他冷静地掉过头来，若无其事地瞟了说话的人一眼，悠闲地朝船上另一个地方走去；伊丽莎站在那儿等他。

史密斯太太带着小哈里到僻静的女客舱去了，这乔装而成的小姑娘那副肤色略黑的美丽容貌引来许多乘客的赞扬。

起航的铃声响了，乔治满意地看见麻克斯下了跳板上了岸；等轮船驶出很远，再也不会回头时，他才长长地舒了一口气，放下心来。

这天天气好极了。伊利湖碧绿的湖水在阳光下跳跃着，泛着涟漪，波光粼粼。一缕清风从岸上吹来，雄伟的轮船乘风破浪昂然向前驶去。

啊，一个人心里隐藏着一个多么秘密的天地啊！乔治跟身旁羞怯的同伴在甲板上从容地踱来踱去的时候，胸中翻腾着的一切念头，谁能猜得到呢？那越来越近的巨大幸福好像太美妙了，简直不像是现实。那天他时时刻刻都在提心吊胆，生怕发生不测事件，把幸福从他手里夺走。

但是轮船在迅速行驶。时光飞逝，最后，英国人居住的幸福的湖岸终于清晰而实实在在地出现了；只要一登上那贴着法力无边的符咒的湖岸，奴隶制的一切咒语就会失去效力，不管那咒语是用什么语言念出的，是经哪个国家的政府批准的。

轮船驶近加拿大的名叫阿默斯特堡的小镇时，乔治和妻子手挽手站在甲板上。他的呼吸愈来愈粗，愈来愈急促，眼前蒙上了一层薄雾。他默默地握住了挽着自己的胳膊的颤抖的小手。铃声响了；轮船靠岸。他迷迷糊糊地清点好行李，把自己一行几人召到一块儿。这一行几人又是哭，又是拥抱，抱起茫然的孩子，跪在地上，捧起自己的心献给上帝！

> "那就像逃脱死亡，获得新生，
>
> 脱下墓中尸衣，穿上天国锦裳，
>
> 脱离罪恶的领地和情欲的纷争，
>
> 得赦的灵魂获得了完全的自由。
>
> 从此死亡和地狱的桎梏全挣脱。
>
> 慈悲的上帝扭动那金色的钥匙，
>
> 说'欢庆吧，你的灵魂已经自由'，
>
> 这时凡夫俗子也从此永远不朽。"

史密斯太太当即把这一行人领到一位善良好客的传教士家里。基督教慈善团体派他到这里来收留那些不断逃到这边湖岸来避难的无家可归的逃亡者。

谁能说出他们获得自由的第一天的心情呢？跟其他的五种感觉比起来，自由感难道不是更美妙的感觉吗？行动，说话，呼吸，出出进进都不受监视，不受危险的威胁！上帝赐予的权利得到法律的保护，自由人可以高枕无忧地进入梦乡，这种幸福之情，谁能言传？回想起往日的千难万险，那熟睡的孩子的脸显得愈加亲切，对于这位母亲来说，是多么美丽，多么珍贵啊！夫妻二人上无片瓦，下无寸土，身上的钱已经花得一文不剩。他们一无所有，只有天上的飞鸟和田野里的花草，可是他们喜极难眠。"啊，那些剥夺别人自由的人们，到上帝面前你们有何话可说？"

第三十八章　胜　利

"感谢上帝，让我们赢得了胜利。"①

有时候，在令人厌倦的人生中，对于我们许多人来说，死去不是比活着要容易得多吗？

殉难者即使面临着带来巨大肉体痛苦与恐怖的死亡的时候，也能在自己末日的恐怖中，得到巨大的鼓舞与振奋。死亡就是永恒的光荣与安息诞生的时刻。一种意气昂扬、热血沸腾的心情，可以使他们经受住任何登峰造极的痛苦。

但是活下去——在卑微、痛苦、下贱、恼人的奴役下日复一日地熬下去，生趣索然，心灰意懒，感觉麻木——这种长期消耗性的精神折磨，这种肉体活力日日、时时、点点滴滴的缓慢流失，才是对男人女人的性格真正彻底的考验。

汤姆与自己的迫害者面对面站着，听到他的威胁，从灵魂深处感到最后时刻到了，心里勇气倍增，仿佛看到耶稣和天国离自己只有咫尺之遥了，觉得自己经得住拷打，经得住火烧，经得住任何折磨。

可是迫害者走了之后，当时的激昂情绪一过去，浑身伤痛和疲惫感又回来了，对于自己极端屈辱、绝望、悲惨的处境的感觉又回来了，一天的时间就简直难熬极了。

他的伤还远远没有痊愈，莱格利就逼着他照常下地干活；接着是日复一日的痛苦和疲劳，再加上卑鄙歹毒的恶人所能想到的各种欺凌、侮辱的法子，他吃的苦头就更多了。在我们的处境下，凡是尝过痛苦滋味的人，尽管通常还有各种减轻痛苦的办法，也一定知道随着痛苦而来的烦躁心情。汤姆对于同伴们惯常粗暴的

---

① 见《圣经·新约·哥林多前书》第15章。

脾气不再感到惊讶；而且发现自己一向惯有的平和、乐观的脾气已经难以抵挡痛苦的侵袭，感到很是吃紧了。他曾经痴心妄想，以为有读读《圣经》的闲暇，可是，在这儿根本没有闲暇这回事儿。在农事最忙的时候，莱格利毫不犹豫地逼着奴隶没日没夜地干，工作日是如此，星期日也是如此。他何乐而不为呢？——他收的棉花赢得了打赌，即使再累死几个奴隶也无妨，反正可以再买更好的。开头，汤姆劳累一天收工回来，常常就着摇曳的火光看上一两节《圣经》；可是挨了那顿毒打之后，每天回到家里的时候，已是精疲力竭，想要读点《圣经》的时候，往往觉得头晕目眩。因此，在精疲力竭之中，他跟别人一样，倒头便睡。

以前，一向支撑着他的宗教信仰和灵魂的平静，如今已被灵魂的翻腾和沮丧绝望的心情取而代之了，这难道很奇怪吗？神秘莫测的人生中最令人丧气的问题时刻出现在他面前：好人遭践踏，被毁灭，坏人趾高气扬，上帝沉默不语。好几个星期，好几个月，汤姆在黑暗与痛苦中进行着激烈的内心斗争。他想起了奥菲丽娅小姐写给他在肯塔基州的亲友的信，常常急切地祈求上帝给他派救星来。然后，他一天又一天等着，模模糊糊地希望看见派来赎取他的人。有时候，他看见卡西，有时候被叫到大屋去的时候，瞥见埃米琳垂头丧气的身影，但是很少跟她们说话；事实上，他没有时间跟任何人说话。

一天晚上，他坐在几块快要熄灭的木柴边，烤着粗糙的玉米饼当晚饭，沮丧疲倦到了极点。他在火上添了几根木柴，设法烧出明火来，然后从口袋里掏出破旧的《圣经》。他画过线的段落都在书里，那些段落常常激动着他的灵魂，都是人类始祖和先知、诗人以及圣贤们的话，是自古以来就激励着人们的话，是在人生竞争中时刻陪着我们的无数见证人的声音。是这些话失去了效力，还是衰退的目力和麻木的感觉不再对那有力的启示做出反应了呢？他重重地叹了口气，把书放进口袋。一声粗鲁的笑声惊动了他，他抬头一看，原来是莱格利站在对面。

"嘿，老伙计，"他说，"看来你觉得宗教不灵了吧！我早就知道总有一天，我能叫你这糊涂的脑袋开窍的！"

　　这无情的奚落比饥饿、寒冷和一丝不挂更加叫人难受。汤姆默不作声。

　　"你是个傻瓜,"莱格利说;"我买你的时候,本想待你好。你本来可以比桑博或昆博还要好过,过得轻轻松松,不但不会三天两头挨鞭子,挨拳头,还可以自出自在地耀武扬威,打别的黑奴;你还可以不时喝上几口威士忌五味酒,暖暖身子。得啦,汤姆,你不觉得还是通情达理为好吗?——把那破烂的废纸扔进火里去,参加我的教会吧!"

　　"上帝不允许!"汤姆情绪激烈地说。

　　"你明白,上帝不会保佑你;要是他保佑了你,就不会让你落到我手里!宗教这种货色全是一大堆骗人的鬼话,汤姆。这我清楚得很。你还是跟着我为好;我有势力,有能耐!"

　　"不,老爷,"汤姆说;"我要坚持下去。上帝也许帮助我,也许不帮助我;但我要跟着他,信仰他,直到最后一刻!"

　　"那你就更蠢了!"莱格利说着轻蔑地朝他吐了口唾沫,接着又踢了他一脚。"没关系,我早晚会逼得你走投无路,叫你低头——走着瞧吧!"莱格利转身走了。

　　沉重的压力把灵魂压到忍无可忍的地步时,它就会鼓起肉体和精神上的全部力量,要拼死掀掉这个重压。因此,最剧烈的痛楚过后,往往有一股喜悦和勇气潮水般地涌回来。汤姆现在就是这样。狠毒的主人目无神明的奚落,把他本来就沮丧的灵魂压到了最低潮位;尽管他仍然以信仰之手抓住永生那座岩石,但是,那手已经麻木,握力快用尽了。汤姆昏头昏脑坐在火边。突然,周围一切仿佛全都隐去,眼前出现救主带着棘冠、被人打得鲜血淋漓的形象。汤姆敬畏而惊讶地凝视着那脸上庄严而坚韧的表情。那深沉而悲哀的眼睛激动着他,直到内心最深处。他的灵魂苏醒了;他感情奔腾,伸出双手,扑通跪了下去——这时,那幻象渐渐变了;锐利的刺变成了道道金光;他看见那张脸,在无比瑰丽的光辉中,朝他俯下来,说道:"战胜苦难者,将与我同坐宝座,就像我战胜苦难之后，跟我的父亲同坐宝座一样。"①

汤姆在那儿躺了多久，他自己也不知道；醒过来的时候，火已经灭了，衣服被冰冷的露水浸透了。但可怕的灵魂危机已经过去，在满心喜悦之中，他已不再觉得饥饿、寒冷、屈辱、失望和不幸了。从那时起，他从灵魂最深处检查了并抛弃了今生的一切希望，毫不犹豫地把自己的意志奉献给了永恒的上帝。汤姆抬头仰望着默默无言的永恒的群星——那是俯视人间的众天使的象征。寂静的夜空响起了一首赞美诗昂扬的歌声，在幸福的日子里他常常唱这首歌。可是从来没像现在这样唱得充满激情：

> 大地会像冰雪般消融，
> 太阳会停止放射光芒，
> 但上帝召我离开红尘，
> 我将永远跟在他身旁。
> 尘世的生命终将衰朽，
> 肉体和知觉随之消散，
> 但我在天国将会享有，
> 那新生的欢乐与平安。
> 即使在那里过了万载，
> 如那太阳般光芒四射，
> 赞美上帝仍来日方长，
> 就像刚入天堂的时刻。

凡是熟悉奴隶的宗教历史的人都知道，我们刚刚讲过的情况在奴隶之中是常见的。有些情况，是我们听他们亲口讲的，讲得非常感人，催人泪下。心理学家告诉我们，有时候人们心里的感情和印象占据了压倒一切的支配地位，迫使外在的感官为其所用，使它们给内心的想象赋予具体可见的形象。谁能估量无所不见的圣灵能对我们凡人的这种能力产生多大影响，谁能估量圣灵鼓励

① 见《圣经·新约·启示录》第3章。

受苦人消沉的灵魂有多少妙法？如果被人遗忘的苦命的奴隶相信耶稣显过圣，对他说过话，谁能驳倒他们呢？耶稣不是说过，他千秋万代的使命都是包扎破碎的心灵，解放受到伤害的人们吗？

朦胧的曙光唤醒沉睡的人们下地干活的时候，在那些衣着破烂、冷得发抖的苦命人之中有一个人跨着轻快的步伐；因为他对万能的上帝的坚定信仰和永恒的爱比脚下的地面更加坚固。啊，莱格利，现在把你的招法都使出来吧！极度的痛楚、悲伤、屈辱、贫困和丧失一切，只不过会加速上帝使他成为手下的一名国王与牧师的过程！

从这时起，这个受压迫者卑微的心周围就形成了一片无法侵入的止水般的空间，无所不在的救主已把这颗心尊为一座圣殿。如今这颗心不再为尘世的憾事而痛苦，不再掀起希望、恐惧、欲望的波澜；这凡人的意志遭受扭曲、伤害，进行过长期的挣扎，如今跟神的意志完全融合到了一起。人生余下的旅途看来已经很短——永恒的幸福显得那么近，那么清晰，世间极端的灾难落到他身上也会滑下去，伤害不了他。

大家都注意到了他容貌的变化。愉快和敏捷似乎已回到他身上，他仿佛沉浸在平静之中，什么侮辱与伤害也扰乱不了。

"什么鬼附到了汤姆身上啦？"莱格利对桑博说。"不久以前他还是那样垂头丧气，现在却跟蟋蟀一样活蹦乱跳了。"

"不知道，老爷，说不定是想跑。"

"咱们倒想瞧他试一试，"莱格利狞笑着说，"是不是，桑博？"

"可不是嘛！哈！哈！呵！"这黑妖怪谄媚地笑着说。"瞧着他陷在泥潭里——在树林里给追得东奔西窜，猎狗咬着他不放，天哪，多有趣！天哪，那回我们抓住莫莉的时候，我把肚子都笑破了。我想，我还没来得及把狗叫开，它们就会把她的肉全都撕下来。她身上还带着那个热闹场面留下的伤疤呢。"

"我看她会带着那些伤疤进坟墓，"莱格利说。"喂，桑博，你得麻利点。要是这黑鬼真想玩这种把戏，你得套出他的话来。"

"老爷，干这个我可是内行，"桑博说。"这老狐狸逃不出我的手掌心，呵！呵！呵！"

　　这番话是莱格利上马到附近镇上去的时候说的。那天晚上，他回来的时候，决定勒转马来，到工棚去转一圈，看看是不是平安无事。

　　这天晚上，月光如水，亭亭如盖的楝树的影子清晰地勾画在下面的草地上，夜空澄澈而宁静，要是打破这宁静，简直是罪过。莱格利来到离工棚不远的地方，听见有人在唱歌。在这儿歌声可是稀罕事。他停下来倾听。一个悦耳的男高音唱道：

当我能够清楚地看见，
我的名字写在了天宫，
我将擦干自己的双眼，
抛却一切畏惧与惊恐。
任世人齐攻我的灵魂，
向我射来一支支毒箭，
我敢笑对撒旦的怒容，
面对众生凶狠的嘴脸。
任凭忧患洪水般涌来，
任凭悲痛骤雨般倾泻，
只求能平安回到故宅，
上帝、天堂与万有世界。

　　“哎呀呀！”莱格利自言自语道，“他这样想，是不是？我多么痛恨那些卫理公会的赞美诗！好哇，你这黑鬼，”他突然出现在汤姆面前，扬起马鞭说，“你本该上床睡觉的时候，居然敢这样大吵大闹？闭上你那老黑嘴，给我滚进去！”

　　“好的，老爷，”汤姆欣然从命，站起来往门里走去。

　　莱格利见汤姆明显的愉快心情，不由得火冒三丈，骑马追上去，扬起鞭子朝他没头没脑地抽去。

　　“哼，你这狗头，”他说，“现在看你还这样开心不！”

　　可是现在鞭子只伤得了汤姆的皮肉，不像以前那样，伤他的心了。汤姆服服帖帖地站着；但莱格利不可能看不出，不知怎么的，自己已经丧失了对这个奴隶的威慑力。汤姆走进工棚去之后，他猛然勒转马头的一刹那间，脑中忽然闪过一道亮光——良知的闪电也往往有掠过恶人黑暗的灵魂的时候。他恍然大悟，是上帝站到了他和受他摧残的人之间，于是咒骂起上帝来。无论是奚落威胁鞭打，还是其他的残害手段都打乱不了那顺从而沉默的人心头的平静，这事在他心中唤起了一个声音，就像古时候，上帝在魔鬼心中唤起一个声音一样："我们跟你有什么相干，拿撒勒来的耶稣？时候还没到，你就来折磨我们了吗？"[①]

　　汤姆整个灵魂中充满了对周围的苦命人的怜悯与同情。他觉得自己一辈子的苦难已经过去了，渴望从上帝赐给他的宁静与喜悦的奇妙宝藏中，拿出一些来减轻他们的痛苦。诚然，机会很难得，但是，在到田间去和回来的路上，在劳作的时候，他常常得到机会，可以伸出援助之手，帮那些疲惫、沮丧的人们一把。那些筋疲力尽、麻木不仁的苦命人开头对此难以理解；但是，个个星期如此，月月如此，终于叩响了他们麻木的心中沉寂已久的心弦。这奇怪、沉默、坚韧的人，总是随时乐于分担别人的重负，却从不求别人帮忙；对人人都谦让，自己甘居末位；自己拿得最少，但看见别人需要，总是尽量把自己少量的东西分给他；在寒冷的夜晚，他往往把自己破烂的毯子加到病得发抖的妇女身上，让她舒服点；在田间，他冒着自己棉花分量不足的可怕风险，把棉花塞进体弱的人的篮子里；他虽然时刻遭到大家共同的暴君无情的残害，却从来不跟他们一道说上一句辱骂或诅咒的话。最后，渐渐地，不知不觉地，他开始对他们具有一种奇异的影响力。大忙季节过后，他们又得到允许自己支配星期天。这时，许多人聚集到一起，听他讲耶稣的故事。他们都想聚集到什么地方，听他讲道、祈祷和唱赞美诗，可是莱格利不允许，不止一次破口大骂，驱散这种聚会。因此，福音只能一个个地传播。那些被遗弃的苦命人，本来觉得人生就是走向黑暗的未知世界的凄凉旅程，谁能说得出，他们听说有一个慈悲的救主和天上的家园的时候，心中纯朴的喜悦呢？

----

　　① 见《圣经·新约·马太福音》第8章。

传教士们断言，天下所有的种族中，没有哪一个种族接受福音的时候，像非洲人那样迫切而顺从。接受福音的基础是依赖性和毫无怀疑的信仰。这种性情在非洲人身上比在任何其他种族身上表现得都要强烈。在他们中间，往往能够发现，一颗散落的真理种子，被风偶然吹进最愚昧的人心中，后来结出丰硕的果实，往往使得具有高度成熟的文明的人羞愧得无地自容。

那苦命的混血女人纯朴的信仰在接二连三落到她身上的暴行与冤屈的重压下，已经差不多压得粉碎。她下地和收工回家途中，听着这低贱的传教士不时在她耳边低声吟诵的赞美诗和《圣经》中的段落，觉得精神振奋起来；连卡西那疯狂错乱的心灵受了他纯朴而谦逊的态度的影响，也感到慰藉，渐渐平静下来。

卡西被一生中撕心裂肺的痛苦刺激得疯狂而绝望，心里不止一次决定报仇雪恨，亲手向压迫她的人清算亲眼看见或亲身遭受的种种虐待与暴行。一天晚上，汤姆那间小屋里的人全都睡着了之后，他突然看见她的脸出现在圆木墙壁上当做窗户的洞口，不由得吃了一惊。她默默地招手叫他出去一下。

汤姆走出门外。那是深夜一两点钟时分，外面月光皎洁，一片寂静。月光照在卡西乌黑的大眼睛上，汤姆注意到那双眼睛闪着狂热而奇异的光芒，跟平常那种怔怔的绝望表情大不相同。

"跟我来，汤姆神父，"她用小手抓住他的手腕，拖着他往前走，力气之大，仿佛那手是铜筋铁骨做成的；"跟我走，我有消息要告诉你。"

"什么消息，卡西小姐？"汤姆着急地问道。

"汤姆，你想不想获得自由？"

"小姐，上帝安排的时间一到，我就自由了，"汤姆说。

"嗳，今晚你就可以获得自由，"卡西突然劲头十足地说。"走。"

汤姆犹豫不决。

"走！"她乌黑的眼睛盯着他的眼睛悄声说。"跟我走！他睡着了，睡得很死。我在他的白兰地酒里放了很多药，让他睡得那么死。要是药还多一点就好了——那就不需要你的帮助了。走，后门开着；那儿有一把斧头，我放在那儿的。他的卧室门开着，我给你带路。我本想自己下手，可是我的手力气不足。走！"

"这万万使不得，小姐！"汤姆坚决地说，她往前疾走，汤姆却站住不动，拉住了她。

"可得替所有这些苦命人想一想啊，"卡西说，"我们可以把他们全都放了，到沼泽中找一个小岛住下。我听说别人做过这样的事。什么苦日子都比这种日子好。"

"不行！"汤姆坚决地说，"不行！坏事绝不会有好结果。我宁愿把自己的右手砍掉也不干！"

"那么我只好自己干了。"卡西转身就走。

"啊，卡西小姐！"汤抢到前头说，"看在为你而死的敬爱的救主面上，别这样把你珍贵的灵魂卖给魔鬼！这只会有坏结果。救主并没有叫我们泄愤。我们必须忍受，等待他安排的时间。"

"等待！"卡西说，"我难道没有等待吗？我不是等得头晕目眩，心里腻烦了吗？他让我受了多少罪？让成百上千的苦命人受了多少罪？他不是在榨干你的生命吗？我受到召唤，他们在召唤我！上帝安排的时间到了，我要他偿还血债！"

"不，不，不！"汤姆抓住她那双攥得铁紧、阵阵发抖的小手。"不，你这迷途的苦命人，千万不能这样。敬爱的、神圣的救主只让自己流血，决不让别人流血，而他是在我们与他为敌时为我们流的血。上帝呀，保佑我们学他的样，爱自己的敌人吧。"

"爱敌人！"卡西凶狠地瞪了他一眼说，"爱这样的敌人，凡胎肉身的人做不到的。"

"不错，小姐，本来是办不到的，"汤姆仰头望着天上说，"但是救主给了我们这种爱心，这就是胜利。我们能够在任何情况上爱别人，进行祈祷，战斗过去了，胜利就到来了——光荣归于上帝！"这黑人泪流满面，声音哽咽，仰头望着天空。

啊，非洲，你是最后受到召唤的民族，被召唤去戴上棘冠，受鞭笞，流血流汗，背上痛苦的十字架，这就是你的胜利；出于这个胜利，基督的王国降临尘世的时候，你将与他共同为王。

汤姆的深沉而炽烈的感情、柔和的声音、眼泪，就像甘露一样，洒在这苦命的女人狂乱、躁动的心灵上。她眼睛里那种骇人的火焰渐渐变得柔和了；她低下头，汤姆感觉到她手上的肌肉渐渐松弛下来。她说道：

"我不是告诉过你，有妖魔附在我身上吗？啊！汤姆神父，我没法祈祷——但愿我能祈祷就好了。我的孩子给卖掉以后，我就从来没有祈祷过！你说的一定是对的，我明白一定是对的；可是我一祈祷，就只能愤恨诅咒。我没法祈祷！"

"苦命的人！"汤姆怜悯地说。"撒旦想要得到你，把你当作小麦筛出来。我替你向上帝祈祷。啊！卡西小姐，向敬爱的救主耶稣求助吧。他来到凡间就是为了包扎破碎的心，安慰所有悲哀的人们。"

卡西默默无言地站着，大颗大颗的泪珠从她低垂的眼睛里往下直掉。

"卡西小姐，"汤姆默默地打量了她一会儿之后，犹豫不决地说，"要是你能逃出这个地方——要是可能的话——我劝你和埃米琳逃走：就是说，要是能不犯流血的罪过而逃走的话——否则不行。"

"你愿意跟我们一块儿试一试吗，汤姆神父？"

"不，"汤姆说；"以前倒是想逃，但上帝给了我照料这些苦命人的使命，我要留在他们中间，跟他们一起把十字架背到底。你们的情况不同，这儿是你们的陷阱——你们受不了——要是做得到，你们最好走。"

"除了死路之外，我看不出还有别的路，"卡西说；"没有哪只禽兽不能在某个地方找到一个家，连蛇和鳄鱼也有能躺下来休息的地方；但我们没有地方藏身。在最阴暗的沼泽里，他们的狗也会把我们赶出来，抓住我们。人人跟我们作对，事事对我们不利；连野兽也跟他们站在一边，我们能逃到哪儿去呢？"

汤姆默默地站着，最后说：

"他从狮子窝里救过但以理①；他在烈火窑中救过孩子们②；

---

① 见《圣经·旧约·但以理书》第6章。
② 见《圣经·旧约·但以理书》第2章。

他在海面上行走，叫海风停息①。他还活着，我相信他会救你们的。试试看吧。我会以全部力量替你们祈祷。"

但是，一个长期忽视的念头往往给当作无用的石头踩在脚下，却像新发现的钻石一样，突然放射出新的光芒，这是多么奇怪的思维规律啊！

卡西常常一连几个小时琢磨着各种可能的或大概办得到的逃走计划。结果觉得全都没有希望、不切实际而放弃了；可是，在这一瞬间，她脑子里闪过一个计划，具体步骤简单而可行，立刻唤起了她的希望。

"汤姆神父，我要试一试！"她突然说。

"阿门！"汤姆说，"上帝保佑你！"

第三十九章　定　计

"恶人的路同样黑暗；他不知绊着什么而跌倒。"②

莱格利占据的房子的顶楼，跟大多数房子的顶楼一样，空空荡荡，冷冷清清，积满灰尘，遍挂蛛网，到处零乱地堆放着废木料。这座房子原来金碧辉煌，富有的主人从国外购买了大量华丽的家具。其中有些已经带走，有些则任其冷冷清清地留在无人居住、渐渐发霉的房间里，或是收藏到这间顶楼来了。买这些家具的时候所用的一两只巨大的包装箱靠墙壁摆着。墙上有个小窗户，从黑乎乎、积满灰尘的玻璃透进来一丝暗淡、飘忽不定的微光，照在破旧的高背椅子和积满灰尘的桌子上。一句话，这是一个令人胆寒的阴森森的地方；这顶楼本来已经够阴森森的，迷信的黑人中还流传着不少的传说，更给它增添了几分恐怖。几年以前，有个黑女人，惹火了莱格利，给锁进顶楼关了好几个星期。那儿究

---

① 见《圣经·新约·马太福音书》第14章。
② 见《圣经·旧约·箴言》第4章。

竟发生了什么事，我们说不清；黑人们常常暗地里窃窃私语；但大家知道，有一天那不幸的女人的尸首给抬了下来，埋掉了。从此以后，据说从那破旧的顶楼上常常传来咒骂声，猛烈的拳打脚踢声，还夹杂着绝望的哀鸣和呻吟声。有一回，莱格利碰巧偷听到了这种议论，便勃然大怒，发誓说，要是再有人议论那顶楼的事，谁就会得到机会去了解一下那儿究竟有些什么，因为他要把他用铁链锁起来，在那儿关上一个星期。这点暗示就足以把议论压下去了，但当然一点也没能动摇这谣传的可信性。

由于这房子里人人都不敢提到顶楼，渐渐地，通向顶楼的楼梯，甚至通向那楼梯的过道，都再也没人敢走了。这谣传也渐渐没人提起了。卡西突然想到莱格利迷信思想极其强烈，可以加以利用来达到解放自己和受难的同伴的目的。

卡西的卧室正在顶楼下面。一天，她没有征求莱格利的意见，自作主张，大张旗鼓地把房间里的家具和零星摆设搬到相隔不远的另一间屋子里去了。被叫来搬家具的佣人正在劲头十足，乱糟糟地来回奔跑，手忙脚乱，莱格利骑马回来了。

"喂！卡西！"莱格利说，"怎么回事？"

"没事，只是我想搬到另一间房里去住，"卡西斩钉截铁地说。

"请问为什么？"莱格利说。

"我想搬，"卡西说。

"见你的鬼！为什么？"

"我想有时候能睡上一觉。"

"睡觉！咳，有什么妨碍你睡觉了？"

"要是你想听，我可以讲一讲，"卡西冷冷地说。

"你说出来，臭娘们！"莱格利说。

"啊！也没什么。我看这不会打扰你！只不过是哼哼声啦，厮打声啦，在顶楼地板上打滚的声音啦，闹上半夜；从半夜到天亮！"

"有人在顶楼上！"莱格利不安地说，但是勉强笑了一声："是谁，卡西？"

卡西抬起锐利的黑眼睛，盯着莱格利的脸，那表情仿佛看透了他的五脏六腑；她说道："真的，赛蒙，他们是谁？我倒想问你，我看你大概不知道吧！"

莱格利咒骂一声，扬起鞭子朝她抽过来，但她闪到一边，走进门里，回头说道："要是你睡到那间屋里去，你就全知道了。也许你还是试一试为好！"她说完就关上门，把门锁上。

莱格利暴跳如雷，大声咒骂，威胁说要把门砸开，但显然觉得不妥，忐忑不安地走进了客厅。卡西看出自己一箭射中了要害，从此以后，她施展极高明的手段，毫不停顿地继续施加业已开始的影响。

在顶楼的一个树节孔里她插进了一只旧瓶颈子，只要刮一丝儿风，瓶颈就会发出如怨如诉的悲鸣，大风一起，就会变成尖利的惨叫，在轻信和迷信的人听来，恰像恐怖与绝望的哀号。

这些声音，不时让佣人们听见了，大家又活生生地记起了那关于鬼魂的老传说，一种疑神疑鬼、令人毛骨悚然的恐怖气氛，笼罩着整个房子。虽然没人敢对莱格利提起，但他觉得这气氛像空气一样包围着他。

没有人像目无上帝的人那样迷信透顶。基督徒相信有一位睿智、主宰一切的天父，有了他，未知的冥界也充满了光明和秩序，从而觉得镇定自若。但对于不信仰上帝的人来说，幽冥世界，用一位希伯来诗人的话来说，是"黑暗的国度，死者的阴曹。"①那里乱成一片，光明就是黑暗。对于他们来说，阳世跟阴曹一样，也是鬼魂出没之地，到处是隐隐约约的妖魔鬼怪，阴森可怕。

莱格利跟汤姆的会面，唤醒了他心中沉睡的道德感——虽然唤醒了，却被顽固不化的罪恶力量抵挡住了。但是，每一句话，每一句祷告，每一首赞美诗，引起他疑神疑鬼的恐惧时，都会在他黑暗的内心世界中产生一阵战栗和骚动。

卡西对他的影响很奇怪，很特殊。他是她的主人、暴君和折磨者。他明明知道，她被他彻底地捏在手心里，不可能得到帮助，没有人救她。但是，说来也怪，一个最野蛮的男人，如果跟一个性格刚强的女人朝夕相处，就不可能不受到控制。他最初买下她的时候，把她置于他野蛮的铁蹄之下，肆无忌惮地践踏。可是，

---

① 见《圣经·旧约·约伯记》第10章。此处希伯来诗人指约伯。

时间一久，恶劣的影响和绝望心情把女性的温柔变成了铁石心肠，在她心里点燃了凶猛的怒火，她在某种程度上成了他的主宰。他一时欺凌她，一时又害怕她。

她疯疯癫癫的样子，给她说的每一句话都蒙上了一层古怪、阴森、飘忽不定的色彩，这种影响就更加显著，更加令他坐立不安了。

一两天之后，莱格利坐在那破旧的客厅里火焰摇曳的木柴火旁边，火光把房间照得忽明忽暗。这天晚上雨骤风狂；这种时候，摇摇欲坠的旧房子往往发出各种各样难以形容的声音。窗户砰砰作响，百叶窗噼噼啪啪，狂风怒号，呼呼地从烟囱倒灌进来，不时刮出一阵阵浓烟和灰烬，仿佛后面有成群结队的鬼魂随之而来。好几个小时，莱格利首先算账，接着看报，卡西坐在角落里，脸色阴沉地瞧着火里出神。莱格利放下报纸，看见桌上摆着一本旧书。早些时候，他看见卡西在看那本书，这时他信手拿过来，开始翻阅起来。那是一本故事集，里面有凶杀故事、鬼的传说、神怪显灵的故事，文字、插图都很粗糙，但说来也怪，人们一旦看起来，就会入迷。

莱格利口里"呸"呀"啐"的，但还是一页页看下去，最后，看了一部分之后，骂了一句，把书扔下。

"你不信鬼吧，卡西？"他拿起火钳，捅了捅火。"我还以为你是个明白人，一点声音吓不着你。"

"我信不信你管不着，"卡西板着脸说。

"有些伙计常常用海上奇谈来吓唬我，"莱格利说。"别想用这种法子来糊弄我。我胆子大得很，这种玩意儿吓不倒我。"

卡西坐在角落的阴影之中，目不转睛地瞧着他。她眼睛里发出一种奇异的光芒，总是弄得莱格利很不自在。

"那些声音无非是老鼠吵闹声和风声，"莱格利说。"老鼠闹起来，那声音可了不得。从前有时候我听见它们在船底舱里闹；至于风声嘛——老天爷！你说像什么就像什么。"

卡西知道莱格利在她的目光下很不自在，所以默不作声，只是死死在盯着他，脸上还是原来那副古怪而阴森森的表情。

"怎么，说话呀，娘们——你认为是不是这样？"莱格利说。

"老鼠能够下楼，走过门厅，打开你已上锁的门，再搬把椅子挡着吗？"卡西说；"老鼠能走呀，走呀，一直走到你床头，这样伸出手来吗？"

卡西一面说，一面还是用亮晶晶的眼睛盯着莱格利，莱格利像正在做噩梦似地把眼睛瞪得大大地瞧着她。她说完的时候，把冰冷的手搁到他的手上，他咒骂一声，往后一蹦。

"娘们！你这是什么意思？没有这种声音吧？"

"噢，没有，当然没有——我说过有吗？"卡西说，脸上露出叫人毛发直竖的讥讽的笑容。

"可是……可是……你是不是真的看见了？说吧，卡西，那是什么——痛快说出来吧！"

"你要是想知道，"卡西说，"可以自己到那里面去睡。"

"它是不是从顶楼上下来的，卡西？"

"它——什么？"卡西说。

"哎，就是你讲到的那东西……"

"我什么也没讲，"卡西固执地板着脸说。

莱格利坐立不安地在房间里踱来踱去。

"我要查查这东西。今天晚上就去看看。我要带上手枪——"

"去吧，"卡西说，"到那间房间里去睡吧。我倒想看看你这样做做。开枪吧，开吧！"

莱格利一跺脚，破口大骂。

"别骂呀，"卡西说，"谁知道是不是有人听见你骂呢。听！那是什么声音！"

"什么？"莱格利一惊，说道。

原来是角落里一口沉重的荷兰旧钟开始慢条斯理地敲十二点了。

不知怎的，莱格利不说话，也不动弹；一阵隐约的恐怖向他袭来。卡西眼睛里放出锐利、嘲笑的光芒，站在那儿一面瞧着他，一面数着钟声。

"十二点了；我们等着瞧吧，"她说着转过身去，打开通过道的门，站在门口假装在听。

"听！那是什么？"她手一指说。

"只不过是风声罢了，"莱格利说。"你没听见风刮得多厉害吗？”

"赛蒙，到这儿来，"卡西一面悄声说，一面抓住他的手，牵着他走到楼梯脚下；"你知道那是什么声音吗？听！"

一阵疯狂的惨叫声从楼上传下来，是从顶楼上传来的。莱格利两腿发软，脸色吓得惨白。

"是不是把手枪拿来好些？"卡西讥笑说。莱格利从头顶凉到了脚跟。"该查查这东西了。我希望你现在上去，它们正在闹呢。"

"我不去！"莱格利咒骂一声说。

"干吗不去？哪儿有什么鬼哟！来吧！"卡西沿旋楼一溜烟似地往上跑，一面笑一面回头瞧着他，"来吧。"

"我看你就是鬼！"莱格利说。"回来，你这贱货，回来，卡西！我不许你去！"

可是卡西狂笑着，继续往上蹿去。他听见她打开过道通往顶楼的门。一股狂风席卷而下，吹熄了他手里的蜡烛，接着是几声凄厉的惨叫，仿佛就在他耳边发出似的。

莱格利拔腿逃进客厅，过了一会，卡西也跟着进来了。她跟索命的冤魂似的，惨白、镇静而冰冷，眼睛仍然放射着可怕的光芒。

"我希望这一下你弄明白了，"她说。

"见你的鬼，卡西，"莱格利说。

"为什么？"卡西说。"我只不过上楼去把门关上。这顶楼怎么啦，赛蒙，你说呢？"她说。

"跟你不相干！"英格利说。

"啊，是吗？那好。"卡西说，"不管怎样，幸亏我不睡在下面了。"

那天晚上，卡西早就料到会起风，于是上楼打开了顶楼窗户。当然，门一开，风就直往下灌，吹熄了蜡烛。

这可以作为卡西跟莱格利玩的把戏的一个例子。最后，他宁肯把头伸进狮子口里，也不肯到顶楼去查看了。同时，到了晚上，人人都睡了之后，卡西慢慢地、小心翼翼地在顶楼上积蓄了一批足以维持一段时期的食品。她把自己和埃米琳的衣服一件件地转移到顶楼上。一切都准备好了，只等合适的机会一到，就实施她们的计划。

趁莱格利脾气温和之机，卡西甜言蜜语地哄着他带着她到附近的镇上去了一趟。那个小镇就在红河岸边。她依靠准确超凡的记忆力，记住了路上每一个拐弯的地方，心里估计出走完这段路所需要的时间。

行动的时机成熟之后，读者诸君也许想到幕后去瞧瞧，看看最后的一步棋。

现在已近黄昏时分，莱格利不在，骑马到邻近的一个农场去了。好几天来，卡西的态度亲切随和；表面上看来，她同莱格利的关系融洽极了。现在，我们可以看见她和埃米琳在房间里，忙着清点整理两个小包袱。

"好啦，包袱够大了，"卡西说。"现在戴上帽子，咱们动身吧；现在正是时候。"

"可他们还看得见我们，"埃米琳说。

"我就是要他们看见，"卡西冷静地说。"你难道不明白，他们横竖会追捕我们吗？办法是这样：我们从后门溜出去，跑过工棚。桑博和昆博准会看见我们。他们一追，我们就跑进沼泽里去；然后，他们追一段就会回来报信，把狗放出来，等等。这时，他们总是跌跌撞撞，你绊着我，我绊着你，我和你就溜到在大屋背后流过的小溪边去，蹚水回到后门对面的地方。这样，狗就会失去嗅迹，因为气味不会留在水里。人人都会从大屋里出来找我们。然后我们一溜烟跑进后门，爬上顶楼。我在顶楼里一只大包装箱里铺了一张床。我们得在顶楼里待上好一段时间。告诉你，他会追捕我们，闹得天翻地覆。他会招来别的种植园的老监工，进行大围捕；会把沼泽里每一寸地面都搜个遍。他吹嘘说，从来没有人逃过他的手心。所以让他去慢慢搜吧。"

"卡西，你计划得多么周密啊！"埃米琳说。"除了你，谁会想得到呢？"

卡西眼里没有快乐，也没有得意之色，只有绝望和果断。

"走，"她朝埃米琳伸出手说。

两个逃亡者无声无息地溜出大屋，在暮色苍茫之中，飞快地跑过工棚区。一弯新月，像银色的玉玺嵌在南边的天空上，稍稍推迟了黑夜的到来。恰好卡西所料，跑到围绕着种植园的沼泽边缘的时候，她们听见一个声音，叫她们站住。可那不是桑博，而是莱格利。他一面破口大骂，一面追赶。听了这声音，埃米琳脆弱的神经受不住了；她抓住卡西的胳膊，说道："啊，卡西，我就要晕过去了！"

"你要是晕过去，我就杀了你！"卡西说着，拔出一把放着寒光的小匕首，在姑娘眼前晃了一晃。

把埃米琳的注意力这么转移了一下，目的就达到了。埃米琳没有晕过去，跟着卡西冲进了迷宫似的沼泽，沼泽又深，天色又黑，莱格利没有帮手，连想都不敢想跟着她们追进去。

"好哇，"他呵呵狞笑道，"现在她们反正已经掉进了陷阱，这些贱婊子！她们跑不掉的。她们有的是苦头吃！"

"喂，听着！桑博！昆博！大家都听着！"莱格利走进工棚，叫道；这时，那些男女奴隶刚刚收工回来。"有两个人逃到沼泽里去了。哪个黑鬼抓住了她们，我赏他五块大洋。把狗放出来！把'老虎'、'凶神'和其他的狗都放出来。"

这个消息立刻引起了轰动。许多男人讨好地跳出来，表示愿意效劳，有的是因为希望得到赏钱，有的是由于奴隶制最可恨的后果之———摇尾乞怜的奴性。他们有的往这边跑，有的往那边跑，有的去拿松节做成的火把，有的去放开猎狗。嘶哑、凶猛的犬吠声大大增强了这场面的热闹气氛。

"老爷，要是抓不住她们，可以开枪把她们打死吗？"主人拿一支步枪递给桑博的时候，桑博说。

"你想开枪，可以朝卡西开；该送她回老家去见魔鬼了；但对那妞儿，不许开枪，"莱格利说。

"现在，伙计们，手脚麻利点。谁抓住她们，赏给谁五块大洋，没抓到的，也都人人有杯酒喝。"

那一伙人，在熊熊燃烧的火把光的照耀下，人喊犬吠，吆喝喧天，全都气势汹汹地向沼泽扑去，大屋里的佣人也都远远地跟在后面。这样一来，卡西和埃米琳从后门溜回来的时候，屋里一个人也没有了。追捕她们的人的嗯哨声、叫喊声仍然震天动地。卡西和埃米琳站在客厅窗口望着，只见那一伙人拿着火把，正在沼泽边缘散开。

"瞧那儿！"埃米琳指着那儿对卡西说，"搜索开始了！瞧那些火光在到处乱晃！狗在吠！你没听见吗？要是我们躲在那儿，根本没有逃脱的可能。啊，可怜可怜我吧，咱们躲起来，快！"

"不用慌，"卡西冷静地说，"他们全都出去搜寻去了——这是今天晚上的好戏！我们过一会儿再上楼去不迟。现在，"她说着慢条斯理地从莱格利的大衣口袋里掏出了一把钥匙，那大衣是他在匆忙之中扔在那儿的，"现在我要拿点钱在路上花。"

她打开书桌锁，从中拿出一沓钞票，迅速地数了数。

"啊，咱们别拿！"埃米琳说。

"别拿！"卡西说，"干吗不拿？你愿意我们饿死在沼泽里，还是拿点在路上花，逃到自由州去？有钱好办事，姑娘，"她边说边把钱揣进怀里。

"这是偷呀。"埃米琳难过地悄声说。

"偷！"卡西冷笑一声说，"那些把人连肉体带灵魂偷走的人没资格来教训我们。这些钱都是偷来的，从饥肠辘辘、流血流汗的苦命人身上偷来的，这些人为了他发财，最后全都会累得去见阎王。什么偷窃，由他去说吧！走，我们还是到顶楼上去。我弄了一批蜡烛在那儿，还有一些书，用来消磨时间。你可以放心，他们不会到那儿来找我们的。要是他们来了，我就跟他们装鬼。"

埃米琳爬上顶楼之后，看见一只很大的箱子，是以前用来装运很重的家具的。箱子侧放着，开口朝着墙壁，或者不如说朝着屋檐。卡西点燃了一盏小油灯，她们从屋檐下爬过去，在箱子里安顿下来。箱子里面铺了两床褥子，摆了几个枕头；旁边的一个箱子里装满了蜡烛、食品和路上必需的全部衣服。这些衣服捆成了两个小得出奇的包袱。

"好啦，"卡西把灯挂在一个小钩子上，那是卡西特意钉在箱子壁上挂灯用的，"目前这就是我们的家。你觉得怎么样？"

"你有把握他们不会到顶楼上来搜吗？"

"我倒想瞧瞧赛蒙来搜一搜，"卡西说。"不会的，他避之唯恐不及呢。至于佣人，他们宁肯站住不动吃枪子，也不肯把鼻子伸到这儿来。"

埃米琳放了一点心，躺下去靠在枕头上。

"你说要杀了我，卡西，那是什么意思？"

"我想防止你晕过去，"卡西说，"果然做到了。现在我得告诉你，埃米琳，不管出现什么情况，你都得下定决心不要晕过去；没有这个必要。要是我没阻住你，那个坏蛋现在也许已经抓住了你。"

埃米琳不寒而栗。

两人沉默了一会儿。卡西忙着翻一本法文书；埃米琳累坏了，迷迷糊糊睡了一会。突然，她给一阵高声喊叫声、嘚嘚的马蹄声、汪汪的犬吠声惊醒过来。她轻轻尖叫一声惊跳起来。

"只不过是搜索的人回来了，"卡西冷静地说，"别害怕。从这个树节孔里往外瞧。你没看见他们都在那下面吗？赛蒙今晚得就此罢休了。瞧，他的马身上多脏！马在泥潭里挣扎，溅得浑身是泥；那些狗看来也垂头丧气的。啊，我的好老爷，你还得一而再再而三地搜呢——可惜猎物不在那儿。"

"啊，别吭声！"埃米琳说，"他们听见了怎么办？"

"要是他们真的听见了什么声音，也会使他们巴不得离远一点。"卡西说。"没事，不论弄出什么声响，都只会加强效果。"

最后，午夜的寂静笼罩着大屋。莱格利一面咒骂自己倒霉，发誓第二天要狠狠报复一下，一面上床睡觉了。

第四十章　殉难者

义士生前万般无，
受尽人间凌辱；
痛断肝肠向黄泉，
莫道苍天不顾。

悲惨岁月辛酸泪，
上帝心中有数；
天国悠悠万年乐，
尽偿人间苦楚。

——布莱安特①

　　路再长也有个尽头，夜再黑也会捱到天明。光阴永恒地、无
情地逝去，催促着坏人的白天变成黑夜，催促着义士的黑夜变成
永恒的白昼。迄今为止，我们一直跟随我们卑贱的朋友走在奴隶
制的深谷之中：开头穿过鲜花遍地的安逸宽容的田野，接着是跟
人类所珍爱的一切生离死别。后来，我们同他在一座阳光明媚的
小岛上盘桓，在岛上，厚道的主人用鲜花掩盖了他身上的锁链；
最后，尘世的最后一线希望之光消失在黑夜之中，我们跟随着他，
看见在黑暗的尘世一片漆黑之中，神仙所居的天堂星光灿烂，放
射出意义深远的新的光辉。

　　现在，启明星升起在山岭上空，一阵阵并非来自尘世的清风
预示着白昼的大门正在打开。

　　莱格利本来就窝着一肚子火，卡西和埃米琳的逃亡更是把他
激怒到了极点。不出所料，他的怒火转而发到了毫无自卫能力的
汤姆头上。他急匆匆地向下人宣布这个消息时，汤姆的眼睛突然
一亮，双手向上一扬。这没有逃过他的眼睛。他注意到汤姆没有
加入追捕的行列。他想强迫他参加追捕；但是，以前命令他参与
任何不人道的勾当的时候，他决不屈服，这一点莱格利早就领教
过了，因此，他不愿在这骨节眼上停下来跟汤姆发生冲突。

　　于是汤姆跟几个向他学会了祈祷的人留了下来，一起为逃亡
者脱险而祈祷。

　　莱格利垂头丧气地回到家里，长期以来内心里对自己的奴隶
的仇恨愈来愈强烈，达到了势不两立的地步。自从买下他以来，
这个人不是一直坚定有力地、不可抗拒地跟他作对吗？这个人虽

---

　　① 布莱安特（1794—1878），美国诗人。

然不声不响，但不是有一股犟劲，像炼狱的烈火一样烫着他吗？

"我恨他！"当天晚上，莱格利从床上坐起来说，"我恨他！他难道不是属于我吗？难道我不能随意处置他吗？我倒要问问，谁敢阻拦我？"莱格利攥紧拳头晃一晃，仿佛手心里攥着什么东西，可以捏得粉碎。

但是，话又说回来，汤姆是个忠心耿耿的有用的仆人；尽管莱格利因此而更加恨他，但是这一点仍然是对他的一种制约。

第二天早晨，他决定还是什么也不说，决定从附近几个种植园纠集一伙人，牵着狗，把沼泽团团围住，有条不紊地搜个遍。如果搜到了，万事大吉；如果搜不到，他要把汤姆叫到跟前，到那时——他咬牙切齿，血液沸腾——到那时，他要把那家伙压垮，不然——他心里恶狠狠地嘀咕了一声，暗暗地下定了决心。

你说，主人的利益足以保障奴隶的安全。一个人丧心病狂、怒火中烧的时候，会明知故犯，睁着眼睛，连自己的灵魂都会出卖给魔鬼，以达到自己的目的；难道对他人的肉体会更加珍惜吗？

"嘿，"第二天，在顶楼上，卡西通过树节孔朝外张望的时候，说道，"今天搜索又要开始了！"

三四个骑马的人在大屋前面的空地上奔腾跳跃；还有两三个黑人，每人牵着三条陌生的狗；那些狗彼此对吠，挣扎着要往前走。

那些人中，有两三个是附近种植园的监工，其他的是附近城里酒店里的酒友，到这儿来参加围捕找乐子。要想象出比这一伙人面目更加狰狞的人，也许是办不到的。莱格利正在给他们一个个倒大碗大碗的白兰地酒，也给那些特意从各种植园挑选出来帮忙的黑人倒酒，为的是在这种请人帮忙的场合，尽量让这些黑人觉得是在过节一样。

卡西把耳朵贴在树节孔上。晨风恰好朝大屋吹来，他们谈话的很大一部分内容，她都听得很清楚。她听见他们划分地段，谈论狗的长短，宣布关于何时开枪的命令，抓到之后，怎么区别对待等等。她听了这些，阴沉而严峻的脸上浮出一丝冷笑。

卡西往后退了几步，合起双手，抬头向天说道："啊，伟大万能的上帝呀，我们都是罪人，但是我们比世上其余的人多干了些什么坏事，应该受到这样的对待？"

她说话的时候，脸色和声调严肃得可怕。

"要不是为了你，孩子，"她瞧着埃米琳说，"我会出去走到他们跟前，谁愿意一枪把我打倒，我会感激不尽呢。自由对于我有什么用？自由能把孩子还给我吗？能把我恢复到以前的样子吗？"

埃米琳稚气未退，有点害怕卡西这种阴郁的心情。她好像有点不理解，但没有作声，只是握着她的手轻轻地抚摸着。

"别这样！"卡西说，一面想挣脱手，"你会弄得我爱你的。我打算谁也不爱了！"

"苦命的卡西！"埃米琳说，"别这样想！如果上帝给了我自由，说不定也会把你的女儿还给你；不管怎样，反正我会做你的女儿。我知道自己再也见不到我苦命的老妈妈了！我会爱你，卡西，不管你爱不爱我。"

这温柔的稚气得胜了。卡西在她身旁坐下来，搂着她的脖子，抚摸着她柔软的棕色头发。这时埃米琳见她那双满含热泪的眼睛竟是那么美丽，不由得赞叹起来。

"啊，埃米琳！"卡西说，"我一直如饥似渴地思念着自己的孩子，渴望见到他们，眼睛都望穿了！这儿！这儿！"她捶着胸脯说，"这儿一片荒芜，空荡荡的！要是上帝能把孩子们还给我，我就能祈祷了。"

"你得信仰他，卡西，"埃米琳说，"他是我们的天父哇！"

"他的怒火发在我们身上，"卡西说，"他生气地掉头而去了。"

"不，卡西！他会对我们好的！让我们把希望寄托在他身上吧，"埃米琳说，"我一向存着希望。"

搜索的人劲头十足，搜了很久，而且很彻底，但劳而无功。卡西脸色严肃，带着幸灾乐祸的心情，朝下瞧着莱格利疲惫而沮丧地从马上下来。

"喂，昆博，"莱格利走进客厅躺下来的时候说，"你去把那个汤姆押到这儿来，马上就去！这事全是那老狐狸捣的鬼；我要不能从他那老黑皮囊里把情况掏出来，那才怪呢！"

桑博和昆博两人虽然互相憎恨，但在痛恨汤姆这一点上，倒是心心相印。莱格利开头就告诉过他们，他买下汤姆，是为了在自己出门的时候，让他当总监工；这就引起了他们的忌恨。他们品格卑劣，奴才成性，瞧着汤姆惹得主人愈来愈不快时，这种忌恨更是与日俱增。因此，昆博欣然前往，执行命令去了。

汤姆听到传唤，知道大祸临头了。逃亡者的计划，她们藏身何处，他全知道，也知道自己的对手性情歹毒，专横霸道。但是，他想到上帝就觉得有了力量，决定宁死也不出卖孤苦无助的人。

他把篮子放在垄边，昂头说道："我把灵魂交给你了，你救了我，掌握真理的上帝！"接着，昆博粗暴野蛮地抓住他，他不声不响，任凭他摆布。

"嘿嘿！"那彪形大汉一面拖着他往前走，一面说，"这回够你受的了！老爷气得一蹦老高！这回你可混不过去了！告诉你，你得吃点苦头，错不了！你帮老爷的黑鬼逃走，看你怎么交代。瞧瞧你的下场吧！"

这些恶言恶语一句也没有传进他的耳朵！一个更高的声音在说："不要害怕杀害你的肉体的人，过后他们就无可奈何了。"[1]那苦命人体内的神经和骨头都随着这些话而飘动起来，仿佛受到了上帝的手指的触摸似的。他顿时觉得力量倍增。他往前走着，树林、灌木、奴隶的工棚、自己受屈辱的整个现场，仿佛从身旁疾驰而过，就像山山水水从飞驰的车辆两旁疾驰而过一样。他的灵魂悸动着——家园已经遥遥在望，获得解脱的时刻已近在咫尺。

"好哇，汤姆，"莱格利怒火攻心，走上前来，恶狠狠地一把抓住他的衣领，咬牙切齿地说，"我已下定决心宰了你，你明白吗？"

"很可能，老爷，"汤姆从容地说。

"我已经，"莱格利以冷酷得可怕的声音说，"下——定了——这个——决心，汤姆，除非你把这些娘们的情况说出来！"

汤姆默默地站着。

"听见了吗？"莱格利把脚一跺，像激怒了的狮子一样吼道。"说！"

"我没什么可说的，老爷，"汤姆坚决而缓慢地说。

"你敢对我说，你不知道吗，你这信基督教的老黑鬼？"莱格利说。

汤姆不作声。

"说！"莱格利恶狠狠地揍了他一拳，咆哮道。"你知道什么吗？"

"我知道，老爷；但我什么也不能说。我可以死！"

莱格利深深地倒吸了一口气，压住怒火，抓住汤姆的胳膊，把自己的脸凑近汤姆的脸，用可怕的声音吼道："听着，汤姆！你以为我以前放过了你一次，我说话就不算数了。可是这回，我已经下了决心，损失也计算过了。你一向跟我作对，现在，我要制服你，不然就宰了你！两种结果，总有一种。我要让你身上的血流出来，一滴滴地数一数，直到你低头。"

汤姆抬头瞧着主人，答道："老爷，你病了，遇到了麻烦，或是要死了，我可以救你，我可以把自己的血全都献给你；要是把我这把老骨头里的血一滴滴放出来能够拯救你的宝贵的灵魂，我会毫不吝惜地把血都给你，就像上帝把自己的血给了我一样。啊，老爷！别让你的灵魂犯下这弥天大罪吧！这与其说会伤害我，不如说会伤害你！你的手段越厉害，我的痛苦过去得就越快；不过，如果你不忏悔，你的痛苦就永远没有尽头！"

这番感情的迸发，就像暴风骤雨来临之前的平静中听到的一段奇妙的仙乐，一时之间万籁俱寂。莱格利目瞪口呆地站着，瞧着汤姆。在这鸦雀无声之中，那口旧钟的嘀嗒声也听得清清楚楚，在默默地计算着给予这铁石心肠最后的宽容和察看的时间。

这只不过是一瞬间的事。莱格利迟疑了一下，一时有点动摇、悔改之意，可是邪恶的本性又卷土重来，而且变本加厉。他气得口吐白沫，一拳把受难者打倒在地。

血腥、残暴的场面太骇人了，我们耳不忍闻，心不敢想。有人敢干的事，别人连听都不敢听。我们的弟兄和教友遭受的苦难，即使在密室中也不忍说出来，——听了令人寝食难安啊！啊，我的祖国！这些事是在你的法律的庇护下干出来的呀！啊，基督啊！你的教会目睹了这一切，却几乎一言不发！

但是，古时候，有个人以自己的苦难把折磨、欺侮、羞辱别人的工具①变成了光荣、荣誉和永生的象征；他的精神所到之处，不论是令人屈辱的鞭打、流血还是侮辱，都只会使基督徒的最后斗争更加光荣。

那漫长的黑夜，汤姆在那破旧的棚子里，以英勇、博爱的精神，忍受着野蛮的拳打脚踢和鞭笞，难道他是孤零零一个人吗？

不！他身旁站着一个人，只有他一个人看得见，"好像是上帝之子。"②

引诱者也站在他身旁。这引诱者被自己暴烈专横的意志迷了心窍，每时每刻都在迫使他出卖无辜者，以免自己皮肉受苦。但这英勇忠诚的人紧紧抱住永生这块岩石不放。他跟救世主一样，深知要救别人，就不能救自己；除了祈祷和圣洁的信赖之语外，极度的痛楚也没法从他口里挤出一句话来。

"他差不多完了，老爷，"桑博不由自主地为自己摧残的对象的坚强所感动，说道。

"只管打，直到他低头！狠狠地揍！狠狠地揍！"莱格利吼道。"他要是不招，我要他流尽每一滴血！"

汤姆睁开眼睛瞧着主人。"你这卑鄙的可怜虫啊！"他说，"你再也无可奈何了！我从心坎里宽恕你！"他说完，就完全晕过去了。

"我看他终于完蛋了，"莱格利走上前来瞧瞧他说。"是的，完蛋了！也好，他的嘴终于封住了——这也是痛快的事！"

不错，莱格利，可是谁来封住你灵魂中那张嘴呢？你的灵魂已经没有希望，忏悔、祈祷都无济于事了，你灵魂中那永不熄灭的火已经燃烧起来了！

可是汤姆还没有完全死。他那奇妙的话和虔诚的祈祷感动了充当打手、残害他的两个黑人的铁石心肠。莱格利一走，他们就把他放下来，愚昧无知地想设法把他救活过来，仿佛这对汤姆有什么好处似的。

----

① 指耶稣钉死其上的十字架。
② 指耶稣。

"的确，我们在犯可怕的罪过啊！"桑博说，"希望将来账会算在老爷身上，不会算在我们身上。"

他们洗净汤姆的伤口，用废棉花铺了个简陋的床，让他躺在上面；其中一个溜进大屋，假称自己累了需要喝上一口，求莱格利给他一点白兰地。他把酒拿来，灌进汤姆的喉咙。

"我诚心诚意宽恕你！"汤姆声音微弱地说。

"啊，汤姆，不管怎样，请你告诉我们耶稣是谁，好吗？"桑博说："就是今晚一整晚站在你身边的耶稣！他是谁？"

这个字眼唤醒了他奄奄一息、昏昏沉沉的精神。他吐出几句关于那神奇的救主的有力的话——他怎么活着，怎么死的，他的圣灵怎么万古长存，以及他拯救世人的力量。

他们哭了——两个野蛮人都哭了。

"我以前怎么从来没听说过？"桑博说，"但是我完全相信！不由我不信。救主耶稣，宽恕我们吧！"

"可怜人！"汤姆说，"只要能让你们信仰基督，我愿意忍受一切痛苦！啊，救主啊，把这两个灵魂，赐给我吧，我求你！"

他的祈祷被接受了。

第四十一章　小主人

两天之后，一个年轻人驾着一辆轻便马车沿着两旁长着楝树的大道驶来。他急匆匆地把缰绳往马背上一扔，跳下车来，打听种植园的主人在哪儿。

那是乔治·谢尔比；为了说明他怎么来到了这儿，我们得回头讲讲以前的情况。

奥菲丽娅小姐写给谢尔比太太的信，不幸出于某种偶然的原因，在邮局耽搁了一两个月才到达目的地。不用说，信还没到收信人手里，汤姆就早已消失在红河畔遥远的沼泽中了。

谢尔比太太以极其关切的心情看了这封信，可是立即采取行动是不可能的。当时，她丈夫正在发高烧，神志不清，她守护在他的病床边。在这期间，乔治·谢尔比少爷已经长成了个子高高的小伙子，成了她忠实可靠的助手和料理他父亲的事务方面唯一可以依赖的人。奥菲丽娅小姐很细心，把圣克莱尔家的代理律师的姓名告诉了他们。但在这紧急关头，最多只能写封信给律师问问情况。几天以后，谢尔比先生突然谢世，当然，在一段时间之内，他们只能一心一意料理后事，无暇顾及汤姆的事了。

谢尔比先生生前信任妻子的能力，指定她为庄园唯一的管理人，这样一来，大量复杂的事务就落在了她肩上。

谢尔比太太以特有的充沛精力，致力于清理一团乱麻似的事务；在一段时间内，她和乔治忙着收账、查账、出售财产、还清债务；因为谢尔比太太决心把一切都清理出个具体可见的头绪来，清理的结果是什么样子，就让它是什么样子。在这期间，他们收到了奥菲丽娅小姐给他们介绍的律师的回信，说他对此一无所知，说那名奴隶在一次公开拍卖会上卖掉了，除了收到拍卖款之外，他对这事一无所知。

对于这个结果，不论是乔治还是谢尔比太太都感到不安，因此，大约半年以后，乔治得到下游去替母亲办点事，决定亲自到新奥尔良去一趟，进一步打听，希望找到汤姆的下落，把他赎回来。

乔治找了几个月，一无所获，后来纯粹出于偶然，在新奥尔良碰上一个人，此人碰巧掌握着他所要了解的情况。我们的主人公便怀里揣着钱，乘轮船向红河进发，决心找到老朋友，把他赎回来。

他很快就给领进大屋，在客厅里见到了莱格利。

莱格利板着脸孔接待了这位不速之客。

"我听说，"年轻人说，"你在新奥尔良买了个名叫汤姆的仆人。他以前在我父亲的庄园上干活，我来看看是不是能把他赎回去。"

莱格利脸色一沉，气冲冲地说："不错，我的确买了这样一个家伙，买他可倒了大霉了！这狗东西最倔强、最无礼、最放肆！居然怂恿我的黑奴逃走，放走了两个姑娘，每个都值千儿八百呢。他承认了这事，我叫他告诉我她们在哪儿，他居然说自己知道，就是不说。我用鞭子把他往死里抽，可他死死挺住。我看他是想找死；他死不死得了还不知道。"

"他在哪儿？"乔治急躁地说。"让我去看看。"年轻人的脸气得通红，眼睛闪着火光；可他比较慎重，暂时没说什么。

"在那个棚子里，"一个替乔治牵着马的小家伙说。

莱格利踢了那孩子一脚，把他臭骂了一顿；可乔治二话不说，转身直奔棚子而去。

自从那天晚上那顿毒打之后，汤姆已经躺了两天两夜了；倒没什么痛楚，因为每一根痛觉神经都已经打断了，麻木了。大部分时间，他昏迷不醒，一声不响地躺着；因为强壮的体魄不肯立刻释放受到禁锢的灵魂。汤姆平日一向充满爱心，慷慨地帮助别人。有几个孤苦伶仃的苦命人在漆黑的夜晚，抽出自己本来就少得可怜的休息时间，偷偷摸摸来看他，对他的好处略表报答之情。诚然，那些可怜的信徒没什么可给他的，只是一杯凉水而已，但充满了深情厚谊。

多少眼泪洒在了那张没有知觉的忠厚的脸上；那是可怜无知的异教徒新近忏悔的眼泪。在他临终前的爱心和忍耐的感化下，他们开始忏悔，为他向新近听说的救主痛心地祈祷。除了名字以外，他们对这位救主还一无所知，但心情迫切的愚昧者对他的祈求是决不会落空的。

卡西曾经偷偷地溜出藏身之处，通过偷听，得知了汤姆为她和埃米琳所做出的牺牲，先天晚上冒着被发现的风险，到那工棚去了一趟；那慈祥的老人以微弱的力气向她说了最后几句话，深深地感动了她，那漫长的绝望的寒冬多年来的冰雪终于融化了，忧郁绝望的女人哭了，作了祷告。

乔治走进棚子的时候，觉得头昏目眩，心中作呕。

"这可能吗，这可能吗？"他在汤姆身边跪下来说。"汤姆大伯，我苦命的、苦命的老朋友啊！"

这声音中有某种力量传进了奄奄一息的老人耳中。他的头转动了一下，脸上浮起一丝笑容说：

> "耶稣能使临终者的病榻
> 像鸭绒枕头一样柔软。"

年轻人俯身瞧着苦命的朋友时，眼里不禁落下无愧于男子汉的眼泪。

"啊，亲爱的汤姆大伯啊！求你醒过来，再说几句话吧！睁开眼睛往上瞧瞧，乔治少爷来了——你的乔治小少爷。你不认识我了吗？"

"乔治少爷！"汤姆睁开眼睛，以微弱的声音说，"乔治少爷！"他仿佛迷惑不解。

慢慢地，他的意识仿佛明白了这名字的意义；那双茫然的眼睛盯住他不动，放出了光彩，整个脸上浮起了笑容，粗硬的手合在一起，两颊老泪纵横。

"感谢上帝！这……这……这正是我所盼望的。他们没有忘记我，我的灵魂觉得温暖，心情愉快了。我死而无憾了！感谢上帝，啊，我的灵魂！"

"你不会死的！你不能死，想都不要想！我来赎你，接你回家去了，"乔治万分急切地说。

"啊，乔治少爷，你来晚了。上帝赎了我，就要接我回家去了。我渴望到那儿去。天堂比肯塔基更美好啊。"

"啊，你别死！这会要了我的命！我一想到你这苦命的人，躺在这破棚子里受罪，就心如刀割啊！"

"别叫我苦命的人！"汤姆严肃地说，"我曾经是个苦命人，但那都是过去的事了。我已经到了天国的门口！啊，乔治少爷，我到天国了！我胜利了！救主耶稣把这幸福赐给了我！光荣归于他的英名！"

汤姆断断续续地说这几句话的时候，那力量，那气势，那威力，令乔治肃然起敬。他默默地坐着，凝视着汤姆。

汤姆抓住他的手，接着说："你千万不要把我的这副样子告诉克罗，那苦命的人！这对她来说太可怕了。只告诉她，我已经进了天国，告诉她，我谁也没法等了。告诉她，上帝随时随地在我身旁，日子过得轻松愉快。啊，两个苦命的孩子和小毛毛！我想起他们就心如刀绞！叫他们都学我的样，都学我的样！替我向老爷和敬爱的善良的太太问好，向庄园上每一个人问好。你哪里知道，我好像爱他们每一个人，爱天下每一个人！只有爱啊！啊，乔治少爷！当个基督徒多么美好啊！"

恰在这时，莱格利踱着方步，来到棚子门口，还是装出那顽固、满不在乎的样子，朝里面瞧了一下，接着转身走了。

"这老魔鬼！"乔治义愤填膺地说。"总有一天，魔王会找他算账的，那才痛快啊！"

"啊，别这样！啊，千万别这样！"汤姆抓住他的手说道。"他是个卑鄙的可怜虫！想起来真可怕！啊，只要他肯忏悔，上帝就会宽恕他；不过我看他永远也不会忏悔的。"

"我巴不得他不忏悔！"乔治说，"我绝对不愿在天堂看到他！"

"别说了，乔治少爷！我听了难受！别那样想！他并没有真正伤害我，只是替我打开了天国的大门，没别的！"

这弥留之际的人原先见到自己的小主人时喜出望外，突然精力迸发，这时已经支持不住了。他的精神突然一沉，闭上了眼睛，一种神秘庄严的变化掠过脸上，说明天国已近在咫尺。

他开始长长地、深深地吸着空气，宽阔的胸脯沉重地起伏着，脸上的表情是胜利者的表情。

"谁……谁……谁能隔绝基督对我的爱！"他跟死亡搏斗着，以微弱的声音说；说完微微一笑，溘然长眠了。

乔治怀着肃穆而恭敬的心情，一动不动地坐着。他觉得这是个神圣的地方。他把那已失去生命的眼睛合上，从死者身边站起身来，心里只有一个念头，就是纯朴的老朋友说的那句话："当个基督徒多么美好啊！"

他转过身来，只见莱格利脸色阴沉地站在身后。

这临终的场面的气氛强压着血气方刚的年轻人凶猛的天性。这个人在场令乔治厌恶已极。他只想尽可能少说话，立刻离开他。

他那锐利的黑眼睛瞪着莱格利，指着死者简短地说："你已经从他身上榨取了一切。我买他的遗体该付给你多少钱？我要把他带走，体面地埋葬。"

"我不卖死黑鬼，"莱格利顽固地说，"你要把他埋在什么地方，什么时候埋，尽管埋好了。"

"伙计们，"乔治以威严的口吻，对站在那儿瞧着尸体的黑人说，"帮我把他抬起来，放到我的马车上去，再给我弄把铁锹来。"

其中一人跑去拿铁锹，其余两个帮着乔治把遗体抬到马车上去。

乔治不跟莱格利说话，也不瞧他，莱格利也没有取消他的命令，只是强装满不在乎的样子，站在那儿吹口哨。他板着脸跟着他们走到停在门口的马车跟前。乔治把自己的披风铺在马车里，移动了一下座位，腾出地方把遗体小心翼翼地放了进去，然后转过身来，盯着莱格利，压住火气说：

"我还没有对你说过，我觉得这是最残暴的行径——这不是说这事的时候和地方。但是，先生，这无辜者被杀，是要伸张正义的。我声明，这是谋杀。我要到最近的法庭去告你，把你揭露出来。"

"告吧！"莱格利轻蔑地弹了一下手指说。"我倒想看看你怎么告。你到哪儿去找证人？你怎么证明？你去告吧！"

乔治立刻看出了这挑衅的分量。没有一个白人在场；而在南方所有的法庭，黑人的证词是不作数的。这时，他觉得义愤填膺，要求伸张正义的呼声简直可以撕裂青天，可是徒劳无益。

"说来说去，死了个黑鬼，有什么可大惊小怪的！"莱格利说。

这句话就像溅进火药库的一颗火星。慎重从来不是这位肯塔基青年的基本美德。乔治气得转过身来，一拳打去，把莱格利打了个嘴啃泥；他挺立在莱格利面前，怒火熊熊，睥睨一切，说他是那打败妖龙的伟大的同名人[①]再世，也不为过。

然而，有些人挨了打，脾气就好多了。要是有人把他们一拳打翻在地，他们好像立刻对这人肃然起敬。莱格利就是这种人。因此，他从地上爬起来，掸掸衣服上的尘土，带着几分敬意，目送着渐渐远去的马车，直到看不见了才开口说话。

出了种植园的边界，乔治看见几棵树荫下有一个干燥的沙质小丘。他们就在那儿掘了个墓穴。

"要把披风拿掉吗，老爷？"墓穴挖好之后，黑人们说。

"不，不——连披风把他埋掉！这是我所能给予你的一切了，

---

① 指斩杀妖龙的圣乔治，相传为英国的守护神。

苦命的汤姆，你就穿着去吧。”

他们把他放进墓穴，黑人们默默地铲着土。他们堆了个堆，用碧绿的草皮盖上。

“你们可以走了，伙计们，”乔治在每人手里塞了一个两角五分的硬币说。但他们磨磨蹭蹭不肯走。

“请老爷把我们买下……”一个说。

“我们会忠心耿耿地服侍他！”另外那个说。

“这儿的日子苦啊，老爷！”头一个说。“求老爷买下我们吧！”

“我办不到！我办不到！”乔治为难地挥手叫他们走；“这是不可能的啊！”

可怜的黑人脸色沮丧，默默地走了。

“永恒的上帝，请你作证！”乔治跪在苦命的朋友的坟头说；“啊，请你作证，从此刻起，我要做到个人所能做到的一切，把这罪恶的奴隶制从我们的国土上铲除掉！”

没有墓碑来标出我们的朋友的最后安息之处。他不需要墓碑！他的救主知道他安息在哪儿。当救主君临天国的时候，会使他复活，让他永生，跟他一起显灵。

不要怜悯他！这样活着和死去是不需要怜悯的！救主的主要荣耀不是无所不能，而是不顾自己、忍受痛苦去爱别人！有福气的是那些听从他的召唤，能跟他共患难，在他之后以坚韧的精神背起十字架的人。关于这样的人，《圣经》上写道："有福的是那些悲哀的人，因为他们会得到安慰。"[1]

第四十二章　确有其事的鬼故事

出于某种显著的原因，大约在这个时候，关于鬼的传说，在莱格利家的仆人中特别盛行。

有人悄悄地说，深更半夜听见脚步声从顶楼下来，在大屋里

---

① 见《圣经·新约·马太福音》第5章。

到处游荡。楼上过道的门上了锁也无济于事；那鬼魂要么口袋里有复制的钥匙，要么利用自己自古以来就享有的特权，可以从钥匙孔里出入，跟原来一样自由往来，实在令人害怕。

关于鬼魂的外形，亲眼见过的人众说纷纭，各执一词。黑人中——说不定白人也是如此——流行一种习惯，就是每逢这种场合，总是闭上眼睛，用毯子、裙子或随手拿到的什么东西蒙住脑袋来避邪。当然，众所周知，肉体的眼睛退场之后，精神的眼睛就不同寻常地活跃敏锐；这样一来，这鬼魂的全身肖像就多得很，而且每一幅都有人赌咒发誓加以证实。可是，正如一般肖像一样，每一幅跟别的肖像之间，除了鬼魂家族的共同特点——披着白色裹尸布之外，在细节上毫无共同之处。这些可怜虫并不精通古代历史，不知道莎士比亚就为这种服饰提供过佐证，他说：

> "身披裹尸单的死人
> 在罗马街头啾啾怪叫。"[①]

但是大家都在这一点上不谋而合，实在是亡灵学上的一个惊人的事实，我们在此提请亡灵学界加以注意。

尽管如此，我们还出于某种不足为外人道的原因，得知的确有一个身披白色裹尸单的高个子身影，在最适合于鬼魂出没的时刻，在莱格利的住宅周围走动——时隐时现地走出门外，在房子四周悄悄地转悠，然后登上寂静的楼梯，进入那凶险的顶楼；到了早晨，发现过道门跟往常一样关得好好的，锁得牢牢的。

莱格利难免偶然听见这些悄悄的议论。黑奴们费了很大的心思想瞒住他，使他更加惊惶不安。他喝白兰地喝得比平常更厉害了；白天昂首挺胸，骂人骂得比任何时候都凶，但晚上老是做噩梦，躺在床上，脑子里出现极为可怕的幻影。汤姆的尸体给载走的当晚，他骑马到附近的镇上去狂饮了一番，喝得痛快极了。回家的时候已经很晚，身体困倦，锁上门，抽出钥匙，就上床睡觉了。

---

① 见莎士比亚名剧《哈姆雷特》第一幕第一场。

对于坏人来说，人的灵魂终究是一种鬼魂似的可怕东西，不管他怎么想方设法，都难以使它安静下来。谁知道它活动的边界在哪里？谁知道它有多少可怕的设想？它无法克服自己一阵阵的不寒而栗，就像无法摆脱自己永远不灭这一特点。一个人自己心中有鬼，却想锁住门，把别的鬼挡在外面，这是多么愚蠢啊！心中的鬼魂的声音，虽然被压抑在内心深处，上面堆着山一般的俗务，但仍然是预告他的灭亡的号角！

但是莱格利锁上门，用椅子挡住，在床头放了一盏灯，还放了一支手枪。他把窗户插销和销孔检查了一遍，发誓说就算是魔王和夜叉一齐来，他也不怕，然后就上床睡觉了。

不错，他的确睡着了，而且睡得很死。但在睡梦中，他觉得有个影子、一种恐怖、一种可怕的东西在笼罩着他。他想，那是母亲的裹尸布，可是卡西把它拿在手里，提起给他看。他听见乱哄哄的惨叫声和呻吟声，明白自己是在睡觉，挣扎着想醒过来。在半睡半醒中，他觉得的确有什么东西进了房间。他知道房门正在打开，手脚却动弹不了。最后他猛然一惊，翻过身来。只见门已经开了，一只手伸进来，把灯弄灭了。

那天晚上多云，月色朦胧；他看见了——一个白色的影子飘然而进！他听见那鬼魂的裹尸单沙沙作响。那东西站在床边，一只冰冷的手摸着了他的手；一个声音令人毛骨悚然地低声说了三次，"来吧！来吧！来吧！"他浑身冷汗，躺在床上，不知那东西在什么时候、以什么方式消失了。他从床上一跃而起，去拉那扇门。门是关着的，上了锁。这汉子倒在地上，晕了过去。

从此以后，莱格利喝酒比以往任何时候都喝得凶了。他喝酒的时候不再小心谨慎，而是很不谨慎，毫无顾忌了。

不久以后，当地纷纷传说，他病倒了，已经奄奄一息。过度酗酒使他得了可怕的病症，仿佛把将来报应的恐怖阴影投射到阳世来了。他胡言乱语，尖声惨叫，说看见了鬼，凡是听见的人都吓得心惊肉跳，谁也受不了他的病房中的恐怖气氛；他临死的时候，看见床前站着一个驱之不去的白色厉鬼，反复说道："来吧！来吧！来吧！"

说来凑巧，这个幻影出现在莱格利眼前的当晚，有几个黑人看见两个白色身影沿林荫道朝大路飘然而去；第二天清早，发现大屋的门开着。

到日出时分，卡西和埃米琳在镇子附近一座小树林里停下来歇口气。

卡西打扮成一位克里奥尔西班牙人①贵妇的样子———一身青。她头戴青布小帽，上面罩着一块绣花面纱，把脸遮起来。两人预先已经商定，在逃亡的时候，她扮克里奥尔贵妇，埃米琳扮她的佣人。

卡西从小就在最上层的社会中长大，言谈、举止和气派都很符合这种身份；她以前的华丽衣服和一套套首饰中剩下来的还足以让她把这种角色扮演得惟妙惟肖。

她上回注意到镇郊有箱子出售，便停下来买了只漂亮的箱子，请店主跟她一起走，给她送去。这样一来，有了个用车给她推着箱子走的仆人陪着，埃米琳跟在后面，替她拎着手提包和其他几个小包，她出现在客栈前的时候，真像一个颇有身份的贵妇人。

她到达客栈的时候，引起她注意的第一个人就是乔治·谢尔比；他下榻在那儿等候下一班船。

卡西从顶楼的洞口曾经注意到这个年轻人，看见他运走汤姆的遗体，暗中幸灾乐祸地看见他揍了莱格利一拳头。后来，天黑之后，她装扮成鬼魂到处游荡，偷听到黑人的谈话，从中得知了他是谁，跟汤姆有什么关系。因此，她看见他跟自己一样，也在等下一班船时，便立刻觉得对他有一种信赖之感。

卡西的气派和举止言谈以及显然有钱的样子，使得旅馆的人根本不可能起疑心。凡是在主要一点——花钱大方——上很体面的人，人们从来不会寻根究底地盘问。这一点，卡西在准备盘缠的时候，就预料到了。

薄暮时分，传来了轮船驶近的声音，乔治·谢尔比以每个肯塔基人觉得理所当然的彬彬有礼的态度，扶着卡西上了船，忙着替她找个上等舱。他们还在红河上航行的时候，卡西假称有病，

①　指美国墨西哥湾沿岸各州的西班牙殖民者的后裔。

闭门不出，躺在床上，由侍女殷勤而忠心耿耿地侍候着。轮船驶入密西西比河之后，乔治听说跟自己一样，这奇怪的大人的旅程也是溯流而上，便提出替她到他搭的同一艘船上订个上等舱——他好心好意，同情她身体虚弱，愿意尽力替她效劳。

于是，瞧，这一行三人安全地上了豪华客轮"辛辛那提号"。轮船开足马力，飞速向上游驶去。

卡西身体好多了。她常到护栏边去坐坐，到餐厅去吃饭，船上的人都注意到，她以前一定是个大美人。

乔治从第一眼看见她的脸起，就想起一张一闪而过、隐隐约约相似的面孔，心里老是嘀咕。这种经历，人人都有过，有时感到迷惑不解。他忍不住时时瞧着她，观察她的举动。吃饭的时候，或是坐在上等舱门口的时候，她常常遇到这年轻人一动不动的目光；她脸上的表情表示已觉察到他在观察她的时候，他才出于礼貌，收回视线。

卡西惴惴不安起来。她开始觉得，他已起了疑心，最后决定完全信赖他的善意，把自己的身世向他和盘托出。

一想起或提起莱格利，乔治就怒不可遏，凡是从莱格利家逃出来的人，他衷心地寄予同情；他这种年龄和地位的人有一种特点，就是勇气十足，不计后果；他叫她放心，他会竭尽全力保护她们平安脱险的。

卡西隔壁住着一位法国贵妇，名叫德都夫人，身边带着一个漂亮的小女儿，大约十一二岁光景。

这位夫人从乔治的谈话中得知他是肯塔基州人，便明显地表现出想跟他结识的意愿。她这种打算得到她那小女儿的娇美之助。她长得非常漂亮，在半个月的航程中，逗着她来解闷是再好也没有了。

乔治常搬把椅子坐到她们的舱门口；卡西坐在护栏边的时候，听得见他们的谈话。

德都夫人对肯塔基的情形问得很仔细；她说自己以前在那儿住过。乔治惊讶地发现，她以前的住所一定离自己家不远；她的询问表明，她认识那一带的人，了解那一带的事情，这令他惊讶极了。

"你听没听说过，"有一天，德都夫人说，"你们那一带有名叫哈里斯的人？"

"有个老家伙，叫这个名字，住在离我父亲的庄园不远的地方，"乔治说。"不过跟他从来没有什么来往。"

"我想，她是个大奴隶主，"德都夫人说；她本来想掩饰自己的兴趣，但那态度似乎露了马脚。

"不错，"乔治对她的态度颇感意外，说道。

"你听没听说过，他有一个——说不定你听说过他有——一个名叫乔治的混血仆人？"

"噢，当然——乔治·哈里斯——我很熟悉他；他娶了我母亲的一个佣人，但是现在逃到加拿大去了。"

"是吗？"德都夫人马上说，"感谢上帝！"

乔治意外地瞧瞧她，表示询问，但是没说什么。

德都夫人把头伏在手上，失声哭了起来。

"他是我弟弟，"她说。

"夫人！"乔治惊讶地加重语气说。

"不错，"德都夫人骄傲地抬起头来，揩着眼泪说，"谢尔比先生，乔治·哈里斯是我的弟弟！"

"我万分惊讶，"乔治把椅子往后移了一两步，瞧着德都夫人说。

"他还很小的时候，我给卖到了南方，"她说。"我被一位善良慷慨的人买走了。他带着我到了西印度群岛，给了我自由，并娶我为妻。他最近去世了；我正打算到肯塔基去，看看能不能找到弟弟，把他赎出来。"

"我听他谈到过一个名叫埃米丽的姐姐，说她给卖到南方去了。"

"不错，是真的！我就是埃米丽，"德都夫人说；"告诉我，他是个什么样的——"

"一个很英俊的小伙子，"乔治说，"尽管他遭受到与人为奴的厄运，但在才、德两方面，他都是个出类拔萃的人物。呃，我之所以认识他，"他说，"是因为他娶的是我们家的人。"

"是个什么样的姑娘？"德都夫人急切地说。

"无价之宝，"乔治说，"一个美丽、聪明、和气的姑娘。非常虔诚。我母亲把她养大，细心地教导她，差不多把她当亲生女儿一样。她会读书写字，刺绣缝纫，样样出色；而且歌声美极了。"

"她是在你家出生的吗？"德都夫人说。

"不。有一回，父亲到新奥尔良去，把她买来带回来送给我母亲。当时她八九岁光景。父亲没把买她的价钱告诉母亲；但不久前的一天，我们在查看他的旧账时，发现了那张买契。他买她的价钱真是高得惊人。我猜，是因为她美丽非凡吧。"

乔治背朝卡西坐着，没有看见她听见他谈这些细节的时候，她脸上全神贯注的神情。

他说到这儿的时候，她的脸色因关切而变得惨白；她碰碰他的胳膊说："你知道把她卖给你父亲的那家人姓什么吗？"

"我想，拍卖的委托人是一个姓西蒙斯的人，至少我认为买契上是这个名字。"

"啊，我的上帝！"卡西大叫一声，倒在客舱地板上不省人事了。

乔治大吃一惊，德都夫人也是如此。他们两人都猜不到卡西晕过去的原因是什么，但仍然表现出这种场合下应有的忙乱劲儿——乔治在慌慌张张行善救人的时候，碰翻了一个水壶，打碎了两只高脚杯；客舱里的几位太太听说有人晕倒了，挤在上等舱门口，尽可能地把新鲜空气堵在外面。因此，总的说来，凡是意料之中的事情，全都做到了。

可怜的卡西！她苏醒过来的时候，扭头对着舱壁，孩子似地哭哭啼啼。做母亲的人，你也许猜得到她在想什么！也许猜不到，但是，在那个时刻，她确信上帝对她发了慈悲，确信会见到自己的女儿了。几个月以后，她也是这样想；那时——不过我们说到后头去了。

第四十三章　结　局

我们的故事余下的部分很快就可以讲完。乔治·谢尔比跟任何别的年轻人一样，一来由于事情离奇，二来出于善心，对此很关心，特意把伊丽莎的买契寄给了卡西。买契上的日期和签名都跟她本人所了解的事实相符，因此，她毫不怀疑，这孩子就是自己的女儿。余下的事就是寻访那些逃亡者的行踪了。

这样一来，命运的离奇巧合把德都夫人和她连到了一起，两人立即动身到加拿大去，到逃亡者收容站去一一查访；从奴隶制下逃出来的众多亡命者都住在那些地方。在阿默斯特堡，她们找到了乔治和伊丽莎初到加拿大时寄居的传教士家；通过传教士提供的教索，打听到那一家子到蒙特利尔去了。

乔治和伊丽莎获得自由已经五年了。乔治在一家体面的机修店找到了稳定的工作，挣的薪水足以养家糊口了。在这期间，他家里又添了个女儿。

漂亮聪明的小哈里上了一所好学校，学业进步很快。

阿默斯特堡收容站那位可敬的牧师对德都夫人和卡西讲的情况非常感兴趣；德都夫人说，由她负担旅途的一切费用，请他陪她们到蒙特利尔去寻访，他一口答应了。

现在场景转到蒙特利尔郊区一座整洁的小公寓里。时间：晚上。壁炉里熊熊燃烧着舒适的大火。一张茶几上铺着雪白的桌布，摆上了餐具，准备吃晚饭。房间一角有张桌子，铺着绿色的桌布，旁边还有一张写字台，抽屉开着，桌上摆着笔墨纸张，上方有个书架，书架上摆着精选的书籍。

这是乔治的书房。他早年自学的热情极高，在劳碌与挫折中，偷偷学会了梦寐以求的读书写字的本领，如今又同样如饥似渴地把全部余暇用于自学。

此刻他坐在桌前，一面读着家中的一本藏书，一面做着笔记。

"来吧，乔治，"伊丽莎说，"你一整天出门在外，把那本书放下，我准备茶点的时候，跟我聊聊——放下吧。"

小伊丽莎也来帮着妈妈。她摇摇晃晃走到爸爸跟前，想把他手里的书夺下来，爬到他膝头上，占住那本书的位置。

"啊，你这小妖精！"乔治只得服从，说道；在这种情况下，男人总是不得不服从。

"这就对了，"伊丽莎一面开始切面包一面说。她看上去长了几岁年纪，体态也丰满一些了，头发比以前更像个主妇；但是显然满足与幸福的心情不亚于任何女人。

"哈里，孩子，今天你那道算术题做得怎么样啦？"乔治摸着儿子的脑袋说。

哈里已经剪掉了长长的鬈发；可是，那双眼睛、那对睫毛和漂亮、宽阔的前额永远不会变样。他脸上泛起得意的红晕答道："我做出来了，全是自己做出来的，爸爸，没人帮我！"

"这就对了，"他爸爸说；"依靠自己，儿子。你的机会比你苦命的爸爸的机会强得多哇。"

恰在这时，门口有人敲门；伊丽莎过去把门打开。一声"啊呀——原来是你！"的欣喜的叫声，引得她丈夫也站起身来，把阿默斯特堡的善良的牧师迎进屋来。跟他同来的还有两位女客，伊丽莎请他们坐下。

说实话，这忠厚的牧师曾经安排了一个小小的程序，让事情按照程序进行；一路上，三人小心而慎重地互相叮嘱，切不可打乱预先的安排，提前泄漏天机。

这位善良的人刚刚招手要两位太太坐下，掏出手帕揩揩嘴，准备按部就班地说开场白的时候，德都夫人一把搂住乔治的脖子说，"啊，乔治！你不认识我了吗？我是你的姐姐埃米丽啊。"这样一来就一下子全都露了馅，整个计划都乱了套。这位先生狼狈到了什么地步，可想而知。

卡西镇静地坐着，本来可以把自己的角色扮演得很出色，可是小伊丽莎突然出现在她面前，那身材，那体态，那相貌，那鬈发，简直跟她最后看见女儿的时候分毫不差。小家伙抬头瞧着卡西的脸，卡西一把抱起她，紧紧地搂在怀里，说，"宝贝儿，我是你妈妈呀！"当时，她的确以为自己是她的妈妈呢。

的确，这事要不折不扣地按恰当的顺序进行，真是太难办到了。不过那善良的牧师终于让大家安静下来，发表了计划发表的开幕词；最后他的演说非常成功，全体听众都围在他身旁痛哭起来；古往今来的演说家能做到这一步，也应该感到心满意足了。

他们一齐跪下来，善良的牧师开始祈祷——因为有时人们心情过于激动，乱纷纷的，只有向充满爱心的上帝倾诉，心情才能平静下来。然后，他们站起来，一家人重新团圆，互相拥抱在一起。他们对上帝充满了神圣的信赖；是他以这样神秘的方式，把他们从这么大的危难中救出，使他们聚到一起来了。

在加拿大的逃亡者中传教的一位传教士的札记里记载着一些比虚构的故事还要离奇的真人真事。一种风行一时的制度像秋风扫落叶一样，把一个个家庭刮得七零八落，怎么能不发生这样的事呢？这个避难者的国度的湖岸就像天国的河岸，使失散多年、彼此以为已经不在人世的人们幸福地骨肉重逢。令人感动得无法形容的是，每逢有了新来者大家欢迎他们时的急切心情。因为说不定他们能带来仍然置身于黑暗的奴隶制下的母亲、姐妹、儿女或妻子的消息。

在这儿，英雄事迹比离奇的故事还要多。逃亡者往往不顾折磨，甚至冒着丧命的危险，心甘情愿地循原路回到那恐怖而危险的黑暗国度，想把姐妹、母亲或妻子救出来。

有传教士告诉我们，有个年轻人两次被重新抓住，为自己的英勇行为而遭到辱没人格的鞭笞，但再次逃走了。我们听人念了他写的一封信，信中告诉他的朋友说，他还要第三次回去，以便最终把自己的妹妹救出来。善良的先生，这个人是英雄，还是罪犯？你难道不会为自己的妹妹做同样的努力吗？你能指责他吗？

还是言归正传吧。我们的朋友们突然大喜过望，刚才正在揩眼泪，定下神来。现在正围桌而坐，气氛十分欢洽。只是卡西把小伊丽莎抱在膝头坐着，不时紧紧地搂她一下，那态度叫孩子十分诧异。小家伙想要用蛋糕把她的嘴塞得满满的，她却执意不肯，说自己吃了比蛋糕更好的东西，不想吃了，孩子也觉得很纳闷。

说真的，在两三天之内，卡西的容颜就发生了巨大的变化，读者诸君简直会认不出她来了。她脸上那种绝望憔悴的神情已经为温和信赖的神情所取代。她仿佛一下子得到了全家人的敬爱，她也把两个孩子当作长期梦寐以求的珍宝，深深地爱上了他们。的确，她的爱仿佛更自然而然地倾注在小伊丽莎身上，对于自己的女儿倒在其次，因为这孩子跟她失去的孩子在相貌、身材上简直一模一样。这小家伙成了母女之间感情的彩色纽带，通过她，母女才渐渐相识、亲热起来。伊丽莎通过经常阅读《圣经》，培养起始终不渝的宗教信仰，成了母亲饱受摧残而厌世的心灵的合适的向导。卡西立刻诚心诚意地接受了一切好的影响，成了虔诚、温和的基督徒。

一两天之后，德都夫人更加详细地向弟弟讲了自己的经历。她丈夫去世之后，给她留下了一笔丰厚的遗产。她慷慨地提出跟弟弟一家分享这笔遗产。她问乔治怎样才能最恰当地把这笔钱用到他身上，他答道："让我受教育吧，埃米丽，这是我的夙愿。有了教育，其余的我都办得到了。"

经过慎重的商议，大家决定举家迁到法国去住几年；于是他们乘船前往法国，把埃米琳也带上了。

埃米琳娇美的容貌赢得了船上的大副的爱慕；船驶入港口之后不久，她就成了他的妻子。

乔治在法国一所大学读了四年书，通过自始至终的刻苦攻读，终于获得了渊博的知识。

后来法国政局动荡不安，一家人又迁回美国避难。

乔治作为受过教育的人的感情与观点，最为清楚地表达在他写给一位友人的信中。

对于未来的道路，我觉得有点彷徨。诚然如你所言，我的肤色极浅，我的妻子和儿女的肤色则更是难以觉察，我可以混迹于这个国家的白人中。嗯，只要人们容忍，也未尝不可。但是，跟你说实话，我不想这样做。

我的感情不在我父亲的种族一边，而在我母亲的种族一边。对于父亲来说，我只不过是一条好狗或一匹良马；对于我苦命的伤心的母亲来说，我才是个儿子。自从那次残忍的拍卖把我们母子分开之后，我从来没见过她，但我知道她时刻深深地疼爱着我。我是通过将心比心了解这一点的。我想到她所受的一切苦难，想到我本人早年的苦难，想到我英勇的妻子的痛苦与斗争，想到我那在新奥尔良奴隶市场被拍卖的姐姐的痛苦与斗争，——尽管我希望不要怀着违背基督精神的怨恨情绪，但我这样说也是情有可原的——我不想冒充美国人，也不想把自己看成美国人。

我要与之患难与共的是受压迫、受奴役的非洲人；要说我有什么心愿的话，我倒但愿自己的肤色还深两分，而不愿浅一分。

我朝思暮想的是获得非洲国家的国籍。我需要一个具有实体的、独立存在的民族；到哪里去找呢？不能到海地去找；因为海地人没有根基。流水不能高过自己的源头。形成海地人性格的民族是一个疲惫、软弱的民族。附属民族要抬起头来，肯定要好几个世纪才行。

那么我该到什么地方去找？在非洲海岸上，我看见了一个共和国——一个由杰出的人们组成的共和国；他们中有许多人是以个人的努力和自我教育的力量摆脱奴隶地位的。这个共和国经历了准备阶段的软弱之后，终于成了地球上一个得到承认的国家——得到了法国和英国的承认。到那里去，为自己找到一个民族，这就是我的心愿。

我现在明白，你们都会反对我这样做，但是你们下手攻击之前，先听我讲讲。我在法国期间，以极大的兴趣追溯了我的种族在美国的历史。我注意到了废奴派和殖民派之间的斗争，作为站在远处的旁观者，我产生了一些参与者永远也不会有的看法。

我承认，这个利比里亚也许曾被我们的压迫者作为反对我们的工具，为他们的种种目的效过劳。无疑，他们用过种种卑劣的手段，利用这个阴谋来推迟我们的解放。但对于我来说，问题是，难道没有一个能战胜凡人的一切阴谋的上帝吗？难道他不可以将计就计，通过他们的手为我们建立一个国家吗？

在当前这个时代，旦夕之间就可以诞生一个国家。现在，一个国家一开始就可以着手解决手头已有现成答案的共和体制和文明等方面的重大问题——它不需要去发现，只要运用就行了。那么，让我们携起手来，齐心协力，看看自己能为这项崭新的事业做些什么。整个光辉的非洲大陆都会为我们和我们的子孙后代敞开大门。我们的国家将推动文明与基督精神的潮流席卷非洲海岸，一路上栽下许多共和国的幼苗，这些幼苗将像热带植物一样迅速成长，万古长存。

你也许会说我在抛弃自己受奴役的弟兄。我认为不是。要是我一辈子有一时一刻忘记了他们，愿上帝也忘记我！但是，在这里我能为他们做些什么呢？我能砸断他们的锁链吗？作为个人，办不到；但是，要是我离开这里，成为一个国家的一分子，而一个国家在国际会议上会拥有发言权，那时我们就可以说话了。一个国家有权争辩、劝诫、请求，为自己的种族申诉，而个人没有这种权利。

如果欧洲有朝一日成了自由国家的伟大联合会的话——我相信上帝会让它成为这样一个联合会的——如果在那里，农奴制以及社会上一切人压迫人的不公正、不平等现象消除之后，如果那些国家都跟法国和英国一样承认我们的地位，那么，在这伟大的国家联合会上，我们将提出呼吁，为我们这个遭受奴役、遭受痛苦的种族申诉；那时，自由、开明的美国不可能不想把那两条耻辱的斜线从她的盾徽上洗刷掉①，那条斜线使她在国际上丢尽了脸，对于她和受奴役的种族也是不折不扣的灾难。

但是你会对我说，我们的种族，跟爱尔兰人、德国人或瑞典人一样，有杂居于美利坚合众国的权利。不错，我们有这个权利。我们本应该能自由交往，一起杂居，不分阶级和肤色，依靠个人的本领提高自己的地位。那些拒绝给予我们这种权利的人背叛了他们自己鼓吹的人生来平等的原则。我们尤其应该得到允许待在这里。我们比常人更有权利——我们有受伤害的种族要求赔偿的权利。可

---

① 欧洲中世纪的贵族纹章上，用从左上角到右下角的两条斜线表示私生子。此处指视黑人为异类或劣等民族而加以奴役的情况。

是，我不想要这种权利，我想要一个自己的国家，想要一个自己的民族。我认为，非洲人有许多特点，有待于按照文明和基督精神加以发扬，这些特点，尽管跟盎格鲁撒克逊人的特点不同，但在道义方面，说不定更加崇高。

在充满斗争与冲突的世界开拓时期，盎格鲁撒克逊民族受上帝委托，担当起掌握世界命运的重任。对于这个使命，这个民族的严峻、坚韧、精力充沛的气质是十分适合的。但是，作为基督徒，我期待着另一个时代的兴起。我相信，我自己站在了这个时代的边缘；我希望现在震动世界各国的阵痛，只不过是世界大同的太平盛世诞生前的阵痛。

我相信，非洲的发展本质上将会是基督精神的发扬光大。非洲人不是一个占统治地位、发号施令的种族，但起码是亲切、大度、不计前嫌的种族。他们受到上帝召唤的时候，正受到不义与压迫的烈火的煎熬，更需要把博爱与宽容这一崇高原则牢牢记在心间。只有遵循这一原则，他们才能胜利，把这一原则传播到整个非洲大陆是他们的使命。

老实说，这一原则在我身上体现得并不强烈，我的血管里流的血有一半是暴烈、急躁的盎格鲁撒克逊人的血液；但我身边有一位循循善诱的福音使者，就是我美丽的妻子。我误入歧途的时候，她那温和的气质总是使我返回正道，让我时刻看到基督徒的责任和我的种族的使命。我要到我的国家——我自己选定的光荣的非洲——去当一个具有基督精神的爱国者和传播基督精神的教师！在我心里，我有时候把如下伟大的预言应用在她身上："你虽然遭人抛弃与厌恶，无人愿意从中经过，但我要使你成为永远优越、人们万世喜爱的地方。"①

你会说我是一时狂热，你会告诉我说，我没有慎重考虑自己将要承担的任务。但是我考虑过了，并且估计了

---

① 见《圣经·旧约·以赛亚书》第60章。

代价。我到利比里亚去，并不以为是到传奇式的极乐世界去，而认为是到劳动场所去。我所期望的是双手干活——努力干活；迎着各种各样的困难和挫折干，一直干到死。这就是我去的目的；在这一点上，我相信是不会失望的。

不管你对我的决心的看法如何，请不要收回你对我的信任；请相信，我不论干什么，都是全心全意为着我的人民。

乔治·哈里斯

几个星期以后，乔治带着妻子儿女、姐姐与岳母登船前往非洲。要是我们估计不错，人们还会听到他的音讯的。

关于其他人物，没有什么特别的事可写的，只想就奥菲丽娅小姐和托普西说几句，并在最后一章讲讲乔治·谢尔比的情况。

奥菲丽娅小姐带着托普西回到佛蒙特州，使新英格兰人称之为"一家老小"的那个严肃的审议机构大吃一惊。起初，"一家老小"觉得托普西对于他们那个训练有素的家庭是格格不入的、毫无必要的扩充；但是，奥菲丽娅小姐对自己的弟子孜孜不倦的教导成绩斐然，那孩子迅速地赢得了家里人和邻居的好感和青睐。成年的时候，她自己要求接受洗礼，加入了教会；在造福社会方面，表现出极大的才能、活力、热情与愿望，最后经过推荐与批准，到非洲一个传教站去当传教士。我们知道，她小时候在成长过程中，好动而机灵，一刻也闲不住，花招层出不穷；如今用到了有益无害的方面，就是教育本国的儿童。

附记：还有一点可以告慰某些做母亲的人。德都夫人多方进行查访最近有了结果，找到了卡西的儿子。他是个精力充沛的人，比自己的母亲早几年就逃亡了，受到北方一些同情受压迫者的人们的收容，受了教育。不久之后，他就会到非洲去找自己的亲人。

第四十四章　解放者

乔治·谢尔比给母亲的信只写了短短几句，报告自己可能回家的日期。关于老朋友死去时的情景，他实在不忍心写。他试了几回，都是心中大恸，几欲断魂，回回都把信纸撕碎，拭着眼泪，跑到什么地方使自己平静下来。

到了那一天，谢尔比家的仆人全都喜气洋洋地忙来忙去，等候着乔治少爷归来。

谢尔比太太坐在舒适的客厅里，壁炉里燃着暖烘烘的山核桃木柴火，驱散了暮秋的寒意。晚餐桌子上已摆上了灿烂的银制餐具和雕花玻璃器皿，摆桌子的是我们的老朋友克罗老大妈。

她穿着一件印花布新衣，围着洁白的围裙，缠着浆得笔挺的头巾，油光闪亮的黑脸容光焕发，一副心满意足的样子，在桌边迟迟不肯离去，毫无必要地把餐具摆了又摆，只不过是以此为借口跟主母多谈谈罢了。

"哎唷唷！他看见这样子不是很顺眼吗？"她说。"瞧，我把他的盘子恰好摆在他喜欢的地方，挨着壁炉那边。乔治少爷总是喜欢坐在暖和的地方。啊，糟了！萨丽为什么没把最好的茶壶摆出来，就是那只新的小茶壶，圣诞节的时候，乔治少爷给太太买的那只？我要把它摆出来！太太收到了乔治少爷的信了吗？"她询问地说。

"收到了，克罗；不过只有短短几句，只是说如果做得到，他今晚会到家——就这些。"

"大概他一句也没提我家老倌子吧？"克罗仍然在摆弄着茶杯，说道。

"没提。他什么也没说，克罗。他说，一切等他回家之后再当面说。"

"乔治少爷就是这个脾气，事事都喜欢亲口说。我老是记得乔治少爷的这个脾气。写信又慢又费事，许多白人却怎么性子那么好，那么多话都写出来，我真闹不明白。"

谢尔比太太微微一笑。

"我看，我那老倌子会认不出两个男孩子和小毛毛了。哎呀，她现在成了大姑娘了，又乖，又活泼，波丽这孩子。她到大屋来了，瞧着人家烙锄头饼①呢。我烙的饼子是我家老倌子最喜欢吃的

---

① 一种玉米饼，原来是放在锄头上烤，故得此名。

那一种，正是他给带走的那天早晨我给他烙的那一种。老天保佑！那天早晨我伤心透了。"

谢尔比太太听她提到这事，叹了口气，心情很是沉重。自从收到儿子的信，她一直坐立不安，生怕他那缄默之后隐藏着什么不幸。

"太太还收着那些票子吗？"克罗担心地说。

"收着呢，克罗。"

"因为我想让我家老倌子瞧瞧'糖锅铺'老板给的那些票子。'嗳，'他说，'克罗，我巴不得你多干一阵子。''谢谢你，老爷，'我说，'我也愿意干下去，只是我家老倌子就要回来了，还有，太太——她再也离不开我了。'我就是这样跟他说的。真是个好人，那个琼斯老爷。"

克罗曾经一再要求把作为工资发给她的钞票保留下来，让她的丈夫瞧瞧，作为她的能耐的纪念。谢尔比太太顺着她的意思，答应保留下来。

"他认不出波丽来的，我家老倌子认不出来的。天哪，他们把他带走已经五年了！她那时候还是小毛毛，刚刚站得稳。我还记得，她学走路的时候，老是摔跟头，他瞧着乐坏了。天哪！"

这时传来了轱辘辘的车轮声。

"乔治少爷！"克罗大妈说着走到窗口。

谢尔比太太跑到过道门口，被儿子一把搂到怀里。克罗大妈站在那里睁大眼睛，焦急地朝外面的黑暗中张望。

"啊，苦命的克罗大妈！"乔治怜悯地停下来，双手握住她的皮肤坚硬的乌黑的手说；"要是能把他赎回来，我倾家荡产也心甘情愿，可是他已经到天堂去了。"

谢尔比太太惊叫一声，但克罗大妈什么也没说。

一行人走进餐室。克罗那么引为自豪的钞票还摆在桌上。

"给，"她把钱收拢，双手颤抖着，把钱递给主母说，"再也不想看到这些钱，也不想听见别人提起这些钱。我早就知道会是什么结果——卖到那些该死的种植园去，给人害死！"

克罗转过身去，昂头走出房间。谢尔比太太轻轻地跟上去，抓住她一只手，把她拉回来，让她坐到一张椅子上，自己挨着她坐下来。

"我苦命、善良的克罗！"她说。

克罗把头伏在主母肩上，哽咽道："啊，太太，请你原谅，我的心碎了——没别的意思！"

"我知道，"谢尔比太太泪如雨下地说；"我没法医好你心里的创伤，但是耶稣医得好。他医好心灵受了创伤的人，把他们心里的伤口包扎起来。"

好半天没人说话，大家哭成了一团。最后，乔治在悼亡者身边坐下来，握着她的手扼要而悲怆地叙述了她丈夫胜利归天的情景，转达了他最后的问候。

一个月之后的一天上午，谢尔比庄园上所有的仆人都给召集到横贯大屋的大厅里，来听他们的少爷讲几句话。

令大家惊异的是，他来到大厅的时候，手里拎着一包文件，都是签署给庄园上每个仆人的自由证书，在在场的人的一片唏嘘声和欢呼声中，一一宣读，然后发给每个人。

但是许多人围着他，恳切地求他不要打发他们走，脸色焦急地要把自由证书退还给他。

"我们现在已经够自由了。我们一向要什么有什么。我们不想离开老家，不想离开少爷、太太和大伙儿。"

"我的好朋友们，"大家一静下来，乔治就说，"你们不必离开我。庄园以前需要多少人，现在还是需要多少人。大屋里原来需要多少人，现在也同样需要多少人。但是现在你们成了自由人。你们替我干活，我付给你们工资，工资多少双方协商确定。好处就是，万一我欠了债，或者死了——这都是可能的——现在你们不可能被人卖掉。我想把庄园办下去，同时教育你们运用我给予你们作为自由人的权利——这恐怕要一段时间才学得会。我希望你们听话，耐心地学习；我向上帝保证守信用，耐心地教你们。现在，朋友们，抬起头来，为得到自由这种幸福而感谢上帝吧。"

一位德高望重的老黑人，在这庄园干了一辈子，已经白发苍苍，眼睛也瞎了，这时站起来，举起颤抖的双手说，"让我们感激上帝吧！"大家不约而同跪下来，这位忠厚的老者唱起了《赞美上帝》，即使是在琴声、钟声和炮声中升上天庭的歌声，也从来没有唱得这么真挚动人。

大家站起来之后，另外一个人唱起了一首卫理公会的赞美诗，附歌如下：

　　　　"大赦之年已经来到——
　　　　得赎的罪人回家园。"

"还有一件事，"乔治止住大家对他的祝福声，说道，"你们大家都记得我们善良的汤姆老大伯吧？"

乔治简短地讲了汤姆临终的场面，转达了他对庄园上每个人的情意真切的告别话，接着说：

"朋友们，我是在他的坟头对着上帝发誓，趁我还能够给予奴隶自由的时候，不再拥有任何一个奴隶，不让任何人跟他一样，出于我的缘故而冒离乡背井、妻离子散、死在一个凄凉的种植园的风险。所以，你们欢庆获得自由的时候，要记住，你们得把自由归功于那位善良的老人，要善待他的妻子儿女，以报答他的恩情。你们每回看见汤姆大伯的小屋的时候，都要想一想你们的自由。让这座小屋成为一个纪念物，提醒你们效法他的榜样，像他那样，做个老实、忠诚的基督徒。"

第四十五章　结束语

作者常常收到各地的来信，询问本书是不是实有其事。对这些询问，她打算做一个总的答复。

构成本书的各个情节绝大部分是确凿可靠的，其中许多为作者或其亲友亲眼所见。本书介绍的所有人物，她和她的亲友几乎都见过其对等的人物；其中的许多对话，她本人都逐字逐句听见过，或者系亲友转告。

伊丽莎的容貌以及赋予她的性格，是现实生活的写照。汤姆大伯坚定不移的忠心、虔诚、诚实，来自好几个她所熟悉的人。

有些最为悲惨、离奇、可怕的事情，在现实中也都有其类似事件。母亲踏着冰块越过俄亥俄河的事件是众所周知的事实。第二卷中"普鲁老大妈"的故事是作者一位兄弟在新奥尔良一家大商行当收账员时亲眼所见。种植园主莱格利这个角色是从同一来源获得的。作者的兄弟谈到去向那个种植园主催账的事。他说："他居然叫我摸摸他的拳头，告诉我说，那只手'打黑人打得都起了老茧'。我离开种植园的时候，长长地吸了一口气，觉得自己逃出了魔窟。"

跟汤姆的悲惨命运类似的情况也多得不胜枚举，全国各地都有许多目击者健在，可以作证。大家务必记住，南方各州的一个司法原则是，有黑人血统的人不能在控告白人的案件中作证。因此不难看出，只要一个主人的怒火压倒了利欲，只要一个奴隶有讲道义的勇气，不肯服从主人的意志，就可能发生这样的事。事实上，除了主人的性情之外，没有什么来保障奴隶的生命安全。有些惨不忍闻的事实偶尔隐瞒不住，为世人所知，就听到一些比事实本身更加骇人听闻的议论，说什么"这样的事很可能偶尔发生，但决不能代表普遍情况"。要是新英格兰的法律规定，一个师傅可以"偶尔"把徒弟折磨致死，而不能对他加以惩处的话，人们会不会这样若无其事？人们会不会说"这样的情况很罕见，决不能代表普遍情况"？这种不义是奴隶制固有的特点，没有这种不义，奴隶制就无法存在。

出于捕获"珍珠河号"帆船之后所发生的事件，公开拍卖美丽的混血姑娘的无耻勾当，已是臭名远扬。我们从该案被告方的辩护律师之一霍拉斯·曼阁下的发言中摘录如下一段。发言中说："1848年，七十六人乘"珍珠河号"帆船，试图逃出哥伦比亚特区①，我为他们为首的进行辩护。这七十六人中，有几名年轻健壮的姑娘，她们的体态、容貌特别动人，鉴赏家对之评价极高。伊丽莎白·拉塞尔是其中之一。她立即落入了奴隶贩子的魔掌，等着她的是在新奥尔良的市场上被拍卖的厄运。见过她的人为她的命运深感同情。他们出一千八百元为她赎身，有些捐钱的人捐了

---

① 美国行政区名，管辖范围与首都华盛顿相同。

钱之后几乎不名一文了。但是那恶鬼般的奴隶贩子不为所动。她给押往新奥尔良，幸亏半路上上帝怜悯她，让她突然死去了。同一伙人中有两个姓埃德蒙森的姑娘。在被押到同一市场去的前夕，她们的一个姐姐来到这人肉店，向那拥有她们的坏蛋求情，求他看在上帝份分上，高抬贵手。他逗弄她说，她们会得到漂亮的衣裳和精美的家具。'不错，'她说，'这些东西在阳世倒是有用，可是她们死后会是什么下场？'她们也给押到新奥尔良去了；但后来被以巨额赎金赎回。"由此看来，埃米琳和卡西的遭遇在现实生活中难道不是司空见惯的事吗？

公允之心也要求作者指出，赋予圣克莱尔的正直宽厚的品格也不是凭空杜撰的；从下面的事实可以看出这一点。几年以前，南方一位年轻绅士带着一名备受宠爱的亲随仆人，来到辛辛那提。这年轻仆人利用了这个争取自由的机会，逃到一位以庇护逃亡奴隶著称的教友家里寻求保护。主人极其愤怒。他对这名奴隶一向极其宽容，深信奴隶对他感恩戴德，以为他一定是受了别人的挑唆才叛逃的。他怒气冲冲地到教友家兴师问罪。但是，他生性直爽公正，听了对方摆事实讲道理之后，很快就平静下来。问题的另一面他从来没听说过，也从来没想过。他立即告诉那位教友说，如果那名奴隶愿意当着他的面亲口说想要自由，他会让他自由的。主仆二人马上就会了面。年轻的主人问纳森说，自己是不是在哪方面亏待了他，叫他心存怨恨。

"没有，少爷，"纳森说，"你一向对我很好。"

"那么你干吗想离开我？"

"少爷可能死去，那时买下我的是谁？——我宁愿当个自由人。"

年轻的主人考虑了一会，答道："纳森，处在你的地位，我也会这样想的。你自由了。"

他立即给纳森签署了一份自由证书，并拿了一笔钱存在那位教友手里，请他慎重地使用那笔钱，帮助纳森在社会上立足，还给那小伙子留了一封明智而亲切的忠告信。那封信在作者手里存放了一段时间。

作者希望，自己做到了公正对待不少南方人高尚、慷慨而仁慈的情怀，这种情况使我们不至于对自己的同胞感到绝望。但是，她请问任何一位了解世情的人，有没有什么地方，这种人普遍存在？

作者一生中曾多年不愿阅读有关奴隶制的文章，也不肯提及这一问题，觉得研究这个问题实在太令人痛苦了，认为随着知识和文明的进步，这种制度终将消亡。但是，自从 1850 年的法案颁布以来，她听见具有基督精神和人道精神的人们居然主张把逃亡奴隶押回原地重受奴役，认为这是好公民应尽的义务；她从四面八方听到北方各自由州的善良可敬、充满同情心的人们在纷纷讨论基督徒在这个问题上的责任是什么，不禁万分意外与惊惶。她只能这样想：这些基督徒一定不知道奴隶制是什么，要是他们知道，这样的问题决不会提出来公开讨论。这个念头引发了一个愿望，就是把奴隶制活生生、有声有色地表现出来。她力求公正地把这个问题最好的方面和最坏的方面都表现出来。表现最好的方面的时候，作者也许做得很成功；但是，啊，在另外一面，在死亡阴影笼罩的幽谷中，谁知道还有多少惨事没有谈到？

你们，南方宽宏大度、品德高尚的男女同胞们——你们的德行、大度和纯洁的品格，出于经受了严峻的考验而更加令人钦佩，作者的呼吁是对你们而发的。你们在灵魂深处，在扪心自问的时候，难道从来没有觉得，在万恶的制度下，隐藏着的灾难与祸害，远远超过本书所描绘的程度，远远超过任何人能够描绘的程度吗？情况难道还能是别的什么样子吗？人难道是可以委之以不负责任的权力的生物吗？奴隶制度剥夺了奴隶在法庭作证的权利，难道不是把每一个奴隶主都变成了无法无天的恶霸吗？实际的结果会如何，难道有谁不能由此推导出来吗？我们承认，你们正直、公道、仁慈的人们之中有社会舆论，但歹徒、恶棍、卑鄙小人中不也有舆论吗？歹徒、恶棍、卑鄙小人难道不能依据奴隶法，跟最善良、最纯洁的人一样奴隶成群吗？天下任何地方，难道是体面、公正、高尚、充满恻隐之心的人占大多数吗？

如今，根据美国的法律，奴隶贸易被认为是海盗行径。但是，跟当年非洲沿岸的奴隶贸易一样有条不紊地进行的奴隶贩卖，正是美国奴隶制必然的伴生物和结果。其令人心碎、骇人听闻之处，谁又说得完呢？

此时此刻，痛苦和绝望正在撕扯着成千上万颗心，拆散成千上万个家庭，把一个孤苦无助、敏感的种族逼到疯狂和绝望的地步，作者对此只不过挂一漏万，勾画了一个朦胧的轮廓罢了。有些还活着的人了解，做母亲的被这种万恶的买卖逼得杀死自己的亲生儿女，自己以死来摆脱比死亡更可怕的痛苦。在美国法律的庇护下，在基督的十字架的庇护下，我国海岸上每天每时都在上演着骇人听闻的现实的惨剧，人们所能写出、谈论与构思的悲剧与之比起来，真是相形见绌了。

现在，美国的男女同胞们，这种事难道可以掉以轻心，为之辩护，或默默地视而不见吗？马萨诸萨州、新泽西州、新罕布什尔州、佛蒙特州、康涅迪克州趁着熊熊炉火阅读本书的农民们，缅因州刚强而慷慨的水手和船主们，这是你们应该赞助和鼓励的事吗？纽约勇敢而慷慨的人们，俄亥俄州富有而欢乐的农民们，辽阔的草原上的人们，请回答，这是你们应该保护和赞助的事吗？你，美国为人之母者，你在亲生儿女的摇篮边学会了热爱和同情全人类，凭着你对自己的孩子的爱，凭着你瞧着他美丽无瑕的童年时的喜悦，凭着你指引他长大时的母亲的怜惜与温存，凭着你对他的教育的操心，凭着你为他的灵魂的永恒利益发出的祈祷，我恳求你可怜可怜那些具有你所有的感情，却没有保护、教育自己心爱的独生女的同等权利的母亲们！凭着你的孩子害病的时刻，凭着你永远忘不了的孩子临终时的目光，凭着那最后的揪心的啼哭声（你帮不了他，也救不了他），凭着那凄凉的空空的摇篮，寂静的育儿室，我恳求你可怜可怜那些时刻被美国的奴隶制夺去儿女的母亲们！请回答，美国的母亲们，这是应该为之辩护、同情和默默地视而不见的事吗？

你们是不是要说，各自由州的人们跟奴隶制无关、爱莫能助？但愿如此！可惜不是如此。各自由州的人们为奴隶制辩护过、鼓励过、参与过；在上帝面前，他们比南方人更加罪孽深重，因为他们没有所受的熏陶或当地的风俗作为借口。

如果各自由州的母亲过去有正义感，各自由州的子孙就不会成为奴隶主，成为臭名昭著的最残忍的奴隶主；各自由州的子孙就不会默许奴隶制在全国各地扩张；各自由州的子孙就不会像现在这样，在商业活动中把人的灵魂和肉体当作金钱的等价物。有成千上万的奴隶为北方城市的商人临时所拥有，接着又卖掉。奴隶制的罪孽和骂名能全部落在南方人身上吗？

北方的男人们，北方的母亲们，北方的基督徒们，不要单纯谴责南方的同胞；你们也应该检查一下自己的罪过。

但是，个人能有什么作为呢？关于这一点，每个人可以自己作出判断。但有一件事是人人都做得到的——他们可以做到有正义感。每个人周围会发出引起共鸣的气氛，具有强烈、健康的正义感的每个男人女人都是时刻有利于人类的因素。那么检查一下自己的同情心吧！你们的同情心跟基督的同情心和谐一致吗？是不是为世俗的权谋所左右，为诡辩所败坏？

北方的男女基督徒们！再进一步——你们还有一种能力；你们可以祈祷！你们是相信祈祷的作用，还是让祈祷变成了圣徒们留下来的传统，只是糊里糊涂地依样画葫芦？你们为国外的异教徒祈祷，也为国内的异教徒祈祷吧。为那些苦难的基督徒祈祷吧；他们提高宗教修养的机会完全是贩运与拍卖过程中的偶然事件；在许多情况下，他们要坚持基督教的道德标准，没有上帝赐予的殉教的勇气和美德，是不可能的。

但是还有。我们各自由州的河岸上漂来了被打得粉碎的家庭之舟的苦命的残片——就是由于神奇的天意，从奴隶制的惊涛骇浪中得以逃生的男男女女；他们是从把基督精神与道德观念的所有原则弄得是非颠倒、乱七八糟的奴隶制下来的，因此知识贫乏，道德观念淡薄。他们到你们中间来寻求避难，寻求教育、知识和基督精神。

啊，基督徒们，你们该为这些苦命的人做些什么呢？美国民族给这个非洲民族带来了灾难，每一个美国基督徒难道不都应该设法为他们做些补偿吗？教堂和学校该把他们拒之门外吗？各州难道该起来把他们驱逐出去吗？基督教会听了对他们的奚落而该保持沉默吗？见了他们伸出的孤苦无靠的手而该往后退缩吗？见了把他们逐出我们的边界的暴行而该加以鼓励吗？如果是这样，那将是一幅悲惨的景象。如果是这样，全国人民一记起民族的使命掌握在充满同情、怜悯之心的上帝手中的时候，恐怕很有理由浑身哆嗦吧。

你们是不是要说"我们不希望他们待在这儿，让他们到非洲去吧"？

上帝远见卓识，在非洲建立了一个避难之所，这确是显而易见的重大事实；但是，基督教会的誓言要求教会对这被遗弃的种族负起责任，她没有理由推卸这一责任。

把一个刚刚从奴隶制的枷锁中逃出来的无知识、无经验、半野蛮的种族塞到利比里亚去，只会长期拖长伴随着新的事业开创时期的斗争和冲突。让北方的教会以基督精神接受这些可怜的受苦人吧；让他们获得基督教共和制社会和学校教育所提供的利益，直到他们达到道德与智力方面某种成熟的阶段，然后帮助他们远渡重洋到非洲海岸去，让他们在那里把他们在美国学到的知识付诸实践。

北方有一批人，相对说来为数不多，一直在做这件事。结果，在这个国家，可以看到一些以前是奴隶、现在已经获得了财产、名望和教育的人们的范例。他们的才干得到了发挥；如果考虑到他们的环境的话，这的确是了不起的事。至于诚恳、善良和温情这些道德品质，至于他们为赎取仍然陷于奴隶制之下的弟兄和亲人们所进行的英勇斗争，所忍受的自我牺牲，他们的确是了不起的，考虑到他们自出世以来所受的影响，真是令人惊异。

作者在奴隶制各州的边界住过多年，得到在那些以前是奴隶的人们中间进行观察的极好机会。他们以前是她家的奴隶，由于没有别的学校接受他们入学，她把许多人安排到家里的私塾跟自己的子女一块上学。她从加拿大逃亡者中间传教的传教士得到的证据也跟她本人亲眼所见恰好吻合。她关于这个种族的能力的推论，是极其令人鼓舞的。

获得解放的奴隶的第一个愿望通常是受教育。他们为了让子女受教育，是没有什么代价不肯付出的，没有什么不肯干的。据作者本人的观察，以及他们的教师的反映，他们都相当聪明，学得相当快。辛辛那提一些慈善人士为他们建立的学校的成绩册充分证明了这一点。

卡·埃·斯陀教授① 曾任教于俄亥俄州莱恩神学院；根据他所提供的材料，作者列举有关现居住于辛辛那提的解放了的奴隶的事实，以说明这个种族在没有特殊的援助、鼓励的情况下所表现出来的能力。

这里只写出姓名的首字母。他们都是辛辛那提的居民。

B——家具商，居本市二十年；财产值一万元，全为自己所赚；浸礼会教徒。

C——纯黑，被人从非洲盗来，于新奥尔良被拍卖；已自由十五年，以六百元自赎；财产大约值一万五到两万元，全为本人所赚。

K——纯黑，房地产商；财产值三万元，四十来岁；已自由六年，以一千八百元赎出全家；浸礼会教徒。接受了主人一笔遗产，他妥善管理，并使之增值。

G——纯黑，煤商，约三十岁；财产值一万八千元；两次自赎，第一次被骗走一千六百元；所有的钱全系自赚，其中大部分系为奴之时向主人租用自己的时间，为自己做生意所赚；举止高雅，彬彬有礼。

W——四分之三黑人血统，理发师兼餐馆跑堂，肯塔基人；已自由十九年，以三千元自赎并赎出家人；财产值二万元，全系自赚，浸礼会执事。

G·D——四分之三黑人血统，粉刷工，肯塔基人；已自由九年，以一千九百元自赎，并赎出家人；最近亡故，享年六十；财产值六千元。

斯陀教授说："除了G，这些人跟我全都是多年的老相识，我的材料全是亲自了解到的。"

作者清楚地记得一个黑老婆婆；她是作者娘家雇用的洗衣工。这位老婆婆的女儿嫁给了一名奴隶。她是个相当勤快能干的年轻姑娘；通过勤劳节俭和坚持不懈地克己，挣了九百元来换取丈夫的自由，挣的钱陆续付给了丈夫的主人。到还差一百元的时候，丈夫突然去世。这些钱一文也没有退还给她。

这些只不过是同类事实中的九牛一毛而已。可以援引来说明奴隶获得自由之后表现出来的克己、干劲、耐心和诚实。

请务必记住，这些人在处处不利、屡受挫折的情况下，勇敢

---

① 作者的丈夫。

地为自己挣得了相当的财富和社会地位。根据俄亥俄州的法律，黑人没有选举权；直到几年以前，在对白人的诉讼中无权作证。这些事例也并不限于俄亥俄州。在合众国各州，我们都可以看到昨天才挣脱奴隶枷锁的人，通过令人无限钦佩的努力自学，升到了受人高度尊敬的社会地位。牧师之中有朋宁顿，编辑之中有道格拉斯和华德，都是众所周知的例子。

这个受迫害的种族，既然在屡受挫折、处处不利的情况下尚有如此作为，如果基督教会能秉着救主耶稣的精神对待他们，他们的作为该大多少啊！

当今世界，各国都在骚动不安之中。一种伟大的影响在风起云涌，以地震般的力量震撼着整个世界。美国是否能安然无恙？每一个包含巨大的不公正现象的国家都蕴藏着酿成大动乱的因素。

在这种伟大影响的推动下，各国人民正以各种语言发出以前有口难言的要求自由平等的呼声；这种影响是什么呢？

啊，基督教会，请注意时代的预兆吧！这种力量难道不是上帝的精神吗？他的王国即将降临，他的意旨将跟在天上一样，也在人间得到执行。

但他显圣那天，谁能受得了？"因为那一天将如火炉燃烧，他将以证人身份出现，毫不迟疑地指控那些亏欠工薪者、欺压孤儿寡妇者、剥夺外乡人权利者；然后将压迫者碎尸万段。"[1]

对于一个包含着如此巨大的不公正现象的国家来说，这些话难道不可怕吗？基督徒们！你们每次祈求基督的王国降临的时候，能够忘记先知的预言是把报应之日和他的子民得救之年可怕地联系在一起的吗？

但上帝给了我们一个宽限期。在上帝面前，北方和南方都是有罪的，基督教会也有笔大账要清算。合众国要得救，不能靠纠合在一起祖护不公正现象和残忍行为，不能靠犯罪来共同谋利，而只能靠忏悔、正义和仁慈。磨盘会沉入海底固然是一条永恒的规律，但多行不义、残忍之事，必然会给一个国家惹来万能的上帝的怒火，这是一条更加不可抗拒的规律！

---

[1] 见《圣经·旧约·玛拉基书》第3章。